Knaur

Von Susan Sloan erscheint demnächst:

Denn alle Sicherheit ist trügerisch

Über die Autorin:

Susan Sloan lebt im Nordwesten der Vereinigten Staaten.

Susan Sloan

Schuldlos schuldig

Roman

Aus dem Amerikanischen von
Angela Stein

Knaur

Die amerikanische Originalausgabe erschien unter dem Titel:
Guilt by Association bei Warner Books, New York

Besuchen Sie uns im Internet:
www.droemer-knaur.de

Vollständige Taschenbuchausgabe April 2000
Droemersche Verlagsanstalt Th. Knaur Nachf., München
Dieser Titel erschien bereits unter den Bandnummern 71166 und 60313

Umschlaggestaltung Parzhuber & Partner, Agentur für Marketing GmbH
Umschlagabbildung Image Bank, Münhen
Satz MPM, Wasserburg
Druck und Bindung Elsnerdruck, Berlin
Printed in Germany
ISBN 3-426-61800-1

2 4 5 3 1

Für Pamela,
die von Anfang an
mit vollem Ernst dabei war.

Und für Virginia,
die immer an mich geglaubt hat
Ich weiß, daß sie lächelt.

Ich möchte es nicht versäumen, einige Leute zu erwähnen, deren Unterstützung dazu beitrug, daß dieses Buch zustande kam.
Ganz herzlich danken möchte ich Lieutenant Mike Pera und Sergeant Angela Martin von der Sexual Assault Division des San Francisco Police Department und Mitarbeitern des San Francisco Rape Treatment Center für ihre wertvollen Beiträge.
Zu großem Dank verpflichtet bin ich Dr. Susan Pendergrass für die Weitergabe ihrer Sachkenntnis, Susan E. Klein für ihre Recherchen und Beobachtungen sowie Janine Asch und den Mitarbeitern der Bücherei in Half Moon Bay, Kalifornien, für ihre Hilfe.
Meine Dankbarkeit gilt ferner Esther Newberg, die 1978 meine Agentin war, und meiner Lektorin Jamie Raab, die aus weniger mehr gemacht hat.
Besonders dankbar bin ich Linda Stenn für ihre Anregungen, Howard Schage für seine kontinuierliche Unterstützung und meinem kleinen Leserkreis, der mich bei der Stange hielt, als ich aufgeben wollte.
Meinen herzlichsten Dank aber möchte ich Sally Sondheim für ihren unerschütterlichen Glauben an mich aussprechen – und für ihr Adlerauge.

22. DEZEMBER 1962

Die Kälte brach über die Stadt herein – heftig, bitter und beißend, typisch für die Winter in New York City. Es hatte kaum geschneit; nur manchmal überzogen flüchtige Schneegestöber die Gehsteige mit einem weißen Hauch, verzuckerten die Schornsteine und verschwanden dann wieder wie von Zauberhand, so daß man sich fragen mußte, ob überhaupt etwas geschehen war.

Noch drei Tage bis Weihnachten, und Manhattan strahlte Trostlosigkeit aus. Die Temperatur lag bei minus fünf Grad, und der Himmel hing voll bleierner Wolken, die am Tage düster und nachts bedrohlich wirkten.

Normalerweise stand Margaret Westfield samstags nicht um sechs Uhr morgens auf, und sie zog sich erst recht nicht an, um spazierenzugehen. Sie arbeitete als Buchhalterin in einem Modegeschäft in der Seventh Avenue, hatte aber eine Woche Urlaub, den sie bei ihrer Familie in Rhode Island zu verbringen beabsichtigte, und sie wollte die ganze Zeit nutzen. Brandy, ihr verspielter Golden Retriever, sollte sich im Central Park noch einmal richtig austoben, bevor sie ihn für die dreistündige Fahrt nach Providence auf den Rücksitz ihres VW-Käfers verbannte.

Margaret wußte, daß sich in Manhattan nur Reiche oder Verrückte ein Auto hielten, doch ihr Vater hatte ihre Einwände nicht hören wollen.

»Ich möchte bloß Gewißheit haben, daß du jederzeit nach Hause kommen kannst«, hatte er gesagt, als er ihr die Schlüssel aushändigte.

Ihm war durchaus klar, daß sie nach New York gezogen war, um von der Familie wegzukommen, oder vielmehr, um sich nicht ständig mit der peinlichen Situation konfrontiert zu sehen, daß sie dreiunddreißig Jahre alt und als einziges seiner acht Kinder noch unverheiratet war. Aber er hatte keinesfalls die Absicht, sie deshalb zu benachteiligen.

»Wenn nicht soviel Verkehr ist, sind wir zum Mittagessen da«, sagte sie zu Brandy, als sie die Fifth Avenue überquerten und den Park betraten.

Um diese Uhrzeit waren die meisten New Yorker noch nicht auf den Beinen; der Weg zu dem hübschen kleinen Teich in dieser grünen Oase im Herzen der Betonwüste, den Margaret immer mit dem Hund nahm, war menschenleer. Nach ein paar Metern blieb Margaret stehen, bückte sich und machte Brandy von der dicken Lederleine los. Der Retriever flitzte davon und war im Handumdrehen verschwunden.

Margaret zog die Strickmütze über ihr kurzes braunes Haar und die Pijacke fester um ihren stämmigen Körper, knöpfte sie zu und begann zu laufen. Sie machte sich keine Sorgen um den Hund. Diesen Weg gingen sie täglich, und sie wußte, daß Brandy spätestens am East Drive haltmachen, sich hinsetzen und hechelnd und mit dem Schwanz wedelnd auf sie warten würde, damit er endlich hinter dem schmuddeligen Tennisball herrennen konnte, den sie immer in der Jackentasche hatte. Sogar mitten im Winter sprang er mit Vergnügen in das eisige Wasser des Teichs. Aber als sie zur Straße kam, war der Hund nirgendwo zu sehen.

»Brandy?« rief sie. »Komm schon, Junge. Wir haben's eilig.«

Keine Reaktion. Margaret runzelte die Stirn und hielt im trüben Dämmerlicht angestrengt Ausschau nach dem Tier. Der vierjährige Retriever war gut ausgebildet. Er gehorchte aufs Wort, und auf das allmorgendliche Spielen war er mindestens so scharf wie auf sein Frühstück und sein Fressen am Abend.

Margaret überquerte die Straße, ging weiter den Weg zum Teich, blickte in sämtliche Richtungen und rief den Hund alle fünfzehn oder zwanzig Schritte. Erst als sie das Bootshaus schon weit hinter sich gelassen hatte, hörte sie ein schwaches Winseln.

»Brandy, wo steckst du?« rief sie.

Diesmal erhielt sie ein kurzes, aufgeregtes Bellen zur Antwort, das irgendwo von rechts kam. Margaret entdeckte einen schmalen gewundenen Pfad, den sie einige hundert Meter entlanglief. Das Bellen und Winseln des Retrievers kam näher. Dann stand sie plötzlich auf einer kleinen Lichtung. Ungefähr zwölf Meter vor ihr sah sie Brandys Hinterteil aus einem Gebüsch herausragen.

»Brandy, komm sofort hierher!« befahl Margaret dem Hund. Sie hoffte, daß er nicht irgendein kleines Tier in das Dornengestrüpp gehetzt hatte. Er hatte noch nie auf die Lebewesen des Parks Jagd gemacht, aber wahrscheinlich gab es eben immer ein erstes Mal.

Der Retriever sah zu ihr herüber, gab erneut ein kurzes, aufgeregtes Bellen von sich und steckte wieder den Kopf ins Gestrüpp. Er schien nicht gehorchen zu wollen, was Margaret völlig irritierte. Das war neu bei ihm. Seufzend griff sie nach der Leine, die sie sich um die Schulter gehängt hatte, und lief zu ihm hinüber.

Als sie noch etwa zehn Meter von dem Hund entfernt war, merkte sie, daß er sich tatsächlich, wenn er nicht gerade bellte oder jaulte, mit etwas beschäftigte, das er offenbar

dort aufgestöbert hatte. Margaret hatte ihm jedoch von klein auf strikt verboten, unbekannte Sachen zu fressen.
»Brandy, nein!« rief sie, als sie näher kam. »Laß das sofort in Ruhe!«
Drei Meter vor dem Gestrüpp blieb Margaret wie angewurzelt stehen. Ein Fuß in einem schwarzen Satinschuh ragte aus dem Gebüsch hervor. Margaret keuchte erschrocken. Dort, im grauen Zwielicht, lag eine junge Frau. Ihre Kleider waren zerrissen, ihre Haut blau angelaufen und mit schlimm aussehenden Blutergüssen übersät. Brandy hockte über ihr und leckte ihr das Gesicht.
»O Gott«, murmelte Margaret entsetzt und trat zögernd näher.
Das Gesicht der jungen Frau war geschwollen und mit gefrorenem Blut verkrustet und ihr Hals mit scheußlichen violetten Malen bedeckt. Ein Bein wirkte merkwürdig verdreht, aber Margaret hielt sich nicht damit auf. Sie war sicher, daß das Mädchen tot war, doch als sie sich ein Herz faßte und den violett verfärbten Hals berührte, spürte sie einen schwachen, unregelmäßigen Pulsschlag.
»Sie lebt noch, Brandy!« schrie Margaret. »Sie ist nicht tot, sie lebt. Wir müssen ihr helfen.« Sie bemühte sich, einen klaren Gedanken zu fassen. »Wir müssen sie warm halten. Erst mal warm halten.«
Sie zog ihre Pijacke aus und deckte damit den Teil des Körpers zu, den der Hund nicht schon wärmte. Sie konnte nicht einschätzen, wie lange die junge Frau bereits hier lag und wie nahe sie dem Erfrieren war. Aber die Kälte war so bitter, daß Margaret selbst nach ein paar Sekunden ohne Jacke spürte, wie sie ihr in die Knochen kroch und sie lähmte.
»Brandy, bleib hier!« befahl Margaret dem Retriever. »Ich versuche Hilfe zu holen.«

Die Kälte trieb sie voran; Margaret rannte so schnell sie konnte den gewundenen Pfad entlang, ließ das Bootshaus und den menschenleeren East Drive hinter sich und lief auf die Fifth Avenue zu. Sie wußte, daß dort um diese Uhrzeit noch nicht viel los war, doch sie betete, daß sie jemanden finden würde. Sie erreichte die Straße und hielt das nächstbeste Auto an.

»Was ist los mit Ihnen, Lady?« brüllte der Taxifahrer wütend. Er hatte eine Vollbremsung machen müssen und den Wagen nur schlingernd zum Halten gebracht. »Wollen Sie uns beide umbringen?«

»Hilfe!« rief Margaret. »O bitte, Sie müssen mir helfen. Da drüben liegt ein Mädchen. Man hat sie zusammengeschlagen, und sie ist fast erfroren. Bitte, holen Sie einen Arzt, die Polizei, irgendwen.«

»Gut, Lady, schon gut«, sagte der Taxifahrer, jetzt freundlicher. »Nur die Ruhe. Ein Stück die Straße rauf ist ein Polizeirevier. Wo sollen sie hinkommen?«

»Dort drüben«, antwortete Margaret und erklärte ihm den Weg.

»Ja, gut. Sie werden's schon finden.« Er griff nach hinten und brachte eine Decke zum Vorschein. »Hier. Ist nicht viel, aber vielleicht nützt es was, bis jemand bei Ihnen ist.«

Margaret nahm die Decke und lief rasch den Weg zu der Lichtung zurück. Der Hund hatte sich nicht von der Stelle gerührt.

»Wir müssen sie noch ein Weilchen warm halten, Brandy«, sagte sie, »bis Hilfe eintrifft.«

Sie hob ihre Jacke auf, zog sie an und hüpfte ein bißchen herum, bis sie nicht mehr fror. Ihr graute davor, dem Mädchen zu nahe zu kommen. Allein beim Gedanken an Blut wurde ihr flau, aber sie unterdrückte die aufsteigende Übelkeit und zwang sich dazu, in das Gebüsch zu kriechen, sich so nahe wie möglich an den mißhandelten Körper zu legen und die Decke über sich, das Mädchen und Brandy zu ziehen. Der Hund wurde zwar ein wenig unruhig darunter, aber er rührte sich nicht vom Fleck.

Der Gestank war grauenvoll. Margaret schloß die Augen, schluckte und versuchte verzweifelt an etwas zu denken, was sie ablenkte. Sie stellte sich schließlich vor, wie ihre Familie heute abend den Weihnachtsbaum schmückte.

Der Baum der Westfields war etwas ganz Besonderes. Margarets Mutter und ihre Schwestern schmückten ihn mit Girlanden und Zierat, den sie in wochenlanger Arbeit selbst bastelten. So wurde es bei den Westfields schon seit Generationen gehalten, aber bislang hatte Margaret dem keine besondere Bedeutung beigemessen. Doch nun schien es ihr nichts Wichtigeres zu geben, und zum erstenmal, seit sie von Providence nach New York gezogen war, konnte sie es kaum erwarten, nach Hause zu kommen.

Sie wußte nicht, ob die junge Frau, die sie in den Armen hielt, sie hören konnte, doch sie begann zu ihr zu sprechen. Sie erzählte ihr mit sanfter, beruhigender Stimme von dem Weihnachtsbaum und ihrer Familie und von den verrückten, ausgelassenen, glücklichen Momenten, die sie zusammen erlebt hatten.

So lagen sie dort beinahe eine halbe Stunde – das Mädchen, die Frau und der Hund –, bis der Taxifahrer in Begleitung eines kräftigen Polizisten und zweier Sanitäter in weißer Uniform auf die Lichtung stürmte.

TEIL I

1962

Wir glauben so lange nicht
an das Böse, bis es geschieht

JEAN DE LA FONTAINE

1

Karen Kern stieg am Columbus Circle aus der U-Bahn aus. Sie hatte spontan beschlossen, den Rest des Wegs zum Apartment der Hartmans an der West Side zu Fuß zurückzulegen.

Es war Freitag, und die Weihnachtsfeiern der Firmen, die ab Montag Urlaub machten, gingen zu Ende. Frierende Taxifahrer hupten wütend, während sie sich über die verstopfte Kreuzung schoben. An jeder Ecke standen Weihnachtsmänner von der Heilsarmee in dicken roten Umhängen, und das verlockende Aroma von gerösteten Maronen hing in der Luft.

Karen machte es nichts aus, daß kein Schnee lag. Sie kam gerade aus Ithaca, wo in achtundvierzig Stunden fast ein Meter Schnee gefallen und der Verkehr zusammengebrochen war. Es hatte zahlreiche Unfälle gegeben, und ihre Seminare an der Cornell University, an der sie im vorletzten Studienjahr war, hatten nicht stattgefunden. Auch die Kälte störte sie kaum, obwohl der schwarze Kaschmirmantel, den sie fest um ihren schlanken Körper gezogen hatte, nicht viel Wärme spendete.

Karen wich Taxis aus, schenkte einem Weihnachtsmann einen Vierteldollar und machte lächelnd den aufgescheuchten Gruppen beschwipster Sekretärinnen Platz. Als die Kreuzung hinter ihr lag, ging sie Richtung Norden, zum

Central Park West. Das war am 21. Dezember 1962. Karen war jung, strotzte vor Gesundheit und Lebendigkeit, und sie war so glücklich wie nie zuvor in ihrem Leben.
Auch im trüben Licht der Straßenlaternen gab es keinen Zweifel daran, daß Karen keine klassische Schönheit war. Dafür war ihre Nase zu klein, und ihre Wangenknochen waren zu markant. Doch ihr dunkles, im Stil von Jackie Kennedy frisiertes Haar glänzte, ihre blaugrauen Augen funkelten, und links und rechts ihres vollen Mundes befanden sich schelmische Grübchen. Ihre schlanken Füße in den schwarzen Satinpumps berührten kaum den Asphalt.
Ihre Mutter war entsetzt gewesen, als Karen in Radcliffe abgelehnt wurde, wo sie Harvard-Männer kennengelernt hätte, und Karen selbst sich geweigert hatte, Smith oder Mount Holyoke in der Nähe von Yale ins Auge zu fassen. Karen jedoch war glücklich mit ihrer Entscheidung. Sie liebte die idyllische Landschaft in Cornell, das weitläufige, altertümliche Universitätsgelände, die freundliche Atmosphäre. Außerdem hatte ihr Vater hier seinen Doktor in Zahnmedizin gemacht, und so hatte ihre Mutter mit ihren Einwänden einen schlechten Stand.
»Vergeude keine Zeit mit Studienanfängern«, hatte Beverly Kern Karen eingeschärft. »Halte dich gleich an die Doktoranden.«
Etwa einen Monat lang hatte Karen halbherzig versucht, diesen Rat zu befolgen, weil sie wußte, daß nur ein Arzt, ein Zahnmediziner oder zumindest ein Anwalt den gesellschaftlichen Vorstellungen ihrer Mutter entsprechen würde. Söhne wurden in diese Richtung gedrängt, und die Eltern heiratsfähiger Töchter spekulierten unverblümt auf eine solche Partie. Doch dann lernte Karen Peter Bauer kennen, und die mahnenden Worte ihrer Mutter waren im Nu vergessen.
Beim Gedanken an den jungen angehenden Ingenieur

vertieften sich Karens Grübchen, und trotz der eisigen Kälte wurde ihr warm ums Herz. Seit Wochen schon dachte sie fast nur noch an ihn. Sie waren seit zwei Jahren zusammen, und kürzlich hatte nun die Univerlobung stattgefunden, diese unglaublich romantische Zeremonie. Jetzt planten sie, sich nächsten Sommer offiziell zu verloben.
Sie wußte noch genau, wie auserwählt sie sich gefühlt hatte, als sie da inmitten der Mädchen von ihrer Vereinigung auf der Veranda ihres Wohnheims gestanden und übers ganze Gesicht gestrahlt hatte, während die Jungs von Peters Verbindung ihr ein Ständchen brachten. Und als Peter dann das Abzeichen seiner Verbindung an ihrem rosa Angorapullover feststeckte, hatten ihr alle anderen Mädchen auf der Welt aufrichtig leid getan.
Karen seufzte und beobachtete, wie sich ihr Atem in der frostigen Nacht in eine weiße Wolke verwandelte. Sie hätte Peter jetzt lieber an ihrer Seite gewußt als in Bangor in Maine, wo er mit seiner Familie Weihnachten verbringen würde. Die Einwände ihrer Mutter kümmerten Karen nicht mehr, denn Peter war ihr Traummann. Alles an ihm entsprach ihrer Idealvorstellung: seine geistige Regheit und Großzügigkeit, sein rotblonder Haarschopf, seine warmen braunen Augen und seine weichen Lippen, die keine Gelegenheit zu einem breiten Lächeln ausließen.
»Silvester verbringen wir auf jeden Fall zusammen«, hatte er ihr versprochen, als sie sich auf dem Bahnhof in Ithaca zum Abschied umarmten. »Bis zum Dreißigsten.«
Neun Tage noch, dachte Karen voller Vorfreude. Dennoch konnte sie einen Anflug von Enttäuschung nicht unterdrücken, weil sie Peter bei der Party von Jill und Andy Hartman an diesem Abend so gerne dabeigehabt hätte.
Sie bog in die Seventy-seventh Street ein und ging in westlicher Richtung.

Obwohl man von Great Neck, der gehobenen Wohngegend am Long Island Sound, in der Karen geboren und aufgewachsen war, mit dem Zug nur eine halbe Stunde bis Manhattan brauchte, hatte sie nicht vorgehabt, am Freitag vor Weihnachten in die Stadt zu fahren. Doch hier war sie nun in ihren schicksten Sachen unterwegs zur Party ihrer besten Freundin, die aus ihrem zweiten Studienjahr an der Northwestern zehn Pfund schwerer und im zweiten Monat schwanger heimgekehrt war.

Es hatte ein schreckliches Durcheinander gegeben – Jill entehrt, Andy mußte sofort aus den Sommerferien im Ausland zurückkommen, Jills Eltern bemühten sich erfolglos, gute Miene zum bösen Spiel zu machen. Niemand kam auf die Idee, eine Abtreibung vorzuschlagen. Statt dessen wurde in aller Stille überstürzt auf dem Standesamt geheiratet und die Hochzeit um sechs Monate zurückdatiert. Jills Vater, ein bekannter New Yorker Anwalt, ließ seine Beziehungen spielen, und Andy wurde von der Northwestern an die Columbia versetzt, wo er mit seinem Jurastudium fortfahren konnte. Jill mußte ihr Studium natürlich abbrechen.

Karen vermochte sich lebhaft vorzustellen, wie ihre eigenen Eltern reagieren würden, wenn sie in solch eine Lage geriete. Schon beim bloßen Gedanken an das Gejammer und Geschrei ihrer Mutter drehte sich Karen der Magen um. Sie sagte ein stummes Dankesgebet für Peter auf; er hatte zwar auf dem Rücksitz seines grünen Pontiac ein paarmal versucht, sie zu verführen, als sie beide zuviel sauer schmeckendes Bier getrunken hatten, aber er war nie über einen bestimmten Punkt hinausgegangen.

Vielleicht war diese Haltung heutzutage aus der Mode geraten, doch Karen legte Wert darauf, in der Hochzeitsnacht noch Jungfrau zu sein. Abgesehen davon hatte ihre

Mutter ihr häufig und drastisch die Gefahren der Leichtlebigkeit vor Augen geführt.
»Männer haben vielleicht Affären mit Flittchen, aber heiraten wollen sie Jungfrauen«, bleute sie Karen bei jeder Gelegenheit ein. »Oder würdest du im Laden für viel Geld etwas Gebrauchtes kaufen?«
Nein, räumte Karen ein, das würde sie nicht.
»Und möge der Himmel verhüten, daß du schwanger wirst«, setzte ihre Mutter stets ihre Rede fort. »Wir müßten uns zu Tode schämen in der Stadt. Die Leute würden nie mehr aufhören zu klatschen.«
Allein bei der Vorstellung, ihre Familie in eine solch erniedrigende Lage zu bringen, brach Karen der kalte Schweiß aus. Deshalb hörte sie immer auf die Stimme in ihrem Kopf, die zu raunen begann, sobald Karen sich, vom Bier enthemmt, auf dem Rücksitz des Pontiac wiederfand. Diese Stimme klang sehr nach der ihrer Mutter, und sie war massiv genug, um Karen davon abzuhalten, weich zu werden und Peter gewähren zu lassen.
Karen fand es schrecklich, daß Jill ihr Studium abbrechen, verfrüht heiraten und ein Kind zur Welt bringen mußte, da sie doch selbst noch eines war. Sie wußte, daß Jill davon geträumt hatte, nach dem Studium nach Paris zu gehen, in einer romantischen Mansarde am linken Seine-Ufer zu wohnen, surrealistische Bilder vom Eiffelturm zu malen und sich mit Künstlern aus aller Herren Länder herumzutreiben, bis ihr Studiengeld aufgebraucht war.
Solche kühnen Pläne hatte Karen nicht. Sie beabsichtigte zwar, in Cornell ihren Abschluß in Englisch zu machen, aber an einer Karriere lag ihr nichts. Im Grunde wollte sie am liebsten sofort heiraten und Kinder haben – so viele wie möglich. Vor allem seit sie Peter kennengelernt hatte. Anderen jungen Frauen mochte diese Vorstellung öde und

altmodisch erscheinen, aber Karen konnte den Tag kaum erwarten, an dem sie zum Traualtar schreiten und so ihr eigentliches Leben beginnen würde.
Karen kannte ein paar Mädchen von Cornell, die nach dem Studium Karriere machen wollten, doch ihre Mutter hatte eine Berufslaufbahn immer nur als Notlösung betrachtet, für den Fall, daß der Partner früh starb. Karens Kommilitoninnen hatte sie unterstellt, daß sie nicht attraktiv genug waren, um einen guten Mann zu finden, und deshalb versuchten, das Beste aus ihrer Situation zu machen.
Und Beverly Kern war der Ansicht, daß ein Mann, der so gut aussah und so viel zu bieten hatte wie Andy Hartman, sich bei der nächstbesten Gelegenheit von Jill scheiden lassen und damit für alle Zeiten ihr Leben ruinieren würde.
Als Karen zur Ecke West End Avenue, Seventy-seventh Street kam, war es schon nach acht. Das zwölfstöckige Haus vor ihr, das fast den halben Block einnahm, strahlte wie so viele Gebäude in Manhattan nur mehr verblichene Eleganz aus. In der düsteren Dezembernacht wirkte es eher grau als rot.
Ein Portier in rostroter Uniform ließ sie ein und führte sie durch die dezent beleuchtete Eingangshalle, die so opulent ausgestattet war, daß sie aus einem Schloß à la Versailles hätte stammen können.
»Na endlich!« rief Jill Hartman, als Karen im achten Stock aus dem Aufzug stieg und zum Apartment G ging. »Ich dachte schon, du hättest es dir anders überlegt.«
»Ich werde doch keine gute Party sausenlassen«, erwiderte Karen lachend. »Da kennst du mich aber schlecht.«
Jill war jetzt im achten Monat und sah rundum prächtig aus. Ihr langes honigfarbenes Haar schimmerte, ihre haselnußbraunen Augen funkelten vergnügt, und ihre Haut strahlte

rosig. Diese Party, so hatte sie angekündigt, war ihre letzte Ausschweifung vor der Ankunft des Babys.

»Komm rein!« rief sie. »Es sind Scharen von toll aussehenden Jungs hier, die dir vielleicht wenigstens einen Abend die Zeit vertreiben können, ohne daß du nach Peter schmachtest. Ich werd dich vorstellen, aber Tatsache ist, daß ich die meisten selbst nicht kenne. Es sind fast alles Freunde von Andy.« Sie nahm Karen Mantel und Handtasche ab und watschelte vor ihr den Flur entlang. »Und gib dich nicht schüchtern«, rief sie Karen über die Schulter zu, »misch dich einfach unters Volk.«

Karen kicherte Sie war immer lebhaft und gesprächig und von Natur aus alles andere als schüchtern, und so prüfte sie ihre Frisur, strich sich übers Kleid und nahm ihre Umgebung in Augenschein. Die Wohnung war toll; große, luftige, in Beigetönen gehaltene Räume mit hohen Decken und kunstvollem Stuck. Kristalleuchter schmückten die Wände, Samtvorhänge rahmten die Fenster ein, aus denen man auf den Hudson River blickte, und die Parkettböden waren nicht unter dicken Teppichen verborgen, sondern glänzten in voller Pracht.

Die Hartmans hatten dieses elegante Ambiente ungerührt mit modernen dänischen Möbeln vollgestellt. In einer Ecke des Wohnzimmers stand eine behelfsmäßige Bar, in der anderen fanden sich diverse staksig wirkende Teakcouchen und -stühle mit häßlichen braunen Tweedbezügen. In der Diele bog sich ein Eßtisch mit dünnen Stockbeinen unter der Last eines erlesenen Büfetts.

Aus einer hochmodernen Stereoanlage, die Andy installiert hatte, ertönte die rauchige Stimme von Nat King Cole, was das Stilmischmasch vervollständigte.

Die Gäste hielten sich entweder an der Bar oder am Büfett auf. Karen hatte nicht viel übrig für Alkohol und wandte sich deshalb Richtung Eßzimmer. Sie nahm sich einen Teller und war gerade damit beschäftigt, sich Huhn in Sahnesoße, Shrimp-Curry und eine Auswahl an Salaten aufzutun, als jemand sich dicht neben sie stellte, sie am Ellbogen berührte und ein warmer Atemzug ihr Ohr streifte.

»Sie müssen gerade erst gekommen sein«, flüsterte eine kehlige Stimme, »sonst hätte ich Sie sicher schon vermißt.«

Karen war so überrascht, daß sie sich prompt ihr schwarzes Lieblingscocktailkleid mit Makkaroni und Mayonnaise bekleckerte.

»Sie haben recht, ich bin noch nicht lange hier«, brachte sie unwillig hervor, obwohl ihr in diesem Moment mehr danach zumute war, ihren Absatz in den Fuß des Fremden zu bohren. »Aber nun entschuldigen Sie mich bitte.«

Sie stellte ihren Teller auf den Tisch zurück und flüchtete ins Badezimmer, ohne den Mann auch nur eines Blickes zu würdigen. Dort betrachtete sie im Spiegel verstört den Fettfleck auf dem teuren Satinkleid.

»Verdammt«, schimpfte sie, nahm ein Handtuch von der Stange und begann dem Malheur zu Leibe zu rücken.

»Was ist los?« fragte Jill, die den Kopf zur Tür hereinsteckte.

Karen wandte sich mit einem Seufzer zu ihr um.

»Ach du Schreck!« rief ihre Freundin aus. »Wie ist denn das passiert?«

»Irgendein Möchtegern-Don-Juan hat versucht, mir Neckereien ins Ohr zu flüstern, als ich mir gerade Makkaronisalat genommen habe.«

»Stärkemehl«, sagte Jill, verschwand und tauchte schneller, als Karen es beim gegenwärtigen Zustand der Freundin für möglich gehalten hatte, mit einer Schachtel voll pudrigem weißem Zeug wieder auf, das sie großzügig auf dem schwarzen Satin verteilte.

»Wer war das, der dir ins Ohr geflüstert hat?« fragte Jill, während die beiden darauf warteten, daß das Stärkemehl das Fett aufsaugte.

»Weiß ich nicht«, antwortete Karen. »Mir war nicht nach Höflichkeiten.«

»Na, das mußt du aber rauskriegen«, sagte Jill, als das Hausmittel auf wundersame Weise seine Wirkung getan hatte. »Und dann schüttest du ihm Cocktailsauce aufs Hemd.«

»Keine schlechte Idee«, stimmte Karen kichernd zu. Doch sie ließ das Büfett nun links liegen und begab sich zur Bar, wo sie sich eine Flasche Rootbeer zu Gemüte führte.

»Es tut mir leid wegen des Kleides«, sagte die Stimme hinter ihr. »Wenn ich darf, kaufe ich Ihnen gern ein neues.«

»Ist schon in Ordnung«, erwiderte Karen und überlegte, ob Rootbeer ebenso wirkungsvoll war wie Cocktailsauce. »Der Fleck ist fast rausgegangen, und den Rest wird die Reinigung erledigen. Aber danke für das Angebot.«

Sie wandte sich jetzt um und begegnete einem Blick aus aquamarinblauen Augen, die sie so in Bann zogen, daß sie den Rest des Mannes kaum wahrnahm.

»Das Kleid ist zauberhaft«, sagte er, und Karen spürte, wie er sie von Kopf bis Fuß musterte.

»Danke, sehr freundlich, Sir«, sagte sie leichthin. Das Kleid war tatsächlich zauberhaft – eine raffinierte Kreation mit rundem Dekolleté, enganliegendem Oberteil und weit schwingendem Rock.

»Ich bin Bob«, sagte er mit einem charmanten Lächeln, das sein Gesicht erhellte – in äußerst attraktives Gesicht, wie Karen jetzt bemerkte, mit geraden Brauen, dichten langen Wimpern, schmaler Nase, festem Mund und einem kleinen Muttermal auf der rechten Wange, das der Perfektion keinen Abbruch tat, sondern sie eher unterstrich. Dichtes schwarzes Haar, das – der Menge der Frisiercreme nach zu schließen, die er hineingetan hatte, um es zu bändigen – seinem Besitzer offenbar zu lockig geraten waren, vollendete den Eindruck.

»Ich heiße Karen«, sagte sie.

»Nun, Karen«, erwiderte er, wobei er ihren Namen fast kosend aussprach, »du bist zweifellos das schönste weibliche Wesen hier heute abend.«

Karen wußte, daß das eine Floskel war, aber sie konnte nicht verhindern, daß ihr ein kleiner Schauder den Rücken hinunterlief. Bob war noch größer als Peter, der schon keinesfalls klein war, und breit und muskulös wie ein Footballspieler, wohingegen Peter durch seine Tennisstunden schlank und sehnig wirkte. Karen registrierte, daß Bob Hosen mit messerscharfen Bügelfalten trug, daß an seinen Ärmeln, die aus dem marineblauen Blazer hervorsahen, teure goldene Manschettenknöpfe leuchteten, seine Krawatte dezent gestreift und seine Slipper auf Hochglanz poliert waren.

Er war offenbar recht eitel, aber Karen kannte diesen Typ Mann und hatte nicht das Gefühl, daß sie Peter hintergehen würde, wenn sie sich von einem attraktiven Unbekannten ein Kompliment machen ließ.

»Du verfügst über einen exzellenten Geschmack«, entgegnete sie und erwiderte das Lächeln.

Er stieß mit seinem Scotch Highball spielerisch an ihre Flasche Rootbeer. »Trinken wir auf die nähere Bekanntschaft«, sagte er leise.

Die anderen Gäste begannen sich um die beiden zu scharen. Karen lief auf Partys stets zu Hochform auf, bewegte sich mit solcher Leichtigkeit in unterschiedlichsten Gruppen, daß einer ihrer Professoren einmal gemeint hatte, sie sei die ideale Begleiterin für einen ehrgeizigen Politiker. Sie redete in einem Gespräch über die wahren Hintergründe der Kubakrise mit, beteiligte sich an einer Diskussion über James Meredith und die Zukunft der Rassenintegration und äußerte in einer anderen Gruppe ihre Meinung über die Aussichten einer zottligen Band aus Liverpool, die sich nach irgendwelchen Insekten benannt hatte.

Karen hätte sich mit einigen Leuten gerne länger unterhalten, doch Bob schien ständig um sie herum zu sein und lenkte sie ab. Irgendwann übernahm er es, die Drinks zu besorgen, goß ihr Rootbeer in ein hohes Glas und mixte etwas dazu, wenn er sich unbeobachtet glaubte. Karen verzog ein bißchen das Gesicht wegen der unpassenden Geschmackskombination aus Hire's und Scotch, aber sie protestierte nicht. Bob war so attraktiv und aufmerksam, und obwohl Karen sich darüber im klaren war, daß sie nur ein bißchen flirteten, genoß sie es doch, wenn sie neidische Blicke von den anderen jungen Frauen aufschnappte.

Nur heute abend, Mädchen, dachte sie und lächelte zufrieden in sich hinein. Morgen könnt ihr ihn wiederhaben.

Wie sich herausstellte, hatte Bob Andy über einen von dessen ehemaligen Zimmergenossen an der Northwestern kennengelernt. Er erzählte ihr, daß er in Kalifornien geboren und aufgewachsen sei und an der Stanford University seinen Abschluß gemacht habe.

»Palmen, Sonne und Tequila«, sagte er mit einem wehmütigen Seufzer. »Vier Jahre lang eine erstklassige Party.«

»Das kann ich mir vorstellen«, erwiderte Karen lachend.

»Aber jetzt in Harvard«, berichtete er und verzog das Gesicht, »heißt es nur noch büffeln, büffeln und noch mal büffeln. Eine echte Schinderei, vierzehn Stunden am Tag, sieben Tage die Woche. Weißt du, daß ich heute abend zum erstenmal seit anderthalb Jahren auf einer Party bin?«

»Ach, du Armster«, sagte Karen tröstend. Auch ein Anwalt, dachte sie amüsiert, über den eines Tages die Eltern irgendeines Mädchens sehr glücklich sein werden.
»Nein, ernsthaft«, versicherte er ihr. »Ich bin gestern von Cambridge hergekommen, und ich werde erst wieder zurückfahren, wenn ich ordentlich gefeiert habe.«
»Na, dann viel Spaß dabei.«
»Weißt du, Cornell ist doch gar nicht so weit von Harvard weg«, bemerkte er irgendwann im Verlauf des Abends, dabei war Ithaca ein paar hundert Meilen von Cambridge entfernt. »Vielleicht komm ich dich mal besuchen.«
Sie hätte ihm fast von Peter erzählt, hielt seine Bemerkung aber dann für nicht ernstzunehmendes Partygeplänkel. Außerdem machten ihr seine Aufmerksamkeiten Spaß, sie wollte noch nicht so schnell darauf verzichten.
»Hm, das dürfte dann wohl so in anderthalb Jahren sein?« sagte sie scherzhaft.
»Oh, in deinem Fall mach ich eine Ausnahme«, konterte er mit einem strahlenden Lächeln.
Erst um zwei Uhr, als die Gäste sich nach und nach verabschiedeten, merkte Karen, wie spät es war. Eine Handvoll Leute wanderte noch ziellos umher. Andy war völlig betrunken auf einem der dünnbeinigen braunen Tweedsofas eingeschlafen. Jill begann aufzuräumen.
»Komm, ich helfe dir«, bot Karen ihr an.
»Ich werd jetzt nicht groß saubermachen«, sagte ihre Freundin. »Nur die Reste in den Kühlschrank packen. Alles andere kann bis morgen warten. Hör mal, es ist sehr spät. Willst du nicht hier übernachten? Wir finden bestimmt eine Couch für dich.«
»Danke, aber ich bin bei meiner Tante und meinem Onkel gut untergebracht.«
Edna und Harry Kern wohnten in der East Seventy-sixth

Street, auf der anderen Seite des Central Parks. Immer wenn Karen abends länger in der Stadt bleiben wollte, übernachtete sie bei den beiden im Gästezimmer mit den Blümchentapeten. Seit Jahren schon hatte sich das als sehr praktisch erwiesen. In der Kommode hatte sie Kleidung zum Wechseln, zwei Pyjamas und eine Zahnbürste, und Onkel Harry hinterlegte beim Nachtportier einen Schlüssel, damit sie nicht klingeln mußte.

»Dann solltest du wohl los, sonst kriegst du kein Taxi mehr«, meinte Jill.

»Schön, dich kennengelernt zu haben«, sagte Karen zu Bob, als er ihr in den Mantel half. »Ich habe mich gut unterhalten.«

»Der Abend muß doch noch nicht vorbei sein, oder?« fragte er. »Es ist früh am Tag. Ein, zwei Clubs haben bestimmt noch auf.«

»Danke für die Einladung«, erwiderte Karen, »aber ich finde, es ist schon ziemlich spät, und ich muß noch quer durch die Stadt.«

»Und ich kann dich bestimmt nicht überreden?«

»Ich fürchte nein. Ich übernachte bei Verwandten. Die sind ziemlich altmodisch, und wenn ich nicht bald auftauche, rufen sie womöglich die Polizei an.«

Sie wußte, daß Tante Edna und Onkel Harry schon seit Stunden selig schlummerten, doch er wußte das nicht. Unter anderen Umständen hätte sie seine Einladung vielleicht angenommen. Aber die Party war vorbei, und in ein paar Tagen würde Peter bei ihr sein.

»Dann helfe ich dir, ein Taxi zu suchen«, erklärte er. »Mir ist nicht wohl bei dem Gedanken, daß du um diese Uhrzeit allein durch die Straßen läufst.«

Sie lächelte. Er war wirklich sehr charmant. »Danke«, sagte sie, »doch das macht schon der Portier.«

»Nun, dann werde ich dich noch zum Ausgang bringen«, beharrte er.
»Warum nicht?« stimmte sie leichthin zu.
Sie verabschiedeten sich von den anderen und gingen. In der Eingangshalle hielten sie jedoch vergebens Ausschau nach dem Portier.
»Vielleicht ist er mal für kleine Jungs«, mutmaßte Bob.
»Oder er hat gerade Kaffeepause.«
Sie warteten etwa zehn Minuten, doch der Portier tauchte nicht auf.
»Komm, ich besorg dir ein Taxi«, schlug Bob vor. »Und außerdem brauch ich auch eins.«
Karen zuckte mit den Schultern. »Na gut.«
Sie traten aus dem Apartmenthaus und machten sich auf die Suche nach einem Taxi. Die Temperatur lag weit unter null Grad. Sie gingen Richtung Central Park West, am Museum für Naturgeschichte vorbei. Die Straßen waren fast menschenleer um diese Uhrzeit, und düstere, abweisende Gebäude warfen das Echo ihrer Schritte zurück.
Als sie den Park erreichten, hielten sie an. Karen stampfte mit den Füßen und rieb sich die Hände, um sich warm zu halten, und Bob blickte angestrengt in alle Richtungen, doch nirgendwo war ein Taxi zu sehen.
»Irgendwann muß ja eins kommen«, sagte er.
Karen kicherte. »Hoffentlich noch bevor wir erfrieren.« Sie war inzwischen dankbar, daß Bob ihr Rootbeer mit Alkohol gemischt hatte, denn der wärmte sie nun.
Sie warteten eine Viertelstunde.
»Vielleicht sollten wir zum Columbus Circle gehen«, schlug Karen vor. »Kann sein, daß wir da mehr Glück haben.«
»Ich weiß was Besseres«, entgegnete Bob. »Laufen wir doch durch den Park.«
Karen wäre nie auf die Idee gekommen, nachts in den Park

zu gehen. Man hörte immer wieder, wie gefährlich das geworden war.

»Du hast dich wirklich reizend um mich gekümmert, aber du solltest wegen mir nicht solche Umwege machen«, sagte sie.

»Das ist doch selbstverständlich. Wo wohnen deine Verwandten?«

»In der East Seventy-sixth Street«, antwortete sie. »Zwischen Park und Lexington Avenue.«

»Und ich wohne bei Freunden in der Seventy-fourth Street, Ecke Third Avenue«, erwiderte Bob. »Du siehst, es ist gar kein Umweg für mich.«

»Na ja, dann ...« Sie war immer noch etwas unentschlossen, aber auch nicht gerade versessen darauf, daß er nun verschwand und sie allein ließ. Außerdem nahm sie an, daß dieser sympathische breitschultrige Mann sie vor sämtlichen Unholden beschützen konnte, die ihnen auflauern mochten. »Warum nicht.«

Sie betraten den Central Park und gingen die Fußwege entlang. Bob hielt ihren Arm und führte sie nach rechts, nach links, über eine kleine Brücke, dann wieder nach rechts, bis die Stadt weit entfernt zu sein schien. Es war dunkel und unheimlich hier und seltsam lautlos. Keine Stimmen durchdrangen die Stille, kein Mondlicht schien durch die Wolkendecke, um den Weg zu beleuchten. Dürre Äste ragten in den finsteren grauen Himmel empor und schienen wie knorrige schwarze Finger nach ihm zu greifen.

»Ich hab keine Ahnung, wo wir sind«, gestand Karen, nachdem sie eine ganze Weile einen gewundenen Pfad nach dem anderen entlanggegangen waren.

»Macht nichts«, sagte er. »Ich kenne mich hier aus.«

Er führte sie so sicher, als tue er das wirklich, und Karen

blieb nichts anderes übrig, als ihm zu folgen. Sie dachte plötzlich daran, daß er von der Westküste stammte und anderthalb Jahre nicht aus Harvard herausgekommen war.
»Woher denn?« fragte sie.
»Ich bin vorhin hier entlanggekommen«, antwortete er ungerührt. »Die Leute, bei denen ich wohne, haben mir den Weg beschrieben.«
»Ah ja«, murmelte sie.
»Vertrau mir«, sagte er. Er klang amüsiert.
Sie gingen weiter, doch der Pfad wurde immer schmaler, das Unterholz dichter.
»Es ist so dunkel«, stellte Karen fest. »Ich kann nicht mal die Richtung erkennen.«
»Ganz einfach«, erklärte Bob. »Hörst du das Wasser plätschern? Das ist der See. Solange wir den rechts von uns haben, gehen wir Richtung Osten.«
Karen horchte angestrengt, doch sie konnte nicht ausmachen, aus welcher Richtung das leise Plätschern kam, und sie wünschte sich plötzlich, Brotkrumen auf den Weg geworfen zu haben.
»Kommen wir auf die Transverse Höhe Seventy-ninth Street?«
»Nein«, erwiderte er. »Den Weg kenne ich nicht. Aber so stoßen wir genau auf die Seventy-sixth Street.«
»Hoffentlich«, sagte Karen. »Mir klappern schon die Zähne.«
»Frierst du sehr?« fragte er. »Da kann ich abhelfen.« Er knöpfte seinen dicken Mantel auf und zog Karen an sich. »Besser?«
Die unerwartete Wärme seines Körpers tat gut, aber er hielt sie zu fest, preßte sie zu dicht an sich, was ihr unangenehm war.
»Es geht schon«, meinte Karen. »Es kann ja nicht mehr weit sein. So schlimm ist es nicht mit dem Frieren.« Sie versuch-

te Abstand zu halten, aber er ließ sie nicht los. »Wirklich, es ist okay«, versicherte sie ihm. »Bestimmt.«

»Sei nicht albern«, entgegnete er und zog sie weiter mit sich.

»Was sollen denn deine Verwandten sagen, wenn ich dich als Eiszapfen nach Hause bringe?«

»Ach . . .«

Sie war gerade drauf und dran, nachzugeben, als er mit rauher Stimme erklärte: »Außerdem fühlt es sich gut an.«

Karen blieb abrupt stehen. »Bitte«, sagte sie höflich, aber bestimmt, »ich weiß deine guten Absichten zu schätzen, doch es wäre mir wirklich lieber, wenn du mich jetzt loslassen würdest.«

»Und wenn ich nicht will?« entgegnete er neckisch und packte sie noch fester.

Trotz der Kälte spürte Karen, wie ihr ein unangenehmer Schauder den Rücken hinunterlief.

»Sieh mal, du bist ein netter Kerl«, sagte sie, wobei sie ihre Worte mit Bedacht wählte, »aber ich möchte nicht, daß du einen falschen Eindruck bekommst. Du mußt wissen, ich bin verlobt, ich werde bald heiraten.«

Karen log sonst nie, aber sie hatte das Gefühl, daß die Situation diese kleine Übertreibung rechtfertigte.

»Wenn du verlobt bist«, erwiderte er schroff, »wieso bietest du dich dann anderen Männern an?«

»Ich habe nichts dergleichen getan«, gab sie zurück.

»O doch. Und ich habe mich nicht den ganzen Abend umsonst bemüht.«

Bevor sie ihn davon abhalten konnte, hatte er sie an sich gerissen. Seine Zunge drang in ihren Mund, seine Hände glitten unter ihren Mantel.

»Laß das«, stieß sie aus und wollte sich seinem Griff entziehen, doch er war viel zu kräftig. Sie hatte keine Chance.

»Du kannst jetzt aufhören mit dem Theater«, sagte er lachend.
»Das ist kein Theater«, widersprach sie heftig, während sie versuchte sich loszureißen, »und ich finde das überhaupt nicht witzig. Laß mich sofort los.«
Es mochte daran liegen, daß er zuviel getrunken hatte oder daß er durch sein Studium zu sehr unter Streß stand, Karen wußte es nicht, jedenfalls schien plötzlich etwas in ihm aufzubrechen.
»Halt's Maul«, schnauzte er sie an und schlug sie mit solcher Wucht ins Gesicht, daß sie rückwärts gegen einen Dornenstrauch taumelte.
»Was machst du denn?« schrie sie, als ihr, viel zu spät, klar wurde, daß hier etwas ganz entschieden schieflief.
»Ich geb dir, wonach du verlangt hast«, stieß er aus und riß sich den schweren Mantel vom Leib.
»Ich habe nach gar nichts verlangt«, beteuerte Karen und rappelte sich hoch. »Ich hab mich nur amüsiert – wie alle anderen auch.«
Er lachte rauh. »Ich weiß, wann eine Frau es drauf anlegt. Das Kleid sprach schon Bände.«
»Du bist ja verrückt!« schrie sie, ohne die Wirkung ihrer Worte zu erwägen. Sie drehte sich um und wollte weglaufen.
Er packte sie an den Haaren und riß so heftig daran, daß sie rückwärts auf ihn stürzte. Dann zerrte er ihren rechten Arm hinter ihren Rücken und verdrehte ihn, bis sie einen furchtbaren Schmerz spürte und etwas riß.
»Verrückt? Du meinst, ich sei verrückt?« knurrte er dicht an ihrem Ohr. »Wart nur ab, bis ich mit dir fertig bin.«
Er wirbelte sie herum und streckte sie mit einem gezielten Schlag in den Magen zu Boden Karen lag da wie gelähmt, rang nach Atem, und ihre Fassungslosigkeit verwandelte

sich in Furcht. Sie ahnte nicht, was kommen würde, als sie spürte, wie er ihr in die Rippen trat. Sie versuchte sich zur Seite zu rollen, er bekam sie am Nacken zu fassen, und als sie sich in eine andere Richtung drehen wollte, versetzte er ihr einen Tritt in den Unterleib. Wo sie sich auch hinwandte, überall wartete dieser auf Hochglanz polierte Slipper und trat zu.

»Bitte«, wimmerte sie.

»So ist es recht, bettle nur«, zischte er. »Sag mir, daß es dir leid tut, daß du mich wütend gemacht hast. Sag mir, wie sehr du es haben willst.«

Er hockte sich auf sie, zerrte an ihrem Mantel und dann an ihrem Kleid. Der teure Satinstoff gab nach wie Papier. Er packte ihren BH, der sich löste und ihr die Haut aufriß. Er zerfetzte ihren Hüfthalter. Die zarten Seidenhöschen, die Karens Mutter ihr immer aufdrängte, boten seinen gewalttätigen Händen keinen Widerstand.

Sie spürte, wie seine Hände ihren Körper betasteten – ihre Brüste, ihre Schenkel, die Stelle zwischen ihren Beinen –, Orte, die nicht einmal Peter bislang erkunden durfte. Und seine Zähne folgten seinen Händen und hinterließen eine grausige Spur auf ihrer Haut.

Als sie glaubte, die Grenze ihrer Leidensfähigkeit erreicht zu haben, hielt er plötzlich inne – doch nur, um den Reißverschluß seiner Hose zu öffnen. Dann drang er ohne weitere Umschweife roh in sie ein.

Karen schrie. Noch nie hatte sie einen solchen Schmerz erlebt. Es war, als schlitzte sie jemand mit einem glühenden Messer auf. Der Schmerz begann zwischen ihren Beinen und schoß bis in die Brust hinauf. Und sofort legte sich eine Hand auf ihren Mund, die andere um ihren Hals – erstickten ihre Schreie, nahmen ihr den Atem.

»Ich hab gesagt, du sollst bitten, nicht schreien«, knurrte er.

Doch sie brachte kein Wort heraus, konnte sich nicht mehr rühren, nicht einmal mehr atmen. Sie vermochte nur noch dazuliegen, als er immer wieder in sie stieß. Tränen strömten ihr übers Gesicht, ihre Lungen brannten. Sie wollte nicht glauben, daß ihr so etwas widerfuhr, zumal sie doch immer so vorsichtig gewesen war, doch der schreckliche Schmerz ließ ihr keinen Zweifel daran.

In diesem Moment begriff sie, daß sie sterben mußte, daß er sie nicht am Leben lassen würde, und sie betete, daß es schnell gehen möge.

Bald verschwamm die Welt um sie herum, ihre Lider flatterten. Töne und Umrisse verblaßten, und sie schien sich in die Lüfte zu erheben, seltsam leicht, höher und immer höher, bis sie über den düsteren grauen Wolken schwebte, in einem milden weißen Licht, wo alles gut war und niemand ihr etwas zuleide tat. Sie dachte, daß es gar nicht so schlimm war, tot zu sein.

Als sie die Augen wieder aufschlug, sah sie zuerst nur den verhangenen Himmel. Ihr Peiniger war verschwunden. Keine Hand hielt ihr mehr den Mund zu, und die Kälte hatte sie fast gefühllos gemacht. Sie sog gierig die eisige Luft ein und fragte sich, woher das merkwürdige rasselnde Geräusch kam, das sie hörte. Sie konnte kaum glauben, daß sie noch lebte, und wollte gerade ein stummes Dankgebet sprechen, als sein Gesicht plötzlich über ihr auftauchte.

»Hat dir das gefallen?« säuselte er. »Komm, sag's mir. So gut hat's dir bestimmt noch keiner gemacht.«

Karen wandte den Kopf ab.

Er schlug ihr mit dem Handrücken quer übers Gesicht. »Sag's mir«, bellte er.

Sie öffnete den Mund, doch es kam nur ein rauhes Zischen heraus.

Er befingerte sie grob. Mit dem letzten Rest ihrer Kraft

stöhnte sie und versuchte wegzurutschen, doch er hielt sie fest.
»Wo willst du denn hin?« höhnte er. »Ich bin noch nicht fertig mir dir. Im Gegenteil, ich hab gerade erst angefangen.«
Karen starrte ihn voller Abscheu an und fragte sich, wie sie diesen Mann jemals hatte attraktiv finden können.
»Nicht mehr«, brachte sie krächzend hervor.
»Was du nicht sagst«, erwiderte er lachend. »Ich muß mich für diese ganzen keuschen Monate entschädigen, die ich nur mit Lernen verbracht habe, und du bist gerade die einzige Beute weit und breit.«
Damit drehte er sie auf auf den Bauch, spreizte ihre Beine und drang wieder in sie ein, diesmal an einer Stelle, wo sie es bislang für unmöglich gehalten hatte.
Der Schrei, der in Karens Hals aufsteigen wollte, erstarb im Dreck. Der erste Schmerz war schon qualvoll gewesen, doch der jetzige war ungleich höllischer – er stieß in sie, zerriß, zerfetzte, zerstörte alles in ihrem Inneren.
Endlos lange bearbeitete er sie wie ein Stier, raubte ihr alle Würde, steigerte sich in eine kopflose Raserei hinein, dann entlud er sich in sie. Sie war so betäubt, daß sie kaum spürte, wie er sich zurückzog, und jegliches Zeitgefühl verlor.
Flüssigkeiten sickerten aus ihrem Körper, sichtbare Spuren eines erlöschenden Lebens. Sie merkte es nicht mal, als er sie auf den Rücken drehte.
»Das war schon besser«, sagte er genüßlich. »Noch etwas Übung, dann kannst du das ganz gut.«
Sie keuchte nur.
Er riß ihren Kopf an den Haaren hoch, und ihr Körper schmerzte an zahllosen Stellen.
»Ich weiß, was du als nächstes willst, du Schlampe«, säuselte

er ihr ins Ohr. »Ganz genau weiß ich es. Du findest das bestimmt genauso toll wie ich. Und ich wette, du kannst es richtig gut, wie?«
Ihre Augen waren verschleiert, sie vermochte ihn kaum mehr zu erkennen. Sie wußte nicht, was er im Sinn hatte, aber es spielte auch keine Rolle – sie würde ihn doch nicht davon abhalten können. Er würde tun, was er wollte, und dann war er fertig mit ihr, und sie war tot, und das war in Ordnung so. Sie konnte sich sowieso nicht mehr vorstellen, danach weiterzuleben.
Er hielt sie noch immer an den Haaren, und sie spürte jetzt, wie er sie fester packte. Bevor sie wußte, was er vorhatte, kam er auf die Knie und stieß sein Geschlechtsteil tief in ihren Mund.
»Zeig mir, wie gut du das kannst, Schlampe«, schrie er heiser. »Zeig mir, wie sehr du es magst.«
Karen konnte nichts dagegen tun – sie mußte würgen, und ihre Zähne schlugen zusammen.
Bob heulte wütend auf und entzog sich ihr. »Solche Spielchen machst du nicht mit mir«, schrie er, und seine rechte Faust sauste auf ihr Gesicht zu und traf mit voller Wucht ihren Kiefer.
Danach erinnerte sich Karen an nichts mehr.

2

Dr. Stanley Waschkowskis Zeit als Assistenzarzt am Manhattan Hospital ging bald zu Ende. Er war ein großer, hagerer Mann mit schütterem braunem Haar und forschenden dunklen Augen, der nie frisch rasiert aussah und dessen Gesicht jene Blässe angenommen hatte, die sich einstellt, wenn man sich zuviel in geschlossenen Räumen zwischen Kranken und Sterbenden aufhält. Er hatte vier Jahre lang sämtliche nur denkbaren Krankheiten und Verletzungen zu sehen bekommen – ein Vorteil der Großstadtausbildung, den er bei sich zu Hause, in einer Kleinstadt in New Hampshire, nicht gehabt hätte –, und er bildete sich etwas darauf ein, daß es ihm gelungen war, jenen emotionalen Abstand zu schaffen, den ein Arzt zum Überleben brauchte.

»Wenn du mit jedem Patienten mitfühlst, dem du nicht helfen kannst«, hatte ihm einmal ein Arzt gesagt, den er sehr bewunderte, »hast du bald keine Kraft mehr für die, denen du helfen könntest.«

Noch bevor sein Praktikum zu Ende war, hatte Waschkowski sich diesen Rat zum Credo gemacht. Und zwar so gründlich, daß ihn die jüngeren Assistenzärzte manchmal heimlich »altes Steingesicht« nannten. Doch das störte ihn nicht, ja, er war sogar eher stolz auf den Spitznamen, weil er wußte, wie hart er ihn sich erarbeitet hatte.

Aber als er zusah, wie die Schwester in der Notaufnahme der mißhandelten jungen Frau vor ihm die wenigen verbliebenen Fetzen ihrer Kleidung vom Leib schnitt, trat Zorn in seine Augen, und die eiserne Klammer, die seine Gefühle zügelte, verrutschte etwas.

»Gott, das ist ja fast noch ein Kind«, murmelte er.

Waschkowski hatte selbst zwei Töchter. Die Vorstellung, daß einer von ihnen jemals so etwas zustoßen könnte, reichte aus, um ihn seinen hippokratischen Eid vergessen zu lassen.

»Okay, es besteht akute Atemnot«, sagte er zu der Assistentin, die ihn gerufen hatte. »Bereiten Sie sie für einen Luftröhrenschnitt vor.«

Er blickte auf die junge Frau hinunter, die blutbeschmiert und zerschunden vor ihm lag, kaum mehr atmete und seiner Hilfe bedurfte. Dann machte er sich entschlossen an die Arbeit.

»Sagen Sie mir was, sobald Sie etwas wissen, Doc«, hatte der stämmige Polizeibeamte ihn gebeten, der dem Krankenwagen gefolgt war. Trotz seines Alters und seiner offenkundig langjährigen Berufserfahrung sah er ziemlich grün im Gesicht aus.

»Setzen Sie sich, Sergeant«, forderte ihn der Arzt auf. »Trinken Sie eine Tasse Kaffee. Es wird eine Weile dauern.«

Eine Stunde später trat er aus der kleinen Kammer. Sein weißer Kittel war blutbefleckt. »Haben Sie ihre Personalien?« wollte er von dem Polizisten wissen.

»Hab ich«, antwortete dieser.

»Rufen Sie dort an«, sagte der Arzt. »Es muß jemand herkommen. Wir brauchen eine Einwilligung.«

Henry »Tug« McCluskey stand sechs Monate vor der Pensionierung. Er hatte dreißig Jahre harten Dienst bei der New Yorker Polizei hinter sich und dabei eine makellos saubere Weste behalten, was ihm nicht immer leichtgefallen war. Sein Wohnzimmer hing voller Belobigungen, seine Uniform war mit Orden gespickt, und in Kürze würde er die goldene Armbanduhr erhalten. Trotz alledem hatte er dieses arme Mädchen nicht beschützen können.

Was Schuß- und Stichwunden, Verstümmelungen, Erwürgte und Zusammengeschlagene betraf, hatte er in Manhattan mehr als genug gesehen, aber er hatte sich auch in dreißig Jahren nicht daran gewöhnt. Jedes einzelne dieser brutalen Verbrechen hatte seinen Tribut bei ihm gefordert, doch der Anblick von Karen Kerns zerschlagenem, blutendem Körper in dem Gebüsch war mit Abstand das Schlimmste, was er je erlebt hatte.

Als er an diesem kalten Samstagmorgen drei Tage vor Weihnachten in der Notaufnahme des Krankenhauses saß, hätte er seine Belobigungen, seine Orden, seine goldene Armbanduhr und sogar seine Rente gegeben, wenn er dafür fünf Minuten mit dem Schweinehund hätte allein sein können, der dem Mädchen das angetan hatte.

Tugs Eltern hatten ihm schon früh beigebracht, Frauen zu achten, und er hatte seine vier Söhne entsprechend erzogen. In der Stadt hieß er nur der »Gentleman-Cop«, sogar bei den Huren in der Eighth Avenue, denen er immer wieder Ärger machte. Er war der festen Überzeugung, daß dieses Mädchen eine solche Behandlung nicht verdient hatte, was es auch getan haben mochte, um solche Gewalttätigkeit zu provozieren.

Der Sergeant erhob sich schwerfällig von seinem Stuhl und stapfte zu den Telefonen am anderen Ende der Notaufnahme, um den Teil seiner Arbeit hinter sich zu bringen, den er am meisten haßte. So ruhig und neutral wie möglich erklärte er der Frau am anderen Ende der Leitung, daß sie sofort ins Krankenhaus kommen müsse.

»Nein, Ma'am«, erwiderte er seufzend, »ich kann Ihnen leider noch nichts Genaueres sagen. Aber die Ärzte werden Sie sicher informieren, wenn Sie hier sind.«

Tug McCluskey brauchte zwar sämtliche Details der Untersuchung für seinen Bericht, aber er wußte auch ohne die schlauen Bemerkungen der Ärzte, daß Karen Kern vergewaltigt und halb zu Tode geprügelt worden war. Doch das wollte er den Eltern nicht am Telefon mitteilen. Sie würden es noch früh genug erfahren.

3

Leo und Beverly Kern gingen auf dem Flur im dritten Stock des Manhattan Hospital auf und ab – ein dürrer kleiner Mann mit einer Nickelbrille, der sich hastig etwas über seinen Pyjama gestreift hatte, und eine dralle Frau mit leuchtend blauem Lidschatten, die einen knöchellangen Nerzmantel trug. Stumm begegneten sie sich immer wieder auf halbem Weg.

Beverlys Pumps klackten laut auf dem fleckigen grauen Linoleumboden; das Geräusch wirkte völlig fehl am Platz in dieser sterilen, gedämpften Atmosphäre. Es hatte in ihrem fünfundvierzigjährigen Leben noch nie eine Situation gegeben, die Beverly keine Zeit mehr gelassen hätte, sich herzurichten. An diesem Grundsatz gab es in ihrer Familie seit Generationen nichts zu rütteln – man ging prinzipiell nur passend aufgemacht und mit sauberer Unterwäsche aus dem Haus.

Leo schimpfte und rannte nervös auf und ab, als Beverly sich ein elegantes Wollkleid anzog und mit diversen Kosmetika ihren Falten und Krähenfüßen zu Leibe rückte, doch nach knapp einer Viertelstunde stiegen sie in der Garage in den großen schwarzen Buick und ließen Great Neck im Eiltempo hinter sich.

Eine Ewigkeit schien seit dem Anruf vergangen zu sein, als sie nun hier auf und ab schritten, aber tatsächlich waren es bloß sechs Stunden.

»Was dauert da nur so lange?« murrte Beverly, als sie wohl zum hundertstenmal den Korridor entlangging.
»Manches braucht eben seine Zeit«, erwiderte Leo geduldig, »und dazu gehören auch Operationen. Du willst doch nicht, daß sie sich beeilen und etwas falsch machen, oder?«
»Nein, natürlich nicht«, räumte Beverly ein. »Das Warten ist nur so schrecklich.«
Um halb zehn hatten Pfleger Karen in den Operationssaal geschoben. Jetzt war es Viertel vor drei.
»Ihre Tochter hat schwere Verletzungen erlitten«, hatte Dr. Waschkowski ihnen mitgeteilt, als sie in die Notaufnahme gehastet kamen. Den Buick hatten sie auf dem Parkplatz des Krankenhauses abgestellt. So früh am Samstagmorgen war noch wenig Verkehr auf den Straßen, auch Streifenwagen waren keine unterwegs, und so waren sie in einer Rekordzeit von siebenundzwanzig Minuten ins Zentrum von Manhattan gelangt.
»Was ist passiert?« fragte Beverly.
»Offenbar wurde Ihre Tochter Opfer eines Überfalls.«
»Überfall?« rief Beverly fassungslos aus. »Wovon reden Sie? Da muß ein Irrtum vorliegen. Sie war gestern abend auf einer Party. Bei ihrer besten Freundin.«
»Man hat sie heute morgen gegen halb sieben im Central Park gefunden«, berichtete Tug McCluskey. »Ich war um kurz vor sieben an dieser Stelle.«
Er wollte den verängstigten Eltern nicht schildern, welcher Anblick sich ihm geboten hatte, als er und die beiden Sanitäter mit dem Taxifahrer die Lichtung erreicht hatten. »Ich habe Ihre Tochter hergebracht«, sagte er statt dessen.
»Was hatte sie im Central Park zu suchen?«
»Das wissen wir nicht, Ma'am«, antwortete McCluskey.
»Was hat sie für Verletzungen?« fragte Leo.

»Meiner Eingangsuntersuchung nach liegen diverse Quetschungen und Brüche vor, und es gibt Anzeichen für Unterleibsblutungen«, sagte Waschkowski. »Wir haben eine Tracheotomie vorgenommen, um ihr das Atmen zu ermöglichen.«
»Hat sie schlimme Schmerzen?«
»Nein«, beruhigte er die Eltern. »Sie ist bewußtlos.«
»Großer Gott!« keuchte Beverly.
»Das ist bei solchen Fällen nicht unüblich«, beeilte sich der Arzt zu versichern. »Sie hat einen Schock erlitten – zum einen aufgrund der Verletzungen, zum anderen, weil sie wohl mehrere Stunden lang Temperaturen unter dem Gefrierpunkt ausgesetzt war.«
»Warum sollte jemand so etwas tun?« fragte Leo. »Es kann kein Raubüberfall gewesen sein. Sie trug keinen teuren Schmuck und hatte nicht viel Geld bei sich.«
Waschkowski räusperte sich und verlagerte sein Gewicht. Was ihm jetzt bevorstand, verabscheute er an seinem Beruf fast genauso wie einen Patienten zu verlieren.
»Wir ... äh ... glauben, daß der Täter nicht direkt einen Überfall im Sinn hatte«, sagte er so behutsam wie möglich. Er hatte bei der Untersuchung Sperma in der Vagina, im Mund und im Rektum des Mädchens gefunden. »Sie wurde vergewaltigt.«
Beverly schrie auf. Das war der schlimmste Alptraum einer Mutter.
»Mein Kleines«, klagte sie, »mein Kleines.« Und dann erklärte sie bestimmt: »Ich will, daß sie die bestmögliche Pflege bekommt, und zwar im besten Krankenhaus der Stadt.«
»Das ist das Manhattan Hospital«, sagte Leo zu ihr.
»Ich wünsche, daß sich zwei Ärzte um sie kümmern«, erwiderte sie scharf. »Nichts gegen Sie, Dr. Waschkowski, aber

ich möchte meine Tochter nicht einem Assistenzarzt anvertrauen. Ich will die besten Fachkräfte.«

»Ich habe mir schon erlaubt, einige Spezialisten hinzuzuziehen«, versicherte ihr Waschkowski. »Ein Oralchirurg, ein Orthopäde, ein Urologe, ein Neurologe und ein Gynäkologe, samt und sonders renommierte Fachkräfte, halten sich bereit. Sie sind sich einig, daß man so rasch wie möglich operieren sollte.«

»Natürlich«, sagte Leo.

»Wenn Sie meinen«, murmelte Beverly.

»Einer von Ihnen müßte die erforderlichen Papiere unterzeichnen.«

Leo war mit dem Arzt weggegangen, um das zu erledigen. Beverly hatte inzwischen immer wieder versucht, einen Blick in die kleine weiße Kammer zu werfen, in der man Karen für die Operation vorbereitete.

»Ihre Tochter wird schon wieder, Ma'am«, versuchte Tug McCluskey sie zu beruhigen. »Die sind schon mit Schlimmerem fertig geworden.«

»Danke«, erwiderte Beverly.

Tug räusperte sich wie Waschkowski kurz zuvor. »Ich wollte Ihnen nur sagen, Ma'am«, fügte er hinzu, »wie leid mir das tut.«

»Das ist sehr freundlich von Ihnen.«

»Ich meine, ich hab selbst zwei Enkelinnen, wissen Sie, und wenn ich den Kerl schnappe, der Ihrer Kleinen das angetan hat, leg ich ihn vielleicht einfach um.«

»Ohhh«, stöhnte Beverly und wandte sich ab. Der Gedanke, daß all diese Leute wußten, was man ihrem Baby angetan hatte, war geradezu unerträglich für sie.

Ein steter Strom an Klinikpersonal betrat Karens Kammer, während Beverly untätig draußen warten mußte. Dann kamen Grüppchen von zwei oder drei Leuten wieder heraus

und diskutierten in knapper Fachsprache, die Beverly weitgehend unverständlich blieb, was sie gesehen hatten.
Doch während Beverly dort vor den Türen des Operationssaals wartete, hatte sie ohnehin das Gefühl, nicht mehr viel zu verstehen. Sie wußte nur, daß Karen am Abend zuvor um sieben das Haus verlassen hatte, um zu einer Party bei ihrer besten Freundin zu gehen, und daß man sie zwölf Stunden später bewußtlos im Central Park gefunden hatte. Ihre kluge, hübsche, wohlerzogene Tochter – wie hatte ihr so etwas Schreckliches zustoßen können, zumal Beverly sie doch so oft davor gewarnt hatte, sich mit Fremden einzulassen?
»Vielleicht sollten wir Jill anrufen«, riß Leo sie aus ihren Gedanken.
»Wozu?« erwiderte Beverly. »Du glaubst doch wohl nicht, daß die Hartmans irgend etwas damit zu tun haben, oder?«
»Nein, natürlich nicht«, murmelte er. »Ich dachte nur, Jill könnte dazu beitragen, das Ganze aufzuklären.«
»Was gibt es da aufzuklären?« meinte Beverly stöhnend und blickte auf den kahlen, glänzenden Schädel ihres Mannes hinunter. »Ich finde das alles schrecklich klar, du nicht?«
»Aber wir könnten doch zumindest ...«
»Laß uns noch etwas abwarten«, sagte Beverly. »Wir können auch später mit Jill sprechen. Schlimm genug, daß die Polizei schon mit der Sache befaßt ist. Solange Karen uns nicht selbst berichtet, was vorgefallen ist, sollten wir jedes weitere Aufsehen unbedingt vermeiden.«
Leo nickte langsam. »Das habe ich nicht bedacht.«
Er war ein kurzsichtiger kleiner Mann, der im Alter von sechsundzwanzig Jahren von einer Mutter zur anderen gegangen war, ohne sich dessen bewußt zu sein.

Um zwanzig vor vier schoben sie Karen aus dem Operationssaal. Stanley Waschkowski ging zu ihren Eltern, die ihn im Aufwachraum erwarteten. Er machte einen erschöpften Eindruck.

»Sie hat es gut überstanden«, berichtete er. »Sie hatte mehr innere Verletzungen, als wir angenommen hatten, aber wir sind zuversichtlich, daß alles gut abheilen wird.«

Später, wenn sie ruhiger sind, kann ich ihnen Einzelheiten mitteilen, dachte er, aber im Augenblick sind sie nicht in der richtigen Verfassung dafür.

»Eine Zeitlang wird sie noch sehr beeinträchtigt sein«, sagte er. »Aber dann wird sie wieder auf die Beine kommen, und das Ganze wird ihr wie ein böser Traum erscheinen.«

»Ist sie bei Bewußtsein?« fragte Beverly.

»Nein, noch nicht.«

»Kann ich zu ihr?«

»Warten Sie noch etwa eine Stunde, bis wir sie auf die Intensivstation verlegen. Bis dahin wird sie wach sein.«

»Sie muß auf die Intensivstation?« fragte Leo.

»Bei Fällen von schwerem Trauma gehen wir kein Risiko ein«, antwortete Waschkowski. »Ihre Tochter war bewußtlos, als sie eingeliefert wurde. Das kann eine Folge des Schocks, aber es kann auch auf Hirndruck zurückzuführen sein. Und außerdem möchten wir beobachten, ob eine Nierenverletzung vorliegt. Wenn wir sie ständig im Auge behalten, können wir auf jedes weitere Problem sofort reagieren.«

Um zehn Uhr abends hatte Karen vierzig Grad Fieber.

»Woher kommt das?« jammerte Beverly.

»Lungenentzündung«, sagte Dr. Waschkowski. »Wir hatten gehofft, daß es sich vermeiden ließe, aber es ist keine Überraschung für uns angesichts ihres Zustands.«

»Ist das gefährlich?« wollte Leo wissen.

»In dieser Verfassung ist leider alles gefährlich.« Der Assistenzarzt seufzte. »Aber wir behandeln mit Penizillin, Aspirinzäpfchen und Alkoholbädern, womit wir die Entzündung eigentlich in den Griff bekommen sollten. Glücklicherweise gibt es bis jetzt keinerlei Anzeichen für erhöhten Hirndruck oder Nierenversagen.«

Um Mitternacht überredete man die erschöpften Eltern, nach Hause zu fahren.

»Sie können nichts tun, auch wenn sie zu sich kommt«, versicherte ihnen Waschkowski. »Und es ist durchaus möglich, daß es zweiundsiebzig Stunden dauern wird, bis wir wissen, ob wir die Lungenentzündung im Griff haben. Ich bin die ganze Nacht hier, und ich rufe Sie sofort an, wenn Veränderungen auftreten.«

»Um jede Uhrzeit?« fragte Beverly.

»Um jede Uhrzeit«, versprach er.

Sie fuhren zur großen Wohnung von Edna und Harry Kern in der Seventy-sixth Street. Trotz fortgeschrittener Uhrzeit waren die beiden noch auf.

»Wir haben erst gemerkt, daß sie nicht hier ist, als wir euren Anruf bekamen«, schluchzte Edna. »Wir haben den Schlüssel hinterlegt und sind schlafen gegangen, wie immer.«

»Macht euch keine Vorwürfe«, sagte Leo. »Ihr konntet das ja nicht ahnen.«

»Natürlich nicht«, bestätigte Beverly, und dann traf sie die ihr einzig sinnvoll erscheinende Entscheidung und legte den Grundstein zu dem Lügengebäude, das sie in den folgenden Wochen und Monaten vollenden und für den Rest ihres Lebens erhalten würde. »Wer hätte schon vorhersehen können, daß ein so furchtbarer ... Unfall geschehen würde?«

4

Zuerst gab es keine Tage, Stunden oder Minuten, kein Maß für die Zeit und auch keine Gedanken, Gefühle oder Erinnerungen, nur das dämmrige schwarze Nichts, das ihren Körper wiegte und schützend ihren Geist umhüllte.
Dann verdrängte dichter grauer Dunst das Dunkel, Schicht um Schicht, umschwebte sie, fast zum Greifen nah, und trieb sie erbarmungslos dem unerwünschten Wachsein entgegen, das in der Nähe ihres Geistes lauerte.
Allem Widerstand, den sie leistete, zum Trotz gewann schließlich das Bewußtsein die Oberhand. Zuerst kamen die Stimmen. Sie hörte sie durch den Dunst – leise, dringlich, zu undeutlich, als daß sie die Worte hätte begreifen können, lästig. Ihnen folgten die Gerüche. Sie waren fremd und unangenehm und drangen ihr bei jedem ihrer mühseligen Atemzüge in die Nase. Und am Ende wartete dann das Schmerzempfinden und damit der qualvolle Durchbruch zum grellen Licht der Wirklichkeit und des Grauens.
Karen schlug die Augen auf.
Sie lag in einem fremden Bett, an einem Ort, an dem sie noch nie gewesen war. Splittrige Sonnenstrahlen fielen durch ein hohes Fenster an der Wand gegenüber. Unbekannte, weiß gekleidete Menschen beugten sich über sie. Alles um sie herum war weiß – das Hemd, das sie trug, die Laken auf ihrem Körper, die pockennarbigen Deckenflie-

sen über ihr. Sie wollte fragen, wo sie war, wollte jemandem von den Schmerzen berichten, doch sie schien ihren Mund nicht bewegen zu können und brachte nur ein seltsames Gurgeln hervor.

»Julie, hol Dr. Waschkowski«, sagte eine Frau, die ihr graues Haar in einem Knoten trug, zu der Helferin neben ihr. »Ich glaube, sie ist bei Bewußtsein.«

»Ja, Ma'am.« Die zierliche rotblonde Helferin mit den riesigen himmelblauen Augen lief aus dem Zimmer, und die grauhaarige Frau beugte sich über das Bett und lächelte. Einzelne Haarsträhnen hatten sich aus ihrer Frisur gelöst und umspielten ihr gütiges Gesicht.

»Sie sind in Sicherheit«, sagte sie mit einer Stimme, die beruhigend und wohltuend auf Karen wirkte. »Sie sind auf der Intensivstation des Manhattan Hospital. Man hat Sie nach Ihrem ... Unfall hierhergebracht. Sie brauchen sich um nichts zu sorgen. Der Doktor wird gleich hiersein und Ihnen alle Fragen beantworten. Sie wollen bestimmt vieles wissen.«

Wieder bemühte sich Karen, etwas zu äußern, aber es gelang ihr nicht. Sie versuchte den rechten Arm zu heben, um herauszufinden, weshalb sie ihren schmerzhaft pochenden Kopf nicht bewegen konnte, doch der Arm steckte in einer schweren weißen Hülle. Sie spähte aus dem Augenwinkel nach ihrem anderen Arm. Er war an einem weißen Brett festgemacht, ihre Hand lag auf dem Rücken, und aus dem Handgelenk ragte eine Nadel hervor. Überall in ihrem Körper schienen Schläuche und Drähte zu stekken. Karens Augen weiteten sich angstvoll. Sie wollte schreien, doch auch diesmal war nur ein Gurgeln zu hören.

»Haben Sie keine Angst«, sagte die Frau in Weiß beruhigend. »Entspannen Sie sich. Versuchen Sie nicht zu spre-

chen. Alles wird gut werden. Glauben Sie mir, dieses Zeug hier sieht gräßlicher aus, als es ist.«
Rose Thackeray arbeitete seit einundvierzig Jahren als Krankenschwester. Sie war ziemlich sicher, daß sie sich kaum etwas Schrecklicheres vorstellen konnte als das, was diesem armen Mädchen widerfahren war.
Karen schloß die Augen. Tränen rannen ihr über die Wangen und tropften aufs Kissen. Der Schmerz war überall – im Kopf, in den Augen, der Nase, dem Mund, der Brust, den Armen, dem Unterleib, dem Bein. Es tat weh, wenn sie sich bewegte, wenn sie stillag, wenn sie atmete. Sie erinnerte sich undeutlich daran, daß sie mit Bob im Central Park gewesen war, aber das war bei Nacht gewesen. Nun war es heller Tag, und sie wußte nicht, was inzwischen geschehen war. Sie hoffte, daß diese freundliche grauhaarige Frau ihrer Tante und ihrem Onkel Bescheid gegeben hatte. Sie wollte nicht, daß sie beunruhigt waren, weil sie nicht zum Frühstück erschien.
»Karen?« sagte eine Stimme. »Karen, hören Sie mich?«
Sie schlug wieder die Augen auf. Das Sonnenlicht war verschwunden. Draußen vor dem Fenster war es dunkel. Ein großer Mann stand neben ihrem Bett, der bei diesem Licht wie Bob aussah. Karen keuchte und begann um sich zu schlagen. Sie wußte, daß es ihr diesmal gelingen mußte, ihm zu entkommen. Das gab ihr die Kraft, die bohrenden Schmerzen zu ignorieren, die ihrem Körper zusetzten.
Der Mann, der Bob glich, rief etwas über die Schulter, und eine Frau in Weiß eilte herbei und reichte ihm einen Gegenstand. Er schlug die Bettdecke zurück stach mit einer langen Spritze in Karens Hüfte.
Friedliche Wärme durchströmte sie. Sie tanzte auf einer blühenden Wiese, und Blumendüfte stiegen ihr in die Nase. Die Sonne schien ihr warm ins Gesicht.

»Karen?« sagte die Stimme wieder. »Hören Sie mich?«
Sie wollte nicht antworten. Sie wollte weiter auf der Wiese spielen.
»Karen, wachen Sie jetzt bitte auf.«
Die Wiese verschwamm, das leuchtende Grün und das strahlende Blau des Himmels verblaßten, der süße Duft von Blumen und Gräsern wurde schal, roch nach Desinfektionsmitteln. Widerstrebend erwachte sie und wurde von der weißen, feindlichen Welt empfangen.
Am Fuß des Bettes stand ein Mann. Er hatte warme braune Augen und eine markante, gebogene Nase, und er lächelte freundlich. Sein schütter werdendes Haar schimmerte bronzefarben im Sonnenlicht. Seine Hände waren lang und schmal, die Nägel gepflegt. Er hätte Pianist sein können.
»Hallo. Ich bin Dr. Waschkowski«, stellte er sich vor.
Natürlich, ein Arzt, kein Pianist, dachte Karen. Sie gurgelte gequält.
»Nein, nicht sprechen«, sagte er. »Ihre Oberlippe ist genäht, Ihr Kiefer verdrahtet, und in Ihrem Hals steckt ein Röhrchen, das Ihnen das Atmen erleichtert.«
Karen starrte ihn an.
»Ich weiß, das klingt recht furchterregend, aber die meisten Dinge hören sich schlimmer an, als sie sind.« Er lächelte ihr aufmunternd zu.
Karen versuchte das Lächeln zu erwidern, doch es mißlang ihr.
»Nein, mit dem Mund können Sie noch nicht lächeln«, sagte der Arzt, »aber ich sehe es in Ihren Augen. Ich möchte jetzt, daß Sie eine Art Spiel mit mir spielen, okay? Ich werde Ihnen ein paar Fragen stellen, und Sie antworten mir, indem Sie blinzeln. Einmal für ja, zweimal für nein. Haben Sie mich verstanden?«

Karen blinzelte einmal.
»Gut. Also, los geht's. Heißen Sie Karen Kern?«
Blinzeln.
»Sind Sie zwanzig Jahre alt?«
Blinzeln.
»Wohnen Sie in Port Washington?«
Doppeltes Blinzeln.
»Braves Mädchen.« Waschkowski lächelte und trat an die Seite des Bettes. »Erinnern Sie sich daran, daß Sie im Central Park waren?« fragte er behutsam.
Karen stiegen Tränen in die Augen. Blinzeln.
»Gut«, sagte er und nickte aufmunternd, »vorerst ist das alles, was ich wissen muß. Als Ihr Arzt verordne ich jetzt wieder Ruhe. Wir können morgen weiterreden.«
Er wandte sich zum Gehen, doch Karen nahm all ihre Kraft zusammen und hob den eingegipsten rechten Arm, um ihn aufzuhalten.
»Haben Sie keine Angst. Alles kommt wieder in Ordnung. Ich bin ein guter Arzt, und ich werde mich nicht von einem zarten Mädchen wie Ihnen als Lügner hinstellen lassen.«
Doppeltes Blinzeln.
»Sind die Schmerzen sehr schlimm?«
Blinzeln.
»Wir konnten Ihnen bis jetzt nichts dagegen geben, weil wir die Symptome nicht verschleiern durften. Aber da Sie nun vollständig bei Bewußtsein sind, darf Ihnen die Schwester eine Spritze geben.« Er machte erneut Anstalten zu gehen, doch sie hielt ihn wieder auf. »Gibt es noch etwas?«
Blinzeln.
Waschkowski seufzte. »Lassen Sie mich raten. Sie wollen wissen, was es mit dem ganzen Zeug auf sich hat, das an Ihnen befestigt ist?«
Blinzeln.

»Wie wär's, wenn Sie sich erst ein Weilchen ausruhen, und wir unterhalten uns später ausführlich darüber?«
Doppeltes Blinzeln.
»Nun gut«, sagte er ergeben, zog sich einen Stuhl ans Bett und setzte sich rittlings darauf. »Ich merke schon, daß Sie mich nicht entkommen lassen. Also, soll ich von unten nach oben vorgehen oder von oben nach unten?«
Karen blinzelte einmal, dann zweimal, dann wieder einmal.
»Geschieht mir recht.« Waschkowski lachte. »Okay, fangen wir oben an.«
Nacheinander zählte er ihre Verletzungen auf: der Bluterguß am Auge, der noch eine Weile weh tun würde, das gebrochene Nasenbein, das sie gerichtet, und die aufgeplatzte Lippe, die sie genäht hatten. Dann wies er auf die einzelnen Schläuche und Drähte und erklärte ihr in einfachen Worten ihre Funktion. Er tat dies auf eine ruhige, fast beiläufige Art, die das Ganze harmloser erscheinen ließ.
»Ihr Kiefer ist gebrochen«, fuhr er fort. »Wir haben ihn verdrahtet und Ihren Kopf mit einer Schiene ruhiggestellt. In etwa einem Monat wird er so gut wie neu sein, aber bis dahin müssen Sie mit Schwierigkeiten beim Essen und Reden rechnen.«
Sie spürte, wie Bobs Faust ihr Gesicht traf.
»Außerdem ist Ihr Kehlkopf gequetscht, das heißt, Sie können tatsächlich eine Weile nicht sprechen. Stellen Sie sich einfach vor, Sie seien sehr heiser. Wir haben eine Tracheotomie durchgeführt, was sich aufwendig anhört, aber lediglich bedeutet, daß wir einen kleinen Schnitt in Ihre Luftröhre gemacht haben, um Ihnen das Atmen zu erleichtern.«
Sie spürte, wie Bobs Hand sich um ihren Hals schloß.
»Kommen wir zum nächsten«, sagte Waschkowski wie ein Dozent, der Meisterwerke in einem Museum erklärt. »Ein

paar Rippen sind gebrochen, doch da konnten wir nur einen elastischen Verband anlegen, weil uns die moderne Wissenschaft bis jetzt nichts Besseres zu bieten vermag, um sie zu heilen.«

Sie spürte, wie Bobs Fuß sie wieder und wieder trat.

Er deutete auf ein Röhrchen, das aus ihrem Brustkorb herausragte. »Dieses Prachtstück hier ist eine sogenannte Brust-Drainage. Wir haben es dort eingesetzt, weil eine Ihrer Rippen ein Loch in Ihren rechten Lungenflügel gebohrt hat. Sie müssen sich Ihre Lungen einem Luftballon ähnlich vorstellen; man kann sich denken, was passiert, wenn man da mit einer Nadel reinsticht.« Waschkowski sah, wie sich ihre Augen vor Schreck weiteten. »Zum Glück ist ein Loch in der Lunge heute nichts Bedrohliches mehr«, fuhr er ruhig fort. »Die Drainage leitet die Flüssigkeit aus der Brusthöhle ab, und Ihre Lunge wird sich wieder mit Luft füllen wie dieser Ballon und von selbst heilen.«

Es hörte sich so gelassen an, daß Karen den Eindruck gewann, ein Loch in der Lunge könne tatsächlich nichts allzu Schlimmes sein.

»Wozu der Gips am Arm da ist, brauche ich Ihnen, nehme ich an, nicht zu erklären.«

Blinzeln.

»Dachte ich mir. Ein glatter Bruch, war leicht zu richten. Bestimmt werden alle hier sich auf dem Gips verewigt haben, bis er runterkommt.«

Karen dachte daran, wie sie als Achtjährige von einem hohen Ahornbaum gefallen war und sich den Arm gebrochen hatte. Er war sechs Wochen eingegipst gewesen. »Ich hab's dir doch immer gesagt«, hörte sie die Stimme ihrer Mutter.

»Und dann wären da noch«, sagte Waschkowski nun, »Schmerzen im Bauch, nicht wahr?«

Blinzeln.
»Wir mußten ein paar Sachen in Ihrem Inneren reparieren. Können Sie sich unter der Milz was vorstellen?«
Karen zögerte, blinzelte erst einmal, dann zweimal.
»Ja und nein«, übersetzte Waschkowski. »Macht nichts. Es spielt auch keine Rolle, weil Sie keine mehr haben. Sie hatte einen Riß, und wir haben sie entfernt. Man braucht sie aber nicht; Sie können sehr alt werden, auch ohne Milz.«
Er setzte an, sie über den Zustand ihrer Gebärmutter zu informieren, wollte ihr sagen, daß sie stark verletzt und es ihnen nicht gelungen war, sie wiederherzustellen, doch er schaffte es nicht.
»Sie haben ziemlich viel Blut verloren«, erklärte er statt dessen. Daß sie keine Kinder mehr haben konnte, würde er ihr mitteilen, wenn sie körperlich und geistig kräftiger war.
»Deshalb haben wir Ihnen ein paar Liter gutes frisches A positiv verabreicht, damit Sie wieder was in den Venen haben. Und zu guter Letzt hätten wir da noch eine zertrümmerte Kniescheibe. Ich finde ja, die Symmetrie mit dem gebrochenen rechten Arm und der kaputten linken Kniescheibe hat was, aber vielleicht wären Sie lieber einseitig?« scherzte er.
Doppeltes Blinzeln.
»Na bestens«, sagte er und grinste. »Sie haben dasselbe Gespür für Proportionen wie ich. Wir haben das Bein geschient, um es ruhigzustellen, bis wir operieren können. Der Orthopäde sitzt schon in den Startlöchern. Er wird es sich vornehmen, wenn Sie ein bißchen kräftiger sind.«
Dann informierte er sie über die Lungenentzündung, die er auch eher als etwas Alltägliches denn als potentielle Lebensgefahr darstellte, über die intravenöse Ernährung und die Antibiotika, die ihr zugeführt wurden, über das

bedrohlich wirkende Gerät, das ihren Herzschlag anzeigte, und die Manschette an ihrem Arm, mit der die Schwestern ihren Blutdruck maßen.

Schließlich erzählte er ihr von Margaret Westfield und ihrem Hund Brandy.

»Tiere haben hervorragende Instinkte«, sagte er.

Mit vier Jahren war Karen vom Rottweiler eines Nachbarn gebissen worden. Seit damals traute sie Hunden nicht mehr über den Weg. Was für eine Ironie des Schicksals, dachte sie, daß nun gerade ein Hund ihr das Leben gerettet hat.

»Ihre Eltern sind hier«, eröffnete ihr Waschkowski zum Abschluß seines Monologs. »Sie kamen natürlich sofort her, und sie haben uns während der letzten acht Tage ganz schön auf Trab gehalten.«

Die Aufzählung ihrer Verletzungen hatte sich Karen relativ ruhig angehört, aber jetzt riß sie vor Entsetzen die Augen so weit auf, daß sie fast ihr ganzes Gesicht einnahmen. Acht Tage? Sie hatte acht Tage versäumt? Wie war das möglich? Und was sie noch schlimmer fand: Wie viele fremde Menschen hatten sie in dieser Zeit betrachtet und untersucht und alles gesehen, was Bob ihr angetan hatte? Die Vorstellung war demütigend.

Der Gedanke, was all diese Leute von ihr halten mochten, erfüllte sie mit Gram. Sie hatte ja nichts erklären können. Bestenfalls hielten sie sie wohl für dumm, weil sie in solch eine Lage geraten war, schlimmstenfalls für ein billiges Flittchen. Wieder stiegen ihr Tränen in die Augen. Sogar ihre Mutter und ihr Vater hatten das Ganze erfahren, bevor sie sie darauf vorbereiten konnte. Karen hoffte vor allem, daß sie nicht schwanger war. *Alles, bloß das nicht* , flehte sie einen Gott an, an dessen Güte sie zu zweifeln begonnen hatte.

In diesem Augenblick wünschte sie sich nur eines: die

Schläuche und Drähte an ihrem Körper abzureißen, wenn nötig auf allen vieren zu einer heißen Dusche zu kriechen und sich die Haut vom Leibe zu brennen, die das Ungeheuer in jener Nacht berührt hatte, alle Spuren seiner Existenz zu tilgen. Ihr Bewußtsein versuchte das Ausmaß ihres Unglücks zu verarbeiten, doch noch währenddessen wußte sie, daß sie sich nie wieder rein fühlen würde. Tränen strömten ihr übers Gesicht.

Waschkowskis Herz krampfte sich zusammen. »Schauen Sie«, sagte er, »ich will nicht versuchen, Ihnen weiszumachen, daß Sie nicht etwas sehr Schlimmes erlebt hätten. Es war schlimmer, als ein Mensch das verdient. Aber Sie sind eine kräftige junge Frau. Das beweist die Tatsache, daß Sie bis jetzt durchgehalten haben, und Sie werden auch weiter durchhalten. Es wird ein Weilchen dauern, aber Sie werden wieder in Ordnung kommen. Denken Sie daran in den kommenden Wochen und Monaten – ich hab Ihnen das gesagt, und ich irre mich nie.«

Er hatte ein aufrichtiges Gesicht und gütige Augen, und Karen wollte ihm nur allzugern Glauben schenken.

Stanley Waschkowski wußte als Arzt vielleicht besser als jeder andere, wie einc unerwartete Verletzung oder Krankheit dem Körper zusetzen vermochte. Er hatte es gelernt, Knochen zu richten und Infektionen zu behandeln, und konnte sich dabei eine vernünftige Erfolgsquote ausrechnen. Doch in seiner ganzen Berufslaufbahn hatte er noch nie vor der Aufgabe gestanden, eine kaputte Seele zurechtzuflicken.

5

Danach schlief Karen lange. Sie sank in einen tiefen, dunklen, schmerzfreien Schlaf, der die Wirklichkeit draußen hielt und den Heilungsprozeß beschleunigte. Es war so viel leichter, nicht denken, nicht fühlen und sich nicht erinnern zu müssen. Sie wünschte sich, daß es immer so bliebe.

Erst wenn die Alpträume sie ins Bewußtsein zerrten, kehrte sie aus jenem dunklen Reich zurück. Dann lag sie da, starrte an die gemaserte Decke, die so beruhigend wirkte, und auf die weißen Nachtvorhänge, die sie umgaben wie ein Kokon, und sie horchte auf die leisen Arbeitsgeräusche der Schwestern, bis das Grauen abklang und ihr Herz aufhörte, wie wild zu schlagen, und sie die Augen schließen und wieder ins Vergessen abtauchen konnte. Sie spürte nicht, wie die Stunden und Tage vergingen. Nur Helligkeit oder Dunkelheit vor dem Fenster zeigten ihr an, ob es Tag oder Nacht war.

Einmal, als sie die Augen aufschlug, saßen ihre Eltern bei ihr. Sie wollte sie anlächeln und ihnen erklären, daß sie sich keine Sorgen machen sollten, doch ihr verdrahteter Kiefer versagte den Dienst, und sie brachte wieder nur dieses Gurgeln hervor.

»Hallo, Liebes«, säuselte Beverly. »Daddy und ich sind hier, und wir kümmern uns darum, daß du die beste Pflege bekommst.«

Gurgeln.
»Versuch nicht zu sprechen, Schätzchen. Ruh dich nur aus. Der nette Dr. Waschkowski sagt, je mehr Ruhe du hast, desto schneller wird es dir wieder gutgehen.«
Dazu mußte man Karen nicht auffordern. Sie döste erneut weg, sehnte sich nach der Bewußtlosigkeit. Ein andermal, als sie erwachte, saß Peter auf einem Stuhl neben ihrem Bett.
»Hallo, Liebes«, sagte er zärtlich. »Ein frohes 1963 wünsch ich dir.«
Sie erinnerte sich vage daran, daß er aus Maine angereist war, um mit ihr Silvester zu feiern, und daß sie vorgehabt hatten, glücklich und zufrieden zu sein bis an ihr Lebensende. Doch an Silvester hatte sie geschlafen, und in ihren Alpträumen kamen Glück und Zufriedenheit nicht vor.
Ende des Monats wurde sie von der Intensivstation in ein Einzelzimmer auf der anderen Seite des dritten Stocks verlegt. Hier waren die Wände überraschenderweise pfirsichfarben und knapp über Augenhöhe mit einer Bordüre von der Farbe reifer Himbeeren verziert. Die Vorhänge an den Fenstern waren gestreift: pfirsichgelb, himbeerrot, waldgrün und grau. Zwei mit dem gleichen Stoff bezogene Sessel standen links und rechts des Bettes wie Wachen. Bis auf einen Streifen zwischen Tür und Bett war das typische Krankenhauslinoleum von einem taubengrauen Teppichboden verdeckt. Über dem Bett hing ein gerahmter Druck eines Gemäldes von Monet, an der Wand gegenüber ein Renoir.
»Der ganze Trakt hier ist letztes Jahr renoviert worden«, berichtete Julie van der Meer, die Pflegerin, Karen. »Der Innenarchitekt hat die Verwaltung davon überzeugt, daß die Patienten schneller gesund werden, wenn sie fröhliche Farben und eine stilvolle Ausstattung um sich haben.«

Die Intensivstation lag in dem relativ ruhigen hinteren Teil des Gebäudes, doch dieses Zimmer ging direkt auf die belebte First Avenue hinaus. Tag und Nacht hörte Karen nun das Rauschen des Verkehrs, quietschende Reifen, lautes Hupen und wütende Stimmen.
Manchmal, wenn sie tief in der Nacht auf den Schlaf wartete, dachte sie darüber nach, wie wohl das Leben der Menschen in jenen Autos und Bussen, in den Taxis und Lastwagen aussah. Das war ihr erster Kontakt mit der Außenwelt.
Als sie zum erstenmal wieder richtige Nahrung zu sich nahm – einen Schokoladen-Milkshake, den sie mit einem Strohhalm trank, den man ihr in den Mundwinkel steckte –, wurde sie von allen gefeiert. Der Milkshake schmeckte wunderbar, und sie trank das Glas fast ganz aus. Sie hatte während ihres Krankenhausaufenthalts fünfzehn Pfund abgenommen, und die Ärzte achteten darauf, daß sie wieder etwas Fleisch auf die Rippen bekam.
Da sie nun nicht mehr an all den Schläuchen und Drähten hing, bemühte man sich sehr um sie. Die Schwestern brachten ihr stündlich nahrhafte Getränke, wuschen sie nicht selten zweimal täglich mit dem Schwamm, kämmten ihr Haar, wenn ihre Eltern zu Besuch kamen, massierten sie, um die Muskeln zu reaktivieren. Karen merkte, wie stolz sie darauf waren, daß sie sie wiederhergestellt hatten. Doch Karen war sich selbst so fremd, daß es ihr vorkam, als hätten sie planlos gearbeitet und alle Teile falsch zusammengesetzt. Sie wünschte, sie würden nicht solch einen Wirbel um sie machen, sondern sie einfach in Ruhe lassen.
Ihre Eltern besuchten sie fast täglich. Ihr Vater wirkte unsäglich traurig, ihre Mutter künstlich heiter. Sie redeten ihr gut zu, daß sie die Getränke zu sich nehmen und Arme und Beine trainieren sollte, als glaubten sie, damit wäre

alles wieder in Ordnung. Ab und zu kam auch Karens jüngere Schwester Laura mit, die sich nach Kräften bemühte, Karen nicht anzustarren.
Und natürlich war da Peter. Stundenlang saß er an ihrem Bett, hielt ihre Hand, erzählte ihr lustige kleine Geschichten und lächelte sie mit seinen braunen Augen an. Schließlich waren die Winterferien zu Ende, und er mußte nach Cornell zurückkehren.
»Ich ruf dich an«, versprach er. »Jemand soll den Hörer für dich halten und mir sagen, ob du mich verstehen kannst. Aber mithören sollen sie natürlich nicht«, fügte er mit einem schelmischen Grinsen hinzu. »Das könnte peinlich werden.«
Karen fragte sich, was dem Personal hier, das alles von ihr mitbekommen hatte, seit man sie im Central Park aus dem Gebüsch gezogen hatte, wohl noch peinlich sein sollte.
Am vierunddreißigsten Tag ihres Krankenhausaufenthalts sprach sie zum erstenmal wieder.
Es war Nachmittag, und ihre Mutter saß in einem der gestreiften Sessel und strickte. Ihr üppiger Körper steckte in einem schwarzen Kostüm, und sie hatte zuviel Rouge aufgelegt.
»Damit man die Krankenhausblässe nicht so sieht«, sagte sie mit einem Kichern.
Ihr Haar war modisch auf dem Kopf aufgetürmt, und mit der Wimperntusche hatte sie auch nicht gespart. Karen fiel auf, daß ihre Mutter in letzter Zeit häufig Schwarz trug und daß ihr diese Farbe nicht sonderlich gut stand.
Seit Karen in dem Privatzimmer lag, trafen täglich Blumen ein. Sie kamen von Freunden und Verwandten aus dem ganzen Land, von Nachbarn, sogar von Patienten ihres Vaters, und der Duft von Rosen, Chrysanthemen, Tulpen, Gladiolen und Rittersporn überdeckte beinahe den beißen-

den Geruch der Desinfektionsmittel. Kaum begann ein Strauß zu welken, wurde er durch einen anderen ersetzt. Wenn sie keinen Platz mehr im Zimmer hatte, zog Karen die Grußkarte aus dem Strauß und bat die Pflegerinnen, ihn zur Sozialstation zu bringen.

Und mit der Post kamen ebenfalls Dutzende von Karten. Beverly pflegte sich die Brille auf die Nasenspitze zu klemmen und die interessanteren davon laut vorzulesen. Später antwortete sie auf jede einzelne und dankte den Verfassern in Karens Namen für die guten Wünsche. Margaret Westfield hatte sie auch einen herzlichen Dankesbrief geschrieben.

An diesem Tag brachte Julie van der Meer einen riesigen Strauß Rosen herein, als Beverly gerade die Post durchgesehen hatte.

»Ich glaube, das ist der dritte Strauß von Jill und Andy«, sagte Beverly, nachdem sie einen kurzen Blick auf die Karte geworfen hatte. »Pardon«, fügte sie hinzu, als sie die Karte ganz gelesen hatte. »Der ist von Jill und Andy und *Rebecca Karen* die am 23. Januar auf die Welt gekommen ist, 3,7 Kilogramm wiegt und zweiundfünfzig Zentimeter mißt, zehn Finger und Zehen hat und rundum gesund ist.« Beverly legte die Karte zu den anderen und nahm wieder ihr Strickzeug zur Hand. »Ein Mädchen. Wie niedlich. Wie nett von ihnen, daß sie sie nach dir benannt haben.«

Jill hatte Karen im Krankenhaus besuchen wollen, aber Beverly hatte sie und alle anderen davon abgehalten. Nur Peter hatte kommen dürfen; ihn hatte sie nicht abwimmeln können. Sie hatte allen mitgeteilt, daß nur die nächsten Anverwandten zugelassen waren, was der Wahrheit entsprach – Beverly selbst hatte diese Anordnung erteilt. Statt der Besucher trafen nun Karten und Blumen ein.

»Soll ich den auf die Station runterbringen?« fragte Julie mit dem Rosenstrauß in der Hand.
»Nein, den nicht, Liebes«, antwortete Beverly. »Wir finden hier bestimmt noch ein Plätzchen dafür.«
Beverly strickte zwei rechte Maschen und eine linke, Julie hielt nach ein paar freien Zentimetern für die Vase Ausschau, und Karen blickte von einem zum anderen.
»Ba-by«, sagte sie.
Es klang heiser und rauh, war halb Stöhnen, halb Flüstern, doch sie hatte eindeutig gesprochen und nicht gegurgelt.
Beverly ließ mehrere Maschen auf einmal fallen. »Haben Sie das gehört?« sagte sie zu Julie. »Sie hat gesprochen. Ich glaube, sie hat Baby gesagt. Haben Sie's gehört?«
»Aber klar«, antwortete Julie mit einem breiten Grinsen und eilte hinaus, um allen die frohe Botschaft zu verkünden.
Beverly sprang auf und beugte sich übers Bett. »So ist es recht, Schätzchen«, sagte sie aufmunternd. Sie sprach betont langsam und deutlich, als wäre ihre Tochter schwerhörig oder geistig minderbemittelt. »Ba-by. Jill hat ihr Ba-by bekommen. Kannst du das noch mal sa-gen?«
»Nein«, keuchte Karen. Sie grinste in sich hinein und fragte sich, ob ihre Mutter dachte, daß sie mit ihrer Stimme auch den Verstand verloren habe.
Doch Beverly entging die Ironie. Sie war viel zu sehr damit beschäftigt, gleichzeitig zu lachen und zu weinen und aufgeregt herumzuspringen. Ihr kleines Mädchen hatte gesprochen. In all den Wochen, in denen sie nur herumsitzen und zusehen konnte, wie der Heilungsprozeß langsam voranschritt, hatte sie darauf gewartet und darum gebetet – um ein Zeichen dafür, daß Karens Hirn trotz der körperlichen Verletzungen unversehrt geblieben war. Knochenbrüche konnte man erklären, aber was sollte man über psychische Blessuren sagen?

Zahllose Nächte hatte sie wach gelegen, Leos eintönigem Schnarchen zugehört und sich gefragt, ob diese schreckliche Sache ihre Tochter seelisch verkrüppelt und zum Pflegefall gemacht hatte. Man wußte, daß schon weitaus weniger entsetzliche Erlebnisse, als Karen sie gehabt hatte, Menschen psychisch zerstört hatten.

Es half auch nichts, daß Dr. Waschkowski und der Neurologe ihr immer wieder versichert hatten, daß es keinerlei Anzeichen dafür gebe, daß das Gehirn in Mitleidenschaft gezogen sei. Was wußten die Ärzte schon? Solange es auch den geringsten Zweifel an ihrer Einschätzung gab, wartete Beverly, hoffte das Beste, bereitete sich jedoch auf das Schlimmste vor.

Sie kam rasch zu dem Schluß, daß sie Karen auf keinen Fall zu Hause behalten könnten, falls das eintrat. In der Stadt würde man klatschen, und sie mußten an Leos Ruf als Zahnarzt und natürlich auch an Laura denken. Und nun hatte Karen mit einem kleinen Wort ihrer Mutter alle Angst genommen.

»Schätzchen, wie wunderbar, deine Stimme wieder zu hören«, rief sie, und Freudentränen liefen über die zu stark geschminkten Wangen und verschmierten die Wimperntusche. »Ich dachte allmählich, du würdest nie wieder sprechen.«

»Pech gehabt«, krächzte Karen.

»Nicht übertreiben«, ordnete Beverly an. »Du darfst nicht gleich beim erstenmal deine Stimmbänder überanstrengen.«

»Ich ... wollte ... dir ... sagen ...« begann Karen von neuem, brachte den Satz jedoch nicht zu Ende.

»Ich weiß, Liebes, aber nicht jetzt.«

Beverly wollte von ihrer süßen, unschuldigen Tochter nicht hören, was für scheußliche Dinge ihr dieser Wahnsinnige

angetan hatte. Es war viel leichter zu ertragen, wenn man sich einredete, es sei ein Unfall gewesen.
»Du mußt dich ausruhen«, erklärte sie. »Wir haben schon so lange gewartet, jetzt kommt es auf ein Weilchen auch nicht mehr an. Ich werde sofort deinen Vater anrufen und ihm die wunderbare Nachricht mitteilen.« Sie nahm ihr Strickzeug und machte Anstalten, die Flucht zu ergreifen. »Wenn du wieder kräftiger bist, setzen wir drei uns zusammen und plaudern ein bißchen.«
Plaudern, dachte Karen. Das sah ihrer Mutter ähnlich, eine Edgar-Allan-Poe-Erzählung als Andersen-Märchen darzustellen. Das beherrschte sie perfekt.
»Was meinst du, Liebling? Ist das nicht die beste Lösung?«
Es war schon im Normalzustand schwierig für Karen, Beverly die Stirn zu bieten. Jetzt war es unmöglich. Sie blinzelte einmal, wie sie es gewohnt war.

6

Die Nachricht verbreitete sich wie ein Buschfeuer und war Tagesgespräch im Krankenhaus.
»Sie hat gesprochen«, hieß es.
»Wie wundervoll«, erwiderte man.
Ärzte, Schwestern, Assistenten und Pfleger, die Karen kaum kannte, kamen herein und begrüßten sie. Wildfremde Menschen blieben an ihrer Tür stehen, lächelten ihr freundlich zu und hielten als ermutigendes Zeichen den Daumen hoch. Offenbar wollten alle an ihrem Erfolg teilhaben.
»Mir ist zu Ohren gekommen, daß Sie sich heute zu Wort gemeldet haben«, sagte Dr. Waschkowski an diesem Abend und grinste über sein ganzes liebes Gesicht.
Karen sah zu ihm auf. Sie war heiser, weil sie auf so viele gute Wünsche hatte antworten müssen.
»Zuviel«, krächzte sie.
»Der Volksmund hat wohl recht – man kann einer Frau nicht lange den Mund verbieten.«
»Komisch«, sagte Karen.
Dr. Waschkowski beugte sich über sie. »So, jetzt werd ich Ihnen mal beibringen, wie man mit dem Tubus im Hals richtig spricht.« Nachdem er ihr gezeigt hatte, wie sie die Finger auf das kleine Luftloch legen mußte, ließ er sich in einem der gestreiften Sessel nieder. »Nun«, sagte er, »und was möchten Sie mir nach dieser langen Zeit alles erzählen?«

Bis zu einem gewissen Grad hatte ihre Stummheit sie geschützt, hatte ihr einen Vorwand dafür geliefert, sich heraushalten zu können, nicht kommunizieren zu müssen. Karen hatte sich daran gewöhnt, nur zuzuhören und zu beobachten, das Blinzeln als Tarnung zu benutzen. Sie dachte an all die Fragen, die man ihr nun stellen würde, und die Erklärungen, die man von ihr erwartete.
»Ich möchte lieber wieder blinzeln«, sagte sie.

Am nächsten Tag erschien Sergeant Tug McCluskey in Begleitung eines dünnen Mannes mit verkniffenem Gesicht, der eine Hornbrille und einen dunkelblauen Anzug trug.
»Sie können sich bestimmt nicht an mich erinnern«, sagte Tug freundlich, »aber ich war da. Ich meine, ich war bei den Leuten, die ... die Sie gefunden haben.«
Karen nickte, soweit ihr das möglich war. Der stämmige Polizist hatte kleine blaue Augen, eine große Nase und ein wettergegerbtes Gesicht, und um die Mitte saß seine Uniform etwas stramm.
Der andere Mann räusperte sich. »Ich bin Michael Haller«, stellte er sich vor. »Ich ermittle für die Staatsanwaltschaft.«
Karen richtete ihre Aufmerksamkeit auf ihn. Der Mann hatte eine Figur wie ein Skelett, und sein dunkler Anzug saß schlecht; er erinnerte sie an eine Vogelscheuche. Sein gestärkter weißer Kragen war mindestens zwei Nummern zu groß, und er hatte die kleinsten Hände, die Karen jemals bei einem Mann gesehen hatte. Die Hornbrille mit den dicken Gläsern rutschte ihm ständig auf die Nasenspitze, und alle paar Sekunden hob er die rechte Hand und schob sie mit dem kleinen Finger nach oben.
»Da Sie jetzt wieder sprechen können«, sagte er mit kühler,

emotionsloser Stimme, »würde ich Sie bitten, uns den Ablauf der Geschehnisse zu schildern.«

Karen sah ihn bestürzt an. Sie hatte viel Zeit damit zugebracht, sich genau zu überlegen, was sie ihrer Familie und ihren Freunden erzählen würde, aber sie war nicht darauf vorbereitet, daß sie mit der Polizei reden mußte.

»Ist das wirklich nötig?« erwiderte sie, indem sie die Finger auf den Tubus drückte, wie Waschkowski es ihr beigebracht hatte.

»Ich fürchte, ja«, antwortete Haller und kramte Block und Stift aus der Jackentasche. »Wissen Sie, Sergeant McCluskey nimmt den Fall auf, und meine Dienststelle leitet die Ermittlungen.«

»Ach so«, sagte Karen. »Was möchten Sie wissen?«

»Erinnern Sie sich an die Ereignisse des betreffenden Abends?«

»Ja.« Karen fand, daß er sich ziemlich geschwollen ausdrückte.

»Berichten Sie uns doch bitte davon.«

Sie blickte von einem zum anderen und fragte sich, ob sie einen akuten Anfall von Gedächtnisschwund vortäuschen konnte. Aber die beiden würden bestimmt nicht unverrichteter Dinge wieder abziehen. Sie holte tief Luft.

»Er hieß Bob.«

»Er hat Ihnen seinen Namen gesagt?«

»Ja. Auf der Party.«

Die beiden Männer wechselten einen kurzen Blick.

»Vielleicht sollten Sie ganz von vorn anfangen«, schlug der Polizist vor.

Karen schloß die Augen. Bilder, die sie nicht sehen mochte, tauchten auf, Bilder, die sie vor diesen Fremden verbergen wollte. Es dauerte fast eine Stunde, bis sie die ganze Geschichte erzählt hatte, bruchstückhaft und unter Tränen.

Als Haller die Fragen ausgingen, war Karen leer im Kopf, ihr Hals schmerzte, ihre Laken waren durchgeschwitzt und ihr Kissen tränennaß.
»Warum hat er so etwas Schreckliches getan?« krächzte sie. »Warum?«
Tug seufzte. »Manchmal gibt es keinen Grund dafür«, erwiderte er. »Es laufen eine Menge Irrer durch die Gegend.«
»Er wirkte nicht wie ein Irrer.«
»Auch das kommt vor. Aber durch irgend etwas wird es dann ausgelöst.«
»Ich kann nicht versprechen, daß wir den Burschen drankriegen«, meinte Haller und verstaute Stift und Block wieder in der Tasche. »Solche Fälle sind grundsätzlich schwierig, und wir haben nicht viele Anhaltspunkte.«
»Aber machen Sie sich darüber jetzt keine Gedanken«, sagte Tug zu Karen. »Werden Sie wieder gesund, und überlassen Sie alles andere uns.«
Die Vogelscheuche war schon auf dem Weg zur Tür.
Karen blinzelte, doch damit wußten die beiden Beamten nichts anzufangen. Sie sah schweigend zu, wie sie hinausgingen. Vielleicht lag es an der Art, wie sie die Einzelheiten aus ihr herausgequetscht hatten, fast voyeuristisch, und immer wieder dieselben Fragen gestellt hatten – sie fühlte sich jedenfalls, als wäre sie ein zweites Mal vergewaltigt worden. Kalt und herzlos waren sie mit ihr umgesprungen, statt den Abstand zu wahren, den sie so dringend brauchte, um sich zu schützen. Das einzige, was sie ein wenig tröstete, war die Tatsache, daß es ihr nach diesem Verhör weniger schwerfallen würde, ihren Eltern und Freunden und Peter alles zu erzählen.

»Finden Sie nicht, daß Sie sie ein bißchen zu hart rangenommen haben?« fragte Tug Haller, als sie die Treppe vor der Klinik hinuntergingen.

»Nur so erfährt man die Wahrheit«, antwortete der Beamte achselzuckend.
»Und, was meinen Sie?«
Haller schüttelte angewidert den Kopf und seufzte. »Es wird nie zum Prozeß kommen«, sagte er.
»Sie glauben, daß Sie ihn nicht finden?«
»Oh, finden werde ich ihn wahrscheinlich, wenn ich gründlich suche, wenn er wirklich Bob heißt und tatsächlich in Harvard ist. Aber wozu?«
»Himmel, Haller!« protestierte Tug. »Er sollte nicht ungeschoren davonkommen, nach allem, was er dem Mädchen angetan hat.«
»Aber, aber, Sergeant, nun geben Sie sich bloß nicht so sensibel. Sie kannte ihn schließlich. Sie haben zusammen gefeiert und getrunken. Sie ging mit ihm spazieren. Um zwei Uhr morgens. Für meine Begriffe hätte sie durchaus zu allem bereit sein können, und dann ist die Sache etwas ausgeufert.«
»Sie haben nicht gesehen, wie sie da in diesem Gebüsch lag«, erwiderte der altgediente Polizist. »Ausgeufert ist absolut nicht das richtige Wort dafür.«
»Na, dann hat sie ihn vielleicht gereizt und ein bißchen rangelassen, und als es zu spät war, wollte sie nicht mehr und hat die Keusche rausgehängt, und er hat durchgedreht. Das passiert ständig. Frauen sagen nein, wenn sie ja meinen, und ja, wenn sie nein meinen. Woher soll man da wissen, was sie wirklich wollen?«
»Das sehe ich anders.« Tug schüttelte den Kopf. »Ich glaube, es hat sich genauso abgespielt, wie sie sagt.«
»Sie mögen recht haben, Sergeant«, entgegnete Haller mit einem weiteren Achselzucken, »und ich führe die Ermittlungen durch, weil ich dafür bezahlt werde und vielleicht auch, weil sie mir ein bißchen leid tut, so übel, wie sie

zugerichtet worden ist. Aber glauben Sie mir, es wird zu keiner Anklageerhebung kommen. Sie wissen so gut wie ich, daß man in diesen Fällen fast nie etwas beweisen kann, selbst wenn es ein Dutzend Augenzeugen und massenhaft Indizien gibt und man es mit einem aktenkundigen Straftäter zu tun hat. Aber ein Knabe von der Harvard Law School? Gott, der könnte seine eigene Verteidigung übernehmen und immer noch Haschee machen aus der Kleinen.«

»Er sollte nicht davonkommen«, beharrte Tug.

»Schon möglich«, stimmte Haller ihm zu, schob die Brille hoch und förderte seine Autoschlüssel zutage. »Aber ihr Wort wird gegen seines stehen.«

»Wenn eine meiner Enkelinnen in diesem Zustand daläge, würde ich dem Dreckskerl die Eier abreißen.«

Haller seufzte wieder. »Wenn sie meine Enkelin wäre«, sagte er, »würde ich sie nach Hause schicken und ihr raten, die ganze Chose zu vergessen – und beim nächstenmal vorsichtiger zu sein.«

7

Am Nachmittag dieses Samstags hatte Karen den Polizisten verziehen. Sie sagte sich, daß sie wahrscheinlich keine Ahnung hatten, wie verletzend sie auf sie wirkten. Bestimmt hatten sie bloß aus Höflichkeit keine Miene verzogen, während sie sich durch ihren stockenden Bericht quälte.

Dennoch wurde sie das Gefühl nicht los, daß die beiden ihr nicht glaubten, daß sie sie irgendwie für Bobs Verhalten verantwortlich machten – was natürlich absurd war. Karen kam zu dem Schluß, daß die beiden Beamten sie nur deshalb so streng ins Kreuzverhör genommen hatten, weil sie sie nicht kannten und nichts über ihre Moral und ihre Erziehung wußten.

Während sie auf ihre Eltern wartete, trank sie den Milkshake aus, den sie jeden Nachmittag bekam. Ihr war klar, daß sie die schreckliche Geschichte wieder erzählen mußte, doch diesmal würden die Zuhörer die Menschen sein, die sie am besten kannten, die sie liebten und die sie verstehen würden.

»Hallo, Schätzchen«, flötete Beverly um kurz vor vier.

Das Schwarz war verschwunden. Ihre Mutter trug ein leuchtend rotes Kostüm mit einer kurzen Jacke und einem vorteilhaften Rock, das Karen noch nie an ihr gesehen hatte, und sie war im Schönheitssalon gewesen. Ihre Frisur saß tadellos, und auf ihren Fingernägeln schimmerte roter Lack.

»Wie geht's meiner Kleinen?« fragte Leo und ließ sich in dem Sessel nieder, der am weitesten von seiner Tochter entfernt war. Neben seiner herausgeputzten Frau wirkte er ziemlich farblos.

»Besser«, sagte Karen. Ob das stimmte, spielte keine Rolle; sie wußte, daß er diese Antwort hören wollte.

»Gut.« Er nickte zufrieden.

Leo Kern zählte zu den Menschen, die das Häßliche in der Welt lieber übersehen. Er verbrachte seine Tage in einem sterilen, makellosen Kokon, in dem Mängel wie durch Zauberhand behoben wurden, in dem man Fäulnis einfach wegbohrte und Verfärbtes so lange polierte, bis es in strahlendem Glanz erschien. Für die Familienprobleme war seine Frau zuständig. Manchmal hatte Karen das Gefühl, daß ihm seine Patienten näherstanden als seine Töchter.

»Was machst du da mit den Fingern?« fragte ihre Mutter.

»Die Öffnung zuhalten«, antwortete Karen. »Damit ich sprechen kann.«

»Und was hast du seit Donnerstag getan – geredet wie ein Wasserfall?«

»Sozusagen. Die Polizei war bei mir.«

»Die Polizei?« wiederholte Beverly scharf. »Weshalb?«

»Sie stellen Ermittlungen an.«

Karens Eltern wechselten einen raschen Blick, der Karen entging.

»Was hast du ihnen erzählt?« fragte Beverly.

»Alles, woran ich mich erinnern konnte.«

Beverly setzte sich auf ihrem Stuhl zurecht. »Nun, dann solltest du es uns wohl auch erzählen.«

Karen suchte einen Moment nach Worten, mit denen sie ihren Eltern die Geschehnisse jener Nacht so neutral wie möglich schildern konnte. Sie wollte sie auf keinen Fall erschrecken.

»Du bist zu Jills Party gegangen«, half ihr Beverly auf die Sprünge.

»Ja«, sagte Karen, »ich bin zu Jills Party gegangen. Da hab ich gleich zu Anfang den Freund eines Freundes von Andys früherem Zimmergenossen kennengelernt, Bob von der Harvard Law School. Seinen Nachnamen weiß ich nicht, den hat er nicht genannt, aber er machte einen netten Eindruck und war sehr zuvorkommend, und wir haben uns den ganzen Abend unterhalten.«

»Na, das klingt nicht so schlimm«, warf Beverly ein.

»Der Teil war's auch nicht«, bestätigte Karen mit einem für sie ungewöhnlichen Anflug von Bitterkeit in der Stimme. »Als die Party aus war, wollte Bob mir dabei helfen, ein Taxi zu finden, damit ich nicht zu Fuß zu Tante Edna gehen mußte. Es war schon ziemlich spät, nach zwei, und ich fand das okay. Wir warteten ewig, aber es kam kein Taxi, und da schlug er vor, durch den Park zu gehen.«

»Ein netter junger Mann von der Harvard Law School hat dir angeboten, dich um zwei Uhr morgens durch den Central Park zu begleiten?« faßte Beverly zusammen.

»Genau.«

»Na, dadurch wird zumindest klar, wie du da hinkamst, obwohl ich immer noch nicht begreife, weshalb du dich mitten in der Nacht an so einen gefährlichen Ort gewagt hast, auch wenn der Freund eines Freundes von Andys früherem Zimmergenossen dabei war.«

»Es war kalt«, erklärte Karen, »und so kam es mir vernünftiger vor zu laufen statt rumzustehen.«

»Gut, du warst also im Park. Was ist dann passiert?«

Karen atmete tief durch. »Er ist über mich hergefallen.«

»Wer ist über dich hergefallen?« fragte Beverly mit verständnislosem Blick.
»Bob. Ich hab versucht, ihn zurückzuweisen, aber er ließ mich nicht mehr los.«
Beverly starrte ihre Tochter bestürzt und ungläubig zugleich an. »Du bist, du bist... von einem Jurastudenten aus Harvard ... verletzt worden?« Sie brachte nicht einmal das richtige Wort über die Lippen.
»Ja.«
»Es war jemand, den du kanntest?«
»Ja.«
»Warum?« rief Beverly aus.
»Warum was?«
»Warum hat der junge Mann sich so benommen? Was hast du getan?«
»Wie meinst du das?« fragte Karen. »Ich habe gar nichts getan.«
»Na, du verheimlichst uns doch irgend etwas«, sagte Beverly rundheraus. »Nette junge Männer von Harvard laufen nicht durch die Gegend und machen sich grundlos an unschuldige Mädchen heran.«
»Nun, bei dem war es so«, widersprach Karen.
»O mein Gott«, murmelte ihre Mutter und sprang auf, wobei sie fast den Stuhl umwarf.
»Was ist?« fragte Karen.
Beverly sah Leo um Unterstützung heischend an, doch der betrachtete mit gequältem Gesicht die Bügelfalte seiner Hose.
»Ich dachte, es sei ein Irrer gewesen. Ich dachte, irgendein Wahnsinniger hätte dich ins Gebüsch gezerrt, und du hättest dich nicht wehren können.«
»Das konnte ich auch nicht«, betonte Karen. »Er war zu stark.«

»Ich verstehe dich nicht«, fuhr Beverly sie an. »Da erzählst du uns ständig, wie verliebt du in Peter Bauer bist, und dann läßt du dich mit so jemandem ein. Warum um Himmels willen?«

»Ich habe mich nicht mit ihm eingelassen«, protestierte Karen. Die Tränen stiegen ihr in die Augen, und sie vergaß einen Moment, daß Peter Bauer nie ein akzeptabler Bewerber für ihre Mutter gewesen war. »Er sagte, er begleite mich zu Tante Edna. Das war alles. Ich habe ihm geglaubt.«

»Und du hast ihn ganz bestimmt nicht herausgefordert oder ihm Anlaß gegeben zu denken, daß seine Annäherungsversuche dir recht seien?«

»Nein.«

»Du hast dich nicht zum Beispiel auf eine Art an ihn gelehnt, die er mißverstehen konnte?«

Karen dachte daran, wie Bob sie in seinen Mantel gezogen hatte, als sie über die Kälte klagte, aber das war seine Idee gewesen, nicht ihre.

»So war es nicht«, schluchzte sie, und die Tränen liefen ihr nun ungehindert über die Wangen. »Ich habe nichts Unrechtes getan.«

»O Schätzchen«, sagte Beverly hastig, griff nach einem Papiertaschentuch und tupfte ihrer Tochter die Augen ab. »Nun reg dich doch nicht auf. Niemand behauptet, daß du etwas Unrechtes tun wolltest. Manchmal merken wir einfach nicht, wie unser Benehmen auf jemand anderen wirkt. Wie wir lächeln oder dastehen oder uns ausdrücken. Man kann so leicht mißverstanden werden.«

»Ich wollte nur einen netten Abend verbringen«, schluchzte Karen.

»Natürlich«, räumte ihre Mutter ein. »Das machen ja alle auf einer Party. Du konntest doch nicht wissen, daß dieser Bob das so ernst nehmen würde.«

»Nein«, murmelte Karen. Alles lief anders, als sie es sich vorgestellt hatte. Erst die Polizei und nun ihre Eltern. Sie war völlig durcheinander.
»Ich wollte dich nicht beunruhigen«, fügte ihre Mutter hinzu, »aber dein Vater und ich verstehen einfach nicht, wie du in solch eine Situation geraten und so, so ... leichtsinnig sein konntest.«
Leo hatte noch immer nichts gesagt.
»Ich auch nicht.« Karen ließ den Tubus los und schlug die Hände vors Gesicht.
Beverly setzte sich wieder, verschränkte die Beine und faltete die Hände im Schoß.
»Ja, ich glaube, wir wissen recht genau, was sich da abgespielt hat, und wir werden uns nicht mehr damit befassen«, sagte sie fest. »Du bist bald wieder gesund, und ich finde, es ist an der Zeit, diesen ... unglückseligen Vorfall zu vergessen und mit unserem normalen Leben fortzufahren.«
Vergessen, dachte Karen düster. Als ob sie das Ganze durch ein Fingerschnippen ihrer Mutter vergessen könnte.
»Wirklich?« fragte sie.
»Ja«, bekräftigte ihre Mutter. »Ich merke ja, wie schrecklich es für dich ist, darüber zu sprechen, und ich sehe nicht ein, warum du dich ein weiteres Mal damit quälen solltest, die ganze Geschichte zu erzählen. Es geht schließlich keinen was an.«
»Die Polizei weiß alles«, erinnerte Karen sie. »Ich habe es ihnen erzählt. Sie werden Bob aufspüren und verhaften, und er wird dafür büßen.«
»Dein Vater wird sich darum kümmern«, sagte Beverly sanft. »Wir werden es nicht zulassen, daß man dich in einen ekelhaften Gerichtssaal schleppt und irgendwelche Schmierfinken deinen Namen durch die Zeitungen zerren.«

»Aber ich werde aussagen müssen«, entgegnete Karen. »Ich will es. Ich will, daß er verurteilt und ins Gefängnis gesteckt wird.«

»Das kommt nicht in Frage«, verkündete ihre Mutter. »Du wirst nichts mehr mit dieser scheußlichen Sache zu tun haben. Wir werden ab jetzt allen, die sich erkundigen, sagen, daß du ... daß du ... einen Unfall hattest.«

»Einen Unfall?«

»Ja«, bestätigte Beverly. Sie betrachtete eingehend ein Stückchen Mull auf ihrer roten Jacke. »So was Ähnliches haben wir sowieso schon allen erzählt.«

Karen blickte von einem zum anderen. »Ihr habt den Leuten gesagt, ich hätte einen Unfall gehabt?«

»Wir haben natürlich nicht über Einzelheiten gesprochen. Wir wußten ja auch nichts Genaues. Wir haben nur angedeutet, daß es ein Unfall war. Es gab keinen Grund, die schrecklichen Details zu verbreiten.«

»Was für ein Unfall soll das denn gewesen sein?«

Beverly zögerte einen Moment. »Ich meine, wir sollten es als Autounfall darstellen«, sagte sie. »Das ist am naheliegendsten, oder? So zugerichtet, wie du warst, können wir ja wohl schlecht behaupten, daß du vom Baum gefallen bist.«

Karens Kopf begann plötzlich zu schmerzen. »Aber das ist gelogen«, sagte sie.

»Mag sein, doch wir tun das nur, um dir und uns peinliches Gerede zu ersparen.« Beverlys volle Unterlippe begann zu zittern. »Reicht es nicht, daß wir uns anhören müssen, was passiert ist? Soll auch noch ganz Great Neck Bescheid wissen? Wir sind geachtete Bürger. In der Familie hat es nie auch bloß den Hauch eines Skandals gegeben. Denk doch nur daran, was es für die Praxis deines Vaters bedeuten würde, wenn das bekannt würde.«

»Nun, nun, Mutter«, ließ Leo sich zum erstenmal vernehmen.
»Und denk an deine Schwester«, fuhr Beverly fort, als hätte er nichts gesagt. »Wenn du die ganzen scheußlichen Einzelheiten ausplauderst, wird man sich fragen, was du dir wohl dabei gedacht hast, mitten in der Nacht mit einem jungen Mann, den du kaum kanntest, im Central Park herumzuspazieren.«
»Aber die Leute hier wissen, daß es kein Autounfall war«, wandte Karen ein und fragte sich, was das mit der sechzehnjährigen Laura zu tun hatte.
»Vielleicht, vielleicht auch nicht«, sagte Beverly. »Außerdem lassen sich Klinikakten versiegeln oder so, und wir können alle notwendigen Schritte unternehmen, damit keiner mehr etwas erfährt.«
»Und was ist mit Peter?«
»Ich meine, über Peter hättest du dir Gedanken machen sollen, bevor du in den Central Park marschiert bist«, erwiderte ihre Mutter scharf. »Aber wir müssen ihm natürlich dieselbe Geschichte erzählen wie den anderen.«
»Ich kann ihn nicht anlügen«, wandte Karen ein.
»Natürlich kannst du«, herrschte Beverly sie an. »Was glaubst du wohl, wieviel Aussicht auf eine anständige Heirat du noch hast, egal mit wem, wenn du diese gräßliche Geschichte zum besten gibst? Willst du wirklich dein Leben zerstören? Denn genau das wird passieren, wenn du jemand anderem das erzählst, was du uns erzählt hast.«
Karen dröhnte der Kopf, und sie betete darum, daß die Bewußtlosigkeit, die sie schon so oft von ihren Schmerzen erlöst hatte, wiederkommen und sie für immer verschlingen möge.
»Es ist nicht in Ordnung«, sagte sie.
»In Ordnung?« wetterte ihre Mutter. »Findest du es richtig, aller Welt mitzuteilen, was du da angerichtet hast?«

»Was *ich* angerichtet habe?« erwiderte Karen. »Du meinst doch wohl, was *er* angerichtet hat, oder?«
»Wie auch immer«, entgegnete ihre Mutter und zupfte das Stückchen Mull von ihrer Jacke.
»Ihr seid meine Eltern«, sagte Karen leise. »Ihr solltet mich eigentlich liebhaben. Ich dachte, ihr unterstützt mich.«
»Natürlich haben wir dich lieb«, versicherte ihr Beverly. »Und natürlich unterstützen wir dich. Deshalb bemühen wir uns so, dich abzuschirmen.«
»Nein«, entgegnete Karen anklagend. »Ihr denkt, es sei alles meine Schuld. Ihr findet, daß nicht er bestraft gehört, sondern ich. Ihr glaubt, daß ich mit ihm geflirtet und ihn herausgefordert und dann in den Park gelockt habe. Ihr glaubt, daß ich ihn gebeten habe, das mit mir zu tun, stimmt's?«
»Ganz und gar nicht«, gab Beverly zurück. »Ich glaube, daß es irgendwo ein furchtbares Mißverständnis gab, und dann hat er sich deiner bemächtigt. Er sollte dafür vielleicht bestraft werden, aber nicht auf Kosten des guten Rufs unserer Familie.«
Karen rang plötzlich nach Atem. Ihr rechtes Bein zuckte, ihr Gesicht lief krebsrot an, sie zitterte am ganzen Körper, und sie zerrte an den Drähten, die ihren Kiefer zusammenhielten.
»O mein Gott, was hast du?« schrie Beverly schrill.
Leo sprang auf und packte die Hand seiner Tochter, bevor sie sich ernsthaft weh tun konnte. »Hol eine Schwester!« befahl er seiner Frau.
Beverly hastete zur Tür. »Sie hat Atemnot!« rief sie den Flur hinunter. »Wir brauchen Hilfe!«
Rose Thackeray rannte herbei, warf einen Blick auf Karen, machte auf dem Absatz kehrt und kam Sekunden später mit einer Spritze zurück. Sie eilte zum Bett und stieß Leo fast beiseite.

»Karen«, sagte sie energisch, »beruhigen Sie sich. Sie haben einen kleinen Angstzustand, das ist alles. Kein Grund zur Unruhe.«

Sie gab Karen die Spritze in die Hüfte. Dann nahm sie ihre Hand. »Hören Sie«, sagte sie in beruhigendem Tonfall, »es ist alles in Ordnung. Sie sind in Sicherheit. Niemand tut Ihnen etwas zuleide.«

Keuchend blickte Karen durch einen Tränenschleier auf das freundliche Gesicht – ein Gesicht, das ihr immer Ruhe und Wärme und Heiterkeit vermittelt hatte –, und sie horchte auf die Stimme, die ihr stets Trost gespendet hatte. Die Panik ließ nach.

»Atmen Sie tief durch«, sagte die Schwester ermutigend. »Kommen Sie, nur einmal.«

Zögernd holte Karen Luft, und als ihre Lungen voll waren, atmete sie aus.

»Jetzt noch mal.«

Karen folgte der Anweisung. Beim dritten Atemzug wich der Krampf aus ihrem Bein, und ihr Gesicht nahm seine normale Farbe an.

»Es geht ihr wieder gut«, versicherte Rose Thackeray den Kerns. »Wissen Sie, wodurch das ausgelöst wurde? Haben Sie etwas gesagt, worüber sie sich aufgeregt hat?«

»Gewiß nicht«, antwortete Beverly. »Warum sollten wir etwas sagen, worüber sie sich aufregt?«

8

Es war dunkel draußen. Die Vorhänge waren nicht zugezogen, und nächtliche Schatten geisterten umher. Eine Wolke schob sich vor den Mond, ein Windstoß erfaßte eine Zeitung und trug sie durch die Lüfte, ein Taxi schlitterte die rutschige Straße entlang.

Die müde Spätschicht war abgetreten, die mürrische Nachtschicht erschienen. Die meisten Patienten auf dem dritten Stock des Manhattan Hospital schliefen schon seit Stunden. Karen lag hellwach im Bett. Das Beruhigungsmittel, das sie abends bekam, wirkte nicht, und ihr Kopf dröhnte, obwohl sie zwei Aspirin genommen hatte. Die Worte ihrer Mutter verfolgten sie. Was Karen am meisten befürchtet hatte, war eingetreten. Sie hatte Schande über sich und ihre Familie gebracht. Es war so schlimm, daß ihre Mutter lieber eine schreckliche Lüge verbreitete, statt jemandem die Wahrheit zu offenbaren.

Doch wie sah die Wahrheit eigentlich aus? Verzweifelt versuchte Karen in jenen Nachtstunden eine Antwort auf diese Frage zu finden. Hatte sie sich das Unglück zum Teil selbst zuzuschreiben? Die Polizisten schienen dieser Meinung zu sein, und auch ihre Mutter glaubte es.

Zum tausendstenmal ließ sie den grauenvollen Abend vor ihrem geistigen Auge vorbeiziehen, von der Sekunde an, als sie die Mayonnaise auf ihr Kleid kleckerte, bis zu dem

Moment, als Bobs Faust ihren Kiefer traf und die Welt im Dunkeln versank. Sie überprüfte alles, jede Reaktion, jede Geste, jedes Lächeln, jedes Kichern, jedes Wort, doch sie erinnerte sich nur an harmloses Flirten.

Konnte es sein, daß Bob aus ihrem Verhalten ein Angebot herausgelesen hatte, obwohl sie das nicht beabsichtigt hatte? Daß er irgendein Zeichen entdeckt hatte, dessen sie sich nicht bewußt gewesen war? Sicher, seine Avancen hatten ihr geschmeichelt, aber konnte man sie deshalb für leichtlebig halten? Bedeutete ein kleiner Flirt auch gleich eine Einladung zum Sex? Hatte sie sich das alles selbst zuzuschreiben?

Zwei Fremde und zwei Menschen, die sie ein Leben lang kannte, schienen das zu glauben. Karen stöhnte laut auf und wünschte, sie hätte um mehr Aspirin bitten können. Doch sie hatte die letzten Tabletten erst vor einer halben Stunde bekommen.

Wenn sie Bob bloß nicht so attraktiv gefunden hätte. Wenn sie nur die neidischen Blicke der anderen Mädchen auf Jills Party nicht so genossen hätte. Wenn sie nur darauf bestanden hätte, auf den Portier zu warten, damit er ihnen ein Taxi rief. Wenn sie nur nicht ihr schwarzes Lieblingskleid getragen hätte. Wenn sie nur zu Hause geblieben wäre. All die Wenn und Aber, die sie davon hätten abhalten können, mit zerfetzten Kleidern und einem zerstörten Leben in einem Gebüsch im Central Park zu enden, schossen ihr durch den Kopf.

War das wirklich erst zwei Monate her, als es nichts Schlimmeres für Karen gegeben hatte, als schwanger zu werden und einen ungeliebten Mann heiraten zu müssen? Eine Ewigkeit schien seitdem vergangen zu sein. Wie hatte sie nur so naiv sein können.

Nun, verglichen mit den Kerns, konnte Jills Familie sich

glücklich schätzen, und im Vergleich mit Karen ging es Jill prächtig.
Doch ein kleines Licht regte sich in der Dunkelheit von Karens Seele, denn es gab etwas von unendlichem Wert, das Jill nicht besaß – Peter Bauer.
Der starke, treue Peter, der zweimal die Woche anrief und ihr lustige Karten und ihre gelben Lieblingsrosen schickte. Wie schrecklich auch alles sein mochte – daß Peter für sie da war, gab Karen Kraft, und sie sorgte dafür, daß das Pochen in ihrem Kopf nachließ und der graue Vorhang des Schlafes sie umhüllte.

Zwei Wochen später tauchte Michael Haller wieder auf, im selben schlechtsitzenden Anzug und ohne Tug McCluskey.
»Ich habe Bob gefunden«, beichtete er ohne Umschweife. Fast hätte er auch den Nachnamen ausgesprochen, doch er beschloß, das nur zu tun, wenn sie danach fragte. »Genau dort, wo Sie sagten.«
»Haben Sie ihn verhaftet?«
»Das war nicht möglich.«
»Warum nicht?«
Haller schob seine Brille zurecht. »Weil wir keinen Beweis dafür haben, daß er ein Verbrechen begangen hat.«
»Schauen Sie mich doch an!« rief Karen. »Da sehen Sie, was er getan hat. Ist das nicht Beweis genug?«
»Tja; nun ist es aber so«, antwortete Haller, wobei er eingehend seine Schuhe studierte, »daß der junge Mann Ihre Schilderung nicht bestätigt. Er behauptet, es sei *Ihre* Idee gewesen, durch den Park zu gehen, und *Sie* hätten sich ihm genähert.«
Die Tatsache, daß es so einfach gewesen war, Bob zu finden, der weiterhin an der Harvard Law School war, hatte die Sache für Haller endgültig abgeklärt. Ein Vergewaltiger

erzählte seinem Opfer normalerweise nicht, wo er sich aufhielt.
Karen starrte den Beamten an. Einerseits war sie außer sich, doch andererseits hatte sie, wie sie merkte, genau das erwartet. Sie betrachtete das Ganze als Verschwörung, und hiermit war sie besiegelt.
»Er hat behauptet, ich habe darum gebeten? Er hat behauptet, ich wollte, daß er das tut?«
»Er sagte, er habe nichts gemacht, sei nur auf Ihre Wünsche eingegangen«, teilte ihr Haller mit. »Er erzählte mir, er habe nur mit Ihnen Geschlechtsverkehr gehabt, und als er danach gehen wollte, hätten Sie sich geweigert, mit ihm zu kommen.«
»Glauben Sie ihm?« fragte sie müde.
»Er wirkte aufrichtig.«
»Glauben Sie ihm?«
»Es spielt keine Rolle, was ich glaube«, sagte Haller abwehrend. »Die Geschworenen würden es glauben, wenn der Fall vor Gericht käme. Es gibt keine echten Beweise, keine Augenzeugen, nur Ihre Aussage, die gegen seine steht, und meine Ermittlungen haben ergeben, daß er ein Musterstudent aus einer prominenten Familie aus San Francisco ist und noch nie irgendwelche Schwierigkeiten hatte.«
»Ich auch nicht«, rief Karen ihm ins Gedächtnis.
Haller rutschte unbehaglich hin und her. »Ich weiß, aber in Fällen wie diesen liegt die Beweispflicht beim Staat. Und es ist nun mal so, daß Geschworene anständige junge Männer aus guten Familien nicht der Vergewaltigung schuldig sprechen, wenn nicht mehr Beweise vorliegen als hier.«
»Sie meinen, sie würden behaupten, daß ich das alles erfunden habe? Daß ich ihn verführt und nicht genug gekriegt habe und dann durch den Central Park gestreift bin, einen Fremden ins Gebüsch gelockt und ihn gebeten

habe, mich zu vergewaltigen und halb totzuschlagen, um dann einen unbescholtenen jungen Mann zu beschuldigen, der mich nur nach Hause bringen wollte?«

»Das ist nicht auszuschließen«, antwortete Haller.

»Auch wenn alles ganz anders war?«

»Hören Sie, wenn es nach mir ginge, würde ich den Kerl hinter Schloß und Riegel bringen und den Schlüssel wegwerfen«, sagte er, weil er ihren Zorn nicht ertragen wollte und eine Ausrede suchte. »Aber die Entscheidung liegt beim Staatsanwalt, und der strengt erst einen Prozeß an, wenn er glaubt, daß er ihn gewinnen kann. Was er in diesem Fall nicht glaubt.«

Tatsächlich hatte der gewiefte Politiker Haller beinahe ausgelacht.

»Wollen Sie damit sagen, daß es nur aufs Gewinnen ankommt? Nicht darauf, wie die Wahrheit aussieht?«

»Okay, eins zu null für Sie.« Die Vogelscheuche seufzte. »Aber ich habe nicht über Gerechtigkeit gesprochen, sondern über unsere Rechtsprechung.«

Rechtsprechung, die nichts mit Gerechtigkeit zu tun hatte? Karen dachte verwirrt über diese Aussage nach. Es war ihr noch nie in den Sinn gekommen, daß die Wahrheit bedeutungslos sein konnte, wenn keiner sie glaubte. Oder daß man Lügen hinnehmen konnte, weil es bequemer war und es sich leichter damit leben ließ.

»War mein Vater bei Ihnen?« fragte sie.

»Ja«, antwortete Haller. »Und Ihre Mutter kam auch mit.«

»Haben sie Ihnen gesagt, daß Sie die Ermittlungen einstellen sollen?«

»Sie haben das nur getan, weil sie Ihnen weitere Qualen ersparen wollen«, erklärte Haller, »und ich finde, sie haben recht. Sie sind ein nettes Mädchen. Sie haben keine Ahnung, was ein fähiger Verteidiger vor Gericht alles mit

Ihnen anstellen würde. Glauben Sie mir, wenn so einer mit Ihnen fertig ist, sind die Geschworenen der Meinung, daß Sie gerade so gut sind wie eine Zweidollarhure von der Eighth Avenue. Wenn Sie meinen Rat hören wollen: Vergessen Sie das Ganze. Vor Gericht bekommen Sie keine Genugtuung.«

»Danke für Ihren Besuch«, sagte Karen.

Wenn die Polizei sie für eine Lügnerin, ihre Eltern sie für kokett und die Geschworenen sie für eine Hure hielten, wieso sollte sie sich da noch wehren?

»Es tut mir leid«, erklärte Michael Haller und ärgerte sich, daß er keine passenderen Worte fand.

»Mir auch«, erwiderte sie.

»Kein Mensch verdient es, so schlimm zugerichtet zu werden«, fügte er hinzu, um noch etwas gutzumachen. »Ich hoffe, Sie kommen bald wieder auf die Beine.«

Damit war das Gespräch beendet. Sie hatte Bobs Nachnamen nicht wissen wollen. Auch gut.

Karen schloß die Augen, damit sie nicht sehen mußte, wie er hinausging. Seltsamerweise schienen die Knochenbrüche und Blutergüsse die Leute am meisten zu beunruhigen. Sie glaubten wohl, wenn sie sich nur damit befaßten, könnten sie übersehen, was man ihr wirklich angetan hatte.

9

Karen wurde am 8. Mai aus dem Manhattan Hospital entlassen. Ihr Kiefer und ihr Arm waren verheilt. Zwei weitere Operationen hatten ihre zerschmetterte linke Kniescheibe gerettet. In der Krankengymnastik zweimal täglich kräftigte sie ihre Muskeln, und mit Hilfe von zwei Krücken konnte sie wieder gehen.

Das Loch an ihrem Hals, durch das man den Tubus eingeführt hatte, war nur noch ein kleiner roter Knubbel. Das Loch an ihrer Seite, die öffnung für die Brust-Drainage, hatte sich zu einer kleinen Hautfalte zwischen zwei Rippen verwachsen, die sie mit den Fingern ertasten konnte.

Als sie mit ihren Eltern im geräumigen Buick ihres Vaters nach Hause fuhr, kam es ihr vor, als sähe sie die Welt zum erstenmal.

Während sie im Krankenhaus gelegen hatte, war der Winter verstrichen, und der Frühling war nach Long Island gekommen. Karen sog die Eindrücke in sich auf.

Die mächtigen Ahornbäume und die schlanken Ulmen, die kahl und knorrig gewesen waren, als sie sie zuletzt gesehen hatte, trugen jetzt ihr grünes Blattkleid. Die dürren Grasflächen hatten sich in üppige Rasen verwandelt, und überall, so schien es ihr, blühten Azaleen und Rhododendren. Kleine Spatzen und Rotkehlchen hüpften von Ast zu Ast und zwitscherten ihr Lied vom Sonnenschein.

Als Leo in die Knightsbridge Road einbog, verdrehte Karen den Kopf, um einen ersten Blick auf das ausladende, aus rotem Klinker erbaute Herrenhaus zu erhaschen, in dem sie ihr ganzes bisheriges Leben verbracht hatte.

»Die Kirschblüten haben auf dich gewartet«, sagte ihre Mutter, als der Buick unter den zarten rosaroten Blüten hindurchglitt, die sonst im April schon verschwunden waren.

Karen seufzte glücklich. Alles sah genauso aus, wie sie gehofft hatte: die blühenden Bäume, die runden Rabatte mit Begonien, Impatiens und Pfingstrosen, die ihre Mutter so hingebungsvoll pflegte, der flauschige Rasen und die sorgfältig beschnittenen Hecken rund um das Grundstück. Sie war froh, daß es Dinge gab, die immer gleich blieben.

Von außen sah ihr Elternhaus unverändert aus. Obwohl Karen sich an die ruhige Betriebsamkeit im dritten Stock des Krankenhauses gewöhnt hatte, an die weiß gekleideten Menschen, die ständig an ihrer Tür vorübereilten, an die stete Pflege, die man ihr angedeihen ließ, und an ihr wunderbares Bett zum Verstellen, so hatte sie sich dort doch nie zu Hause gefühlt.

Zu Hause war wie bequeme alte Hausschuhe, in denen man sich rundum wohl fühlte, ein Ort, an dem es keine Rolle spielte, wie man aussah oder was man sagte oder tat, weil man bedingungslos geliebt und akzeptiert wurde. Doch diesmal fühlte es sich anders an, nach Hause zu kommen, denn Karen selbst war verändert, und das großzügige Herrenhaus in der Knightsbridge Road kam ihr gleichzeitig vertraut und fremd vor, als sie sich wieder in den Schutz seiner vier Wände begab.

Zu Anfang humpelte sie auf ihren Krücken von Zimmer zu Zimmer und feierte Wiedersehen mit all den Dingen, die immer Sicherheit und Geborgenheit für sie bedeutet hatten – das schimmernde Mahagonigeländer, das sie als Kind hinuntergerutscht war, die Perserteppiche und Duncan-Phyfe-Möbel, die so verloren wirkten in dem riesigen Wohnzimmer, die geblümte Tapete und die schweren Brokatwandbehänge, die Meißener Lampen, das Dresdner Porzellan, das Revere-Silber, die vollgestopften Bücherregale ihres Vaters in der Bibliothek, die Elvis-Presley-Platten ihrer Schwester und schließlich ihr eigenes Zimmer, an dem seit ihrer High-School-Zeit nichts verändert worden war. Da waren die Vorhänge aus Moiré-Seide, die Tapete mit der verschwenderischen Fülle gelber Bänder und Rosenknospen, die weißen Möbel aus Eichenholz, der Schreibtisch, der immer voller Krimskrams war, und die Korkpinnwand, an der Fotos aus ihrer Jugend hingen.

Nachdem sie es am ersten Abend geschafft hatte, die fürsorgliche Beverly loszuwerden, schloß Karen sich in ihrem Zimmer ein, weinte und wünschte sich, daß sie diesen Raum doch nie verlassen und erwachsen geworden wäre. Als endlich alle schlafen gegangen waren, knipste sie das Licht am Bett an und suchte in der Schublade ihres Nachttischs nach dem Kästchen.

Es war ein Kästchen zum Abschließen, das einst ihrer Großmutter gehört hatte, und es war alt und abgenutzt, doch die kunstvollen Intarsien waren unversehrt. Karen bewahrte darin Zettel auf, auf denen sie alle möglichen Gedanken notierte. Sie nannte sie »Denkzettel«.

Sie nahm ein leeres Blatt heraus und schrieb:

Sie sagen, ein Hund fand mich,
blutend und zerschunden,
halb tot,
im Gebüsch wie Schutt.
Vielleicht bin ich nichts
anderes.

Sie haben mit Wörtern um sich geworfen;
Unterkühlung,
schweres Trauma,
Lungenentzündung.
Doch ich konnte sie nicht hören.

Sie sagen, die Operation dauerte
sechs Stunden.
Sie haben mir mehr genommen,
als übrigblieb.
Doch mein Inneres war schon leer.

Erst Tage später schlug ich die Augen auf.
Erst Wochen später sprach ich ein Wort.
Was sollte ich sagen
zu ihrer exzellenten Arbeit –
hättet ihr mich doch sterben lassen ...?

Karen legte das Blatt in den Kasten und stellte ihn in die Schublade zurück. Dann weinte sie in ihr Kissen, bis sie eingeschlafen war. Das Licht vergaß sie auszuschalten.

Viele Stunden brachte sie in dem von ihrer Mutter gehegten Garten zu. Sie saß still in einem Sessel, hatte das Bein hochgelegt, las, trank Eistee oder starrte ins Leere und schnupperte die zarten Düfte des Frühlings, der zum Sommer wurde.

Bald wich die kranke Blässe aus ihrem Gesicht, und die Sonne zauberte einen rosa Hauch auf ihre Wangen.

Da Karen nun wieder richtig essen konnte, hatte ihre Mutter dem Hausmädchen Winola, das zum Haushalt der Kerns gehörte, solange die Familie zurückdenken konnte, aufgetragen, Karen zu jeder Tageszeit Leckereien zu bringen.

»Wenn das so weitergeht, bin ich bald fett wie ein Schwein«, beklagte sich Karen, aber nicht allzu lautstark.
Sie brauchte sich nur mit ihrer Genesung zu beschäftigen, während sie darauf wartete, daß Peter kam, um sie zu retten – wie in dem Märchen über die Prinzessin im Turm, das ihr ihre Mutter immer vorgelesen hatte, als sie noch ein kleines Mädchen war.
Zweimal in der Woche fuhr Beverly mit ihr zur Krankengymnastik ins Manhattan Hospital. Es wäre viel einfacher gewesen, die Behandlung im örtlichen Krankenhaus fortzusetzen, doch Beverly wollte nichts davon hören.
»Ich finde es besser, bei den Leuten zu bleiben, die uns von Anfang an betreut haben«, sagte sie. »Sie kennen die Vorgeschichte, und mir macht die Fahrt nichts aus.«
In Wirklichkeit war es Beverly zuwider, sich durch den dichten Verkehr in die Stadt und wieder zurück zu quälen. Aber sie sagte sich, daß so am örtlichen Krankenhaus niemand die Wahrheit erfahren würde – auch der langjährige Arzt der Familie nicht.
Von diesen Dienstag- und Donnerstagnachmittagen abgesehen, wollte Karen nicht aus dem Haus und ließ sich eine Ausrede nach der anderen dafür einfallen.
»Komm doch mit in die Stadt«, schlug Beverly ihr häufig vor. »Wir machen einen Einkaufsbummel. Es wird dir guttun, mal was anderes zu sehen.«
»Ich habe Schmerzen im Knie«, erwiderte Karen dann, obwohl ihr Physiotherapeut ihr riet, sich soviel wie möglich zu bewegen. Aber sie war überzeugt, daß man sie nur anzusehen brauchte, trotz der Lügen ihrer Mutter zu erraten, was ihr widerfahren war, und dafür war sie noch nicht bereit.
Sie versuchte mehrmals, über Bob und jenen Abend zu sprechen, aber man ließ sie nicht zu Wort kommen.

»Du hattest einen schrecklichen Unfall«, pflegte Beverly dann zu sagen. »Wir wollen nicht mehr daran denken.«

»Aber ich muß darüber reden«, drängte Karen jedesmal. Sie wollte nur die Gelegenheit haben, das Ganze aus ihrer Sicht zu schildern, damit ihre Eltern ihr ihre Leichtfertigkeit verzeihen konnten.

»Du mußt das alles vergessen«, erwiderte Beverly unnachgiebig. »Glaub mir, ich weiß, was gut für dich ist.«

»Ja, Mutter.«

Bevor Karen aus der Klinik entlassen wurde, hatte Dr. Waschkowski ihr empfohlen, mit einem Psychiater zu sprechen.

»Wir sorgen dafür, daß Sie körperlich wieder in Ordnung kommen«, hatte er gesagt und ihr einen Zettel gegeben, auf dem ein Name und eine Telefonnummer standen. »Aber damit ist es nicht getan.«

Karen fand die Vorstellung, mit einem Arzt darüber zu reden, was damals im Park passiert war, ziemlich verlockend, aber als sie ihre Mutter darauf ansprach, war diese außer sich.

»Nur Irre gehen zum Psychiater«, erklärte sie wütend. »Du warst vielleicht leichtfertig, aber deshalb bist du noch lange nicht verrückt. Mein Gott, das fehlte uns gerade noch, daß sich da ein Psychiater einmischt.« Und sie zerriß den Zettel in kleine Stücke.

Zwei Wochen nach Karens Heimkehr kam Jill mit dem Baby zu Besuch.

»Du brauchst nichts Genaueres von dem Unfall zu erzählen, falls sie unsensibel genug sein sollte, danach zu fragen«, präparierte Beverly Karen vorher. »Es ist ganz normal, daß man nach so einem Erlebnis nicht ganz bei sich ist.«

»Ja, Mutter.«

Es war beunruhigend, wie es dieser Frau gelang, die Wirklichkeit zu verdrängen und sich selbst einzureden, daß Karen das Opfer eines rücksichtslosen Autofahrers geworden war. Manchmal wünschte sich Karen, das auch zu schaffen.

Jill hatte sich durch ihr Kind verändert. Sie wirkte gesund, war fröhlich und nicht mehr so dünn wie früher, sondern hatte an den richtigen Stellen Rundungen.

»Ich hab's erst durch das Baby geschafft, Busen zu kriegen«, sagte sie lachend.

Doch am meisten faszinierte Karen das rosa Bündel im Wagen – ein vollständiger kleiner Mensch mit unschuldig blickenden blauen Augen, zarter Haut und seidigem honigblondem Haarflaum.

»Sie ist ja so winzig. Ich hätte nicht gedacht, daß sie so winzig ist.«

Jill schnitt eine Grimasse. »Wenn du sie hättest gebären müssen, würdest du das nicht sagen.«

»Meinst du, ich kann sie mal auf den Arm nehmen?«

»Na klar.« Jill hob das vier Monate alte Baby aus dem Kinderwagen und legte es Karen ohne zu zögern in die Arme.

Rebecca blickte die Fremde, die sie jetzt wiegte, vertrauensvoll an und lächelte.

»Ich glaube, sie mag mich«, rief Karen.

»Sie mag jeden, der sie hält.«

Karen streichelte die runde rosa Wange. »Wäre ich ihre Mutter, ich würde sie die ganze Zeit halten.«

»Wir sprechen uns wieder, wenn du selbst ein Baby hast«, entgegnete Jill. »Wenn du das Haus saubermachen und die Windeln waschen mußt und du noch nicht mal mit dem Abendessen angefangen hast und dein Rücken dich umbringt.«

Karen biß sich auf die Unterlippe. Ehe sie aus der Klinik entlassen wurde, kurz bevor er ihr den Zettel mit dem Namen des Psychiaters gab, hatte Dr. Waschkowski ihr mitgeteilt, daß sie keine Kinder haben konnte. Dies war von allen schlimmen Momenten der schlimmste für sie gewesen. Seine Worte zerschmetterten ihre Träume und ihre Zukunft, und sie wußte, daß sie den Rest ihres Lebens für ihre Leichtfertigkeit würde büßen müssen.

Es war beinahe eine Qual für sie, Rebecca im Arm zu halten, zu spüren, wie sich das warme kleine Wesen vertrauensvoll an sie schmiegte, den zarten Duft des Babypuders zu riechen, das zufriedene Glucksen zu hören, die kleine Hand zu fühlen, die ihren Finger festhielt, und zu wissen, daß ihr nie die Freude vergönnt sein würde, selbst ein Baby zu haben.

Karen stieß einen zutiefst traurigen Seufzer aus, und sie konnte nicht verhindern, daß ihr eine Träne über die Wange rollte und auf den rosa Strampelanzug der Kleinen tropfte.

»Na, ich glaube, jetzt haben wir sie genug verwöhnt«, sagte Jill. Die Träne war ihr entgangen, und den Seufzer hatte sie als Anzeichen von Müdigkeit gedeutet. Sie nahm Karen Rebecca ab und machte Anstalten, sie wieder in den Wagen zu legen. Karen wollte gerade protestieren, als Beverly hereinkam und verkündete, daß das Mittagessen fertig sei.

»So«, sagte Jill später, nachdem sie Winolas Tomatensuppe und Thunfischsalat verspeist hatten, das Baby gestillt und gewickelt worden war und schlief und sie bei Eistee und Keksen im Garten saßen, »genug von mir und dem Baby. Jetzt erzähl mir von dir.«

»Was soll ich denn erzählen?«

»Na hör mal, seit Monaten sagt mir keiner, was passiert ist«, rief Jill aus. »Du verschwindest an dem Abend damals mit diesem gutaussehenden Typen aus meiner Wohnung, und als nächstes liegst du im Krankenhaus.«

»Was hat meine Mutter gesagt?«

»Daß du von einem Auto angefahren wurdest. Aber wie ist das passiert, um Himmels willen?«

Karen strich über die Falten in ihrem Baumwollrock. Sie war seit fünfzehn Jahren mit Jill befreundet und hatte sie noch nie angelogen. Sie hatten Höhe- und Tiefpunkte miteinander geteilt, hatten einander mit Rat und Tat, aber auch mit Kritik zur Seite gestanden und nie ein Versprechen nicht gehalten oder das Vertrauen der anderen mißbraucht.

Karen war sicher, daß sie Jill die Wahrheit sagen konnte, der Warnung ihrer Mutter zum Trotz; sie mußte so dringend mit jemandem sprechen, brauchte so dringend jemanden, der sie verstand. Sie öffnete den Mund, doch gerade als sie drauf und dran war, alles zu offenbaren, fing Jill an zu kichern.

»Als wir gehört haben, daß dir was zugestoßen war«, gestand ihre Freundin, »bevor wir wußten, was passiert ist, hat Andy gesagt, der Bursche sei vielleicht 'ne Nummer zu heiß für dich gewesen.«

Karen verschlug es die Sprache. Sie starrte Jill an. »Wie kommt er darauf?« brachte sie dann mühsam hervor.

»Ach, du kennst doch Andy«, antwortete Jill achselzuckend. »Er denkt dauernd an unanständiges Zeug.«

»Und was hast du darauf erwidert?«

»Daß das albern sei. Jeder, der dich kennt, weiß, daß dein Herz rein ist und dein Körper Peter gehört.«

»Jetzt, da du es erwähnst – ich glaube, der Bursche war tatsächlich ziemlich kräftig«, versuchte Karen sich heranzutasten. »Es ist nicht allzu abwegig, sich vorzustellen, daß er mich ... überwältigt haben könnte.«

»Sei nicht albern«, erwiderte Jill. »So wie der aussieht. Warum um Himmels willen sollte er ein Mädchen überwältigen müssen? Dem liegen die Frauen doch bestimmt zu Füßen.«
»Glaubst du wirklich?«
»Na klar«, bekräftigte die Freundin. »Das hab ich Andy auch erklärt. Außerdem wissen wir ja alle, daß ich die Charakterschwache von uns beiden bin. Es war typisch, daß ich nicht warten konnte. Aber du – du bist die eiserne Jungfrau. Dich bringt nichts ins Wanken, solange du keinen Ring am Finger hast. Also, jetzt erzähl endlich.«
Charakterschwach oder mit eisernem Willen. Waren das die einzig akzeptablen Varianten? Karen fragte sich, weshalb Jill keine andere Möglichkeit in Betracht zog, und vergaß dabei ganz, daß sie selbst noch vor sechs Monaten dasselbe gedacht hätte. Womit sie wieder bei der Polizei und ihren Eltern angelangt war.
»Der Fahrer war betrunken«, brachte sie mit belegter Stimme hervor. »Er hat mich angefahren. Kam plötzlich angerast.«
»Wie schrecklich!« rief Jill aus, die diese Schilderung schon von Beverly gehört hatte. »Aber wo warst du, als es passiert ist? Ich meine, was hast du gemacht?«
Karens Herz begann zu hämmern, und Schweiß trat ihr auf die Stirn. Sie hatte vergessen, was ihre Mutter sich dazu ausgedacht hatte.
»Ich kann mich kaum daran erinnern.« Sie zuckte mit den Schultern. »Es ist alles ziemlich undeutlich.«
»Na komm, an irgendwas mußt du dich doch erinnern«, drängte Jill. »In welcher Straße ist es passiert? Fangen wir doch mal mit dem Knaben an. Ihr seid zusammen bei uns los. War er auch in den Unfall verwickelt?«
»Ja«, antwortete Karen. »Ich meine, nein«, verbesserte sie

hastig. »Ich meine, ja, wir sind zusammen von euch weg, aber nein, er ist nicht von dem Wagen angefahren worden.«
»Wollte er dir nicht ein Taxi besorgen?«
»Ja, wollte er, aber hat er dann doch nicht. Ich meine, wir haben gewartet, aber ... ja, doch, er hat mir eins besorgt.«
Jill lächelte sie ermutigend an. »Was nun, ja oder nein?«
»Na ja, weißt du, es war schon so spät, und ich ...« Karen war jetzt so durcheinander, daß sie zu der einzigen Ausrede Zuflucht nahm, die ihr einfiel. Sie rieb sich die Augen und täuschte Müdigkeit vor. »Ich bin erschöpft«, murmelte sie. »Ich würde mich gern noch weiter mit dir unterhalten, aber ich muß mich, glaube ich, ein bißchen hinlegen.«
»Unbedingt«, stimmte Jill ihr eilig zu. Ihr fiel auf, wie blaß Karen plötzlich aussah. »Ich mußte deiner Mutter versprechen, dich nicht zu überanstrengen.«
»Es war schön, daß du da warst«, fügte Karen hinzu. »Und danke, daß du Rebecca mitgebracht hast. Sie ist wahnsinnig süß.«
»Das hätte ich natürlich sowieso getan«, sagte Jill, während sie die Babysachen einsammelte, »aber mir bleibt auch nichts anderes übrig. Solange ich sie stille, sind wir zwei unzertrennlich.«
In der Eingangshalle trafen sie auf Beverly. »Du gehst doch nicht etwa schon?« fragte sie.
»Ich habe Andy versprochen, zeitig zu Hause zu sein«, antwortete Jill und manövrierte den Wagen über die Schwelle, »und wenn ich nicht bald losfahre, gerate ich auf dem Long Island Expressway in den dicksten Stau. Außerdem sind lange Besuche bestimmt noch nichts für Karen.«
»Du mußt aber unbedingt wiederkommen, wenn sie kräftiger ist. Es ist sehr wichtig für sie, daß sie ihre Freunde um sich hat.«
»Mach ich«, versprach Jill.

»Was ist passiert?« fragte Beverly, sobald sie die Haustür geschlossen hatte. »Warum ist sie so überstürzt aufgebrochen?«

»Sie wollte Genaueres wissen«, antwortete Karen und wandte sich ab.

10

Peter Bauer fuhr mit seinem Pontiac vom Long Island Expressway auf die Lakeville Road und hielt sich Richtung Great Neck. Sein Rücken war steif, und seine Augen brannten. Er hatte gehofft, die Fahrt von Bangor in weniger als zwölf Stunden zu schaffen, aber je mehr er sich New York näherte, desto dichter wurde der Verkehr und desto langsamer kam er voran. Er war jetzt seit fast vierzehn Stunden unterwegs.

Eine Woche zuvor hatte Peter in Cornell seinen Abschluß als Ingenieur gemacht. Als erster Bauer mit College-Abschluß war er der Stolz der Familie. Er war nach Maine zu seiner Mutter und seinem Vater, seinen vier Brüdern und zwei Schwestern gefahren, um sich kurz in seinem Ruhm zu sonnen und sich auf der großen Party, die seine Eltern unbedingt zu seinen Ehren geben wollten, feiern zu lassen.

Er hatte seine ganze aufregende Zukunft noch vor sich, und als er an diesem ersten Abend im unteren Teil des Doppelstockbetts lag und dem Atem seines Bruders lauschte, wußte er, daß alles so werden würde, wie er es sich früher so oft in diesem Bett vorgestellt hatte. Er hatte seine Ausbildung abgeschlossen und würde in den Betrieb seines Vaters einsteigen – eine kleine Firma, die Elektroteile entwickelte und herstellte –, und er hatte das Mädchen seiner Träume gefunden.

Karen und er hatten zwar in letzter Zeit nicht mehr darüber gesprochen, aber er war sicher, daß sie sich trotz ihres Unfalls wie geplant verloben und dann heiraten würden. Vielleicht nicht zum vorgesehenen Termin, aber sobald Karen wieder ganz gesund war und ihren Abschluß in Cornell machen konnte. Er wußte, daß sie darauf bestehen würde. Und danach würden sie glücklich und zufrieden in Bangor leben bis ans Ende ihrer Tage.

Peter schob sich die Sonnenbrille in die Stirn und rieb sich die müden Augen, während er darauf wartete, daß die Ampel umsprang. Karen und er hatten in den fünf Monaten nach dem Unfall regelmäßig miteinander telefoniert – bis sie den Dreh mit dem Röhrchen in ihrem Hals rausgehabt hatte, waren es recht einseitige Gespräche gewesen –, doch er hatte sie seit Januar nicht mehr gesehen. Er hatte mehrfach vorgeschlagen, sie von Ithaca aus zu besuchen, aber Beverly hatte ihn jedesmal davon abgehalten. Sie hatte gesagt, Karen sei noch nicht bereit für Besuche, und er solle lieber warten, bis sie wieder kräftiger sei.

»Nur die Familie darf zu ihr«, hatte Beverly ihm mitgeteilt. »Aber ich kann Sie natürlich gerne über ihren Zustand auf dem laufenden halten.«

Peter kam sich nicht mehr wie ein beliebiger Besucher vor, aber er gehörte wohl auch noch nicht zur Familie. Doch Beverly hielt Wort und rief ihn jede Woche an, um ihn über Karens Fortschritte zu informieren. Und wenn es eine Art Durchbruch gab – als als Karen zum erstenmal etwas trank, sprach oder ihre ersten Schritte machte –, meldete Beverly sich sogar öfter.

Sie war es auch, nicht die Ärzte, die ihm von Karens körperlichem Zustand berichtete, als er Ende Dezember bei den Kerns eintraf.

»Erst wenn Karen es uns selbst erzählen kann«, sagte sie,

»werden wir wissen, was wirklich passiert ist. Aber es scheint ein Unfall gewesen zu sein.«
Sie schilderte ihm Karens Verletzungen, äußerte sich jedoch nicht zu der Totaloperation. Sie hätte nicht gewußt, wie sie ihm die erklären sollte, und beschloß, damit zu warten, bis es unumgänglich sein würde. Und es war wiederum Beverly, die Peter am Tag, nachdem Leo und sie die scheußliche Wahrheit erfahren hatten, mitteilte, daß Karen in einen Autounfall verwickelt gewesen war.
»Sie kann sich kaum an etwas erinnern«, sagte Beverly zu ihm, »was angesichts der Umstände wohl auch ganz gut ist. Soweit wir wissen, ging sie über die Straße, und ein Wagen kam angerast und erfaßte sie. Der Fahrer beging Fahrerflucht. Wir glauben, daß er betrunken war.«
»Ist sie nur auf den Wagen geprallt, oder hat er sie regelrecht überfahren?« wollte Peter wissen.
Am anderen Ende der Leitung entstand eine Pause. Beverly hatte diese Geschichte schon etwa ein dutzendmal erzählt, aber diese Frage hatte noch keiner gestellt, und sie traf sie völlig unvorbereitet.
»Ich weiß nicht«, sagte sie lahm.
»Die Ärzte müßten das doch an der Art der Verletzungen festgestellt haben.« Peter ließ nicht locker.
»Danach habe ich nicht gefragt«, lautete die brüske Erwiderung.
»Es ändert ja doch nichts, oder?« Was hatte dieser Emporkömmling aus Maine im Sinn? überlegte sie. Merkte er an ihrer Stimme, daß sie die ganze Geschichte erfunden hatte? »Das Entscheidende ist doch, daß sie wieder zu Kräften kommt, und das sollte in erster Linie unser Anliegen sein.«
Peter fragte sich an seinem Ende der Leitung, warum sie so abweisend klang.
»Stellt die Polizei Ermittlungen an?« wollte er wissen.

»Wozu soll das gut sein?« antwortete Beverly. »Es haben sich keine Zeugen gemeldet, und Karen hat sicher nicht mitbekommen, wer sie angefahren hat.«
»Manchmal melden sich die Leute nicht, weil ihnen nicht bewußt ist, daß sie etwas gesehen haben«, meinte Peter. »Aber wenn man die Sache publik macht, erinnern sie sich vielleicht.«
Das fehlte gerade noch, dachte Beverly verärgert. Sie hätte es dem unverschämten Kerl am liebsten gezeigt und den Hörer auf die Gabel geknallt, doch sie beherrschte sich. Der Bursche war zwar Ingenieur – ein Beruf, der nach Beverlys Maßstäben kaum besser war als Automechaniker –, aber es war durchaus möglich, daß ihre Tochter unter diesen Umständen keine bessere Partie mehr machen würde, und die wollte sie nun keinesfalls gefährden.
»Ich finde, wir sollten jetzt alle die Vergangenheit vergessen und uns auf die Zukunft konzentrieren«, säuselte sie. »Ich fürchte, Sie werden Karen nur schrecklich aufregen, wenn Sie derart unwichtige Themen anschneiden.«
Als er nach rechts zu dem Villenviertel Russell Gardens fuhr, merkte Peter, daß es ihn noch immer ärgerte, wenn er daran dachte, daß die Person, die Karen so schwer verletzt hatte und sie dann einfach auf der Straße liegenließ, ungeschoren davonkommen sollte.
Es war kurz vor acht, als er auf die kreisförmige Zufahrt der Kerns in der Knightsbridge Road abbog. Die Sonne ging bereits unter. Sie tanzte auf den Backsteinwänden des Herrenhauses, die jetzt eher rosa als rot schienen, ließ die weißen Zierleisten strahlen und glitzerte auf den Fenstern, die wie pures Gold wirkten. Deshalb sah Peter Karen nicht, die im ersten Stock am Fenster stand und mit einer Mischung aus Freude und Furcht in den Augen zu ihm hinunterblickte.

Sie stand dort seit über einer Stunde. Und seit über einer Woche, als Peter angerufen und sich angekündigt hatte, bereitete sie sich auf diesen Besuch vor.
»Ich komme gleich am Tag nach der Party«, hatte er gesagt. »Ich werd früh aufstehen und ohne Pause durchfahren.«
»Wir warten mit dem Abendessen auf dich«, hatte sie ihm versprochen.
Wenn Karen in den letzten beiden Jahren über ihre Zukunft nachgedacht hatte, hatte sie sich immer an Peters Seite gesehen – als seine Frau und Gefährtin, als Mutter der Kinder, die sie zusammen haben wollten.
Oft hatte sie, statt zu arbeiten, an den Rand ihrer Ordner »Karen Bauer« gekritzelt oder schicke Monogramme aus zwei Ks und einem B entworfen. Peter war ihr treuester Gefolgsmann, ihr bester Freund, ihr Held – der einzige Mann auf der Welt, der ihr Herz nur mit einem Lächeln höher schlagen ließ. Er war so mit ihrem Leben verwoben, daß sie nur öde Leere vor sich sah, wenn sie sich ihr Dasein ohne ihn vorstellte.
Und dennoch, als sie in diesem Augenblick auf ihn hinunterschaute, auf sein rotblondes Haar und seine schlaksige Gestalt, kam er ihr vor wie ein Fremder, der auf der anderen Seite eines Abgrunds stand, einer Katastrophe, und keine Brücke führte hinüber.
Es war nicht schwer gewesen, die Verbindung zwischen ihnen übers Telefon, auf Distanz, aufrechtzuerhalten. Da hatte es nichts Kompliziertes gegeben. Er hatte zweimal pro Woche angerufen und sie immer mit einem Scherz oder einer lustigen Geschichte zum Lachen gebracht. In der Zeit zwischen den Telefonaten trafen seine Karten und Blumen ein. Doch jetzt war er selbst da, und Karen wurde plötzlich heiß und kalt zugleich, und sie fragte sich, wie er wohl reagieren würde, wenn er sie sah. Würden die häßlichen

Narben ihn abstoßen, ihre Magerkeit ihn erschrecken, die Krücken ihn schockieren? Sie schob den Gedanken beiseite, denn nur für Peter mühte sie sich so ab, wieder rundum gesund zu werden, die Blessuren ausheilen zu lassen, die sie davongetragen hatte. Ungelenk wandte sie sich vom Fenster ab und ging auf ihren Krücken über den Flur Richtung Treppe.

Sie schaut aus wie eine Leiche, dachte Peter, als er neben Beverly in der Eingangshalle stand und Karen zusah, wie sie sich, dicht gefolgt von Winola, die breite, geschwungene Treppe hinunterarbeitete. Sie setzte eine Holzkrücke vorsichtig auf den dicken Läufer, hielt sich mit der anderen Hand am Geländer fest, hüpfte auf dem gesunden rechten Bein eine Stufe tiefer und zog dann das verletzte linke nach. Sie sah knochig und dürr aus in dem Baumwollkleid, ihre Haut wirkte seltsam durchsichtig, und irgend etwas stimmte mit ihren Augen nicht; in der blaugrauen Tiefe lag ein Ausdruck, den er nicht zu benennen vermochte und der vorher nicht dagewesen war.

»Ich brauche eine Ewigkeit, um irgendwohin zu kommen, aber ich muß aufpassen, daß ich nicht auf dieses Knie falle«, sagte sie, als sie schließlich unten war, von Winola die andere Krücke in Empfang nahm und sich auf dem Hartholzparkett auf ihn zubewegte.

Ein zweifelnder Ausdruck huschte über sein Gesicht und verschwand. Die Karen von früher hätte gesagt: Ich will dir nicht vor die Füße fallen, sonst wirst du noch eingebildet.

»Ich finde, du kriegst das prima hin.« Er ging ihr lächelnd entgegen, um sie nach all den Monaten endlich in die Arme zu nehmen.

Karen erstarrte. Sie hatte sich auf diesen Moment vorbereitet, hatte sich sogar auf das Gefühl von Geborgenheit gefreut. Aber als er ihr plötzlich so nahe kam, war es nicht

Peter, der sie an sich ziehen wollte, sondern Bob, und sie sprang mit einem leisen Aufschrei zurück und geriet beinahe aus dem Gleichgewicht.

»Es tut mir leid«, sagte er. »Ich wußte nicht, daß dir Umarmen weh tut.«

»Es ist noch nicht alles verheilt«, erklärte Beverly, um den peinlichen Moment zu überbrücken.

»Wie steht's denn mit einem Kuß auf die Wange?«

»Nur zu«, antwortete Karen. Doch sie mußte sich beherrschen, nicht zu schaudern, als sie seinen warmen Atem spürte und seine Lippen ihren Mundwinkel streiften. Eine ihrer Krücken entglitt ihr.

»Alles in Ordnung?« fragte er und stützte sie.

»Diese Dinger führen ein Eigenleben«, erwiderte sie mit einem verstörten Lächeln, entzog sich seinen Armen und setzte den widerspenstigen Stock fest auf den Boden. »Ich glaube, bis ich die im Griff habe, brauche ich sie nicht mehr.«

»Und das wird schon bald sein, nicht wahr?« schaltete sich Beverly ein. »Du machst ja so schöne Fortschritte.«

Peter blickte von der Mutter zur Tochter. »Das freut mich«, sagte er.

»Finden Sie nicht, daß unsere Kleine viel besser ausschaut als beim letztenmal, als Sie sie gesehen haben?« versuchte Beverly ihm ein Kompliment zu entlocken.

»Durchaus«, antwortete er höflich, dachte jedoch insgeheim, daß sie erschreckend schlecht aussah.

»Nun aber genug von mir«, sagte Karen munter. »Erzähl uns von deiner Abschlußfeier, Peter. War es so, wie du es dir vorgestellt hattest? Und wie war die Fahrt – warst du lange unterwegs? Hast du Hunger? Du mußt doch völlig erschöpft sein. Willst du dich erst ein bißchen ausruhen? Oder erst zu Abend essen?«

»Abendessen wäre prima«, antwortete Peter. Vor Portsmouth hatte er haltgemacht und einen Imbiß zu sich genommen, aber das war vor acht Stunden gewesen. Danach hatte er nur noch einen Schokoriegel gegessen, und jetzt knurrte ihm der Magen. Er würde sich später ausruhen.

»Wunderbar«, sagte Beverly rasch, die daran dachte, daß der Braten austrocknen würde, wenn sie noch länger warteten. »Sie können sich ein bißchen frisch machen, und danach wird gleich gegessen.«

»Soll ich dich zu deinem Zimmer begleiten?« fragte Karen, obwohl ihr der Gedanke, schon wieder unter seinen Blikken den Kampf mit der Treppe aufzunehmen, äußerst unangenehm war.

Peter grinste. »Nein, laß nur. Ich kenn mich schon aus.«

Er war zum drittenmal zu Besuch bei den Kerns, und Beverly hatte ihn jedesmal in dem großen Gästezimmer an der Ecke mit den Damastvorhängen und der altrosa Tapete einquartiert. Peter nahm seinen Koffer und ging die Treppe hinauf. Er hatte den seltsamen Ausdruck in Karens Augen erkannt. Es war Angst.

Er ließ sich Zeit im Badezimmer, hielt Kopf und Hals unters kalte Wasser. Dann zog er eine andere Hose statt der Jeans und ein frisches Freizeithemd an. Als er das Eßzimmer betrat, saßen schon alle zu Tisch. Er gab Leo die Hand, der Anzug und Krawatte trug, zwinkerte Laura zu, die ein richtiger Teenager mit Shorts und Pferdeschwanz war und ihn an seine eigenen Schwestern erinnerte, und ließ sich auf dem Stuhl neben Karen nieder.

Man begann mit dem Essen. Nach der Suppe gab es Salat, anschließend Schmorbraten und nach dem Braten Pfirsichkuchen. Dazu wurde reichlich Kaffee getrunken. Und die Kerns unterhielten sich die ganze Zeit über wie in einem

seltsamen Theaterstück, bei dem Peter mitspielen sollte, doch man hatte ihm keinen Text gegeben.
»Frühling ist so eine wunderbare Jahreszeit«, begann Beverly.
»Man spürt die Energie in der Luft«, sagte Leo und blinzelte mit seinen kurzsichtigen Augen.
»Immer noch zwei Wochen Schule«, maulte Laura.
»In dieser Zeit beginnt alles Leben von vorn«, fuhr Beverly fort. »Ein Neuanfang, alles Alte ist vergessen. Ist die Natur nicht großartig?«
»Wenn man was für Spinnen, Stechmücken und Wespen übrig hat«, parierte Laura. »Hinter der Garage ist ein Hornissennest.«
»Der Garten ist so schön wie noch nie«, sagte Beverly stolz. »Alles blüht. Er ist vollkommen.«
»Vollkommenheit ist eine Frage der Sichtweise«, entgegnete Laura.
»Ich dachte, das sagt man nur von Schönheit«, warf Karen ein.
Beverly blickte beleidigt. »Angeblich soll es heute regnen.«
»Ich hatte meinen Regenschirm mit«, bemerkte Leo, »aber ich bin nicht rausgegangen.«
»Deshalb hat es nicht geregnet.«
»Wahrscheinlich.«
»Da hat sich meine Arthritis ganz umsonst wieder gemeldet.« Beverly massierte ihren linken Daumen.
»Magst du Regen, Peter?« wollte Laura wissen.
»Manchmal«, antwortete Peter, der versuchte mitzuhalten.
Vier Augenpaare wandten sich ihm zu.
»Was soll denn das bedeuten?« fragte Laura.
»Warum muß es denn etwas bedeuten?« hielt ihr Vater dagegen.
»Weil alles etwas zu bedeuten hat«, antwortete Laura.

»Nein«, widersprach Karen, »nicht alles. Es gibt Dinge, die sind völlig ohne Sinn und Bedeutung.«
»Darüber reden wir jetzt aber nicht, ja?« sagte Beverly.
»Wir reden über gar nichts«, entgegnete Karen.
»Schon wieder«, rief Beverly und warf ihre Gabel hin. »Ein vollkommen guter Kuchen, und er ist ruiniert.«
»Ein vollkommen ruinierter Kuchen«, warf Laura ein.
»Sei nicht albern«, meldete sich Leo zu Wort. »Der Kuchen ist vollkommen gut.«
Laura kicherte. »Schon wieder dieses Wort.«
»Sehr komisch«, sagte Karen.
»Hat jemand einen Witz gemacht?« erkundigte sich Leo.
»Nur zu«, meinte Beverly. »Lacht ihr nur.«
Doch keiner lachte.
»Kann ich noch etwas Kaffee haben?« fragte Peter, der sich vorkam, als wäre er in ein Irrenhaus geraten.
»Selbstverständlich«, flötete Beverly und goß ihm schwungvoll nach. »Da, seht ihr, Peter versteht alles.«
Aber Peter verstand gar nichts.
»Ich mag Regen, wenn er fein ist wie Dunst und man ihn nicht hören und so gut wie nicht sehen kann«, sagte er zu Laura. »Ich finde es dann schön, die Feuchtigkeit im Gesicht zu spüren.« Diese Art von Niederschlag hieß Ithaca-Regen, und Karen und er liebten es, bei solchem Wetter spazierenzugehen.
»Oh, wie romantisch«, schwärmte Laura.
Peter lächelte, als er sich seinen Erinnerungen hingab. »Ja, durchaus.«
»Solchen Regen gibt's bei uns nicht«, murrte Laura. »Hier gießt es bloß in Strömen.«
»Ist doch unwichtig«, meinte Karen.
»Romantik ist unwichtig?« fragte Laura.
»Ich finde Romantik sehr wohl wichtig«, sagte Peter.

»Der Regen ist unwichtig«, erklärte Karen.

»Dir ist doch gar nichts mehr wichtig«, erwiderte Laura verstimmt.

Beverly ließ ihre Kaffeetasse fallen. Das zarte Porzellan zersprang auf der Untertasse. Leo erstickte fast an einem Stück des vollkommenen wunderbaren Pfirsichkuchens.

»Bist du nun zufrieden?« Karen blickte ihre Schwester wütend an.

»Mir kannst du die Schuld nicht in die Schuhe schieben«, gab Laura zurück, wobei sie ihren Pferdeschwanz herumschleuderte und ihre Schwester anfunkelte. »Ich kann nichts dazu.«

»Hab ich auch gar nicht behauptet«, zischte Karen.

»Nein, wirklich nicht«, bekräftigte Beverly.

»Ganz und gar nicht«, sagte Leo beruhigend.

»*Ich* war nicht leichtfertig.«

Jemand zog scharf die Luft ein.

»Schluß damit!« rief Beverly.

Leo seufzte wehmütig. »Es war so ein schönes Essen.«

»Es ist abscheulich«, schrie Laura. »Nie darf man was sagen. Es ist scheußlich.« Sie sprang auf und rannte aus dem Zimmer.

»Teenager«, sagte Beverly und zuckte mit den Schultern. »Die sind schrecklich gefühlsbetont.« Sie lächelte Peter wohlwollend an und nickte Karen zu. »Es ist so ein schöner Abend. Du könntest doch mit Peter in den Garten gehen.«

»Ja, Mutter.«

Sie begaben sich auf die Veranda und ließen sich dort in Sesseln nieder.

Karen behielt ihre Krücken bei sich. Die Nachtluft war mild und voller Düfte, und das Licht aus dem Haus warf lange Schatten auf ihre Gesichter.

»Was ist hier los?« fragte Peter, kaum daß sie sich gesetzt hatten.
»Was meinst du?« fragte Karen zurück.
»Ich meine die Spannungen beim Abendessen«, erklärte Peter. »Es kam mir vor, als würden alle die Luft anhalten.«
»Nichts ist los«, sagte Karen.
»Hat es was mit mir zu tun?« bohrte er.
»Natürlich nicht«, versicherte sie ihm. »Alle haben sich auf dich gefreut. Die haben einfach einen schlechten Tag.«
»Und du?« fragte er leise. »Hast du dich auch auf mich gefreut?«
»Aber sicher«, antwortete Karen aufrichtig überrascht. »Wieso fragst du? Hör mal, ich hab eine Stunde am Fenster gestanden und nach deinem Wagen Ausschau gehalten.«
»Entschuldige«, sagte Peter rasch.
»Nein, ich glaube, ich muß mich bei dir entschuldigen«, fügte sie hinzu, weil es leichter war, im Dunkeln zu sprechen. »Du weißt ... weil mein Knie weh tat und ich dich nicht umarmen konnte.«
»Dafür mußt du dich doch nicht entschuldigen«, entgegnete er. »Ich war nur ein bißchen wehleidig. Vielleicht solltest du jetzt überhaupt nicht hier draußen sitzen, sondern mit einem Heizkissen oder so was im Bett liegen.«
Karen seufzte. Er war so ein herzensguter Kerl, immer rücksichtsvoll, fürsorglich, bereit, alle Schuld auf sich zu nehmen, auch wenn er nichts damit zu tun hatte.
»Laß uns ruhig noch ein Weilchen hierbleiben«, sagte sie.
Er lächelte breit, was sie im Dunkeln mehr ahnen als sehen konnte, beugte sich zu ihr und nahm ihre Hand. »Es tut doch nicht weh, wenn ich deine Hand halte, oder?«
»Nein«, beruhigte ihn Karen, »kein bißchen.«
»Ist der Arm wieder in Ordnung?«
»Ziemlich.«

»Meinst du, du kannst im Herbst aufs College zurück?«
Karen blickte über seine Schulter ins Leere. »Ich weiß nicht«, antwortete sie. »Ich habe noch nicht darüber nachgedacht.«
»Nein?«
»Nein«, sagte sie kurz angebunden.
Der College-Abschluß, der eines ihrer Hauptlebensziele gewesen war, kam ihr jetzt bedeutungslos vor, und die behütete Atmosphäre in Ithaca erschien ihr unglaublich weltfremd. Nichts von dem, was sie in Cornell gelernt hatte, hatte sie auf die harte Wirklichkeit vorbereiten oder sie ihr ersparen können.
»Du hast nur ein Semester verpaßt«, fuhr er fort. »Das kannst du leicht aufholen.«
»Ich will mir jetzt keine Gedanken darüber machen«, wehrte sie etwas heftiger als beabsichtigt ab. »Ich muß erst mal einen Haufen anderer Dinge klären.«
»Ich wollte dich nicht drängen«, versicherte er ihr. »Ich hab nur gefragt, weil ich weiß, wie wichtig dir das ist.«
War, dachte sie traurig. Es war seltsam, wie sie viele Dinge, die ihr vor dem 22. Dezember wichtig gewesen waren, nun als Teil der Vergangenheit, nicht der Zukunft betrachtete.
»Ich brauche noch mehr Zeit«, sagte sie jetzt ganz ruhig.
»Natürlich«, erwiderte er und ließ ihre Hand los.
»Zeit, mir über meine Prioritäten klarzuwerden.«
Es entstand ein unbehagliches Schweigen. Beide waren sie angespannt und verunsichert und versuchten herauszufinden, was im Kopf des anderen vor sich ging.
»Heißt das, wir sollten unsere Pläne vorläufig aufschieben?« fragte er vorsichtig. Er beschloß, die Entscheidung ihr zu überlassen, hoffte aber, daß sie die Frage verneinen würde.
Karens Herz krampfte sich schmerzhaft zusammen bei diesen Worten. Ihre schlimmste Befürchtung schien sich zu

bewahrheiten. Jetzt, da er hier war und gesehen hatte, wie schrecklich sie ausschaute, war er zu dem Schluß gekommen, daß er sie doch nicht liebte, und versuchte sich von ihr zu lösen.

»Das wäre wohl das beste«, sagte sie.

Peter seufzte. »Ich möchte nur, daß du dir auch ganz sicher bist.«

»Das verstehe ich.«

Es entstand eine weitere Pause, als sie dasaßen, umgeben von der duftenden Nachtluft, zusammen und doch meilenweit voneinander entfernt.

»Du bist fast umgekommen bei diesem Unfall«, sagte er. »Ich schätze, ein solches Erlebnis hat tiefgreifende Auswirkungen. Du solltest dir in aller Ruhe überlegen, was du willst.«

»Danke«, murmelte sie und wünschte, er würde sich weniger Mühe geben, sie schonend zu behandeln, sondern es kurz und schmerzlos machen.

Das war's dann, dachte er. Aber er mußte einfach noch einen letzten Versuch machen, bevor er sie verlor. Er stand auf, stellte sich neben sie und blickte im Dunkeln auf sie hinab.

»Aber tu mir bitte einen Gefallen«, sagte er. »Vergiß nicht, wie sehr ich dich liebe, während du dir all diese Gedanken machst, ja?«

Karen rang nach Atem vor Erleichterung. Er wollte die Beziehung nicht beenden. Er liebte sie noch immer, wie sie auch aussah und sich verhielt. Warum hatte sie solche Angst gehabt? Sie war so überwältigt, daß sie gar nicht merkte, wie er sich herabbeugte, und plötzlich streiften seine Lippen die ihren.

Es kam so überraschend, wie er sie im Dunkeln berührte, daß Karen unwillkürlich zusammenzuckte und aufschrie.

»Was ist los?« fragte er verblüfft. »Tut dir was weh? Frierst du?«
Diese Worte stammten aus ihrem Alptraum.
Frierst du? hatte er gesagt. *Da kann ich abhelfen.*
Unvermittelt schnappte sie nach Luft und versuchte Peter mit aller Kraft wegzuschieben.
»Was ist los?« schrie er.
»Laß mich!« keuchte sie in dem Bemühen, ihr Gesicht zu schützen. »Laß mich in Ruhe!«
Er versuchte ihre Hände zu ergreifen. »Sag mir, was los ist!« schrie er. »Sag mir, was ich tun soll!«
Er stand jetzt so, daß Licht auf sein Gesicht fiel. Und Karen in ihrer Panik sah plötzlich, daß die braunen Augen ehrlich besorgt blickten – *braune* Augen –, und merkte, daß sie nicht das Ungeheuer aus dem Central Park vor sich hatte, sondern Peter.
»Ich weiß nicht, was passiert ist«, erklärte sie atemlos, als sie schweißüberströmt wieder zu sich kam und ihr Körper sich entspannte. »Ich hab plötzlich keine Luft mehr bekommen.«
»Du hast mich halb zu Tode erschreckt«, gestand er. Sein Herz schlug wie wild. »Ich meine, du hast mich angeschaut, als wäre ich ein Monster oder so was.«
»Wirklich?«
»Brauchst du irgendein Medikament?« fragte er und sah sie besorgt und irritiert zugleich an.
Sie schüttelte den Kopf. »Nein, nein. Es ist alles wieder okay.«
»Ganz bestimmt?«
»Ja, ganz bestimmt. Es war nichts, wirklich.«
»Nun, als ›nichts‹ würde ich das nicht bezeichnen.«
»Es geht mir gut«, betonte sie und kam sich ziemlich dumm dabei vor. »Ich schwör's dir.«

»Na ja, trotzdem«, sagte er, immer noch beunruhigt, »sollten wir jetzt vielleicht schlafen gehen.«
Karen ließ sich ohne Widerrede von ihm ins Haus führen. Sie war froh, seinen forschenden Blicken entkommen zu können. Vor ihrem Zimmer im ersten Stock sagten sie sich flüsternd gute Nacht.
Peter strich ihr leicht mit dem Zeigefinger über die Wange. »Ich liebe dich sehr«, murmelte er.
»Ich dich auch«, sagte sie.
Ein glückliches Lächeln erhellte sein Gesicht. »Was mich betrifft«, hauchte er zärtlich, »ist damit alles in Ordnung.«
Karen schloß leise die Tür, lehnte sich dagegen und fragte sich, ob er wohl recht hatte.
Ihre Mutter war mit Peter Bauer als zukünftigem Ehemann für ihre Tochter nie zufrieden gewesen. Daraus hatte Beverly keinen Hehl gemacht. Er war kein angehender Mediziner, Zahnarzt oder Anwalt, er machte seinen Abschluß weder in Harvard noch in Yale, und seine Familie war nicht prominent. Nach Ansicht ihrer Mutter waren das drei Punkte, die gegen ihn sprachen, und somit war er als Anwärter völlig indiskutabel.
Dennoch gab es eine Sache, die für ihn sprach und die letztlich auch dafür gesorgt hatte, daß Beverly Karen nicht gedrängt hatte, die Beziehung umgehend zu beenden, als etwas Ernstes daraus wurde. Peters Vater besaß einen äußerst erfolgreichen kleinen Betrieb, den Peter offenbar später übernehmen sollte. Der Junge würde demnach zwar nichts Großes vollbringen, aber immerhin würde er es schaffen, seine Familie zu ernähren, auch wenn er nur Ingenieur war und ihre Tochter in der tiefsten Provinz würde leben müssen.
Peter hatte ihnen berichtet, daß der Betrieb seines Vaters sich in Kürze auf die Produktion von Computerteilen um-

stellen würde. Beverly wußte nichts über Computer, aber Leo kannte sich damit aus, und er behauptete, sie würden eines Tages enorm wichtig werden.

Beverly hatte Karen zwar weiterhin ermutigt, nach »besseren Partien«, wie sie sich ausdrückte, Ausschau zu halten, aber sie hatte sich bereits mit Peters Rolle in Karens Leben abgefunden.

»Na ja«, hatte sie immer achselzuckend gesagt, »besser ein Spatz in der Hand als eine Taube auf dem Dach.«

Bis zu dem »Unfall«.

Karen verzichtete heute darauf, sich zu waschen oder die Zähne zu putzen. Sie zog sich aus, hangelte sich ins Bett und verkroch sich trotz der Hitze unter ihrer Decke. In den letzten fünf Monaten hatte Beverly keine Gelegenheit ausgelassen, Peter in den höchsten Tönen zu preisen – wie umsichtig und ehrlich und treu er sei und wie sehr er Karen möge. Die Mediziner und Zahnärzte und Anwälte, nach denen sie hätte Ausschau halten sollen, waren vergessen, ein Ingenieur war plötzlich ganz in Ordnung, und Karen bekam ständig zu hören, wie glücklich sie sich schätzen könne, einen so hervorragenden Bewerber gefunden zu haben.

Die Botschaft war unmißverständlich: Ein Ingenieur sollte dankbar sein, daß er Beverlys Tochter bekam, wenn auch in etwas lädiertem Zustand. Er heiratete schließlich in bessere Verhältnisse ein und hatte deshalb keinen Anspruch auf Vollkommenheit. Karen äußerte sich nicht zu dieser Meinung. Sie hatte in all den Nächten ihrer Jugend nur von Peter geträumt, und sie hatte bloß den einen Wunsch – ihn zu heiraten und das märchenhafte Leben zu führen, über das sie so oft gesprochen hatten.

Ab-so-lu-topia hatte er es genannt.

»Es wird alles dasein«, hatte er immer gesagt. »Die schöne

Ehefrau, der fleißige Ehemann, das gemütliche Häuschen, der weiße Gartenzaun – und mindestens ein halbes Dutzend pausbäckige Kinder. Ab-so-lu-topia!«

Karen runzelte die Stirn. Ihr wurde eng ums Herz, wenn sie daran dachte, daß es keine pausbäckigen Kinder geben würde und daß ihre Mutter es unterlassen hatte, diese Tatsache Peter gegenüber zu erwähnen, als sie ihm von Karens Verletzungen berichtete.

»Das kannst du ihm selbst erzählen, wenn es an der Zeit ist«, hatte Beverly mit einem Achselzucken erklärt. »Das, aber sonst nichts.«

Diese Anweisung war eine Qual für Karen. Sie betrachtete ein solches Verhalten als selektive Ehrlichkeit, was für sie gleichbedeutend war mit Unehrlichkeit. Sie fragte sich immer wieder, wie Peter und sie nur ohne Aufrichtigkeit zusammenleben sollten.

Doch was war Aufrichtigkeit? Ihre Mutter, die früher immer absolute Ehrlichkeit zwischen Mann und Frau für unerläßlich gehalten hatte, behauptete jetzt, man müsse nicht jedes miese kleine Geheimnis preisgeben. Sie wies darauf hin, daß Peter sich auch nicht über Einzelheiten seiner früheren Liebschaften ausgelassen habe. Wenn er das getan hätte, hätte Karen vielleicht Gründe gefunden, ihn nicht zu heiraten – ebenso wie es für ihn ein Grund sein könnte, von der Heirat zurückzutreten, wenn er die Wahrheit über ihren »Unfall« erfuhr. Es war also viel besser, beschloß Beverly, wenn sie beide den Schleier des Vergessens über ihre Vergangenheit legten und den Blick auf die wunderbare gemeinsame Zukunft richteten.

Karen holte ihr Kästchen mit den »Denkzetteln« aus der Nachttischschublade und nahm ein leeres Blatt und einen Füller heraus. Im milden Licht der Nachttischlampe schrieb sie:

Liebe ist Wahrheit,
die sorgsame Wahrheit der Zeit
und der Beständigkeit.
Zwischen Augenblicken,
zwischen Seufzern.
Vom Mädchen zur Frau,
von der Frau zur Ehefrau.
Zum Leben.

Ohne den Text noch einmal zu lesen, tat sie ihn in das Kästchen, verstaute es in der Schublade, knipste das Licht aus und legte sich wieder hin. Bilder von weißer Spitze und Rosenblüten tanzten vor ihrem geistigen Auge, und sie sah sich zum Altar schreiten, wo Peter sie erwartete. Er lächelte und nahm ihre Hand und führte sie weg von all dem Schmerz und dem Jammer und der Reue.
Mit einem zufriedenen Gähnen schloß sie die Augen und zog sich die Decke über den Kopf, als hätte sie sich bereits in dem gemütlichen kleinen Häuschen mit dem weißen Gartenzaun eingerichtet. Sie würde schon eine Möglichkeit finden, Peter mitzuteilen, daß sie keine Kinder haben konnten. Er würde natürlich unglücklich darüber sein, aber wie immer liebevoll und einfühlsam reagieren, und irgendwann würden sie vielleicht Kinder adoptieren. Es gab bestimmt ein paar ganz liebe kleine Wesen mit strahlenden Gesichtern und leuchtenden Augen, die es kaum erwarten konnten, ein idyllisches Zuhause zu finden.

Am anderen Ende des Flurs lag Peter bei Licht in seinem Gästebett, lauschte den dezenten Lauten im Hause der Kerns, als sich die Familie für die Nacht zurückzog, und dachte, wie anders sich das anhörte als in dem geräuschvollen Haus, in dem er aufgewachsen war. Die Wände und

Böden in Bangor quietschten und knirschten ungehemmt und paßten sich so dem lauten Völkchen an, das dort lebte. Hier schienen die Wände und Böden nicht nachzugeben, sondern die Menschen unterwarfen sich dem Haus.

Er verschränkte die Hände hinterm Kopf und starrte zur Decke. Sein Körper war müde und steif von der langen Fahrt und sehnte sich nach Schlaf, doch sein Kopf wehrte sich. Es gab so vieles, worüber nachgedacht werden mußte. Er verkraftete es kaum, wie Karen sich verändert hatte. Aus der fröhlichen, lebhaften Karen, die er gekannt hatte, war ein verschrecktes Mädchen geworden. Peter hatte Verständnis dafür, daß Karen jetzt, da ihre Gegenwart noch in Unordnung war, nicht über die Zukunft nachdenken wollte, doch ihre Reaktion auf ihn war ganz und gar nicht normal gewesen.

Es blieb ihm nichts anderes übrig, als die Erkenntnis zuzulassen, daß es wohl ein wesentlich traumatischeres Erlebnis gewesen war, angefahren und mitten auf der Straße liegengelassen zu werden, als er geglaubt hatte, und eine unbändige Wut auf diese namenlose Person, die nicht nur Karens Gesundheit, sondern auch ihr Selbstbewußtsein zerstört hatte, erfaßte ihn. Er hatte es so geliebt an ihr, daß sie imstande gewesen war, Selbstsicherheit mit Naivität zu paaren, was ihm immer das Gefühl gegeben hatte, etwas überlegener zu sein, als er in Wirklichkeit war. Diese Eigenschaft hatte ihn fast am meisten an ihr bezaubert.

Selbstredend hatte er, was Sex betraf, mehr Erfahrung. Nicht zuletzt ihre Unschuld war es gewesen, die ihn begeistert hatte. Obwohl er in halbtrunkenem Zustand auf dem Rücksitz des Pontiac ein paarmal versucht hatte, sie zu verführen, hatte er sich insgeheim darüber gefreut, daß sie bis zur Hochzeit hatte warten wollen. Er genoß die Vorstellung, ihr die Künste der Liebe beibringen zu können, wenn es soweit war, und es bedeutete ihm sehr viel, ihr erster Mann zu sein.

Ihr Unfall legte ihnen nun Hindernisse in den Weg, aber er hoffte, daß sie sich bald beseitigen ließen. Er wollte daran glauben, daß ihr Selbstvertrauen zurückkehren und ihre Verstörtheit verschwinden würde, sobald sie körperlich wiederhergestellt war.

Man mußte ihr nur mit viel Liebe und Unterstützung über diese Zeit hinweghelfen, und hier, das wurde ihm klar, war *er* gefragt. Er konnte ihr das im Übermaß geben. Er trug es in sich, in dem übervollen Teil seines Herzens, der nur für sie bestimmt war. Er würde ihr in jeder Hinsicht beweisen, daß er an ihrer Seite war. Er würde Wege finden, ihr zu zeigen, daß sie sich auf ihn verlassen und mit ihm rechnen konnte, im guten wie im bösen. Ein kleines Lächeln spielte um seine Lippen, denn er wußte schon genau, wie er das anstellen würde.

Er griff nach der kleinen Schachtel, die auf dem Nachttisch stand. Karen hatte gesagt, sie brauche Zeit, aber er war jetzt ganz sicher, daß sie eigentlich Bestätigung brauchte – die Bestätigung, daß seine Gefühle für sie sich nicht verändert hatten und sich niemals verändern würden und daß sie ihr gemeinsames Leben genau so gestalten würden, wie sie es geplant hatten.

Er klappte die Schachtel auf. Auf dunklem Samt lag ein Verlobungsring mit Diamanten und funkelte im Lampenschein.

11

Kaffeeduft weckte ihn. Einen Moment lang glaubte Peter, er wäre zu Hause in Maine, aber es war viel zu ruhig für die lärmende Bande in Bangor. Keine quietschenden Dielen, keine ächzenden Wände. Er schlug die Augen auf. Zwischen Beverlys Damastvorhängen stahl sich das Sonnenlicht ins Zimmer.

Peter sah auf seine Armbanduhr und stellte erstaunt fest, daß es schon fast halb elf war. Er schüttelte den Kopf, um einen klaren Gedanken zu fassen. Es war beinahe Mittag; er konnte sich nicht erinnern, wann er zum letztenmal so lange geschlafen hatte. Er streckte sich ausgiebig, sprang aus dem Bett, tappte ins Badezimmer und fragte sich, ob Karen wohl schon auf war. Sie könnten nachmittags etwas zusammen unternehmen, vielleicht sogar ein Picknick machen. In der Sonne, mit Leckereien zwischen sich, außer Reichweite der absonderlichen Familie, hätten sie dann endlich Gelegenheit, sich vernünftig zu unterhalten.

Nach der Dusche zog er rasch saubere Khakihosen und ein T-Shirt an, schob die kleine Samtschachtel in die Hosentasche und ging nach unten.

»Da sind Sie ja«, rief Beverly, bevor er noch die Eingangshalle durchquert hatte. »Meine Güte, Sie müssen ja erschöpft gewesen sein. Wir haben versucht, leise zu sein. Ich hoffe, wir haben Sie nicht gestört.«

»Ich habe nichts gehört«, sagte Peter wahrheitsgemäß. »Die Fahrt scheint mich mehr angestrengt zu haben, als ich gemerkt habe.«

»Nun, jetzt sehen Sie frisch aus wie der junge Morgen.«

»Wo ist Karen?« fragte er.

»Oh, sie wird bestimmt bald auftauchen«, antwortete Beverly leichthin. »Seit dem Unfall braucht sie morgens ziemlich lange, wissen Sie. Aber in der Küche ist Kaffee, und Winola kann Ihnen alles zum Frühstück machen, was Sie möchten.«

»Hallo, Mr. Peter!« rief Winola mit ihrem singenden Mississippi-Akzent und bedachte ihn mit einem breiten Grinsen. »O Mann, sehn Sie aber gut aus. Miss Karen hat wirklich ein Glück.«

Peter lachte. »Ihr Wort in Karens Ohr, Winola.«

Das Hausmädchen kicherte. »Jawoll, Mr. Peter, ich werd's ihr sagen. Worauf Sie sich verlassen können.«

»Ob ich wohl einen Schluck von diesem Kaffee haben könnte?« fragte er und sog die aromatische Luft ein.

»Aber natürlich.« Im Handumdrehen hatte sie ihm eine Tasse eingeschenkt.

Der Kaffee schmeckte so gut, wie er roch, und Peter trank ihn mit Genuß.

»Das ist aber nicht genug«, tadelte ihn Winola. »Sie sind noch am Wachsen, Sie müssen was Kräftiges zu sich nehmen.«

»Was gäbe es denn?« fragte Peter mit einem Grinsen.

Winola erwiderte das Grinsen. »Wie wär's mit ein paar Sauerrahmeiern und einem Teller Bratspeck?« schlug sie vor.

»Sie wissen es noch.«

Das hatte er sich bei seinem letzten Besuch im Januar immer gewünscht, als Karen im Krankenhaus lag und er

sich solche Sorgen machte und Winola ihn nicht ohne Essen aus dem Haus ließ.
»Und nun setzen Sie sich, Mr. Peter«, befahl sie. »Frühstück ist sofort fertig.«
»Winola«, sagte er, während er ihr dabei zusah, wie sie Eier und Sauerrahm verschlug und ihre spezielle Mischung aus Gewürzen und Kräutern hinzugab, »ich brauche Ihre Hilfe.«
»Ja, Mr. Peter?«
»Ich möchte mit Karen heute ein Picknick machen, und ich dachte mir, wenn alles vorbereitet wäre, könnte sie nicht mehr nein sagen, oder?«
Sie hatten schon öfter zusammen Picknick gemacht – an trägen Frühlingsnachmittagen an den Ufern des Cayuga Lake und klaren, strahlenden Herbsttagen im Cascadilla Park. Es war immer schön gewesen, geprägt von Lachen und Wärme und Nähe. Diese Stimmung wollte er wieder aufkommen lassen.
»Ich weiß Bescheid, Mr. Peter«, rief Winola, und ihre schwarzen Augen glänzten. »Der Korb ist im Schrank, und ich werd ihn gefüllt haben, bevor Sie mit Ihren Eiern fertig sind. Es wird Miss Karen so guttun, was anderes als nur immer diese vier Wände zu sehen.«
Als Karen mit ihrer Krücke die Küchentür aufstieß, waren die Eier aufgegessen und der Picknickkorb gepackt.
»Guten Morgen«, sagte sie. »Hast du gut geschlafen?«
»Wie ein Murmeltier«, antwortete er.
Sie trug weiße Hosen und eine zitronengelbe Bluse, und ihr dunkles Haar war mit einem gelben Band zusammengefaßt. Sie sah so frisch und zart aus, wie er sie in Erinnerung hatte, und sein Herz machte einen Satz, als sie ihn anlächelte.
»Schaut ganz so aus, als hätte Winola gut für dich gesorgt.«

»Das kann man wohl sagen«, bestätigte er.
»Und was hätten Sie gern, Miss Karen?« fragte Winola.
»Nur ein bißchen Saft«, antwortete Karen.
»Das ist aber nicht genug«, erwiderte Winola tadelnd.
Karen zog ein Gesicht. »Wenn's nach Winola ginge, würde ich zweihundert Kilo wiegen und könnte als Monstrosität im Zirkus auftreten«, sagte sie zu Peter.
»Sie essen doch wie ein Vögelchen«, murmelte Winola und schüttelte mißbilligend den Kopf.
»Warum soll ich denn essen, wenn ich keinen Hunger habe?« fragte Karen, erntete dafür jedoch nur einen mürrischen Blick.
»Na gut, ich werde heute mittag meinen Teller ganz leer essen.«
Winola grinste Peter unvermittelt an. »Nun, ich denke, darüber läßt sich reden«, räumte sie ein.
»Was geht hier vor sich?« fragte Karen und blickte mißtrauisch von einem zum anderen. So leicht gab Winola sonst nicht klein bei.
»Eine Überraschung«, sagte Peter.
»Was für eine Überraschung?«
»Winola war so lieb, uns ein großartiges Mittagessen zusammenzupacken, und ich möchte dich zu einem Picknick einladen.«
»Ein Picknick?« wiederholte Karen. »Wie meinst du das? Willst du im Garten essen?«
»Nein«, erklärte Peter, »ich dachte eher an einen Park oder so.«
»Ich gehe aber nicht raus«, verkündete Karen.
Peter blickte sie verwirrt an. »Wie meinst du das?«
»Ich meine, daß ich nicht rausgehe«, sagte Karen.
»Warum nicht?«
Die Frage lag nahe, und angesichts der Umstände hätte sie

vielleicht darauf vorbereitet sein können. Doch sie kam überraschend für Karen und verschlug ihr einen Moment lang die Sprache.
»Ich weiß nicht«, antwortete sie.
»Dann mach halt eine Ausnahme«, drängte er. »Picknicks haben uns doch früher immer soviel Spaß bereitet.«
»Ein Picknick? Das ist eine wunderbare Idee!« rief Beverly, die, den Arm voll frisch geschnittener Rosen, mit dem Ellbogen die Tür aufstieß und einen Teil des Gesprächs aufschnappte. »Es ist so ein schöner Tag. Das ist das Beste, was ihr tun könnt.«
»Mutter«, sagte Karen warnend.
»Unsinn«, entgegnete Beverly. »Du bist jetzt wochenlang in diesem Haus eingesperrt gewesen. Wenn du nicht bald mal rauskommst, weißt du nicht mehr, wie die Welt draußen aussieht.«
»Das ist doch albern«, widersprach Karen. »Ich gehe schließlich zweimal in der Woche zur Krankengymnastik, oder nicht?«
»Das ist dann aber auch schon alles«, konterte ihre Mutter. »Du fährst ins Krankenhaus und kommst sofort danach zurück. Tapetenwechsel würde dir guttun.«
»Ich bin ja bei dir«, versicherte ihr Peter. »Ich passe auf dich auf. Wenn du noch Angst vor Autos hast, vermeiden wir eben die Straßen.«
Karen atmete mühsam und umklammerte krampfhaft ihre Krücken, und ihre Hände wurden feucht. Sie war wütend, weil ihre Mutter sich einmischte.
»Ich kann nicht«, flüsterte sie.
»Natürlich kannst du«, drängte Peter.
»Aber ich sehe furchtbar aus!« rief sie. »Wenn wir jemanden treffen, den ich kenne?«
»Na und?« hielt Beverly dagegen. »Dann lächelst du freund-

lich und erzählst den Leuten, daß du einen Unfall hattest. Was ist da so schwer daran?«

Karen blickte ihre Mutter trotzig an. »Es ist mir zu früh«, sagte sie mürrisch.

»Ich bin doch bei dir«, wiederholte Peter. »Du mußt mit niemand anderem sprechen, wenn du nicht willst. Ich kann für dich reden.«

»Du kannst dich nicht dein Leben lang in diesem Haus verstecken«, fügte ihre Mutter hinzu.

»Ich verstecke mich nicht«, erwiderte Karen gereizt, denn genau das tat sie. Es war demütigend für sie, ein solches Gespräch in Peters Anwesenheit zu führen, der nicht verstehen konnte, um was es ging, und sich so sehr bemühte, alles richtig zu machen. »Ich werde dann rausgehen, wenn ich es für richtig halte«, erklärte sie so würdevoll wie möglich.

»Und wann, meinst du, wird das sein?« erkundigte sich ihre Mutter unnachgiebig.

»Wenn ich dazu bereit bin«, lautete die Antwort.

Beverly warf verzweifelt die Hände in die Luft. »Nehmen Sie sie mit zum Picknick, Peter«, ordnete sie an. »Und wenn sie sich mit Händen und Füßen wehrt und Sie sie hintragen müssen.«

Peter mußte sie nicht tragen. Er versprach ihr einfach, sie sofort nach Hause zu bringen, wenn sie darum bat. Sie fuhren zum Steppingstone Park, einer hübschen kleinen Grünanlage am Rande des Long Island Sound. Es war Montag, und nur wenige Leute hielten sich dort auf, überwiegend Frauen mit Babys, die das Mädchen auf Krücken nicht beachteten. Karen kannte niemanden.

Es gab dort einige Picknicktische aus grob behauenen Baumstämmen, aber Peter bereitete im Gras eine Decke aus, und sie ließen sich nieder, Winolas Korb zwischen sich.

»Ich bin halb verhungert«, verkündete Karen. »Wollen wir mal schauen, was Winola uns eingepackt hat?«
Und ohne eine Antwort abzuwarten, widmete sie sich dem großen Korb mit einem Eifer, welcher an einen Schiffbrüchigen erinnerte, der seit einer Woche nichts gegessen hatte.
»Wenn man bedenkt«, sagte Peter trocken, »daß du noch vor knapp einer Stunde keinen Hunger hattest.«
»Das muß die frische Luft sein«, erwiderte Karen, ein Stück kaltes Huhn in einer, eine Gabel voll Kartoffelsalat in der anderen Hand. Es war wirklich ein strahlender Tag, und sie hatte mächtig Hunger, und wer wollte angesichts eines Hühnerschenkels und einer Dillgurke schon grüblerisch sein?
Peter konnte sich ein Lächeln nicht verkneifen. Er hatte gut daran getan, sie hierherzubringen. Ihre Wangen wirkten schon rosiger, ihre Augen strahlten, und sie schien fast wieder die Karen von früher zu sein. Er sehnte sich danach, ihr nahe zu sein, der Drang, sie in die Arme zu nehmen, wurde fast übermächtig, doch eine innere Stimme mahnte ihn, nichts zu überstürzen.
Karen aß ab und zu einen einen Bissen und widmete sich unterdessen den anderen Köstlichkeiten, die Winola ihnen mitgegeben hatte. Eifrig wie ein kleines Mädchen beim Kindergeburtstag holte sie Teller, Servietten und Gabeln heraus, goß Limonade ein und stellte dann fest, daß Peter einfach nur dasaß und ihr zusah.
»Was schaust du so?« fragte sie.
»Das schönste Mädchen der Welt«, antwortete er.
»Das mampft wie ein Scheunendrescher«, erwiderte sie mit einer gewissen Traurigkeit, denn sie wußte, daß er sie nicht so sah, wie sie jetzt war, sondern sich an früher erinnerte. »Und, wieso ißt du nichts?«

»Sechs Rühreier mit Sauerrahm«, erläuterte er.
Karen kicherte. »Weißt du, das erste, worauf ich Appetit hatte, als sie mir endlich den Draht aus dem Kiefer gezogen haben, waren Winolas Eier.«
»Du mußt dir das Rezept geben lassen«, meinte Peter, »bevor sie es mit ins Grab nimmt.«
Karen wollte sich gerade ein Blaubeermuffin in den Mund stecken, da verharrte sie in der Bewegung. »Das würde nicht viel nützen«, sagte sie. »Ich kann nicht kochen.«
»Das ist doch wohl ein Scherz!« rief er aus und faßte sich ans Herz. »Ich dachte, Sodbrennen sei in jeder Aussteuer inbegriffen.«
Sie gluckste. »Ich kann nähen, stricken und Klavier spielen, aber beim Kochen habe ich zwei linke Hände.«
»Doch von Erdnußbutter und Marmelade allein kann man nicht leben.«
»Das stimmt«, gab sie zu.
»Hast du schon mal erwogen, einen Kochkurs zu machen?«
»Also eigentlich erwarte ich, daß der Mann, den ich heirate, einen Koch anstellt«, scherzte sie, wie sie es oft früher in glücklicheren Momenten getan hatte.
»Die Frau kann nicht kochen«, klagte er, »und hält mich auch noch für Rockefeller. Nun, hier ist mein Stolz betroffen, von meinem Magen ganz zu schweigen. Da bleibt mir nichts anderes übrig, als die Verlobung zu lösen.«
»Zu lösen?« schrie Karen. »Wie kann man etwas lösen, was es noch gar nicht gibt?« Sie hatte fast vergessen, wie lustig das Zusammensein mit ihm war.
»Kleines Versehen«, sagte er munter.
Er griff in seine Tasche, holte die Samtschachtel heraus und legte sie vor Karen auf die Decke.
Karen starrte auf den kleinen rechteckigen Gegenstand.

»Ist da das drin, was ich vermute?.« fragte sie, plötzlich ernüchtert.
»Mach's auf und sieh nach.«
Sie streckte zögernd die Hand aus, hielt dann aber inne. »Ich dachte, du wolltest noch eine Weile warten«, flüsterte sie.
»Nur weil ich geglaubt habe, *du* wolltest das«, erwiderte er.
Sie saß reglos da, wagte kaum mehr zu atmen. Er sollte wahr werden, ihr ersehnter Traum, an dem sie sich in all den düsteren Monaten des Kummers und der Verzweiflung festgehalten hatte. Sie brauchte nur nach der Schachtel zu greifen und sie zu öffnen.
»Bevor ich reinschaue«, sagte sie, »muß ich etwas mit dir besprechen.«
»Ich will dich nicht drängen«, beeilte er sich ihr zu versichern. »Ich weiß, daß du noch Zeit benötigst. Ich möchte dir eben nur zeigen, daß, was mich angeht, alles wie früher ist.«
In ihrem Blick lag Angst, als sie ihn ansah. »Warte. Ich muß dir erst noch etwas sagen.«
»Ich liebe dich, ich will dich heiraten, und ich bin ganz Ohr«, erwiderte er mit einem Grinsen.
Er macht es mir nicht gerade leicht, dachte Karen seufzend.
»Meine Mutter hätte dir das schon vor Monaten sagen sollen«, begann sie, »aber sie dachte wahrscheinlich, daß wir das besser unter uns besprechen. Der Arzt hat es auch mir erst gesagt, kurz bevor ich aus dem Krankenhaus entlassen wurde. Aber du mußt es wissen, weil ... nun ... es könnte sein, daß sich dadurch etwas zwischen uns ändert.«
»An meinem Entschluß ändert sich gar nichts mehr«, beteuerte er mit einem zuversichtlichen Lächeln.
Karen mußte daran denken, wie Dr. Waschkowski ihr den

Zustand ihrer Lungen erklärt hatte, indem er sie mit einem Ballon verglich, der in sich zusammenfiel, wenn man ihn anstach. Sie fühlte sich jetzt, als müßte sie sich selbst anstechen.

»Peter, ich werde keine Kinder haben können.«

Er brauchte einen Moment, um ihre Worte zu begreifen, und er verzog keine Miene, weil sie nicht merken sollte, wie sehr ihn diese Nachricht erschütterte und enttäuschte.

»Du meinst, wegen des Unfalls?«

Karen nickte und wich seinem Blick aus. »Es tut mir leid.«

»Liebling, mach dir doch keine Vorwürfe. Es ist ja nicht deine Schuld.«

»Vielleicht nicht«, flüsterte sie, »aber ich fühle mich so.«

Er machte sie nicht dafür verantwortlich. Warum sollte er das auch tun? Schließlich hatte nicht sie ihn so brutal der Söhne und Töchter beraubt, die er sich gewünscht hatte, sondern irgendein betrunkener Autofahrer, der wohl nie etwas davon erfahren und sich nicht darum scheren würde. Mit Bitterkeit stellte Peter fest, daß der Unfall nicht so schnell vergessen sein würde, wie er gehofft hatte. Ihr gemeinsames Leben sah jetzt schon unwiderruflich anders aus als geplant.

»Glaubst du denn wirklich, daß das etwas zwischen uns verändert?« fragte er.

»Ich war mir nicht sicher«, antwortete sie aufrichtig. »Ich weiß, wie sehr du dir Kinder wünschst.«

»Und du hattest Angst, es mir zu erzählen.«

»Ein bißchen schon.«

»Es stimmt, ich möchte gerne Kinder haben«, sagte er offen. »Aber es gibt Schlimmeres, als keine zu haben. Zum Beispiel, daß du Angst hattest, mir davon zu erzählen, als ob du kein Vertrauen zu mir hättest.«

»Aber natürlich hab ich das!« rief sie. »Und ich wollte es dir gleich sagen, nachdem ich es erfahren hatte.« Ich wollte dir alles sagen, dachte sie, aber meine Mutter hat es mir verboten. »Ich fand nur, daß man so was nicht am Telefon reden kann.«

»Das verstehe ich«, räumte er ein. »Doch wir sollten uns gegenseitig ein Versprechen geben – ein Versprechen, das wir immer halten, okay?«

»Was für ein Versprechen?« hörte sie sich fragen.

»Wir sollten uns versprechen, daß wir immer offen und ehrlich zueinander sind. Absolut ehrlich. Daß wir keine Geheimnisse voreinander haben. Was meinst du?«

Aber Karen brachte kein Wort heraus. Etwas schloß sich um ihren Hals.

»Ich will alles über dich wissen«, fuhr er fort. »Das Schlechte wie das Gute. Und ich möchte auch, daß du alles über mich weißt. Ich meine, was würde das für eine Ehe werden, wenn wir Angst hätten, miteinander zu reden? Außerdem«, sagte er grinsend, »haben Geheimnisse die unangenehme Eigenschaft, immer dann ans Licht zu kommen, wenn man am wenigsten damit rechnet. Am besten hat man also erst gar keine.«

Am liebsten wäre sie davongerannt, doch sie konnte nicht einmal gehen, und es gab ohnehin keinen Zufluchtsort für sie.

»Und wenn ... nun, wenn es etwas wäre, was den anderen verletzen würde?« fragte sie leise.

»Dann muß man es ihm schonend beibringen«, antwortete er mit einem liebevollen Lächeln.

Karen legte die Stirn in Falten und fragte sich, ob es eine Möglichkeit gab, ihm zu gestehen, daß sie sich von einem anderen Mann ihres kostbarsten Guts hatte berauben lassen.

»Liebling«, sagte er ernst, als er ihre Unsicherheit spürte,

und beugte sich vor, »du kennst mich so lange, du mußt doch wissen, daß du mir alles erzählen kannst.«
Die Stimme ihrer Mutter schrillte in ihrem Kopf wie eine Alarmglocke. *Willst du dein Leben ruinieren?* kreischte sie. Doch Karen wußte einfach nicht, wie sie dieses Versprechen Peter gegenüber halten sollte, wenn das Versprechen selbst schon die größte Lüge war.
»Es gibt Dinge«, erwiderte sie und blickte übers Wasser, »die besser ungesagt bleiben.«
»Anderen Leuten gegenüber vielleicht, aber nicht zwischen uns.«
Die blaugrauen Augen wandten sich ihm nur einen kurzen Moment zu, doch Peter sah die Qual, die in diesem Blick lag. »Du weißt so vieles nicht.« Sie seufzte. »Und ich wüßte gar nicht, wo ich anfangen sollte.«
Ihre Worte trafen ihn so unvorbereitet, daß es ihm die Sprache verschlug. Er saß da und starrte sie an, und obwohl sie in der Sonne saßen, wurde ihm kalt. Die fröhliche, offene junge Frau, die immer an seinen Lippen gehangen hatte, dieses unschuldige, arglose Mädchen, das er so gut zu kennen geglaubt hatte wie sich selbst, kam ihm plötzlich wie eine Fremde vor.
Er wußte nicht, was er antworten und ob er sie in die Arme nehmen oder sich abwenden sollte. Aber es blieb ihm nicht verborgen, daß sein großartiger Plan plötzlich auf ganzer Linie zu scheitern drohte.
»Was weiß ich denn nicht?« fragte er schließlich, als das Schweigen zwischen ihnen unerträglich wurde.
Sie schüttelte den Kopf. »Es ist nicht wichtig«, antwortete sie und spielte mit einem Schokoladenkeks.
»Willst du mir sagen, daß du mich nicht heiraten möchtest?« fragte er und hielt die Luft an.
Karen ließ den Keks fallen. »Aber natürlich will ich dich

heiraten«, rief sie. So sehr, daß ich bereit bin, dich zu täuschen und anzulügen und dein Leben zu verderben, schrie ihr Herz.

Er stieß einen tiefen Seufzer der Erleichterung aus. »Dann werden wir mit allem fertig, was dir auf der Seele liegt, da bin ich ganz sicher. Du mußt mir nur vertrauen.«

Karen fragte sich, ob ihre Mutter sich vielleicht in Peter täuschte. Sie fragte sich, ob er sie so sehr liebte und an sie glaubte, daß er alles verstehen würde. Sie wünschte sich so sehr, ihm die Wahrheit sagen zu können. Die Vorstellung, bis ans Ende ihrer Tage mit dieser schrecklichen Lüge leben zu müssen, war unerträglich.

Würdest du dir im Laden für viel Geld etwas Gebrauchtes kaufen? hörte sie ihre Mutter sagen.

Karen stöhnte innerlich, denn sie wußte, daß sie es nicht tun würde und kein Recht hatte, das von Peter zu erwarten. Doch versehentlich oder absichtlich war sie schon zu weit gegangen – sie hatte zugegeben, daß sie Geheimnisse hatte –, und es war zu spät, das ungeschehen zu machen und mit der Lüge weiterzuleben. Ihr blieb nichts anderes übrig, als ihm zu vertrauen und zu beten.

Sie holte tief Luft.

»Ich weiß, du wünschst dir, daß alles wieder so wie früher zwischen uns wird«, begann sie zögernd. »Aber die Karen von früher gibt es nicht mehr, Peter. Sie ist verschwunden, und sie kommt nie mehr wieder. Unsere Zukunft wird auf jeden Fall anders aussehen, als wir es geplant hatten.«

»Das muß nicht so sein«, entgegnete er, weil er sich ein Leben ohne das süße, unschuldige Mädchen, das er so sehr geliebt hatte, nicht vorstellen konnte.

»Du verstehst mich nicht.«

»Doch. Ich will mich nur nicht damit abfinden. Daß wir keine eigenen Kinder haben können, ist natürlich ein ziem-

licher Schlag – vielleicht sogar ein schwerer. Aber herrje, wir haben doch uns, und das ist das Wichtigste. Außerdem brauchen wir nicht auf Kinder zu verzichten. Wir können doch welche adoptieren.«
Karen runzelte die Stirn, als ihr einfiel, daß sie mit diesen Gedanken am Abend zuvor eingeschlafen war. Doch jetzt lag sie nicht mehr gemütlich in ihrem Bett.
»Es ist nicht nur wegen der Kinder«, sagte sie.
»Ich weiß, auch wegen des Unfalls«, erwiderte er. »Das war ein schreckliches Erlebnis für dich, und ich kann verstehen, daß dein Selbstvertrauen dabei gelitten hat. Aber andere Leute sind auch schon angefahren worden, und sie haben es verarbeitet und ganz normal weitergelebt. Das wirst du mit der Zeit ebenfalls schaffen. Daran glaube ich fest, und du mußt einfach auch daran glauben.«
»Schau mich an, Peter«, sagte sie. »Ich möchte, daß du mich nur einen Moment lang so siehst, wie ich jetzt bin, wie ich gestern abend war – nicht die Karen von vor zwei Jahren oder sechs Monaten. Ich zucke zusammen, wenn mich jemand anfassen will. Ich gerate in Panik, wenn ich irgendwelche Schatten sehe. Mir bricht der kalte Schweiß aus, wenn ich das Haus verlassen soll. Siehst du mich jetzt?«
»Ja«, antwortete er widerstrebend.
»Also gut. Und nun frage ich dich, ob du in deinem tiefsten Inneren, dort, wo unsere Instinkte herkommen, wirklich glaubst, daß das alles durch einen Verkehrsunfall passiert ist?«
»Ich fürchte, ich verstehe dich nicht«, gestand er ein.
»Es gab kein Auto, Peter«, sagte sie bitter, »und auch keinen Unfall mit Fahrerflucht, keinen betrunkenen Fahrer. Es war überhaupt kein Unfall.«
»Aber deine Mutter hat doch gesagt …«

»Meine Mutter hat gelogen. Sie hat dich angelogen und alle anderen.«
Er runzelte die Stirn und zog die Augenbrauen hoch. »Aber was ist denn dann passiert?«
Karen öffnete den Mund, wollte sprechen, überlegte es sich dann jedoch anders. Schließlich unternahm sie einen weiteren Anlauf. Von den folgenden Worten hing es ab, wie ihre Zukunft aussehen würde.
»Ich bin ... im Central Park überfallen worden«, sagte sie.
»Überfallen?« wiederholte Peter.
»Ja«, bestätigte sie. »Die Verletzungen, die meine Mutter dir beschrieben hat ... sind nicht durch ein Auto verursacht worden, sondern durch Schläge, schlimme Schläge.«
Es dauerte einen Moment, bis er das aufgenommen hatte. »Das versteh ich nicht«, sagte er. »Wenn jemand dich überfallen hat, dann war es eben so. Warum sollte man das nicht erfahren?«
»Weil es nicht alles ist.« Ihre Stimme zitterte, und sie holte tief Luft. »Ich bin nicht nur überfallen worden. Er hat ... er hat mich auch ... vergewaltigt.«
Peter starrte sie fassungslos an. »Vergewaltigt?« brachte er schließlich mit rauher Stimme hervor. »Was soll das ...? Du meinst, es hat dich jemand wirklich ...?«
»Ja«, sagte sie.
Er saß da und versuchte ihre Worte zu begreifen. Das Ganze war völlig absurd, lag total außerhalb seines Fassungsvermögens, und doch spürte er an dem stechenden Schmerz in seinem Herzen, daß es die Wahrheit war. Alles paßte zusammen: Beverlys merkwürdig ausweichendes Benehmen und ihre Bemühungen, ihn vom Krankenhaus fernzuhalten. Die absonderliche Szene beim Abendessen. Und nun begriff er natürlich auch Karens Verhalten seit seiner Ankunft. »Mir fehlen die Worte.«

»Es tut mir leid«, erwiderte sie. »Ich wollte ... vollkommen für dich sein.«

Vollkommen, dachte er. Schon wieder dieses Wort. Fast hätte er laut gestöhnt. Er wollte sie in die Arme nehmen und ihr versichern, daß es keine Rolle spielte, sie an sich drücken und ihr versprechen, daß er sie von nun an immer beschützen würde, ihr vermitteln, daß nicht alle Männer so mit Frauen umgingen, wie es ihr widerfahren war. Er streichelte ihre Hand.

»Auf Vollkommenheit kommt es mir nicht an«, zwang er sich zu sagen, denn natürlich hatte er Vollkommenheit erwartet.

»Aber mir«, murmelte sie.

»Doch warum muß man das vertuschen?« fragte er. »Es ist ein Verbrechen, und der Verbrecher sollte dafür bestraft werden. Was ist denn mit der Polizei dort los? Haben die nicht ermittelt?«

Karen zuckte mit den Schultern. »Sie haben damit angefangen, aber meine Eltern wollten nicht, daß etwas nach außen dringt.«

Trotz seiner widerstreitenden Gefühle verstand Peter dieses Vorgehen. Die Öffentlichkeit mußte nicht alles wissen – man hatte ein Recht auf Privatsphäre. Doch wenn er daran dachte, daß einer sie überall berührt hatte und ungestraft davonkommen sollte! Peter wurde beinahe übel.

»Haben sie rausgefunden, wer es war?« fragte er gepreßt.

Das war der leichtere Teil gewesen, dachte Karen. Jetzt kam der schwierige.

»Sie wußten es«, antwortete sie.

»Du meinst, sie haben dir Fotos gezeigt? Du hast ihn herausgefunden?«

»Nein ... ich hab ihnen seinen Namen gesagt.«

»Du *kanntest* ihn?«

»Ich habe ihn bei Jills Party kennengelernt. Da war ich doch an diesem Abend. Er war höflich und zuvorkommend. Als er mir anbot, mich nach Hause zu bringen, kam ich nicht im entferntesten auf den Gedanken, daß er etwas anderes im Sinn hatte.«

An einem strahlend schönen Nachmittag im Steppingstone Park am Long Island Sound brach Peter Bauers Welt zusammen. Er hatte sich allerhand vorgestellt für sein Leben, doch er wäre niemals auf die Idee gekommen, daß die Frau, die er heiraten wollte, mit einem anderen Mann herumziehen und sich vergewaltigen lassen würde.

Er wußte, daß sie auf eine verständnisvolle und beruhigende Reaktion von ihm wartete, wie sie es gewohnt war, doch es kamen ihm keine liebenden Worte über die Lippen. Er fühlte sich betrogen.

»Das verstehe ich nicht!« rief er. »Ich dachte, du liebst mich.«

»Das tue ich doch auch«, versicherte sie ihm.

»Wir waren so gut wie verlobt.«

»Ja.«

»Wie konntest du uns, mir, dann so etwas antun?«

Karen stöhnte. »Und du wolltest, daß ich dir vertraue.«

»Mir war nicht klar ...« begann er. »Ich hatte nicht damit gerechnet ...«

»Mit der Wahrheit?« fragte sie leise. »Peter, ich habe einen Fehler begangen, und das Geschehene läßt sich nicht mehr ungeschehen machen.«

»Warum mußtest du mir das sagen?« rief er.

»Hättest du lieber mit der Lüge gelebt?«

»Ja«, erwiderte er gequält. »Nein. Ich weiß nicht. Ich verstehe das alles nur nicht. Wie konntest du bloß zulassen, daß jemand ...?«

»Ich habe es nicht *zugelassen*«, flüsterte sie, und Tränen

strömten über ihre Wangen. »Ich habe versucht, ihn davon abzuhalten. Mit aller Kraft. Deshalb hat er mich so zusammengeschlagen. Ich wollte, daß du der erste bist, der einzige, das mußt du mir glauben.«
Peter schloß die Augen vor ihren Worten. »Wir brauchen jetzt nicht mehr darüber zu sprechen«, sagte er, weil ihm zu elend zumute war. »Wir haben noch viel Zeit. Wir können uns morgen darüber unterhalten oder übermorgen, wenn wir beide ein bißchen darüber nachdenken konnten.«
Manches, ging es ihm durch den Kopf, sollte lieber ungesagt bleiben.
»Wenn du das möchtest«, meinte sie teilnahmslos.
»Ja«, erwiderte er mit einem gezwungenen Lächeln. »Ich glaube, das wäre das beste.« Er sah in Winolas Korb. »Wir wollten doch Picknick machen, oder? Also, los geht's.«
Peter lud sich Hühnchen und Kartoffelsalat und Blaubeermuffins auf den Teller, obwohl er keine Ahnung hatte, wie er auch nur einen Bissen herunterbringen sollte.
Karen starrte in ihr Limonadenglas, als ließe sich dort eine Lösung finden.
Die kleine Samtschachtel lag unberührt und vergessen zwischen ihnen auf der Decke.

TEIL II

1964

Es heißt, beim Vater fängt alles an.

MAXINE KUMIN

Amanda Willmont griff nach der Karaffe auf dem Tisch neben ihrer Chaiselongue und goß sich noch ein Glas Sherry ein. Ein paar Tropfen gingen daneben und landeten auf der schimmernden Mahagonioberfläche.
Es war später Nachmittag, und das Sonnenlicht fiel weich durch die Fenster des eleganten viktorianischen Hauses in der Jackson Street auf den Hügeln des exklusiven Wohnviertels Pacific Heights in San Francisco. Es verwischte die zarten Grau- und Violettöne in dem großen Eckschlafzimmer, so wie Amanda es liebte. Das Leben ließ sich leichter ertragen, wenn die Umrisse ein wenig weicher wirkten.
Diese Tageszeit, kurz vor der Abenddämmerung, schätzte sie am meisten. Dann hatte sie ihre Post erledigt, war ihren Wohltätigkeitsverpflichtungen nachgekommen, hatte den Haushalt gemacht und konnte sich in ihrem bevorzugten Seidenmorgenmantel in ihr Zimmer zurückziehen, wo man sie in Frieden ließ, bis Robert zum Abendessen kam – falls er kam.
In den letzten beiden Wochen hatte sich ihr Mann von fünf Abenden nur an zweien sehen lassen, was darauf hinwies, daß er eine neue Affäre angefangen hatte. Heute war Donnerstag, und Amanda hatte ihn seit Dienstag nicht mehr zu Gesicht bekommen.
Nicht daß sie das besonders berührt hätte. Romantische

Vorstellungen von der Ehe hatte sie gleich nach den Flitterwochen aufgegeben, als sie schwanger geworden war und Bobby erwartete und die Treuhandschaft über ihr Vermögen an Robert übertragen hatte.

»Mit dir muß man nun kein Mitleid mehr haben«, hatte er zwei Monate nach der Hochzeit erklärt. »Du hast jetzt einen Mann, mit dem du vor den Leuten angeben kannst, ein elegantes Haus in einem der besten Wohnviertel der Stadt und eine sichere Position in der guten Gesellschaft von San Francisco. Als Gegenleistung wirst du mir in jeder Hinsicht freie Hand lassen.«

Womit er meinte, für seinen persönlichen Erfolg zu arbeiten, ein angenehmes Leben zu haben und sich mit der Hälfte der weiblichen Bevölkerung des Staates Kalifornien zu vergnügen. Noch vor dem fünften Hochzeitstag der Willmonts hatte er die beiden ersten Ziele erreicht und machte beträchtliche Fortschritte beim dritten. Er hatte keinerlei Interesse daran, das Haus voll lästiger Kinder zu haben. An dem Tag, als seine Frau ihm eröffnete, daß sie schwanger sei, zog er aus dem gemeinsamen Schlafzimmer aus, und dabei blieb es.

Amanda Willmont, Tochter der Familie Drayton aus San Francisco, hatte mit neunundzwanzig Jahren geheiratet. Sie war das einzige Kind von Horace Lowell Drayton, dem Finanzier und Magnaten, dessen Ahnen schon seit den Tagen des Goldrauschs zu den einflußreichsten Persönlichkeiten der Stadt gehört hatten. Ihre Mutter, eine unscheinbare, aber kultivierte Frau, stammte aus einer der ältesten Familien der vornehmen Kreise von Philadelphia.

Robert Willmont konnte auf keinerlei familiären Hintergrund verweisen, hatte aber einen passablen Abschluß in Rechtswissenschaft, den er nutzte, um mit Hilfe des guten Namens seiner Frau und den Kontakten ihres Vaters in eine der angesehensten Anwaltskanzleien von San Francisco einzusteigen. Sogar Horace, der den großspurigen Niemand keinesfalls als Schwiegersohn in Betracht gezogen hätte, wenn seine Tochter nicht zunehmend zur alten Jungfer verkommen wäre, mußte zugeben, daß der Bursche das Beste aus seinen Möglichkeiten gemacht hatte.

Sein beruflicher Erfolg war in aller Munde, doch seine privaten Erfolge feierte Robert im stillen. Daß seine Frau über seine diversen Affären Bescheid wußte, kümmerte ihn wenig, aber er achtete darauf, daß sein Schwiegervater nichts davon erfuhr und ihm womöglich die Unterstützung entzog. Angesichts Amandas engstehenden Augen, schmalen Lippen, der Hakennase und des farblosen Haares begriff wohl jeder, daß Robert sie nicht wegen ihres Äußeren zur Frau genommen hatte.

Mit den Jahren hatte Amanda es gelernt, vor dem Zustand ihrer Ehe die Augen zu verschließen und das Arrangement hinzunehmen, so schmerzhaft das auch für sie war. Der Sherry half ihr dabei und natürlich auch Bobby. Das allerliebste Baby, das sie viel zu kurz im Arm halten konnte, der artige kleine Junge, der ihre Liebkosungen peinlich berührt über sich ergehen ließ, der attraktive junge Mann, der sie mit seinen Umarmungen fast erdrückte, wenn er nach Hause kam – er war ihr einziger Lebenszweck.

Das Herz schwoll ihr vor Stolz, wenn sie an ihn dachte. Er war so klug, so gutaussehend, so gewandt. Und so ein liebevoller und fürsorglicher Junge. In der Schule war er immer Klassenbester gewesen, von den Lehrern geschätzt, von seinen Widersachern bewundert, von den Kameraden beneidet. Wenn er etwas haben wollte, hatte sie nie einen Grund gefunden, es ihm zu verweigern.

Amanda wußte, daß sie stolz auf das sein konnte, was sie aus dem Jungen gemacht hatte. Sie hatte ihm nicht nur Kultur und Manieren beigebracht, sondern sich auch sehr bemüht, in ihm ein Gefühl für seine Herkunft und die damit verbundenen Verpflichtungen zu wecken. Er war schließlich nicht irgendwer, und ihr war daran gelegen, daß er schon als Kind begriff, was er der Familientradition schuldig war.

»Reichtum und Einfluß allein genügen nicht«, pflegten sowohl ihr Vater als auch ihr Großvater zu sagen. »Wahrhaft guter Charakter zeigt sich darin, daß man die Gaben, die einem das Leben schenkt, zum Wohle der ganzen Menschheit einsetzt.«

Niemandem blieb es verborgen, daß Bobby durch und durch ein Drayton war, obwohl er Willmont hieß, und alle, die ihn kannten, waren überzeugt, daß er eine großartige Zukunft zu erwarten hatte.

Tatsächlich hatte Robert sich kaum mit der Erziehung seines Sohnes abgegeben. Wenn er überhaupt zu Hause war, schloß er sich in der prachtvoll getäfelten Bibliothek ein und wies alle an, ihn nicht zu stören. Beim Abendessen war er meist zu sehr mit seinen eigenen Angelegenheiten befaßt, um sich mit einem kleinen Jungen abzugeben.

In wenigen Wochen würde dieser kleine Junge an der Harvard Law School einen hervorragenden Abschluß machen, wie es ihm drei Jahre zuvor an der Stanford University gelungen war, und drei der besten Anwaltskanzleien von San Francisco, darunter die seines Vaters, hatten ihm bereits eine Stellung angeboten.

»Ich wußte gar nicht, daß er sich bei uns vorgestellt hat«, sagte Robert mit einem gleichgültigen Achselzucken, als seine Frau ihm für seine Bemühungen danken wollte.

Amanda erinnerte sich nur an eine Gelegenheit, bei der sich Robert mit einer seinen Sohn betreffenden Sache befaßt hatte. Es war in Roberts drittem Jahr in Stanford gewesen und hatte etwas mit einem Mädchen zu tun gehabt, und Amanda entsann sich, daß Robert sehr wütend gewesen war. Er hatte den Jungen noch spätabends zu sich kommen lassen. Die Unterredung fand in der Bibliothek statt, hinter verschlossenen Türen, doch sie sprachen so laut, daß Amanda, die im Flur stand, mühelos Teile davon mithören konnte.

»Wie kannst du es wagen, mich in diese Situation zu bringen?« brüllte Robert. »Ich habe mir jahrelang in dieser verdammten Stadt den Arsch abgearbeitet, um Ansehen zu erlangen, und ich werde nicht zulassen, daß du es mit deinen Dummheiten zerstörst.«

Bobby murmelte etwas, das Amanda entging.

»Was hast du denn erwartet, du Trottel? Daß sie sich bedankt und verschwindet?«

Wiederum konnte Amanda Bobbys Antwort nicht hören.

»Er hat mir gedroht, jawohl«, schrie Robert. »Kam in mein Büro marschiert und hat mir gedroht – einer, dem ich bestenfalls erlauben würde, mir die Schuhe zu putzen. ›Ich will Ihrem Jungen ja nicht die Polizei auf den Hals hetzen‹, jammerte er, ›aber meine Polly ist erst siebzehn, und jemand muß für sie sorgen.‹ Womit er natürlich mich gemeint hat. Hunderttausend Dollar – das muß ich springen lassen, um deinen Mist wieder gutzumachen. Bluten solltest du dafür.«

»Es tut mir leid«, erwiderte Bobby. Diesmal sprach er so laut, daß seine Mutter ihn hören konnte. »Ich hätte nicht gedacht, daß er soviel Mumm hat, zu dir zu gehen. Außerdem hab ich sie zu nichts gezwungen. Glaub mir, sie war scharf auf das, was sie gekriegt hat.«

»Es ist völlig egal, worauf sie scharf war. Hämmer dir das in deinen Schädel – sie ist erst siebzehn. In diesem Staat gilt das als Notzucht.«

Bobby lachte rauh. »Sollen sie mich doch verklagen. Ihr Wort steht gegen meines, und ich werde sagen, ich habe sie noch nie gesehen. Was meinst du wohl, wem sie glauben werden? Mich verurteilt man in dieser Stadt zu gar nichts. Ich bin ein Drayton.«
Ein Klatschen war zu hören, als eine Hand auf eine Wange traf.
»Du bist ein Willmont!« donnerte Robert. »Daß du mir das nie vergißt. Die Draytons sind nur ein Haufen feiger Snobs. Beim geringsten Anzeichen eines Skandals würde jeder von denen abtauchen, inklusive deiner lieben Mutter, der Sherry-Trinkerin.«
»Was soll ich also tun?« fragte Bobby. Er klang aufsässig und feindselig.
»Den Mund sollst du halten«, schnauzte ihn sein Vater an. »Du prahlst nicht bei deinen Kumpeln herum, brüstest dich nicht mit deiner Eroberung und siehst zu, daß du dich nie wieder in ihrer Nähe blicken läßt, verstanden?«
»Wie soll ich das machen? Sie läuft ständig auf dem Campus herum.«
»Wenn du sie siehst, gehst du in die andere Richtung. Kein Wort, keine Geste, nicht mal ein Blick. Hast du mich verstanden?«
»Ja.«
»Ich zahle die Arztrechnungen. Ich zahle den Rest ihrer Ausbildung in Stanford. Teufel auch, mit hunderttausend Dollar auf der Bank hat sie ausgesorgt. Aber damit ist Schluß. Ein zweites Mal helfe ich dir nicht aus der Patsche.«
»Ja, Sir«, murmelte Bobby.
»Wenn du Mist baust, dann bade es auch selbst aus. Wenn du es nötig hast, dich so aufzuführen, mußt du das schaffen, ohne daß jemand anders dafür einsteht. Das solltest du dir

merken, denn wenn du mich noch mal in so eine Situation bringst, drehe ich dir den Geldhahn zu. Und täusch dich nicht, ich verwalte auch das Vermögen deiner Mutter, und ich sitze am längeren Hebel. Falls nötig, mache ich Ernst damit.«

»Du erzählst ihr aber nichts davon, oder?« hörte sie Bobby ängstlich fragen.

»Du meinst, ihren heiligen Sohn anschwärzen?« Robert seufzte. »Nein, ich will ihr ihre Illusionen nicht zerstören. Sie hat ja sonst nichts. Abgesehen davon, würde sie mir wahrscheinlich sowieso nicht glauben.«

Die beiden setzten ihr Gespräch noch fort, doch Amanda hatte genug gehört. Bestimmt hatte Robert einen schlechten Tag im Büro gehabt und ließ es jetzt an dem Jungen aus, der irgendeinen harmlosen Streich ausgeheckt hatte. Eine halbe Stunde später, als Bobby kam, um ihr gute Nacht zu sagen, war sie ausgezogen und lag im Bett.

Er kochte immer noch innerlich, weil sein Vater ihn so gedemütigt hatte. So hatte noch niemand mit ihm gesprochen, und Bobby wurde in diesem Moment klar, daß es ihn nicht sonderlich schmerzen würde, wenn sein Vater von der Straßenbahn überfahren würde. Bobby saß bei seiner Mutter und hielt ihre Hand. Zumindest bei einem Elternteil konnte er Gewißheit haben, daß man auf seiner Seite stand. Sohn und Mutter sprachen über die Seminare in Stanford, Bobbys Position im Footballteam und die Reise mit Freunden nach Mexiko, die er für die Weihnachtsferien geplant hatte. Dann erhob er sich, zupfte ihre Decke zurecht und küßte sie auf die Stirn.

»Du bist mein Herzblatt«, sagte er zu ihr. »Und so wird es immer bleiben.«

Ein paar Minuten später hörte Amanda, wie er mit seinem Sportwagen die Auffahrt hinunterraste. Über den Vorfall wurde nie mehr ein Wort verloren, und mit den Jahren vergaß Amanda das Gespräch, und es war, als hätte es nie stattgefunden.

Amanda zog ihren gerüschten Morgenmantel dichter um sich und goß sich noch ein Glas Sherry ein. Sie schmeckte den bernsteingelben Aperitif schon lange nicht mehr, doch sie trank ihn trotzdem, langsam, in kleinen Schlucken, wie einen guten Wein. Es ging schließlich nicht um den Geschmack, sondern um den Zustand, in den er sie versetzte. Keiner hatte je die Dienstboten darauf angesprochen, doch die große Kristallkaraffe auf dem Tisch neben der Chaiselongue war immer voll. Das Personal war größtenteils bei Amandas Hochzeit vom Herrenhaus der Draytons auf dem Nob Hill in die Jackson Street umgezogen und kannte sie von Kindheit an. Es war Amanda egal, daß man auch über ihre heimliche Gewohnheit Bescheid wußte.

Und es war ihr egal, daß ihre Ehe nur aus Heuchelei bestand. Das einzige, was zählte, war Bobby und das bedeutende Leben, das er führen würde. Das würde sie für all die einsamen Jahre und die unerfüllten Träume entschädigen.

Es klopfte leise an der Schlafzimmertür. Amanda blickte überrascht auf. Es war noch viel zu früh zum Abendessen, und sie konnte sich nicht vorstellen, wer sich wohl erdreistete, sie zu stören.

»Herein«, sagte sie verärgert.

Die schwere Tür öffnete sich, und als der Störenfried hereinkam, breitete sich ein strahlendes Lächeln auf Amandas Gesicht aus.

»Bobby!« rief sie entzückt. »Was für eine wunderbare Überraschung.« Dann runzelte sie plötzlich verwirrt die Stirn. »Aber solltest du nicht an der Uni sein? Sollten wir nicht nächste Woche zu deiner Graduierung nach Harvard kom-

men?« Sie jammerte plötzlich: »Ich habe doch hoffentlich nicht das Datum durcheinandergebracht und deine Graduierung verpaßt, oder?«
Robert Drayton Willmont beugte sich über die Chaiselongue und legte den Arm um die schmale Schulter seiner Mutter.
»Nein, meine Liebe, keine Angst«, sagte er beruhigend. »Ich wollte dich nur sehen.«
»O Bobby, wie lieb von dir«, gurrte sie. »Das freut mich ja so.«
Sie sah ihn mit verschleierten Augen an. »Ich glaube fast, du bist seit Ostern wieder gewachsen. Du mußt schon größer sein als dein Vater. Warte nur, bis er dich sieht. Ich hoffe, er muß heute abend nicht so lange arbeiten. Er wird sich ebenfalls sehr freuen.«
Es war ihr wichtig, daß der Junge seinen Vater schätzte, und sie erhielt diese Täuschung schon so lange aufrecht, daß ihr die Lügen mühelos über die Lippen kamen.
»Wie lange kannst du bleiben?« fragte sie.
»Nur ein, zwei Tage.«
»Für diese kurze Zeit bist du so weit gereist? Es sieht dir nicht ähnlich, derart verschwenderisch mit deiner Zeit umzugehen.«
Er kniete sich vor ihr hin und nahm ihre Hände, was er noch nie getan hatte. Sie begann nervös zu blinzeln.
»Ich muß dir etwas sagen«, erwiderte er sanft.
»Ist es etwas Wichtiges?«
»Ja.«
»Dann warte doch, bis dein Vater nach Hause kommt«, schlug sie vor, »und erzähl es uns beiden.«
»Nein, das geht nicht«, sagte er geduldig. »Weißt du, es hat ... einen Unfall gegeben, und Vater ... nun, er wird nicht nach Hause kommen.«

»Ein Unfall? Ein Unfall, hast du gesagt?«
»Ja, meine Liebe.«
Harold Sutton, Seniorpartner von Sutton, Wells, Willmont und Spaulding, hatte um drei Uhr morgens in Cambridge angerufen.
»Dein Vater, Bob«, sagte er, ohne sich für den Anruf um diese Uhrzeit zu entschuldigen, »er ist vor einer Stunde an einem Herzinfarkt gestorben. Ich meine, Sie sollten so schnell wie möglich herkommen. Es wäre das beste, wenn Sie es Ihrer Mutter mitteilen könnten.«
»Sie weiß es noch nicht?«
Der alte Mann räusperte sich. »Nein«, antwortete er mit hörbarem Unbehagen. »Ihr Vater war nicht zu Hause, als es passiert ist.«
Der Student der Rechtswissenschaft lachte laut. Man mußte ihm nicht erklären, wo sie Robert Willmont gefunden hatten.
»Na ja, zumindest ist der Alte nicht still und leise abgetreten«, erwiderte er. »Das paßt zu ihm. Er hätte es nicht anders gewollt.«
»Hören Sie«, sagte Sutton eindringlich, »das Privatleben Ihres Vaters war entsprechend, und wir können es uns nicht erlauben, daß die Firma in Verruf gerät.«
»Natürlich, Sir«, erwiderte der junge Mann, plötzlich ernüchtert.
»Gut, ich bin froh, daß Sie das verstehen. Ich habe mit den anderen Partnern gesprochen, und wir haben beschlossen, der Öffentlichkeit zu sagen, daß er noch im Büro arbeitete, als sich der ... unglückselige Vorfall ereignete.«
»Können Sie das mit der Polizei abstimmen?«
»Ich denke schon. Ich bin mit dem Polizeipräsidenten befreundet.«
»Ich nehme das erste Flugzeug.«

»Das wäre gut, Bob«, sagte Sutton. »Sehr gut. Und glauben Sie bitte nicht, daß dieses Ereignis irgendwelchen Einfluß auf unser Angebot hat. Wir hoffen immer noch, daß Sie nach der Graduierung zu uns kommen.«

»Ich weiß, daß das nichts miteinander zu tun hat, Sir«, lautete die höfliche Entgegnung. »Tatsächlich habe ich mich nach sorgfältiger Erwägung entschlossen, Ihr Angebot anzunehmen.«

In Wirklichkeit hatte er diese Entscheidung erst in diesem Moment getroffen.

Das Zögern am anderen Ende der Leitung war nur kurz.

»Das ist ja eine gute Nachricht«, sagte der Seniorpartner in San Francisco herzlich. »Wir freuen uns auf Sie.«

»Danke, Sir.«

In Cambridge lag ein breites Grinsen auf dem gutaussehenden Gesicht des jungen Mannes. Wie der Vater, so der Sohn, meinte er Suttons Gedanken zu hören.

»Seien Sie bitte so behutsam wie möglich mit Ihrer Mutter. Sie ist nicht sehr belastbar, wissen Sie.«

Amanda Willmont war tatsächlich nicht belastbar, vor allem dann nicht, wenn sie eine halbe Karaffe Sherry getrunken hatte.

»Was für ein Unfall, Bobby?« wimmerte sie.

»Ein Herzinfarkt.«

»Ein Herzinfarkt?«

»Ja.«

»Ist er ... war es ... du meinst, er ist ...?« Sie brachte das Wort nicht über die Lippen.

»Leider ja.«

»Wann?«

»Gestern abend. Er war noch im Büro und hat gearbeitet.«

Amanda schloß die Augen. Ihr Mann war schon fast einen Tag tot, und sie hatte nichts davon gewußt. Ein Herzinfarkt.

Ihr war völlig klar, daß Robert nicht in seinem Büro gestorben war. Wie rücksichtsvoll von Bobby, ihr diese Nachricht zu ersparen.
Es überraschte sie, daß ihr Tränen in die Augen stiegen. Seit fünfundzwanzig Jahren war Robert als Ehemann nicht mehr für sie dagewesen, und sie hatte es gelernt, damit zu leben. Doch jetzt, da er tot war, vermißte sie ihn. Sie hatte über ein Vierteljahrhundert die Rolle der glücklichen Ehefrau gespielt, und es war Lug und Trug gewesen. Nun würde sie die Rolle der trauernden Witwe spielen, und die entsprach der Wirklichkeit.
»Jetzt hab ich nur noch dich, Bobby«, schluchzte sie.
»Mach dir keine Gedanken, meine Liebe«, sagte er. »Ich werde für dich sorgen.«
Sie lächelte ihn unter Tränen an. »Du bist so ein guter Junge. Das warst du schon immer.«
»Und du warst immer mein Herzblatt«, erwiderte er.
Er sieht seinem Vater so ähnlich, dachte Amanda, so groß und breitschultrig, und er hatte die gleichen dunklen Haare und das gutaussehende Gesicht. Im schummrigen Licht hätte man fast glauben können, es sei Robert, der da vor ihr kniete und besorgt zu ihr aufschaute. Wenn da nicht das eine Merkmal gewesen wäre, das er von ihr geerbt hatte und das ihn deutlich als Drayton auswies – die außergewöhnlich leuchtenden aquamarinblauen Augen.

TEIL III

1969

Lerne aus der Vergangenheit,
lebe in der Gegenwart,
blicke in die Zukunft.

ANONYM

1

Karen Kern lief die Fifth Avenue entlang, so schnell es ihr linkes Knie zuließ, das trotz Operation immer noch ein wenig steif war, und bog nach links in die Twelfth Street ein. Es waren über dreißig Grad, und Karen schwitzte unter ihrem unförmigen schwarzen Mantel.

Sie war wieder gesund und hatte fast ihr altes Gewicht. Ihre Haut war von den Wochenenden in der Sonne gebräunt, was ihre blaugrauen Augen reizvoll hervorhob. Ihr dunkles Haar, das ihr weit über die Schultern reichte, hatte sie im Nacken zusammengebunden. Bis auf einen hellen Lippenstift trug sie kein Make-up.

Sie nahm die Tüte mit Lebensmitteln, die sie trug, in den anderen Arm und begann nach ihrem Hausschlüssel zu suchen, obwohl sie noch einige Blocks von dem massigen Betongebäude entfernt war, in dem sie gemeinsam mit Arlene Minniken, ihrer ehemaligen Zimmergenossin aus Cornell, ein Apartment bewohnte.

»Guten Abend, Miss Kern«, begrüßte sie Martin, der Portier, als sie näher kam.

Ihre Eltern hatten darauf bestanden, daß sie in einem Haus wohnte, in dem es rund um die Uhr einen Portier gab.

»Hallo, Martin«, erwiderte sie mit einem starren Lächeln, das sie für jeden Mann bereithielt, ungeachtet der Umstände.

Die Eingangshalle des zehnstöckigen Apartmenthauses war spärlich beleuchtet und nüchtern, verglichen mit der üppigen Pracht des Hauses in der West End Avenue, in dem Jill Hartman wohnte, doch Karen bemerkte den Unterschied kaum. Sie holte Rechnungen und Reklamezettel aus dem Briefkasten und fuhr mit dem lahmen, quietschenden Aufzug in den sechsten Stock hinauf.

Sie schloß die Wohnung auf, ließ ihren Mantel zu Boden fallen, stellte die Tüte mit Lebensmitteln auf die Küchentheke und hastete zur Klimaanlage, um sie anzustellen. Das Gerät war alt und ratterte so laut, daß Arlene und sie fast schreien mußten, um den Lärm zu übertönen, aber es verschaffte wenigstens etwas Kühlung, und das war besser als nichts. Dann schleuderte sie ihre Schuhe von den Füßen, mixte sich einen Wodka Collins und sank auf das Sofa im Wohnzimmer.

Seit sechs Monaten arbeitete Karen als stellvertretende Leiterin in der Washington-Square-Buchhandlung, die zwar nicht direkt am Washington Square lag, aber doch nahe genug, daß die Besitzerin eine Berechtigung in der Namensgebung sah.

Die Buchhandlung war im schummrigen, stillen und leicht muffigen Keller eines alten rotbraunen Sandsteinhauses untergebracht und hatte sich auf seltene antiquarische Bücher und Zeitschriften spezialisiert. An den Wänden hingen Poster mit dem Peace-Zeichen oder dem Aufdruck »Make Love Not War« und eine Karikatur von Lyndon B. Johnson, der auf einer Bombe hockte, die gerade auf ein weinendes Baby zustürzte. Darunter stand »Bomben tun weh«. Räucherstäbchen verbreiteten einen durchdringenden Geruch in den Räumen.

Diverse Stammkunden, hauptsächlich Freunde und Nachbarn aus Greenwich Village, kamen vorbei, um in den

Büchern zu schmökern und mit Demelza, der ziemlich exzentrischen Besitzerin des Ladens, zu plaudern, doch eine gehobene Kundschaft verirrte sich meist nicht hierher. Karen führte Buch über den Bestand, gab Bestellungen auf, achtete darauf, daß die hoffnungslos zerstreute Besitzerin nicht alles durcheinanderbrachte, und sorgte dafür, daß immer eine Kanne Kräutertee bereitstand. Die Arbeit war interessant, sie hatte es nicht weit von ihrer Wohnung zur Buchhandlung, und auf den Lohn mußte sie nicht schauen, da ihre Eltern den größten Teil ihrer Lebenshaltungskosten übernahmen.

Wenn sie sich nicht zu Hause oder im Buchladen aufhielt, war Karen auf einer Bank am Washington Square in eine von Demelzas Kostbarkeiten versunken, streifte durch die Sträßchen von Greenwich Village und betrachtete die Schaufenster von Secondhandshops oder saß alleine in einem der Cafés, die wichtiger Bestandteil des lässigen Charmes dieses Viertels waren.

Niemand kam ihr zu nahe. Die Leute vom Village waren wie Murmeln, die aneinanderstießen. Sie berührten sich kurz, drifteten dann wieder auseinander, zupften ihre Gitarren, verkauften ihre Waren, blieben auf Abstand und verbargen ihre schmerzlichen Geheimnisse unter einer harten, schimmernden Oberfläche.

Karen hätte am liebsten in einem der heruntergekommenen, malerisch wirkenden Häuschen in dieser einzigartigen kleinen Gemeinde gewohnt, doch ihre Eltern ließen sich nicht erweichen.

»Es ist schon schlimm genug, daß du überhaupt in der Stadt leben willst«, hatte ihre Mutter gesagt. »Aber wir werden zumindest dafür sorgen, daß du in einer sicheren und anständigen Gegend wohnst, nicht in irgendeinem Künstlerviertel, wo es von Spinnern und Sonderlingen nur so wimmelt.«

Karen konnte ihren Eltern nicht erklären, wie ihr zumute war, wenn sie den Washington Square überquerte. Sie betrat nicht nur ein anderes Stadtviertel, sondern ein anderes Leben, zu dem sie sich zugehörig fühlte – ein Leben zwischen all den Spinnern und Sonderlingen.

Sie einigten sich auf das ehemals luxuriöse Apartmenthaus an der West Twelfth Street, nur einen Straßenzug von der Fifth Avenue entfernt. Es war ruhig und gepflegt und wirkte sicher genug, um Karens Eltern zufriedenzustellen, und es sagte auch Arlene zu, die immer zwischen dem Bellevue Hospital und der New York University hin- und hereilte, wo sie ihren Abschluß in Psychologie machte.

Karen ging nicht mehr nach Cornell zurück. Und sie heiratete auch Peter Bauer nicht. Die beiden hatten sich noch ein paarmal am Telefon unterhalten, nachdem er in diesem schrecklichen Frühling nach Maine zurückgekehrt war, aber ihre Gespräche waren kurz und oberflächlich geblieben. Peter hatte vom Wetter geredet und von seiner Arbeit und seiner Familie erzählt, doch er hatte darauf geachtet, die gemeinsame Zukunft nicht mehr zu erwähnen. Karen hatte höflich zugehört und nicht nachgefragt. Es hatte nicht viel Sinn. Nach einer Weile kamen keine Anrufe mehr.

»Was hast du dir eigentlich dabei gedacht, ihm diese scheußliche Geschichte auf die Nase zu binden?« wollte Karens Mutter wissen, nachdem sie ihrer Tochter die Vorkommnisse beim Picknick im Steppingstone Park entlockt hatte.

»Ich konnte ihn nicht heiraten und ihm etwas vormachen«, antwortete Karen abwehrend. »Ich mußte ihm die Wahrheit sagen.«

»Wahrheit, mein liebes Kind, ist das, was wir zur Wahrheit erklären«, entgegnete Beverly. »*Wolltest* du ihn loswerden?«

»Ich wollte wissen, ob er wirklich mich liebte oder nur irgendein Phantasiebild von mir.«
»Warum? Was ist so verkehrt an Phantasiebildern?«
»Nichts«, räumte Karen ein. »Ich wollte nur meine Ehe nicht darauf begründen.«
»Ich möchte mal behaupten, daß das häufig genug vorkommt«, erklärte Beverly. »Du mußt begreifen, daß nicht die Männer die Frauen hinters Licht führen, sondern die Frauen die Männer. Das gehört zu dem Spiel, das wir spielen, um unseren Willen durchzusetzen. Da ist nichts Schlechtes dran, denn die Männer kommen ja auch zu ihrem Recht.«
»Es wäre einfach nicht fair ihm gegenüber gewesen«, beharrte Karen störrisch.
»Fair?« rief Beverly aufgebracht. »War diese ganze gräßliche Angelegenheit zu einem von uns fair?«
»Ich will nicht mehr darüber reden«, fuhr Karen sie an. Ihr Kopf begann zu schmerzen.
Beverly warf verzweifelt die Hände in die Luft. »Dann tu, was du nicht lassen kannst. Aber vergiß nicht, daß Einsamkeit ein hoher Preis ist für Rechtschaffenheit.«
Karen war trotzig davongehinkt, doch die Worte ihrer Mutter waren ihr nicht aus dem Kopf gegangen. Sie gewöhnte sich an das Mitleid, das ihr als unschuldiges Opfer eines schrecklichen Autounfalls zuteil wurde. Sie sprach nie mehr über das, was ihr wirklich widerfahren war, sondern verbannte das Erlebnis an einen finsteren Ort in ihrem Innern, wohin kein Lichtstrahl drang.
Die Krücken benutzte sie nicht mehr. Ihr linkes Knie wurde zunehmend beweglicher. Die Ärzte versicherten ihr, daß es nach geraumer Zeit überhaupt nicht mehr steif sein würde. Sie begann lange Röcke und hochgeschlossene Kragen zu tragen, um die Narben an ihrem Körper zu verbergen, und

legte nach außen eine Haltung von höflichem Desinteresse an den Tag, um die Narben auf ihrer Seele nicht sehen zu lassen. Sie ging nur zu kurzen Verabredungen weg. Das Haus in der Knightsbridge Road für eine längere Zeit zu verlassen schaffte sie erst nach zwei Jahren. Das war im Sommer 1965, als sie endgültig von zu Hause auszog.

»Arlene Minniken hat mich gefragt, ob wir uns in der Stadt zusammen eine Wohnung nehmen«, berichtete Karen eines Tages beim Abendessen.

»Du willst nach Manhattan ziehen?« fragte Beverly, die glaubte, sich verhört zu haben. Sie war der Ansicht, daß anständige junge Mädchen bei den Eltern zu wohnen hatten, bis sie heirateten.

»Ja«, antwortete Karen. »Das machen heutzutage viele Mädchen. Arlene zum Beispiel.«

»Arlene kommt aus Tallahassee«, entgegnete ihre Mutter. »Sie kann wohl kaum jeden Tag nach New York City reinfahren. Aber du bist doch hier bestens aufgehoben. Wenn dir soviel daran liegt, wegzukommen, kannst du jederzeit aufs College zurück.«

»Ich will nicht zurück aufs College«, erwiderte Karen. »Ich möchte nur eine Weile alleine leben.«

»Und wie willst du das finanzieren?« erkundigte sich ihr Vater.

»Ich werde mir Arbeit suchen.«

»Arbeit?« fragte Beverly. »Was für eine Art von Arbeit?«

Karen zuckte mit den Schultern. »Keine Ahnung. Irgendeine.«

»Du weißt doch, daß das nicht nötig ist«, erklärte ihre Mutter. »Es gibt immer noch andere Möglichkeiten.«

»Mutter, bitte, fang nicht wieder damit an. Ich gehe nicht aufs College zurück, und ich habe nicht vor zu heiraten.«

»Ich denke, wir könnten dir finanziell unter die Arme

greifen«, meinte Leo, »zumindest so lange, bis du auf eigenen Beinen stehst.«
Karen strahlte ihn an. Mit einem Satz hatte er nicht nur ihre Finanzlage geklärt, sondern auch ihre Mutter zum Schweigen gebracht, was selten genug vorkam.
»Danke, Vater«, sagte sie. »Das wäre großartig.«
»Wenn Laura im Herbst nach Mount Holyoke geht und du jetzt in Manhattan wohnen willst«, jammerte Beverly, »wird es schrecklich leer im Haus sein.«
»Ich komme euch so oft besuchen, wie du möchtest«, versprach Karen.
Die Jobsuche nahm den ganzen Sommer in Anspruch. Ohne College-Abschluß eine Stelle zu finden erwies sich als schwierig, zumal Karen auch noch auf die Ansprüche ihrer Mutter achten mußte. Sie sollte in einem guten Viertel, in einer respektablen Branche und mit anständigen Leuten arbeiten. Zuerst bekam sie eine Stelle als Empfangsdame in Marilyn's Schönheitssalon, wo sie lange Röcke, hochgeschlossene Blusen und weite Pullover tragen durfte und die Kundinnen, vorwiegend ältere Damen, ihr häufig mütterlich die Hand tätschelten. Sie mußte die Kundinnen empfangen, Termine machen und darauf achten, daß Lockenstäbe und Trockenhauben ausgeschaltet waren, wenn sie abends den Laden abschloß. Keine sonderlich anspruchsvolle Arbeit, aber mit geregeltem Lohn.
Danach wurde sie Verkäuferin bei Lord & Taylor's. Das altehrwürdige Kaufhaus lag in der Fifth Avenue, am Rande der Wohngegend, die ihr Vater als »Luxusviertel« bezeichnete. An diesem Kaufhaus war alles elegant – der Bau, die großzügig gestalteten Schaufenster, die Waren, die Angestellten. Nachdem man sie angelernt hatte, wurde Karen der Wäscheabteilung zugewiesen. Die Verkäuferin dort brachte ihr bei zu erkennen, wer etwas erwerben und wer

nur stöbern wollte, und zeigte ihr, wie man einen zögernden Kunden zum Kauf ermutigte.
Bald stellte Karen fest, daß nicht nur Frauen Wäsche kauften. Auch Männer, die häufig linkisch und verschämt wirkten, suchten Dessous für ihre Frauen, Mütter, Freundinnen oder Geliebten. Karen verstand sich bald darauf, die Unterschiede festzustellen.
An einem Nachmittag im Oktober, als sie seit fast einem Jahr bei Lord & Taylor's arbeitete, sprach ein grauhaariger, distinguiert und wohlhabend wirkender Mann sie an. Er hielt ein schwarzes Satinnegligé in der Hand. Es war das teuerste Stück, das es hier zu kaufen gab, und es gefiel Karen besonders gut.
»Entschuldigen Sie, Miss«, sagte er. »Ob Sie mir wohl helfen könnten? Ich suche ein passendes Geburtstagsgeschenk für meine Tochter.«
Karen lächelte in sich hinein. Sie wußte, daß Männer ihren Töchtern keine aufreizenden schwarzen Satinnegligés kauften, aber sie kannte dieses Spiel.
»Wie alt ist sie?« fragte sie höflich.
»Nun, sie dürfte wohl etwa in Ihrem Alter sein.« Er hielt das Negligé hoch. »Sagen Sie, gefällt Ihnen das?«
»Ja, sehr gut sogar«, antwortete Karen. »Welche Größe hat sie?«
Er runzelte die Stirn. »Das weiß ich nicht«, gab er zu. »Aber ich schätze, etwa Ihre Größe. Wenn Sie es mal an sich halten würden, könnte ich mir vielleicht vorstellen, wie es bei ihr aussieht.«
Karen nahm das Negligé, hielt es unbeholfen vor sich und zupfte an den Falten, damit es richtig zur Geltung kam. »Und, was meinen Sie?« fragte sie.
Er schüttelte den Kopf. »Ich bin nicht sicher. Sagen Sie, könnten Sie es mal für mich anziehen?«

Karen spürte ein Kribbeln im Nacken. Man hatte ihr den Umgang mit schwierigen Kunden beigebracht, aber wie sie sich in solch einer Situation verhalten sollte, hatte ihr keiner erklärt. Sie dachte rasch nach.
»Ich fürchte, das wird nicht möglich sein«, murmelte sie. »Sie sehen ja, ich bin alleine hier in der Abteilung, und ich kann nicht weg.«
»Na, macht nichts«, erwiderte er mit einem liebenswürdigen Lächeln. »Ich nehme es einfach trotzdem, und wenn es meiner Tochter nicht gefällt, kann sie es ja umtauschen.«
Karen schrieb so schnell wie möglich die Rechnung und stieß einen erleichterten Seufzer aus, als der Mann samt seinem Päckchen verschwunden war.
Das Warenhaus schloß um sechs Uhr. Um halb sieben verließ Karen das Gebäude durch den Seiteneingang, überquerte rasch die Fifth Avenue und ging zur Bushaltestelle, wo bereits eine kleine Gruppe von Leuten wartete.
»Das ist für Sie«, sagte eine Stimme direkt hinter ihr. »Obwohl Sie es nicht anprobieren wollten.«
Karen erschrak so, daß sie eine ältere Frau vor ihr anstieß. »Entschuldigung«, murmelte sie und bückte sich, um die Handtasche der Frau aufzuheben. Als sie sich wieder aufrichtete, warf sie einen Blick über die Schulter und entdeckte den grauhaarigen Mann.
»Ich wollte es Ihnen gleich im Laden überreichen, aber das war angesichts der Umstände unpassend«, sagte er. »Deshalb habe ich auf Sie gewartet. Ich dachte, wir könnten etwas trinken gehen und dann vielleicht zusammen essen, um uns etwas näher kennenzulernen.«
»Ich glaube, Sie irren sich«, erwiderte Karen mit heftig klopfendem Herzen.
»Ach wirklich?« fragte er lächelnd. »Ich glaubte, Sie hätten

mich ganz gut verstanden. Ich habe Ihre Botschaft jedenfalls auf Anhieb begriffen.«

»Was wollen Sie damit sagen? Es gab keine Botschaft.«

»Sie wußten ganz genau, daß ich das Geschenk nicht für meine Tochter gekauft habe.« Er lachte. »Ich habe nicht mal eine Tochter.«

»Ich wußte nicht, für wen Sie es gekauft haben«, entgegnete Karen wahrheitsgemäß und betete innerlich darum, daß der Bus kommen möge.

»Für Sie natürlich.«

»Besten Dank, aber das möchte ich nicht annehmen«, sagte sie so höflich, wie sie konnte, da er möglicherweise ein guter Kunde von Lord & Taylor's war und sie es sich nicht erlauben durfte, ihn zu beleidigen. »Ich habe keine Verwendung für so etwas.«

»Wenn Sie Ihre Chancen nutzen«, entgegnete er mit einem rauhen Lachen, »könnte sich schon eine Gelegenheit finden.«

Karen entdeckte den Bus, der durch den dichten Verkehr auf die Haltestelle zukroch. Die Leute drängten nach vorn. Der grauhaarige Mann preßte sich an sie.

»Ich habe dich beobachtet«, flüsterte er ihr ins Ohr und begann sie zu betasten, während die Leute sich vorwärts schoben. »Nach außen hin wirkst du kühl und abweisend, aber ich weiß, daß du unter deinem hochgeschlossenen Kragen und weiten Pullover ganz heiß bist.«

Karen schob sich verzweifelt weiter nach vorn in dem Versuch, von dem Mann wegzukommen.

»Drängeln Sie doch nicht so«, schnauzte sie jemand an. »Wir wollen schließlich alle nach Hause.«

»Lassen Sie mich gefälligst in Ruhe«, fauchte Karen in Richtung ihres Verfolgers.

»Das willst du doch gar nicht«, entgegnete er süffisant.

»Und ob ich das will.«
»Dein Mund mag nein sagen«, flüsterte er, »aber dein Körper sagt ja.«
»Wenn Sie mich nicht in Ruhe lassen«, schrie Karen, »rufe ich die Polizei.«
Die ältere Frau, deren Handtasche Karen aufgehoben hatte, wandte sich um. »Belästigt Sie dieser Mann, Schätzchen?«
»Ja«, antwortete Karen halb schluchzend.
»Lassen Sie das Mädchen in Frieden«, sagte die Frau streng zu dem grauhaarigen Mann. »Sie legt offensichtlich keinen Wert auf Ihre Angebote.« Sie schüttelte den Kopf. »Ein Mann in Ihrem Alter – Sie sollten sich was schämen.«
In diesem Moment hielt der Bus am Bordstein, und die Türen gingen auf. Die ältere Frau legte den Arm um Karen und führte sie die Stufen hinauf. Der grauhaarige Mann verschwand in der Menge.
Nach diesem Vorfall trug Karen keinerlei Make-up mehr und hüllte sich bei jedem Wetter in unförmige Mäntel. Je unattraktiver sie aussah, desto sicherer fühlte sie sich.
Sie kündigte bei Lord & Taylor's und nahm einen Job als Telefonistin bei einer Werbefirma in der Madison Avenue an, tippte Rechnungen für einen Hautarzt in der Park Avenue, machte die Umschläge für ein Versandhaus postfertig und ordnete in einer Leihbücherei die Bücher wieder in die Regale ein. Doch sie hielt es nirgendwo lange aus. Entweder wurde ihr die Arbeit zu langweilig, oder irgendein Kerl stieg ihr nach, so daß sie sich bald eine andere Arbeit suchte.
Im Winter 1969 stellte sie sich auf eine Anzeige hin bei der Washington-Square-Buchhandlung vor. Der Laden war in einem Gewölbe untergebracht, das die Besitzerin als »Bunker« bezeichnete. Er war schlauchförmig und stand voller

Regale, in denen man auf Werke über allerhand obskure Themen – von der Aasblume bis zur Zymologie – stoßen konnte. Im hinteren Teil, sorgfältig in Vitrinen verstaut, fand sich eine wahre Schatzgrube; dort wurden die Erstausgaben und die vergriffenen Ausgaben von Autoren wie Somerset Maugham, Emily Dickinson, Edith Wharton, Sinclair Lewis, Upton Sinclair und Willa Cather aufbewahrt.

Die Besitzerin war eine lebhafte Frau Mitte Vierzig mit einem ausladenden Körper, krausem schwarzem Haar, das sie in einem dicken Zopf im Nacken trug, und sanften braunen Augen, die um das Elend der ganzen Welt zu wissen schienen. Die Not in Biafra beschäftigte sie am meisten, als Karen sie kennenlernte.

Sie hieß Doris Ulasewicz und kam aus der Bronx, doch das wußten die wenigsten. Alle nannten sie Demelza, nach der Heldin irgendeines obskuren Romans, den sie wiederentdeckt hatte.

»Sie hatte die Seele einer Heiligen und das Herz einer Hure«, erklärte Demelza. »Das hat mir immer irgendwie gefallen.«

»Ich schätze, andersrum hätte es nicht so gut hingehauen«, bemerkte Karen.

Demelza grinste die junge Frau anerkennend an. »Ich glaube, ich mag dich«, sagte sie.

»Danke«, murmelte Karen freudig überrascht.

»Und nun zum Geschäft«, erklärte Demelza. »Ich bin völlig desorganisiert und höchst kreativ. Mit Beträgen unter fünfzig Dollar komme ich zurecht, bei allem darüber werde ich leichtfertig. Ich will immer zu viele Sachen gleichzeitig, kann jedoch sehr gut Konzepte entwerfen. Ich bin ausgesprochen neugierig, aber nicht indiskret. Ich brauche jemanden, der Ordnung in mein Leben und meine Arbeit bringt. Meinst du, du würdest mit mir zurechtkommen?«

Karen sah sich um. Die wenigen Kunden, die zwischen den Regalen standen und schmökerten, wirkten harmlos, die Bücher anheimelnd und verlockend, und der durchdringende Duft der Räucherstäbchen, der wacker gegen den Modergeruch des Kellergewölbes ankämpfte, war nicht unangenehm.

»Ich könnte es versuchen«, antwortete sie.

»Mehr kann ich nicht verlangen«, meinte Demelza. »Aber bevor du dir zuviel erhoffst, sage ich lieber gleich, daß ich dir nur achtzig Dollar die Woche zahlen kann.«

Das waren zehn Dollar weniger, als Karen in der Bücherei bekommen hatte, und sie zögerte einen Moment. Sie hatte bei jeder Arbeit etwas mehr verdient als bei der vorherigen. Sie wollte so bald wie möglich von ihren Eltern finanziell unabhängig sein. Und nun überlegte sie sich, einen Schritt in die entgegengesetzte Richtung zu unternehmen.

»Vielleicht kann ich dir zum Ausgleich einen schicken Titel anbieten«, schlug Demelza vor, weil sie zu dem Schluß gekommen war, daß ihr dieses Mädchen gefiel, und sie wußte schon seit langer Zeit, daß sie sich auf ihre Instinkte verlassen konnte.

»Was für einen Titel?« fragte Karen, der angesichts dieser offenen Frau mit dem bizarren Namen und diesem entlegenen kleinen Laden seltsam zumute war.

»Na, schauen wir mal«, dachte Demelza laut nach. »Wie wäre es denn mit, sagen wir, stellvertretende Leiterin?«

Karen lachte. »Meine Mutter wird begeistert sein.«

»Also sind wir uns einig?«

»Sind wir.«

Den ganzen Weg zurück zur West Twelfth Street hüpfte Karen vor Vergnügen und fragte sich, wieso sie so guter Laune war, obwohl sie weniger Geld bekam.

»Es ist nicht nur, weil Demelza mir so gut gefällt«, erklärte sie Arlene. »Es hat auch was mit dem Buchladen zu tun. Ich habe mich da richtig wohl gefühlt. Ich weiß, es klingt verrückt, aber ich hatte das Empfinden, der Laden würde mir sagen, daß ich dort glücklich sein würde.«

Arlene studierte nicht umsonst Psychologie. »Dann hast du dich richtig entschieden«, bekräftigte sie. »Und was den Lohn angeht – solange es deinen Eltern nichts ausmacht, warum solltest du dir den Kopf darüber zerbrechen?«

Die Kerns zeigten sich begeistert.

»Stellvertretende Leiterin?« rief ihre Mutter aus. »Das ist ja wunderbar, Liebes. Wir sind so stolz auf dich.«

Was, wie Karen wußte, im Klartext hieß, wie beeindruckt die Nachbarn sein würden, wenn Beverly ihre eigene Version der Geschichte erzählt hatte, in der aus dem Zwei-Frauen-Unternehmen eine Belegschaft von zwanzig Leuten bei Barnes and Noble geworden war.

»Und mach dir keine Sorgen wegen des Geldes«, fügte ihr Vater am Nebenanschluß hinzu. »Du bekommst jeden Monat einen Scheck von uns, solange du ihn brauchst.«

Die Tatsache, daß dies Karens siebter Job in dreieinhalb Jahren war, kam nicht zur Sprache. Niemand sagte, daß es schön wäre, wenn sie es hier mal etwas länger aushalten würde. Doch die Worte lagen unausgesprochen in der Luft. Karens Leben war auf Ehe und Kinder ausgerichtet gewesen. Sie war nie davon ausgegangen, daß sie ihren Lebensunterhalt selbst verdienen müßte. Als ihr Traum sich zerschlug, hatte sie plötzlich kein Ziel mehr. Die Buchhandlung verschaffte ihr wieder einen Lebenszweck. Sie mußte sich dort nicht an die Vorgaben von jemand anderem anpassen, sondern sie konnte etwas ganz Neues schaffen – und sie stellte zu ihrer Überraschung fest, daß ihr das Spaß machte. Zum Jahresende hatte Demelza ihr schon die zweite Gehaltserhöhung gegeben.

»Mir blieb nichts anderes übrig«, gestand sie ihren Freunden und Kunden freimütig. »Das Mädchen hat alles so gut im Griff, daß ich nicht wüßte, was ich ohne sie machen sollte.«

Karen hatte Ordnung in die Buchführung gebracht und einen Budgetplan erstellt. Sie machte häufig Überstunden und verlor diesbezüglich Demelza gegenüber kein Wort. Sie erarbeitete sogar ein Konzept, mit dem man potentielle Kunden aus der Villengegend auf den entlegenen kleinen Laden aufmerksam machen konnte.

Und die beiden Frauen hatten sich angefreundet. Die Frau, die aus Great Neck geflohen war, stellte fest, daß sie mit der Frau, die die Bronx hinter sich gelassen hatte, vieles gemein hatte.

»Wenn du eins von sechs Kindern bist und nicht genug zu essen da ist«, sagte Demelza einmal während der Kaffeepause, als sie den letzten Doughnut vertilgt hatte, »mußt du schnell sein. Und dann mußt du zusehen, daß du wegkommst.«

»Wenn du nur noch eine jüngere Schwester hast und so verhätschelt wirst, daß du kaum mehr atmen kannst«, entgegnete Karen seufzend, »mußt du früher oder später auch zusehen, daß du wegkommst.«

»Meine Eltern waren hocherfreut.«

»Meine waren entsetzt.«

Karen hatte immer gerne Unterhaltungsliteratur gelesen, doch ihre Arbeitgeberin brachte ihr nun die Schönheit der Klassiker nahe, die sie bisher als langweilige Pflichtlektüre abgetan hatte.

»Du mußt alles ausprobieren, um es beurteilen zu können«, erklärte Demelza.

Deshalb versenkte sich Karen jeden Tag eine Weile in eine fremde Welt und freundete sich mit ihr an, und diese

Stunden waren ihr heilig. Heathcliff fand sie unheimlich, Becky anregend, Inspector Jarret erboste sie, Madame Bovary brachte sie zum Erröten und Anna Karenina zum Weinen.
Doch sie lernte nicht nur die Figuren aus den Büchern kennen, sondern auch die gammligen Gestalten, die sich im Buchladen einfanden. Die Frauen trugen bodenlange Röcke und geflochtene Perlstirnbänder und belegten alle möglichen Kurse. Die Männer hatten Perlketten um den Hals, und das Haar reichte ihnen bis über die Schultern. Die jüngeren Männer lungerten oft nur herum und jobbten hier und da, bis sie zum Militär eingezogen werden sollten und nach Kanada flohen. Andere hatten ihre Berufslaufbahn abgebrochen und brauchten einen Grund, um morgens aufzustehen. Wieder andere, die zu beiden Gruppen gleichzeitig zählten, betrieben Suppenküchen oder lehrten an der New York University oder an der Cooper Union. Einige komponierten, verfaßten Lyrik oder versuchten, ihre Träume in Gemälde umzusetzen.
Jeder von ihnen hatte eine eigene Geschichte, und wenn Karen sie sich anhörte, wurden die schlampige Kleidung, das verfilzte Haar und die zottligen Bärte unsichtbar, und die Leute entpuppten sich als Gestrandete wie sie selbst, die um einen Platz in einer oft feindseligen Welt kämpften.
Nach der Kennedy-Ära war Amerika in eine Vielzahl von Subkulturen zersplittert, von den Blumenkindern in Haight-Ashbury über die Bürgerrechtskämpfer von Selma bis zu den Drogensüchtigen im Needle Park. Der Widerstand gegen den Vietnamkrieg wuchs, und Demelza hängte trotzig so viele Friedensposter und Karikaturen im Laden auf, wie sie finden konnte.
Karen arbeitete seit zwei Monaten in der Buchhandlung, als ihre Eltern ihr dort eines Nachmittags einen Besuch abstat-

teten. Es war Anfang April, und es regnete in Strömen. Beverly, in grelles Rot und Violett gekleidet, stürzte in den Laden, und ihr Schirm tropfte auf eine *Time*-Ausgabe von 1923.

»Meine Güte, was für ein Wetter!« rief sie und schüttelte sich. »Draußen wütet so was wie ein Orkan.«

»Na, hier sind Sie jedenfalls gut aufgehoben«, sagte Demelza herzlich und zog die wertvolle alte Zeitschrift rasch aus der Gefahrenzone. »Bei uns gibt es heißen Tee zum Aufwärmen.«

Mit ihrer Teetasse in der Hand blickte Beverly sich um. »Nun, das ist doch alles sehr hübsch«, meinte sie. »Und so ... gemütlich.«

»Eher unaufgeräumt«, berichtigte Demelza.

»Interessant«, schlug Beverly vor.

»Düster«, erwiderte Demelza.

»Ist es für Ihre Kunden nicht ein bißchen schwierig, bei diesem Licht zu lesen?« Ohne ihre Brille sah Beverly nicht mehr die Hand vor Augen.

»Ach du lieber Himmel, wir ermuntern die Kunden nicht zum Lesen«, antwortete Demelza mit einem boshaften kleinen Lächeln um die Mundwinkel.

»Und Karen? Ich möchte nicht, daß sie ihre Augen überanstrengt.«

»Demelza nimmt dich auf die Schippe, Mutter«, seufzte Karen. »Wir haben genügend Licht, wenn wir es brauchen, aber wir finden es so stimmungsvoller.«

»Und wir sparen dabei noch eine Menge Strom«, warf die neuerdings finanzbewußte Besitzerin ein.

»Stimmungsvoll?« wiederholte Beverly mit leicht mißbilligendem Unterton.

»Na ja, wir legen Wert darauf, daß der Laden wirklich wie ein Antiquariat wirkt«, vertraute Demelza ihr an. »Sie wis-

sen schon – staubig, muffig, versteckt. Da findet man doch immer die Schätze, oder?«
»Schätze?« Beverly rümpfte ungeniert die Nase angesichts von Demelzas Anti-Kriegs- und Protestpostern.
»Komm, ich zeig sie dir«, sagte Karen strahlend und führte ihre Mutter zu den Glasvitrinen, in denen die wertvollen Stücke aufbewahrt wurden.

»Ich bin mir über diese Frau nicht ganz im klaren«, bemerkte Beverly einige Stunden später beim Abendessen. »Sie kommt mir ziemlich seltsam vor. Findest du nicht auch, Leo?«
»Mir ist nichts Seltsames aufgefallen«, antwortete Leo und fuhr fort, seine Pekingente zu bearbeiten.
»Sie ist nicht seltsam«, verteidigte Karen ihre Freundin und Chefin. »Sie ist nur etwas Besonderes, das ist alles.«
Das Licht in dem chinesischen Restaurant war sehr hell, und Karen stellte fest, daß das Grau aus dem Haar ihrer Mutter verschwunden war.
»Nimmt sie irgend etwas?«
»Wie meinst du das?«
»Nun ... ja ... nimmt sie Drogen?«
Karen kicherte. »Was weißt du denn über Drogen?«
»Oh, ich bin nicht so weltfremd, wie du vielleicht glaubst«, entgegnete ihre Mutter. »Ich seh schon auch, was sich so tut.«
»Nun, dann siehst du mehr als ich«, sagte Karen.
»Ich fand, es roch äußerst verdächtig in dem Laden.«
»Das waren Räucherstäbchen, Mutter.«
»Bist du sicher? Es war ausgesprochen beißend.«
»Ich hab sie selbst angezündet, kurz bevor du kamst.«
»Nun, ich möchte jedenfalls nicht, daß du mit jemandem Kontakt aufnimmst, der Drogen nimmt.«

»Wenn Demelza Drogen nimmt, was ich bisher jedoch nicht bemerkt habe«, erwiderte Karen, »tut sie es jedenfalls nicht im Laden. Solange sie jede Woche meinen Scheck unterschreibt, geht es mich nichts an, was sie sonst macht.«
Mit dieser Entgegnung hatte sie sich gut aus der Affäre gezogen, dachte Karen, währen die klappernde Klimaanlage ihre Wirkung tat und die drückende Luft in der kleinen Wohnung allmählich erträglicher wurde. In den vier Monaten, die seit dem Gespräch mit ihrer Mutter vergangen waren, hatte Karen nämlich entdeckt, daß viele von Demelzas Freunden Marihuana rauchten, und sie war ziemlich sicher, daß ihre Chefin es auch tat.
Karen mußte sich eingestehen, daß die Vorstellung, mit Leuten zusammenzusein, die Marihuana – oder Pot, Gras oder Dope, wie sie es nannten – konsumierten, ihr nicht recht geheuer war. Sie wußte über Drogen nur, daß man davon süchtig werden konnte und daß sie gesetzlich verboten waren. Ab und zu kam jemand in den Laden, der sich etwas merkwürdig benahm, doch Demelza lachte meist nur darüber.
Als Karen das zum erstenmal erlebte, war sie schockiert. »Der Typ da drüben sieht seltsam aus«, flüsterte sie Demelza mit aufgerissenen Augen zu.
»Der richtige Ausdruck dafür ist *stoned*«, klärte Demelza sie lachend auf. »Hallo, Peter Pan«, rief sie dem betreffenden Kunden zu, »du bist hier nicht in Nimmerland.«
Einmal beobachtete Karen zwei junge Männer am Ende eines Gangs zwischen zwei Regalen. Ein Plastiksäckchen, in dem sich etwas befand, das wie Babypuder aussah, und ein Bündel Geldscheine wechselten den Besitzer.
»Da drüben verkauft jemand Talkum«, sagte sie zu Demelza.

Diesmal lachte die Ladenbesitzerin nicht. »Wo?« fragte sie, und als Karen ihr die beiden Männer zeigte, fiel sie über sie her wie eine Furie.

»Das könnt ihr vergessen!« schrie sie, packte jeden an einem Arm und zerrte sie zur Tür. »Wir verkaufen hier Bücher und Zeitschriften – und damit hat sich's.«

»Was war los?« erkundigte sich Karen.

»Dope ist nicht gleich Dope«, erklärte Demelza. »Es gibt weiches und hartes Zeug. In meinem Laden verkauft keiner hartes Zeug.«

»Warum nehmen die Leute überhaupt Drogen?«

Demelza zuckte mit den Schultern. »Dafür gibt's so viele Gründe wie Leute«, antwortete sie. »Manche tun es, um im Trend zu liegen, andere, weil es verboten ist, und wieder andere, weil sie süchtig sind. Die meisten von denen, die ich kenne, tun's, weil sie dann zumindest für ein Weilchen weniger leiden.«

Nach ihrem »Unfall« hatten die Ärzte in der Klinik Karen Mittel gegeben, um ihre Schmerzen zu lindern, und sie erinnerte sich, wie sie aus ihrem Körper gewichen waren. Sie fragte sich, ob die Drogen, von denen Demelza sprach, ebenso wirkten.

»Was für ein Leiden meinst du?« wollte sie wissen.

»Nicht solche Leiden, an die du denkst«, antwortete die ältere Freundin. »Illegale Drogen sind nichts gegen Zahnschmerzen und Rückenbeschwerden. Ich meinte das Leiden am Leben.«

»Das Leiden am Leben.« Karen hörte diesen Ausdruck zum erstenmal, und sie merkte ihn sich. Demelza sprach nicht mehr darüber, doch Karen vergaß diesen Begriff nie mehr.

Als Arlene von der Uni nach Hause kam, war das Abendessen bereits fertig. Eine erstklassige Köchin würde Karen wohl niemals werden, doch sie hatte sich zumindest gewisse Grundregeln beigebracht.
»Salat à la Chef, Eistee und Baguette aus der Bäckerei«, verkündete sie, als ihre Mitbewohnerin an der Küche vorbeikam. »Die Vorstellung, den Herd anzuschalten, fand ich unerträglich.«
Arlene murrte zustimmend, ließ ihre Bücher auf den Eßtisch fallen und entledigte sich ihrer Kleider noch auf dem Weg zum Schlafzimmer.
»Schau mich bloß an«, jammerte sie eine Viertelstunde später, als sie aus der Dusche kam. Um ihr langes blondes Haar hatte sie ein Handtuch geschlungen. »Schon wieder klatschnaß und klebrig.«
»Ich ruf noch mal den Hauswart an«, versprach Karen.
»Wenn sie einen Mann auf den Mond schießen können«, ereiferte sich Arlene und meinte damit das unglaubliche Ereignis, das sie kürzlich im Fernsehen mitverfolgt hatten, »wieso kriegen sie dann die Klimaanlage nicht hin?«
Karen schob die Bücher ihrer Freundin beiseite und tat zwei Gedecke auf den schweren Eichentisch mit Klauenfüßen, den sie bei einem Trödler gefunden hatten. Die gesamte Wohnung war auf eine Art eingerichtet, die Arlene als »Frühen Heilsarmee-Stil« bezeichnete. Das Sofa und die Sessel waren bequem, aber verschossen, die Beistelltischchen solide, aber zerschrammt, die Kommoden geräumig, aber verzogen, und die Eßtischstühle praktisch, aber schlicht. Dennoch hatte es den beiden Mädchen viel Spaß gemacht, die Möbel auszusuchen.
Sie hatten ihren Salat zur Hälfte verspeist, als Karen so beiläufig wie möglich fragte: »Hast du schon mal Drogen genommen?«

Arlene biß in ein knuspriges Stück Brot. »Was für Drogen?« fragte sie. »Aspirin? Schlaftabletten? Oder solche Psychodrogen, die wir unseren Patienten im Bellevue verabreichen?«

»Nein, ich meine illegale Drogen wie Marihuana.«

Arlene nickte. »Ich hab mal Gras probiert, vor Jahren.«

»Wie war das?«

Arlene zuckte mit den Schultern. »Ich glaube, es war nicht besonders toll. Ich kann mich kaum noch daran erinnern, und ich hatte nicht das Bedürfnis, es zu wiederholen.«

»Wie war die Wirkung? Wie bei Alkohol?« Karen hatte in letzter Zeit häufig und heimlich die betäubende Wirkung von Alkohol studiert.

»Nein, ganz anders. Aber wie gesagt, ich glaube, es ist gar nicht viel passiert. Wenn du Schnaps trinkst, bist du ja meistens benebelt und betäubt. Wenn du Gras rauchst, sollst du high werden. Du nimmst nicht weniger wahr, sondern eher mehr, hab ich gehört. Wieso?«

»Ich bin morgen abend zu einer Party eingeladen«, teilte Karen ihr mit. »Und ich bin ziemlich sicher, daß man dort Drogen nimmt.«

»Eine Party?« Arlene konnte ihre Überraschung kaum verhehlen, denn Karen nahm so gut wie nie eine Einladung an.

»Demelza macht bei sich ein Abendessen für ein paar Leute, und sie hat mich eingeladen. Wir schließen sogar die Buchhandlung früher.«

»Und sie raucht Gras?«

»Bei ihr bin ich nicht sicher«, antwortete Karen, »aber bei ihren Freunden, und einige von denen werden bestimmt dasein.«

»Wenn du meinen Rat hören willst«, sagte Arlene, »dann tu einfach nichts, was du nicht tun willst.«

»Ich bin tatsächlich ein bißchen neugierig«, gab Karen zu. »Ich würde gern wissen, wie es sich anfühlt.« *Das Leiden am Leben,* dachte sie bei sich.
Arlene trank einen Schluck von ihrem Eistee. »Na dann probier's«, meinte sie mit einem gleichgültigen Achselzucken.

2

Als Arlene schon längst schlief, lag Karen noch immer wach, lauschte in der schwülen Dunkelheit dem unregelmäßigen Klappern der Klimaanlage und stellte sich das Essen bei Demelza vor.

Sie konnte die Feste, zu denen sie im Laufe der letzten vier Jahre in New York gegangen war, an den Fingern einer Hand abzählen und immer noch Finger übrig haben. Ihr soziales Leben bestand aus ab und zu auswärts essen gehen, hin und wieder einem Kinobesuch, ein oder zwei Theateraufführungen am Broadway und gelegentlich einem Konzert im Lincoln Center, meist in Begleitung von Jill, Arlene oder Demelza.

Für jeden Mann, der sich mit ihr verabreden wollte, hielt sie eine Ausrede bereit, und nach einer Weile gab sogar der hartnäckigste klein bei. Wenn sie sich gelegentlich bei dem Wunsch nach männlicher Gesellschaft ertappte, mußte sie sich nur vor Augen halten, daß wenige Männer an einer rein freundschaftlichen Beziehung Interesse hatten. Die Antibabypille war auf dem Markt, und das Zauberwort lautete jetzt »freie Liebe«. Unverfängliche Verabredungen gab es nicht mehr – man kommunizierte vorwiegend unter der Bettdecke.

Wie sich die Welt verändert hat, dachte Karen seufzend und sah Peter Bauer vor sich, als sie einschlief.

Etwa ein Jahr nach dem Picknick im Steppingstone Park war eine kurze entschuldigende Mitteilung in dem Haus in der Knightsbridge Road eingetroffen, in der Peter Karen von seiner bevorstehenden Heirat in Kenntnis setzte und ihr alles Gute wünschte.
»Ich frage mich, wieso es so lange gedauert hat«, bemerkte Beverly pikiert.

Der Alptraum weckte sie kurz vor Morgengrauen, und sie lag schweißgebadet und zitternd im Bett, bis die gewohnte Panik verflog. Es war immer der gleiche Traum – etwas Schreckliches hetzte sie durch dichten Nebel, bis ihr die Kräfte versagten, und dann schloß sich eine schwere Hand um ihren Hals und drückte zu.
Sie atmete ein paarmal tief durch, bis ihr Herzschlag sich beruhigt hatte, und überlegte, ob sie noch eine Stunde schlafen sollte, aber sie war zu aufgekratzt, da sie versuchte, sich Demelzas Loft in Greenwich Village vorzustellen. Karen war noch nie in einer echten Village-Wohnung gewesen, und sie war sehr gespannt darauf.
Demelza hatte ihr Zuhause als eine Kreuzung zwischen Kirche und Bordell beschrieben, was durchaus zutreffend war. Das heruntergekommene Gebäude in der Bleecker Street war früher eine Fabrik gewesen, in der Farbbänder hergestellt wurden. Das Loft erreichte man mittels eines schwankenden Fahrstuhls mit einem schweren Holzgitter, das man mit der Hand hochschieben und herunterziehen mußte. Als Karen eintraf, fand sie bereits über zwanzig Stammkunden aus dem Laden vor. Sie trat aus dem Aufzug und blieb mit offenem Mund stehen, gebannt von dem Anblick, der sich ihr bot.
Die Backsteinwände zwischen den hohen Bogenfenstern waren unverputzt, die Decke gewölbt, und in der Höhe maß

der Raum mindestens sechs Meter. Ein Teil des Lofts war mit viktorianischen Samtsofas und verschnörkelten Tischchen eingerichtet, in einem anderen standen zwei schwere Kirchenbänke im rechten Winkel an einem Refektoriumstisch, und in einer dritten Ecke war ein halbes Dutzend Matratzen ausgelegt, auf denen sich bunte Kissen türmten. Die einzelnen Teile waren durch Perlvorhänge voneinander abgegrenzt, die an Drähten von der Decke hingen. Überall brannten Kerzen, und der vertraute Duft von Räucherstäbchen schlug Karen entgegen, mitsamt einer Mischung aus anderen Gerüchen. Die Atmosphäre war eigenartig und bizarr, genau der passende Hintergrund für Demelza.

»Du hast es geschafft«, rief die üppige Gastgeberin und stürzte mit einem Highball in der einen und einem Teller Rohkost in der anderen Hand auf Karen zu. »Willkommen in meinem Paradies auf Erden.«

»Es ist phantastisch«, sagte Karen, nach dem richtigen Wort suchend. »Es ist so, tja, so ... eklektisch.«

»Man könnte es wahrscheinlich MGM Extravagant nennen«, meinte Demelza. »Da steckt jahrelange Arbeit drin.«

»Es ist ganz du.«

»Also, steh nicht nur rum und staune«, forderte Demelza jetzt Karen auf und nahm ihr den unförmigen Mantel ab. »Hol tief Luft, und wirf dich ins Getümmel. Du kennst ja alle.«

Gehorsam bewegte sich Karen ein paar Schritte von der Stelle.

»Hi, Karen«, sagte sofort jemand zu ihr.

»Hi, Ethan.« Sie lächelte die skelettartige, leicht absonderliche Gestalt neben ihr an.

»Du siehst so anders aus«, bemerkte Ethan scheu.

Karen blickte an sich hinab, auf den schlichten blauen

Baumwollrock und die weite, hochgeschlossene Bluse, die sie auch im Laden getragen hatte.
»Das muß an den Kleidern liegen.«
»Genau«, stimmte Ethan zu. »Weißt du, der Rock paßt so gut zu deinen Augen. Und deine Augen haben die Farbe eines wolkenlosen Himmels.«
Ihre Augen hatten eher die Farbe eines gewittrigen Himmels, aber sie lächelte ihn trotzdem an. Sie wußte von Ethan, daß er aus Nebraska kam und unterwegs nach Kanada war. Er war Stammkunde im Buchladen und stand meist ziemlich schüchtern herum, wie auch jetzt wieder. Dennoch brachte er Tag für Tag den Mut auf, ihre Kenntnisse darüber, was sich alles im Laden befand, auf die Probe zu stellen. Er war höchstens achtzehn, hatte grüne Augen und glattes strohblondes Haar, das er sich ständig aus dem Gesicht strich, und aus irgendeinem Grund erinnerte er Karen immer an ein verwaistes Hündchen.
»Die Kornblumen von meiner Mutter sind auch so leuchtend blau«, sagte er, »und sie wachsen bis zum Himmel.«
»Das klingt wunderbar.«
Er seufzte wehmütig. »Ich hoffe nur, daß ich sie noch mal wiedersehe.«
»Das wünsche ich dir auch.«
»Aber das wird wohl erst möglich sein, wenn mein Vater tot ist.«
»Warum?« fragte Karen.
»Er hat mich rausgeschmissen, hat mich einen Feigling genannt und rausgeschmissen. Er sagte, er habe keinen Sohn mehr.«
»Weil du nicht nach Vietnam wolltest?«
»Ja.« Ethan schüttelte traurig den Kopf. »Er hat auf Guadalcanar ein Bein verloren. Ich hab keine Ahnung, wie er die Fabrik ohne mich führen soll.«

Karen sah, daß der Junge wirklich litt, und fragte sich, wie viele Familien im Land wohl durch diesen Krieg zerstört wurden, den irgendwer führte und in dem eine ganze Reihe junger Männer nicht kämpfen wollte.
Ethan zog eine etwas krumme Zigarette hervor und zündete sie an. »Willst du einen Zug?« fragte er, nachdem er mehrmals tief inhaliert hatte.
Karen wußte, worum es sich handelte. Sie trat einen Schritt zurück.
»Nein«, erklärte sie entschieden. »Nein, danke.«
Ethan grinste. »Demelza sagte, du seist noch unschuldig. Hab ich ihr nicht geglaubt.«
»Bitte?«
»Sie sagte, du hättest noch nie Gras geraucht.«
»Und warum hast du ihr das nicht geglaubt?«
»Ich weiß nicht«, antwortete er versonnen. »Es muß an deinen Augen liegen oder so. Du strahlst so etwas aus, als hättest du schon einiges durchgemacht.«
»Weißt du, du wirkst hier auch anders als im Buchladen«, wechselte Karen geschickt das Thema. »Viel offener.« Sie nickte in Richtung des Joints. »Liegt es daran?«
»Ich schätze schon.« Er nahm noch einen Zug. »Es verwischt die Kanten und macht einen locker.«
Karen fragte sich, wie es wohl wäre, sich locker zu fühlen. Sie versuchte sich an solche Momente in der Vergangenheit zu erinnern, aber die Bilder aus diesem anderen Leben verblaßten mehr und mehr.
»Wie ist es«, fragte sie, »locker zu sein?«
»Als säße man mit einer rosa Brille im Horrorfilm«, antwortete er.
»Und dieses Gefühl bekommt man durch Marihuana?«
Er hielt ihr den Joint hin. »Versprechen kann ich's aber nicht.«

Diesmal geriet sie schon eher in Versuchung. »Vielleicht später«, sagte sie. »Erst mal hab ich Hunger.«
»Essen gibt's hinter diesem Wandschirm«, erklärte Ethan. »Bei der Kirchenbank.«
Karen entdeckte die Küche und hatte sich schon bald einen Teller mit Salat Niçoise und Moussaka zurechtgemacht. Dazu gab es Ouzo. Sie schenkte sich ein Glas ein, schlenderte ins Wohnzimmer zurück und ließ sich auf einem der viktorianischen Sofas nieder. Die Party um sie herum war in vollem Gang – lange, geschmeidige Röcke, wehende Hemden, Safarishorts, Perlen, Sandalen. Man plauderte mit Karen über das Essen oder die Hitzewelle oder Demelzas ausgefallene Wohnung. Sie fühlte sich bald so wohl wie im Buchladen.
Ein paar Gäste tranken wie Karen Ouzo, doch die meisten reichten den Joint so selbstverständlich herum wie Karen und Jill Urlaubsfotos. Zwei Leute hatten es sich schon auf einer der Matratzen auf der anderen Seite des Lofts bequem gemacht. Erst als sie sich ihrer Kleider entledigten, wurde Karen klar, was sie dort taten, und sie errötete und wandte sich ab.
»Ist das nicht eine tolle Party?« rief Ethan und ließ sich neben ihr aufs Sofa fallen.
»Allerdings«, stimmte Karen ihm zu.
»Für einen Jungen aus der Kleinstadt wie mich«, sagte er und zog an seinem Joint, »ist New York eine Art Märchenstadt. Ich werd's vermissen, wenn ich hier verschwinde. Ich glaube, in Kanada gibt's so was nicht.«
»Vielleicht kommst du ja eines Tages wieder«, schlug sie vor.
»Vielleicht mach ich das. Wenn du noch da bist«, sagte er. Der Joint machte ihn mutig. »Ich schätze, du weißt, daß ich auf dich stehe.«
»Nein, wußte ich nicht«, erwiderte Karen aufrichtig überrascht.

»Mensch, das hat doch jeder gemerkt. Ich war sicher, daß dir das auch klar ist. Ich meine, ich bin doch im Laden ständig um dich herumgelungert und so.«

»Ich dachte, du würdest dich für Bücher interessieren.«

»Ich könnte Henry James nicht von James Michener unterscheiden«, gestand er ihr verlegen. »Ich rede bloß so gerne mit dir.«

»Das freut mich aber«, sagte sie, und sie meinte es ehrlich. Ethan hatte sich ihr gegenüber immer einwandfrei benommen, und sie fühlte sich in keiner Weise durch sein Geständnis bedroht. Er war für sie immer noch das hilflose Hündchen, das darauf hoffte, daß ihm jemand einen Knochen zuwarf.

»Kommst du dir nicht ein bißchen komisch vor?« fragte er sie.

»Wieso?«

»Na ja, du bist zum Beispiel die einzige hier, die nüchtern ist«, sagte er mit einem Grinsen.

Überrascht schaute Karen sich um, wobei sie nur die beiden auf der Matratze geflissentlich übersah. Sie hatte fast ein ganzes Glas Ouzo getrunken und fand nicht, daß sie nüchtern war.

»Bin ich das?« flüsterte sie. »Woher weißt du das?«

»Ganz einfach«, antwortete er kichernd. »Wir sind alle ziemlich zu, aber du bist irre wach.«

»Ist ›zu‹ dasselbe wie ›locker‹?« fragte sie.

»Nicht ganz, aber fast.«

Karen hatte nicht selten eine Flasche am Bett stehen, aber sie hatte nicht das Gefühl, durch Alkohol locker zu werden. Er hielt ihr den Joint hin. »Probier's doch selbst.«

Die Neugierde siegte. Sie nahm den Joint wie eine Zigarette zwischen Zeige- und Mittelfinger.

»Was soll ich machen?« flüsterte sie.

»Erst mal mußt du ihn richtig halten«, instruierte er sie und steckte ihr den Joint zwischen Daumen und Zeigefinger. »So, und jetzt ziehst du dran wie an einer Marlboro.«
»Ich habe auch noch nie eine Zigarette geraucht«, gestand sie.
»Oh!« Er sah sie einen Moment verwirrt an. »Okay, du nimmst ihn also zwischen die Lippen und saugst ganz fest dran und atmest gleichzeitig tief ein.«
Karen folgte seinen Anweisungen. Noch bevor sie den Rauch in die Lungen bekam, rebellierte ihr Magen, ihr Gesicht lief krebsrot an, ihre Augen tränten, und ihr wäre fast das Abendessen hochgekommen.
»Ich fühl mich nicht sehr locker«, keuchte sie.
»Man muß öfter ziehen.«
»Und wenn ich das nicht noch mal schaffe?«
Er zuckte mit Schultern. »Kommt eben drauf an, wieviel dir dran liegt, locker zu werden.«
Karen rümpfte die Nase und zog erneut an dem übelriechenden und gräßlich schmeckenden Joint. Wieder mußte sie würgen, ihr Inneres brannte, und ihre Augen tränten, aber es war schon weniger schlimm als beim erstenmal. Beim vierten oder fünften Zug hatte sie den Dreh raus und begann plötzlich zu kichern.
»Meine Mutter würde der Schlag treffen, wenn sie mich sehen könnte.«
»Ist deine Mutter apoplektisch?« wollte Ethan wissen.
»Nein«, antwortete Karen und fragte sich, wieso ihr nie aufgefallen war, wie intelligent Ethan war. »Aber astigmatisch.«
Ethan schüttelte den Kopf. »Das ist Unsinn.«
»Quatsch«, erwiderte sie, »das ist kein Unsinn.«
Aus irgendeinem Grund fand sie das wahnsinnig komisch und fing wieder an zu kichern.

»Ich muß dich wohl nicht fragen, wie du dich fühlst«, sagte Ethan.
»Federleicht. Als könnte ich auf Luft gehen. So hab ich mich noch nie gefühlt.«
»Vielleicht warst du eben noch nie locker«, meinte er.
Karen reckte und dehnte sich genüßlich und ließ sich dann in die Kissen sinken. Es schien, als wollte sie eindösen, doch im nächsten Moment war sie wieder hellwach, ganz gespannte Aufmerksamkeit.
»Schau nur«, rief sie und deutete auf den Perlenvorhang zwischen Wohn- und Eßraum, »wie schön diese Perlen sind.« Sie rappelte sich auf, schwankte auf den Vorhang zu und winkte dabei Ethan, ihr zu folgen. »Du mußt mitkommen«, sagte sie kichernd. »Ich brauch noch einen Zug.«
Ethan erhob sich ebenfalls und reichte ihr einen neuen Joint. Sie zog fest daran und gab sich dann wieder der intensiven Betrachtung der kleinen Holzkugeln hin.
»Die sind absolut faszinierend«, hauchte sie. Im nächsten Moment hielt etwas anderes sie in Bann, und sie spähte durch den Vorhang.
»Sieh nur!« rief sie überrascht. »Da tanzt jemand. Wie wunderbar. Was für ein Tanz ist das?«
Ethan folgte ihrem Blick. Auf den Matratzen am anderen Ende des Raums hatten sich nun mehrere Paare eingefunden, die sich selbstvergessen dem Liebesspiel hingaben.
»Ich glaube, man sagt dazu ›Paarungstanz‹«, antwortete Ethan mit einem glucksenden Lachen.
»Das hab ich noch nie gesehen«, sagte Karen, und ihr Körper begann unwillkürlich diese Bewegungen zu imitieren. »Können wir das auch mal versuchen?«
Ethan starrte sie an. »Warum ... nicht«, stotterte er.
Er nahm ihr den Joint ab und zog ein paarmal heftig daran. Seine kühnsten Träume schienen Wirklichkeit zu werden.

Zitternd folgte er ihr. Lieber hätte er sich umbringen lassen, als es zuzugeben, aber der junge Mann aus Nebraska hatte noch nie mit einer Frau geschlafen.

Karen ging langsam um das Matratzenlager herum und studierte die Paare eingehend.

»Sehen sie nicht großartig aus?« flüsterte sie. »So anmutig und rhythmisch.« Sie blieb bei einer freien Matratze stehen und wandte sich Ethan zu. »Was machen wir als erstes?« fragte sie.

»Äh, ja, äh, ich glaube, wir sollten uns ausziehen«, stammelte er.

Karen kicherte. »Das kann ich nicht machen.«

»Aber das gehört dazu«, sagte er. »Wir ziehen uns aus, und dann tanzen wir.«

»Laß uns die Kleider anbehalten.«

»Na ja, wir können's ja versuchen«, gab er nach, weil er nicht allzu begierig wirken wollte.

Karen trat auf die Matratze und begann mit einer merkwürdigen Version des Paarungstanzes. Dazu summte sie eine Melodie, die nur sie hören konnte. Ethan leckte sich die Lippen und näherte sich ihr. Das Ausziehen würde sich zum richtigen Zeitpunkt schon von selbst ergeben, dachte er sich.

Sie erstarrte, als er die Arme um sie legte, aber sie entzog sich ihm nicht. Versunken schwankten sie so ein paar Momente hin und her und rauchten den letzten Joint auf. Karen hatte die Augen geschlossen. Auf ihren Lippen, die sich ihm entgegenneigten, lag ein kleines Lächeln. Er konnte nicht widerstehen. Er beugte sich vor und küßte sie. Sie riß die Augen auf. »Das gehört nicht zum Tanz«, rief sie.

»Doch, natürlich«, sagte er.

Karen blinzelte ihn an. »Das glaub ich nicht.«

»Schau dich doch um«, forderte er sie auf.

Sie beobachtete die Paare um sie herum und sah, wie sich Münder berührten, Hände über Haut glitten, Körper miteinander verschmolzen.
»Sie sind so kunstvoll«, hauchte sie. »Schau nur, wie bei ihm die Muskeln spielen. Und der dort, was für eine wunderbare Haut er hat, wie sie im Kerzenlicht schimmert.«
Jetzt war sie ganz fasziniert von den Kerzen, von ihrem Flackern.
»Siehst du, wie die Flammen zum Himmel züngeln? Sie schauen aus wie Zungen der Hölle.«
Sie starrte auf die Kerzen, dann plötzlich sank sie nach vorn, und er mußte sie festhalten, damit sie nicht umfiel.
»Was ist los?« fragte er.
Alles drehte sich im Kreis, und bunte Lichter wirbelten ihr vor den Augen herum.
»Komm, wir setzen uns«, schlug sie vor.
»Okay.«
Er ließ sie los, und sie plumpste zu Boden wie ein Mehlsack.
»Bums«, sagte sie kichernd. »Ich brauch noch einen Zug.«
Ethan setzte sich neben sie. »Ich glaube, du solltest nichts mehr rauchen«, erwiderte er. »Außerdem sind wir doch am Tanzen.«
»Stimmt, ja. Aber ich mag die Lichter so gern. Laß die Lichter bitte an.«
Er wußte nicht, was sie meinte.
»Natürlich laß ich sie an«, versprach er und brachte sie mit sanftem Druck dazu, sich hinzulegen. Sie wehrte sich nicht.
Er streichelte ihren Arm, streifte ihre Brust.
»Die Farben sind so schön«, murmelte sie. »Ich seh sie sogar mit geschlossenen Augen.«
Er knöpfte ihre Bluse auf.
»Rot und Blau und Grün und Violett und Silber.«
Er zog den Reißverschluß ihres Rocks auf.

»Sieh nur, wie sie leuchten.«
Er öffnete ihren Büstenhalter.
»Schau, wie sie auf uns herunterströmen.«
Er zog ihr das Höschen aus.
»Oh, es ist fast wie das Feuerwerk am 4. Juli.«
Auch im schummrigen Kerzenlicht blieben Ethan die dünnen, gezackten Narben nicht verborgen, die ihren Körper vom Hals bis zu den Knien verunzierten. Er fragte sich flüchtig, was ihr wohl zugestoßen war, während er sich das T-Shirt über den Kopf zog und den Reißverschluß seiner Jeans öffnete.
»Ich fühle mich, als würde ich in tausend Lichtfunken zerspringen und durch die Luft fliegen«, rief sie.
Er verehrte sie schon so lange von fern, daß er sich kaum beherrschen konnte, als seine Hände über ihren Körper glitten und sein Mund ihre Brustwarzen fand.
»Ich höre wieder diese Melodie«, jauchzte sie. »La-li-la-la, la-li-la-la. Alle tanzen, und tausend Lichtfunken glitzern in den Kronleuchtern. La-li-la-la.«
Ohne weitere Umschweife legte er sich auf sie und versuchte sich in sie zu drängen.
Ihr Schrei zerriß die Luft. Es war kein Schmerzensschrei, sondern ein Schrei voller Grauen, da sie trotz ihres Rauschs begriff, was er im Sinn hatte.
»Hör auf!« schrie sie, schlug auf ihn ein und wehrte sich mit aller Kraft. »Hör auf!«
Ethan wurde leichenblaß. »Was hab ich denn getan?« fragte er klagend. Die Leute starrten ihn an, und es war ihm furchtbar peinlich.
Sie begann zu weinen. »Es war so schön«, schluchzte sie. »Die Musik, die Lichter, der Tanz, und du hast alles kaputtgemacht.«
»Das wollte ich nicht«, sagte er flehentlich.

Jemand öffnete ein Fenster, und Karen spürte plötzlich einen kühlen Luftzug. Sie schauderte und blickte an sich hinunter. Sie war nackt. Karen erstarrte. Die Bilder verschwammen ihr vor den Augen. Die Musik verstummte. Die Lichter gingen aus. Der Tanz war zu Ende. Alles wurde schwarz.

3

Ein greller Sonnenstrahl stahl sich unter ihre Augenlider. Karen stöhnte, noch halb schlafend, und zog sich das Bettlaken über den Kopf. »Erwache, Dornröschen«, sagte Demelza lachend irgendwo über ihr. »Den Prinzen kann ich nicht bieten, aber frischen Kaffee.«
Karen blinzelte ein paarmal und versuchte mühsam, die Augen zu öffnen, doch sie sah nur weißen Dunst. Dann erinnerte sie sich an das Laken und zog es herunter. Ihr Blick fiel auf hohe Bogenfenster. Karen sah sich um. Sie lag in einem großen Raum auf einer Matratze, und es war heller Morgen. Sie hatte keine Ahnung, wie sie hierhergeraten war.
»Wo bin ich?« fragte sie.
Demelza kam ins Bild. »In meinem Loft natürlich. Du bist gestern abend zu meiner Party gekommen. Du hast meine Moussaka gegessen und meinen Ouzo getrunken, und dann muß Ethan dir zuviel von seinen Leckereien angeboten haben, denn irgendwann um Mitternacht bist du einfach umgefallen. Du sahst aus, als ginge es dir bestens, und so hab ich dich schlafen lassen.«
»Ach, richtig«, erinnerte sich Karen. »Ich war ziemlich zu und locker, wie?«
»Kann man sagen«, gluckste Demelza.
»Es war wunderbar. Wie fliegen, und ich habe diese un-

glaubliche Musik gehört.« Karen runzelte die Stirn. »Bin ich da in Ohnmacht gefallen?«
»Ja, ich glaube schon.« Demelza warf einen kurzen Blick auf Karen und beschloß, daß es das beste war, sie in diesem Glauben zu belassen, da sie sich offenbar an nichts anderes erinnerte.
»Es ist mir so peinlich«, murmelte Karen. »Bestimmt haben mich alle unmöglich gefunden.«
»Ich glaube kaum, daß es jemandem aufgefallen ist«, erwiderte Demelza mit einem munteren Lächeln.
In Wirklichkeit hatte Karen alle fast zu Tode erschreckt, wie sie so schrie und auf Ethan einschlug, als wäre er der Leibhaftige.
Demelza begriff nicht sofort, was vor sich ging, aber sie sah die Narben im flackernden Kerzenlicht, stieß Ethan beiseite, griff nach einem Laken und hüllte Karen darin ein.
Als die Gäste gegangen waren, kochte Demelza sich einen großen Becher Tee, kehrte zu Karen zurück und betrachtete sie nachdenklich. Nach einer Weile nahm sie das Laken weg, und mit einiger Mühe gelang es ihr, dem Mädchen seine Kleider wieder anzuziehen. Dann legte sie eine Decke auf sie und setzte sich mit dem Rücken zur Wand auf eine Matratze.
Doris Ulasewicz war das älteste von sechs Kindern. Ihre Mutter war eine unzuverlässige Frau, die mit dem Leben nicht zurechtkam, und ihr Vater ein Hafenarbeiter, der mehr Zeit auf der Rennbahn als im Hafen verbrachte. Wenn er nach Hause kam, sah Doris immer gleich an seinem Zustand, wie die Pferde gelaufen waren – entweder er sang, oder er schwankte.
Schon mit acht Jahren begann Doris ihre Geschwister vor dem Zorn des Vaters und der Achtlosigkeit der Mutter zu schützen. Sie kochte und machte sauber, wechselte Win-

deln, gab ihnen ihre Medizin, und wenn es mal wieder nicht gut lief mit den Pferden, schaffte sie es irgendwie, dem Kaufmann noch eine Grapefruit, einen Laib Brot, einen Liter Milch abzuluchsen.

Es fehlte an allem – an Essen, warmer Kleidung, an Liebe. Als Doris dreizehn war, gab sie sich in einem Hinterzimmer auf dem harten Holzboden dem Schlachter hin – für ein Pfund Hackfleisch und ein dürres Huhn. Das Fleisch streckte sie so, daß es zwei Mahlzeiten ergab, und aus den Hühnerknochen und einer geklauten Zwiebel bereitete sie eine Suppe zu. In der Woche darauf bekam sie einen Schweinebraten.

Mit fünfzehn ging sie von der Schule ab und gab in einem Imbißrestaurant ihr Alter falsch an, damit sie dort am Tresen arbeiten konnte. Der Lohn war nicht der Rede wert, aber die Trinkgelder waren meist anständig, und sie bekam eine warme Mahlzeit am Tag und durfte alles an Resten nach Hause nehmen, was sie retten konnte. Sie sparte jeden Penny, und einmal im Monat ging sie zum Laden der Heilsarmee und sah Berge gebrauchter Kleider nach etwas durch, das sie für die Kinder umarbeiten konnte.

Ihr einziger Zufluchtsort war die Leihbücherei. Jeden Nachmittag stahl sie sich davon, verbrachte ein paar kostbare Stunden mit den staubigen Wälzern, tauchte ab in wunderbare Welten, in denen es nur Schönheit, Geheimnisse und Abenteuer gab. Hier entdeckte sie ihre Liebe zu Büchern, die ihr für immer erhalten blieb.

Am Tag des Angriffs auf Pearl Harbor wurde sie achtzehn, und sie behielt diesen Tag immer in Erinnerung. Nicht weil damals ein Krieg anfing, in dem um Freiheit gekämpft wurde, sondern weil ihre eigene Freiheit begann. Nach ein paar Wochen gab es an den Docks so viel zu tun, daß ihr Vater jeden Tag Arbeit hatte.

Doris fand einen Job in einem Buchladen in Downtown Manhattan und blickte nie mehr zurück. Sie zog in eine Wohnung mit kaltem Wasser in der Houston Street, so weit weg wie möglich von der Bronx, änderte ihren Namen und begann sich ein eigenes Leben aufzubauen. Als sie dreißig wurde, hatte sie fast vierzig Pfund zugenommen und genug Geld gespart, um im Keller eines Gebäudes nahe dem Washington Square einen eigenen kleinen Laden zu eröffnen.

Ihre Brüder und Schwestern waren schon lange selbständig, doch der Wunsch, jemanden zu versorgen, war Doris erhalten geblieben. Glücklicherweise gab es immer sowohl reichlich Bedürftige als auch genügend soziale Anlässe, bei denen sie sich engagieren konnte. Und als Demelza da in ihrem Loft saß, ihren Tee trank und Karens Schlaf bewachte, spürte sie das bekannte Ziehen in ihrem Herzen.

Karen sah unschuldig und vertrauensvoll aus, wie sie so eingerollt dalag und schlief wie ein Engel, doch Demelza hatte die Narben gesehen und fragte sich, welche Dämonen wohl ihre Träume bevölkerten. Die Buchhändlerin wußte nicht, wie sie ihre Bedürftigen und Benachteiligten aussuchte oder ob sie gar von ihnen ausgesucht wurde, aber Karen umgab etwas Tragisches, das Demelza sofort gespürt hatte, als die junge Frau damals in ihren Laden kam – und mit Tragik kannte Demelza sich aus wie keine andere.

»Engel der Entrechteten« nannte man sie im Village. Hatte jemand keine Bleibe, hieß es: Geh zu Demelza. Brauchte jemand finanzielle Unterstützung: Frag Demelza. Mußte ein Unrecht publik gemacht werden: Sag es Demelza. Sie war jederzeit bereit, einem frierenden Bettler ihren einzigen warmen Mantel und einem hungrigen Kind ihren letzten Dime zu geben.

Karen fror nicht und hungerte nicht, doch es fehlte ihr an irgend etwas. Demelza wußte nur noch nicht, was es war.
Die Kerzen waren heruntergebrannt, und die Morgendämmerung stahl sich grau durch die Fester, da fielen schließlich auch Demelza die Augen zu. Als sie sie wieder aufschlug, war es schon nach neun, und sie kamen natürlich zu spät zur Arbeit.
»Ich kann's nicht fassen, daß ich eingeschlafen und die ganze Nacht hiergewesen bin«, meinte Karen, als sie aus dem Bad kam und sich eine Tasse Kaffee nahm.
»Du siehst aber nicht aus, als hätte es dir geschadet«, bemerkte Demelza.
»Ich fühl mich gut«, sagte Karen, »richtig gut sogar. Ich weiß gar nicht, wann ich zum letztenmal so fest geschlafen habe.«
»Diese Wirkung hat Gras häufig.«
Ein Schatten fiel über Karens Gesicht. »Ich habe doch hoffentlich gestern abend nichts Peinliches gemacht?« fragte sie.
»Mir ist nichts aufgefallen«, antwortete Demelza diplomatisch. »Warum?«
»Tja, das klingt wirklich blöd, ich weiß, aber ich werde dieses Bild nicht los, ein Traum wahrscheinlich, daß ich nackt herumtanze.«
Demelza zuckte gelassen mit den Schultern. »Na und?« sagte sie. »Du warst doch unter Freunden.«
Karen wurde bleich. »Ich habe mich ausgezogen? Vor allen Leuten?«
»Ich glaube nicht, daß irgend jemand besonders darauf geachtet hat«, beruhigte Demelza sie. »In dem Kerzenlicht sah man kaum was, und die meisten waren sowieso mit sich selbst beschäftigt.«
Karen blickte auf ihren zerknüllten blauen Rock und die

Bluse. »Wenn ich mich ausgezogen habe, wer hat mich dann wieder angezogen?« wollte sie wissen.
»Ich«, antwortete Demelza ruhig.
»Dann hast du die ...?« flüsterte Karen.
»Wenn du die Narben meinst, ja, die hab ich gesehen«, sagte Demelza sanft. »Wo sie auch herkommen, du mußt etwas Schlimmes durchgemacht haben.«
Karen spürte, wie ihr heiß die Tränen in die Augen stiegen, Tränen der Scham und der Wut, weil ihre Vergangenheit sie nicht losließ, und Tränen der Verzweiflung, weil sie immer noch weh tat.
»Es ist lange her.« Sie seufzte. »Ich möchte nicht darüber sprechen.«
»Ich wollte nicht indiskret sein.«
»Warst du nicht – bist du nie«, murmelte Karen. Demelza hörte zu, Demelza fühlte mit, Demelza sprach Mut zu, doch sie bedrängte einen nie, sie kritisierte nie, sie verurteilte nie. In den sechs Monaten, seit Karen sie kannte, war es ihr zur Gewohnheit geworden, auf Demelzas Rat zu hören, ihre Meinung zu schätzen und ihre Diskretion zu bewundern. Demelza verhielt sich in vielerlei Hinsicht so, wie Karen es sich von Beverly gewünscht hätte.
»Ich hatte ... einen Unfall«, erklärte sie.
»Das tut mir leid«, sagte Demelza aufrichtig mitfühlend.
»Ich war leichtfertig und bin zur falschen Zeit am falschen Ort gelandet. Das war nicht gerade einer der besten Momente meines Lebens.«
Karen spürte ein Zittern im Magen, das ihr fremd war. Seit sechs Jahren war dies ihre erste etwas deutlichere Äußerung über die Nacht im Central Park.
»Aber jetzt geht es dir wieder gut.«
Das war eine Aussage, keine Frage, doch sie erforderte irgendeine Reaktion.

»Du hast wahrscheinlich gemerkt, daß mein linkes Bein etwas steif ist«, sagte Karen. »Die Kniescheibe war zertrümmert, aber es bessert sich langsam.«
»Das freut mich«, erwiderte Demelza mit einem warmen Lächeln.
»Ich habe, glaub ich, ziemliche Hemmungen wegen der Narben.«
»Das kann ich verstehen. Sie erinnern dich schließlich an etwas, das du lieber vergessen möchtest.«
»Ich kann nicht mal mehr Kinder haben«, hörte Karen sich sagen. »Und ich habe mir immer Kinder gewünscht.«
»Wegen des Unfalls?«
Karen nickte. »Ich wollte einen Traummann heiraten und ein Haus voller Kinder haben. Jetzt weiß ich nicht mehr, was ich mit meinem Leben anfangen soll.«
Früher oder später, dachte Demelza, löst sich jedes Rätsel, und auf jede Frage findet sich eine Antwort.
»Ich sehe das Leben immer als großen Stadtplan«, sagte sie. »Wenn ich irgendwo in die Sackgasse gerate, halte ich einfach nach einem anderen Weg Ausschau.«

4

Karen überquerte den Washington Square South und eilte die Sullivan Street entlang. Es war Ende Januar, und der eisige Wind peitschte ihr um die Ohren, trieb ihr Tränen in die Augen und fuhr ihr in den Mund. Sie zog ihren Mantel enger um sich und stemmte sich gegen die stürmischen Böen.

Den Mantel hatte sie von ihren Eltern zu Weihnachten bekommen. Es war ein dicker grauer Wollmantel, der ihr bis zu den Knöcheln reichte und fast so schwer war wie Karen selbst. Wenn sie ihn getragen hatte, taten ihr noch stundenlang die Schultern weh, aber sie hatte nicht mehr gefroren.

Sie hatte ihn gerade zur rechten Zeit erhalten. Es war unerträglich kalt geworden. Links und rechts der Straßen türmten sich schmutzige Schneeberge auf, so daß nur noch eine Spur befahren werden konnte. Auf den Gehwegen wurde Salz gestreut, doch es war so kalt, daß das Eis trotzdem nicht schmolz. Die Autos schoben sich schlitternd und hupend in der Straßenmitte voran. Die Fußgänger versanken bis zu den Knöcheln im Schneematsch und fluchten.

Als Karen ihr Ziel erreicht hatte, ein heruntergekommenes Gebäude, eilte sie die vereiste Treppe zur Haustür hinauf und schob sie auf. Früher hatte die Tür einmal ein Schloß

gehabt, doch das war lange vor den jetzigen Mietern gewesen.
Das Haus hatte vier Stockwerke. Die beiden oberen waren in Studios für Künstler unterteilt, die nicht viel Miete zahlen konnten und in einem ausgefallenen Ambiente leben wollten. In der ersten Etage hatte man vier Dreizimmerwohnungen eingerichtet. Auf eine dieser Wohnungen steuerte Karen zu, als sie den engen braun gestrichenen, vom Licht einer einzigen Sechzig-Watt-Birne erleuchteten Flur hinunterging. Sie blieb vor einer Tür zu ihrer Linken stehen und klopfte energisch. Als man ihr öffnete, trat sie ein und ließ die triste Außenwelt hinter sich. Sie stand mitten im Paradies. Oder, genauer gesagt, im Garten Eden, der dort detailgetreu im Stil Gauguins auf die einstmals öden Wände gemalt war.
»He, Mädchen, du kommst spät«, sagte ein Mann in einem mit Farbe verschmierten Hemd. »Wir haben ohne dich angefangen.«
Mitchell Rankin umarmte sie herzlich. Er war über eins achtzig groß und wog an die neunzig Kilo. Wie sein Gesicht aussah, wußte Karen nicht genau, da es hinter einem dichten, wolligen Bart versteckt war. Er fragte nie, ob er sie umarmen dürfe, er tat es einfach, und sie hatte sich daran gewöhnt. Sie verkehrte seit vier Monaten in der Sullivan Street, und seine Umarmungen waren immer nur freundschaftlicher Natur gewesen.
»Hi, Karen!« rief ihr eine burschikos aussehende Frau zu, die auf einem Gerüst am anderen Ende des Raums stand. »Wie findest du meine Wolken?«
Karen blickte zu den weißen Farbklecksen hoch, die sich auf einem Teil der Decke tummelten. »Ich finde sie sehr ... wolkig«, antwortete sie.
Auch die Nase und die Wangen der Frau waren weiß

gesprenkelt. »Ich hätte nichts gegen einen zweiten Michelangelo, der mir zur Hand geht«, sagte sie und dehnte ihre Glieder.
»Ione, paß auf«, schimpfte Mitch. »Du fällst noch runter.«
»Keine Sorge, großer Bär«, erwiderte die Frau namens Ione. Sie war in jeder Hinsicht das glatte Gegenteil von ihm – er war schwer und dunkelhaarig, sie zierlich und hellblond. »Nimm lieber dem Mädchen den Mantel ab, damit ich sie einspannen kann.«
Mitch half Karen aus dem grauen Maximantel. Darunter trug sie einen langen schwarzen Rock, schwarze Stiefel und ein grobes Musselinhemd mit einem Kordelgürtel. Die dunklen Haare hielt sie mit einem Perlstirnband aus dem Gesicht, und ihre Augen schminkte sie nun immer stark mit schwarzem Kajal.
»In den Sachen kannst du nicht malen«, erklärte Ione.
Karen zuckte mit den Schultern. »Ich wollte keine Zeit mit Umziehen verlieren.«
»Mitch, hol ihr doch meinen Kittel. Er hängt innen an der Schranktür.«
Als Mitch ins Schlafzimmer ging, kam ein magerer junger Mann mit einer dicken Brille und einem dünnen rötlichen Bart heraus.
»Hi, Karen«, sagte er mit einem zerstreuten Lächeln.
»Hi, Kevin.«
»Ione, wo ist das Wörterbuch?«
»Liegt hinten auf dem Klo.«
Kevin blickte sie skeptisch an.
»Ich hab Kreuzworträtsel gemacht«, erklärte sie und strich sich das kurzgeschnittene blonde Haar aus dem Gesicht.
Mit einem Murren verschwand er wieder im Schlafzimmer.
»Er hat Prüfungen«, flüsterte Ione.
Kevin Munker studierte im dritten oder vierten Jahr an der

NYU, Karen wußte es nicht ganz genau. Er war kein Student im üblichen Sinne, der nach vier Jahren seinen Abschluß machen wollte. Kevin belegte nur die obligatorischen drei Seminare pro Semester und wechselte ständig sein Hauptfach, damit er jedes Semester alle Hände voll zu tun hatte. Solange er einen halbwegs passablen Notendurchschnitt hatte, konnte er sich der Einberufung entziehen.

Als Mitch mit Iones Kittel wieder auftauchte, flog die Eingangstür auf, und zwei Frauen kamen herein. Jenna war fast noch ein Teenager, hatte karottenrotes Haar, leuchtend blaue Augen und hier und da noch ein bißchen Babyspeck und studierte Modedesign an der Cooper Union. Felicity war dreißig, zaundürr und hatte markante Wangenknochen, braunes Haar und braune Augen. Ausgebildet war sie als Tänzerin, und wenn sie in Stimmung dafür war, machte sie wunderbaren Schmuck, den sie verkaufte, sobald sie der Hunger dazu zwang.

»Wenn ihr nicht beim Malen helft, könnt ihr erst um zehn wiederkommen«, verkündete Mitch.

Jenna und Felicity versuchten zu entscheiden, was unangenehmer war, malen oder wieder hinaus in die Kälte zu gehen. »Wir malen«, sagten sie wie aus einem Munde.

Es fiel Karen schwer, sich vorzustellen, wie diese fünf Leute es schafften, in einer kleinen Wohnung zusammenzuleben, doch es gelang ihnen tatsächlich. Die »Kommune«, wie sie es nannten, hielten sie für die Lebensform der Zukunft, und sie betrachteten sich als Familie, obwohl sie nicht verwandt waren.

Ione Meecham kam aus den Kohlenzechen in Alliance, Ohio, nach New York, mit einem Abschluß von der Kunstakademie in der Hand, Sehnsucht in den Augen und der Hoffnung auf eine Stelle im Metropolitan Museum im Kopf. Zwei Jahre später, als ihre Mittel zur Neige gingen, bekam sie eine Stelle an der NYU und begann dort Kunstgeschichte zu lehren, was Karen immer amüsierte, da sie eher wie eine Studentin denn wie eine Lehrkraft aussah.

In den folgenden Jahren machte sich Ione einen gewissen Namen, wurde zur Dozentin befördert, stellte fest, daß ihr der Lehrberuf wirklich zusagte, und lernte Mitchell Rankin kennen, einen mittellosen Maler mit ungebrochenem Optimismus.

Mitch war auf einer Farm in Montana aufgewachsen und hatte schon in jungen Jahren lieber die rauhe Schönheit des »Big-Sky-Country« mit Pinsel und Farbe in impressionistische Kunstwerke umgesetzt, statt sich mit Comic-Heften und Baseballquartetten abzugeben.

»Irgendwas ist faul mit dem Jungen«, hatte sein Vater gesagt. »Er will nichts von den Sachen wissen, mit denen sich Kinder in seinem Alter abgeben. Und Zuckerrüben sind ihm völlig einerlei.«

»Gar nichts ist faul mit ihm«, hatte seine Mutter protestiert. »Er ist eben nur anders, empfindsamer. Wo andere bloß das Grobe sehen, sieht er die Schönheit.«

Nach der High-School ging Mitch nach Korea, wo er von der Explosion einer Mörsergranate eine völlig vernarbte rechte Wange davontrug. Er ließ sich einen Bart wachsen, um sie zu verdecken. Als er Ione kennenlernte, malte er keine Bilder, sondern strich Wände an, aber seinen Traum hatte er nicht aufgegeben. Sie sagte, zumindest habe er sich nicht so weit erniedrigt, auf dem Washington Square gräßliche Touristenporträts zu pinseln. Sie lud ihn zu sich nach Hause und in ihr Herz ein.

Dann stieß Felicity Gravois dazu. Mitch las sie auf, als sie neben einer Kiste mit ihren gesamten Habseligkeiten auf einer Bordsteinkante hockte und weinte. Sie hatte sechs Monate ihre Miete nicht bezahlen können und war rausgeflogen.

»Ich bin Tänzerin«, erzählte sie. »Und ich bin wirklich gut. Aber niemand will was von mir wissen.«
Als sie acht Jahre alt gewesen war, hatte eine der Schwestern aus dem Heim sie mit ins Kino genommen, und sie hatten sich *Die roten Schuhe* angesehen. Felicity beschloß auf der Stelle, Ballerina zu werden. Sie lebte nur fürs Tanzen, nahm jeden Job an, um die Stunden bezahlen zu können, und als alles andere schiefging, stellte sie sich Schritte vor und tanzte sie im Kopf.
»Seit wann bist du in New York?«
»Seit drei Jahren«, schniefte sie.
»Vielleicht solltest du wieder nach Hause zurück«, schlug er behutsam vor. »Hier allein zu sein ist ziemlich schrecklich.«
»Ins Waisenhaus von Saint Louis?« fragte die Dreiundzwanzigjährige unter Tränen. »Wohl kaum.«
»Komm mit«, sagte Mitch.
»Ich habe meine Eltern nie kennengelernt«, berichtete Felicity Ione. »Im Waisenhaus haben sie mich Felicity genannt, von ›Glück‹, und Gravois nach der Straße, wo sie mich gefunden haben. Ich dachte mir, bei dem Namen bleibt mir gar nichts anderes übrig, als berühmt zu werden.«
Jenna Bell traf mit einem Brief von Iones Mutter bei Ione ein, nachdem sie in Alliance, Ohio, die High-School abgeschlossen hatte.
»Sie ist die Tochter unseres neuen Pfarrers«, hatte Mrs. Meecham geschrieben. »Sie hat es sich in den Kopf gesetzt, Kleider zu entwerfen, um ihren Lebensunterhalt zu verdienen, und ihre Eltern davon überzeugt, daß sie dazu in New York leben muß. Wir würden alle ruhiger schlafen, wenn Du ein Auge auf sie hast, da Du doch Lehrerin bist und so.«

»Ich bin frei!« hatte Jenna an jenem Abend in der Sullivan Street gerufen und war im Zimmer herumgewirbelt, daß ihre karottenroten Locken nur so flogen. »Du kannst dir nicht vorstellen, wie es ist, aus einer Familie zu stammen, die seit vier Generationen Pfarrer hervorbringt – und dann noch rote Haare zu haben.«

Ione war dem Mädchen dabei behilflich, eine Stelle als Näherin in der Seventh Avenue zu finden, und sorgte dafür, daß es sich an der Cooper Union anmelden konnte.

Dann kam Kevin dazu, und mit ihm war die Gruppe vollständig. Je nachdem, wer gerade noch eine Unterkunft brauchte, tummelten sich statt der üblichen fünf zehn Leute in der Dreizimmerwohnung. Karen lernte die fünf im September über Ethan kennen, der bis kurz vor Thanksgiving bei ihnen gewohnt hatte. Als er eingezogen wurde, brachten sie ihn alle zusammen zu einer Straßenecke in der Nähe des Battery Park, der ersten Etappe seiner Fluchtstrecke nach Kanada.

Diese Leute strahlten eine wunderbare Lässigkeit aus, und Karen verbrachte bald soviel Zeit wie möglich mit ihnen. Das Geheimnis ihres Zusammenlebens bestand darin, daß sie einander so viel Respekt entgegenbrachten, wie Karen es noch nirgendwo erlebt hatte. Es gab keine Rivalitäten und Eifersüchteleien zwischen ihnen. Keiner besaß etwas, was der andere gerne gehabt hätte, da sie alles teilten – Geld und Kleidung, ihre Fähigkeiten und sogar ihre Körper.

Karen wußte, daß Mitch mit Ione und manchmal auch mit Felicity, Kevin mit Felicity und gelegentlich mit Jenna schlief und daß Jenna jede Woche einige Abende mit John verbrachte, einem Bildhauer, der in einem der Studios zwei Etagen höher wohnte. Der Boden im Schlafzimmer war wie in Demelzas Loft mit Matratzen bedeckt, und wer dort schlafen wollte, war immer willkommen.

Früher hätte Karen vor solchen Verhältnissen Reißaus genommen, doch sie hatte sich ziemlich verändert. Sie wußte, daß das viel mit der gelassenen Lebenshaltung dieser Menschen zu tun hatte und mit der Ruhe, mit der sie die Grenzen der anderen respektierten. Nie übten sie Druck aus. Niemand drängte Karen zu etwas. Sie nahmen sie in ihre Gemeinschaft auf und akzeptierten sie, wie sie war. Sie gehörte zur Familie, legte die Regeln selbst fest, und alles andere war unwichtig. Niemand stellte ihre Regeln je in Frage.

Arlene hatte eine Beziehung mit einem Orthopäden von ihrer Klinik angefangen und kam abends häufig nicht nach Hause. Karen hatte es sich deshalb angewöhnt, jede Woche ein paar Abende in der Sullivan Street zu verbringen. Die Frauen kochten, die Männer drehten Joints, und dann trafen sich alle, um die Früchte ihrer Arbeit zu genießen. Wenn es spät wurde und Karen sich besonders locker und gelöst fühlte, nahm sie sich einfach eine Decke und schlief auf einer der Matratzen. Alle ließen sie in Ruhe.

Der Garten Eden war Karens Idee gewesen. Sie war ihr gekommen, als sie Silvester feierten. Sie hatten die Haushaltskasse geplündert und sich eine recht anständige Flasche Sekt gegönnt. Karen spürte den Alkohol sofort in den Beinen. Sie hatte auch schon Gras geraucht und fühlte sich so wohl, daß ihr die Dreizimmerwohnung im gammligen Zentrum von Greenwich Village wie der siebte Himmel vorkam.

»Ich liebe euch alle«, sagte sie, als sie an der Reihe war, einen Toast auf das neue Jahr auszubringen. »Ihr habt mich aufgenommen und mir von Anfang an das Gefühl gegeben, daß ich zu euch gehöre, und ihr habt nie etwas dafür haben wollen. Ihr habt mir Essen, Lebensmut und einen Zufluchtsort gegeben, und dann habt ihr abgewartet, wie ich mich entwickeln würde. Ich möchte euch ganz herzlich dafür danken, und ich wünsche euch allen für 1970 so viel Lebensfreude, wie ihr mir im alten Jahr gegeben habt. Wenn das hier ein Garten wäre, dann wärt ihr alle prachtvolle Blumen.«

Das war ihre längste Rede seit sieben Jahren.

»Wie schön du das gesagt hast«, rief Ione und kam zu ihr, um sie zu umarmen.

»Eine wunderschöne Idee«, fand Mitch. Er blickte sich in dem Gemeinschaftszimmer um, dann erschien ein breites Lächeln auf seinem Gesicht. »Es würde bestimmt gehen.«

»Was würde gehen?« fragte Felicity.

»Na, aus dieser Bruchbude hier einen Garten zu machen ... den Garten Eden«, antwortete er. »Ich könnte die Skizzen an der Wand entwerfen und billige Farbe organisieren. Es müßten nur alle mit anpacken.«

»In unserem Mietvertrag steht nichts davon, daß wir uns hier als Michelangelos betätigen sollen«, protestierte Ione.

Doch der Künstler war ganz in seinem Element. »Der Vermieter wird es toll finden, wenn es erst fertig ist. Schließlich kriegt er eine Wertanlage umsonst – einen echten Mitchell Rankin.«

»Ist was dran«, sagte Kevin. »Man könnte die alte Bude wirklich ein bißchen aufmöbeln.«

»Ich kann neue Vorhänge und Kissen machen«, erbot sich Jenna.

»Ich schätze, ich kann schon mit 'nem Pinsel umgehen«, meinte Felicity.

»Dann ist doch alles klar«, rief Mitch aus. »Morgen früh mach ich ein paar Entwürfe.« Er strahlte in die Runde. »Das wird mein erstes Meisterwerk.«

Und soweit Karen das beurteilen konnte, war es tatsächlich eines geworden.

Mitch hatte einen wahrhaft üppigen Garten Eden entworfen, der eher an Tahiti als an die Bibel erinnerte. An den Wänden des Gemeinschaftszimmers gedieh jetzt saftiger grüner Rasen, auf dem sich neugierige kleine Wesen tummelten, wilde Blumen rankten sich zur Decke empor, leuchtend bunte Stauden, aus denen Hibiskusstengel und Strelitzien herausragten, umrandeten das Bild.
Im Schlafzimmer schwammen Fische in kristallklarem Wasser umher, und die Küche zierten blühende Ranken, ein in grellen Farben schimmernder Papagei und eine Eule mit riesigen Augen, die durch die Äste eines Jakarandabaums spähte. Den Rand des Wandgemäldes gaben Obstbäume voller Pfirsiche, Birnen und Orangen ab. Vom blühenden Ast eines Apfelbaums grinste eine Schlange herab. Eine dicke gelbe Sonne nahm eine ganze Ecke der Decke ein, in einer anderen Ecke trieben Iones Wolken an einem strahlend blauen Himmel dahin. Mitch arbeitete zusätzlich mit einem gezackten Spachtel, den er immer bei seiner Malerei einsetzte; das ließ die Bilder dreidimensional und bewegt wirken.
Sie malten bis zehn Uhr und aßen dann zu Abend. Danach saßen sie zusammen, rauchten ein paar Joints und begutachteten ihr Werk.
Am zweiten Sonntag im Februar wurden die Gemälde fertig, an Karens achtundzwanzigstem Geburtstag.
»Da haben wir zwei Sachen zu feiern«, sagte Ione und tat einen tiefen Griff in die Haushaltskasse, um Steaks und eine vernünftige Flasche Bordeaux zu erstehen.
Kevin besorgte gutes Gras, Felicity backte sogar einen Kuchen, und Karen fand eine Ausrede, um nicht nach Great Neck fahren zu müssen. Nachdem sie gegessen und getrunken und gratuliert hatten, förderte Kevin seine Pfeife zutage und ließ sie kreisen. Dann machten sie die Lampen aus,

spazierten durch die Wohnung und betrachteten ihr Kunstwerk bei Kerzenlicht. Noch nie hatte Karen sich so geborgen, so gelöst und entspannt gefühlt.
»Wäre das toll, wenn die Wirklichkeit auch so aussähe«, seufzte Kevin. Er machte in diesem Semester seinen Abschluß in Philosophie.
»Das Leben verläuft einfach nicht so, wie man es sich vorstellt«, meinte Felicity versonnen. »Ich hab geglaubt, mit zwanzig tanze ich am Broadway. Dann war ich plötzlich fünfundzwanzig, dann dreißig. Jetzt frag ich mich, wie es mit fünfunddreißig aussehen wird.«
Jenna kicherte. »Ich hätte nie geglaubt, daß ich wirklich in New York Modedesign studieren würde. Aber bis in fünf Jahren will ich meine eigene Marke haben und in den teuersten Läden der Stadt verkauft werden.«
Ione streckte sich wie eine Katze. »Ich will ein gesundes Kind haben, das reicht mir schon.«
»In fünf Jahren hängen meine Bilder im Museum of Modern Art«, verkündete Mitch. »Oder zumindest im Guggenheim.«
»Ich will bloß meinen Abschluß und dann weiterleben«, erklärte Kevin. »Nixon soll also nur sein verdammtes Wahlversprechen einhalten und uns aus Vietnam rausholen.«
Alle wandten sich Karen zu, die nur Pläne für ein Leben hatte, das für immer hinter ihr lag.
»Und wo willst du in fünf Jahren sein?« fragte Ione.
Karen schloß die Augen und schaute in die Zukunft. Doch sie blickte ins Leere. Es gab nichts zu sehen, stellte sie bestürzt fest, denn sie hatte nicht einmal eine Ahnung, wo sie in fünf *Tagen* sein wollte, geschweige denn in fünf Jahren.

TEIL IV

1971

Das Böse tut sich leicht
und tritt
in mannigfacher Form auf.

Blaise Pascal

1

Der Mai konnte der wunderbarste Monat in San Francisco sein. Die Winterregen blieben aus, der Sommernebel hielt sich noch fern, das Thermometer kletterte auf über zwanzig Grad, die Luft roch frisch und rein, die Sonne glitzerte über der Bai, und die Menschen hatten ein Lächeln auf dem Gesicht. Die Touristen schenkten diesem Monat häufig keine Beachtung, was den dort Ansässigen sehr recht war; so blieb die Pracht dieser Tage ein sorgfältig gehütetes Geheimnis.

An einem Dienstag Anfang Mai, einem dieser wunderschönen Tage, widmete sich Elizabeth Willmont ihrem Lieblingszeitvertreib – einkaufen. Es geschah selten, daß ein Treffen des Komitees in letzter Minute abgesagt wurde, so daß Elizabeth plötzlich zu einem freien Tag kam. Sie hatte sofort ihren Mann überredet, sie zum Mittagessen auszuführen, und danach bummelte sie zum Union Square.

Jedermann wußte, daß Elizabeth eine Schwäche fürs Geldausgeben hatte, was bei ihrer Modigliani-Figur und ihrem üppigen Bankkonto nicht weiter verwunderlich war. Als Sproß eines Millionärs aus Colorado und einer französischen Schönheit bereitete der jungen Dame der guten Gesellschaft kaum etwas mehr Freude, als durch die Läden zu streifen, allerlei anzuprobieren und sich dann zu entscheiden, was ihr zusagte und was nicht in Frage kam.

Am frühen Nachmittag hatte sie drei Kleider, zwei Kostüme und eine ganze Menge Accessoires erstanden. Normalerweise hätte in dieser Situation ein zufriedenes Lächeln ihr hübsches Gesicht erhellt, doch als sie aus der Maison Mendessolle trat, dem Luxussalon im St.-Francis-Hotel, und in die Post Street einbog, runzelte sie statt dessen beunruhigt die Stirn. Nachdem sie einige Schritte gegangen war, blieb Elizabeth stehen, als ob etwas in einem Schaufenster ihre Aufmerksamkeit erregt hätte. Sie warf jedoch einen raschen Blick auf die Spiegelung der Gestalt hinter ihr. Das Mädchen mit dem roten Mantel war immer noch da.

Elizabeth seufzte. Das erstemal war sie ihr in der Porzellanabteilung bei Macy's aufgefallen. Sie war ein dünnes Ding mit kraftlosem Haar, groben braunen Augen und roten Flecken im Gesicht, das sich kein bißchen für Lenox oder Minton interessierte und in dem schweren Mantel bestimmt vor Hitze fast umkam.

Dann tauchte sie in der Schuhabteilung bei Magnin's wieder auf, wo Elizabeth sich Seidenpumps kaufte. Und während Elizabeth sich in der Maison Mendessolle ein Abendkleid für einen Wohltätigkeitsball aussuchte, den sie zusammen mit anderen organisierte, stand das Mädchen auch dort herum und wirkte furchtbar fehl am Platz, ließ sich aber nicht vergraulen.

Sie kam nie so nahe heran, daß man sie hätte ansprechen können, obwohl sie eindeutig irgendeine Absicht verfolgte. Doch sie ließ Elizabeth auch nie aus den Augen. Und in diesem absurden roten Mantel fiel sie natürlich überall auf. Auch der Verkäuferin entging sie nicht.

»Diese Person dort drüben, Mrs. Willmont«, flüsterte sie, »kennen Sie sie?«

Elizabeth blickte beiläufig über die Schulter. »Nein, nicht daß ich wüßte.«

»Nun, sie ist ganz bestimmt keine Kundin von uns, und sie starrt Sie unentwegt an.«

Elizabeth zuckte gleichgültig mit den Schultern. Man sprach möglichst wenig mit Personal. Eine unvorsichtige Bemerkung, und plötzlich verbreitete sich ein Gerücht wie ein Buschfeuer und richtete in den erlesenen sozialen Kreisen, in denen die Willmonts sich bewegten, Unheil an. Aber das Mädchen störte sie. Elizabeth wünschte sich, sie würde loswerden, was sie loswerden wollte, und dann verschwinden.

Nicht daß Elizabeth es nicht gewohnt gewesen wäre, daß man sie anstarrte. Sie war eine der schönsten und elegantesten jungen Damen der guten Gesellschaft von San Francisco, und seit Robert sie vor dreieinhalb Jahren als seine Ehefrau nach Kalifornien gebracht hatte, war sie ohne Unterlaß fotografiert und interviewt, nachgeahmt und beneidet worden.

Doch das Auge der Öffentlichkeit hatte auch zuvor schon auf ihr geruht. Sie war schließlich die einzige Tochter von Archer und Denise Avery aus Denver. Ihr Vater war Besitzer von Avery Industries, und ihre Familie war dort so einflußreich wie die Draytons in San Francisco.

Elizabeth hatte das rote Haar, die schräg stehenden grünen Augen, die feinen Gesichtszüge und die einnehmende Art ihrer eleganten französischen Mutter geerbt, und so war sie fraglos 1963 die großartigste Debütantin, die den Maßstab für alle kommenden Generationen setzte. Als der Ball vorbei war, hatte sie nicht weniger als sechs Heiratsanträge bekommen. Sie lehnte sie jedoch alle ab und entschied sich statt dessen für ein vierjähriges Studium in Aspen und dann für einen gutaussehenden jungen Anwalt aus Kalifornien, den sie in Aspen kennengelernt hatte.

Bei Elizabeth war es Liebe auf den ersten Blick. Sie hatte

einen Skistock verloren und hielt sich nur noch mit Mühe auf der Piste, als er ihr zu Hilfe kam.
»Ich glaube, der gehört Ihnen«, sagte er, ohne eine Miene zu verziehen, und hielt ihr den eigensinnigen Bambusstock hin.
»Ach du liebe Güte!« rief sie aus und warf ihr rotes Haar zurück, »ich habe nicht mal gemerkt, daß er weg war.«
»Gut gehalten«, erwiderte er laut lachend und mit einem anerkennenden Zwinkern.
Nach einem Blick in seine unglaublich leuchtenden blauen Augen war es um sie geschehen. Als sie nach Vassar zurückgekehrt war, brachte sie einige nervöse Wochen zu, in denen sie sich daran erinnerte, wie gut er in seiner Skimontur ausgesehen hatte, wie braun seine Haut gewesen war, was für einen sinnlichen Mund er hatte und wie es sich angefühlt hatte, als er ihre Hand hielt; dann rief er endlich an.
Ihre Romanze auf Distanz bestand aus blumigen Briefen, gigantischen Telefonrechnungen und drei Besuchen im überladenen Haus der Averys im alten Zentrum von Denver, bei denen man sie nicht aus den Augen ließ.
»Meine Familie ist furchtbar altmodisch«, sagte sie kichernd, als es ihnen bei Roberts drittem Besuch, der in den Frühjahrsferien während ihres letzten Studienjahrs in Vassar stattfand, nicht einmal gelang, zwei Minuten unbeobachtet zu sein. »Ich hoffe, es macht dir nichts aus.«
»Natürlich macht es mir was aus«, murrte er, weil er das Katz-und-Maus-Spiel, zu dem man ihn hier zwang, nicht gewohnt war. »Ich muß dich wohl heiraten, damit ich mit dir allein sein kann.«
Das war nicht gerade ein Heiratsantrag, wie ihn sich Elizabeth als junges Mädchen erträumt hatte, aber es spielte keine große Rolle. Während seines restlichen Aufenthalts schwebte sie ein paar Zentimeter über dem Erdboden.

»Ich würde doch gerne was über Ihre Aussichten wissen, junger Mann«, erklärte Archer Avery, als seine Tochter um seinen Segen bat.
Diese Szene blieb Elizabeth für immer im Gedächtnis haften. Robert saß im Studierzimmer ihres Vaters, strahlte genau die richtige Mischung aus Selbstbewußtsein und Respekt aus und blickte dem ehrfurchtgebietenden Familienoberhaupt direkt in die Augen. Die wenigsten jungen Männer, die bislang um sie geworben hatten, waren so mutig oder so dumm gewesen, das zu wagen.
»Ich bin bei Sutton, Wells, Willmont und Spaulding, Sir«, sagte er ruhig. »Ich glaube, Sie kennen Jonah Spaulding.«
Der ältere Mann nickte.
»Mein Vater war Sozius dieser Kanzlei, bevor er starb«, fuhr Robert fort, »und ich habe guten Grund zu der Annahme, daß man mich ebenfalls als Sozius haben möchte, wenn die Zeit dafür gekommen ist.«
»Sie werden Elizabeth mit nach San Francisco nehmen wollen?«
»Ja, selbstverständlich«, antwortete Robert. »Ich bin sicher, daß sie sich dort wohl fühlen wird. Es hat viel Ähnlichkeit mit Denver. Aber wir werden wahrscheinlich nicht für immer dort leben. Sehen Sie, Sir, wenn ich mir einen Ruf als Anwalt gemacht habe, beabsichtige ich, in die Politik zu gehen.«
Elizabeth horchte auf. Von seinen politischen Ambitionen hatte Robert nie etwas erwähnt.
»Die Politik?« Archer richtete sich auf.
»Ich bin ein Drayton«, erklärte Robert. »Für uns Draytons ist es Familientradition zu geben. Meine Vorfahren haben Parks anlegen lassen, Museen eingerichtet und Schulen gestiftet. Einer hat die Drayton-Stiftung begründet, die Stipendien vergibt und sich auch anderen wohltätigen Aufgaben

widmet. Einige waren Richter, andere legten Brücken und Eisenbahnstrecken an. Einer hat sogar die Suppenküchen während der Depression unterstützt. Jeder hat seine Form gefunden. Ich habe mich für die Politik entschieden.«

Archer murrte etwas vor sich hin, blickte finster und rutschte ungeduldig in seinem Sessel hin und her. Er war ein Bulle von einem Mann und machte normalerweise keinen Hehl aus seinen Gefühlen, aber er hatte seiner Tochter noch nie etwas abgeschlagen.

»Tja, junger Mann, ich muß Ihnen sagen«, polterte er schließlich, »das gefällt mir gar nicht. Ganz und gar nicht.«

»Ich weiß, daß Politik in einigen Kreisen als schmutziges Geschäft gilt«, erwiderte Robert rasch. »Wo ich herkomme, war es jedenfalls so. Aber die Zeiten ändern sich, und ich bin davon überzeugt, daß sich auch die Haltung der Regierung ändern muß, wenn wir die Stabilität in diesem Land bewahren wollen. Und das bedeutet, daß einige von uns, unter welchen Vorbehalten auch immer, ihren Teil dazu beitragen müssen.«

Archer faltete die Hände vor der Brust und blinzelte dem Anwalt ihm gegenüber zu. »Und wie groß soll Ihr Teil sein, wenn ich fragen darf?«

Robert gestattete es sich, einen Moment überrascht zu wirken. Dann grinste er.

»Nun, ich will natürlich ins Weiße Haus«, antwortete er.

Ihre Verlobung wurde in der Woche danach bekanntgegeben, und auf den Tag genau drei Monate nach Elizabeths Graduierung in Vassar heirateten Robert und sie in der St. John's Cathedral. Danach gab es einen großen Empfang für zwölfhundert Leute im Denver Country Club, den die *Post* später als eines der herausragenden gesellschaftlichen Ereignisse des Jahrzehnts bezeichnete.

Die jungen Willmonts verbrachten ihre Flitterwochen in Südfrankreich in einer Villa, die einem von Elizabeths französischen Cousins gehörte. Sie schwammen im Mittelmeer und streiften durch die malerischen kleinen Dörfer an der Côte d'Azur, doch die meiste Zeit verbrachten sie zwischen den Laken des riesigen schmiedeeisernen Bettes, das für ihre Lust wie geschaffen war. Das Personal in der Villa hatte mehrmals am Tag die Bettwäsche zu wechseln.

Elizabeth genoß jeden einzelnen Moment. Von Anfang an gelang es Robert, in ihr solche Ekstasen des Verlangens auszulösen, daß sie nach ihren gemeinsamen Höhepunkten lachte und weinte und um mehr bettelte – um so viel mehr, wie sie es nicht einmal nach den unverblümten Schilderungen ihrer französischen Mutter erwartet hatte. Sie war auf eine Gewöhnungsphase vorbereitet gewesen, in der sie ihre Körper und ihre Neigungen und Abneigungen erforschen würden, doch das schien überflüssig zu sein. Robert wußte genau, was ihr gefiel.

»Da du jetzt sozusagen die Früchte ernten kannst«, neckte Elizabeth ihren Mann eines Morgens, »hoffe ich doch, daß ich all das schreckliche Anstandsgetue wert war.«

Doch er murrte nur und zog sie wieder an sich. Robert war sexuell unersättlich. Er streichelte sie ungeniert mitten in einem Restaurant, flüsterte ihr im Konzert Liebkosungen ins Ohr, lotste sie von einer Cocktailparty weg, die entfernte Verwandte zu ihren Ehren gaben. Er dachte sich nichts dabei, jegliche Tätigkeit sofort abzubrechen, wenn ihn die Lust packte.

Elizabeth verweigerte sich nie. Sie stellte vielmehr fest, daß sie nicht minder begierig war wie er. Doch Robert war ein schwerer, kräftiger Mann, der recht grob sein konnte, wenn er sich der Leidenschaft hingab, und Elizabeth wußte nicht, wie sie mit dieser Intensität umgehen sollte. Nach kurzer

Zeit war sie äußerlich gelb und blau und innerlich ziemlich wund.

»Schatz, meinst du, wir könnten mal einen Tag oder so aussetzen?« fragte sie eines Nachmittags, als Robert drängte, einen Einkaufsbummel nach St. Tropez ausfallen zu lassen.

»Was soll das heißen?«

»Nun, wie du wohl weißt, bin ich so viel ... Aktivität nicht gewöhnt« – sie kicherte verschämt –, »und ich bin wohl innen sehr empfindlich, weil, na ja, es tut jetzt jedesmal ziemlich weh, wenn wir ... du weißt schon.«

»Blödsinn!« fuhr ihr Mann auf. »Wir sind in den Flitterwochen! Und was zum Teufel machen die Leute da wohl?«

»Es ist bestimmt in ein, zwei Tagen wieder gut«, entgegnete sie, erschrocken über seinen Ausbruch.

Er stampfte trotzig mit dem Fuß auf. »Und ich habe geheiratet, damit ich kann, wann immer ich will.«

»Na, ich hoffe doch, das war nicht der einzige Grund«, sagte sie und warf ihr rotes Haar zurück.

»Die ganze Zeit mußte ich auf dich warten«, murrte er. »Ich habe noch nie so lange auf jemanden warten müssen, aber bei dir hab ich's getan. Jetzt sind wir kaum eine Woche verheiratet, und du ziehst schon die alte Kopfschmerznummer ab.«

»Ich rede nicht von Kopfschmerzen«, widersprach sie, »und es ist nicht auf Dauer. Je früher wir aussetzen, desto früher können wir wieder loslegen.« Sie zwinkerte ihm zu. »Vielleicht kann ich dich in der Zwischenzeit anderweitig entschädigen.«

Robert sah sie überrascht an. »Das klingt schon besser«, sagte er und packte sie am Arm. »Gehen wir. Ich bin sehr neugierig, was du so im Sinn hast.«

Was sie im Sinn gehabt hatte – Abendessen auf der Terras-

se, eine Flasche Champagner, ein langes entspannendes Bad und eine Rückenmassage –, entsprach jedoch überhaupt nicht seinen Vorstellungen.
»Das klingt schrecklich«, protestierte sie, als er ihr erklärte, was ihm vorschwebte.
»Du kannst doch etwas nicht beurteilen, bevor du's nicht probiert hast«, erwiderte er und drückte sie an sich. »Die meisten Frauen, die ich kenne, finden es scharf.«
Die meisten Frauen in Roberts Kreisen waren elegant, kultiviert und älter als sie, und er hatte Elizabeth ihnen allen vorgezogen. Dennoch wollte sie ihnen nicht nachstehen.
»Also gut«, sagte sie mit einem ergebenen Seufzer. Er war schließlich jetzt ihr Mann, und zwischen Eheleuten war alles erlaubt. Außerdem hatte sie gelobt, gehorsam zu sein.
Elizabeth mußte zugeben, daß es ziemlich aufregend war, was er mit ihr machte, und sie hatte drei Orgasmen nacheinander und überlegte sich gerade, daß sie den anderen Frauen wohl zustimmen würde, als er sich auf den Rücken rollte und sie zu sich heranzog. Die Ekstase wandelte sich im Handumdrehen in Ekel.
»Ich weiß nicht, wie man das macht«, murmelte sie und hoffte, er würde eine Alternative vorschlagen.
Doch statt dessen gab er ihr genaue Anweisungen und hielt ihren Kopf fest, damit sie sich nicht entziehen konnte.
»Ich habe keine Klagen gehört, als ich es dir dreimal gemacht habe«, erinnerte er sie. »Jetzt zeig mal, was du für mich tun kannst.«
Würgend und spuckend tat sie ihr Bestes, doch sie fand das Erlebnis so abscheulich, daß sie gleich am nächsten Morgen in die Stadt verschwand und Salbe kaufte.
»Schade«, murmelte er, als sie die Zähne zusammenbiß und

ihm mitteilte, daß sie nicht mehr wund sei, »ich mag es gern auf die andere Art.«
Nach einem Monat kehrten sie zurück und zogen in das Haus in der Jackson Street, in dem Robert geboren war. Amanda Willmont bestand darauf, daß es für sie allein zu groß war. »Mir fällt die Decke auf den Kopf, und das muß einfach nicht sein«, erklärte sie. »Ihr nehmt das Haus, und ich ziehe in eine kleine Wohnung in der Nähe.«
Doch davon wollte Robert nichts hören.
»Du lebst seit über dreißig Jahren in diesem Haus«, sagte er, »und keiner wird dich daraus vertreiben. Wir werden alle drei hier wohnen.«
»Meinst du nicht, du solltest Elizabeth zuerst fragen, bevor du so eine Entscheidung triffst?« wandte Amanda ein, wobei sie versuchte, nicht allzu erfreut zu wirken.
»Elizabeth wird tun, was ich sage«, antwortete er. »Außerdem ist sie ein konservatives Mädchen, und Familie bedeutet ihr viel. Sie wird die Idee bestimmt gut finden.«
Elizabeth fand die Idee schrecklich.
»Ich mag deine Mutter ja gerne«, erklärte sie, »doch ich bin der Meinung, wir sollten für uns sein können.«
»Aber das wird so sein«, versicherte er ihr. »Meine Mutter ist eine alte Dame, sie verläßt ihr Zimmer kaum mehr. Außerdem ist es ein großartiges Haus. Etwas so Luxuriöses könnte ich dir sonst nicht bieten.«
»Es würde mir nichts ausmachen, mit etwas Kleinerem anzufangen«, erwiderte sie.
»Ja, sicher«, stimmte er ihr mit einem gereizten Seufzer zu, »mir auch nicht, wenn uns keine andere Wahl bliebe. Doch wir haben nun mal diese Möglichkeit, warum sollen wir sie dann nicht nutzen?«
»Ich weiß, es ist dumm von mir«, sagte Elizabeth störrisch, »aber ich finde, junge Ehepaare sollten allein leben.«

»Ich möchte eigentlich nicht, daß wir unsere Entscheidung davon abhängig machen«, schlug er eine andere Taktik ein, »doch es ist einfach so, daß ich mich um Mutter sorge. Es geht ihr nicht gut, und sie wird zunehmend schwächer. Ich glaube, daß sie nicht mehr lange leben wird, und ich möchte nicht, daß sie allein bleibt. Ich hätte einfach ein schlechtes Gefühl, wenn wir es uns gutgehen ließen, und es würde ihr etwas Schreckliches zustoßen, und ich wäre nicht da. Ich bin ihr einziges Kind, weißt du. Sie hat nur mich.«

Elizabeths grüne Augen waren plötzlich voller Mitgefühl, und sie legte ihre Hand auf die seine.

»Natürlich«, sagte sie. »Und verzeih mir, daß ich so egoistisch war. Ich wußte nicht, daß sie so schlecht dran ist. Natürlich kannst du sie nicht allein lassen, das verstehe ich vollkommen, und ich finde es schön, daß du so zu deiner Mutter hältst. Selbstverständlich ziehen wir bei ihr ein. Sie soll glücklich sein in ihren letzten Tagen.«

Robert strahlte. »Du wirst schon sehen«, meinte er, »alles wird bestens sein.«

Nachdem ein Monat in ihrem neuen Zuhause auf den Höhen von Pacific Heights vergangen war, hatte Elizabeth zweierlei begriffen. Zum einen, daß San Francisco keinerlei Ähnlichkeit mit Denver hatte, und zum anderen, daß Amanda Drayton Willmont sie vermutlich alle überleben würde.

Sie hatte eine Weile gebraucht, bis sie sich an die Stadt gewöhnt hatte. Regen war ein armseliger Ersatz für jemanden, der Winter mit knirschendem weißem Schnee gewohnt war. Auf jemanden, der immer hohe Berge vor Augen hatte, wirkte der endlos weite Pazifik beunruhigend. Für jemanden, der im flachen Denver aufgewachsen war, waren die Schrägen und Höhen der Straßen von San Francisco ein Schock.

Die Heirat mit einem Drayton verschaffte ihr eine gesellschaftliche Position in der Stadt – nicht aber Beliebtheit. Darum mußte sie sich selbst bemühen. Man lud sie in die richtigen Clubs und zu den richtigen Komitees ein, bat sie um ihre Unterstützung für die richtigen Organisationen. Treffen zum Mittagessen, Partys und Wohltätigkeitsveranstaltungen nahmen kein Ende. Sie rannte von einem Termin zum nächsten, und ihr schwirrte der Kopf.

Sie sagte alles zu, weil ihr nicht klar war, daß sie ablehnen konnte. Bald avancierte der Salon in der Jackson Street zum Haupttreffpunkt der »Wohltäter«, wie Robert sie scherzhaft betitelte, und von morgens bis abends traf man dort auf geschäftige Damen der guten Gesellschaft von San Francisco.

Amanda war außer sich.

»Mein Haus zu einem Versammlungsort zu machen«, schimpfte sie immer wieder. »So hab ich mir das nicht vorgestellt, als ich euch eingeladen habe, hier zu wohnen.«

»Es tut mir wirklich leid, daß sie dich stören«, erwiderte ihre Schwiegertochter und biß sich auf die Zunge. »Aber es geht um so wichtige Themen.«

Es mochte an ihrer Jugend und ihrem Eifer liegen, daß Elizabeth bald zum Liebling der elitären Kreise wurde, und an ihrem wilden Haar und ihrer klassischen Schönheit, daß auch die Medien sie zum Lieblingsobjekt erkoren. Fotografen überschlugen sich beinahe, um ein Bild von ihr zu machen. Fernsehkameras spürten sie sogar in großen Menschenmengen auf. Obwohl sie selten Weltbewegendes äußerte, wurde sie von Reportern belagert, die sie um ihre Meinung zu allem von der Haute Couture bis zu Haight-Ashbury baten.

Von ihrer Mutter hatte sie den Pariser Schick mitbekommen, von ihrem Vater die Großzügigkeit, und sie selbst verfügte über eine unerschöpfliche Energie, was das Einkaufen betraf. Das Ergebnis dieser Eigenschaften war eine exquisite Garderobe, in der sich für jeden Anlaß eine passende Aufmachung finden ließ.

»Hat dein Vater die Aktienmehrheit bei Magnin's?« schimpfte Robert, als er die Rechnungen sah.

»Es ist mein Geld«, rief sie ihm in Erinnerung. »Und du möchtest doch bestimmt, daß ich so gut wie möglich aussehe.«

»Du bist jetzt eine Drayton«, schnauzte er sie an, »und die Draytons stellen ihren Reichtum nicht zur Schau.«

Elizabeth lächelte ihn zuckersüß an. »Ich stelle nur zur Schau, daß ich die Frau eines sehr erfolgreichen Anwalts bin, der eines Tages Präsident der Vereinigten Staaten sein wird. Aber wenn du das unpassend findest, spende ich gerne all meine Kleider einer Wohlfahrtsorganisation deiner Wahl und trage zur Weihnachtsfeier deiner Firma nächste Woche Sackleinen.«

»Gibt es keinen Kompromiß?« murrte er.

Immer ganz der Politiker, dachte sie amüsiert. »Na klar«, sagte sie und blickte unmißverständlich auf seinen Sechshundert-Dollar-Anzug. »*Du* trägst Sackleinen.«

Robert verlor nie wieder ein Wort über ihre Garderobe, und Elizabeth gab weiterhin bei den jungen Damen in der Weltstadt an der Bai in puncto Mode den Ton an. Die reicheren unter ihnen versuchten sie nachzuahmen, die weniger reichen beneideten sie, Junggesellen und Ehemänner bemühten sich erfolglos, sie zu kompromittieren.

Als Elizabeth Avery ein Jahr Mrs. Robert Drayton Willmont war, galt sie als großer gesellschaftlicher Erfolg. Sie trug als erste einen Minirock, gab als letzte die Hüte auf, gehörte zu den wenigen, die sich nicht um die Gefahren von Plateausohlen scherten, und als sie zur Eröffnung der Opernsaison in einem schwarzen Satinhosenanzug erschien, verstummten alle Gespräche.

Am Anfang des zweiten Jahres ihrer Ehe wurde Elizabeth schwanger, hatte jedoch in der zehnten Woche eine Fehlgeburt. Sie war verzweifelt, obwohl die Ärzte ihr mitteilten, daß das häufiger vorkam und keinesfalls bedeutete, daß sie keine Kinder haben könne.

Ende des Sommers erwartete sie erneut ein Kind. Weil sie eine weitere Tragödie fürchtete, reduzierte Elizabeth ihre sozialen Verpflichtungen auf ein Minimum und hütete häufig das Bett. Doch ihre Bemühungen waren vergebens, sie verlor das Kind wieder, diesmal im fünften Monat, und wäre um ein Haar selbst gestorben.

Jetzt nahmen die Ärzte die Situation nicht mehr auf die leichte Schulter. Sie rieten Elizabeth, ein Jahr lang keine weitere Schwangerschaft zu riskieren, und schlugen viel Ruhe, vielleicht sogar einen Ortswechsel vor. Dem jungen Paar empfahlen sie, drei Monate auf Geschlechtsverkehr zu verzichten und danach sehr behutsam zu sein.

Sie hatte damit gerechnet, daß ihr Mann explodieren würde, doch überraschenderweise hörte er sich ihre Eröffnung schweigend an.

»Wir können diese andere Sache machen, die du so gerne magst«, bot sie ihm an, weil sie sich schuldig fühlte.

»Ja, sicher«, erwiderte er gleichgültig.

Doch sie bemerkte, daß er abends länger aufblieb und häufig erst ins Bett kam, nachdem sie schon eingeschlafen war. Wenn sie manchmal nach ihm suchte, fand sie ihn in der Bibliothek, wo er über seinen Akten eingenickt war, eine halbleere Flasche Scotch neben sich.

Elizabeth fuhr bedrückt nach Denver. Ihre Eltern und ihre drei Brüder bereiteten ihr einen liebevollen Empfang und umsorgten sie, als wäre sie ein Staatsgast.

Sie genoß es, in Denver zu sein, doch sie vermißte Robert mehr, als sie es für möglich gehalten hätte. Wieder zu Hause, stellte sie fest, daß er in das angrenzende Schlafzimmer gezogen war.
»Ich kann einfach nicht neben dir schlafen und nicht ... ach, du weißt schon«, erklärte er.
»Das verstehe ich«, sagte sie, obwohl es nicht stimmte.
»Also habe ich mir gedacht, bis die Ärzte es uns wieder erlauben, ist es so einfacher für uns beide.«
Aus den Wochen wurden Monate, aus den Monaten fast ein Jahr. Nachdem von den Ärzten die Entwarnung gekommen war, gaben sich die Willmonts wieder der körperlichen Liebe hin, wenn auch vorsichtig, doch Robert schlief weiter in dem anderen Schlafzimmer. Mit der Zeit stellten sich bestimmte Gewohnheiten ein. Samstagabends kam Robert zu Elizabeth, und sie entfachten ein wenig das Feuer ihrer alten Leidenschaft aus den Flitterwochen. Sonntagmorgens frühstückten sie ausgiebig zusammen im Bett.
Doch für Elizabeth war das immer nur eine Lösung auf Zeit. Sie lebte auf den Tag hin, an dem die Ärzte es ihr erlauben würden, wieder schwanger zu werden.
Kurz nachdem Robert Archer Avery seine Absicht kundgetan hatte, in die Politik einzusteigen, hatten er und Elizabeth eine Strategie entworfen. Der Schlüssel zum Erfolg, hatte Robert erklärt, liege darin, klein anzufangen und schnell aufzusteigen. Er war überzeugt, daß er mit Hilfe seiner Drayton-Kontakte bei den Regionalwahlen Chancen auf einen Sieg hatte, und wenn er sich einmal als Gewinner profiliert hatte, so sagte er sich, würden die Parteibosse ihm die Tür einrennen, um ihm den Weg zu ebnen – bis ins Weiße Haus.
Doch zunächst mußte Robert bei Sutton, Wells, Willmont und Spaulding als Sozius einsteigen. Das brauche er für

seine Glaubwürdigkeit, meinte er. Und um seinen Zeitplan einzuhalten, mußte er das geschafft haben, bis er zweiunddreißig war.

Als Elizabeth aus Denver zurückkehrte, teilte er ihr mit, daß er sich öfter in der Kanzlei sehen lassen müsse, damit man ihm dort wohlgesinnt bleibe.

»In den letzten Jahren«, sagte er, »habe ich mich mehr um meine Frau als um meinen Beruf gekümmert.«

Sich öfter sehen zu lassen hieß für Robert, mehr zu arbeiten und sein Fachgebiet zu erweitern, ein paar Fälle anzunehmen, die sonst keiner wollte, und durch eine wohldosierte Mischung aus Fleiß und Kompetenz die allgemeine Aufmerksamkeit auf sich zu lenken.

»Und das geht nur«, erklärte er, »indem ich länger arbeite.«

»Ich hoffe doch, du meinst nicht die Wochenenden«, erwiderte Elizabeth. »Wir müssen unter allen Umständen unseren gesellschaftlichen Verpflichtungen nachkommen. Das Telefon klingelt ununterbrochen, seit ich aus Denver zurück bin, und fast jedes Wochenende bis zum Labor Day ist verplant.«

»Tja, wenn die Wochenenden nicht in Frage kommen«, sagte Robert und seufzte ergeben, »dann muß ich unter der Woche bis spätabends arbeiten.«

»Bis wann?«

»Schwer zu sagen«, antwortete er gewandt. »Warten wir's ab.«

Bald verbrachte Robert ein bis zwei Abende die Woche in der Kanzlei und kam manchmal erst um drei Uhr morgens nach Hause. Wenn Elizabeth aufwachte und nach ihm sah, fand sie ihn in seinen Kleidern schlafend.

»Ich mache mir Sorgen um ihn«, gestand sie Amanda eines Abends beim Essen, das sie immer häufiger allein zu sich nahmen. »Es wird nicht mehr lange dauern, und er hat sich überarbeitet. Ich glaube nicht, daß es sich lohnt, seine Gesundheit kaputtzumachen, nur um schneller Sozius in der Kanzlei zu werden. Auf ein Jahr früher oder später kommt es doch da nicht an.«

Aber Amanda zuckte nur mit den Schultern. »Männer müssen tun, was sie nicht lassen können«, entgegnete sie dann vage, was auf Elizabeth eher eine verwirrende als eine beruhigende Wirkung hatte.

»Du schläfst nicht genug«, sagte sie nach sechs Monaten zu Robert. »Wenn du so weitermachst, wirst du noch krank. Ich meine, du solltest das Ganze etwas langsamer angehen.«

»Ich fühle mich so gut wie nie«, versicherte er ihr. »Außerdem, was glaubst du wohl, wie meine Partner das finden würden, wenn ich ihnen erzähle, daß meine Frau der Ansicht ist, ich sei meiner Position nicht gewachsen?«

»So hab ich das nicht gemeint«, widersprach sie.

»Was denkst du wohl, was passieren würde, wenn ich nachlasse«, hielt er ihr vor. »Du kannst sicher sein, daß die Konkurrenz es nicht tut, und ich kann es mir nicht leisten, ins Hintertreffen zu geraten.« Er zwinkerte ihr zu. »Ich bin schließlich schon zweiunddreißig.«

»Du weißt doch, daß du irgendwann Sozius werden wirst. Ist es denn wirklich so wichtig, wann?«

»Mir ist es wichtig«, sagte er unumwunden. »Und ich dachte, dir auch.«

»Du bist mir wichtig.«

»Warum muß ich mir dann das versagen, was ich haben möchte?«

»Das sollst du doch gar nicht«, wehrte sie sich. »Es ist nur ... ich vermisse dich eben.«

»Ich vermisse dich auch«, versicherte er ihr. »Aber wir haben einen Plan, und wenn wir es zu was bringen wollen, müssen wir uns daranhalten. Ich habe die Absicht, dich zur ersten First Lady des 21. Jahrhunderts zu machen. Und wenn wir dafür jetzt ein paar kleinere Opfer bringen müssen, ist es das wert, finde ich.«

»Wenn du das so siehst«, gab sie widerwillig nach und verzichtete darauf, ihm mitzuteilen, daß ihr eigentlich gar nicht viel daran lag, First Lady zu werden.

Doch dann kam er einen Monat lang immer schon früh am Abend nach Hause.

»Zur Zeit ist nicht soviel los«, sagte er ihr.

Er erschien pünktlich um sieben zum Essen und verbrachte sogar die Abende mit ihr, ganz wie früher, doch er wirkte abgelenkt und geistesabwesend.

Auf einmal blieb er wieder lange weg. Diesmal jedoch nicht nur an ein oder zwei, sondern an drei oder sogar vier Abenden in der Woche. Immer lieferte er eine Erklärung dafür, versprach, daß es sich wieder ändern würde, und verwies auf ihr gemeinsames Ziel.

Aber Elizabeth fühlte sich einsam. Tagsüber war sie mit ihrer Wohltätigkeitsarbeit beschäftigt, doch die Abende waren lang und öde. Ihre Schwiegermutter sorgte auch nicht für Abwechslung. Amanda zog sich gleich nach dem Essen auf ihr Zimmer zurück und wollte für sich sein. Um sich nicht allzusehr zu langweilen, gewöhnte Elizabeth es sich an, nach dem Abendessen spazierenzugehen. Sie schlenderte die steilen Straßen entlang, blieb manchmal stehen und blickte in die Fenster der Nachbarhäuser, wo Familien beisammensaßen und die Abende gemeinsam verbrachten. Doch dann kam die schmerzhafte Erinnerung an die beiden Kinder, die sie verloren hatte, und sie wandte sich ab und hielt nach etwas Ausschau, was sie auf andere Gedanken bringen konnte.

Kurz nach ihrem dritten Hochzeitstag nahm sie, um sich

ein wenig abzulenken, eine Einladung zum Abendessen und zu einer Ballettaufführung an.
Es war eine ganz unverfängliche Einladung, die von Marian Pinckton arrangiert wurde, einer der prominenten älteren Damen der guten Gesellschaft von San Francisco, die in diversen Komitees mit Elizabeth zusammenarbeitete und Begleitung für ihren Neffen suchte.
»Ich muß mich dafür entschuldigen, daß ich damit in letzter Minute ankomme«, erklärte Marian, »aber die Dame, die uns begleiten wollte, hat heute morgen eine Erkältung bekommen, und ich habe mir schrecklich den Kopf darüber zerbrochen, was ich tun soll. Dann fiel mir ein, daß Sie mal erwähnt hatten, Robert arbeite abends häufig, und ich habe mich der Hoffnung hingegeben, daß dies vielleicht auch heute der Fall ist.«
»Und es ist tatsächlich so, Marian«, sagte Elizabeth, bemüht, nicht allzu erfreut zu wirken. »Ich habe heute abend nichts geplant und springe gerne ein.«
Der Neffe war ein untadelig gekleideter Gentleman Anfang Vierzig mit schütterem Haar und einem Schnauzbart, der dasaß, als hätte er einen Stock verschluckt, und trotz Elizabeths redlicher Bemühungen mit niemandem am Tisch mehr als zwei Worte wechselte. Sie beobachtete aus dem Augenwinkel, wie er seinen Salat in kleine Häufchen Tomaten, Gurken, Kopfsalat und Zwiebeln aufteilte und jedes einzeln verspeiste. Danach zerschnitt er sein Filet Mignon in winzige Stückchen und tupfte sich nach jedem Bissen mit der Serviette den Mund ab. Elizabeth war beinahe darauf gefaßt, daß er jede Erbse einzeln aufspießen würde, und mußte sich sehr bemühen, nicht zu kichern.
Alle am Tisch redeten über ihn hinweg, als wüßten sie nicht, wie sie ihn ins Gespräch einbeziehen sollten, und hätten es deshalb aufgegeben.

Ich kann wirklich froh sein über Robert, dachte Elizabeth. Diese für Robert unweigerlich schmeichelhaften Vergleiche stellte sie seit ihrer Hochzeit allzugern an. Er sah so gut aus, war so einnehmend, so charmant, daß jeder sofort begeistert war und er im Handumdrehen zum Mittelpunkt jeder Gesellschaft wurde.

Die Frauen, die noch ungebunden waren, taten Elizabeth herzlich leid, vor allem wenn man davon ausging, daß ihr Begleiter an diesem Abend womöglich die verbliebene Auswahl repräsentierte. Mrs. Robert Drayton Willmont lächelte still in sich hinein. Sie wußte, daß sie es sich leisten konnte, ein bißchen überheblich zu sein; sie hatte sich schließlich den besten Mann der Welt geangelt.

Als sie auf dem Weg zum Opernhaus die befahrene Kreuzung Van Ness, Grove Street überquerten, nahm der Neffe Elizabeth am Ellbogen.

»Ich finde, daß sich Autofahrer auf Kreuzungen häufig außerordentlich unberechenbar verhalten«, sagte er. Das war der längste Satz, den er bisher an diesem Abend von sich gegeben hatte.

Die Oper von San Francisco mit ihren vergoldeten Decken und Kronleuchtern war ein imposantes Gebäude. Die Pinckton-Loge befand sich natürlich in der Mitte des ersten Rangs. Der Neffe saß sittsam neben Elizabeth, hatte die Hände im Schoß gefaltet und betrachtete den rotbraunen Vorhang, der sich in Kürze erheben würde. Er machte nicht die geringsten Anstalten, sich um die gesellschaftlichen Gepflogenheiten zu bemühen, die hier am Platz gewesen wären. Elizabeth seufzte und widmete sich ihrem Programm.

Marian Pinckton, die hinter Elizabeth saß, beugte sich vor und legte ihr die Hand auf die Schulter.

»Seien Sie nicht gekränkt, meine Liebe, weil er nicht auf

Ihre Reize anspricht«, flüsterte sie der von ihr protegierten jungen Frau zu. »Er ist einer von *der* Sorte, wissen Sie.«
Zum Glück ging in diesem Moment das Licht aus, was Elizabeth eine Erwiderung ersparte. Wenn sie Marian richtig verstanden hatte – und daran gab es keinen Zweifel –, dann befand sie sich zum erstenmal in unmittelbarer Nähe eines homosexuellen Menschen, und die Vorstellung fand sie ebenso beunruhigend wie faszinierend.
Elizabeth warf dem Mann neben sich einen verstohlenen Blick zu; sie sah ihn jetzt in einem ganz anderen Licht. Sie hätte ihm gern tausend Fragen gestellt, doch das würde sie nie wagen. Man hatte ihr beigebracht, daß es Dinge gab, über die eine Dame nicht sprach. Was diesen Abend betraf, war ihr sein Sexualleben allerdings völlig einerlei. Sie wäre auch mit King Kong ausgegangen, nur um nicht wieder allein zu Hause zu sitzen.
Der Vorhang hob sich, das Ballett begann, und Elizabeth dachte nicht mehr über ihren Begleiter nach, bis der erste Akt vorüber war und sie in der Pause ihre Loge verließen.
»Möchten Sie ein Glas Sekt?« fragte der Neffe höflich.
»Selbstverständlich«, antwortete Marian anstelle ihres Gastes. »Wir wollen alle eins.«
Als sich die Gruppe von acht Leuten zur Bar vorarbeitete, nahm der Neffe wieder Elizabeths Arm.
»Ich finde, daß Theaterbesucher sich in der Pause häufig außerordentlich unberechenbar verhalten«, sagte er.
Elizabeth war nicht sicher, ob er das witzig gemeint hatte, doch sie mußte einfach lachen – ein glockenhelles Girren, einmal die Tonleiter hinauf und hinunter. Ein paar Leute in ihrer Nähe, unter ihnen auch ein vornehmer grauhaariger Gentleman, sahen neugierig herüber.
»Elizabeth?« fragte er. »Sind Sie es?«
Als Elizabeth ihren Namen hörte, wandte sie sich um und

blickte direkt in die intelligenten Augen von Stanton Wells, dem Seniorpartner von Roberts Kanzlei.

»Hallo, Stanton«, sagte sie und streckte ihm die Hand hin. »Schön, Sie zu sehen.«

»Die Freude ist ganz auf meiner Seite«, erwiderte Wells und schaute sich dann um. »Und wo ist Ihr gutaussehender Gatte?«

Elizabeth kicherte. »Im Büro natürlich. Sie und Ihre Partner zwingen ihn zur Zeit doch dazu, fast jeden Abend zu schuften.«

»Ach ja?« sagte Wells überrascht. »Das hatte ich gar nicht mitbekommen. Nun, daran müssen wir wohl unbedingt etwas ändern.«

»Stattgegeben, Euer Ehren«, witzelte sie.

Doch Wells blickte nicht mehr sie an, sondern musterte ihren Begleiter. Elizabeth stellte leicht peinlich berührt fest, daß er immer noch ihren Arm hielt.

»Oh, Verzeihung«, sagte sie und machte sich rasch los. »Darf ich Ihnen Mrs. Pincktons Neffen aus Chicago vorstellen.«

Die beiden Männer reichten sich steif die Hände.

»Gefällt Ihnen das Ballett, Stanton?« fragte Elizabeth.

»Sehr gut«, antwortete er. »Ich habe *Giselle* schon immer sehr geschätzt.«

»Ich auch«, pflichtete ihm Elizabeth bei.

»Wir waren gerade auf dem Weg zu einem Glas Sekt«, unterbrach der Neffe das Gespräch. »Und die Pause ist bald vorbei.«

»Natürlich«, murmelte Wells. Dann wandte er sich Elizabeth zu. »Ich wünsche Ihnen noch einen schönen Abend, meine Liebe«, sagte er. »Ich verspreche Ihnen, daß ich mich der Angelegenheit annehmen werde, über die wir geredet haben.«

Elizabeth hätte Robert zwar wirklich gerne abends bei sich zu Hause gehabt, doch es sah ihr absolut nicht ähnlich, irgend etwas hinter dem Rücken ihres Mannes zu unternehmen. Während sie sich den Rest der Aufführung ansah, wünschte sie, sie wäre Stanton Wells gegenüber nicht so unbekümmert gewesen. Eine Ehefrau, die sich beklagte, machte sich nicht gut, und sie wollte gewiß nicht Roberts Aussichten auf Aufnahme in die Sozietät schmälern.

Sie erwog, Stanton nach der Aufführung noch einmal anzusprechen und ihn zu bitten, die Unterhaltung zu vergessen, doch sie fürchtete, daß dadurch alles noch peinlicher würde. Es war eine beiläufige Konversation gewesen, die er vielleicht am nächsten Tag schon vergessen hatte. Sie hoffte es inständig, doch sie wurde das unangenehme Gefühl nicht los, daß er sich ihre leichtfertigen Worte genau gemerkt hatte und daß sie dafür würde büßen müssen.

Das Gefühl trog sie nicht.

Die Reaktion erfolgte umgehend. Am nächsten Abend stürmte Robert lange vor der Essenszeit ins Haus. So früh war er seit Monaten nicht heimgekommen.

»Was hast du dir dabei gedacht?« schrie er. »Dich bei Wells über meine Überstunden zu beklagen und mit einem anderen Mann herumzuziehen?«

»Ich bin nicht herumgezogen«, protestierte sie. »Ich habe nur Marian Pinckton einen Gefallen getan. Und Stanton wollte wissen, wo du bist. Was hätte ich denn tun sollen? Ihm eine Lüge erzählen?«

»Wenn du zu Hause gewesen wärst, wie es sich gehört«, fuhr er sie an, »hättest du ihm gar nichts erzählen müssen.«

»Aber es ist so langweilig, die ganze Woche allein zu Hause zu sitzen.«

»Allein? Du bist doch nicht allein. Meine Mutter ist da, und

das ganze Haus ist voller Dienstboten, die dir zur Verfügung stehen.«
Es kam ihr sinnlos vor, ihm klarzumachen, daß Amanda alles andere als gesprächig war und daß ein Diener, der ihr Bett aufdeckte oder ihr ein Glas warme Milch brachte, keinen Gesprächspartner ersetzte.
»Ich weiß nicht, warum du dich so aufregst«, sagte sie. »Was ist denn so schlimm daran, wenn Stanton weiß, daß du noch im Büro bist? Kam es dir nicht genau darauf an?«
»Darum geht's nicht«, erwiderte er. »Schlimm ist, wenn einer meiner Partner ankommt und mir erzählt, daß meine Frau sich mit einem anderen Mann herumtreibt.«
»Stanton Wells hat nichts Derartiges geäußert«, sagte sie. »Und ich habe mich nicht herumgetrieben.«
»Und warum hat der Kerl dich dann begrapscht?«
»Er hat mich am Ellbogen gehalten, um Himmels willen. Er hat mich zwischen den Leuten durchgeführt.«
»Ich will nicht, daß dich irgendein Mann berührt, aus welchen Gründen auch immer. Ich verbitte es mir, daß hinter meinem Rücken geklatscht wird. Außerdem weißt du genau, daß jeder Mann, dem man einen Finger reicht, die ganze Hand nimmt.«
Elizabeth sah plötzlich den Neffen vor sich, der sich so betrug, wie Robert es andeutete, und sie mußte lachen.
»Ich finde das nicht komisch«, sagte er wütend.
»Würdest du aber, wenn du Bescheid wüßtest.«
»Worüber?«
»Über den anderen Mann, dessentwegen du dich so aufregst. Marian Pincktons Neffe, der sie einmal im Jahr besucht. Er zerteilt seinen Salat in Häufchen und zerschneidet sein Fleisch in winzige Häppchen – und er ist homosexuell.«
»Das soll wohl ein Witz sein«, sagte Robert abschätzig.

»Hand aufs Herz«, beteuerte sie.
»Woher weißt du das?«
»Marian hat's mir verraten.«
»Nicht zu fassen.«
»Ich habe gestern abend versucht wachzubleiben, um dir davon zu erzählen, aber ich bin eingeschlafen. Wahrscheinlich hatte ich zuviel Wein getrunken.«
»Trotzdem«, erwiderte er, etwas beschwichtigt, »es macht keinen guten Eindruck, wenn du ohne mich ausgehst. Du bist schließlich meine Frau und hast auf deinen Ruf zu achten, und vor allem auch auf den guten Namen der Draytons. Ich fürchte, ich muß darauf bestehen, daß du das nicht noch mal tust.«
Elizabeth seufzte tief. Es kam ihr nicht falsch vor, was er sagte. »Es tut mir leid, wenn ich dich enttäuscht habe. Ich tu's nicht wieder.«
»Versprochen?«
»Versprochen.«
»Braves Mädchen.« Er küßte sie flüchtig auf die Wange. »Außerdem bist du doch mit deiner Wohltätigkeitsarbeit so beschäftigt, daß dir ein paar ruhige Abende zu Hause bestimmt nicht schaden.«
»Ja, Robert.«
Elizabeth hielt Wort. Sie lehnte höflich alle Einladungen ab, bei denen ihr Mann nicht mitkommen konnte, und verkürzte sogar ihre abendlichen Spaziergänge. Sie bestellte einen Fernseher für ihr Wohnzimmer und verbrachte ihre Abende mit den Höhen und Tiefen im Leben der Partridge-Familie, die sich immer durch Singen aus der Patsche half, oder mit Marcus Welby, der Elizabeth an ihren Hausarzt in Denver erinnerte, oder mit dem »Chef«, der seine Fälle in San Francisco vom Rollstuhl aus löste.

Es ist gespenstisch, dachte sie, als sie in der Post Street das Kaufhaus Gump's betrat, doch in gewisser Weise beschäftigten die erfundenen Menschen, mit denen sie jetzt ihre Zeit verbrachte, sie mehr als die realen.
Mit Ausnahme des Mädchens in dem roten Mantel, das ihr schon den ganzen Nachmittag folgte. Man konnte sie schlecht übersehen. Elizabeth warf einen Blick über die Schulter, und tatsächlich, das Mädchen blieb ihr auf den Fersen.
Gump's in San Francisco war ein Geschäft, das nicht seinesgleichen auf der Welt hatte. Wer Geld hatte, konnte hier edle Dinge aus aller Herren Länder erstehen. Es wirkte fast wie ein Museum mit käuflichen Ausstellungsstücken. Elizabeth dachte oft, daß es ihr großen Spaß machen würde, eine Weile für Gump's als Einkäuferin zu arbeiten.
Sie suchte nach nichts Bestimmtem an diesem Tag, stieg aber dennoch die Treppe zu dem Geschäft hinauf. In der Möbelabteilung im dritten Stock war normalerweise nicht viel los, doch an diesem Tag schien es Sonderangebote zu geben. Elizabeth ging rasch von Raum zu Raum, bis sie einen etwas entlegenen mit einer eleganten Eßzimmergarnitur fand, in dem sich gerade niemand aufhielt. Dort blieb sie plötzlich stehen, wirbelte herum und sprach das völlig überraschte Mädchen an.
»Wenn Sie mir etwas sagen möchten, dann tun Sie es bitte jetzt«, forderte sie das Mädchen recht freundlich auf. »Wir sind hier ganz unter uns.«
»Sie sind seine Frau, ja?« sagte das Mädchen, nachdem es sich gefaßt hatte.
»Wie bitte?«
»Ich hab gesagt, Sie sind Bobbys Frau.«
Elizabeth zuckte zusammen. Sie verabscheute den Kosena-

men, mit dem Amanda ihren Sohn seit seiner Kindheit ansprach, und sie selbst weigerte sich, ihn zu benutzen. Es war unangenehm, ihn nun aus dem Mund dieser seltsamen Fremden zu hören.

»Falls Sie von Robert Willmont sprechen«, entgegnete sie, »dann ist das richtig. Ja, ich bin seine Frau.«

»Das weiß ich«, bekräftigte das Mädchen. »Ich hab Sie oft in der Zeitung gesehen, und Bobby würd mich umbringen, wenn er das wüßte, aber manchmal halt ich mich in Pacific Heights auf und beobachte Sie, wenn Sie aus dem Haus gehen.«

Aus der Nähe betrachtet, wirkte das Mädchen jünger, als Elizabeth zunächst geglaubt hatte. Sie war wohl noch keine Zwanzig, und wenn die fleckige Haut und das wirre Haar nicht gewesen wäre, hätte man sie durchaus als hübsch bezeichnen können.

»Sie haben meinen Mann ›Bobby‹ genannt. Heißt das, Sie kennen ihn näher?«

Das Mädchen schnaubte. »Kann man wohl sagen. Drei oder vier Abende die Woche, seit fast acht Monaten.«

Elizabeth hatte das Gefühl, als schlüge ihr jemand in die Magengrube.

»Warum sagen Sie so etwas?« brachte sie mühsam hervor.

»Weil es stimmt«, erklärte das Mädchen.

Elizabeth war danach zumute, ihr ins Gesicht zu spucken, die Augen auszukratzen, obszöne Worte an den Kopf zu werfen. Doch das konnte sie sich nicht erlauben.

»Was wollen Sie?« fragte sie steif.

»Ich will, daß Sie ihn gehen lassen.«

Elizabeth schaffte es beim besten Willen nicht, ihre Bestürzung zu verbergen. »Sprechen Sie von Scheidung?«

Das Mädchen nickte heftig.

»Das ist absurd.«

»Warum? Was hat's noch für einen Sinn, ihn festzuhalten, da Sie's jetzt wissen?«

»Ich fürchte, ich weiß gar nichts«, stellte Elizabeth klar.

Das Mädchen seufzte. »Bobby hat gesagt, Sie würden's nicht verstehen. Er sagt, Sie würden sich gegen die Scheidung stellen. Er sagt, es sei Ihnen egal, ob er glücklich ist, Sie hätten ihn nur geheiratet, weil er ein Drayton ist. Ich weiß, daß Sie nicht mehr im selben Zimmer schlafen und daß Sie ihm keine Kinder schenken können.«

Elizabeth kam es vor, als stieße ihr jemand ein Messer ins Herz.

»Das hat Ihnen mein Mann erzählt?«

»Klar«, antwortete das Mädchen leichthin. »Bobby erzählt mir alles. Manchmal reden wir nur, stundenlang. Wir lieben uns, wissen Sie.«

»Hat er das gesagt?« murmelte Elizabeth.

»Ich weiß, daß er's Ihnen selbst erklären wollte, aber Männer sind halt manchmal so langsam. Deshalb hab ich mir gedacht, wenn ich es Ihnen schonend beibringe, Sie wissen schon, so von Frau zu Frau, dann würden Sie verstehen, daß wir es ernst meinen und daß es nicht bloß so eine Affäre ist. Bitte, Sie lassen ihn doch jetzt gehen, oder? Jetzt, nachdem Sie Bescheid wissen? Wir sind einfach füreinander bestimmt. Ich bin vielleicht nicht so schön und so klug wie Sie, aber ich schätze, bei mir ist er glücklicher, und von mir kann er so viele Kinder haben, wie er mag.«

Mit diesen Worten schlug sie den Mantel auf und gab den Blick auf ihren dicken Bauch frei.

Das Messer bohrte sich tiefer. »Wollen Sie damit sagen, daß dieses Kind von meinem Mann ist?«

»Na sicher«, antwortete das Mädchen. »Was dachten Sie denn?«

Elizabeth wußte nicht mehr, was sie denken sollte. Nicht

einmal in ihren schlimmsten Alpträumen wäre sie auf die Idee gekommen, daß ihr Mann sie betrog. Konnte es sein, daß sie dreieinhalb Jahre mit einem Mann verheiratet war, den sie nicht kannte?
Sie erinnerte sich an all die einsamen Abende, an denen sie zu Hause gesessen und darauf gewartet hatte, daß Robert heimkam. Sie dachte daran, wie fürsorglich und einfühlsam er sich nach ihren Fehlgeburten verhalten hatte. Und wieviel bedeuteten ihr die Samstagabende und Sonntagvormittage mit ihm. Und was war mit ihren gemeinsamen Zukunftsplänen? Das ergab alles keinen Sinn. Sie fragte sich, ob ihr vielleicht jemand einen grausamen Streich spielen wollte, doch ihr fiel niemand ein, der sie so sehr haßte.
»Hat mein Mann Sie zu mir geschickt?«
»O Gott, nein!« rief das Mädchen. »Er würde mir eine aufs Maul geben oder noch was Schlimmeres, wenn er wüßte, daß ich hier bin.« Als sie Elizabeths fassungslosen Blick bemerkte, zuckte sie mit den Schultern. »Hat er mal gemacht, als ich ihn geärgert hab. Manchmal schlägt er mich, wenn er einen sitzen hat. Manche Männer sind halt so, schätz ich, aber er kommt immer wieder. Ich hab nur ihn.«
Schwindlig vor Freude starrte Elizabeth das Mädchen an, denn nun war sie ganz sicher, daß es sich um einen schrecklichen Irrtum handelte.
»Jetzt weiß ich, daß hier ein Mißverständnis vorliegt.« Sie atmete erleichtert aus. »Sehen Sie, mein Mann trinkt nie so viel, wie Sie das eben beschrieben haben. Und außerdem ist er ein Gentleman. Er würde einer Frau gegenüber nie handgreiflich werden. Sie meinen einen anderen Mann.«
Das Mädchen hob die Hand und strich sich das Haar aus dem Gesicht. Eine gezackte Narbe kam zum Vorschein.
»Mußte mit elf Stichen genäht werden«, sagte sie, »weil er

mich mit dem rechten Handrücken geschlagen hat, wo er diesen dicken Harvard-Ring trägt.«

Die Freude war wie weggeblasen. Elizabeth spürte, wie ihr die Knie weich wurden, dann begann sich alles vor ihren Augen zu drehen, und sie mußte sich an einer Stuhllehne festhalten, um nicht zu stürzen.

Sie versuchte sich auf etwas zu besinnen, was sie noch sagen konnte, doch sie befand sich in einem solchen inneren Aufruhr, daß sie nur noch hoffte, daß all das nicht wirklich geschah, nur eine gräßliche Szene aus einer ihrer Fernsehserien war und Marcus Welby schon bereitstand, um mit einem Wundermittel aufzuwarten.

In den gesamten dreißig Jahren seiner Ehe mit Elizabeths lebhafter französischer Mutter hatte Archer Avery nie eine andere Frau ernsthaft begehrt, und man hatte Elizabeth dazu erzogen, in ihrer eigenen Ehe dieselbe Fürsorglichkeit und Treue zu erwarten, was Roberts Betrug um so unerträglicher für sie machte.

Sie wünschte, das Mädchen hassen zu können, wie es dastand mit dem werdenden Leben in sich. Sie hätte ihr gerne die Rolle der Schurkin zugewiesen und sie für alles verantwortlich gemacht, doch aus irgendeinem Grund empfand Elizabeth statt dessen Mitleid für sie. Vielleicht, weil sie so jung und verletzlich war, und vielleicht auch, dachte Elizabeth, weil Robert früher oder später auch sie betrügen würde.

»Ich hoffe, Sie bekommen ein gesundes Baby«, sagte sie tonlos. Dann wandte sie sich ab und ging weg.

Das Mädchen blieb stocksteif stehen. Verwirrung und Unsicherheit zeichneten sich auf ihrem Gesicht ab. Sie wußte, daß das Gespräch vorbei war, aber sie hatte nicht bekommen, was sie wollte, und die Zeit wurde knapp.

Bobby hatte ihr in den letzten acht Monaten sehr viel über

seine Frau erzählt. Er hatte sie als unnahbar und gefühlskalt beschrieben und behauptet, die Erweiterung ihrer Garderobe liege ihr entschieden mehr am Herzen als das Glück ihres Mannes. Nachdem die Ärzte ihr mitgeteilt hatten, daß sie nicht schwanger werden sollte, habe sie jegliches Interesse an Sex verloren, sagte er, und sie sei sogar so weit gegangen, ihn ohne weitere Umschweife aus ihrem Schlafzimmer zu verbannen. Er hatte ihr anvertraut, daß es die zunehmende Kälte seiner Frau sei, die ihn dazu trieb, verzweifelt anderswo nach Erfüllung zu suchen.
Doch die Frau, der sie heute gegenübergestanden hatte, hatte alles andere als gefühlskalt gewirkt. Elizabeth Willmont war vielmehr freundlich und sogar einfühlsam mit ihr umgegangen, während sie mit eisiger Ablehnung und brüsker Zurückweisung gerechnet hatte. Dennoch, Bobby behauptete steif und fest, die Ehe sei eine Farce, und ihr ging es nur darum, daß das Baby einen Namen und einen Vater bekam. Schließlich war das Kind trotz der Umstände, unter denen es gezeugt worden war, ein Drayton und hatte Anspruch auf sein Geburtsrecht.
Sie zog ihren Mantel fest um sich und verließ das Geschäft. Wenn sie sich beeilte, konnte sie das Essen auf dem Tisch haben, bis Bobby kam. Das und eine Flasche Wein würden ihn in gute Stimmung versetzen, und eine ihrer speziellen Rückenmassagen würde Liebeslaune aufkommen lassen, und dann würde sie das machen, was er am liebsten mochte. Danach würden sie ein Gespräch führen.

2

Elizabeth stieg schwerfällig aus dem Taxi, mit dem sie in die Jackson Street gefahren war, und eilte ins Haus. Sie hastete an Preston, dem Butler, vorbei, der mit ihrer Post und den Nachrichten auf sie wartete, und ging sofort auf ihr Zimmer. Sie begrüßte Amanda nicht, wollte kein Abendessen und bat sich aus, nicht mit Anrufen belästigt zu werden.

Der Gedanke, mit jemandem sprechen zu müssen, war ihr unerträglich, und sie entledigte sich so rasch wie möglich ihrer Kleider. Sie riß und zerrte hastig an Knöpfen, Haken und Reißverschlüssen. Ihre Zähne klapperten, und sie zitterte am ganzen Leib. Sie fühlte sich beschmutzt und geschändet. Doch als ihre Kleider in einem Häufchen vor ihren Füßen lagen, stellte sie fest, daß es nicht ausreichte, nackt zu sein. Sie ließ sich ein heißes Bad ein und schrubbte sich so lange mit einer harten Bürste ab, bis ihre Haut so rot war wie ihr Haar.

Dann schlüpfte sie in ein Nachthemd, kroch ins Bett und zog das frische, gestärkte Laken bis unters Kinn hoch – ein Laken, das Robert noch nicht besudelt hatte. Das dampfende Bad hatte sie nur kurzfristig beruhigt. Als sie ihren Gedanken aufs neue ausgeliefert war, begann das Zittern wieder, ihr Kopf dröhnte, und das Atmen wurde zunehmend schmerzhafter. Ihr war nach Weinen zumute, doch ihre Augen blieben trocken.

Draußen brach die Dämmerung herein. Im Halbdunkel lag Elizabeth da und horchte auf die Geräusche des Hauses. Eine Tür, die zufiel, eine quietschende Diele, eine gedämpfte Stimme – das Leben hier ging weiter. Das Haus ihres Mannes hatte ihr nie sonderlich am Herzen gelegen, doch jetzt empfand sie seine Unveränderlichkeit als seltsam tröstlich.
Gegen acht Uhr ließ sie sich eine Kanne Tee und Aspirin bringen und tat mit einer Handbewegung die besorgte Nachfrage des Hausmädchens ab. Sie schluckte sofort zwei Aspirin, trank heißen Tee nach und beschloß dann, noch zwei zu nehmen. Doch sie wußte, daß Stärkeres als Produkte von Bayer vonnöten waren, um diese Krise durchzustehen.
Trotz ihrer behüteten Kindheit verfügte die Tochter von Archer und Denise Avery über Realitätssinn. Ihr war klar, daß sie bestimmte Schritte unternehmen und Entscheidungen treffen mußte, aber nicht an diesem Abend, dazu war sie noch zu durcheinander. Morgen konnte sie sich alles in Ruhe überlegen. Elizabeth schloß die Augen und flehte um den beruhigenden, heilsamen, traumlosen Schlaf, der es einem ermöglichte, schreckliche Dinge am nächsten Morgen mit anderen Augen zu sehen.
Um kurz vor zehn hörte sie, wie Robert nach Hause kam. So früh war er an einem Dienstagabend seit sechs Monaten nicht mehr erschienen. Er knallte die Haustür zu, schnauzte einen der Diener an und polterte dann die Treppe hinauf und den Flur entlang.
Elizabeth seufzte tief und knipste ihre Nachttischlampe an. Sie hatte gehofft, daß er den ganzen Abend wegbleiben würde, damit sie ihm nicht so bald gegenübertreten müßte. Doch er würde in wenigen Sekunden in der Tür stehen, und das bedeutete, daß sie auf der Stelle entschei-

den mußte, wie sie sich angesichts seines Verrats verhalten sollte.
Sie erwog ihre Möglichkeiten. Es wäre sicher befreiend, mit der vollen Wucht ihres Zorns über ihn herzufallen, aber es war wohl klüger, ihre Verletztheit nicht zu zeigen und lieber einen Rest an Würde zu bewahren. Sie wollte ihm nicht die Genugtuung gönnen, das Ausmaß ihrer Verzweiflung zu sehen, doch er sollte auch keinesfalls den Eindruck gewinnen, daß sie bereit war, irgend etwas an seinem Verhalten zu dulden. Vor allem wollte sie sich gegen jeden Versuch seinerseits wappnen, sie zur Vergebung zu überreden. Sie dachte immer noch nach, als er in ihr Schlafzimmer trat.
»Preston sagte, du fühlst dich nicht wohl.« Er klang aufrichtig besorgt.
Das Zittern hatte aufgehört, und das Aspirin half gegen das Dröhnen im Kopf, doch der Schmerz war unverändert heftig.
»Ich hab nur Kopfweh«, erwiderte sie.
Er trat ans Bett und beugte sich zu ihr, um sie zu küssen, doch im letzten Moment wandte sie den Kopf ab, und seine Lippen streiften nur ihr Ohr. Sein Haar war zerzaust und sein Gesicht gerötet, seine Kleidung wirkte unordentlich, als hätte er sie hastig übergestreift, und auf seinem Hemd war ein Rotweinfleck. Elizabeths Magen krampfte sich zusammen.
»Kann ich was für dich tun?« fragte er. »Dir den Kopf massieren vielleicht?«
Elizabeth fielen aus dem Stegreif etliche Antworten auf diese Frage ein, doch sie standen einer jungen Dame ihrer Herkunft nicht gut zu Gesicht.
»Nein, danke«, antwortete sie ausdruckslos. »Nicht nötig.«
Robert trat von einem Fuß auf den anderen. Elizabeth mußte trotz ihres Zorns ein Lächeln unterdrücken. Sie

konnte sich nicht erinnern, ihn jemals so bedrängt erlebt zu haben, und sie empfand ein perverses Vergnügen daran.

»Okay, ich glaube, ich weiß, worum es hier geht«, sagte er mit einem rauhen Lachen; er merkte, daß Elizabeth diese Sache nicht auf die leichte Schulter nahm. »Aber glaub mir, es ist alles völliger Blödsinn.«

»Auf deinem Hemd ist ein Rotweinfleck.«

Robert sah hastig an sich hinab. »Hab ich gar nicht bemerkt«, sagte er. »Das muß beim Mittagessen passiert sein.«

»Nein«, rief sie ihm ins Gedächtnis, »wir haben zum Mittagessen keinen Rotwein getrunken.«

»Sieh mal, ich weiß nicht, was sie dir erzählt hat«, platzte er heraus, »aber du bist es mir schuldig, dir die Wahrheit anzuhören.«

Elizabeths Augen weiteten sich leicht. »Die Wahrheit? Du meinst, das Mädchen hat mich angelogen?«

»Natürlich hat sie dich angelogen«, versicherte er ihr. »Solche Frauen lügen immer.«

»Meinst du mit ›solche‹ junge, verletzliche oder ... schwangere Frauen?«

»Verzweifelte«, stellte er richtig. »So verzweifelt, daß sie irgendeine Geschichte erfinden.«

»Hat sie das Kind erfunden?«

»Na, dann erwartet sie eben ein Kind«, stieß er aus. »Was beweist das? Das heißt nicht, daß ich etwas damit zu tun habe. Ich war nur ein paarmal freundlich zu ihr. Sie arbeitet im selben Haus wie ich, und ich habe sie im Aufzug getroffen. Vielleicht hab ich ein- oder zweimal gesagt, daß sie gut aussieht. Vielleicht hab ich sie mal abends auf einen Drink eingeladen, das weiß ich nicht mehr genau, und jetzt hat sie Schwierigkeiten und hält mich für ein gefundenes Fressen.«

»Es ist spät, und ich bin sehr müde«, sagte Elizabeth.

»Glaub mir, es ist Erpressung«, beharrte er. »Schlichte Erpressung. Irgendwer hat sie geschwängert, und jetzt versucht sie sich schadlos zu halten.«
»Und dich hat sie sich im Aufzug ausgesucht, wie?«
»Eher aus den Gesellschaftsspalten.«
Elizabeth warf ihrem Mann einen angewiderten Blick zu. »Sie weiß von meinen Fehlgeburten, sie weiß, daß wir nicht im selben Schlafzimmer schlafen, sie nennt dich *Bobby,* um Himmels willen – und du hast sie bloß auf einen Drink eingeladen?«
Robert starrte seine Frau an und fragte sich, wieso sie nicht so leichtgläubig sein konnte wie seine Mutter. Dann zuckte er übertrieben mit den Schultern und versuchte es mit einer anderen Taktik.
»Gut, vielleicht hab ich mich ein paarmal mit ihr getroffen. Vielleicht hab ich ihr von meinen Problemen erzählt. Glaubst du, nur du hast Probleme? Du hast auch *meine* Kinder verloren, aber hat jemand mich bemitleidet? Nein, alle kümmern sich nur um *dich,* sorgen für *dich,* trösten *dich,* geben *dir* Kraft. ›Die arme Elizabeth.‹ – ›Es tut mir so leid für Elizabeth.‹ Nun, vielleicht habe ich auch jemanden gebraucht, der mich tröstet, und mußte nehmen, was ich kriegen konnte. Aber das heißt nicht, daß ich mit ihr geschlafen habe.«
»Und der Mond ist aus Zuckerguß, und Feen gibt's auch«, fuhr ihn seine Frau an. »Und wenn das Mädchen jetzt das einzige Kind im Leib trägt, das du jemals haben wirst? Denk mal darüber nach, und dann überleg dir, ob du wirklich so leichtfertig damit umspringen willst.«
Robert ließ sich mit einem Stöhnen am Fußende des Bettes nieder, denn dieser Gedanke quälte ihn schon seit Monaten, seit ihm das Mädchen stolz und freudestrahlend die Neuigkeit eröffnet hatte.

»Gut, ich habe einen Fehler gemacht«, gestand er. Er hatte den Kopf in die Hände gestützt, und das dichte schwarze Haar, das er lockig trug, wie es derzeit modern war, quoll ihm zwischen den Fingern hindurch. »Ich bin auch nur ein Mensch. Du kennst mich, du kennst meine ... Bedürfnisse. Ich habe es nicht gewagt, dich anzufassen, habe gedacht, wenn du zu früh wieder schwanger wirst, verliere ich dich vielleicht, nach allem, was letztesmal passiert ist. Deshalb habe ich mich mit einer Frau eingelassen, die nicht wichtig ist, die man benutzen und vergessen kann. Mehr sollte es nie sein.«

»Ist es aber geworden«, erinnerte ihn Elizabeth.

»Das stimmt wohl«, seufzte er.

»All diese Abende«, sagte sie bitter. »All die Abende, an denen ich hier allein zu Hause saß und geglaubt habe, daß du Überstunden machst, um deine Karriere voranzutreiben. Ich komme mir so idiotisch vor.«

»Du solltest ja auch nichts davon erfahren.«

»Und dann wäre es in Ordnung gewesen?« parierte Elizabeth. »Was ich nicht weiß, kann dir nicht schaden?« Sie schüttelte traurig den Kopf. »Wenn ich daran denke, daß ich wirklich ein schlechtes Gewissen hatte, weil ich mit Marian Pincktons homosexuellem Neffen ins Ballett gegangen bin!«

»Das war etwas anderes«, protestierte er. »Du warst in der Öffentlichkeit. Ich habe alles diskret behandelt.«

Sie fuhr ihn an: »Du Mistkerl, du glaubst wirklich, das kann man vergleichen?«

»Ich habe dir gesagt, daß es nichts zu bedeuten hat.«

Elizabeth funkelte ihn wütend an. »Sie ist mir den ganzen Nachmittag nachgelaufen, durch jedes Geschäft am Union Square, um mich zu bitten, daß ich dich gehen lassen soll, damit ihr beide in Frieden leben könnt bis in alle Ewigkeit.«

»Was sie dir auch erzählt hat«, erklärte er, »ich habe ihr nie versprochen, daß ich sie heirate.«

»Das spielt jetzt ohnehin keine Rolle mehr. Ich habe nicht vor, euch im Weg zu stehen.«

Robert fuhr erschrocken zusammen. »Was meinst du damit?«

»Die Scheidung natürlich.«

Sie hatte nicht beabsichtigt, das zu sagen, doch als es ausgesprochen war, fiel ihr ein Stein vom Herzen.

»Sei nicht albern!« schnauzte er sie an. »Es hat noch nie eine Scheidung bei den Draytons gegeben.«

Der Versuch, sie mit dieser Bemerkung einzuschüchtern, schlug fehl.

»Bei den Averys auch nicht«, entgegnete sie, »aber es gibt immer ein erstes Mal.«

»Du meinst, du willst alles, was wir haben, aufgeben wegen ... wegen irgendeiner Person aus North Dakota?«

»Kommt sie daher?«

Er sprang auf. »Wen schert das, wo sie herkommt?«

»Stimmt, ist vielleicht nicht nicht so wichtig.«

»Dann sag mit, daß du wegen ihr nicht unser Leben zerstörst.«

»Wenn ich mich von dir scheiden lasse, dann nicht wegen des Mädchens«, erklärte Elizabeth, »sondern weil ich nicht mehr mit dir verheiratet sein möchte.«

»Warum nicht? Gestern wolltest du es noch, und da war ich derselbe Mensch wie heute.«

»Du verstehst wirklich nichts, wie?« warf sie ihm vor. »Gestern wußte ich noch nicht, wie du wirklich bist. Heute weiß ich es, und ich bin mir nicht sicher, ob ich mit jemandem zusammenbleiben möchte, dem ich nicht vertrauen kann.«

»Das ist ein böser Vorwurf.«

Elizabeth zuckte mit den Schultern. »Das ist eine böse Sache, die du mir da angetan hast.«
Er schien in sich zusammenzusinken.
»Bitte«, flehte er sie an, »du bist meine Frau. Ich liebe dich. Ich habe dich unter Tausenden von Frauen ausgesucht, die auch in Frage gekommen wären. Ich habe nie jemanden außer dir geliebt, und das wird auch in Zukunft so sein. Ich brauche dich. O Gott, ich wußte bis jetzt gar nicht, wie sehr. Du bist meine Kraft, meine Mitte. Ohne dich bin ich nichts. Denk doch an die Zukunft, an unsere Pläne, diesem Land hier zu helfen. Wenn ich all das nicht mit dir teilen kann, bedeutet es mir nichts. Wenn du mich verläßt, bin ich am Ende.«
Elizabeth starrte ihren Mann verblüfft an. In all den Jahren hatte er nie etwas Vergleichbares zu ihr gesagt. Seine Stimme war sogar rauh geworden, und im schummrigen Licht der Nachttischlampe sah sie, daß in seinen schönen großen Augen mit den dunklen Wimpern Tränen standen. Noch nie hatte er ihr diese verletzliche Seite von sich gezeigt, und ihr Herz krampfte sich unwillkürlich zusammen.
»Das wußte ich nicht«, flüsterte sie.
»Es ist nicht leicht für einen Mann, zuzugeben, daß er nicht so zuversichtlich ist, wie alle glauben«, sagte Robert. »Das ist fast so, als würde man eingestehen, daß man Angst hat.«
Elizabeth schüttelte langsam den Kopf. Sie war verwirrter als je zuvor in ihrem Leben. Sie war im Glauben an einfache Werte und ein klares Verständnis von Recht und Unrecht erzogen worden. Robert hatte sie betrogen, daran bestand kein Zweifel, aber sie begann sich zu fragen, ob nicht auch sie zum Teil schuld an der Sache war. Sie hatte sich ihrem Kummer über die Fehlgeburten so hingegeben, daß sie seine Gefühle nicht mehr beachtet hatte. Sie hatte nicht nur alle Zuwendung für sich in Anspruch genommen, sondern war überdies

nach Denver verschwunden und hatte ihn sitzenlassen. Hatte sie dazu beigetragen, ihn in die Arme einer anderen zu treiben, als er zu schwach war, sich zu widersetzen?

Elizabeth hatte Robert mit der Scheidungsdrohung so verletzen wollen, wie er sie verletzt hatte. Doch jetzt spürte sie, daß sie ihren Mann noch immer liebte, trotz der Schmerzen, die er ihr zugefügt hatte, und daß sie es sich beim besten Willen nicht vorstellen konnte, ihr ganzes weiteres Leben ohne ihn zu verbringen.

Und sie merkte, daß die Wut, die sich in ihr angestaut hatte, zu verfliegen begann.

»Ich denke, wir haben beide Fehler begangen«, räumte sie ein. »Ich hätte mich vielleicht mehr um deine Bedürfnisse kümmern sollen. Aber was du getan hast ... Ich meine, das ist das Schlimmste, was zwischen Mann und Frau passieren kann.«

»Wenn ich es ungeschehen machen könnte, würde ich's tun«, rief er und verbarg sein Gesicht in den Händen.

»Dafür ist es etwas zu spät«, bemerkte sie.

»Bitte, gib mir noch eine Chance«, drängte er sie. »Gib *uns* noch eine Chance. Du wirst es nicht bereuen, das versprech ich dir. Ich werde Buße tun, ich werde mich untadelig benehmen, was immer du willst. Ich schwöre dir, daß ich dich nie wieder im Stich lassen werde. Du mußt mir nur noch eine Chance geben.«

»Selbst wenn ich wollte«, erwiderte Elizabeth, »ist das andere Problem noch nicht aus der Welt geschafft.«

»Ich kümmere mich darum«, sagte er knapp.

»Du kannst sie nicht einfach sitzenlassen, Robert, falls du das in Erwägung ziehst. Du bist verantwortlich für sie. Außerdem geht es nicht nur um sie, sondern auch um ein Kind – *dein* Kind. Man muß sich verständigen, irgend etwas arrangieren, sich einigen.«

»Ich sagte doch, ich kümmere mich darum.«
Elizabeth kam plötzlich ein Gedanke, und ihre Augen weiteten sich. »Aber es ist noch viel schlimmer, nicht wahr? Wir werden das nicht geheimhalten können. Früher oder später wird es rauskommen – das tun diese Dinge immer. Und dann wird deine politische Laufbahn zerstört sein. Ich kann mir nicht vorstellen, daß dieses Land von einem Präsidenten regiert wird, der ein uneheliches Kind hat.«
»Mag sein«, gab Robert zu.
Dann hellte sich Elizabeths Miene kurz auf. »Vielleicht würde sie es uns ja erlauben, das Kind zu adoptieren und ihm einen Namen und ein gutes Zuhause zu geben, und sie selbst würde nach North Dakota zurückgehen?« dachte sie laut. Doch gleich darauf schüttelte sie den Kopf. »Nein ... ich an ihrer Stelle würde mein Kind nie hergeben. Eher würde ich sterben.«
»Mach dir keine Sorgen«, beruhigte Robert sie. »Ich werde mich der Sache annehmen.« Er beugte sich zu ihr und küßte sie sachte auf die Stirn. »Ruh dich jetzt aus«, sagte er sanft. »Vergiß das alles, und überlaß es mir. Es gibt eine Lösung – man muß nur draufkommen.«
Er knipste die Lampe aus und ging mit einem selbstzufriedenen Lächeln auf den Lippen aus dem Zimmer, das Elizabeth nicht sehen konnte. Frauen waren dazu da, manipuliert zu werden. Man mußte nur wissen, wo man anzusetzen hatte.
Elizabeth kuschelte sich unter die Decke. Es war ein scheußlicher Tag gewesen, doch jetzt war er vorüber. Die Krise war überstanden, nun konnte der Heilungsprozeß beginnen. Robert würde sich irgendwie um das Mädchen und sein Kind kümmern, und selbst wenn sie es nie bis ins Weiße Haus schaffen würden, das Leben ginge weiter. Nach einer Weile würde von der ganzen Affäre nur ein unangenehmer

Nachgeschmack bleiben. Ihr fielen die Augen zu, und sie schlief ein.

Eine Woche später wurde die Leiche eines jungen Mädchens am Baker Beach angeschwemmt. Die Autopsie ergab, daß sie ertrunken war, und bei der Untersuchung der Todesursache kam man mangels anderer Hinweise zu dem Schluß, daß es sich um Selbstmord gehandelt haben mußte. Die Tatsache, daß das Mädchen schwanger und unverheiratet war, schien diese These zu erhärten. Niemand fand sich ein, der die Leiche beanspruchte.

Am 6. August wurde Robert gefragt, ob er der Sozietät Sutton, Wells, Willmont und Spaulding beitreten wolle.

Teil VI

1981

Wer seinen Becher reichlich füllt,
dem mangelt es nicht am Trunke

THEOKRIT

1

Der Herbst wehte frostig über Manhattan hinweg, verscheuchte die letzten Überbleibsel des Sommers und entpuppte sich dann als Winter. Der Schnee ließ nicht lange auf sich warten, er folgte an Thanksgiving, blieb aber nicht bis Weihnachten. Zur Begrüßung des neuen Jahres hatte man nichts zu bieten außer eisiger Luft.

Karen schloß die Eingangstüren von Demion Five ab, überprüfte sie noch einmal und ging dann zur Straße, um sich ein Taxi zu rufen.

In diesem vornehmen Teil der Madison Avenue gab es häufig rätselhafte Einbrüche, und die Ladenbesitzer waren dazu übergegangen, sich Lichtschranken und ausgeklügelte Alarmanlagen installieren zu lassen. New York wird bald wie eine Festung wirken, dachte Karen seufzend. In den zwei Jahren seiner Existenz war bei Demion Five dreimal eingebrochen worden. Beim erstenmal, eine Woche nach der Eröffnung, hatten Vandalen die halbe Einrichtung zerstört. Als Karen den Laden betrat, stieß sie auf kostbare Bücher, die völlig durchweicht waren, zerschlitzte Leinwände, zerfetzte Kleider.

»Elende Bastarde!« rief Demelza aus, als sie den Schaden begutachtete. »Das haben sie getan, weil sie kein Geld gefunden haben.«

»Warum sollte jemand auf die Idee kommen, daß wir

so blöd sind, Geld rumliegen zu lassen?« wollte Karen wissen.
Die Mitbesitzerin des exklusiven Ladens warf angewidert die Hände in die Luft. »Das ist so eine Art zusätzliche Versicherung. Ab jetzt lassen wir nachts immer ein paar hundert Dollar in der Kasse.«
Ein Taxi hielt am Bordstein, ein Fahrgast stieg aus, und Karen schnappte es einem schüchtern dreinblickenden asiatischen Pärchen vor der Nase weg. Sie schlug die Tür zu, sagte dem Fahrer ihre Adresse in der Sixty-third Street und ließ sich in die Polster zurücksinken. Das war nicht ganz die feine Art, die New Yorker anwandten, um von einem Ort zum anderen zu kommen, und Karen hatte immer ein schlechtes Gewissen, wenn sie sich so verhielt.
Aus dem schlichten Vorstadtmädchen war eine gewandte Städterin geworden. Das lange Haar, das sie fast das ganze Jahrzehnt hindurch getragen hatte, war einer lockigen Kurzhaarfrisur gewichen, von Elizabeth Arden hatte sie die Kunst des Schminkens erlernt, und ihren neuen Kleidungsstil verdankte sie Saks Fifth Avenue. In ihrem Schrank hingen jetzt schmale Kostüme und klassische Blusen. Im Washington-Square-Buchladen war ein bestimmtes Outfit gefragt gewesen, hier in der gehobenen Gegend war es nun ein anderes.
Demion Five war Iones Idee gewesen. Die Kunsthistorikerin hatte das Projekt zunächst entwickelt, um die Arbeit ihres Mannes zu vertreiben, doch es steckte auch ein einzigartiges Einkaufskonzept dahinter. Als ihr Vater starb und ihr etwas Geld hinterließ, beschloß sie zu handeln. Als erstes sprach sie Demelza an.
»Ich kenne mich mit Kunst aus, aber ich habe keine Ahnung von Management«, gestand sie. »Ich möchte ein Geschäft eröffnen, wie ich noch nie eines gesehen habe –

mit seltenen Büchern und Zeitschriften wie in deinem Laden, aber auch mit hochwertiger Kunst, Mode, Schmuck und anderen Sachen. Nicht wie ein Kaufhaus – es soll wie eine elegante Privatwohnung wirken, in der sich die Kunden so wohl fühlen, als würden sie alte Freunde besuchen. Ich sehe es vor mir – viele Sofas und Sessel und Teppiche, morgens Kaffee, nachmittags Tee.«

»Ich fand immer, daß der Buchladen gemütlich wirkt, aber nicht elegant«, bemerkte Demelza.

»Genau«, stimmte Ione ihr zu. »Ich schätze, ich will einfach nur noch dies und jenes hinzufügen und das Ganze in eine gute Gegend verlegen.«

Karen konnte es vor Aufregung kaum erwarten. »Das ist eine tolle Idee!« rief sie. »Und natürlich muß man so was in einer exklusiven Gegend machen. Hier würde es nie laufen.«

Demelza blickte nachdenklich über Iones Schulter. Seit dreißig Jahren hatte sie immer nur in ihrem geliebten Greenwich Village leben und irgendwann auch sterben wollen, doch die Zeiten hatten sich geändert. Hungernde Künstler galten nicht mehr als modisch, und »Bohemien« war ein abfälliger Begriff geworden. Der Vietnamkrieg war zu Ende, und das Land versuchte zur Besinnung zu kommen. Lange Haare und Perlenketten waren out, Bürgerlichkeit war in. Individualismus war öde, Engagement langweilig. Jeder kämpfte jetzt für sich selbst.

Dank Karen betrieb der Buchladen einen schwungvollen Handel mit Ausgaben, die nirgendwo anders erhältlich waren, doch die Kunden kamen jetzt aus dem ganzen Stadtgebiet, und die Leute aus dem Viertel, die früher auf einen Tee und ein ermutigendes Gespräch hereingeschaut hatten, verloren sich zunehmend.

Das Village nahm eine andere Gestalt an. Die Unschuldigen, die vorgehabt hatten, die Welt zu verändern, waren fast alle verschwunden, und an ihrer Statt trieben sich Drogensüchtige und Unzufriedene herum. Die Cafés, diese zauberhaften Orte, an denen Sägemehl auf dem Boden lag und sanfte Visionäre ihre Friedenslieder sangen, waren zu dunklen Flecken verkommen, an denen düstere Gestalten ihre tödlichen Mittelchen vertrieben. Aus Hoffnung war Verzweiflung geworden, die Marschierer waren nun Terroristen, Liebe hatte sich in Sex verwandelt und Musik in Lärm, statt »wir« hieß es »ich«, und die malerische kleine Gemeinde stand nicht mehr hoch im Kurs.

Demelza tat also das einzig Sinnvolle – sie zog gen Norden, in die gute Gegend. Sie verkaufte den Buchladen und warf ihr Geld mit dem von Ione zusammen. Die beiden Frauen wußten genau, was sie wollten. Nach fünf Monaten fanden sie dann etwas Passendes in der Madison Avenue, und sie schauten nie mehr zurück.

Ihr Projekt war Galerie, Boutique, Café und Salon in einem. Samt, Spitze und Borte, edles Holz und Zitronenöl prägten das Ambiente. Die Räume waren hell, weitläufig, gemütlich und schick zugleich.

Mitchs Gemälde schmückten die Wände. Im ersten Stock standen Schränke, in denen Jennas Kreationen untergebracht waren. In der holzgetäfelten Bibliothek fanden sich Regale voll wertvoller Bücher und Zeitschriften. In einem Schaukasten in der Eingangshalle glitzerten Felicitys Schmuckunikate. Und an geschickt ausgewählten Stellen stieß man auf hervorragende Skulpturen von John Micheloni, Jennas Lebensgefährten.

Überall luden Sessel und Sofas zum Sitzen ein, die Demelza beschafft und Jenna neu bezogen hatte. Die Galerie war mit Stühlen und Tischchen ausgestattet, an denen Kaffee, Tee und Gebäck serviert wurden. Im Hintergrund ertönte Musik von Bach oder Mozart.

Wenn man durch die Tür kam, befand man sich in einer anderen Welt, einer Art viktorianischem Zeitalter mitten in einer Stadt, die es kaum erwarten konnte, sich ihrer Vergangenheit zugunsten der Zukunft zu entledigen.
Das Konzept war frisch und originell, lag im Trend und kam gut an. Einen Monat nach der Eröffnung brachte die *Times* eine kleine Notiz über den Laden. Danach war den Leuten daran gelegen, sich im Demion Five sehen zu lassen. Man begann Mitchs Gemälde zu erwerben. Einige von Jennas Kreationen wurden bei Modeereignissen getragen. John konnte ein paar Skulpturen an reiche Gönner verkaufen. Und Felicity bekam so viele Aufträge, daß sie keine Zeit mehr hatte, sich nach dem Broadway zu sehnen. Die Mitglieder von Demion Five waren erfolgreich, und es war ihnen peinlich.
»Ich bin jedem einzelnen meiner Prinzipien untreu geworden«, erklärte Mitch, als er einwilligte, ein Bild für Gracie Mansion, das Anwesen des Bürgermeisters, zu malen. »Ich habe geheiratet und die Drogen aufgegeben, ich zahle Steuern und trage Anzüge, ich befasse mich mit Leuten, die außerstande sind, meine Arbeit zu verstehen, und was das Schlimmste ist, ich werde reich.«
Er und Ione hatten kurz nach der Geburt ihrer gemeinsamen Tochter Tanya geheiratet. Die Rankins wohnten noch immer in der Sullivan Street, weil es von dort aus nicht weit zur Universität war, wo Ione einen Lehrstuhl innehatte. Doch inzwischen gehörte ihnen das heruntergekommene Gebäude, und sie waren gerade dabei, es von Grund auf zu renovieren.
Der Rest der »Familie« war ausgezogen. Jenna und John wohnten zusammen in einem Loft in SoHo. Als der Vietnamkrieg zu Ende war, machte Kevin Munker endgültig seinen Magister. Kurz darauf bewarb er sich zur Erheite-

rung aller für ein Aufbaustudium und zog nach Boston. Felicity nahm sich eine Wohnung in Chelsea. Demelza entschied sich für die West End Avenue statt der Bleecker Street. Ethan kam nie zurück.

»Ich hatte niemals Prinzipien, denen ich untreu werden konnte«, sagte Felicity mit einem Seufzer. »Aber es ist ein bißchen merkwürdig, soviel Geld zu haben.«

Jenna kicherte. »Ich hab ein Sparbuch angelegt. Das war, glaub ich, das drittemal in meinem Leben, daß ich eine Bank betreten habe.«

»Ich habe 1978 mehr eingenommen, als mein Vater in zehn Jahren an den Docks verdient hat«, sagte Demelza. »Ich werde das Gefühl nicht los, daß das irgendwie unmoralisch ist.«

Das Taxi hielt vor dem graubraunen Haus in der Sixty-third Street zwischen Lexington und Third Avenue, das Karen als ihr Zuhause betrachtete, seit sie stellvertretende Geschäftsführerin im Demion Five geworden war. Ihre Eltern waren von ihrer Entscheidung, in eine bessere Gegend zu ziehen, so begeistert, daß sie die Miete für zwei Jahre übernommen hatten, obwohl Karen nicht mehr auf ihre Unterstützung angewiesen war.

Karen gab dem Taxifahrer ein großzügiges Trinkgeld, holte die Post aus dem Briefkasten und schloß ihre Wohnung im ersten Stock auf. Während sie zur Garderobe ging, um ihren pelzbesetzten Mantel aufzuhängen, knipste sie überall das Licht an und schaltete die Stereoanlage ein. Auf WQXR gab es gerade eine Symphonie von Brahms, und die fließende Musik paßte zu ihrer Stimmung.

Das Apartment war ganz in Braun- und Weißtönen gehalten. Weiße Wände, weiße Fensterrahmen, weiße Läufer, braune Samtsofas und -sessel, Holz, schimmernde Parkettböden, hier und da Lithographien als Farbakzente und überall indirektes, mildes Licht.

Im Demion Five hing ein wunderbares Gemälde von Mitch. Es war in seinem unverwechselbaren Spachtelstil gemalt und wie geschaffen für den Platz über dem Kamin. Auf den ersten Blick war es nur eine Lichtung im Wald, doch wenn man es länger betrachtete, wurde es immer komplexer, und am Ende sah man Hunderte kleiner Wesen auf dem scheinbar unbelebten Stück Erde. Es war auf Fertigleinwand gemalt, doch es kostete weit mehr, als Karen sich leisten konnte, trotz ihres passablen Gehalts.

Sie ließ die Post auf das Tischchen am Eingang fallen und ging auf ihren hohen Schuhen den Flur entlang ins Schlafzimmer, wo sie die Pumps von den Füßen kickte, aus ihrem marineblauen Gabardinekostüm und ihrer Seidenbluse glitt und in graue Pantoffeln und einen unförmigen Hausmantel schlüpfte. Anschließend warf sie in der Küche ein paar Eiswürfel in ein Glas und goß sich einen Scotch ein. Auf dem Weg ins Wohnzimmer nahm sie ihre Post mit.

Sie war ganz für sich, konnte tun und lassen, wonach ihr der Sinn stand. Sogar nach fünf Jahren hatte sie sich noch nicht ganz an diesen Zustand gewöhnt. Unbewußt horchte sie noch immer auf Arlenes Schlüssel im Schloß. Ab und zu ertappte sie sich dabei, wie sie den Tisch für zwei deckte. Dann kicherte sie in sich hinein, denn das lag alles weit hinter ihr.

Sie war allein hier. Zumindest auf der ersten Etage. Die Kellerwohnung hatte ein fröhlicher Mann gemietet, der am Hunter College englische Literatur lehrte, und über ihr wohnte ein altes deutsches Ehepaar, Emigranten, die lange Ärmel trugen, damit man die Nummern an ihren Armgelenken nicht sah. Doch sie hatten ihre Räume ganz für sich, wie Karen die ihren. Und sie hatten ihre eigenen Geheimnisse, wie Karen auch.

Wenn sie die Wohnungstür hinter sich schloß, befand sie

sich in ihrer eigenen Welt. Sie wußte genau, wo alles war, konnte essen, was sie wollte, sich mit ihren »Denkzetteln« beschäftigen, ohne sich beobachtet fühlen zu müssen, sich im Fernsehen anschauen, wozu sie Lust hatte, und sie brauchte niemanden zu treffen und mit niemandem zu sprechen, wenn ihr nicht danach zumute war. Manchmal ließ sie sogar das Telefon klingeln.

»Ich hab dich gestern abend angerufen, aber du warst nicht zu Hause«, sagte ihre Mutter dann. »Wo warst du denn?«

»Auswärts essen«, antwortete Karen rasch, weil sie wußte, daß ihrer Mutter eine Lüge als Antwort lieber war als die Wahrheit.

»Mit jemand Bestimmtem?«

»Nur mit Freunden.«

Beverly seufzte. »Mit diesen merkwürdigen Leuten, mit denen du zusammenarbeitest?«

»Früher waren sie vielleicht merkwürdig«, berichtigte Karen sie. »Das sind jetzt alle gutsituierte Bürger.«

»Es freut mich, daß sie so erfolgreich sind«, sagte ihre Mutter mit einem verächtlichen Schniefen.

»Aber sie sind immer noch nicht gut genug«, bemerkte Karen. »Keine Ärzte, keine Anwälte, nicht mal ein Zahnarzt – und keiner konnte es sich erlauben, nach Harvard oder Yale zu gehen.«

»Also wirklich«, protestierte Beverly, »das hört sich ja an, als wäre ich ein schrecklicher Snob. Ich hatte gedacht, du würdest, da du jetzt aus dieser verkommenen Gegend in ein anständiges Viertel gezogen bist, vielleicht ... na, sagen wir, passenderen Umgang finden. Du wirst nicht jünger, weißt du.«

Als Arlene ihren Abschluß gemacht und ihren Orthopäden geheiratet hatte und nach Scarsdale gezogen war, hatte Karen die Wohnung in der West Twelfth Street behalten, weil sie praktisch und vertraut war und sie es von dort aus nicht weit zu ihren Freunden hatte. Zuerst hatte sie vorgehabt, sich eine neue Mitbewohnerin zu suchen, vor allem auch, um ihrem Vater nicht die ganze Miete aufzubürden. Doch als die Monate und Jahre verstrichen, wurde ihr klar, daß sie eigentlich niemanden in ihren vier Wänden haben wollte. Nachdem sie dann beschlossen hatte, in eine bessere Gegend zu ziehen, kam sie gar nicht mehr auf den Gedanken, eine Mitbewohnerin zu suchen.

Ihre Schwester Laura erzählte ihr von dem Apartment in der Sixty-third Street. Eine ehemalige Zimmergenossin aus Mount Holyoke und ihr Mann wurden nach Chicago versetzt. Es sei eine echte Gelegenheit, und Karen solle es sich so schnell wie möglich ansehen. Das tat sie, und sie brauchte nur anderthalb Minuten, um sich dafür zu entscheiden.

Als sie nun auf einem ihrer beiden halbrunden braunen Sofas an dem Couchtisch aus Walnußholz saß und ihre Post durchsah, sann sie über die Launen des Lebens nach, die einen ebenso leicht zur rechten Zeit an den rechten Ort versetzen konnten wie zur falschen Zeit an den falschen Ort.

Obwohl sie nie über diese Nacht sprach, die jetzt fast ihr halbes Leben zurücklag, verfolgte die Erinnerung sie wie ein gnadenloser Geist. Die wenigen Männer, die hartnäckig genug waren und sie zu einem Treffen überredeten, gaben bald auf, weil Karen sich als unnahbar erwies und grundsätzlich darauf bestand, sich nur an belebten Orten zu verabreden und zu trennen. Es machte ihr nichts aus. Irgendwann hörte sie auf, um das Leben zu trauern, das sie verloren hatte, und begann mit dem zu Rande zu kommen, das ihr geblieben war, und es ging ihr recht gut mit ihren Freunden, der »Sullivan-Street-Clique«, wie sie sie nannte. Gelegentlich traf sie sich mit Jill Hartman. Nachdem Andy sein Jurastudium abgeschlossen hatte, hatten die beiden sich scheiden lassen, was niemanden sonderlich überraschte. Ihre Tochter war jetzt ein hinreißender Teenager.

Seit Jills und Karens Jugend hatte sich viel verändert. Scheidung zum Beispiel, in der vorherigen Generation noch ein Unding, galt jetzt als akzeptable Lösung für Eheprobleme. Abtreibung war nicht länger gesetzeswidrig, weshalb viele Paare nicht mehr zwangsweise heiraten mußten. Und für Frauen war eine Karriere etwas Erstrebenswertes und keine Notlösung. Vor zwanzig Jahren hatten die Mädchen davon geträumt, Mediziner und Zahnärzte und Anwälte zu heiraten, heute träumten sie davon, diese Berufe selbst auszuüben.

»O Gott«, pflegte Jill zu sagen, »wir haben wirklich im finsteren Mittelalter gelebt.«

Finsteres Mittelalter war es in der Tat gewesen, sinnierte Karen, als sie ihren Scotch trank. Letzte Woche hatte sie etwas über einen Mann gelesen, dem der Prozeß gemacht wurde, weil er eine Frau vergewaltigt hatte, mit der er verabredet gewesen war. Sie nannten es sogar so – Vergewaltigung bei Verabredung. Die Staatsanwaltschaft trug vor, daß eine Frau, die sich mit einem Mann traf, nicht automatisch bereit zum Geschlechtsverkehr mit ihm war, daß sie das Recht hatte, nein zu sagen, und daß der Mann verpflichtet war, ihr zu glauben. Der Wind blies jetzt aus einer anderen Richtung. Karen wußte nicht, ob ihr nach Lachen oder nach Weinen zumute war.

Sie wandte sich entschlossen wieder der Post zu und teilte den dicken Stapel in vier Häufchen auf: Werbung, die sie ungeöffnet wegwarf, Zeitschriften, die sie später lesen würde, Rechnungen, die zum Zehnten des Monats bezahlt werden mußten, und schließlich die Karten – über zwanzig Stück. Die wollte sie öffnen und gleich lesen.

Es war der 8. Februar 1979, Karens siebenunddreißigster Geburtstag. Am nächsten Tag würde sie nach der Arbeit zu ihrer Familie nach Great Neck fahren und sich verwöhnen lassen. Laura hatte sich schön brav einen Anwalt geangelt und war jetzt Mutter zweier entzückender Babys, die Karen über alles liebte. Winola würde ihren Spezialgeburtstagskuchen mit doppeltem Schokoguß backen, und ihre Mutter würde die Kerzen aufstecken, und keiner würde es wagen, ein Wort über alte Jungfern oder unverheiratete Frauen zu verlieren.

Doch dieser Abend gehörte ihr. Sie konnte sich im Badezimmerspiegel betrachten und die Silberfäden ausreißen, die sich in ihr dunkles Haar gestohlen hatten, eine Suppe aus der Dose warm machen, statt sich ein anständiges Abendessen zu kochen, darüber sinnieren, wie die Zeit ihr zwischen den Fingern zerrann, und sich vorstellen, wie wohl das kommende Jahr aussehen wird.

Die Symphonie von Brahms war zu Ende, und Karen war gerade auf dem Weg in die Küche, um sich noch einen Scotch zu holen, als es klingelte.

Sie meldete sich über die Sprechanlage.

»Ich bin's, Ione. Kann ich reinkommen und mit dir reden?«

»Klar«, antwortete Karen.

»Mitch und ich haben uns gestritten.« Ione stapfte hinter Karen ins Wohnzimmer und ließ sich in den nächstbesten Sessel fallen. »Ich mußte Eden mal eine Weile den Rücken kehren.«

Von ihnen allen hatte sich Ione am wenigsten verändert. Mit ihrem kurzen blonden Haar, den großen grauen Augen und dem jungenhaften Körper wirkte sie immer noch mehr wie ein Schulmädchen als wie eine fünfundvierzigjährige Ehefrau, Mutter, Dozentin und Geschäftsfrau.

»Ich trinke Scotch, du auch?« fragte Karen.

»Ja, aber bitte einen doppelten«, sagte Ione.
Als Karen mit den Drinks wiederkam, blickte Ione niedergeschlagen auf den Stapel Karten.
»Du hast Geburtstag«, stöhnte sie, »und ich hab's total vergessen.«
»Nein, hast du nicht«, rief ihr Karen in Erinnerung. »Du hast mir eine wunderschöne Karte geschickt.«
»Nein, ich meine, ich hab es jetzt vergessen. Du hast wahrscheinlich heute abend was vor, und jetzt platze ich einfach so rein.«
Karen zuckte mit den Schultern. »Ich habe nichts vor. Ich fahre übers Wochenende zu meiner Familie und wollte mir heute abend nur die Haare waschen.«
»Na, wenn ich schon an deinem Geburtstag da bin, ist das mindeste, was ich tun kann, dich zum Essen einzuladen.«
»Unsinn, ich kann hier was für uns improvisieren.«
»Ich bin zu unruhig, um rumzusitzen«, erwiderte Ione. »Mir ist eher danach, einen draufzumachen, in ein schickes Restaurant zu gehen und mich zu amüsieren. Na los, sag, daß du mitkommst.«
»Tja, ich weiß nicht ...« meinte Karen zögernd.
»Bitte«, drängte Ione. »Ich mag nicht allein gehen.«
»Na gut«, willigte Karen ein.
»Toll!« rief Ione und schob Karen in Richtung Schlafzimmer.
»Du hast zehn Minuten zum Umziehen. Und du darfst das Restaurant aussuchen.«
Karen zog das einzige Modellkleid aus Jennas Produktion an, das sie sich hatte leisten können, ein fließendes Patchwork-Kleid aus bunten Seiden-, Samt- und Brokatteilen mit einem hohen Spitzenkragen, und entschied sich für das Sign of the Dove, ein nahe gelegenes französisches Restaurant mit einem zauberhaften Wintergarten. Seit die Clique

in diese Gegend gezogen war, hatte sie dieses Restaurant zu ihrem Lieblingslokal erkoren.

Um acht trafen sie bei dem hellgelben Gebäude in der Third Avenue ein. Jeder Tisch war besetzt, am Eingang wartete eine lange Schlange, und es wurden Leute abgewiesen.

»Das überrascht mich«, meinte Ione. »Ich hab nicht gedacht, daß es heute abend so voll sein würde.«

»Ich glaube, es ist jeden Abend voll«, erwiderte Karen mit einem enttäuschten Seufzer.

»Na, ich schau mal, ob sie nicht irgendein Eckchen übersehen haben«, sagte Ione aufmunternd. »Bleib du in der Schlange stehen.«

Bevor Karen sie zurückhalten konnte, drängelte Ione sich durch die Menge, und Karen beobachtete, wie sie dem Oberkellner etwas ins Ohr flüsterte. Der Mann lächelte und nickte. Ione drehte sich um und winkte Karen zu sich.

»Was hast du bloß zu ihm gesagt?« fragte Karen, die wütenden Blicke der Leute im Rücken spürend, die vor ihr in der Schlange gestanden hatten.

Ione zuckte mit den Schultern. »Daß du ein berühmter Gourmet aus Europa seist.«

Karen dachte gerade darüber nach, was sie darauf erwidern sollte, als sie vor sich eine vertraute ausladende Gestalt erblickte.

»Sieh mal«, rief sie, »da ist Demelza.«

»Ach ja?« sagte Ione grinsend. »Schau doch mal genauer hin.« Das tat Karen, und sie entdeckte Jenna, John, Felicity und sogar Mitch mit der achteinhalbjährigen Tanya, die angerannt kam und ihrer Lieblingsfreundin unter den Erwachsenen die Ärmchen um den Hals schlang. Dann küßten und umarmten sich alle, als hätten sie sich monatelang nicht gesehen.

»Sind Geburtstage nicht toll?« quiekte Tanya fröhlich.
»Überraschung!« rief Demelza. Sie war jetzt sechsundfünfzig, und ihr Haar war ergraut, aber sie trug immer noch ihren dicken Zopf.
Karen wandte sich zu Ione um. »Krach mit Mitch, wie?« sagte sie gespielt vorwurfsvoll.
Es wurde ein großartiges Fest. Sie lachten, aßen und tranken ohne Ende. Eine Weile schien es fast, als wäre alles wie früher. Doch mit einem kleinen Anflug von Traurigkeit dachte Karen daran, daß der Schein trog. Das Leben und der Erfolg hatten sie alle verändert. In diese gehobene Gegend zu ziehen war nicht nur eine räumliche, sondern auch eine psychische Veränderung gewesen. Vor nicht allzulanger Zeit hatten sie sich noch über Leute lustig gemacht, die in Restaurants wie dieses gingen. Jetzt dachten sie sich nichts mehr dabei, sechs- oder siebenhundert Dollar für jemanden auszugeben, der für sie kochte und den Abwasch übernahm.
Karen erinnerte sich an Zeiten, als ein kleiner Überschuß in der Haushaltskasse bedeutete, daß man sich eine gute Flasche Wein leisten konnte. Heute beschäftigten sie Finanzberater, kauften Immobilien und investierten in High-Tech-Firmen. Statt der *Village Voice* lasen sie das *Wall Street Journal*, und sie zogen den betäubenden Effekt von Scotch der entspannenden Wirkung von Marihuana vor. Sie sprachen nicht mehr von der Zukunft und den Zielen, die sie erreichen wollten, sondern nur noch von der Gegenwart und von den Zielen, die sie erreicht hatten. Aus den Träumen waren Verpflichtungen geworden. Sie gehörten nun zum Bürgertum.
Die kleine Familie, die Karen so lange Halt gegeben hatte, existierte nicht mehr.
Sie würden nie mehr vereint sein, wie ein Rohdiamant, den man geschliffen, aber in einzelne Brillanten zerteilt hatte.

»Ihr fehlt mir wirklich«, hörte Karen sich sagen.
»Ja«, stimmte Mitch ihr zu. »Wir sollten so was öfter machen.« Er war schlanker als in ihren mageren Tagen, und der dichte Vollbart war gepflegten ergrauenden Stoppeln gewichen.
»Mindestens einmal im Monat«, meinte Felicity. Sie war jetzt über vierzig und wirkte mit ihrer mehr als schlanken Figur inzwischen eher magersüchtig als modisch.
»Oder einmal die Woche«, sagte John.
Karen hatte den Bildhauer immer als eine Art linkischen Ichabod Crane gesehen, doch der Wohlstand verlieh ihm jetzt eine Ausstrahlung, die eher an Sherlock Holmes erinnerte. Er gab zu, daß er aus New Jersey stammte, wo, wie man munkelte, seine Familie enge Kontakte zum organisierten Verbrechen hatte. Doch man mußte ihm zugute halten, daß er auch in mageren Zeiten – und die hatte er reichlich erlebt – keinen Penny von seinen Verwandten angenommen hatte.
»Dann wäre es aber nichts Besonderes mehr«, entgegnete Jenna. Das junge Mädchen mit dem karottenroten Haar und den rosigen Wangen hatte sich zu einer üppigen Rubens-Schönheit entwickelt.
In diesem Moment fuhr ein Hilfskellner eine Torte heran, auf der genau die richtige Anzahl Kerzen brannte. Als er eine Flasche Champagner öffnete und einschenkte, erhaschte Karen einen Blick auf das Etikett. Dom Perignon. Sie lächelte still vor sich hin. Es hatte sich wirklich sehr viel verändert.
Als alle ein volles Glas hatten, stand Demelza auf.
»Ich weiß, daß Karen heute Geburtstag hat«, sagte sie, »was natürlich sehr schön ist, aber wir sind aus noch einem Grund hier versammelt.«
Tanya hielt ihr Glas mit den zwei Tröpfchen der kostbaren

sprudelnden Flüssigkeit darin hoch, die ihre Mutter ihr erlaubt hatte.

»Trinken wir jetzt?« flüsterte sie.

»Noch nicht«, erklärte ihr Demelza. »Nach meiner Rede.«

»Sagst du mir, wenn's soweit ist?«

»Ja.«

»Versprichst du's mir?« fragte die Kleine hartnäckig. Sie durfte zum erstenmal Champagner trinken, und sie wollte auf keinen Fall den richtigen Moment verpassen.

»Ich verspreche es dir«, antwortete Demelza. »Wie ihr alle wißt, bin ich seit der Gründung von Demion Five vor zwei Jahren Geschäftsführerin unseres kleinen Unternehmens«, fuhr sie fort. »Zwei Jahre, die so erfolgreich waren, daß man beschämt sein müßte, möchte ich hinzufügen. So wahr mir Gott helfe, ich bin inzwischen in der obersten Steuergruppe.«

»Haste Töne«, murmelte Mitch.

»Dafür gibt es natürlich Gründe. Demion Five ist besser angekommen, als wir es je zu hoffen gewagt hatten. Man muß sich mal vor Augen halten, daß es zweierlei Dinge sind, sich etwas vorzustellen und etwas zu verwirklichen. Nur durch übermenschlichen Einsatz ist es uns gelungen, fünf unterschiedliche Bereiche so zu verbinden, als gehörten sie seit jeher zusammen und wären wie füreinander geschaffen. Ione hat es sich vorgestellt, ich hab es entworfen, doch in Wirklichkeit, Ladys und Gentlemen und meine kleine Lady«, sagte sie und zwinkerte Tanya zu, »haben wir es Karen zu verdanken.«

Alle wandten sich Karen zu und applaudierten.

»Ich war nur in der Lage, beim Verkauf des Buchladens genug Gewinn zu machen, um bei Ione einzusteigen, weil Karen ein funktionierendes Unternehmen daraus gemacht hat. Auf ihre stille Art merkt sie, wo man anpacken muß, und packt an.«

»Jawohl!« riefen alle. Karen errötete.
»Jetzt?« fragte Tanya.
»Noch nicht«, murmelte Demelza. »Und deshalb möchte ich als Geschäftsführerin von Demion Five euch allen mitteilen, daß ich diesen Posten aufgebe. Begrüßt eure neue Geschäftsführerin. Ich trinke auf Karen.«
»Auf Karen!« riefen alle und hoben ihre Gläser.
Demelza wandte sich Tanya zu. »Jetzt«, verkündete sie, und sie tranken.
Karen blickte überwältigt in die Runde. »Ich ... ich weiß gar nicht, was ich sagen soll«, stammelte sie. »Wenn du mich zur Geschäftsführerin ernennst, Demelza, was tust du dann?«
»Dasselbe wie jetzt. Ich bin überall im Weg und gehe allen auf die Nerven. Es wird sich nichts ändern. Du machst diese Arbeit schon von Anfang an, du verdienst den offiziellen Posten. Außerdem fehlen mir meine Bücher. Da ich jetzt eine begüterte Frau bin, möchte ich mehr Zeit damit verbringen, in Bücherstapeln zu kramen, und vielleicht sogar herumreisen und versuchen, neue Schätze zu entdecken.«
»Ich weiß immer noch nicht, was ich sagen soll«, gestand Karen.
»Demelza hat das noch nicht zur Sprache gebracht«, warf Ione ein, »aber die Beförderung bringt auch eine stattliche Gehaltserhöhung mit sich.«
Als sie das hörte, erschien ein breites Grinsen auf Karens Gesicht. »Oh, jetzt fällt mir etwas ein, was sich dazu sagen ließe. Nun kann ich mir Mitchs Bild kaufen.«

2

Die Frau schien etwa in Karens Alter zu sein. Sie war klein und rundlich, hatte blaue Augen, die unterschiedlich groß waren, und dunkelblondes Haar, das sie über der Stirn zu einem geraden Pony geschnitten und im Nacken zusammengebunden trug. Sie hatte sich zum drittenmal in knapp zwei Wochen durch die Märzstürme gekämpft, um sich Michelonis Skulptur anzusehen.

Es war eine von Johns besten Arbeiten, eine Darstellung von Paul Reveres Kurierritt, eine schwarze Figur, die entfernt an ein Pferd erinnerte und von einer Schicht durchsichtigem Alabaster, der Andeutung eines Capes, bedeckt war. Sie war kaum dreißig Zentimeter groß, hatte jedoch eine enorme Ausstrahlung – und war mit einem Preisschild versehen, auf dem eine fünfstellige Summe stand.

Karen hatte sie auf einen Marmorsockel im hinteren Teil des ovalen Foyers in eine beleuchtete Nische gestellt, ein Ort, der den spektakulärsten Stücken vorbehalten war. Sie liebte diese Skulptur, genau wie Mitchs Bild von der Lichtung, das jetzt in ihrer Wohnung über dem Kamin hing.

Doch Johns Kunstwerk konnte sie nur während der Arbeitszeit bewundern, da es für sie trotz ihrer beträchtlichen Gehaltserhöhung zu teuer war.

Die Frau ging langsam um die Skulptur herum, betrachtete

sie eingehend mit einem Gesichtsausdruck, in dem sich Bewunderung und Unentschiedenheit spiegelten.

»Entschuldigen Sie«, sagte sie schließlich, atmete tief durch und kam zu Karen. »Ob ich wohl mit dem Geschäftsführer sprechen könnte?«

»Das bin ich«, erwiderte Karen, lächelte höflich und stellte sich vor. »Was kann ich für Sie tun?«

»Nun, ich stehe vor einer Entscheidung«, teilte ihr die Frau mit. »Entweder nehme ich dieses wunderbare Stück mit nach Hause, oder ich ziehe in Ihren Laden.«

Karen lachte. »Ich weiß genau, wie Ihnen zumute ist. Wenn ich das Geld hätte, stünde es schon lange in meiner Wohnung.«

»Genau darum geht es«, meinte die Frau. »Ich kann es mir nicht leisten, aber ich vermag mich auch nicht davon zu lösen. Wissen Sie, mein Mann befindet sich kurz vor einer tollen Beförderung, und da er sich sehr für die Revolution interessiert, dachte ich, das sei eine würdige Art zu feiern.«

»Das finde ich auch«, stimmte Karen ihr zu.

»Aber er bringt mich um, wenn er erfährt, was die Skulptur kostet. Deshalb hatte ich mir überlegt, ob wir vielleicht etwas aushandeln können.«

Es war nicht das erstemal, daß sich jemand nach Finanzierungsmöglichkeiten erkundigte. Normalerweise lehnte man so etwas bei Demion Five höflich ab und riet dem Kunden zu einem erschwinglicheren Objekt. Doch in diesem Fall zögerte Karen, weil die Frau etwas Einnehmendes an sich hatte und ihr apartes asymmetrisches Gesicht – ein Auge war merklich größer als das andere – absolut aufrichtig wirkte.

»Möchten Sie eine Tasse Tee? Ich kann bei einer Tasse Tee immer besser denken.«

»Sehr gern«, antwortete die Frau.

»Gut, was haben Sie sich denn so vorgestellt?« fragte Karen, als sie sich mit einer Kanne Earl Grey und einem Teller mit Iones frischen Obsttörtchen an einem Tisch auf der Galerie niederließen.

»Ich heiße Nancy Yanow und bin Fotografin«, eröffnete die Frau das Gespräch. »Zumindest war ich das, bevor ich Mutter wurde. Einen Sommer lang habe ich für den *Philadelphia Inquirer* und einige Jahre für die *Reading Times* gearbeitet und hatte einen ziemlich guten Ruf. 1970 erhielt ich für meine Serie über die Studentenunruhen an der Kent State University einen Preis. Ich hab einige ziemlich aufregende Projekte gehabt. Die *New York Times* hat auch mal eines meiner Bilder gekauft. Damals hieß ich noch Nancy Doniger.«

»Das klingt auch aufregend«, sagte Karen.

»Ja, das war es«, erwiderte Nancy wehmütig. »Jedenfalls gehen meine Kinder jetzt beide zur Schule, und ich habe ziemlich viel Freizeit. Für Zeitungen zu arbeiten paßt nicht mehr zu meinem Lebensstil, aber ich dachte daran, mich als Kunstfotografin selbständig zu machen. Ich bin noch auf dem laufenden, was meine Ausrüstung betrifft, und ich weiß, daß sich hochwertige Arbeit zur Zeit gut verkauft. Und so habe ich mir überlegt, daß wir, wenn Ihnen meine Sachen gefallen, vielleicht ein Arrangement treffen könnten. Ich könnte zum Beispiel die Hälfte der Skulptur bezahlen und Ihnen für den Rest Arbeiten von mir anbieten.«

Die Idee hat etwas für sich, dachte Karen. Demion Five lief zwar sehr gut in seiner bestehenden Form, aber es konnte nicht schaden, noch eine neue Ebene hinzuzugewinnen.

»So ein Arrangement haben wir noch nie ausprobiert«, sagte sie vorsichtig, obwohl sie wußte, daß sowohl Demelza als auch Ione einen Tauschhandel befürworten würden.

»Oh«, seufzte Nancy.
»Aber das heißt nicht, daß es nicht einen Versuch wert wäre. Ich müßte mir natürlich Ihre Fotos ansehen, bevor ich etwas zusage, und mich mit den Besitzern absprechen.«
»Ja, klar«, erwiderte Nancy strahlend. »Wenn Sie Zeit haben, könnte ich Ihnen morgen oder übermorgen ein paar Arbeiten zeigen. Oder noch besser, Sie kommen zu mir und schauen sich alles an.«
»Ich werd mal einen Blick in meinen Terminkalender werfen«, sagte Karen.
Die beiden Frauen gingen nach hinten in Karens kleines, vollgestopftes Büro.
»Wenn Sie an Klaustrophobie leiden«, warnte Karen sie, »sollten Sie jetzt nicht weitergehen.«
»Ich bin eher notorisch neugierig«, entgegnete Nancy und folgte ihr in das Büro. »Außerdem ist hier doppelt soviel Platz wie in meiner Dunkelkammer.«
Karen blätterte in ihrem Terminkalender. »Diese Woche könnte ich nur Donnerstag.«
»Das geht auch bei mir«, erwiderte Nancy.
»Es ist wahrscheinlich sinnvoller, wenn ich mir alle Ihre Arbeiten ansehe, und hier kann ich mich sowieso nicht genügend konzentrieren. Also würde ich vorziehen, zu Ihnen zu kommen.«
»Wunderbar«, sagte Nancy. »Um zwölf zum Mittagessen, was halten Sie davon?«
»Oh, das muß nicht sein.«
»Ich weiß«, entgegnete Nancy. »Ich gebe Ihnen gleich mal meine Adresse.«

Die Yanows wohnten in einem Sandsteinhaus in der West Seventy-eighth Street, in einer ruhigen Ecke hinter dem Naturkundemuseum. Nancy machte schon die Tür auf, noch bevor Karen geklingelt hatte, und erlöste sie von dem stürmischen Wind.

»Hi«, begrüßte sie Karen. »Kommen Sie rein. Hier gibt es ein Kaminfeuer und heißen Cider zum Aufwärmen.«

»Das klingt gut«, sagte Karen.

Nancy ging vor ihr eine Treppe hinauf. »Wir wohnen in den beiden oberen Etagen«, erklärte sie. »Mein Bruder hat die beiden unteren.«

»Haben Sie das per Münzwurf entschieden?«

»Nein«, antwortete Nancy lachend. »Das Haus gehört meinem Bruder. Wir sind seine Mieter.«

Die obere Wohnung war eindrucksvoll. Die Decken wurden von schweren Balken gestützt, die Böden waren aus Hartholz, und durch eine große Fensterfront hatte man Ausblick auf einen Garten hinter dem Haus. Die oberste Etage war in Drittel aufgeteilt. Auf der einen Seite lagen zwei kleinere, auf der anderen ein großes Schlafzimmer und dazwischen ein Spielzimmer. Im unteren Stockwerk gingen alle Räume ineinander über – Küche, Eßzimmer, Wohnzimmer, Arbeitsraum. Die Dunkelkammer gleich neben der Küche hatte früher wohl als Speisekammer gedient.

Die Einrichtung war ein Stilmischmasch. Auf dem Boden lagen überall Orientteppiche und auf den Sofas Navajodecken. An den unverputzten Wänden standen meist vollgestopfte Bücherregale, nur an einigen Stellen hingen Fotos, die dort sehr gut zur Geltung kamen. Auf einem war eine alte Frau zu sehen, die mädchenhaft zwinkerte, auf einem anderen ein ernster kleiner Junge, dem eine Träne die Wange hinunterrann. Auf einem dritten teilten sich ein Junge und ein Mädchen einen Apfel.

»Sind die von Ihnen?« fragte Karen.

»Ja.«

»Die sind toll.«

Nancy strahlte. »Die hab ich in meiner Menschenphase gemacht. Jetzt stecke ich gerade in einer Ortephase.«
»Ich bin sehr gespannt auf die anderen.«
»Ich dachte, wir essen erst, wenn Ihnen das recht ist«, schlug Nancy vor. Sie wies Karen den Weg zur Küche, die mit Holz und Kacheln ausgekleidet war.
»Ich habe meine Wohnung immer für eindrucksvoll gehalten«, bemerkte Karen, »aber wie Sie das hier gestaltet haben ... das ist einfach unglaublich.«
»Ich wünschte, ich könnte das Lob einheimsen«, sagte Nancy.
»Hat Ihr Bruder das alles gemacht?«
»Wir wußten schon, als er sechs war, daß er Architekt werden würde. Es war phantastisch, was er mit seinen Bausteinen anstellen konnte.«
»Wenn ich das hier so sehe, hatten Sie recht.«
»Seine Frau starb vor drei Jahren an Krebs«, vertraute Nancy ihr an. »Er hat die erste schlimme Zeit überstanden, indem er dieses Haus gestaltet hat. Er hat es quasi von Grund auf neu gebaut.«
Das Mittagessen glich eher einem Festmahl und war hervorragend. Die beiden Frauen plauderten dabei, als wären sie alte Freundinnen und nicht potentielle Geschäftspartner. Zwischen Krabbensuppe und gebackenem Lachs erfuhr Karen, daß Nancys Mann Joe Verkaufsleiter bei einem großen Unternehmen für Industriebedarf war und ihr Sohn Roger in die zweite und ihre Tochter Emily in die erste Klasse ging.
»Klingt, als hätten Sie eine tolle Familie«, sagte Karen.
»Sind Sie verheiratet?« wollte Nancy wissen.
»Nein.«
»Möchten Sie gern heiraten?«
»Früher wollte ich es«, antwortete Karen, und einen Mo-

ment lang wirkte ihr Gesicht schutzlos. »Aber es hat sich nicht ergeben, und heute denke ich nicht mehr oft daran.«
Ein kleines Lächeln umspielte Nancys Mund. »Nun, man weiß ja nie, ob sich nicht doch noch eine Gelegenheit ergibt, oder?«
Sie ging mit Karen in das Arbeitszimmer und bat sie, auf einem Sofa Platz zu nehmen. Dann hob sie eine große schwarze Mappe auf den Couchtisch aus Eichenholz und schlug sie auf. Gesichter jeden Alters waren da zu sehen, in unterschiedlichsten Gefühlszuständen. Und jedes erzählte eine Geschichte, auch in Schwarzweiß. Karen nahm eines der Fotos in die Hand. Es zeigte einen alten Mann, der auf einer Bank saß und mit so einem verlorenen Gesichtsausdruck ins Leere starrte, daß Karen feuchte Augen bekam.
»Es schaut aus, als warte er nur noch auf den Tod«, flüsterte sie.
»So war es auch«, sagte Nancy. »Seine Frau war gerade gestorben. Sie waren dreiundsechzig Jahre verheiratet gewesen. Jeden Nachmittag gingen sie zusammen in den Park, wo sie die Tauben fütterte. Hunderte von Tauben warteten schon auf sie an ihrer Bank. Er hat mir erzählt, daß er am Tag nach ihrem Tod in den Park ging, weil dort die Tauben warteten, doch als er hinkam, waren sie weg. Als hätten sie's gewußt.«
Karen betrachtete das Gesicht des alten Mannes, seine Augen. Sie hatte das Gefühl, daß sie die Geschichte auch geahnt hätte, wenn Nancy sie ihr nicht erzählt hätte.
Auf dem nächsten Foto war ein kleiner Junge abgebildet, der auf einem Spielplatz auf dem Klettergerüst ausgerutscht war und sich in einer gefährlichen Lage festklammerte. Ein Junge im Teenageralter hockte über ihm und reichte ihm die Hand. Der ältere Junge war schwarz. In den

Augen des kleinen Jungen lagen Furcht und Erleichterung, als er nach der Hand griff, die ihn rettete. Karen brauchte keine Erklärung, um dieses Bild zu verstehen.

»In Hollywood glauben sie zwar, sie hätten die Bilder zum Sprechen gebracht«, murmelte sie, »aber diese Bilder hier sprechen wirklich.«

»Und nun zu den Orten, die etwas zu erzählen haben«, sagte Nancy und hob eine andere Mappe auf den Tisch. Darin erlebte Karen New York auf eine ganz neue Art – leere Geschäfte mit vernagelten Fenstern, die sogar die Ratten verlassen hatten, an der Upper West Side, ein Luxusapartmenthaus in der Park Avenue, bevor die Müllabfuhr da war, die Queensboro Bridge in der Morgendämmerung, der Broadway während eines Stromausfalls, das Empire State Building im Schneesturm, ein Mietshaus an der Lower East Side, das lichterloh brannte, die Fähre nach Staten Island in dichtem Nebel.

»Hören Sie«, sagte Karen, als sie alle Bilder gesehen hatte, »ich bin keine Kunstkritikerin, und ich verstehe nichts von Design oder Komposition, aber wenn diese Fotos nur halb so gut sind, wie mein Instinkt es mir sagt, dann werden Sie und Ihr Mann bald eine Micheloni-Skulptur besitzen, für die ich mein letztes Hemd geben würde.«

»Sie gefallen Ihnen wirklich?« fragte Nancy atemlos.

»Nicht nur das, sondern ich glaube auch, daß sie das Niveau von Demion Five noch mal um eine Stufe anheben werden.«

»Wissen Sie, Sie sind der erste Mensch, der nicht zur Familie gehört, dem ich diese Fotos gezeigt habe. Joe hat mir immer gesagt, sie seien gut, aber er ist natürlich nicht gerade objektiv.«

»Nancy, sie sind gut«, versicherte Karen ihr. »Wirklich gut – und nicht einmal Ihr exzellentes Mittagessen könnte mich dazu verführen, das zu behaupten, wenn es nicht meine Meinung wäre.«

Die Fotografin grinste. »Ich war so nervös, als ich Sie neulich angesprochen habe. Zuerst wollte ich Sie nur fragen, ob ich nicht in Raten zahlen könnte. Aber als wir uns dann unterhalten haben, na ja, Sie waren so nett, und ich hatte irgendwie das Gefühl, daß Sie verstehen würden, was ich mit meiner Arbeit ausdrücken will.«

»Ich möchte, daß Sie gleich Montag früh mit Ihren beiden Mappen in den Laden kommen«, eröffnete Karen ihr. »Geht das?«

»Natürlich geht das.«

»Ich werde die Besitzer und vielleicht noch ein paar andere Leute hinbestellen, und dann werden wir die Reaktion abwarten.«

»Ich werde dasein«, versprach Nancy. »Und wenn dieser Tausch klappt, wenn ich den Paul Revere bekomme, dann verspreche ich Ihnen, daß Sie ihn so oft anschauen dürfen, wie Sie wollen.«

3

Als die milden Aprilregen die bitterkalten Märzstürme vertrieben hatten, waren Fotos in limitierten Auflagen zu einer festen Einrichtung bei Demion Five geworden. Und als die Frühlingsblumen unter der Maisonne erblühten, stellte Paul Revere den Mittelpunkt des Yanowschen Wohnzimmers dar, und Nancy hielt Wort – Karen war jetzt ein regelmäßiger Gast in dem Haus in der Seventy-eighth Street.

Die beiden Frauen telefonierten täglich miteinander, trafen sich zum Mittagessen und verbrachten die Samstagnachmittage zusammen. Seit ihrer Jugend, den faulen Wochenenden mit Jill, hatte Karen keine Freundin mehr gehabt, der sie sich so nah gefühlt hatte.

Am ersten Samstag im August klingelte Nancy um zehn Uhr morgens an dem Haus in der Sixty-third Street.

»Du bist zwei Stunden zu früh«, beklagte sich Karen, die in ihrem Frotteebademantel und mit klatschnassem Haar zur Tür kam. »Ich war gerade unter der Dusche.«

»Joe ist mit den Kindern zum Strand gefahren«, erklärte Nancy. »Er hat mich unterwegs abgesetzt.«

»Na, mach's dir bequem«, sagte Karen. »Da ist frischer Kaffee. Ich bin in einer halben Stunde fertig.«

Nancy goß sich eine Tasse Kaffee ein und nahm sie mit ins Wohnzimmer. Sie liebte die harmonische Atmosphäre von

Karens Wohnung, die gedämpften Brauntöne und das leuchtende Weiß, die vereinzelten Farbakzente, die schlichten Möbel, die Stille. Man konnte sich leicht entspannen hier, wo man nirgendwo über Spielsachen stolperte oder Gefahr lief, sich auf etwas Klebriges zu setzen. Die ordentliche Karen, dachte Nancy und lächelte. Bei ihr konnte man vom Boden essen und sich in den schimmernden Holzflächen spiegeln, und alles war an seinem Platz.
Doch an diesem Morgen stand auf dem Tisch ein altes, abgeschabtes Holzkästchen. Nancy war eigentlich kein indiskreter Mensch, aber das Kästchen paßte irgendwie nicht in diese Umgebung, und sie spähte hinein. Obenauf lag ein Blatt Papier. Sie erkannte Karens klare, akkurate Handschrift. Nancy konnte nicht widerstehen – sie griff danach und begann zu lesen.

Das Sterben eines Traums
ist umgeben von Schmerz,
Leere,
Reue,
Schuld.

In der Tragödie des Lebens
warten die Chancen,
unerkannt,
vergessen,
verpaßt.

Fasziniert nahm Nancy das nächste Blatt in die Hand.
Eine halbe Stunde später erschien Karen in marineblauen Hosen und einer weiten weißen Bluse. Ihr Haar war sorgfältig gefönt und saß perfekt.
»Da wir noch ein bißchen Zeit haben«, sagte sie, »hab ich gedacht, wir könnten ...«

Sie verstummte, als sie sah, daß Nancy das Holzkästchen auf dem Schoß hatte und die »Denkzettel« neben ihr auf dem Tisch lagen.

»Laß das!« schrie sie unwillkürlich. »Das ist privat!«

»Es tut mir furchtbar leid!« Nancy war überrascht und beschämt. »Ich wußte nicht ... Ich sah das Kästchen da stehen, und da hat meine Neugier gesiegt. Ich hab nicht nachgedacht.«

Karen sammelte die Blätter ein, stopfte sie in das Kästchen und schob es in eine der Schreibtischschubladen.

»Das ist nichts Bedeutendes«, sagte sie ausdruckslos. »Nur ein paar alberne Kritzeleien.«

»Es ist sehr wohl bedeutend«, widersprach Nancy. »Und ich hatte kein Recht, das ohne deine Erlaubnis zu lesen.«

Es entstand eine lange, unangenehme Pause.

»Du möchtest wahrscheinlich wissen, worum es da geht«, sagte Karen schließlich.

Aufrichtiges Mitgefühl wahr in Nancys ungleichen blauen Augen zu lesen. »Nicht, wenn du nicht darüber sprechen willst«, erwiderte sie.

»Es ist lange her«, murmelte Karen. »Ich war sehr naiv und habe einen schrecklich dummen Fehler gemacht, und ich mußte dafür bezahlen.« Sie atmete zitternd aus. »Manche Fehler spielen keine große Rolle, weil man weiß, daß sie einem nie wieder unterlaufen werden, aber andere ... Tja, ich mußte lernen, mit dem zu leben, was passiert war. Ich spreche nicht viel darüber. Die Notizen und diese Sachen, sie helfen mir jedenfalls.«

Nancy hörte den Seufzer und spürte die seelische Pein. »Es tut mir so leid«, entschuldigte sie sich. »Ich wollte dich nicht verletzen.«

Karen zuckte mit den Schultern. »Na ja, vorbei und vergessen.«

»Aber da ich die Texte nun schon mal gelesen habe«, fuhr Nancy fort, »möchte ich dir etwas sagen. Sie sind sehr gut.«
»Sei nicht albern«, entgegnete Karen mit einer wegwerfenden Handbewegung. »Die sind ganz dilettantisch.«
»Das stimmt nicht, und ich finde, du solltest etwas damit machen.«
»O ja, vielleicht das Badezimmer damit tapezieren.«
»Du solltest sie veröffentlichen.«
Karen lachte laut. »Und wer, meinst du, verlegt diesen Blödsinn?«
»Literarische Verlage veröffentlichen viel Lyrik, und sehr häufig sind die Autoren Leute, die mit irgend etwas fertig werden müssen, wie du auch. Ich habe in Zeitschriften Texte gelesen, die nicht halb so gut sind wie deine. Da war ein Wintergedicht dabei, bei dem ich echt gefröstelt habe, und das bei achtundzwanzig Grad mitten im August.«
»Danke für das Kompliment, aber ich schreibe diese Sachen nur für mich. Also vergiß es«, sagte Karen mit Nachdruck. Es war ihr jetzt peinlich, daß sie so ein Aufhebens davon gemacht hatte. »Laß uns so tun, als wüßtest du nichts davon, und wir machen uns auf den Weg, okay? Ich würde gern bei der Reinigung vorbeifahren, wenn wir noch Zeit haben.«
Doch Nancy vergaß die Gedichte nicht. Es war eher so, daß eine Idee, die sie seit geraumer Zeit mit sich herumtrug, Gestalt anzunehmen begann.

»Ich möchte dir was erzählen«, sagte sie zwei Wochen später, als sie zusammen zu Mittag aßen, »und du sagst bitte nichts, bis ich zu Ende geredet habe.«
»Schieß los«, erwiderte Karen lässig.
»Es läuft doch gut bei mir, nicht? Ich meine, die Fotografien von mir verkaufen sich nicht schlecht, oder?«

»So ist es.«

»Nun, ich habe mir überlegt, wenn meine Fotos so gut ankommen, könnte man doch ein Buch machen.«

»Einen Fotoband?«

»Genau. Weißt du, ich habe diese Idee schon lange, aber ich brauche ausreichend Material dazu. Ich möchte zeigen, wie sich Manhattan während eines Jahres, in allen vier Jahreszeiten, verändert. Unterschiedliche Perspektiven, verbunden mit dem Vergehen der Zeit. Der alte Mann, der dreihundertfünfundsechzig Nachmittage im Jahr auf einer Bank sitzt – wie wirken sich die Jahreszeiten auf ihn aus? Die Mutter, die jeden Morgen mit dem Kinderwagen spazierenfährt – was bedeuten die Jahreszeiten für sie? Wie verändern sich ein Fluß, ein Park, ein Schulhof? Was hältst du davon?«

»Ich glaube, das ist gut«, antwortete Karen, bei der die Idee sofort zündete. »Ein Buch zu einem vernünftigen Preis könnte ein echter Hit werden. Wir könnten es direkt im Laden verkaufen.«

»Es gibt nur noch einen Haken«, sagte Nancy.

»Und zwar?«

»Nun, das Buch, das ich mir vorstelle, soll kein reiner Fotoband sein. Es müssen auch Worte hinein. Die Worte werden die Bilder vertiefen, weißt du, so wie Abbildungen Texte verstärken. Doch ich will nichts verwenden, was schon fertig ist. Ich möchte Einfälle, die so frisch und originell sind wie meine Bilder. Aber schreiben kann ich nicht.«

»Dann such dir jemanden«, erwiderte Karen, ohne zu zögern. »Das ist eine so gute Idee, da wird dir bestimmt niemand eine Absage erteilen.«

»Das hatte ich gehofft«, erklärte Nancy, und ein spitzbübisches Lächeln trat auf ihr Gesicht.

Karen verschluckte sich. »Sei nicht albern. Du meinst doch nicht etwa mich. Ich bin keine Dichterin.«
»Nun, wie's der Zufall so will, weiß ich das besser.«
»Jedenfalls bin ich kein Profi.«
»Na und? Du bist so gut wie viele Profis, die ich kenne. Ich möchte, daß du die Gedichte zu meinen Bildern schreibst.«
Karen runzelte die Stirn. »Meine Texte kannst du dafür nicht nehmen«, wandte sie ein.
»Ich rede nicht von dem, was du zu Hause in deinem Kästchen liegen hast«, versicherte ihr Nancy. »Das ist privat und soll es auch bleiben. Ich rede davon, daß wir beide loslegen und zusammen etwas ganz Neues und Aufregendes kreieren.«
Es entstand ein langes Schweigen.
»Meinst du, ich würde das schaffen?« fragte Karen dann.
»Natürlich«, beteuerte Nancy. »Vor fünf Monaten hast du einer namenlosen Fotografin eine Chance gegeben, weil du so ein Gefühl hattest. Beleidige mich jetzt also bitte nicht, indem du meinen Gefühlen weniger traust. Ich sage, daß du das kannst. Ich *weiß* es.«
Karen glaubte keine Sekunde daran. Sie hatte in ihrem Leben genug gelesen, um zu wissen, daß die Texte in ihrem Kästchen nur dilettantisches Geschreibsel waren. Daß jemand dafür Geld ausgeben sollte, war die reinste Illusion. Dennoch war die Idee verlockend. Ein Werk zu schaffen, das ganz auf eigenen Beinen stand, war so etwas Ähnliches, wie ein neues Leben zu erzeugen, etwas, wozu sie außerstande war, wie ihr oft schmerzlich bewußt wurde.
Sie holte tief Luft. »Wann fangen wir an?« fragte sie.

4

Karen trug noch etwas Lip gloss auf, bürstete ihr Haar und trat einen Schritt zurück, um das Resultat im Spiegel zu begutachten.

Labour Day war ins Land gegangen, und die Zeit der pastellfarbenen Kleider und weißen Sommerschuhe war vorbei. Mittags war es noch um die zwanzig Grad gewesen, doch es war nicht zu übersehen, daß der Oktober gekommen war, der Herbst, Zeit für robustere Kleidung.

Karen hatte zwei Stunden lang verschiedene Sachen anprobiert. Schließlich entschied sie sich für ein schlichtes dunkelgraues Kleid, das sie noch nie getragen hatte. Pumps im gleichen Farbton und ein schweres Goldarmband aus Felicitys Kollektion vervollständigten das Outfit.

Sie betrachtete sich von allen Seiten, überlegte, ob irgend etwas fehlte, doch sie kam zu dem Schluß, daß alles stimmte. Mit einem befriedigten Seufzer nahm sie ihre Handtasche, verließ das Haus und ging zur Lexington Avenue, um von dort aus mit dem Taxi zur West Side zu fahren.

»Mein Bruder wird vierzig, und wir machen ein kleines Fest«, hatte Nancy Karen Anfang September erzählt. »Seit seine Frau gestorben ist, lebt er völlig zurückgezogen, und ich möchte, daß er ein bißchen Abwechslung hat. Joes Schwester und sein Bruder kommen mit ihren Kindern.«

»Aber das ist ja ein Familientreffen«, hatte Karen eingewandt. »Da gehöre ich doch nicht hin.«
»Natürlich tust du das«, erwiderte Nancy. Sie ließ es sich nicht ausreden.
Tatsächlich waren die Yanows für Karen fast wie eine eigene Familie geworden. In den vergangenen sechs Monaten war sie bei ihnen ein und aus gegangen, als wäre sie dort zu Hause. Sie hatte zwar das Geburtstagskind noch nicht kennengelernt, aber da Laura nach Boston gezogen war, war sie mit Nancys Mann und deren Kindern vertrauter als mit ihrer eigenen Nichte, ihrem Neffen und ihrem Schwager.
»Kann ich dir was helfen?« fragte Karen.
»Ja«, antwortete Nancy. »Ich hab ein Auge auf den neuen Rankin geworfen, das kleine Bild mit dem Clown. Ich glaube, mein Bruder wäre begeistert davon. Reservierst du es mir, wenn ich was anzahle?«
Es war ein seltsames Gemälde. Ein Clown balancierte lässig auf einem Einrad durch die Manege, und alles wirbelte mit rasender Geschwindigkeit um ihn herum. »Rasendes Rad«, hatte Mitch das Bild genannt, und Karen mußte immer lächeln, wenn sie es betrachtete.
»Schon erledigt«, sagte sie. »Aber ich werd es nicht abhängen, sondern ein ›Verkauft‹-Schild drankleben. Das ist besser fürs Geschäft.«
Jetzt stand das Bild verpackt in Nancys Arbeitszimmer, und Karen mußte nur noch zum Fest kommen.
Joe Yanow öffnete ihr die Tür. Er war ein fröhlicher, rundlicher Mann, kaum größer als seine Frau, mit vielen Lachfältchen und sich lichtendem Haar. Er lächelte sie herzlich an und umarmte sie schwungvoll, ähnlich wie Mitch Rankin. Karen hatte sich mit der Zeit an diese Art von Begrüßung gewöhnt.
»Nancy ist in der Küche, die Kinder im Spielzimmer, und

die anderen hocken alle im Arbeitszimmer und sehen zu, wie die Orioles die Pirates einseifen.«

»Ich geh mal in die Küche«, entschied sich Karen, als aus dem Arbeitszimmer lautes Geheul zu vernehmen war, »falls die Gastgeberin noch Hilfe braucht.« Sie hatte sich nie sonderlich für Baseball begeistern können, nicht einmal für die World Series.

In der Küche herrschte ein großes Tohuwabohu, was bedeutete, daß Nancy alles im Griff hatte. Nancy begrüßte Karen flüchtig und drückte ihr dann eine Platte mit Köstlichkeiten in die Hand.

»So wie die sich da drin beklagen, können sie bestimmt etwas Ablenkung gebrauchen«, meinte sie.

Karen trug die Platte mit Schinkenröllchen, gefülltem Sellerie und russischen Eiern ins Arbeitszimmer.

Abgesehen davon, daß Ted Doniger über eins achtzig groß und seine Schwester recht klein war, sahen sie sich ziemlich ähnlich. Beide hatten die gleiche gebogene Nase, das lässige Lächeln, das kantige Kinn und das blonde Haar, aber Nancys Augen waren eisblau, die von Ted dagegen haselnußbraun mit goldenen Sprenkeln.

Er trug graue Hosen und einen hellgelben Rollkragenpullover, der nach Kaschmir aussah, und er rauchte Pfeife, was wunderbar duftete. Er sah nicht im klassischen Sinne gut aus, aber Karen fand, daß er ein angenehmes, wohltuendes Gesicht hatte.

»Ich weiß nicht, weshalb die sich so aufregen«, flüsterte er, als er sich ein Schinkenröllchen und ein Ei nahm. »In Reading, als ich noch Kind war, haben wir die Pirates gehaßt.«

»Das macht nichts«, flüsterte Karen zurück. »Für mich ist ein Schlagmal ein blauer Fleck, ein Schlagstock ein Gerät, das Polizisten benutzen, und ein Kissen etwas, worauf ich mich schlafen lege.«

Die goldenen Sprenkel in den braunen Augen begannen zu tanzen. »Das gefällt mir«, sagte er anerkennend. »Die anderen könnten das allerdings als Ketzerei betrachten.«
»Dann werd ich es für mich behalten«, versprach Karen und wanderte mit der Platte weiter.
Wie gerufen kamen nach dem letzten Wurf die Kinder die Treppe heruntergepoltert. Roger und Emily rannten auf Karen zu und umarmten sie, die anderen blieben abwartend stehen.
»Diese rotznäsigen Ungeheuer hier sind meine«, verkündete Joes Schwester und wies mit dem Kopf auf zwei zerzauste Jungen.
Die drei Doniger-Töchter lugten hinter ihrem Vater hervor.
»Ich glaube nicht, daß sie beißt«, hörte Karen Ted flüstern.
Die Älteste, die das blonde Haar ihres Vaters und die rundliche Gestalt und die blauen Augen ihrer Tante hatte, wagte sich einen Schritt nach vorn.
»Ich heiße Gwen«, stellte sie sich vor. »ich bin zwölf Jahre alt.«
»Hallo, Gwen«, sagte Karen und lächelte. »Ich heiße Karen. Ich bin siebenunddreißig Jahre alt.«
Gwen hustete, und die anderen kicherten.
»Das ist ziemlich alt oder?«
»Kommt auf meine Laune an«, erhielt sie zur Antwort.
»Ich heiße Jessica«, wagte sich jetzt die kleinere Schwester vor. Sie hatte glattes braunes Haar und bedachte die fremde Frau mit einem mißtrauischen Blick aus ihren ernsten braunen Augen. »Ich bin fast neun.«
»Als ich neun war«, erklärte Karen, »war ich in der vierten Klasse.«
»Das bin ich auch«, erwiderte Jessica.
»Ich heiße Amy«, meldete sich die Jüngste zu Wort. »Ich bin fünf, und meine Mommy ist im Himmel.«

Karen lächelte das strohblonde Mädchen an, das die goldenen Augen seines Vaters geerbt hatte. »Du bist sehr erwachsen für ein fünfjähriges Mädchen«, sagte sie, »und ich wette, deine Mommy schaut jetzt gerade zu dir herunter und ist sehr stolz auf dich.«

»Meinst du, sie kann mich durchs Dach sehen?« fragte das kleine Mädchen und musterte die Decke mit den schweren Balken.

»Ich glaube, daß sie dich überall sieht«, meinte Karen. »Das ist das Besondere daran, wenn man im Himmel ist.«

»Meinst du, Herman kann mich auch sehen?«

»O Amy!« rief Gwen aus.

»Wer ist Herman?« fragte Karen.

»Unser Hamster«, erklärte Jessica. »Er ist letzte Woche gestorben, und wir haben ihn im Garten begraben.«

»Ich glaube, daß alle, die wir lieben, irgendwie weiter bei uns sind«, sagte Karen, »auch wenn wir sie nicht mehr sehen können.«

Die Fünfjährige nahm Karen bei der Hand und lehnte sich an sie. »Ich hab diesen kleinen roten Ball behalten«, flüsterte sie. »Das war sein Lieblingsspielzeug. Ich leg ihn nachts unter mein Kopfkissen.«

»Als ich so alt war wie du, hatte ich einen kleinen Kater«, flüsterte Karen zurück. »Als der gestorben ist, hab ich es genauso gemacht.«

Nancy hatte den klassischen Sheraton-Eßtisch ganz ausgezogen, damit die acht Erwachsenen und sieben Kinder Platz daran fanden. Sie hatte für Karen Joe und Ted als Tischnachbarn geplant, aber Amy wollte unbedingt neben ihrer neuen Freundin sitzen, und Gwen ließ sich rasch auf Karens anderer Seite nieder.

»Tja«, sagte Nancy und lächelte, »soviel zu meiner Tischordnung.«

Das Essen war äußerst üppig. Die stämmige Mrs. Peagram, die Ted und den Mädchen den Haushalt führte, trug es auf und räumte später den Tisch ab, so daß Nancy sich um ihre Gäste kümmern konnte.
Zuerst gab es eine Zitronensuppe, danach grünen Salat, mit Wildreispilaw gefülltes Rock-Cornish-Huhn und dazu glasierte Babymöhrchen und Zwiebeln und zarte Spargelspitzen. Karen fragte sich, wo Nancy um diese Jahreszeit frischen Spargel aufgetrieben hatte.
»Hätte dieses arme Küken nicht erst mal groß werden sollen?« murmelte Gwen.
»Das ist kein Küken, das ist eine spezielle Art von Huhn, die nur so groß wird«, konnte Karen eben noch antworten, bevor sie auf der anderen Seite jemand am Ärmel zog.
»Kannst du bitte mein Fleisch für mich schneiden?« sagte Amy. »Ich bin noch zu klein dafür.«
Karen lächelte. »Fleischschneider kommt sofort.« Sie wollte schon Amys Teller zu sich herüberzuziehen, doch da besann sie sich eines Besseren. »Wenn ich dir die Hand führe«, schlug sie vor, »können wir es zusammen machen. Dann weißt du, wie es geht, wenn du größer bist.«
»O ja, das machen wir!«
Karen steckte Messer und Gabel in Amys Händchen und führte sie dann, bis das Huhn in kleine Bissen zerlegt war.
»Oooh, das hat Spaß gemacht!« rief das kleine Mädchen aus. »Machen wir das nächstesmal wieder so?«
»Nur wenn du versprichst, alles aufzuessen.«
Amy riß entsetzt die Augen auf. »Aber ich esse wie ein Vögelchen«, erklärte sie.
»Wer behauptet das?«
»Mrs. Peagram«, antwortete die Kleine ernsthaft. »Das sagt sie immer zu mir.«
»Tja, ich hab früher auch gegessen wie ein Vögelchen«,

gestand Karen dem Mädchen. »Und dann hab ich eines Tages meinen Teller ganz leergegessen. Er war so sauber, daß man ihn nicht mal abspülen mußte, und alle waren so verblüfft, daß ihnen die Münder vor Staunen offenstanden. Danach haben sie gesagt, ich fräße wie ein Scheunendrescher.«

Amy kicherte, dann runzelte sie die Stirn. »Aber ich esse nicht gern gesunde Sachen.«

»Ach, so geht das doch nicht«, erklärte ihr Karen. »Du ißt nicht, weil du mußt, sondern weil es solchen Spaß macht. Die Zwiebel fangen, die Möhre zermanschen, den Reis erlegen, das Huhn zermalmen. Die Möhre sagt: ›Wenn sie glaubt, daß ich gesund für sie bin, ißt sie mich nicht, und ich kann abhauen.‹ Die Zwiebel sagt: ›Wenn ich mich ganz glitschig mache, mag sie mich nicht, und ich kann abhauen.‹ Das ist ein tolles Spiel, verstehst du – du gegen das Essen. Und jetzt fragt sich: Wer wird gewinnen – du oder das Essen?«

Amy wandte sich augenblicklich ihrem Teller zu und spießte mit der Gabel ein Stück Möhre auf. Nancy, die am Kopfende des Tisches saß, grinste, und Ted Doniger beobachtete sie.

5

Ich weiß nicht«, sagte Mitch und trat einen Schritt zurück. »Ich finde, es hängt immer noch schief.«
Karen lehnte sich auf der Leiter so weit wie möglich nach hinten und blinzelte zu dem Gemälde hinauf.
»Wir haben's jetzt aber fast.«
»Links ein bißchen höher«, befahl Mitch.
»Ich würde eher meinen, rechts«, entgegnete Karen.
»Hör mal, ich bin der Künstler«, beharrte Mitch. »Ich sage dem Galeristen, wo's langgeht. Und ich sage, links.«
»Ich bin der Galerist«, verkündete Karen. »Ich *verkaufe* den Künstler. Ich sage, rechts.«
»Hol die Wasserwaage«, verlangte Mitch.
»Wieso Wasserwaage? Ich habe noch nie eine Wasserwaage gebraucht. Ich habe ein perfektes Augenmaß.«
»Dann müssen wir noch eine andere Meinung einholen.«
»Rechts ein bißchen höher«, ließ sich hinter ihnen eine Stimme vernehmen. Karen drehte sich so ruckartig um, daß sie fast von der Leiter gefallen wäre, und Mitch packte sie rasch und hielt sie fest. Ted Doniger stand im Raum, breitbeinig und mit den Händen in den Hosentaschen.
»Hab ich doch gesagt«, trumpfte Karen auf.
»Woher wollen Sie das wissen?« fragte Mitch störrisch.
Ted zuckte mit den Schultern. »Ich habe ein perfektes Augenmaß«, antwortete er lächelnd.

»Das kannst du ruhig glauben«, sagte Karen zu Mitch. »Er ist Architekt. Und er besitzt auch ein Bild von dir.«
»Und wenn ihr mal aufhört, hier so ein Theater zu machen«, meinte Ted, »besitze ich vielleicht bald zwei.«
Mitch sah Karen an. »Rechts ein bißchen höher«, brummte er.
Karen schob die rechte Ecke des Bildes einen Zentimeter nach oben und stieg von der Leiter.
»So«, sagte sie zu Ted. »Jetzt kannst du gucken, soviel du willst.«
Mitch hatte diesmal ein Meeresmotiv gewählt. Auf dem Bild war ein einsames Segelboot zu sehen, das in einen heftigen Sturm geraten war und fast von mächtigen, turmhohen Wellen in die Tiefe gerissen wurde.
»Die Bewegung ist phantastisch«, bemerkte Ted. »Die Gefahr, die Kühnheit, die Not – alles im richtigen Maß. Es strahlt etwas Ähnliches aus wie mein Clown und ist doch ganz anders.«
Karen lächelte. »Ich war zuerst nicht sicher, aber Nancy hat wirklich das richtige Geschenk für dich ausgesucht.«
»Nancy hat zuviel Geld ausgegeben«, erwiderte er.
»Und, was führt dich hierher?« erkundigte sich Karen.
Sie hatte Ted seit dem Geburtstagsfest öfter gesehen – sonntags beim Brunch, ein- bis zweimal die Woche, wenn Nancy und sie abends an ihrem Buch arbeiteten, an einem Samstagnachmittag, als sie alle ins Hayden-Planetarium gegangen waren –, und sie hatten sich angefreundet, lernten sich auf die ruhige, angenehme Art kennen, die Basis für lange Freundschaften ist. Ihre Beziehungen zu Mitch und John und Joe Yanow hatten sich genauso entwickelt.
Sie hatten festgestellt, daß sie eine Menge Gemeinsamkeiten hatten und daß sie sich gut miteinander unterhalten konnten. Sie brachten sich gegenseitig zum Lachen.

»Ich wollte dir eine Einladung überbringen«, verkündete Ted.
»Das klingt verlockend«, sagte Karen mit einem warmen Lächeln. »Sprich dich aus.«
»Mrs. Peagram bereitet den Truthahn zu, Nancy alles andere, und die Mädchen und ich, wir würden uns sehr freuen, wenn du mit uns Thanksgiving verbringen würdest.«
Das Lächeln wurde matter. Thanksgiving war der einzige traditionelle Festtag, auf den Beverly Kern großen Wert legte. Sie lud sogar Freunde und Verwandte ein, die eigens aus Palm Beach und Grosse Pointe anreisten. Laura kam natürlich mit ihrer Familie aus Boston, und Karens Anwesenheit in der Knightsbridge Road war unerläßlich.
»Ich würde sehr gern kommen«, sagte sie seufzend, »aber das ist der einzige Tag des Jahres, an dem ich wirklich bei meinen Eltern sein muß.«
Die Enttäuschung in seinen Augen war nicht zu übersehen. »Das ist schade«, erwiderte er. »Wir werden dich vermissen. Du gehörst doch jetzt zur Familie.«
Das stimmte. So wie die Clique von der Sullivan Street Karen einst mit offenen Armen in ihrer Mitte empfangen hatte, so wurde sie jetzt vom Doniger-Yanow-Clan als eine der Ihren behandelt und in viele Aktivitäten mit einbezogen.
»Ihr habt mir auch so sehr das Gefühl gegeben, willkommen zu sein«, meinte Karen. »Es ist für mich, als hätte ich noch einen Bruder und eine Schwester kennengelernt, von denen ich bislang nichts wußte.«
»Es freut mich, daß du so empfindest«, sagte er. »Ich meine, daß du dich bei uns wohl fühlst.«
Karen grinste. »So wohl, daß es mir nicht mal was ausmacht, wenn du mich im Jogginganzug siehst.«
Ted war eines Morgens überraschend bei Karen herein-

geschneit, um ein Buch vorbeizubringen, und hatte sie so vorgefunden, weil sie noch keine Zeit gehabt hatte, sich umzuziehen.

»Aber das sah doch gut aus«, protestierte Ted. »So ... bequem.«

Sie lachten beide.

»Wart's nur ab«, sagte sie, »eines Tages werden Jogginganzüge noch Haute Couture werden.«

»Bleibst du das ganze Thanksgiving-Wochenende bei deinen Eltern?« fragte Ted.

»Auf keinen Fall. Ich muß Freitag arbeiten. Da ist immer am meisten bei uns los.«

»Na, dann haben wir ja noch eine kleine Chance. Dann kannst du doch zum Resteessen kommen.«

»Ich dachte schon, das würde dir nie einfallen.«

»Unter einer Bedingung allerdings – du mußt deinen Jogginganzug tragen.«

Karen boxte ihn in die Rippen. »Sehr komisch.«

Ted wandte sich wieder dem Ölgemälde von Mitch zu. »Wieviel?« fragte er.

»Viertausendfünfhundert«, antwortete Karen.

»Bring es doch mit, wenn du kommst, dann schauen wir mal, wie es sich bei uns macht.«

Karen war zum erstenmal in die untere Hälfte des Hauses der West Seventy-eighth Street eingeladen, und sie erwies sich als ebenso großartig wie die obere. Auch hier fand man Deckenbalken, unverputzte Backsteinwände und Parkettböden vor, doch damit endeten die Gemeinsamkeiten. Nancy neigte zu einem Mischmaschstil, Ted dagegen hielt sich strikt an die Moderne. Leder, Chrom und Glas dominierten das Ambiente; nur hier und da setzte er einen Akzent, der Wärme ausstrahlte. So stand im Arbeitszimmer ein Schaukelstuhl aus geschweiftem Holz, die dicke Glasplatte, die als Eßtisch diente, war umgeben von Breuer-Stühlen, und der elegante Schreibtisch im Arbeitszimmer war aus schwarzem Nußbaumholz. Vereinzelt hatte er Teppiche in neutralen Farben ausgelegt. Das Konzept glich Karens Verständnis von Inneneinrichtung, und sie war begeistert.

»Es wirkt genauso, wie ich es in meiner Wohnung gern hätte«, rief sie aus. »Klar, hell, elegant.«

»Dann solltest du dich um so mehr wie zu Hause fühlen«, sagte Ted lächelnd.

Den Mädchen gefiel der »Restetag« sogar besser als der eigentliche Feiertag, und Karen empfand insgeheim ebenso. Nach dem Essen probierten sie alle möglichen Plätze für Mitchs Bild aus; nur das Arbeitszimmer kam nicht in Frage, weil dort bereits der Clown hing. Sie zogen sogar die Küche in Betracht, doch Mrs. Peagram verscheuchte sie. Zu guter Letzt entschieden sie sich für den Platz über dem Kamin im Wohnzimmer.

»Genau«, verkündete Ted, als Karen und Nancy es dort hinhielten. »Perfekt.«

»Schnell, hol Hammer und Haken, bevor er es sich anders überlegt«, trug Nancy ihrem Mann auf.

Über dem Kamin aus unbehauenem Stein und vor dem dunkelroten Backstein sah der Rankin großartig aus. Ted hatte das Bild im Handumdrehen aufgehängt.

»Was meinst du?« fragte er mit einem schelmischen Zwinkern. »Rechts ein bißchen höher?«

Karen prustete.

»Was ist so komisch?« wollte Nancy wissen und blickte vom einen zum anderen.

Ted zwinkerte Karen erneut zu. »Das hättest du selbst sehen müssen«, antwortete er.

In der Woche vor Weihnachten machte Karen ihre Geschenke für Great Neck fertig – ein Fotoalbum mit Brokateinband für Beverly, einen Kaschmirschal für Leo.
»Ich bleibe Dienstag hier«, teilte sie ihrer Mutter mit.
»Warum?« wollte Beverly wissen.
»Weil wir am Montag bis neun Uhr abends aufhaben, und am Mittwoch morgens um neun wieder anfangen, und zwischendurch nach Great Neck zu fahren wäre mir zu anstrengend. Aber ich werde nicht allein sein. Ich bin bei Nancy eingeladen.«
»Du verbringst offenbar ziemlich viel Zeit mit dieser Familie«, stellte Beverly fest. »Wie früher mit diesen Leuten aus dem Village.«
Trotz des enormen Erfolgs von Demion Five lag immer noch eine Spur von Verachtung in Beverlys Stimme, wenn sie von der Clique aus der Sullivan Street sprach.
»Sie sind nett«, sagte Karen ruhig, »und ich mag sie.«
»Was sind das eigentlich für Leute?«
Karen seufzte. »Das weißt du doch genau. Nancy ist eine Freundin von mir, die ich in der Galerie kennengelernt habe.« Sie hatte ihren Eltern noch nichts von dem Buch erzählt. »Und dann ist da Nancys Mann Joe und ihre beiden Kinder und Nancys Bruder und dessen drei Kinder. Sie wohnen im selben Haus.«
»Hat der Bruder keine Frau?«
»Sie ist vor ein paar Jahren gestorben.«
»Ach ja?« Beverly klang plötzlich interessierter. »Was macht er beruflich?«
Karen seufzte entnervt. Sie hätte ihrer Mutter am liebsten erzählt, Ted sei bei der Müllabfuhr, bloß um ihre Reaktion auszukosten.
»Er ist Architekt«, sagte sie knapp. »Und nur ein guter Bekannter.«

»Architekt?« wiederholte Beverly. »Nagt er am Hungertuch, daß er bei seiner Schwester wohnen muß?«

»Wohl kaum.«

»Was hat er gebaut?«

»Ich habe keine Ahnung.«

Jetzt seufzte ihre Mutter. »Nun ja, es könnte wohl schlimmer sein. Na, wir werden dich jedenfalls vermissen. Es werden alle dasein. Ich werde ihnen sagen, daß du einem verarmten Architekten den Vorzug gegeben hast.«

Karen war sich durchaus bewußt, daß in Beverly Kerns überkommener Rangordnung, von der sie nicht lassen wollte, obwohl ihre Tochter Ende Dreißig und immer noch unverheiratet war, Architekten noch weniger galten als Ingenieure.

»Wir sind nur locker befreundet, Mutter«, betonte Karen erneut.

»Ja, Schätzchen.«

Karen konnte sich an kein schöneres Weihnachten erinnern, von der Bescherung am frühen Abend an bis um zwölf Uhr nachts, als Ted darauf bestand, sie nach Hause zu bringen.

Gwen hatte ihre Tante gebeten, ein Foto von ihr und ihren beiden Schwestern zu machen, und ihr Vater hatte ihr geholfen, es zu rahmen. »Damit du weißt, wie wir aussehen, wenn du nicht bei uns bist«, sagte sie, als sie es Karen überreichte.

»Ich werd es mir im Laden auf meinen Schreibtisch stellen«, versprach Karen. »Da bin ich nämlich am häufigsten.«

Jessica hatte in der Schule ein kleines Keramikkästchen gemacht. »Für deine Schätze«, flüsterte sie.

»Ich werd es mir neben das Bett stellen. Dann sehe ich es abends, wenn ich das Licht ausmache, und am nächsten Morgen gleich wieder.«

Amy hatte ein kleines blondes Mädchen mit einem großen zottligen Hund gemalt.
»Wer ist denn das?« fragte Karen sie.
»Ich natürlich«, antwortete Amy.
»Nein, die Person neben dir«, sagte Karen und deutete auf den Hund.
Amy kicherte. »Das ist doch keine Person. Das ist Duster.«
»Wer ist Duster?«
»Der Hund, den ich eines Tages haben werde.«
»Ich glaube, das werde ich an den Kühlschrank hängen«, beschloß Karen. »Dann kann ich euch jedesmal zuwinken, wenn ich in die Küche gehe.«
Ted legte ihr sachte ein Päckchen in den Schoß.
»Mal sehen«, sagte sie und wiegte es in den Händen. »Es fühlt sich schwerer an als eine Feder, aber leichter als ein Brotkasten.«
Die Mädchen kicherten. »Mach's auf! Mach's auf!« riefen sie.
Es war ein Bildband über moderne Innenarchitektur. Auf Hunderten von Farbfotos waren elegant eingerichtete Räume abgebildet, ausgestattet von einigen der namhaftesten Innenarchitekten der Welt.
Karen blieb der Mund offenstehen, als sie die Bilder betrachtete. »Es ist phantastisch«, sagte sie. »Ein Zimmer schöner als das andere. Ich werde Monate damit verbringen, mir das anzuschauen.« Sie sah Ted mit leuchtenden Augen an. »Das ist das schönste Geschenk, was ich mir vorstellen kann.«
Er lächelte. »Freut mich, daß es dir gefällt.«
»Ich finde es wunderbar«, versicherte sie ihm. »Wirklich.« Dann sprang sie auf. »Jetzt bin ich dran.«
Karen und Jenna hatten wochenlang gearbeitet. Gemeinsam hatten sie für jedes der Mädchen und für Ted einen Jogginganzug entworfen. Der für Gwen war rot mit gemu-

sterten Patchwork-Applikationen, der für Jessica hellblau mit Paisley-Querstreifen und der für Amy leuchtend rosa mit einem Muster aus pastellfarbenen Kreisen, Rechtecken und Dreiecken. Der für Ted war dunkelblau und hatte breite rote, grüne und gelbe Streifen.

Ted lachte, bis ihm die Tränen in die Augen traten, und die vier mußten sofort ihre neuen Sachen anprobieren, bevor sie weiter Geschenke auspackten.

»Ihr seht großartig aus«, sagte Nancy und suchte nach ihrer Kamera, als sie wieder hereinkamen.

»Sie sind ganz gut geworden, nicht?« Karen war äußerst zufrieden mit sich.

»Das ist das schönste Geschenk, was *ich* mir vorstellen kann«, sagte Ted, und die goldenen Sprenkel in seinen Augen tanzten.

Nach der Bescherung konnten alle ein herzhaftes Frühstück vertragen.

»Geschenke auspacken macht hungrig«, verkündete Joe, als er sich eine dritte Portion Pancakes nahm.

Als alle Brötchen und Eier und sämtlicher Ahornsirup aufgegessen waren, steckten die beiden Männer die Kinder in ihre Schneeanzüge und marschierten los, um mit ihnen im Park herumzutoben. Karen und Nancy nahmen die Küche in Angriff, aber kaum hatten sie die Reste des Frühstücks weggeräumt, war es auch schon Zeit fürs Mittagessen.

»Jetzt weiß ich, wieso es immer heißt, Hausfrauenarbeit nimmt kein Ende«, stöhnte Karen grinsend.

Nancy lachte. »Ich kann dir gar nicht sagen, wieviel es uns bedeutet, daß du bei uns bist.« Sie begann Brotreste einzuweichen und Sellerie und Zwiebeln zu schneiden. »Ich meine nicht nur heute, sondern die ganzen letzten zehn Monate.«

»Na ja, ihr gebt mir das Gefühl, zur Familie zu gehören«, erwiderte Karen.

»Du machst es uns leicht«, meinte Nancy. »Du merkst das vielleicht nicht, weil du sie erst jetzt kennengelernt hast, aber seit du da bist, sind Ted und die Mädchen ganz anders. Sie haben wieder fröhliche Augen.«
»So wichtig bin ich nicht«, murmelte Karen. »Wahrscheinlich haben sie einfach ihre Trauer verarbeitet.«
Nancy warf ihr einen verstohlenen Blick zu. »Schon möglich.«
Am Abend, als alle faul und satt vor dem knisternden Kaminfeuer saßen, kuschelten sich Gwen und Jessica an Karen, jede auf einer Seite.
»Kommst du auch Silvester zu uns?« fragte Jessica mit einem zutraulichen Blick in ihren ernsten braunen Augen. »Daddy sagt, wenn du kommst, dürfen wir um zwölf richtigen Sekt trinken, nicht bloß Cider.«
»Daddy sagt, die traurige Zeit ist vorbei«, fügte Gwen hinzu. »Und er meint, wenn du kommst, wird 1980 ein ganz tolles Jahr.«
Karen sah zu Ted hinüber. Er saß auf dem Boden, an Nancys Stuhl gelehnt, und hielt die schlafende Amy in den Armen. Karen konnte sich nicht erinnern, Lauras Mann jemals so mit ihrer Nichte und ihrem Neffen gesehen zu haben, und unwillkürlich beneidete sie Nancy.
Wenn Gott ihr befohlen hätte, in die Welt hinauszuziehen und sich einen Bruder zu suchen, dachte Karen, dann hätte sie keinen besseren finden können als Ted Doniger.
»Wir haben wohl ziemlich viel von deiner Zeit in Anspruch genommen«, meinte Ted, als er den Wagen mit laufendem Motor vor ihrem Haus stehenließ und sie zur Eingangstür brachte. »Wir fänden es sehr schön, wenn du auch Silvester bei uns wärst, aber wir verstehen es natürlich, wenn du schon etwas vorhast.«
»Ich habe tatsächlich schon eine Einladung«, gab Karen zu

und drückte ihm ihre Geschenke in die Hand, während sie ihren Schlüssel suchte.

Die Silvesterparty der Sullivan-Street-Clique hatte eine lange Tradition, und dieses Jahr gab es noch mehr Anlaß zu feiern. Die Rankins waren mit ihrer Renovierung fertig; das alte Mietshaus war nun in vier Luxusapartments unterteilt, die jeweils fünfmal so groß waren wie die Räume, in denen sie früher gewohnt hatten.

»Ah ja«, sagte Ted.

»Es ist eine feste Tradition, mit Freunden. Wir feiern Silvester schon lange zusammen. Es fing an, als wir noch jung und arm waren und einmal im Jahr anständig essen mußten, um in Form zu bleiben.«

Er lächelte. »Das muß lange hersein.«

»Wir konnten ja nicht ahnen, was der Erfolg aus uns machen würde«, sagte Karen halb scherzhaft, halb ernst. »Aber ich kann mit Stolz behaupten, daß ich noch nicht völlig verdorben bin. Ich wäre bereit, den Abend zu teilen.«

»Wirklich?« sagte er und strahlte.

»Was hältst du davon, wenn ich für ein Weilchen bei der Party bleibe und dann zu euch komme?« schlug sie vor. »Natürlich rechtzeitig zum Sekt.«

»Das wäre prima«, antwortete er. »Ist die Party in der Nähe?«

»Im Village.«

Ted runzelte die Stirn. »Du gehst da aber nicht allein hin, oder?«

Karen lachte. »Wenn du wissen willst, ob ich ein Rendezvous habe – die Antwort lautet nein. Doch ich fahre immer mit dem Taxi, da kann eigentlich nichts passieren.«

»Trotzdem solltest du an diesem Abend nicht allein unterwegs sein.« Er scharrte mit dem Schuh an der obersten Treppenstufe. »Hör mal, vielleicht ist das völlig unpassend,

dann sag es mir bitte, aber mir wäre wirklich wohler, wenn ich dich dort hinbringen und wieder abholen könnte.«
Karen war so verblüfft, daß sie ihn nur anstarren konnte. Seit langem hatte sich niemand mehr so um ihr Wohlergehen gesorgt. Sie kam zu dem Schluß, daß er wirklich der große Bruder war, den sie nie gehabt hatte.
»Es freut mich, daß du dich so um mich kümmerst«, sagte sie, »aber das würde ich dir nicht zumuten. Ich bin jedoch verhandlungswillig.«
»Ach ja?«
»Wir wär's, wenn du mit zu der Party kommen würdest? Die Rankins wären bestimmt begeistert, schließlich bist du auch stolzer Besitzer von zwei Gemälden von Mitch. Außerdem haben sie gerade ihr Haus rundum renoviert, und da gibt es ein ganz bestimmtes Zimmer, was dich vielleicht interessiert.«
Ein breites Grinsen überzog Teds Gesicht. »Abgemacht.«
Damit reichte er Karen ihre Geschenke, küßte sie leicht auf die Wange und rannte die Treppe hinunter, immer zwei Stufen auf einmal nehmend.
Aus der Entfernung betrachtet, hätte man ihn eher für einen fröhlichen Teenager halten können als für einen Witwer Mitte Vierzig und Vater von drei Töchtern.

6

Zwei Wochen nach seiner Zulassung als Architekt heiratete Ted Doniger seinen Schwarm aus den High-School-Tagen, und er hatte vor, den Rest seines Lebens mit ihr zu verbringen.

Sie hatten sich kennengelernt, als Ted in der Mittel- und Barbara in der Unterstufe war. Aus der Jugendschwärmerei entwickelte sich eine hingebungsvolle, reife Liebe.

»Du bist zu jung, um dich an ein Mädchen zu binden«, wandte Teds Mutter ein, als er für Ringe zu sparen begann. »Du hast noch zuwenig vom Leben gehabt.«

»Deine Mutter hat recht, mein Sohn«, fühlte sich sein Vater bemüßigt, ihr beizupflichten. »Wenn du jetzt am College ein anderes Mädchen kennenlernst?«

»Ich werde bestimmt ganz viele andere Mädchen kennenlernen«, antwortete Ted, der immer nur an die junge Frau mit den glatten braunen Haaren und ernsten braunen Augen denken konnte, »aber keines von ihnen wird so sein wie Barbara.«

Mit seinen Träumen und ihrer Tatkraft, seiner Heiterkeit und ihrer Vernunft, seiner Energie und ihrer Ernsthaftigkeit waren sie eine perfekte Einheit – widersprüchlich und unzertrennlich. Beide hielten nie mehr nach jemand anderem Ausschau. Sie wußten von Anfang an, daß sie eines Tages Mann und Frau sein würden. Doch sie mußten warten, bis Ted in der Lage sein würde, sie und ihre zukünftige Familie zu ernähren. In dieser Hinsicht war er eisern.

»Du sollst nicht schuften und sparen müssen«, sagte er zu ihr an dem Nachmittag, als er nach Yale abreiste. »Wir werden eine anständige Wohnung und ein Auto und genug Geld für Kino und Eiscreme und Sommerurlaube haben.«

Es dauerte acht Jahre, bis es soweit war.

Seine erste Stelle bekam er in einer kleinen Firma in einem Vorort von Philadelphia. Er konnte jeden Tag zwischen seiner Firma und dem kleinen Häuschen hinter dem Haus ihrer Eltern in Reading pendeln, aber viel Zeit für seine junge Frau blieb ihm nicht.

»Wir können es uns leisten, mehr in der Nähe zu wohnen«, sagte er ihr. »Aber wenn deine Eltern uns das Häuschen wirklich umsonst überlassen und wir es nur instand setzen müssen, sollten wir die Gelegenheit vielleicht nutzen.«

Barbara Doniger war nicht nur sehr verliebt, sondern auch sehr weise. Wenn sie es geschafft hatte, geduldig auf ihn zu warten, bis er vier Jahre College, zwei Jahre Armee und zwei Jahre Universität absolviert hatte, konnte sie auch warten, bis er zum Abendessen erschien.

»Wir schaffen uns ein Sparbuch an«, sagte sie. »Und wir zahlen jeden Monat etwas ein, als würden wir Miete bezahlen, und ehe du dich's versiehst, werden wir genug beisammen haben, um uns ein eigenes Traumhaus zu bauen.«

»Ein Traumhaus, wie?« Er lächelte. »So sehen also Ihre Pläne aus, Mrs. Doniger?«

»Jawohl«, bestätigte sie entschlossen. »Und es wird auch nicht so teuer werden, weil ich zufällig einen hervorragenden jungen Architekten kenne, der uns alles umsonst entwerfen wird.«

Fünf Tage die Woche stand Ted vor dem Morgengrauen auf, ging um sechs Uhr aus dem Haus und fuhr neunzig

Kilometer bis Philadelphia. Barbara stand mit ihm auf, damit sie zusammen frühstücken konnten, und packte ihm ein Mittagessen ein, um Geld zu sparen. Nachmittags um drei nahm sie dann nur ein Sandwich mit Erdnußbutter und Gelee zu sich, damit sie gemeinsam mit ihm zu Abend essen konnte, wenn er nach Hause kam, was je nach Arbeitspensum irgendwann zwischen acht und zehn Uhr der Fall war.

An einem Tag im April 1967 schaffte er die Strecke, für die er sonst zwei Stunden brauchte, in sechsundachtzig Minuten und erreichte das Krankenhaus in Reading nur wenige Sekunden nach der Geburt seiner ersten Tochter.

»Ich hab es wohl nicht so gut geplant«, sagte Barbara gähnend, bevor sie wegdämmerte. »Ich dachte, es würde viel länger dauern.«

Jessica kam in Hartford in Connecticut auf die Welt, ein Jahr nachdem Ted eine Stelle in einem mittelgroßen Architektenbüro angenommen hatte, das sich auf eine Art von Stahl-Glas-Bürohäuser spezialisiert hatte, die im Nordosten in Mode gekommen waren. Amy wurde in New York geboren, sechs Monate nachdem Ted als Juniorpartner bei einem großen renommierten Büro eingestiegen war, das sich mit einzigartigen Hotelbauten und ungewöhnlichen Bürokomplexen einen Namen gemacht hatte.

An jedem dieser Orte beschlossen Barbara und er, daß es nun Zeit war für das Traumhaus, und jedesmal machte ihnen ein lockenderes Stellenangebot in einer anderen Stadt einen Strich durch die Rechnung. Doch schließlich ließ Barbara sich nicht mehr hinhalten. Sie zogen vorerst in ein Apartment auf der Westseite von Manhattan, und am Wochenende fuhren sie durchs Umland, von New Jersey über Long Island bis Westchester County, auf der Suche nach dem richtigen Ort. An einem frischen Septembernachmittag kamen sie nach Hastings-on-Hudson und wußten, daß sie angelangt waren.

»Hier«, sagte Barbara.

»Hier«, stimmte Ted ihr zu.

In der Woche darauf leisteten sie eine Anzahlung auf ein wunderbares, annähernd ein Hektar großes Grundstück am Fluß und begannen ihr Haus zu entwerfen.

»Ich möchte große Räume, hohe Decken und viele Fenster«, erklärte Barbara. »Und eine geräumige Speisekammer in der Küche. Und Wandschränke – massenhaft Wandschränke.«

»Aus jedem Zimmer soll man auf den Fluß schauen können«, beschloß Ted. »Das Haus wird zwei Flügel haben, wie eine Art V mit flachem Unterteil, und die Mädchen bekommen den einen Flügel, wir den anderen.«

»Können wir einen Garten anlegen?« fragte Barbara.

»Natürlich«, antwortete er. »Und einen Spielplatz für die Kinder, eine Terrasse mit Grillplatz und eine Veranda, auf der wir abends sitzen und den Sonnenuntergang betrachten können.«

»Ich kann es kaum erwarten«, flüsterte sie.

Doch Barbara war schon krank. Jeder Spezialist, den Ted konsultierte, sagte ihm dasselbe – ein Jahr, vielleicht zwei, nicht länger.

Sie verbargen den Ernst der Lage vor den Kindern, und sie selbst verdrängten ihn, so lange es ging. Jeden Abend kuschelte sich Ted an sie, versuchte ihr seine Kraft einzuflößen und betete um ein Wunder, während er zusehen mußte, wie sie schwächer und schwächer wurde.

»Sie war immer da«, sagte er an einem lichtlosen Maimorgen verzweifelt zu seiner Schwester. Sie hatten den Krankenwagen gerufen, um Barbara ein letztes Mal in die Klinik fahren zu lassen. »Sie ist nicht nur meine Frau, weißt du, nicht nur meine Freundin – sie ist meine bessere Hälfte. Sie ist meine Kraft, der Sinn meines Lebens. Alle meine Träume, die wahr geworden sind, alle Pläne, die ich verwirklichen konnte – es war nur möglich, weil sie da war und mich unterstützt hat. Was soll ich bloß ohne sie tun?«

»Was du tun mußt«, antwortete Nancy und drückte seine Hand. »Weitermachen.«

In diesem Moment trat der Arzt, ein wohlmeinender, aber schweigsamer Mann, aus Barbaras Zimmer und berührte Ted an der Schulter.

»Sie möchte sie sehen«, sagte er.

Ted machte Anstalten, aufzustehen, doch seine Knie gaben nach.

»Reiß dich zusammen«, zischte Nancy. »Du mußt jetzt stark sein, für sie.«

Er nickte stumm und rappelte sich auf. Er hatte nur ein paar Schritte zu gehen, aber es schien ihm eine Ewigkeit zu dauern, bis er die Tür erreichte, und er brauchte seine ganze Kraft, um sie zu öffnen. Barbara sah so hilflos aus, wie sie da in dem Krankenhausbett lag, und ihre braunen Augen wirkten riesig in dem blassen Gesicht. Ihr einst glänzendes braunes Haar lag dünn und spröde auf dem Kissen. Die Schläuche, Masken, Drähte, die Maschinen waren verschwunden – jenes Zubehör der modernen Medizin, der es nicht gelungen war zu heilen. Wenn sie noch dagewesen wären, hätte er wohl mit den Fäusten auf sie eingeschlagen.

Sie versuchte ihn anzulächeln, als er auf sie zukam, und allein diese klägliche Bemühung trieb ihm die Tränen in die Augen und ließ seinen Hals eng werden.

»Hi«, flüsterte sie.

Er setzte sich auf den Bettrand, umfaßte ihre Schultern und küßte sie sachte.

»Ich liebe dich«, erklärte er mit zittriger Stimme. »Ich habe dich immer geliebt. Ich habe das bestimmt nicht so oft gesagt, wie ich es hätte tun sollen, aber ich habe es immer so empfunden.«
»Ich weiß«, murmelte sie.
»Ich habe nie jemanden außer dir geliebt – nicht eine einzige Frau. Seit dem Moment, als ich dich in diesem albernen Bommelröckchen sah.«
»Nicht alberner«, hauchte sie, »als deine Bermudashorts.«
»Wir waren vielleicht ein Paar«, sagte er mit einem schmerzhaften Lachen.
Ihre Augen schlossen sich einen Moment, und er dachte schon, sie würde einschlafen, doch sie schlug sie wieder auf.
»Die Kinder ...« seufzte sie. Ihre Stimme wurde schwächer, das Sprechen strengte sie mehr an.
»Was?« fragte er. »Was ist mit ihnen?«
»Sei liebevoll zu ihnen ...«
»Immer«, versprach er ihr.
»Suche jemanden ...« brachte sie hervor, und er mußte sich jetzt zu ihr beugen, um sie zu verstehen. »Gründe eine Familie ... bau ... bau dieses Haus ...«
»Nein!« rief er.
»Versprich es mir ...«
»Nein«, schluchzte er und verbarg das Gesicht an ihrer Brust. »Das kannst du nicht von mir verlangen. Ich könnte nie eine andere lieben. Niemals! Ich werde gut für die Mädchen sorgen. Ich werde versuchen, ihnen der beste aller Väter zu sein, aber ich will mit niemand anderem zusammensein. Bitte, zwing mich nicht, das zu versprechen.«
Doch Barbara konnte ihn nicht mehr hören.
Das Begräbnis fand in Reading statt. Nancy blieb inzwischen bei den Mädchen. Zwei Tage lang ließ Ted es zu, daß

er von Menschen umgeben war, die ihn kannten und liebten und die Barbara gekannt und geliebt hatten.

»Es tut mir leid«, sagte er immer wieder zu ihren Eltern. »Es tut mir so leid.«

»Es ist doch nicht deine Schuld«, erwiderten sie. »Niemand hat Schuld. Du darfst dir keine Vorwürfe machen.«

Doch genau das tat er. Er machte sich Vorwürfe wegen all der Jahre, die sie hatte warten müssen, all der verlorenen Jahre, die ihnen hätten gehören sollen.

Als er nach New York zurückkehrte, fanden sich er, Nancy und die Mädchen zu einer eigenen Trauerfeier im stillen zusammen. Es war ein Segen, daß er Nancy hatte, die sich um alles kümmerte, doch sie mußte nach Reading zurück. Joe brauchte sie, und sie hatte selbst zwei kleine Kinder.

»Nimm dir doch ein paar Wochen frei«, drängte sie ihren Bruder. »Verreise irgendwohin, und ruh dich ein bißchen aus.«

»Es ist besser, wenn ich arbeite«, entgegnete er.

»Dann könnten doch die Mädchen nach Reading kommen. Mom und Dad haben schon gesagt, daß sie die drei gerne eine Weile nehmen.«

»Gwen und Jessica haben Schule«, sagte Ted. »Ich will sie nicht unnötig aus dem Rhythmus bringen.«

»Kommst du zurecht?«

»Natürlich.«

»Und wie willst du das alles schaffen?«

»Ich weiß nicht«, antwortete er. »Ich werde mich wohl nach einer Haushälterin umsehen müssen. Ich brauche jemanden, der kocht und auf die Mädchen aufpaßt, wenn ich nicht daheim bin.«

Bevor sie abfuhr, stellte Nancy Mrs. Peagram ein. Die rundliche kleine Witwe mit dem grauen Haarknoten hatte ihren Mann im Koreakrieg verloren. Sie hatten keine Kinder gehabt, und Mrs. Peagram hatte nicht wieder geheiratet. Sie war streng, aber gütig, und hielt mehr davon, für Erfolge Belohnungen zu verteilen, als Fehler zu bestrafen. Die Mädchen wurden nie richtig warm mit ihr, aber der Haushalt funktionierte im Handumdrehen perfekt.

Ted kaufte das Grundstück in Hastings-on-Hudson, doch das Haus baute er nie. Die Vorstellung, dort ohne Barbara zu leben, war unerträglich für ihn. Manchmal fuhr er sonntags dorthin und ging um das Grundstück herum, oder er setzte sich an den Hang und betrachtete den ruhig dahinströmenden Fluß, während die Kinder Fangen oder Versteck spielten oder das Mittagessen verdrückten, das Mrs. Peagram ihnen mitgegeben hatte.

Statt dessen kaufte er das Haus in der West Seventy-eighth Street und entwarf nicht nur die Pläne für die Umbauten, sondern führte auch viele der Renovierungsarbeiten selbst aus. Es war harte, stupide Arbeit, genau das richtige in dieser Lage. Barbara und er hatten davon geträumt, aus der Stadt herauszukommen, doch Ted entschied sich aus praktischen Gründen dafür, im Zentrum zu bleiben. Er brauchte sogar während der Rush-hour nicht länger als eine Viertelstunde zu seinem Büro und hatte damit mehr Zeit für die Mädchen.

Als die Yanows ein Jahr später nach New York zogen, bot Ted ihnen die Wohnung im ersten Stock an. Diese Lösung war für alle von Vorteil. Nancy wurde zu einer Art Ersatzmutter, was Mrs. Peagram nie ganz gelungen war, und Ted fand das Arrangement sehr angenehm – seine Arbeit sorgte für den Unterhalt, seine Kinder für die seelische Erfüllung und seine Schwester für die Lebensqualität.

Er hatte kein Interesse an anderen Frauen. Allein die Vorstellung, sich mit einer Frau zu verabreden, kam ihm wie ein Verrat vor. Meist war er mit seinem ruhigen, geordneten Leben zufrieden. Manchmal vermißte er die Nähe, die er nur mit einer Frau haben konnte, doch diese Momente vergingen rasch wieder. Gefühle spielten für ihn beim Liebesakt eine ebenso große Rolle wie die körperliche Lust. Die Frauen, die ständig um ihn herum waren, nahm er in den seltensten Fällen wahr, und wenn er sie einmal ansah, fand er unter ihnen keine, der er gerne nahe gewesen wäre.

Bis jetzt.

Als er nun im matten Licht der Aprilsonne in seinem kleinen Garten umherschlenderte und zusah, wie Gwen Unkraut rupfte und Jessica Amy das Radschlagen beibrachte, wurde ihm klar, daß Barbara viel weiter gedacht hatte als er. Sie hatte ihm vermitteln wollen, daß er nicht innerlich absterben und sich nicht der Vorstellung verschließen solle, eines Tages wieder vollständig zu sein. Er hätte es sich nie träumen lassen, daß er einer Frau begegnen könnte, die auch nur einen Teil der Sehnsucht befriedigen würde, die an ihm zehrte. Doch dann geschah es – als er nicht darauf achtete, als er nicht gewappnet war, als er nicht damit rechnete.

Er hatte es natürlich Nancy zuzuschreiben, die sie ins Haus gebracht hatte, zuerst als Geschäftspartnerin, später als Freundin und dann zuletzt quasi als Teil der Familie.

»Sie hat nichts mit dir zu tun«, betonte seine Schwester am Tag vor Teds Geburtstag. »Sie ist meine Freundin. Wir arbeiten zusammen an einem Buch, Joe und die Kinder sind ganz vernarrt in sie, und ich dachte, es wäre schön, wenn sie mit uns feiern würde. Aber wenn dich die Vorstellung so stört, sage ich ihr, sie soll nicht kommen.«

»Das geht nicht, nachdem du sie nun schon eingeladen hast«, murrte Ted.

»Dann mach ein freundliches Gesicht, und finde dich damit ab.«

Nach Nancys beiläufigen Bemerkungen über ihre Freundin erwartete Ted eine Art weiblichen Hai – unsicher, machtgierig sowie teuer gekleidet, großspurig und neurotisch. Die sanfte, liebenswürdige, bezaubernde Frau, die in kaum einer halben Minute das Herz seiner Kinder erobert hatte, war eine große Überraschung für ihn.
»Sie können sehr gut mit Kindern umgehen«, sagte er an diesem ersten Abend zu ihr. »Normalerweise sind die Mädchen Fremden gegenüber sehr scheu.«
»Ich liebe Kinder«, erwiderte sie einfach.
Es war ihm ein Rätsel, warum sie nicht verheiratet war und selbst eine ganze Schar Kinder hatte, aber im Laufe des Winters merkte er, daß er froh darüber war.
An seinem Geburtstag nahm er am Rande wahr, daß jemand Neues in seine Welt getreten war. Um die Weihnachtszeit fühlte er sich schon vertraut mit ihr. An Ostern betrachtete er sie als Freundin. Am Labor Day fiel ihm auf, daß er ständig nach Anlässen suchte, um sie zu treffen. Und als 1981 nahte, war er bereit, seine Schuldgefühle hinter sich zu lassen und zuzugeben, daß er sich eine engere Beziehung zu ihr wünschte.
Sie war klug und amüsant und selbstsicher, und doch strahlte sie etwas furchtbar Verletzliches aus. Es zeigte sich darin, wie sie sich manchmal verschloß, die anderen beobachtete, statt sich einzubringen, und an einem Ausdruck, der in ihren Augen lag, wenn sie sich unbeobachtet fühlte.
An Neujahr lud er sie ein, mit nach Hastings-on-Hudson zu kommen. Auf dem Grundstück lagen dreißig Zentimeter Schnee, und auf dem Fluß trieben Eisbrocken. Die Mädchen begannen sofort einen Schneemann zu bauen, und Ted und Karen gingen spazieren.
»Es ist wunderbar hier«, erklärte Karen schnaufend, als sie über das ganze Grundstück gestapft waren. »Es tut mir so

leid, daß ihr euer Traumhaus nicht bauen konntet, Barbara und du.«

»Ich glaube, du hättest sie gemocht«, hörte Ted sich sagen.

»Ich bin sicher, daß sie dich gemocht hätte.«

»Wenn ich dich und die Mädchen anschaue, weiß ich, daß sie eine ganz besondere Frau gewesen war.«

Ted war sich darüber im klaren, daß Karen ihn als eine Art Ersatzbruder betrachtete und mit ihrer Form des Zusammenseins durchaus zufrieden war. Er hatte keine Ahnung, wie sie zu einer Veränderung stehen würde. In den achtzehn Monaten, die sie sich kannten, hatte sie mit keiner Geste und keinem Wort darauf hingewiesen, daß sie sich etwas anderes wünschte. Schon allein darin unterschied sie sich von allen anderen Frauen, die er seit Barbaras Tod vor fünf Jahren kennengelernt hatte.

Ihm fiel auf, daß er eigentlich kaum was über sie wußte. Sie sprach selten über sich selbst, gab höchstens eine kurze Antwort, wenn man ihr eine direkte Frage stellte. Sie unterhielten sich meist über ihn, die Mädchen, die Yanows oder Demion Five. Sie nahm viel Raum in seinem Leben ein, aber sie hatte ihn noch nicht in ihres eingeladen.

»Du bist wohl eine von diesen Feministinnen«, bemerkte er, als sie ihn einmal wegen seiner traditionellen Rollenbilder aufzog. »Eine emanzipierte Frau, der die Karriere wichtiger ist als eine Familie.«

»Manchmal«, antwortete sie ausweichend, »geht es im Leben nicht darum, was einem wichtig ist.«

»Worum geht es dann?« forschte er nach.

Einen Moment lang verdüsterte sich Karens Gesicht, und ein gehetzter Ausdruck trat in ihre Augen.

»Ums Überleben«, sagte sie. Dann hellte sich ihre Miene wieder auf, sie lächelte und scherzte weiter mit ihm.

Zum erstenmal hatte er sie nicht heiter und ausgeglichen

erlebt, sondern eine dunkle Seite an ihr gesehen. Er fragte sich, welches Unglück wohl ihre Vergangenheit überschattete, aber er drang nicht weiter in sie ein. Er wollte nicht neugierig erscheinen und damit Gefahr laufen, sie zu verstören. Außerdem war es nicht wichtig. Wenn er nachts allein in seinem Bett lag, konnte er nicht aufhören, an sie zu denken.

Er wußte, daß sie zwei oder drei Abende in der Woche zu Nancy kam, um mit ihr an dem Buch zu arbeiten, und dann ließ er sich jedesmal einen Grund einfallen, um dort aufzutauchen. Nach einer Weile stellte Nancy fest, daß sie Ted in den letzten Monaten häufiger zu Gesicht bekommen hatte als in den letzten Jahren.

»Stört es dich?« fragte er.

»Keinesfalls«, antwortete sie mit einem verschmitzten Grinsen. »Du kannst mir auch ruhig Bescheid sagen, wenn dir die Begründungen ausgehen. Mir fallen bestimmt noch ein paar ein.«

Auf Teds Anregung hin versammelte sich sonntags abends immer die ganze Familie. Die Yanows und die Donigers trafen sich in einer der beiden Wohnungen zum Abendessen, spielten und plauderten und ließen es sich wohl sein. Karen war immer mit von der Partie.

An einem Sonntagabend im Sommer, als die Kinder schon schliefen und die Erwachsenen im Garten saßen, wachte Amy schreiend auf, weil sie einen Alptraum gehabt hatte, und es gelang weder Ted noch Mrs. Peagram, sie zu beruhigen.

»Laßt es mich doch mal versuchen«, erbot sich Karen.

Sie ging in das bunte Zimmer der Kleinen, setzte sich an ihr weiß-rosa Baldachinbett und nahm das Mädchen in die Arme. Sie sprach so leise, daß Ted nicht verstand, was sie sagte, aber das war nicht wichtig. Nach zehn Minuten schlief seine jüngste Tochter wieder fest.

»Was hast du ihr gesagt?« fragte er flüsternd.
»Ich habe ihr erzählt, daß ihre Mutter mich geschickt hat, um die Nachtmahr zu verscheuchen und ihren Schlaf zu behüten.« Dann stahl sich ein schelmisches Glitzern in ihre Augen. »Und ich habe sie bestochen.«
»Womit?«
»Ich habe ihr versprochen, daß ich ihr immer, wenn ich hier bin, vor dem Schlafengehen eine Geschichte erzählen werde, damit sie nur an schöne Dinge denkt und in ihren Träumen kein Platz mehr ist für böse Ungeheuer.«
Daraus wurde eine feste Einrichtung. An drei oder vier Abenden in der Woche saß Karen bei Amy auf dem Bettrand und erfand Märchen von kleinen Mädchen und Jungs, die in einem verwunschenen Reich lebten, in dem immer die Sonne schien, die Vögel zwitscherten und die Blumen blühten und in dem keine Traurigkeit zu finden war.
»Gibt es dieses Reich?« fragte Amy.
»O ja«, antwortete Karen. »Wenn du daran glaubst.«
Es dauerte nicht lange, da kamen auch Jessica und Gwen in Amys Zimmer geschlichen, hockten sich ans Fußende des Bettes und lauschten, und Ted stand in der Tür, sah zu und mußte sich eingestehen, daß seine Töchter dringend eine Mutter brauchten. Mrs. Peagram hielt das Haus makellos in Ordnung und achtete darauf, daß die Mädchen anständig angezogen waren, genug aßen und ihre Hausarbeiten machten, aber sie schuf keine Geborgenheit. Sie wußte nicht, wie man das machte.
Karen dagegen wußte es. Natürlich war sie nicht Barbara – niemand konnte Barbara sein. Und doch ähnelte sie ihr in vielerlei Hinsicht. Sie schien etliches von dem zu wissen, was auch Barbara gewußt hatte, sie handelte häufig wie sie, und wenn sie in seiner Nähe war, trat unwillkürlich ein Lächeln auf Teds Gesicht.

Sie interessierte sich für seine Arbeit, liebte die Kinder und bewegte sich völlig unbefangen in seiner Umgebung. Er war sich dessen nicht bewußt, doch er sah sie vor sich, wie sie den Haushalt führte, die Kinder großzog und mit ihm alt wurde.
»Kommt Karen heute abend?« wollte Jessica von ihm wissen, womit er wieder beim Thema war.
»Ist heute Sonntag?«
»Ja sicher.«
»Dann kommt Karen.«
»Ich will ihr mein Physikprojekt zeigen, bevor ich es abgebe.«
»Gut«, sagte Ted. »Wenn ich mich recht erinnere, hat sie dir doch die Idee dazu geliefert.«
»Ja.« Jessica grinste. »Ganz recht.«
»Schau mal, Daddy!« schrie Amy plötzlich. »Ich kann radschlagen!«
»Ich schau ja, Schätzchen«, sagte er.
Das Ergebnis geriet etwas schief, aber das pummlige kleine Mädchen schaffte immerhin ein ganzes Rad.
»Hast du gesehen?« rief sie strahlend und hüpfte auf und ab. »Hast du gesehen?«
»Ja, hab ich. Es war großartig.«
»Kommt Karen, bevor es dunkel wird? Ich will es ihr auch zeigen.«
»Ich glaube schon.«
»Sagst du's ihr, Daddy? Sie soll mich noch sehen.«
»Weißt du, Dad«, bemerkte Gwen beiläufig, »wenn du Karen heiraten würdest, müßten wir nicht immer fragen, wann sie kommt. Dann wär sie schon da.«
»Du meinst, jeden Abend?« wollte Amy wissen, die mitgehört hatte.
»Sicher«, sagte Gwen, »und auch jeden Morgen und Nachmittag.«

»Könnte sie mir dann die Schuhe binden, wenn ich zur Schule muß?« fragte die Kleine.
»Na klar«, warf Jessica ein. »Sie wär genauso immer da wie Mommy.«
Amys Augen weiteten sich. »Wie Mommy?« keuchte sie, obwohl sie zu jung war, um sich genau an Barbara zu erinnern.
»Na ja, nicht ganz genau wie sie«, schränkte Gwen ein. Sie hatte Barbara als einziges von den drei Mädchen noch bewußt erlebt.
Die Jüngste wandte sich an ihren Vater. »Können wir Karen heiraten, Daddy? Wird sie dann beinahe wie Mommy sein?«
»Würde euch das gefallen?« fragte er. Es erstaunte ihn, wie einfach sogar die kompliziertesten Dinge aus der Weltsicht eines Kindes gerieten.
»O ja!« stieß Amy aufgeregt aus.
»Na klar«, sagte Jessica.
»Warum nicht?« meinte Gwen mit einem Achselzucken. Dann senkte sie die Stimme und flüsterte: »Sie ist viel netter als Mrs. Peagram.«
Wie aufs Stichwort kam Mrs. Peagram durch die Hintertür. »Das Mittagessen ist fertig«, verkündete sie mit ihrem etwas schrillen Bostoner Tonfall. »Kommt rein, Mädchen, und wascht euch die Hände.«
Ted stieß die Kelle in die weiche Erde des Blumenbeets und stand entschlossen auf.
»Geht jetzt zu Mrs. Peagram rein, und eßt zu Mittag«, wies er seine Töchter an.
»Und du, Daddy?« wollte Jessica wissen. »Was machst du?«
»Ich werd was Sauberes anziehen«, sagte er mit einem Blick auf seine schmutzigen Jeans, »und dann muß ich jemandem eine Nachricht überbringen.«

7

Karen saß im Schneidersitz in ihrem Wohnzimmer auf dem Boden. Sie trug einen weiten roten Jogginganzug und war umgeben von Schwarzweißfotos. Neben ihr lag ein gelber Block, und sie hatte sich einen Kugelschreiber zwischen die Zähne geklemmt. An ihrem Kinn war ein Tintenklecks.
Das Buch, das Nancy und sie vor zwei Jahren geplant hatten, war fast fertig. In der letzten Woche hatten sie unter tausend Bildern ihre endgültige Auswahl getroffen. Jetzt fehlten nur noch die Texte.
»Setz dich nicht unter Druck«, hatte Nancy zu Karen gesagt, als sie ihr einen dicken Stapel Fotos aushändigte. »Nimm sie einfach mit nach Hause, lebe eine Weile mit ihnen, und schau, was passiert.«
Zuerst passierte gar nichts. Karen starrte stundenlang den leeren Block an, kaute an ihrem Kuli und versuchten Poetisches entstehen zu lassen. Schließlich legte sie Block und Stift beiseite, hörte auf nachzudenken und betrachtete stattdessen die Bilder. Sie breitete sie im Kreis aus und konzentrierte sich auf die Geschichten.
Irgendwann fand sie die Worte, mit denen sie die Kinder in Harlem beschreiben konnte, die an einem heißen Sommertag im Wasserstrahl eines Hydranten standen, und den tödlichen Atem der Kälte, welcher im Winter einen Mann erfaßte, der in einem Hauseingang an der Bowery unter

einer Decke aus Zeitungen lag, und auch den Neuanfang, als sich im Frühjahr der erste Krokus durch die harte, verkrustete Erde am Riverside Drive gekämpft hatte.
Nur der Herbst machte ihr zu schaffen. Die Zeit wurde knapp, und Karen betrachtete seufzend wohl zum hundertstenmal die zwölf Aufnahmen aus dieser rätselhaften Jahreszeit. Und da auf einmal rührte eine von ihnen etwas in ihr an, und sie zog sie zu sich her. Es war ein trostloses Bild, auf dem zu sehen war, wie das letzte Blatt von einem allein stehenden Baum im Morningside Park fiel. Sie nahm den Kuli, griff nach ihrem Block und begann zu schreiben.

Die letzte Träne des Herbstes
fällt unbemerkt.
Ein stiller Schrei,
eisig auf der Wange des Winters.

Jetzt hatte sie zumindest einen Anfang, eine Richtung.
Eine Stunde später waren schon sechs Seiten vollgeschrieben. Sie war so versunken in ihre Arbeit, daß sie beim Klingeln an ihrer Tür regelrecht zusammenfuhr.
»Hi«, sagte Ted, als sie öffnete.
»Hi«, erwiderte sie und fragte sich, warum er um diese Zeit des Tages so gut gekleidet auf ihrer Schwelle stand. »Sag nicht, ich hätte was vergessen«, stieß sie erschrocken aus. »Waren wir verabredet?«
»Nein, nein«, versicherte er ihr hastig. »Ich war nur gerade in der Nähe, und da dachte ich, ich schau mal rein. Aber wenn du zu tun hast, verschwinde ich wieder.«
»Unsinn«, entgegnete sie, da ihre Stimmung ohnehin verflogen war und sie vergessen hatte, was sie hatte schreiben wollen. »Komm doch rein.«
»Daß du an so einem Tag nicht unterwegs bist?«

Karen sammelte die Blätter auf und legte sie ordentlich auf den Tisch. »Ich habe versucht zu arbeiten.«
»Und dann kam ich reingeplatzt.«
Er klang so unglücklich, daß Karens Ärger über die Störung im Nu verflog.
»Es macht nichts, wirklich«, versicherte sie ihm. »Mir fiel ohnehin nichts mehr ein.«
Ted war während der letzten anderthalb Jahre öfter in Karens Wohnung gewesen, und er war jedesmal erstaunt darüber, wie vertraut sie ihm vorkam. Auf einem der Sofas zu sitzen war für ihn, wie einen bequemen alten Pullover anzuziehen.
»Ich halte dieses Buch für eine wunderbare Idee«, sagte er mit einem Blick auf die Fotos am Boden. »Ich bin ganz sicher, daß ihr damit Erfolg haben werdet.«
»Vorausgesetzt, daß ich meinen Teil schaffe«, seufzte Karen. »Ich weiß nicht, warum ich mich von Nancy dazu habe überreden lassen.«
»Eines Tages wirst du froh darüber sein«, erwiderte er und hörte sich dabei so überzeugt an, daß Karen lächeln mußte. Von Anfang an hatte er beruhigend auf sie gewirkt, hatte sie geneckt wie eine kleine Schwester und war mit ihr umgegangen wie mit einer guten alten Freundin, und sie hatte das Gefühl gehabt, daß sie sich schon ein Leben lang kannten. Karen glaubte, daß sie ihm sofort vertraut hatte, weil er Nancys Bruder war. Doch ihr war bewußt, daß sie auch deshalb das Empfinden hatte, körperlich verwandt mit ihm zu sein, weil er nie Annäherungsversuche gemacht, sondern sie höchstens einmal flüchtig auf die Wange geküßt oder ihren Arm genommen hatte, um sie über die Straße zu führen.
Wie seine Schwester war auch Ted heiter und klug, und Karen freute sich immer auf die Treffen mit ihm. Doch die

Zeit, die sie mit Gwen, Jessica und Amy verbringen konnte, war ihr noch kostbarer als die Zeit mit ihm.

Die drei Mädchen verkörperten für sie die Unschuld, die sie verloren hatte, waren die Töchter, die sie nie großziehen, die Kinder, die sie nie auf die Welt bringen würde. Sie gab Antworten auf ihre Fragen, bewunderte sie für ihre Erfolge und genoß jedes Lächeln und jedes Kichern, an dem die Mädchen sie teilhaben ließen. Und immer stand ihr Vater hinter ihnen, ruhig, gelassen und verläßlich.

Dennoch war Karen bis zu diesem Moment nicht klargewesen, wie eng ihr Leben mit dem der Donigers verflochten war – denn Ted war noch nie unangemeldet vor ihrer Tür gestanden.

»Was kann ich dir zu trinken anbieten?« fragte sie.

»Ein Glas Wasser vielleicht«, antwortete er.

»Wie wär's mit einem Glas Eistee?«

»Nur wenn du auch welchen trinkst.«

Sie ging in die Küche und kam mit zwei beschlagenen Gläsern und einem Teller Kekse zurück.

»Das sieht gut aus«, sagte er.

Sie tranken schweigend ihren Tee. Dann stand Ted auf, ging zum Kamin hinüber und tat, als betrachte er das Ölgemälde von Mitch über dem Sims.

»Amy wünscht sich, daß du heute abend kommst, bevor es dunkel wird. Jessica hat ihr das Radschlagen beigebracht, und sie möchte es dir vorführen.«

»Das mach ich gerne«, erwiderte Karen herzlich.

»Und Jessica möchte dir ihr Physikprojekt zeigen.«

Karen nickte. »Ah ja, gut. Ich bin neugierig, wie es geworden ist.«

Beide hatten das Gefühl, daß sie sich seltsam förmlich und steif anhörten. Karen rutschte unbehaglich in ihrem Sessel hin und her und fragte sich, was aus ihrem üblichen heite-

ren Geplänkel geworden war. Ted fuhr mit dem Finger über den Kaminsims.
»Tja, Gwen meint, wir sollten heiraten«, sagte er möglichst leichthin, »damit wir nicht immer Verabredungen treffen müssen, um dich zu sehen.«
»Ach wirklich?« entgegnete Karen lächelnd. Sie war froh, daß sie wieder zu ihrem alten Tonfall zurückfanden.
»Eigentlich wollen alle drei Mädchen das«, fügte er hinzu.
»Diese kleinen Teufelchen.« Sie lachte. »Man weiß nie, worauf sie als nächstes kommen.«
Ted wandte sich um und blickte sie an. »Genaugenommen«, sagte er leise, »würden wir das alle vier ... sehr schön finden.«
Karen machte den Mund auf, um etwas Vernünftiges zu äußern, und schloß ihn dann wieder, als ihr klar wurde, daß er es ernst meinte. Aber es ergab keinen Sinn, weil ihre Beziehung ganz anders war. Sie waren doch einfach nur Freunde.
»Ich verstehe nicht«, stammelte sie schließlich. »Ich meine, du hast nie ... das heißt, ich habe nie ... ich meine, wir sind doch ... nun, du weißt schon ... eben nicht so befreundet.«
»Das heißt doch nicht, daß wir es nicht sein könnten«, meinte er.
»Aber wir sind Freunde«, widersprach sie. »Gute Freunde. Mir bedeutet die Freundschaft mit dir sehr viel. Ich möchte nicht, daß sich das ändert.«
Er zuckte mit den Schultern. »Ich meine, daß eine solche Freundschaft ein sehr solides Fundament sein kann.«
Ganz der Architekt, dachte Karen spöttisch. Sie fing wieder an, in ihrem Sessel hin und her zu rutschen. Die Freundschaft, die sie aufgebaut hatten, bedeutete ihr mehr, als sie mit Worten auszudrücken vermochte, und sie fragte sich jetzt, was geschehen würde, wenn sie ihn abwies.

»Ich fühle mich wirklich sehr geehrt«, begann sie vorsichtig, »aber ich habe einfach nie daran gedacht, dich zu heiraten.«
»Ich bin wahrscheinlich nicht der Traumprinz, auf den du gewartet hast«, räumte er ein. »Und ganz taufrisch bin ich auch nicht mehr. Außerdem bin ich zu versessen aufs Arbeiten und nicht sehr romantisch. Ich mag Theater und Konzerte, gehe aber selten hin. Ich bin kein großer Partyliebhaber. Vermutlich bin ich ein regelrechter Langweiler. Ich bin nicht viel gereist und nicht sehr belesen. Und zudem bin ich noch Mitte Vierzig, verwitwet und muß drei Kinder aufziehen – nicht gerade das große Los, könnte man meinen. Aber ich bin treu und aufrichtig und kann euch ernähren, meine ich, und ich mag dich auf eine ganz besondere Art, und ich glaube, wir könnten es gut zusammen haben.«
Er hielt plötzlich inne und war überrascht, daß er es geschafft hatte, diese lange Rede zu halten, ohne sich zu verheddern.
»Wieso sagst du so furchtbare Sachen über dich?« fragte Karen. »Du bist doch kaum älter als ich, und du machst dich hervorragend auf Partys. Du redest vielleicht nicht viel, bist aber ein wunderbarer Zuhörer. Ich gehe auch nicht oft ins Konzert, und deine Bücherregale sind gut bestückt. Und viel gereist bin ich ebenfalls noch nicht. Ich war noch nicht mal in Europa. Und es gibt wichtigere Eigenschaften, als romantisch zu sein – zum Beispiel Einfühlsamkeit und Verläßlichkeit und Ehrlichkeit, und deine Kinder sind absolut großartig. Wieso behauptest du, du seist kein Traumprinz? Ich wüßte nicht, welche Frau nicht stolz wäre, an deiner Seite zu leben.«
»Heißt das ja?« fragte er.
Karen verstummte. Es war ihr so wichtig gewesen, ihn zu

verteidigen, daß sie sich keine Gedanken gemacht hatte, was ihre Worte für eine Wirkung auf ihn haben mochten. Er war so ein wunderbarer Mensch, und sie wollte ihm auf keinen Fall weh tun. Doch sie hatte sich vor langer Zeit damit abgefunden, daß sie niemals heiraten würde, und sich statt dessen vorgenommen, Karriere zu machen, in welchem Bereich auch immer, und sie fühlte sich wohl mit dieser Entscheidung. Sie mußte jetzt nur einen Weg finden, ihm das schonend beizubringen.

»Vielleicht solltest du mir ein bißchen Bedenkzeit geben«, hörte sie sich sagen. »Du weißt schon, um mir über einiges klarzuwerden.«

»Aber sicher«, erwiderte er eifrig. »So lange du willst. Ich weiß, daß das ein großer Schritt für dich ist.«

Ein riesiger Schritt, dachte Karen. »Danke«, murmelte sie.

Ted griff nach seinem Glas und trank den Tee aus. »Ich verschwinde jetzt und lasse dich weiterarbeiten«, sagte er. »Wir sehen uns ja in ein paar Stunden wieder, oder?«

»Genau«, bestätigte sie.

Kaum schloß sich die Tür hinter ihm, stürzte Karen in die Küche, goß sich reichlich Scotch in ihr Teeglas und trank es in einem Zug aus.

Sie kicherte und weinte und zitterte gleichzeitig, und die starre Haltung, die sie achtzehn Jahre lang bewahrt hatte, die Fähigkeit, ihre Gefühle vor sich selbst zu verstecken, gerieten ins Wanken. Sie goß sich Scotch nach, ging ins Wohnzimmer und sank in einen Sessel. Als sie das Glas zur Hälfte ausgetrunken hatte, kam sie sich plötzlich ziemlich dumm vor.

»Warum hast du nicht gleich nein gesagt?« hielt sie sich selbst laut vor. »Warum hast du ihm nicht klaren Wein eingeschenkt, so daß er jetzt glaubt, es gäbe noch Hoffnung?«

Als Peter Bauer sie verlassen hatte, war Karen am Boden zerstört gewesen. Obwohl sie sich schuldig fühlte, war sie dennoch das Empfinden nie ganz losgeworden, daß auch er sie in gewisser Weise verraten hatte. Sie beschloß, nie wieder in eine solche Lage zu kommen. Sie betrachtete die Welt auch in den achtziger Jahren mit der Haltung der sechziger. Sie war zutiefst davon überzeugt, daß kein Mann ihr verzeihen könnte, was in jener kalten Dezembernacht geschehen war, wie auch Peter es nicht gekonnt hatte, und daß jeder Mann sich abgestoßen fühlen würde, sobald sie es erwähnte – sobald er sah, was davon zurückgeblieben war. Sie mußte allerdings zugeben, daß sie niemanden nahe genug an sich herangelassen hatte, um ihre Theorie zu überprüfen. Statt dessen hatte sie sich damit abgefunden, alleinstehend zu sein. Sie entschied, daß die Einsamkeit und die damit verbundene Ruhe und Abgeschiedenheit in vielerlei Hinsicht gut zu ihr paßten. Außerdem wurden unverheiratete Frauen nicht mehr so schief angesehen wie früher. Karen kannte Frauen, die bewußt so lebten und es genossen. Sie waren erfolgreich in ihren Berufen und alleinstehend. Andere lebten mit Männern zusammen, mit denen sie nicht verheiratet waren. Einige hielten es sogar für erstrebenswert, Kinder ohne Männer großzuziehen.

Karen leerte ihr Glas und seufzte ergeben. Sie hatte sich wirklich mit ihrem jetzigen Leben abgefunden, doch insgeheim wußte sie, daß sie jederzeit bereitwilligst ihre Stellung bei Demion Five, ihr schickes Apartment an der East Side und ihren Rankin hergegeben hätte, um nur einen Tag zwischen Windelbergen, schmutzigem Geschirr und Spielsachen zu verbringen. Darin lag die Ironie des Vorschlags, den Ted ihr gemacht hatte. Hätte er ihr Mrs. Peagrams Stellung angeboten, wäre sie vielleicht versucht gewesen, sie anzunehmen.

Karen lachte laut. Ohne diese beiden kräftigen Drinks hätte sie sich das niemals eingestanden. Doch es war so. Innerhalb weniger Monate war sie so vertraut mit Gwen, Jessica und Amy geworden, daß sie sich keine befriedigendere Aufgabe vorstellen konnte, als tagtäglich mit ihnen zusammenzusein, ihnen zur Seite zu stehen, während sie lernten und zu schönen jungen Frauen heranwuchsen. Das würde sie beinahe dafür entschädigen, daß sie keine eigenen Kinder haben konnte.

Wenn sie abends bei Amy am Bett saß und sich Geschichten für sie ausdachte, stellte sie sich manchmal vor, daß die drei wirklich ihre Töchter wären, so sehr liebte sie die Mädchen. Aber sollte sie einen Mann heiraten, nur damit sie mit seinen Kindern zusammensein konnte? Das schien ihr irgendwie unaufrichtig.

Sie hatte ja nichts gegen Ted. Im Gegenteil, sie mochte ihn sehr, liebte ihn wahrscheinlich sogar, so wie eine Schwester ihren Bruder liebt. Doch bei der Vorstellung, mit ihm in einem Bett zu schlafen und die scheußlichen Narben nicht mehr verstecken zu können, die so deutlich von der Verfehlung in ihrer Jugend kündeten, begann sie wieder zu zittern.

Nein, sie mußte ihm sagen, daß sein Antrag ihr sehr schmeichelte, und ihn dann ablehnen – auch wenn sie deshalb die Mädchen verlieren würde, weil danach alles aus war. Denn welcher Mann, der einen Korb bekommen hatte, war schon noch gerne mit dieser Frau zusammen?

Karen biß sich auf die Lippe. Sie spürte, wie ihr die Tränen kamen. Sie wußte, daß sie die Kinder schrecklich vermissen würde. Und sie war so ehrlich, sich einzugestehen, daß sie auch Ted schrecklich vermissen würde.

8

In der zweiten Maiwoche lagen Texte und Fotos für den fotografischen Essay vor. Man konnte mit der Produktion beginnen.

»Mein Gott«, sagte Demelza beeindruckt, als sie das Manuskript und die Bilder sah, »ich wußte ja, daß du eine gute Fotografin bist, aber ich hätte nie gedacht, daß Karen solche Gedichte schreiben kann. Das ist ein Knüller. Ich werde fünftausend Stück bestellen.«

»Meinst du denn, du kannst so viele verkaufen?« fragte Nancy aufgeregt.

»Wenn nicht mehr«, antwortete die Miteigentümerin von Demion Five. »Wie ist der Titel?«

Nach ausführlichen Erörterungen gaben die beiden Frauen dem Buch den Titel *Vier Jahreszeiten*, weil ihnen der am treffendsten erschien.

»Nicht zu verwechseln mit Vivaldi«, sagte Nancy.

»Oder dem Restaurant«, fügte Karen hinzu.

Demelza wollte das Buch für 49,95 Dollar verkaufen.

»Meine Güte!« rief Nancy aus. »Das ist aber ganz schön happig?« Sie fand den Preis total übertrieben.

»Das ist günstig«, widersprach Demelza. »Fünfzig Yanows zu einem Dollar das Stück? Sogar ohne die Gedichte – aus denen man ein hübsches eigenes Bändchen machen könnte – ist es absolut günstig.«

»Das war mir gar nicht klar«, räumte Nancy ein, obwohl ihre Fotografien, die sie jeweils nur in einer Auflage von fünfzig Stück verkaufte, zweihundertfünfzig Dollar kosteten. Aber die waren auch signiert und numeriert.
»Du mußt bedenken«, fuhr Demelza fort, als hätte sie Nancys Gedanken erraten, »es ist so ähnlich wie beim Verkauf deiner Abzüge. Wir werden auch hier eine limitierte Auflage haben.«
»Fünftausend klingt nicht besonders limitiert«, erwiderte Nancy.
»Wenn wir ab Mitte Juli Werbung machen«, sagte Demelza, »sollten wir die bis Weihnachten verkauft haben.«
»Bis Weihnachten?« rief Nancy. »Meinst du wirklich?«
Demelza lächelte. »Ich meine, daß ihr euch mal Gedanken über euer nächstes Buch machen solltet.«
Nancy schwirrte der Kopf, und Karen fühlte sich so schwach auf den Beinen wie ein neugeborenes Fohlen, als die beiden zu einem vielgepriesenen neuen italienischen Restaurant in der Ninth Avenue spazierten. Sie hatten sich vorgenommen, gemeinsam auszugehen, wenn sie die *Vier Jahreszeiten* fertig hatten.
»Warum hab ich bloß das Gefühl, als säße ich in einem lecken Boot und würde auf die Niagarafälle zutreiben?« sagte Nancy, als sie zu ihrem Tisch geführt wurden.
Karen kicherte. »Schau, du mußt das so sehen«, meinte sie, »du setzt nicht dein Leben aufs Spiel, nur deinen Ruf.«
»Danke«, entgegnete Nancy trocken. »Das ist wirklich beruhigend.«
Man zahlte einen Einheitspreis in diesem Restaurant, und es gab keine Speisekarten, sondern man aß, was immer der Küchenchef zubereitete. Es hatte nur vierzig Plätze, und man mußte reservieren, denn das Lokal war zwei Monate im voraus ausgebucht.

Bei der Minestrone sprachen sie über die diversen Möglichkeiten, für das Buch zu werben, bei der warmen und der kalten Vorspeise über den Wirbel, den man bei Demion Five darum machen wollte, und bei den Käseravioli über die unglaubliche Vorstellung, daß ihr Buch zu einem Muß für jeden kultivierten Haushalt werden würde.

Erst bei den Kalbs-Scallopine platzte Karen mit ihrer Neuigkeit heraus.

»Ted hat mich gefragt, ob ich ihn heiraten will.«

Nancy ließ die Gabel fallen und starrte Karen mit ihren ungleichen blauen Augen fassungslos an.

»Und das erzählst du mir erst beim vierten Gang?« rief sie empört.

»Na ja, es ist schon etwas länger her.«

»Wie lange?«

Karen zuckte mit den Schultern. »Einen Monat etwa.«

»Einen Monat? Einen Monat, und du hast kein Wort verlauten lassen?«

»Na ja, ich war nicht sicher, wie du es aufnehmen würdest.«

»Wie ich es aufnehmen würde? Ich bete seit anderthalb Jahren darum, daß das passiert.«

Karen stocherte in ihrem Drei-Sterne-Essen.

»Es ist nur so, daß ich zu Ted nie so ein Verhältnis hatte«, sagte sie nachdenklich.

»Ah ja?« erwiderte Nancy. Ein kurzes unbehagliches Schweigen entstand.

»Du darfst das nicht mißverstehen. Es ist nicht so, daß ich ihn nicht mag«, betonte Karen dann. »Ich habe ihn sogar sehr gern, und du weißt, wie sehr ich an den Mädchen hänge. Aber, tja, ich hatte einfach nicht vor zu heiraten.«

»Warum nicht?« fiel Nancy als einzige Reaktion darauf ein.

»Ich habe mich vor langer Zeit so entschieden«, antwortete Karen und nahm einen großen Schluck Chianti.

Nancy hatte bereits an dem Tag, als sie Karen bei Tee und Muffins und Paul Revere im Demion Five kennengelernt hatte, beschlossen, daß sie die ideale Gefährtin für ihren Bruder war. Sie wußte nicht genau, warum sie sich so rasch für die elegante Geschäftsführerin entschied, nachdem sie so viele andere Frauen erwogen und verworfen hatte, aber die Idee hatte sich in ihrem Kopf festgesetzt und ließ sich nicht mehr vertreiben.

»Was hat dich dazu gebracht, so eine blöde Entscheidung zu treffen?« fragte sie, während Karen ihr Kalbsschnitzel auf dem Teller herumschob.

»Ich bin schon so lange allein«, lautete die Antwort. »Ich habe meine Gewohnheiten. Ich brauche viel Freiraum.«

»Das ist alles schon Jahre her, nicht?« fragte Nancy leise. »Es ist wegen dem, was du erlebt hast – worüber du geschrieben hast?«

Karen wandte den Blick ab. »Wegen allem möglichen«, murmelte sie.

»Aber es kann sich etwas ändern«, beharrte Nancy. »Wenn wir es wirklich wollen.«

Ein Schweigen entstand. Beide Frauen wußten nicht, wie es weitergehen sollte.

»Ich glaube, daß jeder zwei Persönlichkeiten hat«, sagte Karen schließlich. »Die öffentliche, die man vorzeigt, und die private, die der eigentliche Kern des Wesens ist. Für manche Menschen ist die öffentliche Persönlichkeit nur eine Erweiterung der privaten. Aber für andere ist sie eine Hülle, die die private Persönlichkeit schützt, und sie könnten ohne sie nicht leben.«

Sie hielt inne, und Nancy dachte über ihre Worte nach. Seit zwei Jahren war diese Frau ihre beste Freundin, nicht zuletzt weil sie so viele Interessen, Anschauungen und Gefühle gemeinsam hatten und Nancy es schon seit langem

gelernt hatte, hinter Karens selbstsichere Fassade zu blikken.
»Manchmal ist das Leben aber einfacher, wenn man sich jemandem mitteilt«, meinte Nancy.
»In diesem Fall nicht«, erwiderte Karen. »Das mußt du mir einfach glauben.«
»Ich habe das Gefühl, du traust dir zuwenig zu«, stellte Nancy fest. »Und Ted auch.«
»Vielleicht sehe ich die Dinge nur aus einem anderen Blickwinkel.«
»Warum hast du es mir dann überhaupt erzählt?«
»Weil ihr euch so nahe seid und ich nicht möchte, daß es deshalb Probleme zwischen euch gibt. Und weil wir uns so nah sind und ich auch nicht möchte, daß es welche zwischen uns gibt.«
»Vielleicht sagt er es mir gar nicht.«
Karen dachte einen Moment nach. »Dann geh du zu ihm. Es gibt so viele gute Frauen da draußen. Ich möchte nicht, daß er sich verschließt, nur weil eine ihn enttäuscht hat.«
»Er hat dich wirklich sehr gern, weißt du.«
Ein Schatten legte sich auf Karens Gesicht. »Er hat etwas Besseres verdient.«

Am nächsten Abend schaute sie bei den Yanows vorbei, ohne sich vorher anzumelden, und erzählte den Mädchen die Geschichte von der Prinzessin auf der Erbse. Dann deckte sie Amy zu, gab Jessica und Gwen einen Gutenachtkuß und machte sich auf die Suche nach Ted. Sie fand ihn schließlich in seinem Arbeitszimmer über seinem Zeichentisch. Sein Haar schimmerte im Licht der Lampen golden.
»Störe ich dich?« fragte sie zögernd.
Er strahlte, als er sie sah.
»Du störst mich nie«, sagte er, knipste die Lampe aus,

richtete sich auf und streckte seinen Rücken. Dann setzte er sich auf das Sofa. »Sind die Mädchen im Bett?«

»Eins ist im Bett, eins auf dem besten Wege dazu, und eins telefoniert wahrscheinlich.«

»Komm, setz dich.« Er klopfte auf den Platz neben sich.

Karen ließ sich statt dessen auf dem Stuhl ihm gegenüber nieder.

»Du hast wahrscheinlich gedacht, ich hätte dich vergessen«, fing sie an.

»Unsinn«, erwiderte er. »Ich wußte doch, daß ihr soviel zu tun hattet, um das Buch fertigzumachen.«

Es wäre alles viel einfacher, dachte sie, wenn er nicht immer so nett und verständnisvoll wäre.

»Also, es ist keinesfalls so, daß mir dein ... Angebot egal wäre.«

Er grinste sie an, und die goldenen Sprenkel in seinen Augen tanzten. »Du hörst dich an, als hätte ich dir eine Stelle offeriert.«

»Ach, das wollte ich nicht«, entschuldigte sie sich. »Es ist nur so, daß ich ...«

Karen geriet ins Stocken. Sie hatte sich nur für den Heiratsantrag bedanken, ihn ablehnen und dann so rasch wie möglich verschwinden wollen.

»Es kam so schnell«, hörte sie sich statt dessen sagen. »Wir kennen uns ja noch kaum. Ich meine, wir sind Freunde, und ich mag dich wirklich gerne, aber ...«

»... du liebst mich nicht«, vollendete er den Satz.

Sie rang die Hände im Schoß und blickte unter sich. »Das ist es nicht«, flüsterte sie und wünschte, das nicht tun zu müssen. »Aber es gibt in meiner Vergangenheit Dinge, die du nicht verstehen würdest ... Es ist nicht wegen dir, weißt du – ich kann einfach nicht heiraten.«

Er sah sie einen Moment nachdenklich an.

»Nachdem meine Frau gestorben war«, sagte er dann, »habe ich lange geglaubt, daß ich nie wieder jemandem nahe sein wollte. Es war zu schmerzhaft gewesen, sie zu verlieren, und ich wollte nicht Gefahr laufen, so was noch einmal durchmachen zu müssen. Deshalb habe ich eine Art unsichtbare Mauer um mich herum errichtet, einen Bunker sozusagen, und habe mich abgekapselt. Ich hatte meine Arbeit und die Mädchen, und ich war der Meinung, mehr brauche ich nicht. Aber das war falsch, denn Leben bedeutet immer Gefahr – und Sicherheit ist wie der Tod.«
Karen löste den Blick von den Händen und sah zu ihm auf. Er war einfühlsam und fürsorglich, und er gab sich so viel Mühe, aber er verstand sie einfach nicht.
»Für mich ist es genau umgekehrt«, erklärte sie. »Ich kann nur in Sicherheit leben.«
»Bleibt da noch etwas Verhandlungsspielraum?«
Sie wich seinem Blick aus. »Ich mag dich auf eine ganz besondere Art. Ich habe so viel Vertrauen zu dir wie zu keinem anderen Mann. Ich fühle mich wohl in deiner Nähe. Ich freue mich darauf, wenn ich dich und die Mädchen treffe, und all das bedeutet mir mehr, als ich ausdrücken kann.«
»Das ist doch schon mal was.«
»Aber es genügt nicht.«
»Warum nicht?«
Sie studierte wieder ihre Hände. »Weil ich ... die Ehe nicht vollziehen kann.« Sie seufzte. Sie stellte sich immer vor, daß andere Frauen innerlich grün und üppig waren, sie dagegen braun und vertrocknet.
Er runzelte gedankenvoll die Stirn. »Ich will nicht in dich dringen«, erwiderte er. »Erzähl mir nur so viel von dir, wie du auch wirklich preisgeben möchtest.«
»Ich hatte ... einen Unfall«, hörte sie sich sagen, obwohl sie

das gar nicht vorgehabt hatte. »Es ist lange her, aber deshalb ist nicht mehr alles so, wie es sein sollte.«

»Ich bin in einer Lebensphase, in der ich nicht mehr nach der großen Leidenschaft Ausschau halte«, entgegnete er offen. »Ich erwarte nicht, daß ich das wiederfinde, was ich mit Barbara erlebt habe. Aber meine Gefühle für dich sind innig, herzlich und beständig, und das genügt mir. Ich möchte mein Leben mit dir teilen, das Lachen und auch die Tränen.«

»Bei dir klingt das alles so einfach«, erwiderte sie. »Aber so einfach ist es nicht.«

Ted holte tief Luft. »Doch, es könnte so einfach sein«, versicherte er ihr. »Du kümmerst dich einfach um drei Mädchen, die dich heiß und innig lieben, und um ihren Vater, der findet, daß die Welt in Ordnung ist, wenn du da bist. Und dabei kann es auch bleiben, es sei denn, du möchtest mehr.«

»Ich glaube tatsächlich, daß du mir eine Stelle anbietest«, entgegnete sie mit einem überraschenden Grinsen. »Die von Mrs. Peagram.«

»Na ja, ich hatte mir schon ein bißchen was anderes vorgestellt«, sagte er und erwiderte das Grinsen. »Aber ich geb mich mit dem zufrieden, was ich kriege.«

Karen seufzte erneut. Bei ihm hörte sich das alles fast idyllisch an, wie in den Märchen, die sie den Mädchen erzählte, in denen Prinz und Prinzessin allen Hindernissen trotzten und zum Schluß immer gemeinsam in den Sonnenuntergang ritten und glücklich und zufrieden waren bis an ihr Lebensende. Doch Phantasie und Wirklichkeit waren nicht dasselbe.

»Ich wünschte ...« setzte sie an.

»Hör zu«, fiel er ihr ins Wort. »Ich muß morgen nach New Haven und bin zwei oder drei Tage weg. Denk einfach in

dieser Zeit noch einmal darüber nach, und dann unterhalten wir uns weiter.«
»Wenn du meinst«, willigte sie ein, obwohl sie um keinen Preis noch ein solches Gespräch führen wollte.
»Sehen wir's mal so«, meinte er. »Ich weiß, daß du heute abend hergekommen bist, um mir eine Absage zu erteilen. Das ist ziemlich offensichtlich. Ich habe also kaum was zu verlieren, indem ich den Moment rauszögere, sondern ich kann eher was gewinnen.«
Karen mußte unwillkürlich lachen. »Es wäre alles viel einfacher, wenn ich dich nicht so gern hätte.«
»Darauf spekuliere ich«, erwiderte er.
»Was hast du denn in New Haven zu tun?« fragte sie.
»Was ziemlich Ehrenvolles«, antwortete er. »Meine Alma Mater hat mich eingeladen, an einem Symposium über Trends in der modernen Architektur teilzunehmen, und man hat mich außerdem gebeten, einen Entwurf für ein neues Computergebäude einzureichen.«
»Yale ist in New Haven«, sagte sie.
»So ist es«, bestätigte er.
Karen lachte so sehr, wie sie schon seit Jahren nicht mehr gelacht hatte, weil manche Dinge sich einfach willkürlich ereigneten, nach einem ihnen innewohnenden Rhythmus, und es war ganz sinnlos, nach Gründen dafür zu suchen.
»Du warst in Yale?« keuchte sie.
»Ja«, sagte er. »Warum? Ist das wichtig?«
»Für mich nicht«, antwortete sie kichernd. »Aber meine Mutter wird begeistert sein.«

9

Am 13. August fand im Demion Five die Buchpremiere von *Vier Jahreszeiten* von Yanow und Kern statt. Einen Monat vorher hatte man eine Werbeaktion gestartet, die darauf abzielte, das Interesse jedes statusbewußten Kunstliebhabers in einem Umkreis von hundertfünfzig Kilometern von Manhattan zu wecken.

»Wenn dieses Bändchen im Regal steht«, prophezeite Demelza, »wird sich kein selbsternannter Kunstkenner in dieser Stadt ohne ein Exemplar bei sich zu Hause erwischen lassen.«

Karen und Nancy saßen an diesem Tag von zwei Uhr mittags bis sechs Uhr abends an einem Tisch im Laden hinter dem kleiner werdenden Stapel und signierten schwungvoll jede der Erstausgaben. Tabletts mit Köstlichkeiten wurden herumgereicht, der Sekt floß reichlich, und der Laden war brechend voll.

»Ich hab dir doch gesagt, daß sie kommen werden«, murmelte Demelza, als sie mit einem Teller Häppchen vorübereilte.

Schließlich war Feierabend. Alles war verspeist, der letzte Tropfen Sekt getrunken, und der letzte Kunde wurde höflich zur Tür geleitet.

»Meine rechte Hand hat schrecklich gelitten«, beklagte sich Nancy und bewegte mit gequältem Gesicht ihre verkrampften Finger.

»Der Preis für Ruhm und Reichtum«, verkündete Demelza.

»Warten wir's ab«, bemerkte Karen. »Zweihundert verkaufte Exemplare sind noch keine fünftausend.«
»Ich kann's einfach nicht glauben«, sagte Demelza, »daß du zwölf Jahre bei mir angestellt warst und einen Erfolg nicht auf Anhieb erkennst. Hat mein Instinkt für so was nicht abgefärbt?«
Karen zuckte mit den Schultern. »In diesem Fall kann man mich wohl nicht gerade als objektiv bezeichnen.«
Ende Oktober waren zwei Drittel der limitierten Edition von *Vier Jahreszeiten* verkauft.
»Glaub mir, bis Weihnachten ist der Rest weg«, verkündete Demelza.
»Nicht zu fassen«, stieß Nancy aus, als Karen ihr einen Scheck über eine fünfstellige Summe, ihren Anteil am Verkaufserlös, aushändigte.
»Stimmt«, sagte Karen, die vorher schon einen Scheck in derselben Höhe zur Bank gebracht hatte. »Ein Jammer, daß wir nicht zehntausend gedruckt haben.«
»Das ist nicht schlimm«, erwiderte Nancy. »Ich habe bereits eine tolle Idee, was wir als nächstes machen.«
Karen lachte. »Und ich hab schon befürchtet, daß du das sagen wirst.«
Jetzt zuckte Nancy mit den Schultern. »Immerhin hast du nicht nein gesagt.«

Zwei Tage später begannen sie mit der Arbeit an *Spiegelbilder*, einer Studie über Menschen in New York. Am 14. November um drei Uhr nachmittags waren sie mit dem Layout fertig.
Vier Stunden später wurden Ted und Karen in einer schlichten Zeremonie vom Friedensrichter getraut und feierten danach mit engen Freunden und den Familien im eleganten Restaurant Four Seasons.
»Wie passend«, schwärmte Beverly Kern und lächelte ihren

frischgebackenen Schwiegersohn wohlwollend an. »War das deine Idee?«
»Nein, Karens«, antwortete er.
»Ein ganz vorzüglicher Einfall, Schätzchen«, flötete sie zu ihrer Tochter hinüber.
»Danke, Mutter«, erwiderte Karen huldvoll.

»Er ist einer der erfolgreichsten Architekten im Lande«, hatte Beverly ihrer Schwägerin kurz nach Bekanntgabe der Verlobung mitgeteilt.
»Ich freue mich so für Karen«, entgegnete Edna. »Es sah ziemlich lange danach aus, als würde sie nie mehr seßhaft werden.«
»Na ja, so viel Zeit hätte sie sich nicht lassen müssen«, sagte Beverly pikiert. »Aber sie wollte eben nicht irgendeinen. Es mußte schon was Passendes sein. Ted war in Yale.«
»Oh, das wußte ich nicht.«

»Ich schätze, ein Architekt ist besser als gar nichts«, sagte Beverly mit einem tiefen Seufzer zu ihrem Mann. »Aber ein Witwer mit drei kleinen Kindern? Was mag Karen sich wohl dabei gedacht haben?«
»Was stört dich daran?« erkundigte sich Leo. »Mir kommt das alles in allem sehr stimmig vor.«
»Sich mit den Kindern von anderen rumplagen müssen? Das kann doch nur schrecklich enden.«
»Du machst dir zu viele Gedanken«, entgegnete Leo.

»Wir freuen uns so für Karen«, sagte Beverly während der Feier zu Teds Mutter. »Ihr Sohn ist ein großartiger Mann und auch noch so erfolgreich. Und seine entzückenden Töchter – die sind noch eine wunderbare Dreingabe, nicht wahr?«
»Das finden wir auch«, antwortete Teds Mutter.

Karen sprach mit niemandem darüber, warum sie sich letztendlich für Ted entschieden hatte – nicht mit Nancy, nicht mit Jill und schon gar nicht mit ihrer Mutter. Sie erzählte allen, er habe es ihr so leichtgemacht, ja zu sagen, daß ihr gar nichts anderes übriggeblieben sei. Doch das war natürlich nicht der einzige Grund gewesen.
Sie wußte, daß eine Karriere zwar ein halbwegs befriedigender Ersatz für eine Ehe und Kinder sein mochte, aber niemals mehr als das. Auch war sie zu dem Schluß gekommen, daß sie nicht mehr länger allein sein, sondern sich an einen anderen Menschen binden wollte. Und sie war neugierig. Vielleicht spielte auch eine Rolle, daß Karen insgeheim davon überzeugt war, einen Mann gefunden zu haben, dem ihre heutige Persönlichkeit wichtiger war als ihre Vergangenheit.
Sie hatte sich immer vorgestellt, daß eines Tages ihr Traumprinz auftauchen würde wie ein Sonnenstrahl aus düsterem Himmel. Er würde ihre Makel übersehen, ihr tief in die Augen blicken, und es wäre um sie geschehen.
Ted Doniger hatte sich heimlich angenähert. Da war kein Sonnenstrahl gewesen, kein Moment der atemlosen Erkenntnis. In der Verkleidung des Freundes hatte er ihr Vertrauen gewonnen, in der Verkleidung des nicht blutsverwandten Bruders ihre Zuneigung. Bevor sie merkte, was geschehen war, hatte sie ihm ihr Lachen, ihre Hoffnungen, ihre Ängste anvertraut. Daraus war die Gewißheit erwachsen, daß er ihren geschändeten Körper nicht verabscheuen würde, und die Überzeugung, daß er sie schützen würde vor dem grellen Licht einer gleichgültigen Welt. Außerdem war ihr bewußt, daß sich hier mit Sicherheit die letzte Chance bot, das Leben zu führen, das ihre Eltern ihr als erstrebenswert dargestellt hatten – Kinder, ein Heim, eine Position in der Gesellschaft, Sicherheit, und

Ted hatte ihr das alles zu ihren eigenen Konditionen angeboten.

»Glücklich werden kann man nur in einer guten Ehe«, hörte sie Beverly sagen. Karen sah die Welt zwar nicht mehr mit den Augen ihrer Mutter, aber sie wußte, daß es dumm wäre, Teds Antrag nicht anzunehmen.

»Ich weiß, wieviel Wert du auf Zurückgezogenheit legst«, hatte er gesagt, »und wie wichtig dir dein Freiraum ist. Leider ist die Wohnung nicht groß genug, damit jeder ein eigenes Zimmer haben kann, aber wir können in getrennten Betten schlafen, wenn dir das lieber ist.«

Ted Doniger verfügte über unerschöpfliche Geduld. Er wollte für den Rest seines Lebens mit dieser Frau zusammenbleiben, und er war bereit, so lange, wie es nötig war, auf die körperliche Nähe zu verzichten, die ihr offenkundig zu schaffen machte. Er war zufrieden damit, sie um sich zu haben, sie anzusehen, mit ihr zu sprechen und ihr zuzuschauen, wenn sie sich mit den Mädchen beschäftigte.

»Möchtest du Flitterwochen?« fragte er.

»Darüber hab ich nicht nachgedacht«, murmelte Karen, unangenehm berührt. »Ist das ... so üblich?«

»Das kommt ganz auf das jeweilige Paar an«, antwortete er beiläufig. »Aber da ich mitten in dem Yale-Projekt stecke und du mit Nancy an einem neuen Buch arbeitest, wäre es vielleicht besser, wenn wir uns nicht gleich etwas vornehmen.«

»Das klingt einleuchtend«, stimmte Karen erleichtert zu. Flitterwochen, die mit so vielen Vorstellungen befrachtet waren, hätten sie überfordert, und sie dankte ihm stumm für sein Verständnis. Es würde ihr schwer genug fallen, ihre ganze Lebensweise aufzugeben, und sie hoffte, daß es durch die Kinder leichter sein würde, plötzlich nicht mehr Gast zu sein, sondern zur Familie zu gehören.

Felicity erhielt den Auftrag für die Eheringe, und sie entschied sich für schwere Goldringe, wobei sie den Ring von Ted unverziert ließ und in den von Karen eine schmale Reihe Diamanten einarbeitete. Karen bat Jenna, ihr Hochzeitskleid zu entwerfen. Sie wünschte sich etwas Schlichtes ohne Schleier und Schleppe, in einer anderen Farbe als Weiß. Sie hätte es als Betrug empfunden, in Weiß aufzutreten. Jenna schneiderte ein blaßgelbes Satinkleid mit einem weiten Rock, das Karens Haarfarbe und ihrer Figur schmeichelte und gut zu Teds dunkelblauem Anzug und zu seiner Krawatte paßte.

Die Zeremonie war kurz, aber stilvoll, und der Empfang durchaus elegant. Karen konnte sich jedoch danach kaum mehr an etwas erinnern, außer daß sie von allen wichtigen Menschen ihres Lebens umgeben war. Was ihr allerdings im Gedächtnis haftenblieb, war ihre erste Nacht in der West Seventy-eighth Street.

Nancy hatte die Mädchen in bester Absicht nach dem Fest nach oben gescheucht und sie zu Roger und Emily, ihren eigenen Kindern, ins Bett gesteckt. Mrs. Peagram hatte sie übers Wochenende freigegeben.

Die Wohnung im Erdgeschoß war dunkel, als Ted die Tür aufschloß, und merkwürdig still. Karen kam der alberne Gedanke, daß sie sich vielleicht in der Haustür geirrt hatten. Sie folgte ihm in die Küche. Ihre hohen Absätze klackten auf dem Holzboden im Rhythmus ihres klopfenden Herzens.

»Es ist so anders hier ohne die Mädchen«, murmelte sie.

Ted knipste das Licht in der Küche an. Auf dem Tresen standen ein mit Eis gefüllter Sektkübel mit einer Flasche Champagner darin und zwei langstielige Gläser. An dem Kübel lehnte eine Karte, auf der in Nancys schräger, prägnanter Handschrift zu lesen stand: »Auf ein langes und glückliches gemeinsames Leben«.

»Meine romantische Schwester«, sagte Ted lachend. »Sie muß sich vor uns hierhergeschlichen haben.«
Er griff nach der Flasche und entkorkte sie.
»Nancy denkt an alles«, erwiderte Karen lächelnd. Sie wünschte sich sehnlichst, in ihrer eigenen Küche zu sein, wo sie sich einen Schluck Brandy genehmigt hätte, und dann wäre sie ins Bett gegangen.
Ted füllte die Gläser und reichte Karen eines.
»Ich habe es wohl nicht in der Hand, wie lange unser Leben sein wird«, sagte er und stieß mit ihr an, »aber ich verspreche dir, daß ich alles in meinen Kräften Stehende tun werde, damit wir glücklich sind.«
Er war so liebevoll und bemühte sich so sehr, eine entspannte Atmosphäre zu schaffen. Karen war froh, daß sie ihre Mäntel noch nicht ausgezogen hatten. Sie wollte nicht, daß er bemerkte, wie weich ihre Knie waren. Aber auch die Hand, in der sie das Sektglas hielt, zitterte.
»Soll ich Feuer machen?« fragte er, als es ihm auffiel. »Wir können unten Champagner am Kamin trinken und uns ein bißchen aufwärmen.«
Ihr Traumprinz hätte das auch vorgeschlagen.
»Es ist schon so spät«, hörte Karen sich sagen. »Ich bin ziemlich erschöpft. Macht es dir was aus, wenn ich schon ins Bett gehe?«
»Gar nichts«, erwiderte Ted leichthin. »Geh nur.« Er beugte sich zu ihr und küßte sie zärtlich auf die Wange, wie er es immer tat. »Ich glaube, ich bleibe noch ein Weilchen auf, um zur Ruhe zu kommen. Ruf einfach, wenn du was brauchst.«
Karen ging rasch die Treppe hinunter. Sie wollte fest schlafen, wenn Ted zu ihr kam. Letzte Woche hatte sie ihre Kleider und ihre persönlichen Dinge aus der East Sixtythird Street geholt. Sie wußte, welches Bett, welche Kommo-

de, welcher Schrank ihr gehörte, welche Fächer sie im Arzneischrank belegen konnte, wo sie Handtücher fand und wie die Lichtschalter funktionierten. Sie kam allein zurecht.

Sie brauchte nur fünf Minuten, um sich auszuziehen, abzuschminken, sich die Zähne zu putzen, ein Nachthemd überzustreifen und ins Bett zu klettern. Auf Teds Zimmerseite ließ sie das Licht an. Ted hatte statt des Doppelbetts, das Barbara und er gehabt hatten, zwei einzelne Betten angeschafft und zusätzlich mit Stoffbahnen eine Art Trennwand hergestellt, die das Zimmer unterteilte.

Steif lag Karen in dem ungewohnten Bett, starrte auf das ungewohnte, geteilte Zimmer und fragte sich, was um alles auf der Welt sie hier zu suchen hatte. Dieses Haus, das immer so belebt und lichtdurchflutet gewesen war, kam ihr nun vor wie ein dumpfes Grabmal, in dem überall Gefahren lauerten.

»Bitte, laß mich schlafen«, flüsterte sie in die Dunkelheit. »Mach, daß schnell der Morgen kommt. Mach, daß die Mädchen wieder da sind.«

Der Dunst wurde zu dichtem Nebel, der sich zu ihren Füßen ballte, ihre Beine emporkroch, sich um ihren Körper schlang, sie fesselte. Bald war die graue Suppe so dick, daß sie kaum mehr einen Meter weit sehen konnte. Panisch blickte sie um sich, suchte den Weg, der noch Sekunden zuvor dagewesen war – doch er war verschwunden, vom Nebel verschlungen, und sie war allein. Mit ihm.

Sie wußte, daß sie nicht stehenbleiben durfte, daß sie in Bewegung bleiben mußte. Sie stürzte blindlings vorwärts, rannte, so schnell sie konnte, doch sie würde ihm nur entkommen, wenn sie schneller war als er. Sie keuchte, das Atmen tat weh, und ein scharfer Schmerz bohrte sich ihr in

die Brust, doch sie durfte nicht innehalten. Sie hörte ihr Herz hämmern, und sie hörte, wie er näher kam.
Noch einmal legte sie an Tempo zu und fiel Hals über Kopf in ein Dickicht – ein Dornengestrüpp, das ihr nicht unbekannt war, das ihr die Haut zerstach und in dem sich ihr Haar verfing. Sie wußte, daß sie schon einmal hiergewesen war. Sie raffte ihre allerletzten Kräfte zusammen und versuchte sich zu befreien, aber es war zu spät. Er war schon da.

Die Flammen umzüngelten die Scheite im Kamin und strahlten wohlige Wärme ab. Ted trank langsam seinen Champagner und dachte darüber nach, was er getan hatte. Er hatte eine Frau geheiratet, die ihn nicht liebte, weil er nicht mehr länger allein sein wollte. Und nun fühlte er sich einsamer als zuvor.
Er konnte Karen nicht dafür verantwortlich machen, das wußte er. Sie war ihm gegenüber absolut aufrichtig gewesen. Er war es gewesen, der behauptet hatte, es spiele keine Rolle, er könne damit leben. War er ihr und sich selbst gegenüber ehrlich gewesen?
Das war ihre Hochzeitsnacht, die einzige, die sie je haben würden, und er hatte nur ein Weilchen mit ihr hier sitzen und ein bißchen plaudern wollen, um zu spüren, daß sie wirklich und wahrhaftig hier bei ihm war. Doch sie war geflohen, und er wußte nicht, wie er das deuten sollte.
Sie waren immer so locker und freundschaftlich miteinander umgegangen, daß ihre abrupte Reaktion ihn völlig unvorbereitet traf. Er dachte über die letzten Wochen nach, suchte nach einer möglichen Erklärung, doch vergebens. Während der Vorbereitungen für die Hochzeit war sie warm und liebenswert gewesen wie immer, hatte den Empfang geplant, ihre Sachen eingeräumt, den größten Teil

ihrer Möbel ins Lager bringen lassen, ihre Wohnung untervermietet. Sie hatten sich fast jeden Tag getroffen und ausführlich jede anstehende Entscheidung besprochen. Und sie hatte so schwungvoll, so glücklich gewirkt.

Während der Zeremonie hatte sie wundervoll ausgesehen in dem Kleid, das Jenna für sie genäht hatte, und ihre Augen hatten geschimmert. Ihre Hand hatte sogar bezaubernd gezittert, als er ihr den Ring angesteckt hatte. Und im Four Seasons hatte sie gestrahlt und gelacht, während sie Arm in Arm die Leute begrüßten.

Nein, ihre Stimmung hatte sich erst verändert, als sie aus dem Restaurant kamen und allein waren. Er fragte sich, ob nun das geschehen war, was sie beide hatten vermeiden wollen – daß sie durch die Heirat ihre Freundschaft zerstört hatten.

Das Feuer machte ihn so schläfrig, und er war so in Gedanken versunken, daß er keine Ahnung hatte, wie lange er das Geräusch gehört hatte, bevor er es bewußt wahrnahm. Es war ein unheimliches Geräusch, eine Mischung aus Stöhnen, Schluchzen und Schreien, das eher von einem verletzten Tier als von einem Menschen zu stammen schien, und es dauerte ein paar Sekunden, bis ihm klar wurde, daß es aus dem Haus kam. Er sprang auf, durchquerte mit drei Schritten das Wohnzimmer und stürmte die Treppe hinauf.

Karen schien einen schlimmen Alptraum zu haben. Sie hatte sich offenbar wild herumgeworfen, da sie sich in ihren Laken verfangen hatte. Je heftiger sie sich zu befreien versuchte, desto mehr verhedderte sie sich und desto verzweifelter wurden ihre Schreie.

Ted rüttelte sie sacht an der Schulter, um sie zu wecken. »Karen«, flüsterte er. »Karen, wach auf.«

Aber sie keuchte und bebte nur und versuchte von ihm wegzukommen.

Er rüttelte sie ein bißchen stärker. »Karen, alles ist gut«, sagte er. »Ich bin hier, du bist in Sicherheit. Es ist nur ein böser Traum.«
Das Bettzeug war klatschnaß, und ihr Nachthemd war auch schweißgetränkt, so daß er sie kaum zu fassen bekam. Er setzte sich auf den Bettrand und versuchte, sie in seine Arme zu ziehen und zu wiegen, wie er es so oft mit seinen Töchtern in jenen ersten Jahren ohne Barbara getan hatte, doch sie wehrte sich nach Kräften. Seine Töchter waren aufgewacht und hatten sich beruhigt, sobald sie merkten, wo sie waren, aber Karen schlug nach ihm, und ihre Schreie und ihr Schluchzen wurden immer lauter und dringlicher.
Er knipste mit einer Hand die Nachttischlampe an, hoffte, daß das Licht sie aufwecken und sie sehen würde, daß sie bei ihm war und keine Angst haben mußte. Doch als er sie anschaute, merkte er, daß sie schon hellwach war.
»Nur ein böser Traum, das ist alles«, sagte er beruhigend und versuchte weiterhin, sie festzuhalten. Er erinnerte sich, daß es ihr gelungen war, Amys Alpträume zu verscheuchen. »Nur ein böser Traum. Es ist vorbei, siehst du? Du bist in deinem Zuhause, und ich bin hier, und du bist in Sicherheit.«
Doch sie schien seine Worte nicht zu hören. Sie schlug mit den Fäusten auf seine Brust ein, als ginge es um ihr Leben, und starrte ihn an, als wäre er irgendein Ungeheuer.

Teil V
1979

Es gibt immer einen Moment ...
in dem sich die Tür öffnet
und die Zukunft einläßt.

GRAHAM GREENE

1

Die Boeing 727 rollte langsam zum Flugsteig am San Francisco Airport, die Tür glitt auf, und der Kongreßabgeordnete aus Kalifornien verließ das Flugzeug und machte sich auf den langen Weg Richtung Terminal. Bei ihm waren seine Frau und ihr zweijähriger Sohn Adam.

Das Gesicht des dreiundvierzigjährigen Politikers begann die ersten Anzeichen dessen aufzuweisen, was bei einer Frau häufig als »gealtert« und bei einem Mann als »charaktervoll« gilt. Ein grauer Schimmer hatte sich in sein dunkles Haar gestohlen.

»Abgeordneter Willmont«, rief eine hübsche junge Reporterin, löste sich aus einer Gruppe von Presseleuten hinter der Sicherheitsabsperrung und hielt ihm ein Mikrophon unter die Nase. »Gerüchten zufolge kommen Sie früher zurück, um für den Senat zu kandidieren. Möchten Sie sich dazu äußern?«

Der Abgeordnete setzte ein strahlendes Lächeln auf, warf der Reporterin einen Blick aus seinen aquamarinblauen Augen zu und gestattete sich ein kurzes Zwinkern.

»Miss Evans, nicht wahr?« fragte er die attraktive Blondine.

»Ja, Sir. Janice Evans von *Channel Seven.*«

»Nun, Miss Evans«, sagte er und nahm den schläfrigen Adam hoch, als die Kameras zu klicken begannen, »Sie wissen doch, daß ich mich nie zu Gerüchten äußere.«

»Dann machen Sie bitte mal eine Ausnahme«, drängte sie ihn.
»Kommen Sie, Abgeordneter, haben Sie ein Herz«, rief einer der anderen Journalisten. »Ist nichts los heute.«
Robert Willmont lachte. »Ich habe mich schon gefragt, was Sie alle mitten am Tag hierherführt.«
»Lassen Sie uns nicht hängen.«
»Ich würde ja gerne behilflich sein, aber meine Familie und ich wollen einfach Urlaub machen, wie jedes Jahr.«
»Aber wieso zwei Wochen früher als geplant?« fragte jemand.
»Wenn Sie es denn unbedingt wissen müssen«, antwortete der Abgeordnete freundlich, »meiner Mutter geht es nicht sehr gut, und ich möchte so oft wie möglich bei ihr sein.«
Das war keine Neuigkeit. Keiner konnte sich erinnern, daß Amanda Drayton Willmonts Gesundheit je besser gewesen wäre.
»Vielleicht hält uns Ihre Frau auf dem laufenden«, bohrte die hartnäckige Janice Evans. »Mrs. Willmont, wie würde es Ihnen gefallen, die Frau eines Senators der Vereinigten Staaten zu sein?«
Elizabeth Willmont setzte jenes Lächeln auf, mit dem man ihr von Kindesbeinen an beigebracht hatte, neugierigen Fremden gegenüberzutreten.
»Ich bin stolz auf meinen Mann, in welcher Eigenschaft er sich auch verdient macht«, antwortete sie.
»Kommen Sie, Bob«, drängte ein altgedienter Reporter vom *Chronicle.* »Sie hätten doch gern einen Sitz im Senat, oder?«
»Irgendwann vielleicht«, gab Robert zu. »Aber im Moment bin ich mit meinem jetzigen Sitz äußerst zufrieden.«
»Irgendwann ist schrecklich vage«, beklagte sich einer.
»Ich werde Ihnen allen etwas versprechen«, sagte Robert. »Wenn ich mich entschließe, für ein höheres Amt zu kandidieren, gehören Sie zu denen, die als erstes davon erfahren.«

»Danke für die Almosen«, murrte ein anderer.
»Möchten Sie lieber zuletzt dran sein?«
»Wenn Sie soweit sind«, warf einer der Hauptakteure von KRON ein, »dann pfeifen Sie einfach, und wir kommen gleich angerannt. Sie können doch pfeifen, oder, Bob?«
Alle johlten, auch der Abgeordnete, aber als sich Randy Neuburg endlich durch die Menge gekämpft hatte, war Willmonts Lächeln schon mächtig angestrengt.
»Wo zum Teufel waren Sie?« fuhr Robert seinen Assistenten an, als er die Willmonts rasch zum Ausgang geleitete.
»Bin im Stau steckengeblieben«, lautete die Antwort.
»Das sollte kein Thema für die Medien sein, verdammt. Keiner sollte wissen, daß wir heute kommen. Jetzt stehe ich da wie ein Idiot, und alle zerreißen sich das Maul darüber, ob ich nun kandidiere oder nicht.«
»Tut mir leid, Boß«, entschuldigte sich Randy. »Irgendwer hat nicht dichtgehalten.«
»Sehen Sie zu, daß Sie uns so schnell wie möglich hier wegbringen.«
»Der Wagen steht direkt am Eingang.«
Randy Neuburg war Roberts Assistent, seit der charismatische Sozius von Sutton, Wells, Willmont und Spaulding drei Jahre zuvor in den Kongreß gewählt worden war. Randy war noch sehr jung, verfügte aber über eine ungewöhnliche Auffassungsgabe und Intuition und war begeisterter Anhänger von Roberts Anliegen. Robert hatte gut daran getan, ihn nicht in der Anwaltspraxis zu belassen, sondern mit nach Washington zu nehmen.
Auch Randy hatte die Harvard Law School absolviert, doch er stammte aus West Virginia und hatte seinen Abschluß mit einem Stipendium in Princeton gemacht. Seine Abenteuerlust gab den Ausschlag dafür, daß er im Frühjahr 1977 das Angebot der Anwaltspraxis in San Francisco annahm.

Er war noch nie in dem Sand-und-Surf-Paradies Kalifornien gewesen. Sein Instinkt bewog ihn dazu, sich Robert anzuschließen. In West Virginia hatte er zwei Sommer lang für einen Senator gearbeitet und dabei Geschmack an der Politik gefunden.

Randy war ein magerer Junge, der zu einem schlaksigen Mann heranwuchs. Er hatte große Ohren, einen wirren Haarschopf, der fast so leuchtend rot war wie der von Elizabeth, Massen von Sommersprossen im Gesicht, klare blaue Augen, denen nichts entging, und er trug eine Hornbrille. Einige ihm nicht wohlgesinnte Kommilitonen aus Princeton pflegten ihn mit Alfred E. Neumann aus den *MAD*-Heften zu vergleichen, doch das störte Randy nicht. Was sie auch sagten, er wußte, daß er schlauer war als sie alle zusammen.

Um das zu unterstreichen, kehrte er zum fünften Jahrestreffen mit den Studienkollegen als Berater eines Kongreßabgeordneten nach Princeton zurück – und zwar eines Kongreßabgeordneten, der als äußerst hoffnungsvoll galt.

Der Ridenbaugh-Fall brachte Roberts Namen erstmals in die Schlagzeilen und Abendnachrichten im ganzen Land. Joseph Ridenbaugh war angeklagt, rund dreihundert Leute um etwa fünfzehn Millionen Dollar betrogen zu haben, indem er ihnen in einem Teil der kalifornischen Wüste Bauplätze für die Seniorenkolonie »Happy Sands« verkaufte, in dem es kein Wasser gab und ohne die Investition von zweihundertfünfzigtausend Dollar pro Haushalt auch niemals welches geben würde. Als der ganze Schwindel aufzufliegen begann, machte Joseph soviel Geld flüssig, wie er konnte, überschrieb seine Vermögenswerte seiner Mutter und verschwand nach Trinidad.

Roberts Mandanten waren ein gewisser Samuel Pappas und die anderen dreihundertzwei Personen, die dem Betrug aufgesessen waren. Er initiierte eine minutiöse Untersu-

chung, die Züge einer Hexenjagd trug. Er und ein junger Anwalt, den man ihm zugeteilt hatte – ein gewisser Randy Neuburg, der gerade frisch von Harvard kam –, nahmen drei Monate lang jedes Detail von Joseph Ridenbaughs Leben unter die Lupe, suchten nach einer juristischen Lücke, bei der sie ansetzen konnten. Als sie völlig erschöpft und kurz davor waren, aufzugeben, stieß Randy auf eine alte Partnerschaftsvereinbarung zwischen Joseph und seiner Mutter, die nirgendwo als aufgelöst dokumentiert und ihnen bislang entgangen war.
Robert legte diese Vereinbarung freizügig aus und argumentierte, daß die Mutter aufgrund dieses Papiers so haftbar sei wie der Sohn. Er ließ sämtlichen Grundbesitz von Alice Ridenbaugh beschlagnahmen und verklagte die Partnerschaft. Der Verteidiger hoffte, daß den Geschworenen die alte grauhaarige Dame leid tun würde, die behauptete, über keinerlei Geschäftssinn zu verfügen und nichts von den Machenschaften ihres Sohnes gewußt zu haben.
Er hoffte vergeblich.
Als sich die Wogen schließlich glätteten, bekamen die betrogenen Investoren zumindest einen Teil ihres Geldes zurück, und Alice Ridenbaugh wurde der Beihilfe zum Betrug angeklagt. Joseph, der auf Trinidad mit einer Einheimischen zusammenlebte, machte keinerlei Anstalten, in die USA zurückzukehren, solange sein Konto auf den Cayman Islands noch etwas hergab.
Robert wurde als Kreuzritter gefeiert, als Fürsprecher der kleinen Leute, als Wohltäter älterer Mitbürger. Zwei Monate nach dem Urteil trat eine gewisse Gruppe an ihn heran und schlug ihm vor, für einen Sitz im Kongreß zu kandidieren.
Robert war kein Mann, der lange zögerte, wenn sich ihm eine Chance bot. Er sprach ein Dankgebet an *Pappas gegen Ridenbaugh* und stürzte sich mit Elan, unterstützt durch sei-

nen guten Ruf als Drayton und die Kontakte seiner Kanzlei, ins politische Geschäft. Es gelang ihm sogar, in dem wohlhabenden Bezirk, in dem er sich zur Wahl stellte, einen klaren Sieg über den konservativen Amtsinhaber zu erringen.

»Es lief fast nach dem Kriegsheldenmuster«, bemerkte Randy, der sich viel mit Geschichte befaßte, nach der Wahl.

»Halten Sie sich an mich, junger Mann«, sagte der frischgebackene Kongreßabgeordnete, der während des Zweiten Weltkriegs ein Kind gewesen war, während des Koreakriegs heranwuchs und während des Vietnamkriegs schon zu so vielen einflußreichen Leuten Kontakt hatte, daß er nicht eingezogen wurde. »Wer weiß, wie weit wir kommen werden.«

Nun, James Randall Neuburg wußte genau, wie weit sie kommen würden, und er hatte schon dafür gesorgt, daß man ihn mitnahm.

Das Kapitol war ein gefragter Ort, und viele hatten sich dort im Laufe der Jahre eingenistet, die sich vor allem durch Selbstgefälligkeit und Beschränktheit auszeichneten. Doch für Randy war das Repräsentantenhaus nur eine Zwischenstation. Er hatte nicht vor, schon auf dieser Höhe der Pennsylvania Avenue steckenzubleiben.

Der Anwalt aus West Virginia hatte kein großes Interesse daran, selbst ins Oval Office einzuziehen. Er wußte, daß man nicht wegen der Fähigkeiten zum Präsidenten gewählt wurde, die man für dieses Amt benötigte. Aber er hatte auf den ersten Blick erkannt, daß Robert Willmonts Aussehen, sein Charme und seine Vision, wie man Amerika zum Aufschwung verhelfen könne, ihn zur idealen Führungspersönlichkeit machten. Und Randy Neuburg hatte sich ein Plätzchen im Schatten der Macht gesucht, das ihm selbst beträchtliche Verfügungsgewalt verschaffte, und plante, von dort aus die Ideen seines Mentors in konkrete Pläne umzusetzen, mit denen sich die Nation ins 21. Jahrhundert führen ließ.

Das waren ziemlich hochfliegende Vorstellungen für den Sohn eines Stahlarbeiters und einer Näherin aus West Virginia.
»Du bist schlau, Randy, und kannst dich durchsetzen, und du hast ein Stipendium für Princeton bekommen«, sagte sein Vater zu ihm. »Jetzt mach was draus.«
Und eben dies hatte Randy vor.
Er hatte noch genau die Worte des Senators von West Virginia im Ohr: »Nur eine Sache ist wirklich wichtig. Geld ist nicht wichtig, Sex auch nicht und schon gar nicht irgend so ein Wisch von so 'ner aufgeblasenen Eliteuni. Das einzige, was wichtig ist, ist Macht. Schlicht und einfach Macht. Man muß zusehen, daß man welche hat, daß man sie behält und daß man sie richtig einsetzt.«
Der junge Jurastudent hatte sich diese Worte gut eingeprägt. Und jetzt, während Robert Willmonts zweiter Amtsperiode im Kongreß, erlebte er, wie sie sich umsetzen ließen.
»Und, was sagen sie oben?« fragte Robert, als sie sich schließlich im Wagen befanden. »Wollen sie, oder wollen sie nicht?«
»Oben« bezog sich auf den Apparat, der die Parteipolitik in Kalifornien steuerte. Er setzte sich heutzutage nicht mehr aus den Zigarre rauchenden alten Knaben von anno dazumal zusammen, die in Hinterzimmern klüngelten, sondern aus Managern, Bankern, Geldgebern und PR-Leuten, die sich in Penthouse-Suiten im vierzigsten Stockwerk von Wolkenkratzern trafen und zigmal mehr Macht ausübten als ihre Vorgänger. Ohne ihre Unterstützung kam kein Kandidat ins Amt, und die es geschafft hatten, mußten selten wieder gehen. Robert Willmont gefiel ihnen – sie sahen ihn als attraktiven, intelligenten Mann, der die Gratwanderung zwischen konservativen und liberalen Interessen meisterte, das gewichtige Drayton-Erbe mit gelassener Sicherheit handhabte und immer erfolgreich war, wenn er auf Stimmenfang ging.
Er war in ihren Augen ein Mann, der an ein starkes, aber

großzügiges Amerika glaubte, der daran glaubte, daß eine ausgeglichene Handelsbilanz auch wirklich ausgeglichen zu sein hatte und daß freie Marktwirtschaft und das Recht des Arbeiters auf einen angemessenen Lohn sich nicht ausschließen mußten. Sie bemerkten, daß er sich nicht zu gut dafür war, die Mängel im Bildungssystem von Kalifornien anzuprangern – einmal äußerte er frustriert, daß es wohl die beste Lösung wäre, die Schulkinder mit dem Bus nach Oregon zu schaffen.

Er stellte sich in einem der wohlhabendsten Bezirke von San Francisco zur Wahl, in dem er selbst geboren und aufgewachsen war. Sein Wahlspruch lautete: »Wir müssen das *Ich*-Denken in diesem Land überwinden, sonst finden *wir* uns eines Tages im Abseits wieder.«

Niemand zweifelte an seiner Aufrichtigkeit – die Draytons hatten sich immer schon durch soziales Engagement hervorgetan. Und man merkte bald, daß er das Volk mit seiner schwungvollen, jugendlichen Ausstrahlung ebenso in Schwingung versetzte wie John F. Kennedy mit seinem »Camelot«-Programm. Die erlesene Runde der Machtspezialisten sprach sich für ihn aus.

»Sie wollen«, beantwortete Randy Roberts Frage.

Der Kongreßabgeordnete grinste breit und schlug seinem Assistenten kräftig aufs Knie.

»Na, bestens!« rief er aus.

Er hatte Randy eine Woche zuvor nach San Francisco geschickt, um das Gespräch mit den namenlosen, unbekannten Leuten aus den höheren Etagen zu eröffnen. Randy hatte seine Rede sorgfältig entworfen und mit der richtigen Mischung aus Selbstbewußtsein und Bescheidenheit vorgetragen.

Das Repräsentantenhaus war ein hervorragendes Übungsfeld, aber der Abgeordnete lernte schnell und langweilte sich bald. Er war begierig darauf, den nächsten Schritt zu tun – in den Senat. Jedermann wußte, daß der Amtsinhaber bei der Wiederwahl keine großen Chancen haben würde. Randys Aufgabe bestand darin, die Stimmung »oben« zu orten und nach Möglichkeit grünes Licht zu bekommen. Die Zeit war reif dafür. Robert wußte es, Randy spürte es. Und die von oben waren auch dieser Ansicht. Der Ruf des jungen Abgeordneten im Repräsentantenhaus mochte nicht sensationell sein, aber er war solide. In seiner Amtsperiode von anderthalb Jahren hatte er alles geschafft, was er sich vorgenommen hatte. Er hatte die Tricks gelernt und die Spielchen mitgemacht und seinen Kollegen Respekt abgenötigt. Er hatte seine Absprachen getroffen und seine Versprechen gehalten und galt bei den Wählern seines Bezirks als ehrlicher Mann, der trotz seiner Herkunft den weniger Privilegierten aufrichtiges Verständnis entgegenbrachte.

Außerdem erinnerten sich viele Kalifornier noch genau an den Fall *Pappas gegen Ridenbaugh.* Sie waren der Ansicht, daß man daraus viel über Roberts Charakter entnehmen könne. Randy wußte, daß sie sich das im Wahlkampf gegen den altväterlichen Amtsinhaber zunutze machen konnten. Er wußte auch, daß der Fall vergessen und damit für ihre Zwecke nicht mehr brauchbar sein würde, wenn sie bis zur nächsten Wahl warten müßten.

»Mary Catherine soll herkommen – nach Möglichkeit morgen schon«, sagte Robert. »Legen wir los.«

»Jawohl, Sir«, erwiderte Randy und schrieb den Namen der Büroleiterin in sein Notizbuch.

Robert wandte sich der Frau an seiner Seite mit dem schlafenden Kind in den Armen zu. »Und was würden Sie davon halten, Mrs. Willmont«, imitierte er die hübsche junge Reporterin, »die Frau eines Senators zu sein?«

Elizabeth hatte das Gespräch nur am Rande mit verfolgt, doch sie rang sich ein müdes Lächeln ab.

»Zweite Etappe«, murmelte sie gehorsam, aber ohne jede Begeisterung.
Für sie war nur die Geburt ihres Sohnes wichtig. Sie war der größte Erfolg ihres Lebens und hatte ihr extrem viel abverlangt. Es war ihre vierte Schwangerschaft gewesen; sie hatte drei Fehlgeburten gehabt. Die Ärzte hatten ihr gesagt, daß ihre Chance, ein Kind auszutragen, äußerst gering, das Risiko für ihre Gesundheit jedoch beträchtlich sei, und sie hatten ihre düsteren Prophezeiungen mit jeder Menge vielsilbiger Wörter untermalt, die Elizabeth nicht aussprechen konnte und nicht verstand. Sie dankte ihnen höflich, bezahlte die horrenden Rechnungen und ignorierte weiterhin hartnäckig ihre Ratschläge.
Robert befand sich in seiner zweiten Amtsperiode im Repräsentantenhaus. Er hatte viel zu tun, fand alles aufregend und sah sich ständig neuen Herausforderungen gegenüber. Elizabeth hatte teil an seinen Erfolgen, aber nicht an seinem Alltag. Als der Wahlkampf und die Wahl vorüber waren, stand sie plötzlich ohne Aufgabe da.
»Ich habe eine Beschäftigung für dich«, sagte Robert eines Abends in der Woche nach der Wahl. »Du kannst uns ein schönes Haus suchen.«
»Wollen wir es mieten oder kaufen?« fragte sie.
»Kaufen«, antwortete er mit einem zuversichtlichen Grinsen. »Ich glaube, wir können davon ausgehen, daß wir eine Weile in Washington bleiben.«
Elizabeth brauchte einen Monat, um das richtige Haus zu finden. Sie entdeckte es schließlich auf einem zauberhaften bewaldeten Grundstück in Rock Creek Park. Die folgenden drei Monate brachte sie damit zu, es herrichten zu lassen. Endlich hatten Robert und sie ihr eigenes Zuhause. Sie ging mit vollem Einsatz zu Werke, traf alle Entscheidungen selbst, erwog sorgfältig noch die kleinste Kleinigkeit, wählte

jeden Stoff selbst aus, begutachtete jede Farbprobe, suchte auf endlosen Einkaufstouren nach passenden Möbeln.
Das Resultat war stilvoll und gemütlich und zeugte von Kultiviertheit und gutem Geschmack. Wem die Ehre zuteil wurde, dorthin eingeladen zu werden, war entzückt.
In der Hauptstadt des Landes war die bezaubernde Mrs. Willmont ebenso schnell ein rauschender Erfolg wie ein Jahrzehnt zuvor in San Francisco. Ihr Stil wurde bald kopiert, und vom Capitol Hill bis zur Embassy Row suchten die Damen der Gesellschaft ihren Rat in Sachen Mode, der den Trends immer um einen Schritt voraus war.
»Die haben eben Ahnung von Klasse«, sagte Robert zu Randy, als man Elizabeth bereits während seiner ersten Amtsperiode bat, dem Planungskomitee für einen der vornehmsten Bälle der Stadt beizutreten.
Doch als das Haus in Rock Creek Park fertig ausgestattet war, fehlte Elizabeth wieder ein Ziel. Ihre Wohltätigkeitsarbeit war zwar ehrenwert, befriedigte sie jedoch nicht mehr so wie früher, und die diversen Mittagessen und Tees, bei denen sie sich jede Woche sehen ließ, nahmen zwar ihre Zeit in Anspruch, doch sie änderten nichts an dem Gefühl von Leere. Elizabeth fiel nur eine Lösung für dieses Problem ein. Im reifen Alter von vierunddreißig unternahm sie einen letzten Versuch, Mutter zu werden.
»Wieso hast du das getan?« fragte Robert bestürzt, als sie ihm berichtete, daß sie schwanger sei.
»Weil ich meine biologische Uhr ticken höre«, antwortete Elizabeth. »Und zwar sehr laut.«
»Hältst du das für klug, unter diesen Umständen?«
»Ich will nicht klug sein, ich will ein Baby.«
»Schatz, du mußt das nicht auf dich nehmen«, versicherte er ihr. »Nicht meinetwegen.«
»Ich tue es nicht deinetwegen«, erwiderte sie.

»Aber Kinder sind doch gar nicht mehr wichtig für uns. Ich meine, uns geht es doch gut, so wie wir leben.«
»Nein, Robert, dir geht es gut«, berichtigte sie ihn. »Ich befasse mich mit Teppichen und Spendenkontos.«
»Was ist mit den Ärzten, haben sie es dir erlaubt? Ich meine, ist es nicht gefährlich?«
»Die Ärzte sind mir egal«, erklärte sie. »Ich will ein Kind.«
»Findest du nicht, daß wir ein bißchen zu alt sind, um jetzt noch eine Familie zu gründen?« beharrte er.
Elizabeth zuckte mit den Schultern. »Sieht nicht so aus.«
»Aber macht das nicht einen merkwürdigen Eindruck? In unserem Alter?«
»Hier in Washington spielt es keine Rolle«, entgegnete sie. »Und die Wähler zu Hause haben gerne Männer mit Familie im Amt, egal, welchen Alters.«
»Meinst du?«
»Ganz sicher«, beruhigte sie ihn. »Ich empfinde das jedenfalls so. Ich gehe automatisch davon aus, daß Politiker mit Kindern ... nun ... verläßlicher sind als die ohne Kinder.«
»Da muß ich mir mal ein paar Meinungsumfragen ansehen«, entgegnete er.
Doch als Adam Drayton Willmont geboren wurde, zehn Tage vor dem Beginn der achtziger Jahre, interessierte Robert sich nicht mehr für Meinungsumfragen. Seine Frau hatte die Geburt überstanden, und er hatte einen Erben.
Elizabeth hatte von Anfang an eine schwierige Schwangerschaft, doch sie wollte das Kind unter keinen Umständen verlieren. Sie schränkte ihre sozialen Aktivitäten ein, nahm nur noch wenige Einladungen an und zeigte sich ihrem Mann gegenüber von ihrer stärksten Seite, was nicht allzu schwierig war, weil er so beschäftigt war, daß er häufig schon zum Kapitol aufbrach, bevor sie morgens aufstand, und erst nach Hause kam, wenn sie bereits schlief.

Doch vor ihren Ärzten mußte sie Farbe bekennen. Sie kamen jede Woche, änderten ihren Diätplan, stopften sie mit Vitaminen voll und überwachten genauestens den Zustand des Fötus. Ihre erste Fehlgeburt hatte sie im Frühstadium der Schwangerschaft gehabt, die zweite im fünften Monat, die dritte im vierten. Als sie im sechsten Monat war und die ersten Bewegungen des Kindes spürte, weinte Elizabeth vor Erleichterung.

»Freuen Sie sich nicht zu früh«, warnten die Ärzte, denn bei Elizabeths Vorgeschichte war eine Fehlgeburt im sechsten Monat oder gar eine Totgeburt keineswegs auszuschließen. »Sie haben noch einiges vor sich.«

»Ich schaffe es«, erwiderte sie scharf. »Wir beide schaffen es.«

Zwei Tage später bekam sie eine Blutung.

»Was soll ich tun?« fragte sie die Ärzte flehentlich. »Sagen Sie mir, was ich tun soll.«

»Nichts«, antworteten sie. »Absolut nichts.«

Das war wörtlich gemeint. Die letzten vier Monate der Schwangerschaft verbrachte Elizabeth im Bett, und die achtzehnstündige Geburt war beinahe ihr Ende, aber Adam war wohlauf.

Die Ärzte sagten, es sei ein Wunder.

Nach zwei Jahren war Elizabeth immer noch nicht wieder vollständig bei Kräften, und der lange Flug von Washington hatte sie sehr angestrengt. Es war erst Nachmittag, doch sie sehnte sich nach ihrem Bett. Sie interessierte sich durchaus für die politische Karriere ihres Mannes, aber sie brauchte ihre ganze ohnehin knapp bemessene Kraft für ihren Sohn. Adam war nun der Mittelpunkt ihres Lebens. Ihre Wohltätigkeitsarbeit, ihr soziales Engagement und ihre Verpflichtungen im Kongreß wurden nebensächlich. Wenn Robert zu Hause war, gehörte er für sie zu dem, was sie als ihren »Herzenskern« bezeichnete. Wenn er nicht da war, dachte sie kaum an ihn. Adam prägte ihre Tage – seine ersten Schritte, ersten Worte, ersten Lernerfolge. Ihre Nächte brachte sie damit zu, Pläne zu schmieden – für seine Ausbildung, seine Zukunft, sein Glück.

Robert wollte ein Kindermädchen anstellen. Elizabeth weigerte sich.

»Ich werde es nicht zulassen, daß eine Fremde meinen Sohn großzieht«, erklärte sie.

»Du bist mit einem Kongreßabgeordneten und Mitglied der Familie Drayton verheiratet«, entgegnete er. »Du hast Verpflichtungen.«

»Ich werde mit ein oder zwei sinnvollen Wohltätigkeitsorganisationen in Verbindung bleiben und bei jedem sozialen oder politischen Anlaß zugegen sein, der für deine Karriere wichtig ist«, erklärte sie fest. »Aber Verpflichtungen habe ich nur gegenüber Adam.«

Obwohl es häufig über ihre Kräfte ging, zwang sie sich, Robert ohne ein Wort der Klage manchmal zu drei gesellschaftlichen Anlässen pro Woche zu begleiten, wo sie noch den stursten Politiker mit ihrem süßen Lächeln und ihrem formvollendeten Auftreten bezauberte.

Sie schaffte es mit Hilfe von kleinen rosa Pillen. Die Ärzte hatten sie ihr verschrieben, als sie über Antriebslosigkeit klagte. Mit einer pro Tag, sagten sie, würde sie wohlauf sein. Nach sechs Monaten nahm sie drei pro Tag, manchmal sogar vier, wenn ein langer Abend bevorstand.

Sie hatte sich sehr auf die Weihnachtsferien gefreut und war begeistert, als Robert ihr sagte, daß sie Washington für zwei Wochen verlassen würden. Sogar der Gedanke an Amandas ständiges Gezeter hatte ihre Vorfreude auf den ruhigen Monat nicht zu trüben vermocht. Aber was sie eben mitgehört hatte, schlug ihr nun doch auf die Stimmung.

Wenn Robert seine Kandidatur für den Senat während

ihres Urlaubs bekanntmachen wollte, würden sie sich nicht erholen können. Vielmehr würden am laufenden Band Pressekonferenzen, Fototermine und Interviews stattfinden, sie würden nie allein sein, und Elizabeth würde an allem teilnehmen müssen. Sie seufzte tief und notierte sich im Geiste, sich ein neues Rezept zu besorgen.

Robert ließ sich in die Ledersitze zurückfallen. Die Dinge liefen so, wie er es sich erträumt hatte, und bald würde er alles haben. Die endlose Ausbildung, die lange Lehrzeit bei Sutton Wells, die passende, beengende Ehe, die läppischen Verpflichtungen im Kongreß, die langweiligen Komitees, denen er sich anschließen mußte – nur Stufen auf dem Weg ins Weiße Haus. Wenn er all das aus diesem Blickwinkel betrachtete, fand er, daß es der Mühe wert gewesen war.

Der Wagen hielt vor dem Haus in der Jackson Street. Robert nahm Adam, Randy war Elizabeth behilflich. Sie stiegen die Treppe hinauf.

»Ich will ein paar Minuten bei Mutter reinschauen«, sagte Robert zu seiner Frau. »Dann müssen Randy und ich uns mit einigen Leuten treffen.«

Elizabeth hörte ihn kaum.

»Wo fahren wir hin?« fragte Randy, als die beiden Männer eine halbe Stunde später wieder in den Wagen einstiegen.

»Ich weiß nicht, wo Sie hinfahren, alter Knabe«, antwortete der Abgeordnete mit einem schelmischen Zwinkern. »Ich habe jedenfalls einen Interviewtermin.«

Randy grinste, doch innerlich zuckte er zusammen. Er war nicht prüde, ganz im Gegenteil. Aber nach drei Jahren an Roberts Seite wußte er, daß dessen Sextrieb manchmal über seine Vernunft siegte – und am Vorabend der Bekanntmachung seiner Kandidatur für den Senat eine Journalistin zu vögeln war pure Unvernunft, fand Randy.

2

Der Jumbo-Jet hielt geradewegs auf den Sonnenuntergang zu. Mary Catherine O'Malley trank einen Schluck Champagner, nahm einen Bissen von ihrem Räucherlachshäppchen und machte sich Gedanken über die Planungssitzung, die gleich nach der Landung ihres Flugzeugs beginnen würde – über die Bekanntmachung, die das Ergebnis der Sitzung sein, und den Einfluß, den sie auf den Rest ihres Lebens haben würde.

Sie arbeitete seit knapp drei Jahren für Robert Willmont, und viele beneideten ihn um sie, denn Mary Catherine galt allgemein als beste Büroleiterin auf dem Capitol Hill. Diesen Ruf hatte sie sich errungen, indem sie dreißig Jahre lang Kongreßabgeordnete sicher durch den Sumpf der Politik geleitet hatte.

Für ein Mädchen, das auf der falschen Seite der Gleise von Winston-Salem aufgewachsen war, nur eine High-School-Ausbildung abbekommen und ihre Karriere in der Registratur begonnen hatte, konnte sich das sehen lassen.

Am Anfang tat sie sich nicht so leicht, doch sie lernte rasch und kapierte im Nu, daß sie schlauer war als die meisten der ordnungsgemäß gewählten Großmäuler mit ihren aufwendigen Titeln, die alle paar Jahre ausgetauscht wurden.

Als Mary Catherine ihre sechste Kongreßvereidigung und die dritte Antrittsrede eines Präsidenten hinter sich hatte, stand sie mit beinahe allen entscheidenden Leuten in Washington auf du und du. Sie wurde zu so gut wie jeder wichtigen Party eingeladen, die Presse hofierte sie, Insider wollten Tips von ihr, und Politiker vertrauten ihr. Mit den Jahren fand sie heraus, wer Leichen im Keller und Dreck am Stecken hatte und wo die Achillesfersen verborgen wurden, und das gelang ihr, ohne sich dafür ein einziges Mal auszuziehen.

Mary Catherine war nur knapp über eins fünfzig, aber das fiel den meisten Leuten nicht auf. Sie bemerkten stattdessen, daß sie mit achtundvierzig immer noch eine Wespentaille, üppiges und glänzendes braunes Haar und braune Augen hatte, die entfernt an Bambi erinnerten.

Ihr Team leitete sie mit unerschütterlicher Geduld und der unbedingten Disziplin eines Feldwebels, der Öffentlichkeit gegenüber verhielt sie sich humorvoll und fair, und ihre Kongreßabgeordneten behandelte sie äußerst taktvoll und diskret.

Robert hatte sie von seinem Vorgänger übernommen, und zwei Monate nach seinem Amtsantritt hatte er diesem konservativen Herrn eine Dankesnote zukommen lassen.

»Wenn Sie nicht wissen, was Sie machen sollen oder wie Sie's machen sollen«, verkündete er bald allen, »fragen Sie Mary Catherine.«

Mary Catherine war die Tochter einer Lehrerin und eines Trinkers und hatte schon mit sechs Jahren gelernt, wie man die richtigen Antworten gab und sich heraushielt. Durch ihren weichen Südstaatenakzent ließ man sich leicht davon ablenken, daß sie einen messerscharfen Verstand besaß, und mit ihrem sanften Umgangston gelang es ihr, manchen Mann davon zu überzeugen, daß er das Sagen hatte.

Als sie neunundzwanzig war, machte ein Berater aus dem Weißen Haus ihr einen Heiratsantrag. Er sah nicht schlecht

aus, hatte Charme und war sogar recht intelligent, und sie hatten es sich einige Monate zusammen gutgehen lassen.
»Und was machst du, wenn deine Regierung abtritt?« fragte sie ihn.
»Oh, das dauert auf jeden Fall noch fünf Jahre«, antwortete er lachend.
»Aber was ist dann?« hakte sie hartnäckig nach.
»Dann geht's zurück nach Boston, schätze ich. In dieser Stadt kann man die Freunde so schwer von den Feinden unterscheiden.«
Doch Mary Catherine stand nicht der Sinn danach, Washington zu verlassen, nicht in fünf Jahren und auch danach nicht. Es hatte sie zu viel Mühe gekostet, sich hier etwas aufzubauen. Sie lehnte seinen Antrag mit aufrichtigem Bedauern ab. Sie gelobten einander, Freunde zu bleiben, doch als die Regierung, für die er arbeitete, kaum ein Jahr später ein so plötzliches und tragisches Ende nahm, verabschiedete sich der Berater und verschwand, auch aus ihrem Gedächtnis.
Robert Willmont war Mary Catherines dritter Kongreßabgeordneter aus Kalifornien. Mit ihren Fähigkeiten und ihrer Erfahrung konnte sie sich alle zwei Jahre aussuchen, wen sie wollte, aber sie mochte Kalifornier. Sie strahlten einen Lebensstil aus, an dem es den anderen Abgeordneten häufig mangelte. In ihrer Gegenwart schienen Frauen sich aufrechter zu halten, und Männer bestellten Wein statt Bourbon.
Doch ihr momentaner Schützling hatte mehr zu bieten als Lebensstil. Er sah gut aus, hatte Köpfchen und so viel Ehrgeiz, daß er sich nicht mit einem Büro im dritten Stock auf der Seite des Repräsentantenhauses im Kapitol zufriedengeben würde. Er war ein Aufsteiger, wie es hieß, und genau auf einen wie ihn hatte Mary Catherine gewartet.

Wie fast jeder, der mit einem bestimmten Ziel in die Hauptstadt kam, träumte die sanfte Frau aus North Carolina davon, den Höhepunkt ihrer Karriere im Weißen Haus zu erreichen. Seit Jahrzehnten beobachtete sie die Männer im Senat und Repräsentantenhaus, die häufig keinerlei markante Eigenschaften aufwiesen, und hielt nach einem Ausschau, der über die richtige Mischung verfügte, einem, der das Zeug zum Präsidenten hatte. Und bei Robert Drayton Willmont sagten Mary Catherines Instinkte ihr, daß sie ihn gefunden hatte.

Die renommierte Anwaltskanzlei Sutton, Wells, Willmont und Spaulding verhielt sich zwar prinzipiell neutral, was Politik betraf, war aber dennoch hoch erfreut, dem Kongreßabgeordneten und ehemaligen Partner Büroräume im zwölften Stock ihres Gebäudes in der Front Street zur Verfügung stellen zu dürfen.

Fünf Tage bevor Mary Catherine nach San Francisco kam, hatte sie eine Wohnung auf dem Telegraph Hill für sich selbst und Besucher von auswärts angemietet, die Zentrale in der Front Street ausgestattet, sich von einer Zeitarbeitsfirma zwei Sekretärinnen und einen Mitarbeiter vermitteln lassen und zwei Assistenten aus Washington herbestellt, die alles vorbereiten sollten.

Am Donnerstag, den 17. Dezember stand sie um zwei Uhr nachmittags mit Randy Neuburg neben den grellen Scheinwerfern der Fernsehleute und sah zu, wie Robert Willmont der Presse und der Bevölkerung von Kalifornien kundtat, daß er beabsichtige, für den Senat der Vereinigten Staaten zu kandidieren. Der Zeitpunkt war so gewählt, daß man damit in die Abendnachrichten kam.

Mary Catherine schätzte Randy. Er war schlau und realistisch und entwickelte sich in ihrer Obhut zu einem der gewieftesten Berater, die Washington zu bieten hatte. Zur Rechten des Abgeordneten stand seine reizende Frau, die den pausbäckigen kleinen Adam auf dem Arm hielt. Ein wirkungsvoller Akzent, mußte die erfahrene Büroleiterin zugeben. Mary Catherine schätzte auch Elizabeth Willmont. Sie war nicht nur schön und elegant, sondern verfügte darüber hinaus über jene Art von Charme und Ausstrahlung, die in Washington gut ankam und ausgesprochen medienwirksam war.

Die Büroleiterin beobachtete beiläufig die Journalisten, mit denen sie es in den nächsten elf Monaten zu tun haben würde. In der ersten Reihe saß eine hübsche junge Blondine mit braunen Augen. Sie trug einen kurzen, engen Rock und hatte lässig die Beine übergeschlagen, und auf ihrem Gesicht lag ein freches kleines Lächeln. Als einzige aus der Gruppe machte sie sich keine Notizen. Mary Catherine runzelte die Stirn. Dieses Lächeln hatte sie in den vergangenen drei Jahren bereits auf einer ganzen Reihe hübscher Gesichter junger Frauen gesehen, und sie war jedesmal alarmiert, wenn es wieder auftauchte. Aus dem leichten Seufzer neben ihr schloß sie, daß auch Randy es entdeckt hatte.

»Ich glaube, es lief gut«, meinte Robert, als die Scheinwerfer ausgingen und die Reporter mit ihren Geschichten davonstürzten.

»In Pasadena werden sie drauf stehen«, stimmte Randy ihm zu.

»Wenn die konservativen Wähler im Land auf meine eisenharte Steuerpolitik schauen und die liberalen auf meine fortschrittlichen sozialen Programme«, resümierte der Kandidat, »haben wir's, glaube ich, geschafft.«

Er reckte sich und warf einen Blick auf seine Armbanduhr, den die anderen bemerken sollten. »Kümmern Sie sich drum, daß Elizabeth und der Junge nach Hause kommen, ja?« wies er seinen Assistenten an. »Ich habe noch eine Verabredung und bin schon spät dran.«

Randy und Mary Catherine wechselten Blicke.

»Ich habe heute abend keinen Termin für Sie vorgesehen, Abgeordneter«, bemerkte die Büroleiterin.

Robert grinste. »Es dauert nicht lang.«

Nur bis sie in den Sechs-Uhr-Nachrichten auftauchen muß, hieß das für Mary Catherine.

Gerade lange genug für eine schnelle Nummer, dachte Randy.

»Halten Sie das für eine gute Idee?« fragte der Assistent. »Ich meine, von jetzt an lassen die Medien Sie nicht mehr aus den Augen.«

Der Abgeordnete lachte. »Oh, ich verstehe mich bestens darauf, diese Schnüffler abzuhängen.«

»Aber Sie wissen doch, daß es schon reicht, wenn es nur einmal schiefgeht«, insistierte Randy.

»Na, wenn es schiefgeht«, erwiderte Robert achtlos, »sind Sie ja da, um es wieder geradezurücken.«

»Die Blondine in der ersten Reihe«, sagte Randy sofort, nachdem Robert gegangen war.

Mary Catherine nickte. »Janice Evans von *Channel Seven*. Schon wieder eine Reporterin! Man möchte doch meinen, daß er dazulernt, oder?«

»Ich kann nur sagen, daß er diesmal schauen sollte, daß er nicht wieder vor die Linse von versteckten Kameras gerät.«

Randy seufzte. »Ich werde nirgendwo mehr einsteigen.«

Kurz vor der Wiederwahl des Abgeordneten ins Repräsentantenhaus hatte Randy tatsächlich nur durch einen Einbruch eine besonders verfahrene Sache bereinigen können. Die junge Frau mit den großen Augen, um die es dabei ging, hatte vorgegeben, an irgendeiner Universität im Mittelwesten Politologie zu studieren. Angeblich verbrachte sie den Sommer in Washington, um die Atmosphäre der Hauptstadt zu schnuppern. In Wirklichkeit war sie Lokalreporterin bei irgendeinem Revolverblatt und hoffte auf einen Job bei einer der großen Zeitungen.

Der Abgeordnete konnte sie erst abservieren, nachdem Randy in ihr Apartment eingebrochen war und belastende Fotos und Negative an sich gebracht hatte. Für den Fall, daß die Lokalreporterin vorhatte, ihn dennoch in die Schlagzeilen zu zerren, sorgte Robert dann mit Hilfe eines Kleinkriminellen, der ihm einen Gefallen schuldete, dafür, daß die Frau in eine Drogen- und Prostitutionsaffäre verwickelt wurde und somit ihre Glaubwürdigkeit verlor. Es ließ ihn völlig kalt, als sie verhaftet und zu neun Monaten Gefängnis verurteilt wurde.

Mary Catherine seufzte. Robert Willmont hatte nur einen Fehler, eine Schwäche, die ihnen alles zerstören konnte, wenn er nicht aufpaßte – wenn sie und Randy ihn nicht ständig beaufsichtigten: Er hatte seinen Hosenschlitz nicht unter Kontrolle.

Teil VII
1991

Von den Umständen und dem Zeitpunkt
hängt es ab, wie eine Tat gerät
und ob sie gute oder schlechte
Auswirkungen hat.

AGESILAOS

1

Karen räumte den letzten Schrankkoffer aus und seufzte erleichtert. Was sie am meisten am Umziehen haßte, war, daß man in dem neuen Haus alle Sachen unterbringen mußte, die im alten leicht Platz gefunden hatten. Zum viertenmal in vier Jahren machte sie das jetzt durch.
Diesmal war es besonders schwierig, weil ihr Haus hier in San Francisco kleiner war als das vorherige in Tucson. Beim ersten Umzug von New York nach Atlanta hatten sie ihre übersichtliche Wohnung in dem Sandsteinhaus an der West Seventy-eighth Street gegen eine prachtvolle Südstaatenvilla mit sechs Schlafzimmern eingetauscht. Als sie von Atlanta nach Houston zogen, wohnten sie dort wiederum in einer riesigen Hacienda, in der Karen es in einer Stunde kaum vom einen zum anderen Ende schaffte. Und als sie ihren Wohnsitz von Houston nach Tucson verlegten, fanden sie dort ein entsprechend geräumiges Haus. Doch jetzt war Gwen erwachsen und Jessica fast mit dem College fertig, und sie brauchten nicht mehr soviel Platz.
Insgeheim hatte Karen Atlanta und die Villa zu protzig gefunden, in Houston und der Hacienda war es ihr zu heiß gewesen und in Tucson und dem dortigen Haus zu trocken. Aber dieses hier, das in St. Francis Wood am südlichen Rand von San Francisco auf einem Hügel lag, von dem aus man über den Pazifik blickte, gefiel ihr.

Es war in mediterranem Stil gebaut, hatte Rauhputzwände, ein rotes Ziegeldach, Holzböden, hohe Fensterbögen und ein umwerfendes Art-déco-Oberlicht. Neben dar Küche befand sich ein zauberhafter Wintergarten, den sie als Frühstücksraum benutzten, und neben dem großen Schlafzimmer eine Veranda, die sie auch verglasen ließen.

»Absolut zwanziger Jahre«, sagte Ted, als er es sah.

»Wir brauchen wirklich bloß noch drei Schlafzimmer«, erklärte Karen Gwen am Telefon, »jetzt, da nur noch Amy ständig bei uns wohnt.«

»Und wenn Larry und ich mit den Zwillingen kommen wollen und Jessica auch da ist?« hatte ihre älteste Stieftochter protestiert, die aus ihrem Haus in einem Vorort von Philadelphia anrief. Sie war das fröhlichste der drei Mädchen und bis auf die blauen Augen ihrem Vater wie aus dem Gesicht geschnitten.

»Dein Dad hat sich das schon überlegt«, versicherte Karen ihr. Sie dachte an die verglaste Veranda.

»Wie seid ihr auf San Francisco gekommen?« wollte Jessica wissen, die sich aus ihrer Unterkunft in der University of Colorado meldete. Sie war die größte von den dreien und hatte als einzige die braunen Haare und Augen ihrer Mutter und deren stille Bestimmtheit geerbt.

»Wie immer ist jemand auf uns gekommen«, antwortete Karen. »Man hat deinen Vater beauftragt, einen riesigen Gebäudekomplex in China Basin zu entwerfen.«

»Warum müssen wir schon wieder umziehen?« beklagte sich Amy. Aus ihr war ein lebhafter Teenager geworden. Äußerlich glich sie ihrem Vater, doch die Gelassenheit hatte sie von ihrer Mutter mitbekommen. »Ich habe nur noch ein Jahr High-School. Ich werd niemanden kennen und keine Freunde haben und mich scheußlich fühlen.«

»Ich weiß, daß es kein guter Zeitpunkt ist«, gab Karen seufzend zu. »Aber es bleibt uns nichts anderes übrig. Es ist ein wichtiges Projekt, das dein Vater nicht ablehnen konnte.«

»Das ist nicht fair!« rief sie.

Karen mußte zugeben, daß sie recht hatte.

Mit den Hotels, Einkaufszentren und Bürokomplexen, die an der Ostküste entstanden, hätte Ted sein Leben lang alle Hände voll zu tun gehabt. Aber er hatte immer Ausschau nach etwas anderem gehalten.

Karen hatte bald gemerkt, daß sie nicht einfach ihr erträumtes idyllisches Leben bekam, indem sie sich Teds Familie anschloß. Um nicht auf das für sie notwendige Maß an Zurückgezogenheit, Ordnung und Erfüllung verzichten zu müssen, war es nötig, mit den vier Menschen, die in bezug auf diese Dinge schon lange aufeinander eingespielt waren, Kompromisse zu schließen, und es gab Phasen, in denen ihr die Anpassung schwerfiel. Jedesmal, wenn Ted den Drang verspürte, wieder einen Auftrag in einer anderen Stadt anzunehmen, mußte sie das Nest, das sie mit soviel Aufwand für sie gebaut hatte, wieder verlassen und von vorne anfangen.

In Georgia war sie mit der Heuchelei der Südstaatler nicht zurechtgekommen, Texas hatte sie allein durch seine Größe erschreckt, und die unheimlichen Wüstenwinde von Arizona hatten an ihren Nerven gezerrt, aber irgendwann hatte sie sich an jeden Ort gewöhnt – gerade dann, wenn sie wieder aufbrachen. Sie hatte in dieser Zeit kaum Freunde gewonnen, und die wenigen Beziehungen, die sie hatte aufbauen können, blieben oberflächlich.

Karen vermißte Demion Five mehr, als sie erwartet hatte, von den Yanows, Demelza und der Sullivan-Street-Clique ganz zu schweigen. Im Vergleich zu früher kam ihr ihr jetziges Leben ziemlich öde vor. Sie wandte sich mehr ihrer Familie zu und mußte feststellen, daß die mit anderen

Dingen befaßt war. Ted ging ganz in seiner Arbeit auf, und die Mädchen waren mit der Schule und ihren Freizeitvergnügungen beschäftigt. Je erwachsener sie wurden, desto weniger schienen sie sie zu brauchen. So blieb Karen nur ihre Arbeitsbeziehung mit Nancy.

Die beiden Frauen hatten in zehn Jahren sieben Bücher zusammen gemacht. Ihr zweites Projekt, *Spiegelbilder,* das sie gleich nach dem Umzug der Donigers nach Atlanta fertiggestellt hatten, verkaufte sich so gut bei Demion Five, daß der Verleger eines großen New Yorker Verlages an sie herantrat und ihnen vorschlug, in Zukunft mit ihm zusammenzuarbeiten.

»Mit einem Verlag erreichen wir ein viel größeres Publikum, als wenn wir unsere Bücher selbst drucken lassen und über Demion Five vertreiben«, hatte Nancy Karen klargemacht. »Außerdem haben wir den New Yorker Markt sowieso fast abgegrast.«

Spectrum Publishing hatte vor, die Bücher im selben Format wie die bisherigen zu produzieren und sie überregional zu vertreiben.

»Du meinst, auf ein gutes Pferd setzen und es müde reiten?« kommentierte Karen. Doch sie mußte zugeben, daß ihr die Idee gefiel und daß sie dazu beitragen konnte, ihre Einsamkeit zu vertreiben. Ein paar Wochen später saß Nancy im Flugzeug nach Atlanta.

»Da du nun schon mal hier bist«, sagte sie, »fand Spektrum, daß man hier genausogut verkaufen könne wie anderswo.«

Die Fotografin Nancy und die Lyrikerin Karen beschäftigten sich drei Wochen so intensiv mit der Stadt, wie Karen es allein nie getan hätte. Sie gaben dem Projekt den Titel *Phönix aus der Asche.* Vor allem wollten sie sich darauf konzentrieren, wie die Stadt in Georgia mit ihrer Zerstörung während des Bürgerkriegs fertig geworden war, einem

Schicksal, von dem die anderen Städte des alten Südens weniger betroffen gewesen waren.
Als nächstes nahmen sie sich Washington, D.C., vor. Thematischer Schwerpunkt war hier die Spaltung der Stadt in einen von Schwarzen und einen von Weißen bewohnten Teil. Dieses Buch nannten sie *Dichotomie,* und bald galt es als Pflichtlektüre für jeden, der auf politische Geltung Wert legte.
Dann kam Houston an die Reihe. Diesen Band betitelten die beiden Frauen *Southern Comfort.* Sie machten einen Umweg über New Orleans und porträtierten die elegante Stadt im Kolonialstil in *Amazing Grace.* Und in Arizona brachen sie mit ihren Gewohnheiten und machten ihren ersten Farbbildband.
»Das kann man nicht in Schwarzweiß fotografieren«, verkündete Nancy am Ende ihrer Reise durch den Südwesten enthusiastisch. »Schau dir diese Farben an – die wollen einfach festgehalten werden.«
Sie beschlossen außerdem, diesmal keine Stadt in den Mittelpunkt zu stellen, sondern sie verflochten Menschen und Orte aus dem ganzen Bundesstaat miteinander und nannten das Ergebnis *Bilderbogen.*
Für dieses Buch unternahm Nancy sechs Reisen durch den Westen, und es dauerte zwei Jahre, bis sie es fertiggestellt hatten. Solcherlei Luxus hatten sie sich bislang nicht erlauben können, doch das fertige Produkt war der Mühe wert. Kritiker schrieben, daß es weitaus mehr vermittle als nur fotografische Eindrücke einer Reise, und mit zwanzigtausend Exemplaren war die erste Auflage sehr hoch angesetzt.
Auf dem Cover war ein junger Hopi abgebildet, der am Rande seines Reservats stand und in die Berge blickte. Über ihn hatte Karen geschrieben:

Die Farbe des Schmerzes
ist Purpurrot
für Wipfel,
die unerreichbar bleiben,
und Grün
für das Land,
das man nie durchstreifen wird.

Die Farbe des Schmerzes
ist Braun
für das Blut
zahlloser Vorfahren
und Rot
für den Stolz,
der immer noch glühend ist.

Die Farbe des Schmerzes
ist Gold
für die Hoffnung,
die sich mit der Sonne erhebt
und sich mit dem Mond zur Ruhe begibt.

Die Farbe des Schmerzes
ist Grau
für die Apathie
der Vergangenheit
und die Gleichgültigkeit
der Zukunft.

Karen fand, daß das Beste am Bilderbogen die vier Monate waren, die sie mit Nancy zusammen war und in denen sie im Geländewagen das Land durchstreiften, vom Grand Canyon bis nach Chiricahua und von Yuma bis nach Mexican Water. Jedesmal, wenn sie zu einer der Touren aufbrachen, hatte sie das seltsame Gefühl, plötzlich frei zu sein.

Die Mädchen wuchsen so rasch heran. Zuerst schaffte Gwen mit Bravour ihren Abschluß an der High-School, zog nach Pennsylvania, um dort zu studieren, ging danach auf die Wirtschaftsschule und lernte einen jungen Mann aus Wharton kennen. Nachdem sie den Rummel um ihre Schwester überstanden hatte, begann Jessica ihr Studium an der University of Colorado und kündigte an, daß sie hinterher noch eine medizinische Ausbildung machen wolle. Und in Kürze würde Amy sich ihren Platz in der Welt suchen – einer Welt, die sich so verändert hatte, seit Karen in Amys Alter gewesen war. Ihr Zuhause, in dem es stets laut und turbulent zugegangen war, in welcher Stadt auch immer, verwandelte sich zunehmend in einen stillen, leeren Ort.

Mit den Jahren waren Karen und Ted sich nähergekommen, doch sie waren nie wirklich entspannt miteinander. Karen hatte nur noch selten Alpträume, und es fühlte sich nicht mehr fremd für sie an, mit einem Mann zusammenzuleben, doch zu der lockeren kameradschaftlichen Beziehung, die Ted und sie vor ihrer Hochzeit gehabt hatten, fanden sie nicht mehr zurück.

Ted verwandte seine Kraft nicht auf Ehe und Familie, wie er es sich erhofft hatte, sondern statt dessen auf seinen Beruf. Er arbeitete auch abends viel, sechs, manchmal sieben Tage die Woche. Der Raumteiler, den er in New York zwischen ihren Betten aufgebaut hatte, war abgeschafft, doch unsichtbar bestand er weiter. Sie hatten die beiden Einzelbetten zu einem Doppelbett vereint, aber der Schein trog.

Ihre körperliche Beziehung hatte einige Wochen nach der Hochzeit begonnen, als Ted sich eingestand, daß er doch nicht damit auskam, Karen nur anzusehen und mit ihr zu sprechen. Anfängliche beiläufige Berührungen – ein Kuß, eine Umarmung, ein Streicheln – brachten die beiden näher, und schließlich vollzogen sie die Ehe, allerdings aus irgendeinem Grund meist dann, wenn Karen mehr Alkohol getrunken hatte als sonst.

Bei ihrem ersten wirklichen Geschlechtsverkehr biß Karen sich so sehr auf die Lippe, daß sie blutete, und klammerte sich so krampfhaft an den Laken fest, daß sie zerrissen. Die beiden sprachen nicht darüber. Im Lauf der Zeit gelang es ihr, Ted und ihren Alptraum auseinanderzuhalten und seinen Bedürfnissen mit Hilfe von etwas Alkohol entgegenzukommen, ohne in Panik zu geraten. Es konnte jedoch keine Rede davon sein, daß sie selbst Befriedigung fand. Sie wurde von zu vielen Schuld- und Schamgefühlen behindert.

Von allen anderen wurden sie für ein Idealpaar gehalten, der Inbegriff des amerikanischen Traums. Die Mädchen waren intelligent und hübsch, die Eltern gut gekleidet und dezent. Sie hatten einen Schäferhund, Duster, und eine Katze namens Cat und einen Kombi ohne Namen. Geld war reichlich vorhanden. Doch sie hatten sich auseinandergelebt, weil ihre Gemeinsamkeiten nicht ausreichten, um sie zusammenzuhalten.

Sie sprachen nie darüber, was mit ihnen geschah oder vielmehr nicht geschah. Sie sprachen über die Kinder, Haushaltsdinge, ihre Arbeit, aber nie über das, was die Mauer zwischen ihnen immer undurchdringlicher werden ließ. Es war fast, als fürchteten sie, durch ein Wort oder eine Handlung die Illusion zu zerstören. Deshalb umgaben sie sich so lange wie möglich mit den Kindern, und wenn sie miteinander allein waren, verhielten sie sich fürsorglich, aber sie waren sich nicht nahe.

»Manchmal denke ich, wir hätten nicht heiraten sollen«, sagte Karen in einer dieser Situationen.

»Mag sein«, stimmte Ted ihr zu.
»Ich würde es verstehen, wenn du dich scheiden lassen wolltest.«
»Das möchte ich aber nicht. Du?«
»Nein.«
Sie lebten also weiter wie bisher, weil es immerhin besser war als nichts und ihnen die Illusion wichtiger war als die Realität. Bis zu einem heißen Donnerstag im Frühjahr 1990, als Amy, die in der zehnten Klasse war, mit den anderen Schülern eine Exkursion in die Wüste von Arizona machte und ihr Pferd durch eine Klapperschlange in Panik geriet und durchging. Amy war eine gute Reiterin, aber das Tier machte plötzlich einen Satz, und sie wurde aus dem Sattel geschleudert. Das wäre an sich noch nicht so schlimm gewesen, aber sie blieb mit dem rechten Fuß im Steigbügel hängen und wurde mindestens hundert Meter mitgeschleift, bevor zwei ihrer Klassenkameraden das Pferd aufhalten konnten.
Im Krankenhaus wurde festgestellt, daß etliche Quetschungen und Schürfungen vorlagen, daß beide Beine gebrochen und ein Hüftgelenk ausgerenkt waren und sie einen dreifachen Schädelbruch hatte.
Karen und Ted gingen bis lange nach Mitternacht auf dem Flur des Krankenhauses auf und ab, eine Szene, die beiden aus ihrer Vergangenheit vertraut war, doch die Ärzte konnten ihnen nur sagen, daß die Operationen zufriedenstellend verlaufen seien und man die nächsten achtundvierzig Stunden abwarten müsse.
Sie fuhren wie betäubt nach Hause, wo Karen dem völlig erschöpften Ted beim Ausziehen und Zubettgehen half. Dann begab sie sich in die Küche und kippte zwei große Brandys hinunter, bevor sie ihm einen brachte.
»Das hilft beim Einschlafen«, sagte sie, setzte sich zu ihm ans Bett und hielt ihm das Glas hin.

»Ich will nicht schlafen«, jammerte er, obwohl er vor Müdigkeit zitterte. »Ich will wach bleiben, falls sie mich braucht. Ich hätte bei ihr bleiben sollen.«
»Der Arzt hat gesagt, er ruft uns an, sobald sich etwas ändert«, erinnerte sie ihn. »Es sind nur zehn Minuten bis zum Krankenhaus.«
»Ich bin daran schuld«, schluchzte er plötzlich.
»Wieso denn das?« fragte Karen.
»Ich war so mit meiner Arbeit beschäftigt, daß ich keine Zeit für sie hatte. Ich weiß so gut wie gar nicht, was sie macht, was ihr gefällt, was sie denkt. Wir sehen uns kaum noch. Ich weiß nicht mal mehr, wann wir zuletzt ein Wochenende zusammen verbracht haben.«
»Und wenn du jedes Wochenende bei ihr gewesen wärst, hättest du diesen Unfall nicht verhindern können«, sagte Karen. »Du bist ein wunderbarer Vater, und wenn du sie fragen könntest, würde sie dir bestimmt antworten, daß sie sich keinen besseren vorstellen könnte.«
»Es geht alles so schnell«, murmelte er. »Am einen Tag sind sie Babys, am nächsten Teenager, und dann sind sie plötzlich erwachsen und aus der Welt und haben selber Kinder.«
»Das ist der Lauf des Lebens«, entgegnete Karen.
»Aber sind sie bereit dafür?« fragte er. »Sind sie stark genug? Sind sie klug genug? Haben wir alles richtig gemacht? Das weiß ich eben nicht.«
»Wir haben unser Bestes gegeben.«
Die Platitüde schien fürs erste zu wirken. Er trank seinen Brandy und sah aus, als würde er langsam ruhiger, aber dann kamen aufs neue die Tränen.
»Ich bin so einsam«, schluchzte er, und das kam von ganz tief innen. »Ich will nicht mehr einsam sein.«
Bevor sie richtig merkte, was geschah, hatte er die Arme um sie geschlungen, und sie hielt ihn, wie sie so oft die Mäd-

chen gehalten hatte, wenn sie sich fürchteten oder Kummer hatten.

»Ich bin ja da«, murmelte er. »Mach dir keine Sorgen. Ich bin da.«

In der ersten Nacht in dem Haus in Atlanta war Amy schreiend aufgewacht. Als Karen in ihr Zimmer kam, lag das achtjährige Mädchen mit gekrümmtem Rücken auf dem Boden.

»Es ist unheimlich hier«, schluchzte das Kind immer wieder. »Das ist nicht mein Zimmer. Ich hab Angst. Ich bin ganz allein hier. Ich will nach Hause.«

»Das ist nicht dein *altes* Zimmer«, sagte Karen und setzte sich aufs Bett. »Es ist dein *neues* Zimmer.«

»Ich will wieder in mein altes Zimmer«, erwiderte Amy weinend.

»Komm«, sagte Karen, »setz dich mal hierher zu mir, dann können wir beide uns das Zimmer genau angucken, und du hast vielleicht keine Angst mehr.«

Unsicher krabbelte Amy zu ihrer Stiefmutter hinüber.

»Weißt du, ein Zimmer ist erst richtig dein Zimmer, wenn du es dir von deinem Bett aus angeschaut hast«, erklärte Karen. »Warte mal – das ist doch dein Bett, oder?«

Amy nickte. Es war ihr vertrautes weiß-rosa Baldachinbett von zu Hause.

»Gut. Und das hier, ist das deine Bettwäsche?«

Das Bettzeug war weiß mit einem Muster aus rosa Schleifen und munter herumtobenden Teddybären.

Amy nickte wieder.

»So weit, so gut«, meinte Karen. Sie sah sich in dem geräumigen L-förmigen Zimmer um, für das sie eine weiß-rosa Tapete mit einem Girlandenmuster ausgesucht hatten. »Also, schaun wir mal. Da drüben an der Wand, ist das deine Spieltruhe?«

Das Mädchen blickte zu der bunten Truhe, in dem seine

Lieblingsspielsachen aufbewahrt wurden, und bestätigte auch das mit einem Nicken.
»Liegt Snoopy da drin und schläft tief und fest?«
»Ja«, antwortete Amy. »Bis ich ihn aufwecke.«
Karen horchte. »Ich hör nicht mal ein Fiepen, du?«
Die Kleine schüttelte den Kopf.
»Tja, ich glaube, er schläft wie ein Murmeltier«, erklärte Karen. »Aber ich finde, wir sollten sicherheitshalber trotzdem flüstern.« Sie senkte die Stimme. »Stehen da drüben deine Kommode und dein Tisch und dein Stuhl?«
Amy schaute zu den rosa Möbeln hinüber, die sie aus ihrem Zimmer in New York mitgenommen hatten. »Ja.«
»Guck doch mal in diesen Schrank. Hängen da deine Kleider drin?«
»Und da am Bettpfosten hängt mein Bademantel, und da auf dem Boden sind meine Hausschuhe und meine Puppe und mein Panda und das Foto von der Hochzeit, wo wir alle drauf sind.«
Karen hatte sich inzwischen gegen das Kopfende des Bettes gelehnt, und Amy hatte sich in ihre Arme gekuschelt.
»Na, dann sag mir doch mal, was diese ganzen Sachen hier zu suchen haben, wenn das nicht dein neues Zimmer ist?«
Die Kleine zuckte mit den Schultern. »Es ist größer als mein altes Zimmer und hat eine komische Form, aber es ist wohl doch nicht so unheimlich, wie ich gedacht hab.«
»Wie wär's dann«, schlug ihre Stiefmutter vor, »wenn du unter die Decke schlüpfst und die Augen zumachst und daran denkst, was für ein tolles Zimmer das ist, weil es deins ist, und daß du ganz viele neue Freunde finden wirst, die dann alle hierherkommen und mit dir spielen?«
»Gibt es denn hier kleine Mädchen, die so alt sind wie ich?«
»Ich weiß aus sicherer Quelle, daß es gleich im Nachbarhaus eins gibt.«

»Vielleicht kann ich sie ja morgen sehen«, meinte Amy und unterdrückte ein Gähnen. »Hoffentlich ist bald morgen.«
»Je eher du schläfst, desto schneller ist die Nacht um.«
»Bleib noch da.«
»Keine Angst, ich bin hier.«
»Machst du gleich das Licht aus?«
Karen lächelte. »Erst wenn du schon träumst.«
»Versprichst du's?«
»Ich verspreche es.«
Am nächsten Morgen fand Ted sie beide in Amys Zimmer.
Wie sie ihre Stieftochter in den Armen gehalten hatte, so hielt Karen jetzt in der Nacht nach Amys Unfall auch Ted in den Armen, und die plötzliche Offenheit tat ihnen beiden gut. Er glaubte eine Frau geheiratet zu haben, doch sie wußte, daß es nur eine starre Hülle war. Sie glaubte eine starre Hülle geheiratet zu haben und stellte fest, daß es sich um einen Mann handelte. Ein leises Knacken wies auf den ersten Riß in der unsichtbaren Mauer hin.
»Alles wird gut werden«, murmelte sie. »Du wirst sehen. Amy wird wieder gesund werden, und uns wird es gutgehen.«
Irgendwie, dachte sie.
Und Amy wurde gesund. Sie versäumte den letzten Monat in der Schule, konnte aber leicht alles nachholen. Den Sommer über mußte sie im Rollstuhl sitzen, doch im Herbst ging sie wieder zur Schule – zuerst auf Krücken, dann mit einem Stock und schließlich auf eigenen Beinen. Der Schädelbruch verheilte ohne Komplikationen. An den Narben wuchsen ihre Haare etwas unregelmäßig, und sie regte sich darüber auf, bis sie lang genug waren, um die Narben zu verdecken, aber das war auch schon alles.
Das Gute an alldem war, daß Karen und Ted miteinander zu reden begannen, zuerst in den langen Nächten, die sie bei

Amy im Krankenhaus verbrachten, dann während ihrer Genesung.

»Ich habe dich aus den falschen Gründen geheiratet«, erkannte er. »Damals war mir das nicht klar, aber heute sehe ich es. Weißt du, du warst Barbara in vielerlei Hinsicht so ähnlich, und ich habe sie so sehr vermißt und gehofft, sie in dir wiederzufinden. Aber das ging natürlich nicht, und dann habe ich dich dafür verantwortlich gemacht.«

»Ich habe dich auch aus den falschen Gründen geheiratet«, gab sie zu. »Ich dachte, ich könnte etwas von dem bekommen, was man mir vorenthalten hatte, ohne etwas dafür zu geben. Und im Endeffekt habe ich dann dir etwas vorenthalten.«

»An was dachtest du dabei?« fragte er.

»Ich wollte wissen, wie es ist, verheiratet zu sein«, erklärte sie. »Ich wollte Kinder großziehen. Das Leben führen, das man mir als erstrebenswert dargestellt hat.«

»Der Unfall, den du hattest, an dem ist das alles gescheitert?«

»Ja«, antwortete sie wahrheitsgemäß, aber sie äußerte sich nicht weiter dazu.

Er hatte natürlich ihre Narben gesehen und sich darüber Gedanken gemacht. Aber er fragte sie nicht danach.

»Ich wußte nicht, daß es so schlimm war«, sagte er nachdenklich.

»Die Ärzte mußten mir die Gebärmutter rausnehmen«, erklärte sie. »Meine College-Liebe kam nicht damit zurecht. Ich schätze, ihm lag mehr daran, Kinder zu haben, als an mir. Ich glaube, danach habe ich mich einfach eingekapselt. Ich wollte nicht noch einmal verletzt werden.«

»Das verstehe ich«, entgegnete er. »Ich fürchte, Männer sind manchmal sehr egoistisch und unsensibel.«

»Na ja, er war bestimmt nicht an allem schuld«, hörte sie sich sagen.
»Und die Ehe mit mir ist auch nicht so, wie du's erwartet hast, stimmt's? Ich hab mich ebenfalls als egoistisch und unsensibel erwiesen.«
»Nein«, sagte sie rasch. »Mach dir keine Vorwürfe.«
»Tja, und was geschieht nun?« fragte er und wagte kaum zu atmen. »Willst du dich scheiden lassen?«
»Du?« fragte sie nervös zurück.
Er zögerte keine Sekunde, und seine Antwort war aufrichtig. »Nein.«
Karen seufzte erleichtert. »Ich auch nicht.«
»Gut«, sagte er. »Ich finde, dann fangen wir ab sofort mit unserer Ehe noch mal von vorne an. Und ich gelobe nicht nur, dich zu lieben und zu ehren im guten wie im schlechten, sondern ich verspreche auch, solange ich lebe, dafür zu sorgen, daß dir kein Leid angetan wird.«
Ein knappes Jahr später zogen sie nach San Francisco.

Karen ging mit ihrer Tasse Tee, die sie immer vormittags trank, ins Wohnzimmer. Die drei Ölgemälde von Mitch Rankin, die Ted und ihr gehörten, lehnten verpackt an der Wand. Sie hatten beschlossen, den Clown ins Büro zu hängen, aber für die beiden anderen sollte Karen einen geeigneten Platz aussuchen. Sie packte gerade das erste Bild aus, als es an der Tür klingelte.
Draußen stand eine große Frau Ende Fünfzig. Sie hatte volle Lippen, eine breite Nase, schmale braune Augen und krauses graumeliertes Haar, das sie in einem altmodischen Knoten trug, und sie hielt eine Kasserolle in Händen. Sie erinnerte Karen irgendwie an Demelza.
»Hi«, grüßte sie, als Karen öffnete. »Ich wollte Ihnen das hier schon gestern bringen, weil ich weiß, wie furchtbar

Umzüge sein können, aber dann hatte ich einen Notfall in der Praxis und kam so spät nach Hause, daß ich keine Zeit mehr zum Kochen hatte. Also hab ich mir heute morgen freigenommen, und da ist es nun. Ich hoffe, Sie haben Verwendung dafür.«

»Danke«, sagte Karen. »Das ist sehr nett von Ihnen.«

»Ich bin Natalie Shaffer. Ich wohne da drüben«, fuhr die Frau fort und wies mit dem Kopf auf eine prächtige Villa im Tudorstil zwei Häuser weiter. »Willkommen in Wood und San Francisco und in Kalifornien, nicht zu vergessen.«

Karen stellte sich vor. »Wir sind an allen drei Orten Neulinge«, erklärte sie mit einem kleinen Lachen. »Wir haben zuletzt in Tucson gelebt.«

»Da war ich noch nie«, erwiderte Natalie. »Aber wenn Sie Zeit haben, auf einen Kaffee reinzuschauen, können Sie mir davon erzählen.«

»Ich habe gerade Tee gekocht«, sagte Karen. »Haben Sie nicht Lust, eine Tasse mitzutrinken?«

Natalie trat ein. »Tee? Du liebe Güte, sind Sie zivilisiert. Ich dachte, in Arizona geht's so wild und rauh zu.«

Karen lachte. »Da ist schon was dran, aber ich stamme eigentlich aus New York.«

»Ach ja?« rief Natalie begeistert. »Das ist ja toll, da sind wir im zweifachen Sinne Nachbarn. Ich komme aus Pennsylvania.«

»Mein Mann ist aus Pennsylvania«, erklärte Karen. »Aus Reading.«

»Na, dann sind wir quasi verwandt«, versicherte ihr Natalie. »Ich komme aus Scranton.«

Karen goß eine zweite Tasse Tee ein und nahm eine Schachtel Kekse aus dem Küchenschrank. Anschließend setzten sich die beiden Frauen an den Tisch im Frühstücksraum.

»Ich finde es erstaunlich, daß Sie einen Tag nach dem Einzug schon alles finden«, meinte Natalie bewundernd und biß in einen Keks.
Karen zuckte mit den Schultern. »Ich war Geschäftsführerin in einem Laden, in dem alles davon abhing, daß man Dinge in Rekordzeit ausgepackt und geregelt hat. Meine Chefin fand immer, ich sei ›unerträglich pingelig‹, wie sie sagte. Manche Gewohnheiten wird man eben nie los.«
»Ich wollte gerne Blumenkind sein«, erwiderte Natalie mit einem Kichern. »Zu mir hat mein Mann immer gesagt, ich sei unerträglich gammlig.«
Karen nahm einen Schluck Tee und lächelte in sich hinein. Sie spürte, daß sie endlich, nach zehn Jahren und vier Ortswechseln, eine echte Freundin finden würde.
»Bei was für einem Beruf hat man Notfälle und kann sich morgens freinehmen?« fragte sie.
»Ich bin Psychiaterin«, antwortete Natalie und brach in Gelächter aus. »Ich wette, Ihnen hat noch keiner nachgesagt, daß Sie ein Pokergesicht hätten«, rief sie. »Sie sind erstarrt wie eine Salzsäule, kaum daß ich das Wort ausgesprochen hatte.«
»Ach ja?« brachte Karen hervor. »Ich wüßte nicht, warum.«
Die Nachbarin grinste. »Und ich fürchte, es kommt noch schlimmer – mein Mann macht dasselbe.«
»Wirklich?« stotterte Karen irritiert. »Psychiatrie ist wohl ... ein sehr einträgliches Geschäft.«
Natalie kicherte. »Psychodocs sind in, Scham ist out. Da heutzutage achtundneunzig Prozent der Bevölkerung irgendwelche Neurosen aufweisen, ist es doch in Ordnung, wenn sich jemand, der sonst ganz normal ist, zeitweise Unterstützung sucht.«
»Ich wollte Sie nicht kränken«, sagte Karen hastig.

»Ich bin nicht gekränkt«, erwiderte Natalie. »Im Gegenteil, ich glaube, dies ist der Beginn einer wunderbaren Freundschaft.«

Nach drei Wochen dachte Karen nicht mehr über Natalies Beruf nach. Sie verstanden sich viel zu gut. Bald kamen die Shaffers alle zwei Wochen freitags zum Abendessen, und die Donigers waren jeden zweiten Sonntag bei ihnen zum Brunch.

Das Haus der Shaffers war der Alptraum jedes Sammlers. Es war mit Antiquitäten aller Epochen vollgestopft, vom elisabethanischen Zeitalter bis zum Bauhausstil. Überall lagen abgetretene Orientteppiche herum, die eigentlich ins Museum gehört hätten, die Zimmer wurden von Tiffanylampen erleuchtet, ein echtes Fabergé-Ei diente als Briefbeschwerer, und in einer Ecke entdeckte Karen eine Vitrine mit Erstausgaben, bei deren Anblick Demelza das Wasser im Mund zusammengelaufen wäre. Doch der stärkste Eindruck war Chaos – Papierstapel, Bücher, Zeitschriften und Staub.

»Wir verstehen beide nicht soviel von Haushalt«, sagte Natalie unbekümmert und mit einem Achselzucken.

Herbert Shaffer war ein fröhlicher Mann um die Sechzig mit buschigen Augenbrauen und einem ulkigen kleinen Schnurrbart. Seine Haare schienen sich nicht entscheiden zu können, ob sie zuerst grau werden oder ausfallen wollten. Er interessierte sich sehr für Architektur, und Ted und er verstanden sich auf Anhieb.

Als die Shaffers zum erstenmal am Freitag zum Abendessen kamen, saßen sie hinterher alle in dem grün-beige eingerichteten Wohnzimmer zusammen, tranken Brandy aus Kristallgläsern und unterhielten sich angeregt über Filme, Musik, Essen, kalifornischen Wein und schließlich auch noch über die schon fünf Jahre anhaltende Dürre.

»Ist das nicht ein wunderbares Buch?« rief Natalie in einer Gesprächspause aus und nickte zu einer Ausgabe von *Bilderbogen* hinüber, die Ted immer auf dem Couchtisch liegen haben wollte. »Ich habe es bei B. Dalton's gesehen und – ich weiß nicht – es hat irgendwas. Ich mußte es einfach mitnehmen. Ich schätze, daher habe ich die Vorstellung, daß Arizona wild und rauh ist.«

»Ja«, murmelte Karen unverbindlich.

»Ich habe gehört, daß die Autorinnen in einem Jeep durchs Land fahren. Bestimmt zwei echte Abenteurerinnen.«

Amy kicherte.

»Was ist daran so komisch?« wollte Natalie wissen.

»Daß du meine Mutter und meine Tante als Abenteurerinnen bezeichnest«, antwortete Amy.

»Deine ... was?«

»Nancy Yanow ist meine Tante«, erklärte Amy. »Sie macht die Fotos. Und die Gedichte sind von Mom. Aber sie schreibt unter ihrem Mädchennamen, damit niemand weiß, daß sie es ist.«

»Das ist nicht der Grund«, protestierte Karen. »Ich habe einfach so angefangen.«

Natalie starrte Karen verblüfft und bewundernd zugleich an.

»Du hast mir nie was davon gesagt«, beklagte sie sich.

Karen zuckte mit den Schultern. »Irgendwie ist die Rede nie darauf gekommen.«

»Ich hab dich gefragt, was du machst«, rief ihr Natalie in Erinnerung. »Du hast behauptet, du seist Hausfrau.«

»Bin ich ja auch.«

»Und eine Mom«, warf Amy ein.

»Ganz recht«, sagte Karen und legte den Arm um ihre Stieftochter. »Das andere ist bloß ein Hobby.«

»Deine Amy ist ein richtiges Prachtstück geworden«, erklärte Natalie eines Tages während eines Einkaufsbummels. »Ich freue mich schon darauf, Gwen und Jessica kennenzulernen.«

»Ich fürchte, das Lob gebührt größtenteils nicht mir«, erwiderte Karen seufzend. »Ich bin nicht die leibliche Mutter der Mädchen, so gerne ich es wäre. Ihre wirkliche Mutter ist gestorben, als sie noch klein waren.«

»Ich finde dich sehr wirklich«, stellte Natalie fest.

»So hab ich es nicht gemeint.«

»Ich weiß, wie du es gemeint hast, aber es stimmt nicht«, sagte die Psychiaterin rundheraus. »Du hast ebenso großen Anteil daran, daß Amy so geworden ist, wie jemand anders.«

»Na ja, mag sein.«

»Wieso hast du keine eigenen Kinder?«

»Ich hatte ... vor vielen Jahren einen Unfall«, erklärte Karen widerstrebend. »Danach ging es nicht mehr.«

»Du willst nicht darüber reden«, vermutete Natalie. »Ich und mein großes Mundwerk.«

»Es ist nicht mehr so wichtig«, erwiderte Karen mit einem Achselzucken.

»Eine der Begleiterscheinungen meines Berufs ist«, sagte Natalie leichthin und beobachtete ihre Freundin aus dem Augenwinkel, »daß man es sich angewöhnt, viele Fragen zu stellen. Man muß natürlich auch gut zuhören können. Falls dir also jemals nach Reden zumute ist, egal über was, dann komm einfach rüber.«

Karen lächelte höflich, ein wenig künstlich wie früher, sagte aber nichts. Vor Jahren hatte sie Nancy einiges über den Vorfall im Central Park erzählt, und mehr sollte niemand davon erfahren. Damals war es ihr gelungen, die Vergangenheit zu verdrängen, und dabei wollte sie es nun auch belassen. Obwohl sie jetzt offener miteinander umgingen, hatte sie auch Ted nicht davon erzählt. Sie hatte es manchmal erwogen, doch die Angst war zu groß gewesen – die Angst, daß ihn die Wahrheit anwidern und er sich von ihr abwenden könnte, wie Peter es damals getan hatte.

Sie wünschte sich hin und wieder, daß es, nachdem es passiert war, jemanden gegeben hätte, der ihr zugehört hätte, ohne sie zu verurteilen, der sie verstanden hätte und ihr dabei hätte helfen können, mit ihrem Zorn und ihren Ängsten umzugehen. Doch es war niemand dagewesen.

Heute hatte sich das alles geändert. Über Vergewaltigung wurde offen gesprochen, und überall im Land wurden Beratungsstellen für Vergewaltigungsopfer eingerichtet. Nicht nur der Tatbestand der Vergewaltigung bei einer Verabredung wurde anerkannt, sondern auch durch Bekannte. Immer häufiger wagten Frauen öffentlich einzugestehen: »Ich bin mitgegangen, aber ich wollte keinen Geschlechtsverkehr. Ich habe nein gesagt.« Damals hatte Karen sich verzweifelt gewünscht, diese Worte zur New Yorker Polizei, zu ihrer Mutter, zu Peter, zur ganzen Welt sagen zu können, damit jemand ihr zur Seite stünde. Doch das war nicht geschehen, und nach fast dreißig Jahren war sie beinahe selbst davon überzeugt, daß sie der Täter und nicht das Opfer gewesen war.

Das milde Septemberwetter hielt bis in den Oktober an, und die gesamte Bay Area stöhnte und hoffte auf Regen. Wegen der Trockenheit mußte das Wasser rationiert werden.

»Als wir in der Wüste gelebt haben, hatten wir immer Wasser«, bemerkte Karen trocken. »Jetzt sitzen wir hier mittendrin, und die Tanks sind leer.«

»Das liegt nicht am Wetter, sondern an den Politikern«, sagte Natalie. »In Südkalifornien schwimmen sie in ihren

Pools und sprengen ihren Rasen wie immer, während wir hier jedes Tröpfchen wiederverwerten und Gruppenduschen nehmen.«

Karen hatte sich nie besonders für die Aktivitäten der Regierung interessiert. Sie war zwar immer pflichtbewußt zur Wahl gegangen, aber ohne sich weiter um die politischen Akteure zu kümmern. Die Politik schien ihr generell in Verruf gekommen zu sein, überall hörte man von Korruption, und Handlungsweisen, die früher als undenkbar galten, wurden heutzutage stillschweigend geduldet.

In den letzten zehn Jahren hatte Karen die Politik mit zunehmendem Mißtrauen und Ekel betrachtet und sich schließlich ganz davon abgewandt. Sie las keine Nachrichtenmagazine mehr, überblätterte die ersten Seiten der Zeitung und sah sich auch keine Nachrichten an. Sie nahm sich vor, sich den Thomas-Hill-Prozeß im Fernsehen anzuschauen, aber das ganze Spektakel widerte sie an.

»Das ist ein großer Fortschritt«, versicherte ihr Natalie. »Noch in der letzten Generation wäre eine Frau, die einen solchen Mann wegen seines Verhaltens anklagen wollte, nie durchgekommen. Anita Hill hat es vielleicht nicht geschafft, Thomas zu Fall zu bringen, aber sie hat etwas erreicht, was genauso wichtig ist. Sie hat eine Tür aufgestoßen, die sich so schnell nicht wieder schließen läßt.«

Karen dachte über ihre Äußerung nach. »Du hast wahrscheinlich recht«, räumte sie ein, »doch ich leide an unheilbarem Desinteresse, was die Politik betrifft. Ich weiß nicht mal – und ich will es auch gar nicht wissen –, wer nächstes Jahr für die Präsidentschaft kandidiert.«

Natalie nickte. »Ich verstehe deine Haltung. Aber wir haben zufälligerweise gerade hier in Kalifornien jemanden, den ich mir als Kandidat wünschen würde.«

»Und warum?«

»Weil ich ihn für einen guten Mann halte. Ihm liegt der Bundesstaat wirklich am Herzen, und ich glaube, auch das ganze Land. Ich habe im letzten Monat eine Rede von ihm gehört, die er bei einem Medizinerkongreß gehalten hat, und er hat uns glasklar vor Augen geführt, in was für einem Schlamassel wir stecken, war aber auch fähig, uns aufzuzeigen, was er dagegen tun könnte.«
»Wie heißt er?« fragte Karen. »Vielleicht wähle ich ihn, wenn er kandidiert.«
»Willmont«, antwortete Natalie. »Robert Drayton Willmont.«

2

Am Donnerstag, den 24. Oktober bahnte sich Randy Neuburg einen Weg durch Scharen von Medienleuten, die sich vor Robert Willmonts Büro im Old Senate Office Building drängten, trat ein und schloß nachdrücklich die Tür hinter sich.

»Da draußen ist der Bär los«, verkündete er. »Ich hab noch nie so viele Reporter auf einem Fleck gesehen. Woher wissen die, daß es heute ist?«

Robert lehnte sich zurück und grinste. »Mary Catherine hat es ihnen gesagt.«

Das Grinsen war noch immer jungenhaft, doch das Gesicht war mittlerweile gezeichnet von den Jahren und der Last der Verantwortung. In seiner Jugend war er gutaussehend gewesen. Für den Dreiundfünfzigjährigen war nun »markant« der treffendere Ausdruck.

»Offenbar hat jede Zeitung im Land jemanden hergeschickt, von allen drei Medienverbunden und CNN ganz zu schweigen«, berichtete Randy. »Sie sind bald fertig mit dem Licht. Sind Sie bereit?«

»Allzeit bereit.«

Das klang locker und schwungvoll, aber Randy hatte in den dreizehn Jahren, die er für Robert arbeitete, einiges über ihn gelernt. Der Senator mochte nach außen hin gelassen wirken, doch Randy wußte, daß er nervös war. Er hatte erst

die Hälfte seiner zweiten sechsjährigen Amtsperiode hinter sich und wagte den größten Sprung seiner Karriere.
Als hätte er die Gedanken seines Assistenten erraten, seufzte Robert. Er fühlte sich so hilflos, als ginge er auf Glatteis. Aus dem ruhigen, sorgfältig ausgeklügelten Weg zum Weißen Haus, den er vor so vielen Jahren geplant hatte, war eine hektische Hatz geworden. Jemand anderes hielt die Zügel in der Hand – eine ganze Gruppe von Leuten –, und ihm blieb nichts anderes übrig, als immer in die Richtung zu galoppieren, die sie ihm vorgaben.
»Es ist noch zu früh dafür«, hatte er eingewandt, als die Leute von »oben« Mitte des Sommers an ihn herantraten. »Ich hatte geplant, diese Amtsperiode zu beenden und 1996 bereitzustehen.«
»Vergessen Sie Ihre Pläne«, hatten sie erwidert. »*Jetzt* ist der richtige Zeitpunkt.«
»Und wenn wir nicht gewinnen? Dann bin ich fertig.«
»Sie schaffen es«, hatten sie siegessicher beteuert.
»Aber ich habe meiner Frau versprochen, daß sie die erste First Lady des 21. Jahrhunderts sein wird.«
»Sie wird es verschmerzen.«
Tatsächlich schien sich Elizabeth Willmont nicht mehr an dieses Versprechen zu entsinnen. Ihre kleinen rosa Pillen waren ihr unentbehrlich geworden, und sie erinnerte sich an vieles nicht mehr. Das Verlangen ihres Mannes nach dem Weißen Haus betrachtete sie als seinen persönlichen Traum, und sie war ganz und gar damit beschäftigt, ihre eigenen Träume in die Realität umzusetzen.
Adam war jetzt elf Jahre alt, ein extrem aufgeweckter Junge, der die roten Haare der Averys und die ungewöhnlichen Augen der Draytons geerbt hatte und hinreißend aussah.
»Die Schlauheit hat er von dir, die Neugierde von mir«,

sagte Elizabeth eines Tages zu ihrem Mann, weil sie wußte, daß er zu beschäftigt war, um es selbst zu merken.
Mutter und Sohn gingen überall zusammen hin – in den Zoo, ins Ballett, ins Museum. Sie machten Wanderungen in Rock Creek Park und Muir Woods, zeigten sich in der Drayton-Loge in der Oper, segelten in der Chesapeake Bay und sahen den Drachenfliegern zu, die sich in Fort Funston von den Klippen stürzten.
»Möchtest du das auch mal machen?« fragte sie ihn einmal.
Adam, der damals neun war, betrachtete die Flieger und schüttelte dann den Kopf. »Macht bestimmt Spaß«, antwortete er, »aber man kann zu leicht abstürzen.«
»Und was willst du werden, wenn du groß bist, junger Mann?« fragte ihn seine Großmutter väterlicherseits. Die alte Dame war über achtzig und immer noch wohlauf.
»Nützlich«, sagte der Junge.
Elizabeth war entzückt von ihm. Er begeisterte sie so, wie es einst seinem Vater gelungen war, und entschädigte sie reichlich für dessen häufige Abwesenheit, auf die sie schon lange keinen Gedanken mehr verschwendete.
»Was würdest du davon halten, das alte Jahrtausend im Weißen Haus zu verabschieden anstatt das neue dort einzuläuten?« fragte Robert sie eines Abends im August beim Abendessen in Rock Creek Park.
»Was du für richtig hältst«, antwortete sie geistesabwesend.
»Herrgott«, rief er angewidert aus. »Man möchte meinen, ich rede von einem neuen Auto.«
Elizabeth blickte auf. »Brauchen wir eines?«
Robert betrachtete die immer noch schöne, aber völlig unbeteiligte Frau, die ihm am Tisch gegenübersaß, und fragte sich, was aus dem unschuldigen, hingebungsvollen Mädchen geworden war, das er einst geheiratet hatte.
»Teil ihnen mit, daß es von mir aus losgehen kann«, sagte er

Randy am nächsten Tag. »Erst mal sollten wir die Stimmung sondieren.«
Randy räusperte sich. »Äh, da ist eine Sache, über die wir vorher reden sollten.«
»Kein Problem«, meinte der Senator. »Schießen Sie los.«
»Gary Hart«, sagte sein Berater.
»Was ist mit ihm? Er war ein Idiot, der versucht hat, ins Weiße Haus zu kommen, und über seine eigenen Füße gestolpert ist.«
Randy sah seinen Boß mit einem vielsagenden Blick an, und Roberts Miene verfinsterte sich.
»Was erlauben Sie sich«, schnauzte er ihn an. »Was ich in meiner Freizeit tue, geht nur mich etwas an.«
»Das mag in Kalifornien zutreffen, wo Sie über alles erhaben sind. Aber wenn Sie der Kandidat der ganzen Nation sind, geht es jeden etwas an, was Sie tun«, beharrte Randy. »Und da Sie mir einen Haufen Geld dafür zahlen, daß ich Ihnen Ratschläge gebe, sollten Sie sich vielleicht den einen oder anderen auch anhören.«
Der Senator seufzte. »In Ordnung, spucken Sie's aus.«
Randy war sich darüber im klaren, daß er die folgenden Sätze sehr vorsichtig formulieren mußte. »Es gibt Leute im Land, die nichts von Ihren Nebenbeschäftigungen wissen und denen es auch nichts ausmachen würde, wenn sie davon wüßten«, sagte er. »Und es gibt welche, die es wissen, aber der Meinung sind, daß die Belange, die Sie vertreten, wichtiger sind als ab und zu ein kleiner Fehltritt.«
»Das will ich hoffen«, warf Robert ein.
»Aber es gibt auch die Moralapostel, die glauben, daß Gott sie dazu ausersehen hat, allen anderen vorzuschreiben, wie sie zu leben haben. Und genauso auf der Lauer wie diese Tugendbolde liegen die Medien, denen es schnurzegal ist, wofür Sie stehen oder was Sie für das Land oder für die Welt

tun können. Die höflichen Zeiten sind vorüber, Senator. Heutzutage zählt nur noch die Story – Aufmacher, dicke Schlagzeilen, Doppelseite.«
Überraschenderweise lachte der Senator. »Und jetzt soll ich Ihnen versprechen, daß ich denen die Story nicht liefere?«
»Ein Haufen Leute hat dafür geackert, daß Sie bis hierher gekommen sind«, antwortete Randy unverblümt. »Sie sind es ihnen schuldig, uns schuldig und, ja, auch der Nation, jetzt nicht alles in den Sand zu setzen.«
»Hart hätte Sie haben sollen.«
Der Berater zuckte mit den Schultern. »Er hat sowohl die Presse als auch das Volk falsch eingeschätzt. Das war ein Patzer, den bei Ihnen keiner sehen will, mit Ausnahme des Amtsinhabers selbstverständlich.«
»Zu JFKs Zeiten spielte dieser ganze Blödsinn keine Rolle«, sagte der Senator seufzend. »Damals konnten die Leute noch zwischen wichtigen und unwichtigen Dingen unterscheiden.«
»Das ist dreißig Jahre her«, bemerkte Randy. »Seit damals hat sich vieles geändert, und das müssen Sie in Betracht ziehen.«
Robert war nicht dumm. Er wußte, daß seine Affären potentiell gefährlich waren für einen Politiker, aber er war immer noch ein Mann – ein Mann mit weitreichenden Bedürfnissen und einer Frau, die jegliches Interesse daran verloren hatte, sie zu befriedigen. Es war ein Jammer, daß die Medien nicht mehr so anständig und tolerant waren, über das Allzumenschliche hinwegzusehen. Das würde das nächste Jahr sehr öde machen.
»Okay, ich habe Sie verstanden«, sagte er. »Aber in einem Punkt werde ich keine Abstriche machen und keine Kompromisse schließen.«

»Und welcher wäre das?« fragte Randy, der nicht sicher war, ob er die Antwort hören wollte.
»Keine Leute vom Secret Service. Ich werde es nicht zulassen, daß irgendwelche Wachhunde mein Privatleben ausspionieren – wissen, was ich morgens zum Frühstück esse, wo ich meine Socken aufbewahre, wann ich scheißen gehe.«
»Aber die Sicherheit!« protestierte Randy. »Sie wissen, wie viele Irre herumlaufen.«
»Wenn Sie meinen, daß es notwendig ist, beauftragen wir eine Privatfirma, die diskret arbeitet. Eine, die nur mir untersteht, nicht Washington. Ich verspreche Ihnen, daß ich so brav wie möglich sein werde, aber über die Konditionen bestimme ich.«
Randy seufzte, weil er wußte, daß es sinnlos war, herumzustreiten, und er immerhin zur Hälfte gewonnen hatte. »Nun gut. Wenn es soweit ist, werden wir dem Secret Service einen Korb geben. Und ich werde Mary Catherine sagen, sie soll sich nach einer geeigneten privaten Firma umsehen.«
Der Senator lächelte freundlich. »Gibt es sonst noch etwas?«
Randy legte eine Akte auf den Tisch. »Das sind einige der Bezirke, die die Leute von ›oben‹ ausgesucht haben«, sagte er. »Ich würde vorschlagen, wir fangen mit denen auf der ersten Seite an.«
Robert überflog diese Seite. Es handelte sich um Orte in zwölf wichtigen politischen Zentren des Landes.
»Das sieht sehr vernünftig aus«, bemerkte er. Sein Berater war ihm wie immer um zwei Schritte voraus.
»Ich würde auch vorschlagen, daß wir eine Public-Relations-Agentur beauftragen, Sie aufzubauen.«
»Aufzubauen?« fragte Robert und zog eine Augenbraue hoch.
»Sie wissen schon, Imagemacher«, erklärte Randy. »Sie

erarbeiten aufgrund von Zahlenmaterial und High-Tech-Studien Medienstrategien für Politiker. Sie analysieren einen Kandidaten und entwickeln die beste Methode, wie man ihn der Öffentlichkeit präsentiert.«

»Ich hatte bislang kein Problem mit meinem Image«, wandte Robert ein.

»In Kalifornien nicht«, stimmte Randy ihm zu. »Aber im Kongreß haben Sie sich zurückgehalten, haben sich Verbündete gesucht, statt sich Feinde zu machen, und Ihre politische Basis aufgebaut. Aus diesem Grund sind Sie im Rest des Landes kaum bekannt. Wir werden deshalb jetzt das überregionale Interesse an Ihnen schüren, so daß Sie jedem ein Begriff sind.«

»Verstehe«, murmelte der Senator.

»Ich habe ein paar Recherchen angestellt«, fuhr Randy fort, »und ich glaube, daß wir mit Smoeller und Dobbs am besten fahren würden. Das ist eine kleine, aber engagierte Firma mit makellosem Ruf.«

»Das sind aber nicht die, die sich mit Willie Smith abgegeben haben, oder?«

»Nein«, sagte Randy mit Nachdruck. »Mit diesem Debakel wollen wir nichts zu tun haben.«

»Und ich will auch nicht mit diesen Leuten in Verbindung gebracht werden, die mit den Greueltaten im Golfkrieg hausieren gegangen sind.«

»Keinesfalls. Smoeller und Dobbs sind ein renommiertes und absolut seriöses Unternehmen.«

Der Senator betrachtete seinen Berater. »Sie anzustellen war eine meiner schlauesten Ideen, wie?«

»Eine echte Führungspersönlichkeit«, sagte Randy grinsend, »erkennt man daran, daß sie sich mit Leuten umgibt, die ihr ebenbürtig sind. Apropos, Mrs. Dobbs kommt heute um fünfzehn Uhr.«

Mariah Dobbs war eine entschlossene Person, die mehr nach einem *Playboy*-Model als nach einer erfolgreichen Geschäftsfrau aussah, was sie tatsächlich war. Sie verfügte über lange schlanke Beine, die sie mit einem kurzen Kostüm zur Geltung brachte, eine beachtliche Oberweite, die sich unter ihrer Jacke abzeichnete, intelligente graue Augen, die durch eine Designerbrille mit großen Gläsern blickten, und langes goldenes Haar.

»Mit entsprechender Verfügungsgewalt, genügend Geld und den richtigen Kontakten, die zu aktivieren sind«, leitete sie ihr erstes Treffen ein, »kann ich allen Leuten jedes Produkt – oder jede Person – verkaufen.«

»Das klingt verheißungsvoll«, sagte Robert und lächelte strahlend. Er spürte das altbekannte Ziehen in seinen Lenden.

»Wenn ich Sie als Klient annehme, Senator, werden wir ziemlich viel Zeit miteinander verbringen. Deshalb sollten wir unsere Beziehung von Anfang an klar definieren.«

»Natürlich«, murmelte Robert und verlagerte sein Gewicht.

»Mein Berufsleben und mein Privatleben haben nichts miteinander zu tun«, erklärte die PR-Frau. »Das heißt, daß unsere Kommunikation ausschließlich mentaler Natur sein wird.«

»Das ist durchaus in meinem Sinne«, betonte Robert.

»Auf dieser Basis«, redete sie weiter, als hätte er nichts gesagt, »beabsichtige ich in den kommenden Wochen Ihre Persönlichkeit ausführlich zu studieren und mich mit Ihrem politischen Programm sowie Ihren Stärken und Schwächen vertraut zu machen, damit wir Sie besser promoten können. Da Ihre Haltung vorwiegend liberal ist, meine ich, daß es wahrscheinlich von Vorteil wäre, wenn alles andere an Ihnen relativ konservativ wirkt. Ich würde vorschlagen, daß Sie weiße Hemden, dunkle Anzüge und traditionelle

Krawatten sowie einen kurzen, seriösen Haarschnitt tragen und in diesem Sommer nicht am Strand liegen sollten.«

»Das werde ich wohl schaffen«, erwiderte er. Und dich schaffe ich auch noch, dachte er. Er konnte jede Frau der Welt kriegen, wenn er wollte. Manche mußten vielleicht etwas länger bearbeitet werden, aber das gehörte dazu. Mit dieser hier würde es nicht anders sein.

»Die Leute werden erfahren, daß Sie aus einer reichen Familie kommen«, fuhr die PR-Frau fort, »aber ich möchte, daß sie merken, daß Sie Ihr Vermögen für etwas *einsetzen*, und zwar nicht nur zu Ihrem persönlichen Vorteil.«

»Ich verstehe, Mariah.« Er ließ den Namen auf der Zunge zergehen.

»Dobbs«, korrigierte sie ihn. »Ich lege Wert darauf, in meinem Beruf als Dobbs angesprochen zu werden.«

»Gut, Dobbs«, sagte Robert gehorsam.

»Sie sollten auch«, fügte sie unbeirrt hinzu, »etwas Seriöseres als den Lamborghini fahren. Wenn es unbedingt ein europäisches Auto sein soll, wäre ein schwarzer Mercedes genau das richtige. Playboys fahren rote Autos, und ich nehme doch an, daß Sie in Peoria gerne ein anderes Image hätten.«

»Okay, der Countach wird abgeschafft«, willigte Robert ein. Die Frau schien ihre Hausaufgaben gemacht zu haben. Der italienische Sportwagen stand daheim in der Garage in der Jackson Street. Er fuhr ihn nicht oft, aber wenn er es tat, raste er mit hundertsiebzig Stundenkilometern über den tückischen Coast Highway.

»Und wenn Sie ausgehen, schlage ich vor, daß Sie Ihre Frau oder Ihre Frau und Ihren Sohn mitnehmen. Die Leute sollen Sie für einen begeisterten Familienvater halten.«

Der Senator warf seinem Berater einen bösen Blick zu. »Ich *bin* ein begeisterter Familienvater«, beteuerte er.

»Tja, das war fürs erste alles«, kam Mariah zum Schluß. »Ich werde mir das Hintergrundmaterial ansehen, das Ihr Stab für mich zusammengestellt hat, und mich dann in etwa einer Woche wieder melden und Ihnen den umfassenderen Plan unterbreiten.«

Sie steckte den dicken Ordner, den Randy ihr gegeben hatte, in ihren Aktenkoffer, drückte Robert kühl die Hand und wandte sich zum Gehen. Dann drehte sie sich noch einmal kurz um, nahm ihre Brille ab und setzte ein waschechtes *Playboy*-Lächeln auf.

»Nun, Gentlemen, wird es was mit uns?«

Der Senator lachte laut. »Es wird was«, sagte er und fügte insgeheim hinzu: Und ob es was wird.

»Gut«, erwiderte sie und warf ihr goldenes Haar zurück. »Ich habe nämlich vor, mit Ihrem Honorar in den Ruhestand zu gehen.«

Kaum hatte sich die Tür hinter ihr geschlossen, grinste Randy breit. »Mit diesem kleinen As im Ärmel können wir doch gar nicht verlieren, oder?«

»Nicht zu übermütig werden«, mahnte Robert.

»Um Halloween werden wir wissen, wie's aussieht.«

So war es auch. Sämtlichen einflußreichen Zeitungen und Meinungsumfragen und jedem Sachverständigen in den repräsentativen Wahlbezirken zufolge, der noch auf den Willmont-Zug hatte aufspringen können, hatte der Senator aus Kalifornien die besten Chancen, den gegenwärtigen Amtsinhaber von seinem Platz zu vertreiben.

Niemand aus dem näheren Umfeld des Senators wunderte sich über seinen raschen Aufstieg. Er war einer der wenigen Männer, die Ausstrahlung und Substanz zugleich hatten. Er sah blendend aus, hatte umwerfenden Charme und war hochintelligent – und er konnte zur rechten Zeit mit der richtigen Botschaft aufwarten.

»Entweder eine ausgeglichene Handelsbilanz mit Japan oder keine Handelsbeziehungen mit Japan«, versicherte er der Autoindustrie in Detroit.
»Jawohl«, jubelte ihm die Menge zu.
»Aber ich werde die Japaner nicht zwingen, amerikanische Autos zu kaufen. Das tue ja nicht mal ich.«
»Was wollen Sie uns damit sagen?« rief ein Manager wütend.
»Lernen Sie, wie man Toyotas baut.«

»Die Hälfte unserer Steuergelder wird für Zinsen aus der Staatsverschuldung verbraucht«, sagte er zu einem Hausfrauenkomitee in Cleveland. »Sollte Washington nicht allmählich begreifen, was Sie alle schon seit Jahren wissen – daß man nicht ausgeben kann, was man nicht hat?«

»Ich bin hundertprozentig für Auslandshilfe«, versicherte er einer Gruppe Diplomaten aus Ländern der Dritten Welt in New York, »doch zuerst muß Amerika geholfen werden.«

»Wir müssen endlich die Verantwortung für unsere Handlungen übernehmen«, sagte er vor der National Rifle Association. »Entweder Sie sorgen dafür, daß Kinder hierzulande keine Waffen mehr in die Hände bekommen, oder ich werde es tun.«

»Im Gegensatz zur öffentlichen Auffassung werden die Duckmäuser nicht die Welt beherrschen«, teilte er einem Industrieverband in Dallas mit. »Wenn wir mit diesem Planeten fertig sind, sind sogar die Kakerlaken vernichtet.«

Er war Meister der eingängigen Sätze, doch sogar die Medien spürten, daß er mehr auf Lager hatte als flotte

Sprüche. Einige Leute machte er wütend, andere brachte er zum Lachen, doch viele veranlaßte er dazu, zu Hause mal einen längeren Blick in den Spiegel zu werfen. Ende Oktober stand nur noch die Bekanntgabe aus.

Mary Catherine streckte den Kopf zur Tür herein. Sie trug ein neues rotes Wollkleid, hatte sich eine frische Dauerwelle machen lassen, die ihrem grauen Haar gut bekam, und ihre Rehaugen funkelten.
»Wir sind fertig«, sagte sie.
»Ist Elizabeth da?«
»Adam und sie sind gerade gekommen.«
Robert stand auf, zog seine Krawatte zurecht und trat hinter seinem Schreibtisch hervor.
»Wie sehe ich aus?« fragte er.
»Wie ein Mann, der sich von einer Klippe stürzen will«, antwortete Randy grinsend.
»Wie der nächste Präsident der Vereinigten Staaten«, versicherte ihm Mary Catherine.
»Gut«, sagte er. »Dann laßt uns loslegen.«

3

Ich finde nicht, daß wir ein Buch über San Francisco machen sollten«, sagte Karen am 24. Oktober zu Nancy.

»Warum nicht?« wollte Nancy wissen. »San Francisco ist eine der beliebtesten Städte des ganzen Landes.«

»Eben deshalb«, erklärte Karen. »Soweit ich weiß, gibt es Abertausende von Fotos, Lithos, Siebdrucken, Kupferstichen, Zeichnungen und Gemälden von dieser Stadt. Sie ist so oft dargestellt worden, daß ich nicht sicher bin, ob wir noch was Neues finden würden.«

»Spectrum wird alles andere als begeistert sein über diese Nachricht.«

»Ich weiß was anderes.«

»Ich bin ganz Ohr.«

»Ich möchte gerne ein Buch über Wasser machen.«

»Wasser?« wiederholte Nancy perplex.

»Wasser. Als wir in Tucson gelebt haben, hatten wir immer reichlich Wasser. Wir saßen mitten in der Wüste und haben es als selbstverständlich hingenommen. Und hier in San Francisco sind wir von Wasser umgeben und müssen jeden Tropfen zählen. Wir haben das Meer und die Bai, Flüsse, Seen und Teiche, und wenn jemand nicht aufpaßt, sogar Pfützen. Und die Leute müssen zu mehreren duschen und trauen sich nicht, die Klospülung zu benutzen.«

»Ich wußte nicht, daß es so schlimm ist«, murmelte Nancy.

»Mir fällt nur der Widerspruch auf«, sagte Karen. »Und außerdem ist es vielleicht die einzige originelle Geschichte, die man über diese Stadt noch erzählen kann.«
»Wasser, wie?«
»Denk mal drüber nach«, schlug Karen vor, »und sprich mit Spectrum.«
»Nicht nötig«, erwiderte Nancy. »Die Idee ist phantastisch. Wir machen's.«
»Ehrlich?« fragte Karen.
»Ehrlich.«

»Meine Schwägerin kommt Anfang Dezember«, sagte Karen zu Natalie. »Wir beginnen mit einem neuen Buch.«
»Über San Francisco?« fragte die Psychiaterin.
»Über Wasser.«
Natalie warf den Kopf zurück und lachte laut. »Davon möchte ich bitte ein signiertes Exemplar.«
»Ich würde mich freuen, wenn du Zeit hättest, Nancy kennenzulernen.«
»Ich werde dafür sorgen«, sagte Natalie mit sarkastischem Unterton. »Vorausgesetzt, ich schaffe es, mich von dem Willie-Smith-Prozeß loszureißen.«
»Ah ja ... der.« Karen verkrampfte sich fast unmerklich, doch gute Psychiater haben ein Auge für solche Reaktionen, und Natalie war eine der besten ihrer Branche.
»Du hast nicht vor, ihn dir anzusehen, wie?«
»Nein«, lautete die knappe Antwort. Dann ein Achselzucken. »Sie werden ihn freisprechen.«
»Warum glaubst du das? Hältst du ihn für unschuldig?«
»Ich halte ihn für schuldig«, sagte Karen. »Aber er wird trotzdem freigesprochen werden. Die Geschworenen werden erklären, daß sie selbst dran schuld war, weil es drei Uhr morgens war und sie mit ihm gegangen ist.«

»Also hör mal«, widersprach Natalie. »Wir leben in den neunziger Jahren. Jeden Tag werden Vergewaltiger verurteilt.«
»Auch wenn er ein Bekannter des Opfers war?«
»Auch dann, obwohl es da zugegebenermaßen am schwersten zu beweisen ist.«
»Sie werden ihn freisprechen«, wiederholte Karen.

»Nancy kommt im Dezember«, berichtete Karen Ted an diesem Abend.
Ihr Mann grinste. »Das neue Buch?«
»Sie findet die Idee mit dem Wasser gut.«
»Ich auch.«
»Möchtest du ein Glas Wein?« fragte sie.
»Gerne«, antwortete er und steuerte auf das Arbeitszimmer zu.
Seit sie in Kalifornien lebten, waren die Donigers von Scotch auf Wein umgestiegen. Am Abend, wenn Amy noch auf ihrem Zimmer war und ihre Hausarbeiten machte, trank Ted ein Glas Wein und sah sich die Nachrichten an, und Karen nahm hin und wieder einen Schluck, während sie das Abendessen zubereitete.
Es war kurz nach sieben Uhr, die Nachrichten hatten gerade begonnen. Karen hörte wie immer nicht hin. Sie holte einen Korkenzieher aus der Schublade und eine Flasche Chardonnay aus dem Kühlschrank.
»... überraschend ein unerwarteter Kandidat im Wettstreit um die Präsidentschaft«, sagte der Sprecher.
Mit geübtem Ruck entkorkte Karen die Flasche.
»Robert Drayton Willmont, der charismatische Senator aus Kalifornien, gab seine Entscheidung heute am Spätnachmittag auf einer Pressekonferenz in Kalifornien bekannt.«
Sie goß zwei Gläser halb voll.
»Meine Damen und Herren«, sagte eine andere Stimme.

»Meine Frau Elizabeth und mein Sohn Adam wünschen sich sehr, demnächst Pennsylvania Avenue 1600 als Adresse angeben zu können.«
Der, dem diese Stimme gehörte, hielt inne und wartete das wohlwollende Gelächter ab. Karen nahm Teds Glas und ging damit den Flur von der Küche zum Arbeitszimmer hinunter.
»Da ich mich immer darum bemüht habe, diesen beiden Menschen alles zu verschaffen, worum sie mich bitten, gebe ich heute meine Kandidatur für die Präsidentschaftswahlen bekannt.«
An der Tür zum Arbeitszimmer lief Karen aus irgendeinem Grund ein eisiger Schauer über den Rücken.
»Jedermann weiß, daß dieses Land ernsthaft in Schwierigkeiten steckt«, fuhr der Kandidat fort. »Genauer gesagt, wir stehen kurz vor dem moralischen, intellektuellen und ökonomischen Niedergang. Ich finde, daß Amerika einen Regierungschef verdient hat, der das erstens erkennt, zweitens zugibt und drittens etwas dagegen unternimmt.«
Irgendwie kam ihr die Stimme bekannt vor. Sie war sicher, daß sie sie schon einmal gehört hatte.
»Neulich habe ich einen Autoaufkleber gesehen«, fuhr die Stimme fort, »auf dem stand: ›Neue Weltordnung – altbekannte Lügen‹. Wenn Sie sich das auch für die nächsten vier Jahre wünschen, dürfen Sie zwölf Monate lang Ihren Fernseher nicht mehr einschalten und keine Zeitung lesen, denn ich habe keinen Respekt vor jemandem, der auf Kosten der Armen und Bedürftigen Amerikas eine größenwahnsinnige neue Weltordnung schaffen will.«
Sie trat ins Arbeitszimmer und blieb stehen. Der Fernseher befand sich hinter ihr, und die Stimme erfüllte den ganzen Raum.
»Ich meine, daß man Sie lange genug angelogen hat. Ich meine, daß Sie lange genug getäuscht wurden. Ich meine,

daß Sie ein Recht darauf haben, Bescheid zu wissen. Schließlich ist dieses Land Ihr Land. Und es ist bedroht. Doch ich glaube, daß wir es am Leben erhalten können. Ja, selbst nach zwölf Jahren, in denen die Reichen immer reicher wurden, nach Jahrzehnten der Verwahrlosung, will ich Amerika nicht aufgeben. Deshalb werde ich jedes Angebot der Medien nutzen, um Sie darüber aufzuklären, was man Ihnen angetan hat und noch immer antut, und was wir dagegen unternehmen müssen.«

»Das wäre wirklich mal was Neues«, spottete Ted.

Wie in Zeitlupe drehte Karen sich zum Fernseher um. Das ehemals dunkle Haar schimmerte jetzt silbrig, und die Jahre hatten ihre Spuren in dem Gesicht hinterlassen. Das kantige Kinn, die Form des Mundes oder der Nase oder sogar das kleine schwarze Muttermal auf der rechten Wange konnte man nach neunundzwanzig Jahren vergessen haben – aber diese Augen würde Karen niemals vergessen.

Das Weinglas fiel zu Boden und zersprang.

Am nächsten Abend um zehn Uhr überquerte Karen die Straße und klingelte bei Shaffers. Der Traum trieb sie hierher – der Traum, in dem sie durch den Nebel gehetzt wurde. Jahrelang war er verschwunden gewesen, doch in der Nacht zuvor war er wiedergekommen.

Sie hatte den ganzen Tag das Haus nicht verlassen, eine Tasse Tee mit Brandy nach der anderen getrunken und sich erst angekleidet, als sie wußte, daß Amy nach Hause kam. Zum Abendessen gab es Reste.

Sie konnte es einfach nicht fassen, daß er nach all den Jahren plötzlich wieder präsent war – und daß er nicht nur seiner gerechten Strafe entgangen, sondern auch noch extrem erfolgreich geworden war.

»Entschuldige, daß ich so spät noch störe«, sagte sie, als

Natalie ihr im Bademantel die Tür öffnete, »aber du hast doch mal erklärt, wenn ich mit jemandem reden muß ...«

»Komm rein«, sagte die Psychiaterin sofort und führte Karen in den hinteren Teil des Hauses, wo sie sich ein gemütliches Arbeitszimmer eingerichtet hatte.

»Ich weiß nicht, was ich tun soll«, flüsterte Karen. »Ich dachte, es läge alles hinter mir, sei endgültig vorbei – und nun kommt es wieder, und ich weiß nicht, was ich tun soll.«

Natalie schloß die Tür hinter ihnen. »Setz dich doch«, forderte sie sie auf und sah zu, wie Karen sich in einen tiefen Ledersessel kauerte. »Nun, inwiefern weißt du nicht, was du tun sollst?«

Karen blickte sie aus umschatteten Augen an. »Ich will ihn umbringen.«

»Wen?«

»Ich habe Ted nichts davon erzählt. Ich dachte, sonst hege *er* vielleicht den Wunsch, ihn umzubringen, und das könnte ich nicht zulassen. Ich könnte nicht zulassen, daß er sein Leben zerstört. Aber bei meinem kommt's nicht mehr drauf an, das hat dieser Mann schon zerstört. Was würde es also schon ausmachen, wenn ich ... ihn umbringen würde?«

»Wie zerstört?« fragte Natalie. »Wen willst du umbringen?«

Karen kicherte plötzlich, ein hoher, schriller, gespenstischer Ton.

»Da taucht er auf einmal wieder auf, nach dieser ganzen Zeit, und kandidiert für die Präsidentschaftswahlen! Kannst du das fassen? Er will Präsident werden! Ich hätte den Rest meines Lebens zubringen können, ohne ihn jemals wiederzusehen, und was passiert? Ich komme ausgerechnet nach Kalifornien, und er kandidiert für die Präsidentschaftswahlen.« Aus dem Kichern wurde ein Stöhnen, und sie begann zu zittern. Als sie wieder sprach, brachte sie die Worte kaum hervor, so sehr klapperten ihre Zähne. »Er hat es nicht verdient, Präsident zu werden. Er hat es nicht mal verdient, am Leben zu sein.«

Natalie eilte zu einem Sideboard, auf dem ein Tablett stand, und goß Karen ein Glas Brandy ein.

»Hier«, befahl sie, »trink das aus.« Sie mußte das Glas selbst halten, sonst hätte Karen alles verschüttet.

»Ich hätte nie geglaubt, daß ich ihn noch mal wiedersehe«, fuhr Karen fort. »Ich dachte, ich hätte alles hinter mir. Ich hatte keine Alpträume mehr. Ted und ich hatten einen Neuanfang gemacht. Manchmal habe ich tagelang gar nicht daran gedacht. Und da ist er plötzlich, leibhaftig, schaut mir aus dem Fernseher entgegen und spricht über Wahrheit, um Himmels willen – ausgerechnet Wahrheit!«

Mit einem Ächzen sank Natalie in den Sessel gegenüber von Karen. »Meinst du Robert Willmont?« fragte sie ungläubig. »Du willst Robert Willmont umbringen?«

»Warum nicht?« rief Karen wütend. »Schließlich hat er mich auch fast umgebracht.«

Es trat ein Schweigen ein, das anhielt, bis Natalie ihre Worte begriffen hatte.

»Erzähl mir davon«, sagte sie ruhig, obwohl sie innerlich alles andere als ruhig war.

»Ich wußte nicht, wer er war, kannte seinen vollen Namen nicht«, begann Karen. »Damals stellte man sich nicht mit Nachnamen vor. Als ich ihn kennenlernte, nannte er sich bloß Bob. Bob von der Harvard Law School.«

Natalie wußte, daß der kalifornische Senator die Harvard Law School besucht hatte.

»Erinnerst du dich noch«, fragte Karen, »wie ich dir erzählt habe, daß ich wegen eines Unfalls keine Kinder haben könne?«

»Natürlich.«

»Nun, *er* war der Unfall.«

Die Psychiaterin hörte sich schweigend die Geschichte an, die Karen loswerden mußte, und diesmal erzählte Karen sie vollständig. Sie begann mit der Party bei Jill Hartman, schilderte die Geschehnisse im Central Park, beschrieb ihre Zeit im Krankenhaus und die einseitigen Ermittlungen der Polizei, berichtete von ihren Eltern und deren unverständlicher Reaktion und schloß mit Peter Bauer.

Sie erzählte alles so, wie es ihr immer versagt geblieben war; sie schilderte nicht nur die Fakten, sondern legte ihre geheimsten Gefühle dar, gestand ihre Ängste, offenbarte, wie sehr sie sich gedemütigt und erniedrigt fühlte. Obwohl sie etwas berichtete, das ihr halbes Leben zurücklag, erinnerte sie sich an jede Einzelheit so deutlich, als wäre alles gestern passiert.

Natalie Shaffer hatte fünfundzwanzig Jahre Berufserfahrung, und sie verstand sich auf die Kunst des ruhigen Zuhörens, bei der sie Informationen aufnahm, ohne eine gefühlsmäßige Reaktion außer Interesse zu zeigen. Doch in diesem Fall versagte ihre Technik. Vor ihren Augen verwandelte sich Robert Drayton Willmont, der Mann, den sie als Senator zweimal im Amt bestätigt hatte, der Mann, den sie bei den bevorstehenden Präsidentschaftswahlen nach Kräften hatte unterstützen wollen, der Mann, den sie für die große Hoffnung des Landes hielt, in ein Monstrum.

»Er hat der Polizei gesagt, du hättest Sex gewollt und dich dann geweigert, mit ihm den Park zu verlassen?« fragte sie, als Karen endete.

»So hat es mir der Beamte berichtet.«

»Und du bist ganz sicher, daß er wirklich derjenige ist? Könntest du dich nicht irren? Nach so langer Zeit?«

»Manche Dinge vergißt man nie«, sagte Karen mit versteinerter Miene. »Ich wäre vielleicht beim Gesicht nicht mehr

sicher oder bei der Stimme, aber ich werde mein Leben lang diese Augen nicht vergessen.«
Natalie stand auf und goß sich selbst einen Brandy ein. »Ich glaube, jetzt brauch ich einen.«
»Ich wollte dich nicht belasten«, entschuldigte sich Karen, »aber ich mußte mit jemandem reden. Mit jemandem, weißt du, der mich auch verstehen würde.«
»Was ist daran nicht zu verstehen?« sagte Natalie und zuckte mit den Schultern. »Das ist der alte Trick mit der Schuldzuweisung. Du warst da – also warst du an allem schuld.«
»Ich habe es noch nie jemandem erzählt«, gestand Karen.
»Außer Ted natürlich.«
Karen schüttelte den Kopf. »Ich konnte nicht. Ich hatte zu viel Angst, daß er mich dann zurückweisen würde, daß er weglaufen würde wie damals Peter.«
Natalie seufzte. Sie wünschte sich sehnlichst, daß Karen sich irrte, daß die Geschichte irgendwo eine Schwachstelle hatte, aus der hervorging, daß der Mann, der all diese schrecklichen Dinge getan hatte, nicht der charismatische Senator aus Kalifornien war, der antrat, um dem Land zu einem Neuanfang zu verhelfen. Doch die Psychiaterin kannte sich aus mit Ungereimtheiten, und Karens Erinnerungen waren viel zu klar und präzise, um Zweifel aufkommen zu lassen.
»Im Dezember«, dachte sie laut, »dürfen sich die Wähler von Louisiana zwischen einem Gauner und einem Rassisten entscheiden. Wenn das stimmt, was du erzählt hast, hat das Land vielleicht nächstes Jahr die Wahl zwischen einem Versager und einem Vergewaltiger. Ich weiß nicht, was aus uns noch werden soll.«
Karens Augen weiteten sich. »Du sagst, er sei ein Vergewaltiger«, flüsterte sie.
»Ja sicher«, erwiderte Natalie. »Als was soll ich ihn denn sonst bezeichnen?«

Karen begann gleichzeitig zu lachen und zu weinen. »Du glaubst nicht, daß ich schuld war?«
»Nach allem, was du mir berichtet hast, nicht«, erwiderte Natalie und blickte Karen nachdenklich an. »Warum? Glaubst du denn, daß du schuld warst?«
»Alle scheinen dieser Meinung gewesen zu sein«, schluchzte Karen. »Sie haben gesagt, ich sei mitgegangen, also müßte ich's drauf angelegt haben. Ich müßte ihn gelockt und verführt haben. Sie haben gesagt, er sei ein anständiger junger Mann aus guten Verhältnissen, also könne er so etwas Furchtbares nur getan haben, wenn ich ihn provoziert habe. Die Polizei, meine Eltern – alle haben mir gesagt, ich solle die Vergangenheit ruhen lassen und weiterleben wie bisher. Aber das hab ich wohl nicht gepackt.«
»Wie auch«, entgegnete Natalie. »Es macht dir immer noch zu schaffen, weil man dir verboten hat, dich damit zu beschäftigen.«
»Wie meinst du das?«
»Ich meine, wenn jemandem so etwas widerfährt wie dir damals, muß nicht nur der Körper gesunden, sondern auch der Geist. Die Ärzte haben deinen Körper geheilt, aber keiner hat begriffen, daß man auch deine Seele hätte heilen müssen.«
»So hab ich das nie gesehen«, sagte Karen verblüfft.
»Du durftest nicht darüber sprechen, durftest den Täter nicht anklagen, durftest deine Angst und deine Wut nicht verarbeiten. Statt dessen mußtest du Schuld- und Schamgefühle aushalten, weil die anderen sie hatten.«
Karen rannen Tränen über die Wangen. »Genauso war mir zumute«, flüsterte sie, »obwohl ich immer fand, daß ich nichts Unrechtes getan hatte.«
»Wie bitte?« fragte Natalie.
»Ich sagte, mir war immer so zumute, obwohl ich fand, daß ich nichts Unrechtes getan hatte.«

»Entschuldige, ich hab den letzten Teil des Satzes nicht verstanden.«
»Ich sagte, ich fand, daß ich nichts Unrechtes getan hatte.«
»Noch mal«, forderte die Psychiaterin sie auf.
Karen holte tief Luft. *»Ich habe nichts Unrechtes getan!«* rief sie.
Natalie lehnte sich zurück. »Du hast eben den ersten Schritt zu deiner Heilung gemacht.«
»Aber wie kann bei mir etwas heilen, wenn er da draußen frei herumläuft? Wenn es immer noch Leute gibt, die glauben, daß ich selbst daran schuld war? Meine Familie zum Beispiel?«
»Wenn du genau weißt, daß du keine Schuld daran trägst«, sagte die Psychiaterin, »ist es dann so wichtig, was die anderen denken?«
»Ja«, erwiderte Karen böse, »weil es ungerecht ist. Ich habe mich mein ganzes Leben lang seit dieser Nacht so unwert, so schmutzig gefühlt. Meine Eltern wollten alles immer nur unter den Teppich kehren, wollten *mich* unter den Teppich kehren. Sie konnten es nicht mal benennen – sie sprachen stets von meinem ›Unfall‹.«
»Du kannst ihnen Vorwürfe machen, wenn es dir hilft«, entgegnete Natalie. »Aber sie wußten wahrscheinlich genausowenig wie du, wie sie damit umgehen sollten.«
»Mag sein«, räumte Karen ein. »Aber ich finde, sie hätten mir glauben müssen – meine eigenen Eltern! All diese Jahre habe ich ihretwegen unter Selbstzweifel gelitten. Ich habe meinem eigenen Urteil nicht getraut. Ich konnte es kaum ertragen, mich im Spiegel zu sehen. Ich konnte keine vernünftige Beziehung zu einem Mann aufbauen. Ich hielt es für das wichtigste, daß niemand davon erfuhr, habe geglaubt, daß alles in Ordnung sei, solange niemand Bescheid wisse. Ich habe mir die ganze Zeit eingeredet, ich käme klar, aber es stimmte nicht. Es bro-

delt immer noch in mir wie in einem Vulkan kurz vor dem Ausbruch.«

»Laß es zu«, sagte Natalie.

»Du bist nicht der Meinung, daß ich ihn umbringen sollte, wie?«

»Ist das die einzige Lösung, die dir einfällt?«

»Ich muß zugeben, daß ich die Vorstellung verlockend finde«, antwortete Karen.

»Das glaube ich«, sagte Natalie ruhig. »Aber was erreichst du damit? Bekommst du dadurch zurück, was er dir genommen hat? Ist es eine Entschädigung für all die qualvollen Jahre? Erhältst du dadurch wieder Selbstachtung?«

»Tja, das weiß ich doch erst, wenn ich's getan habe, oder?«

Natalie starrte Karen einen Moment lang an, dann begann sie zu lachen. »Na, zumindest hast du noch deinen Humor behalten.«

Karen zuckte mit den Schultern. »Aber ich muß irgend etwas tun.«

»Das finde ich auch«, versicherte ihr Natalie. »Nur haben wir hierzulande die Todesstrafe, und wenn du Robert Willmont umbringst, ist der Rest deines Lebens auch noch hinüber, und das nennst du Gerechtigkeit?«

»Vielleicht ist mir alles egal«, sagte Karen. »Bist du wirklich der Ansicht, daß er es verdient hat zu leben?«

»Er vielleicht nicht, aber du«, bemerkte die Psychiaterin. »Schau doch nur, was du trotz all des Schmerzes und der Angst und der Verlassenheit in diesen Jahren erreicht hast. Du führst eine Ehe, die eine solide Basis hat, du hast drei bezaubernde Mädchen großgezogen und eine Reihe wunderbarer Bücher gemacht. Ich will damit nicht sagen, daß Robert Willmont eine geringfügige Rolle in deinem Leben gespielt hat. Ich will dir nur vermitteln, daß du angesichts dieser Vorgeschichte sehr weit gekommen bist und daß ich an deiner Stelle sehr genau überlegen würde, ob ich das alles zerstören möchte um eines Racheakts willen.«

»Sag mir die Wahrheit«, drängte Karen. »Findest du, daß der Mann, der mir das angetan hat, im Weißen Haus sitzen sollte?«

Es entstand eine lange Pause.

»Ich hänge der Vorstellung an, daß Menschen sich verändern können«, sagte Natalie dann langsam. »Daß ein Mann, der dich vergewaltigt und halb zu Tode geprügelt hat, als er vierundzwanzig war, es mit vierundfünfzig gelernt haben könnte, produktiv statt destruktiv zu sein. Ich finde zwar, daß das Weiße Haus inzwischen eher einem Bordell ähnelt, aber ehrlich gesagt, meine ich trotzdem, daß Robert Willmont dort nichts zu suchen hat.«

Karen strahlte. »Ich kann's gar nicht fassen, wie toll das Gefühl ist, endlich mit jemandem darüber zu reden, all das auszusprechen, so daß jedermann es vernehmen kann.«

»Hör nicht hier auf«, mahnte Natalie.

»Was meinst du damit?«

»Ich meine damit, daß du nach Hause gehen und mit Ted darüber reden sollst. Das ist überfällig, und wenn ich nur ein bißchen Menschenkenntnis habe, wirst du meiner Ansicht nach eine freudige Überraschung erleben.«

Die Vorstellung, sich ihrem Mann anzuvertrauen, rief die schmerzhaften Erinnerungen an Peter in Karen wach. Doch sie wußte, daß Natalie recht hatte. Ted war ein guter Mann – verständnisvoll, einfühlsam, fürsorglich, und sie hatten lange genug mit dieser Lüge gelebt.

»Im Grunde weiß ich, daß ich heute viel stärker bin als damals«, sagte sie, und sie war sich sicher, daß es stimmte. »Wenn Ted sich von mir abwendet wie Peter damals, wird es mir weh tun, aber ich werde damit zurechtkommen.«

»Das glaube ich auch«, bestätigte Natalie.

Karen nickte und stand auf. »Danke, daß du mir zugehört hast«, sagte sie herzlich. »Ich kann es gar nicht in Worte fassen, wie sehr du mir damit geholfen hast.«
Indem sie jemanden an ihrem Schmerz teilhaben ließ, war ihr leichter ums Herz geworden. Sie hatte das grauenvolle Erlebnis ans Licht gezerrt, und nun konnte sie beginnen, damit umzugehen.
»Was wirst du tun?« fragte Natalie.
»Ich werde deinen Rat befolgen«, antwortete Karen. »Ich werde es Ted sagen.«
»Und dann?«
Karen zuckte mit den Schultern. »Mal sehen.«

Es war schon nach Mitternacht, als Karen nach Hause zurückkehrte, aber Ted war noch auf. Er saß mit einer Kanne frischen Tees am Tisch im Frühstückszimmer und wartete geduldig.
»Ich bin aufgeblieben«, sagte er, »für den Fall, daß du noch reden möchtest.«
»Ja«, erwiderte Karen und setzte sich ihm gegenüber.
Er goß ihnen beiden Tee ein, gab einen Löffel Honig in ihre Tasse, weil sie ihren Tee immer so trank. Dann nahm er seine Tasse in beide Hände und wartete.
Eine halbe Stunde später waren sie beide völlig erschöpft.
»Ich hätte dir schon lange davon erzählen sollen«, sagte sie, »und ich hatte all die Jahre ein schlechtes Gewissen, weil ich es vor dir geheimgehalten habe. Aber ich wußte, daß du mich nie geheiratet hättest, wenn du die Wahrheit gekannt hättest. Deshalb war ich egoistisch und habe es für mich behalten.« Sie starrte in ihre Tasse. »Wenn du dich jetzt scheiden lassen willst, nehme ich es dir nicht übel.«
Doch er kam zu ihr und setzte sich neben sie.
»Ich kann nicht mit Sicherheit sagen, wie ich damals rea-

giert hätte«, begann er langsam. »Aber ich glaube, ziemlich ähnlich wie jetzt. Ich bin entsetzt und erschüttert und wütend – aber nicht auf dich. Niemals auf dich.«
»Wirklich?« hauchte sie.
»Was die Polizei oder deine Eltern oder Peter sich auch gedacht haben, ich kenne dich gut genug, um zu wissen, daß du keine Schuld an dem trägst, was dieser Mann dir angetan hat.«
Sie blinzelte, als hätte sie ihn nicht richtig verstanden. »Denkst du das wirklich?«
Er legte den Arm um sie und zog sie an sich. »Aber sicher. Ich glaube, irgendwie wußte ich immer, daß da nicht nur ein Autounfall gewesen war. Die inneren Narben wirkten viel schlimmer als die äußeren.«
»Das hast du gemerkt?«
Er nickte. »Du hättest das nicht alles so lange allein ertragen sollen«, sagte er. »Aber zumindest ist es jetzt damit vorbei. Nun hast du Natalie, die dir helfen kann, und ich habe großes Vertrauen zu ihr. Und du hast mich. Ich werde alles für dich tun, was in meinen Kräften steht. Wenn du möchtest, ziehe ich sogar los und bring diesen Dreckskerl um.«
»Nein«, murmelte sie und lächelte still. »Das möchte ich nicht.«
»Was du auch durchmachen mußt, um das alles zu verarbeiten, denk daran, daß ich immer für dich da bin. Du kannst dich an meiner Schulter ausweinen oder anlehnen, und ich tue alles für dich, was du brauchst und willst.«
Sie gingen nach oben in ihr pfirsichgelb und wasserblau eingerichtetes Schlafzimmer, zogen sich im Dunkeln aus, legten sich zusammen in Karens Bett und hielten sich fest.
»Du bist in Sicherheit«, murmelte er in ihr süß duftendes Haar. »Niemand darf dir mehr weh tun. Ich beschütze dich.«

4

Janice Evans eilte in der hellen Novembersonne die Front Street hinunter. Sie war auf dem Weg zu Willmonts Wahlkampfbüro.

Der neue Präsidentschaftskandidat und sein Stab waren erst seit einer Woche in der Stadt und hatten schon alles voll durchorganisiert. Mary Catherine hatte sie um halb neun morgens angerufen.

»Der Senator ist bereit, ein Interview zu geben«, sagte sie. »Allerdings besteht er darauf, die Themen zu bestimmen.«

»In Ordnung«, erwiderte Janice. »Ich kann in einer Stunde dasein.«

»Der Senator hat um elf Zeit für Sie«, wurde sie von Mary Catherine informiert.

Die hübsche blonde Reporterin war ziemlich weit gekommen, seit sie als Anfängerin bei einem örtlichen Fernsehsender einem Kongreßabgeordneten am San Francisco Airport das Mikro vor die Nase gehalten hatte. Sie war vor allem deshalb so bekannt geworden, weil sie laufend über die anschließende Wahlkampfkampagne berichtet hatte.

Während seiner zahlreichen Exkursionen durchs Land war sie offiziell als Roberts Pressesprecherin tätig gewesen – und inoffiziell als seine Bettgespielin. Er setzte ihr Informationen vor, die sie dann pflichtschuldig an die Medien weitergab.

Denen gefiel die attraktive, gewandte, gut informierte Journalistin, die sie jetzt so oft zu sehen bekamen. Als die Kampagne zu Ende ging, holte einer der großen Fernsehsender Janice für seine Nachrichten-Talk-Show nach New York. Sie gehörte nun zum festen Stamm der Talkmaster für diese Show und genoß das Ansehen ihrer Kollegen.

Ihre Figur war unverändert, doch ihr Haar benötigte jetzt jeden Monat eine Zitronenspülung, um seinen blonden Schimmer zu behalten. Die Lachfältchen um Mund und Augen, die früher wieder vergangen waren, hatten sich jetzt eingenistet, und sie stellte fest, daß sie mehr Make-up auftrug, damit ihr Gesicht auch weiterhin frisch und gesund wirkte. Sie war sechsunddreißig Jahre alt.

»Wenn ich Präsident werde«, hatte der frischgebackene Senator ihr versprochen, »wirst du Pressesprecherin, wenn du willst.«

»Ich will«, sagte sie.

Janice Evans hatte nicht nur ein hübsches, wenn auch inzwischen etwas härteres Gesicht zu bieten. Sie war außerdem redegewandt und ausgesprochen ehrgeizig. Sie hätte es vielleicht in ihrem Beruf auch sehr weit gebracht, wenn sie nicht mit Robert Willmont ins Bett gestiegen wäre, aber die Abkürzung hatte ihr mit Sicherheit nicht geschadet. Sie waren einander ebenbürtig, die Journalistin und der Politiker, und sie benutzten einander mit Einverständnis des anderen bei jeder Gelegenheit.

»Janice Evans für den Senator«, sagte sie, als sie im zwölften Stock ankam.

»Erwartet er Sie, Miss Evans?« fragte eine umwerfende schwarze Empfangsdame.

»Ich denke schon.«

»Einen Moment bitte«, sagte die Frau und griff zum Telefonhörer.

Auf Diskretion hatte jeder von ihnen strengstens geachtet. Wäre ihre Beziehung bekanntgeworden, hätten die Karrieren von beiden ein rasches Ende gefunden. Janice hatte den Verdacht, daß Randy Neuburg und Mary Catherine O'Malley Bescheid wußten, aber bei diesen zwei Personen blieb es auch. Für alle anderen war sie nur eine Journalistin, die an einem Bericht arbeitete.

»Ich habe eine Idee, die ich gerne realisieren würde«, sagte sie am 15. Oktober zu ihrem Produzenten. »Ich glaube, daß Robert Willmont unser nächster Präsident sein wird, und ich würde gerne ein ausführliches Porträt von ihm machen. Wissen Sie, den Zuschauern vorab einen Ausblick aufs Innere dieses Mannes bieten.«

»Woher wollen Sie denn wissen, ob er überhaupt kandidiert?«

»Na hören Sie«, sagte sie vorwurfsvoll, »ich verfolge diese Spur seit zehn Jahren. Ich kenne die Organisation. Sie bereiten alles vor.«

»Na ja«, sagte der Produzent zweifelnd, »wir werden sehen.«

Am 25. Oktober tauchte er in ihrem Büro auf. »Diese Idee mit Robert Willmont«, erklärte er, »Sie können es machen.«

Janice verkniff sich ein triumphierendes Lächeln. »Habe ich freie Hand?«

»Wenn Sie Qualität liefern.«

»Haben Sie jemals von mir was anderes bekommen?«

»Nein«, mußte der Produzent zugeben.

Das entsprach der Wahrheit. Janice hatte ein untrügliches Gespür für Stoffe und ein scharfes Auge. Ihre Sendungen waren häufig faszinierend, manchmal brandheiß, immer aber stilsicher.

»Der Senator erwartet Sie jetzt, Miss Evans«, sagte die Empfangsdame und legte den Hörer auf.

»Hallo, Schöne.« Robert strahlte sie an, als sie allein waren. »Was tut sich in New York?«
»Es wird frostig dort.«
»Wenn du die Tür abschließt, kann ich etwas machen, um dich aufzuwärmen. Gott, was hab ich dich vermißt. Randy zwingt mich seit Monaten, wie ein Mönch zu leben.«
Janice kicherte. »Wenn die Presseleute dich jetzt hören könnten.«
Robert seufzte. »Mir wäre es lieber, wenn die Presseleute ihre Grenzen kennen würden. Oder wenn die Reporter sich zumindest klarmachen würden, daß das Sexleben eines Mannes nichts damit zu tun hat, wie gut er ein Land regieren kann.«
Für Robert war Sex so wichtig wie Essen oder Urinieren, nur lustvoller. Wenn er Hunger hatte, aß er, und es war ihm ziemlich einerlei, was man ihm vorsetzte. Wenn seine Blase voll war, entleerte er sie, und es war ihm egal, wessen Toilette er dazu benutzte. Und wenn ihn die Libido drängte, bediente er sich kurzerhand der nächstbesten Verehrerin. Es mangelte nicht an Angeboten. Nicht einmal Aids konnte Roberts Heißhunger drosseln. Die letzten Monate, die er unter der strengen Aufsicht von Randy zugebracht hatte, waren die reinste Hölle für ihn gewesen.
»Wenn's wirklich dringend ist«, sagte Janice, »findest du mich heute abend auch zu Hause vor.«
Sie hatte ihre Wohnung in Cow Hollow behalten, weil sie wußte, daß in der Medienbranche nichts von Dauer war.
»Unseligerweise«, sagte der Senator und zog ein Gesicht, »gilt das auch für mich.«
»Tja dann ...« Janice griff hinter sich und verriegelte die Tür.

Randy hockte sich auf die Ecke von Mary Catherines Schreibtisch und sah auf seine Armbanduhr. »Wann ist sie gekommen?«

»Um elf herum«, antwortete die Büroleiterin. »Sie haben nicht zu Mittag gegessen.«
»Mein Gott, es ist halb drei«, stöhnte Randy. »Man müßte doch meinen, daß er mehr Grips hat. In seinem Büro, um Himmels willen, wo jederzeit jemand reinschneien kann.«
»Sie haben die Tür verriegelt.«
»Hat er heute nachmittag keinen Termin oder so?«
Mary Catherine schüttelte den Kopf. »Um drei war ein Treffen mit *Time* vorgesehen, aber der Fotograf ist in Chicago hängengeblieben, und sie haben es auf morgen verlegt.«
»Was meinst du, wie lange es noch dauert? Der *Chronicle* will einen Kommentar zu den Sanktionen gegen Jugoslawien und ABC ein Statement zu dem Sprengstoffanschlag in Beirut.«
»Wenn man in Betracht zieht, wie lange du ihn kurzgehalten hast«, sagte Mary Catherine und zuckte mit den Schultern, »würde ich meinen, noch ein bis zwei Stunden.«
»Und es ist erst November«, seufzte Randy.

5

Karen stieg aus dem Jacuzzi, den Ted im Zuge der Umbauarbeiten an dem Haus in St. Francis Wood in das große Bad hatte installieren lassen, und trocknete sich ab. Normalerweise nahm sie abends vor dem Schlafengehen ein Bad, um sich zu entspannen, doch heute war ihr vormittags danach zumute gewesen.

Sie hatte Natalies Rat befolgt und lange und intensiv über diese einmalige Chance nachgedacht, die das Schicksal ihr gab. Nachdem sie sich beruhigt hatte, sah sie ein, daß die Psychiaterin recht hatte – Robert Willmont zu ermorden hätte ihr vielleicht kurzfristig Spaß gemacht und Genugtuung verschafft, aber nicht mehr, und sie hatte nicht die Absicht, sich damit zufriedenzugeben.

»Was wirst du tun?« fragte Ted.

»Ich weiß es nicht«, antwortete sie aufrichtig. »Ich weiß nicht, welche Möglichkeiten ich habe.«

Doch eins war ihr klar, nämlich daß sie nicht untätig bleiben würde. Die Gefühle, die sie so lange in sich verschlossen hatte, ließen sich nicht mehr verleugnen.

Es war seltsam, wenn sie sich überlegte, daß sie seinen Namen vielleicht schon öfter gehört oder gelesen, vielleicht sogar ein Foto von ihm in der Zeitung gesehen hatte, ohne sich etwas dabei zu denken. Das war durchaus wahrscheinlich – sie hatte nicht nach ihm gesucht. Sie hatte die

Erinnerung an ihn tief in ihrem Inneren vergraben, wo er über die Jahre immer weniger Ähnlichkeit mit einem Menschen aufwies und mehr und mehr einem Monster glich. Das war eine der Techniken, mit denen sie den Schuld- und Schamgefühlen und ihrer Trauer über die Verluste zu Leibe gerückt war.

In den langen Jahren, in denen sie mit ihrer Genesung beschäftigt war und versuchte, wieder zu sich und in die Gesellschaft zurückzufinden, hatte sie sich gewünscht, daß er ein gräßliches Ende haben würde, wie alle Monster es verdient hatten. Doch jetzt wurde ihr klar, daß ihre Rehabilitierung ihr wichtiger war als sein Tod. Sie wollte, daß die ganze Welt erfuhr, wer er wirklich war – hinter der glatten Fassade, den strahlend blauen Augen –, und sie merkte, daß sie nur befriedigt sein würde, wenn es ihr gelänge, ihn auf irgendeine furchtbar demütigende Weise bloßzustellen.

Ihr Plan war ganz einfach. Sie würde ihm in der Öffentlichkeit gegenübertreten, in Anwesenheit von Medienleuten, die immer auf eine heiße Geschichte scharf waren. Wenn sie ihn mit der Vergangenheit konfrontieren würde, würden alle an seiner Reaktion erkennen können, daß sie die Wahrheit sagte. Er würde weiterleben, aber seine politische Karriere wäre zerstört. Und er würde niemals Präsident der Vereinigten Staaten werden.

Sie entschied sich für einen Festakt im Golden Gate Park Anfang Dezember, wo der Senator den ersten Spatenstich für die Bauarbeiten zum Drayton-Pavillon, dem neuen Gebäude des Museums für Naturgeschichte, tun würde. Dort würden sich nicht nur bedeutende Persönlichkeiten des politischen und sozialen Lebens einfinden, sondern auch zahlreiche Medienleute, die hofften, den Senator zu einem spontanen Kommentar überreden zu können, der sich gut in den Abendnachrichten machen würde.

Karen hüllte sich in ihr Handtuch und beugte sich übers Waschbecken, um sich die Zähne zu putzen. Das Handtuch löste sich und fiel zu Boden. Sie starrte in den Spiegel. In zwei Monaten wurde sie fünfzig, war ein halbes Jahrhundert alt, und sie stellte erfreut fest, daß sie gut gealtert war. Sie war noch immer schlank, und dank regelmäßigen Trainings hatten ihre Muskeln ihre Spannkraft behalten. Wenn sie angezogen war, sah man die entstellenden Narben nicht. Sie hatte noch immer eine gute Haut, und alle sechs Wochen gönnte sie sich einen Besuch im Schönheitssalon und ließ sich ihre dunklen Haare tönen, damit das Grau verschwand. Sie wußte, daß sie mit etwas Make-up leicht für fünfunddreißig durchging.

Sie zog einen eierschalenfarbenen Rollkragenpullover, Steghosen in der gleichen Farbe und einen rot-weiß-schwarz gemusterten Blazer aus Tweed und Rohseide an. Eierschalenfarbene Pumps, große Goldohrringe aus Felicitys Produktion und ein dazu passendes Armband vervollständigten das Outfit. Sie bürstete sich das Haar aus dem Gesicht und faßte die schulterlangen Locken im Nacken mit einer schwarzen Schleife zusammen.

Der Festakt war für zwei Uhr angesetzt. Kurz nach zwölf fuhr Karen mit ihrem Volvo-Kombi in den Golden Gate Park und den John F. Kennedy Drive entlang und stellte den Wagen in einiger Entfernung vom Museum ab. Man hatte schon Absperrgitter errichtet, die Leute vom Fernsehen begannen ihre Ausrüstung aufzubauen, und Schaulustige fanden sich ein, die spürten, daß ein Medienereignis bevorstand.

Es war einer dieser prachtvollen Wintertage, für die San Francisco seit jeher berühmt war – sonnig und windstill, und die Temperatur lag bei zwanzig Grad. Karen mischte sich unter die Leute und wartete.

Fünf Minuten vor zwei erschienen zwei Motorräder mit Blinklichtern. Ihnen folgten mehrere Limousinen. Der Konvoi fuhr auf den Parkplatz, der den freien Platz gegenüber den fünf Museen umgab, die sich hier befanden.

Die Menge, mittlerweile an die tausend Leute, drängte vorwärts, und Karen ließ sich mittreiben. Sie war etwa sechs Meter von ihm entfernt, als er aus der zweiten Limousine stieg, und im ersten Moment, als sie ihn sah, wurde sie fast ohnmächtig. Nur die Leute um sie herum, die drängelten und schoben, um einen Blick auf den Präsidentschaftskandidaten zu erhaschen, hielten sie aufrecht.

Nachdem auch die anderen ausgestiegen waren, machte sich die Gruppe von etwa dreißig Würdenträgern auf den Weg zum Podium auf der anderen Seite des Platzes.

Der neue Bürgermeister war da, einige Mitglieder des Kuratoriums und zahlreiche Prominente, aber Karen erkannte niemanden. Sie nahm auch kaum jemanden wahr außer dem selbstbewußten Mann mit den einprägsamen Augen.

Sie achtete nicht auf die hochtrabenden Reden über die Drayton-Dynastie. Sie wartete nur auf den richtigen Moment, auf die kurze Pause, in der sie vortreten und ihn ansprechen würde. Sie hatte alles sorgfältig geprobt – jedes Wort, jede Bewegung.

Hallo, Bob, würde sie sagen und sich ihm in den Weg stellen. Du erinnerst dich doch an mich, nicht wahr – und an das, was du mir angetan hast? Natürlich erinnerst du dich. Das sehe ich deinen Augen an, und jetzt sieht es auch die ganze Welt. Das sind die berühmten Drayton-Augen, nicht wahr? Nun, die Draytons hätten sie dir gleich bei der Geburt ausstechen sollen. Du hast mich vergewaltigt, zusammengeschlagen und einfach liegenlassen vor vielen Jahren. Und jetzt meinst du, das Volk der Vereinigten Staaten sollte dich zum Präsidenten wählen?

Fast hätte sie den Moment verpaßt. Die Reden waren gehalten, die Würdenträger gingen auf das Museum zu, um den symbolischen ersten Spatenstich zu tun. Wie erwartet, begannen die Reporter ihre Fragen zu schreien.

»Wie denken Sie über den Rücktritt von Sununu?« rief einer.

»Ach kommen Sie, Dave«, sagte der Senator. »Dieser Anlaß hier hat nichts mit Politik zu tun.«

»Von jetzt an bis nächsten November hat alles mit Politik zu tun, Senator«, entgegnete der Journalist.

Der Präsidentschaftskandidat grinste. »In diesem Fall war Mr. Sununu nur die erste Ratte, die das sinkende Schiff verließ.«

»Was halten Sie vom Keating-Urteil?« fragte ein anderer.

»Wenn man ihn ins Gefängnis stecken und den Schlüssel wegwerfen würde, wäre das keine Strafe für das, was er getan hat«, antwortete Robert.

»Und der Kennedy-Smith-Prozeß?«

»Kein Kommentar.«

»Wir danken Ihnen, Ladys und Gentlemen«, sagte ein rothaariger Mann, der sich neben dem Senator wie ein Zwerg ausnahm, ruhig. »Der Senator möchte sich jetzt dem eigentlichen Zweck seines Besuchs hier widmen, dem ersten Spatenstich zum Drayton-Pavillon.«

Er legte Robert Willmont die Hand auf den Arm, um ihn durch die Menge zu geleiten. Aber Karen Doniger stand im Weg. Sie starrte zu ihrem Peiniger hinauf, der sie so viele Jahre in ihren Träumen heimgesucht hatte, und öffnete den Mund, um die Worte auszusprechen, die ihn vernichten würden. Er stand kaum einen halben Meter von ihr entfernt und sah sie direkt an, mit einem höflichen, distanzierten Lächeln.

Sie hatte ihn überrascht, er hatte keine Zeit gehabt, sich zu

wappnen. So ein guter Schauspieler konnte er nicht sein – er erkannte sie einfach nicht.
In den wenigen Sekunden, in denen Karen das registrierte, ging er an ihr vorüber, und die Menge folgte ihm. Völlig perplex stand sie da und bohrte ihre Absätze in den Rasen. Der Moment war vorüber, sie mußte einen neuen Anlauf nehmen.
Karen hastete davon. Sie sah sich nicht um und blickte nicht zurück, bis sie ihren Wagen erreichte. Mit zitternden Händen schloß sie die Tür auf, warf sich hinters Steuer, ließ den Motor an und raste los. Vom Park aus nahm sie den Great Highway am Pazifik.
Sie parkte, stieg aus, kickte die Schuhe von den Füßen und ging auf Strümpfen den Strand entlang. Es war Ebbe, und der nasse Sand gab unter ihrem Gewicht nach. Sie lief zum Meer hinunter und blickte hinaus in die Weite. Die kühle Gischt umspülte ihre Füße und saugte die braunen Sandkörner unter ihren Sohlen hervor.
Schließlich schlenderte sie wieder zum Strand hinauf und ließ sich auf den trockenen Sand fallen. Ihr schwirrte der Kopf. Sie konnte nicht fassen, daß das grauenhafte Erlebnis, das ihr Innerstes wie Säure verätzt hatte, ihm so gleichgültig war, daß er sich nicht einmal an sie erinnerte – daß das verheerendste Ereignis in ihrem Leben für ihn nur eine unwichtige Episode war, die er längst vergessen hatte. Sie hatte sich diverse Varianten dieser Begegnung vorgestellt, doch auf diese war sie nicht gekommen.
Sie wußte nicht, wie lange sie dort saß, zusah, wie die sanften Wellen anschwollen und verebbten, die Gischt auf der Haut spürte. Dann begann sie zu lachen. Sie zog die Knie an die Brust, warf den Kopf zurück und brach in schallendes Gelächter aus, das vom Dröhnen der Brandung verschluckt wurde.

Plötzlich sah sie alles aus einer anderen Perspektive, und ihr wurde klar, daß sie sich ihre Hölle zu einem großen Teil selbst geschaffen hatte. Dreißig Jahre lang hatte sie es zugelassen, daß dieses Monster sie bedrohte und quälte. Doch heute war sie bloß einen halben Meter von ihm entfernt gewesen – und hatte gesehen, daß sie einfach nur einen Mann vor sich hatte. Sie hatte in die aquamarinblauen Augen eines *Mannes* geblickt, den sie nie mehr fürchten mußte, das wußte sie nun.
Karen zog ihre Schuhe wieder an, stand auf und ging langsam zu ihrem Volvo zurück. Sie war ganz sicher, daß sie eine andere Möglichkeit finden würde, allen den wahren Robert Willmont zu zeigen. Sie mußte sich nur eine neue Strategie einfallen lassen, die in Betracht zog, daß er sich nicht an sie erinnerte.
Sie brauchte nichts zu überstürzen. Sie hatte noch viel Zeit.

6

Keiner kann uns mehr aufhalten!« rief Randy am Morgen nach dem entscheidenden Stichtag aus. Der Präsidentschaftskandidat Willmont war aus sechs der zwölf Vorwahlen mit dreiundfünfzig Prozent der Wählerstimmen als Sieger hervorgegangen.

Robert grinste. »Wir stehen ziemlich gut da, mein Junge. Wirklich ziemlich gut.«

»Mann, wir haben sogar in Texas zweiundvierzig Prozent geschafft.«

»Es liegt am Programm«, sagte der Kandidat ruhig.

»Ich weiß, daß Sie nicht scharf darauf waren, sie zu engagieren, aber Sie müssen zugeben, daß die Dobbs ihr Geld mehr als wert ist.«

Die PR-Frau hatte im Eilverfahren für den kalifornischen Senator ein Image kreiert, das ihn nahezu unwiderstehlich machte. Die Männer fühlten sich von seinem klaren Programm angesprochen und die Frauen von seinem gepflegten, attraktiven Äußeren und seinem jungenhaften Charme. Die Senioren empfanden sein konservatives Auftreten als aufrichtig und waren von der hingebungsvollen Beziehung zu seiner Mutter und seiner Familie beeindruckt. Überall hörten die Leute unwillkürlich zu, wenn er redete.

Die Zielrichtung war klar umrissen – wenn man Amerika retten wollte, mußte jeder seinen Teil dazu beitragen. Keiner würde sich entziehen können, und niemand würde auf Kosten der anderen profitieren. »Rettet Amerika!« stand auf den Wahlplakaten, und nach wenigen Monaten setzte jedermann diese Worte mit Robert Willmont gleich.

Mariah Dobbs hatte in der Tat gute Arbeit geleistet, und die einzige negative Äußerung des Senators über sie bezog sich darauf, daß sie seiner Ansicht nach Eiswasser statt Blut in den Adern habe. In den ganzen sechs Monaten, in denen sie zu seinem Team gehörte, mit ihm auf Reisen war, im Flugzeug, in der Limousine und während endloser Planungssitzungen neben ihm saß, bei Tagesanbruch mit ihm frühstückte und spätnachts mit ihm zu Abend aß, war sie kein bißchen aufgetaut. Am Ende des Tages wünschte sie höflich eine gute Nacht und verschloß die Tür ihres Zimmers.

Für einen sexuell aktiven Mann, der ohnehin diesbezüglich kurzgehalten wurde, war das eine Tortur. Er begann von ihr zu träumen, wachte vor dem Morgengrauen auf und hatte den Kopf voller Visionen, was er mit ihr tun wollte und was sie mit ihm tun sollte. Im Lauf der Zeit kam es immer häufiger vor, daß die Zimmermädchen seine Laken naß und klebrig vorfanden.

»Sind Sie lesbisch?« fragte er sie einmal frustriert.

Die kühlen Augen musterten ihn. »Nein, Senator«, antwortete sie.

»Warum sind Sie dann immer so unterkühlt?«

»Ich glaube, ich habe bereits zu Anfang klargemacht, daß ich Arbeit und Privatleben streng getrennt halte.«

»Wenn Sie das vorziehen, können wir es als Arbeit betrachten.«

»Wenn Sie es vorziehen, kann ich gehen«, gab sie zurück.

Es war zum Verzweifeln. Er hatte selten Probleme damit, eine Frau ins Bett zu kriegen. Im Gegenteil, normalerweise mußte er sie abwimmeln. Aber die hier zeigte keinerlei Interesse. Manchmal war er kurz davor, sein Begehren mit Nachdruck durchzusetzen, aber er nahm jedesmal Abstand davon, weil er es nicht riskieren wollte, sie zu verstören. Doch er war es nicht gewohnt, daß eine Frau Macht über ihn hatte, und je unnahbarer sie wurde, desto mehr verlangte ihn nach ihr.

»Es tut mir leid, wenn meine Anwesenheit Ihnen Unwohlsein bereitet«, bemerkte Mariah mit eisigem Unterton. »Es tut mir leid, wenn Sie in Ihrer Ehe nicht alles finden, was Sie brauchen. Aber bei mir verhält sich das zufällig anders.«

»Das wußte ich nicht«, murmelte er überrascht. Das war ihm neu, daß sie verheiratet war. Dies änderte für ihn zwar nichts, aber es erklärte ihr Desinteresse.

»Das brauchten Sie auch nicht zu wissen«, erklärte sie. »Sie müssen nur die Wähler davon überzeugen, daß Sie ein treusorgender Familienvater und perfekter Ehemann sind.«

Er gestand Mary Catherine, daß Mariah die erste Frau in seinem Leben war, der es gelang, ihn einzuschüchtern.

»Dobbs ist in Ordnung«, sagte er jetzt mit einem Achselzucken. »Aber nicht sie hat die Vorwahlen gewonnen, sondern ich.«

Randy verkniff sich ein Grinsen. Es gab nicht viele Frauen, die sich Roberts Ausstrahlung entziehen konnten. Er vermochte sich genaugenommen nur an eine zu erinnern, eine Sekretärin während ihrer ersten Amtsperiode im Senat. Sie kam direkt von der Brigham Young University – frisch, eifrig, reizend und komplett desinteressiert an dem, was Robert ihr zu bieten hatte. Sie war auch ziemlich klug und löste das Problem, indem sie sich bald nach einer anderen Stelle umsah.

Aber diesmal hatte es der Senator mit jemandem zu tun,

der ihm die Stirn bot. Sobald Mariah auftauchte, merkte Randy, wie der Senator sie nicht mehr aus den Augen ließ. Er hielt sich aufrechter und lachte lauter, doch ohne Erfolg. Mariah behielt ihre arbeitsbezogene Förmlichkeit bei. Wenn er anfing, ernsthaft frustriert zu sein, blieb ihm nichts anderes übrig, als auf Abstand von ihr zu gehen.

Was Robert jedoch nicht wußte, war, daß Mariah sich sehr häufig in Randys Bett aufhielt.

»Er hat mich für eine Lesbe gehalten«, erzählte sie ihm eines Abends kichernd, als sie nebeneinanderlagen und den Schweiß auf ihren Körpern trocknen ließen.

»Das soll wohl ein Witz sein.«

»Was für ein Egozentriker! Ich schätze, das war die einzige Erklärung, die ihm für mein Desinteresse einfiel.«

»Er ist es nicht gewöhnt, einen Korb zu kriegen«, fühlte Randy sich bemüßigt zu erklären. »Das kommt so gut wie nie vor.«

»Vielleicht ist das sein Problem«, bemerkte sie, »daß ihm buchstäblich immer alles in den Schoß gefallen ist.«

»Schon möglich«, gab Randy zu. »Ich erinnere mich ehrlich gesagt nur an eine einzige Frau, die ihm in den letzten dreizehn Jahren die kalte Schulter gezeigt hat.«

»Wer war das?«

»Eine Sekretärin. Sie hieß Maggie Holden und sah wirklich und wahrhaftig aus wie Julia Roberts. Sie hat ihn zum Wahnsinn getrieben.« Randy gluckste. »Es war manchmal ziemlich komisch zu beobachten, wie er um sie herumscharwenzelte und sich aufplusterte. Aber vom Alter her hätte er ihr Vater sein können, und ich glaube, so hat sie ihn auch gesehen.«

»Was ist aus ihr geworden?«

»Keine Ahnung. Am einen Tag war sie noch da, am nächsten verschwunden. Das geschieht in D.C. recht häufig. Viele Leute kommen mit dem Druck nicht klar. Aber trotzdem war es ziemlich merkwürdig, denn wir haben nie wieder was von ihr gehört oder gesehen. Sie hat nicht angerufen, hat ihren Schreibtisch nicht ausgeräumt. Als Mary Catherine schließlich ihre Sachen zusammenpackte und sie zu ihrer Wohnung brachte, sagte ihre Mitbewohnerin, sie sei nach Utah gezogen.«

»Es könnte doch sein, daß nicht der Druck, sondern der Senator das Problem war«, äußerte Mariah. »Es gab auch damals schon Frauen, weißt du, die sich gegen sexuelle Belästigung zur Wehr setzten.«

»Ich glaube nicht, daß es zu sexueller Belästigung kam«, wandte Robert ein. »Ich glaube, er hat nur mit ihr geflirtet.«

»Das hat sie vielleicht anders gesehen.«

»Tja, wie auch immer, es war ein Jammer. Sie hätte es in Washington zu was bringen können, wenn sie gewollt hätte. Sie sah nicht nur phantastisch aus, sie war auch sehr clever.«

»Also, ich vermag aus persönlicher Erfahrung nur zu sagen«, erklärte Mariah, »daß der Senator ausgesprochen hartnäckig sein kann und daß er es nicht sehr gut verträgt, zurückgewiesen zu werden.«

»Das tut mir leid. Willst du, daß ich ihn darauf anspreche?«

»Nein, natürlich nicht.« Sie lachte. »Ich bin selbst groß und kann auf mich achtgeben. Aber ich glaube, du solltest eines wissen – ich habe mich dafür entschieden, ihm eine kleine Unwahrheit aufzutischen.«

»Und die wäre?«

Sie zuckte mit den Schultern. »Ich habe ihm gesagt, ich sei verheiratet.«

»Warum hast du das gemacht?«

»Ich dachte, dann hätte ich eine Weile Ruhe.«

Randy seufzte. »Du kannst dir wahrscheinlich denken, daß Robert viel ... Leibesübungen braucht«, erklärte er. »Wir halten ihn ziemlich kurz.«

»Er ist doch kein Baby mehr, um Himmels willen«, sagte Mariah scharf. »Er ist vierundfünfzig Jahre alt. Ist es nicht an der Zeit, daß er es lernt, sich zu beherrschen?«

»Er ist eben so.«

»Na ja, wenn die kleine Lüge ihn mir vom Leib hält«, meinte sie und gähnte, »soll's mir recht sein.«

Randy zog sie in seine Arme. »Vielleicht muß das ja eines Tages keine Lüge mehr sein«, murmelte er.

Mariah kuschelte sich an ihn. »Vielleicht, eines Tages«, sagte sie schläfrig.

Ende März steuerte Robert mit Volldampf auf eine Nominierung im ersten Wahlgang zu. Im Hinblick auf die kalifornische Vorwahl am 2. Juni kam er für eine zweiwöchige Wahlkampftour nach San Francisco. Janice Evans war schon lange nicht mehr beim Team, sondern nach New York zurückgekehrt, um ihre Sendung über die private Seite des Präsidentschaftskandidaten fertigzustellen. Sie sollte eine Woche vor der Vorwahl im Fernsehen laufen.

»Ich wirble mächtig, damit du nominiert wirst«, sagte sie ihm am Telefon. »Es darf nur keiner mitkriegen, warum.«

»Du wirst eine klasse Pressesprecherin«, erwiderte er, verlagerte sein Gewicht auf seinem Stuhl und wünschte sich, sie in der Nähe zu haben, weil er schon zu lange wieder auf dem trockenen saß.

Im Wahlkampfbüro in der Front Street herrschte rege Betriebsamkeit. Die kalifornische Vorwahl fand zwar erst in zwei Monaten statt, aber damit Robert einen guten Stand hatte, mußte er die Wahl mit großem Vorsprung gewinnen. Unermüdliche freiwillige Mitarbeiter kopierten Dutzende von Pressemeldungen, klebten Tausende von Briefen mit Spendenanfragen zu und betreuten eine eindrucksvolle Anzahl von Telefonen.

Mary Catherine war in der Woche zuvor eingetroffen, während der Senator noch auf Wahlkampfreise in Wisconsin war. Als er am 2. April in der Front Street erschien, war der zweiwöchige Aufenthalt bis ins letzte Detail durchorganisiert.

»Optimale Effekte, wenig Verschleiß«, teilte ihm Mary Catherine mit. »Ein echtes Kunstwerk, aber ich kann's nicht auf meine Karte schreiben.«

»Warum nicht?« fragte er.

»Weil die freiwilligen Mitarbeiter es zusammengestellt haben, allen voran eine Frau, die ein echtes Organisationstalent ist. Sie hat den Terminplan und alle Reservierungen gemacht, Presseverlautbarungen für die Lokalpresse an jedem Ort vorbereitet, und jetzt arbeitet sie gerade an sechs unterschiedlichen Promo-Konzepten.«

»Zeigen Sie sie mir«, verlangte Robert.

Mary Catherine sah sich suchend in dem großen, betriebsamen Raum um. »Da drüben ist sie, am Kopierer. Die mit dem dunklen Haar und dem Designerkleid.«

Der Senator entdeckte die Frau auf der anderen Seite des Raums. Sie wirkte gepflegt und attraktiv und schien Mitte Dreißig zu sein. Sie hatte keinerlei Ähnlichkeit mit Mariah Dobbs – war dunkel statt blond, zierlich statt üppig gerundet –, aber etwas an der Art, wie sie sich bewegte, an ihren gelassenen, sicheren Handreichungen löste eine ähnliche Reaktion wie auf Mariah bei ihm aus.

»Sie könnte einsetzbar sein«, murmelte er.

»Keine Chance«, sagte Mary Catherine. »Sie ist in ihrem Beruf erfolgreich und hat kein langfristiges Interesse an Politik. Und falls Sie an was anderes denken – sie ist auch sehr verheiratet.«

»Was macht sie beruflich?«

»Kennen Sie das Buch *Bilderbogen?*«

Robert schüttelte den Kopf.

»Aber ich«, sagte Randy. »Fotos und Gedichte über den Südwesten. Ziemlich eindrucksvoll, habe ich in Erinnerung.«

»*Bilderbogen* ist Teil einer ganzen Reihe von Bildbänden über Amerika, die sie mit einer anderen Frau zusammen gemacht hat«, erklärte Mary Catherine.

»Von den beiden ist auch *Dichotomie*«, fügte Randy hinzu. »Sie wissen doch, das Buch über D.C., von dem vor ein paar Jahren alle so begeistert waren.«

Robert erinnerte sich daran. Elizabeth hatte es monatelang auf dem Couchtisch liegen gehabt.

»Sie ist Fotografin?«

»Nein, sie ist die Lyrikerin.«

»Was macht sie hier?«

»Ich denke, Lyriker sind auch Wähler«, antwortete Mary Catherine mit einem Achselzucken. »Sie kam eines Tages hereingeschneit, meinte, sie habe ein paar Nachmittage frei und Sie seien der erste Politiker, der endlich mal die Dinge beim Namen nennt.«

»Augenblick mal«, sagte Robert plötzlich und runzelte die Stirn. »Kenne ich die von irgendwoher? Sie kommt mir irgendwie bekannt vor, aber ich habe keine Ahnung, woher.«

»Ich glaube, ich weiß es«, erwiderte Randy. »Sie war damals bei dem Festakt anläßlich des ersten Spatenstichs im Golden Gate Park im Dezember. Ich meine, daß sie damals etwas zu Ihnen sagen wollte, aber dann schien sie sich's anders überlegt zu haben.«

»Ich muß sie ja ziemlich beeindruckt haben«, sagte daraufhin Robert, setzte sein berühmtes Lächeln auf und straffte die Schultern.

Karen arbeitete seit drei Monaten im Wahlkampfteam des Senators. Ihre Dienstag- und Donnerstagnachmittage brachte sie damit zu, einem Mann zum Erfolg zu verhelfen,

den sie am liebsten zu Haschee gemacht hätte, und das fand sie so pervers, daß sie bei der Arbeit vor sich hin lächelte.
»Ich muß es tun«, hatte sie am Abend vor ihrem ersten Einsatz in der Front Street zu Ted gesagt. »Frag mich nicht, warum, ich muß einfach.«
»Und ich muß dich fragen«, protestierte er.
»Ich weiß nicht, ob ich es erklären kann. Aber dieser Mann hat mich fast umgebracht, und er hat mein ganzes Leben verändert – und ich weiß nicht mal, wer er wirklich ist. Natalie meinte, ein Mann, der mit vierundzwanzig destruktiv war, könnte es mit vierundfünfzig gelernt haben, produktiv zu sein. Das möchte ich gerne herausfinden.«
»Aber das muß doch auch anders gehen«, wandte Ted ein.
»Was ich über ihn wissen will, erfahre ich nicht aus Zeitungsartikeln und Interviews«, erklärte Karen. »Es kommt dir vielleicht ein bißchen verrückt vor, mir selbst ja auch, aber ich muß im direkten Umgang mit ihm erfahren, wer er wirklich ist. Ich habe ein Recht darauf, es zu wissen.«
Der Kopierer spuckte keine Blätter mehr aus, und Karen bückte sich, um den Stapel Papier an sich zu nehmen. Als sie wieder hochkam, wollte sie zum Sortierer gehen und stieß dabei mit jemandem in einem marineblauen Anzug zusammen. Die Blätter fielen ihr aus der Hand.
»Das tut mir schrecklich leid. Warten Sie, ich helfe Ihnen.« Robert bückte sich, um die Blätter aufzusammeln. Aus der Nähe sah sie etwas älter aus als auf Distanz, aber nicht minder reizvoll.
»Wir kennen uns noch nicht«, sagte er. »Ich bin Senator Willmont.«
»Karen Doniger«, stellte sie sich vor und wunderte sich, wie ruhig ihre Stimme klang.
Er streckte ihr die freie Hand hin, und sie nahm all ihren Mut zusammen und erwiderte den Händedruck.

»Ich habe gehört, daß Sie so eine Art Amerikaexpertin sind«, bemerkte er.
»Wie bitte?«
»Ihre Bücher.«
»Oh«, sagte sie verwirrt. »Ich wußte nicht, daß Ihnen meine Arbeiten bekannt sind.«
»Um ehrlich zu sein, sie sind es auch nicht. Aber meinem Assistenten.«
Sie gestattete sich ein Lächeln über seine Offenheit. »Auf einen ganz speziellen, sehr eingeschränkten Blickwinkel bezogen«, meinte sie, »könnte man das vielleicht so sagen.«
»Ihren Blickwinkel kennenzulernen wäre unter Umständen sehr hilfreich für mich«, erwiderte er. »Vielleicht können wir uns einmal darüber unterhalten.« Er hatte ihre Hand noch immer nicht losgelassen.
»Vielleicht«, sagte sie und zog ihre Hand scheinbar unbeteiligt zurück.
Das war eine unverbindliche Antwort auf eine nicht wirklich gestellte Frage. Man hatte den ersten Zug getan. Er reichte ihr die eingesammelten Blätter mit einem strahlenden Lächeln.
»Ich freue mich darauf«, erklärte er und berührte sie mit Blicken, wie er es in einer Dezembernacht vor vielen Jahren getan hatte.

7

»Du hast hoffentlich nicht vergessen, daß ich zum Abendessen bei DeeDee bin, oder?« fragte Amy am darauffolgenden Dienstag beim Frühstück. »Ich muß ihr beim Lernen für die Geschichtsprüfung helfen.«

»Nein, hab ich nicht vergessen«, antwortete Karen, stellte ihrer Stieftochter eine Schale mit Cornflakes hin und dachte, wie schnell sie den Umzug nach San Francisco bewältigt hatte.

»Und ich habe heute abend dieses Treffen mit den Auftraggebern«, sagte Ted. »Es wird spät werden.«

»Das macht doch nichts«, erwiderte Karen mit einem Lächeln. »Im Gegensatz zur allgemeinen Ansicht komme ich auch einen Abend allein zurecht.«

»Bestimmt?«

»Bestimmt. Falls sie dich nach dem Treffen zum Essen einladen, geh ruhig mit. Es kann nicht schaden, ein bißchen mit den Leuten zu klüngeln, die politisch das Sagen haben.«

»Na gut.« Ted lächelte. Seit sie in Willmonts Wahlkampfteam mitarbeitete – wobei er immer noch kein gutes Gefühl hatte –, schien sie die Umtriebe der Politik nicht mehr aus den Augen zu verlieren.

Karen duschte ausgiebig, wusch sich die Haare, pflegte sie mit einer Packung und rieb sich mit einer guten Feuchtigkeitslotion ein. Dann zog sie einen dicken, kuschligen

Bademantel über, setzte sich an das große Panoramafenster in ihrem Schlafzimmer, das auf den Pazifik hinausging und ihr eine ganz neue Beziehung zu Wasser vermittelte, und blickte lange aufs Meer.

Über eine Stunde hatte sie in ihrem Büro konzentriert gearbeitet. Nancy war schon zweimal nach San Francisco gekommen und hatte ihre dritte Reise dorthin für Ende Juli geplant. Wenn sie die Fotos für das neue Buch, *Reflexionen,* zusammengestellt hatte, würde Karen alle Hände voll zu tun haben, aber bis dahin hatte sie noch Zeit, und sie brauchte sich nicht bei ihrer Vorbereitung für den Nachmittag im Wahlkampfbüro zu beeilen.

Wenn es nach ihr gegangen wäre, hätte sie den Rest des Tages am Fenster verbracht, den Dampfern und Frachtern zugesehen, die vorüberzogen, die Seevögel beobachtet, die die Fischerboote umkreisten, das bewegte Wasser betrachtet, das bis zum Horizont reichte. Aber dann mußte sie sich widerstrebend eingestehen, daß sie Wichtigeres zu tun hatte.

Sie hängte ihren Bademantel an die Rückseite der Schlafzimmertür, spähte in ihren Schrank und zog ein schlichtes dunkelblaues Seidenkleid mit gefälteltem Rock, langen Ärmeln und weißer Borte heraus. Sie kombinierte es mit dunkelblauen, relativ flachen Pumps und steckte ihre Brieftasche, ihre Schlüssel und ihre Kosmetiksachen in eine dunkelblaue Handtasche.

Das Wetter war an diesem Nachmittag prachtvoll in der Bay Area. Karen fuhr rückwärts mit dem Volvo die Auffahrt hinunter und dann in Richtung Innenstadt. Der Himmel war strahlend blau, ein leichter Wind strich durch die Lüfte, und die Temperatur war auf beinahe zwanzig Grad gestiegen. Sie stellte den Wagen in einem Parkhaus unweit des Wahlkampfbüros ab und holte sich an einem Stand an der Ecke einen Becher frischen Orangensaft, den sie im Aufzug trank.

»Bin ich froh, daß Sie da sind«, empfing sie Mary Catherine gleich, als Karen im zwölften Stock aus dem Aufzug trat. »Der Senator möchte, daß für morgen nachmittag eine Pressekonferenz anberaumt wird, mit vorbereiteten Pressetexten und allem. Randy hat ein paar Notizen rübergeschickt. Könnten Sie die ausarbeiten?«

»Ich setz mich gleich dran«, versprach Karen. »Worum geht es?«

»Eine Frau aus San José hat den Senator gefragt, warum wir die Ernte verbrennen, nichts dagegen tun, daß das Getreide in Silos verrottet, und den Farmern Prämien zahlen, damit sie ihre Felder brachliegen lassen, während in Amerika Millionen Menschen verhungern.«

»Ich finde, das sind sinnvolle Fragen«, bemerkte Karen.

»Das hat er auch gesagt, und deshalb ist er jetzt so wild darauf, es zum Wahlkampfthema zu machen.«

Als Karen den richtigen Aufhänger gefunden und mit Hilfe des benutzerfreundlichen Macintosh auf ihrem Schreibtisch aus Randys Notizen einen brauchbaren Text gemacht hatte, war es halb acht. Die anderen freiwilligen Mitarbeiter waren schon lange verschwunden. Wenn auch sonst nichts dabei herauskam, dachte sie, so war sie zumindest durch diese Tätigkeit ihre Angst vor Computern losgeworden, die sie bislang dazu veranlaßt hatte, Block und Stift für das einzige Arbeitsgerät zu halten. Sie tippte den letzten Punkt, druckte den Text aus und steuerte zum Kopierer.

»Wie läuft's?« fragte Mary Catherine.

»Ich bin fast fertig«, antwortete Karen.

Die Büroleiterin überflog den Text. »He, das ist gut«, sagte sie anerkennend. »Sehr gut. Ich glaube, Sie haben gerade Ihr erstes Positionspapier verfaßt.«

Karen lachte. »Und ich dachte, darüber denken die Experten Ewigkeiten nach.«
»Da würden Sie sich aber wundern«, entgegnete Mary Catherine. »Soll ich Ihnen noch ein bißchen helfen?«
Karen schüttelte den Kopf. »Ist nicht mehr viel. Außerdem hat meine Familie mich heute abend versetzt, und da kann ich das auch ruhig noch fertigmachen.«
Mary Catherine lächelte. »Ich wüßte nicht, was wir ohne Sie täten«, sagte sie.
Als Karen mit dem Kopieren fertig war und sich zum Sortierer begab, war es nach acht.
»Eigentlich dachte ich, der Senator würde noch reinschauen«, sagte Mary Catherine, ihren Geldbeutel in der Hand. »Aber er scheint es sich anders überlegt zu haben. Ich werde jetzt mal sehen, daß ich irgendwo einen Scotch und ein Sandwich auftreibe. Mögen Sie mitkommen?«
»Nein, danke«, antwortete Karen. »Ich hab hier noch ein Weilchen zu tun, und anschließend werde ich nach Hause fahren.«
»Dann bis morgen. Ziehen Sie die Tür einfach zu, wenn Sie gehen. Sie schließt automatisch.«
Als Karen etwa zwanzig Minuten später am Sortierer stand, trat plötzlich der Senator neben sie. Sie hatte ihn nicht kommen hören, weil der Sortierer zu laut ratterte.
»Verdienen Sie so viel bei mir, daß es sich lohnt, um diese Uhrzeit noch zu arbeiten?« fragte er.
»Vermutlich nicht«, antwortete sie. Ihr fiel auf, daß er allein war, weder Randy Neuburg noch seine privaten Bodyguards im Gefolge hatte.
»Wo stecken denn alle?« wollte er wissen und sah sich um.
»Die sind nach Hause gegangen.«
»Nur Sie nicht.«
»Nur ich nicht, aber in fünf Minuten verschwinde ich auch.

Mary Catherine hat gedacht, Sie kommen heute abend nicht mehr.«

»Das hatte ich auch nicht vor«, sagte er. »Es war eine ganz spontane Entscheidung. Ich habe es mir überlegt, nachdem ich meinen Schatten Ausgang gegeben habe.« Er grinste. »Ich glaube, einen Abend lang werde ich wohl mal ohne sie auskommen. Irgendwann macht es einen nervös, wenn man ständig beaufsichtigt wird.« Er sah ihr über die Schulter. »Sind das die Texte für morgen?«

»Ja«, antwortete sie und trat einen Schritt beiseite.

»Gut. Ich wollte gerne mal einen Blick darauf werfen.«

»Natürlich«, murmelte sie.

Er lehnte sich an den Sortierer und ließ sein berühmtes Lächeln aufblitzen.

»Wissen Sie, ich hatte schon länger vor, Ihnen zu sagen, wie wertvoll Ihre engagierte Mitarbeit beim Wahlkampf für uns ist. Wie wertvoll sie für *mich* ist.«

»Es ist schließlich für einen guten Zweck, nicht wahr?« erwiderte sie ausweichend.

»Hören Sie«, er sah auf seine Armbanduhr, »ich würde Sie gern auf einen Drink oder so einladen, um Ihnen für Ihren Einsatz zu danken.«

»Das ist aber nicht nötig.«

»Das weiß ich, doch ich würde ich es trotzdem gerne tun«, insistierte er. »Außerdem müssen wir uns noch über Ihre ganz spezielle Ansicht von Amerika unterhalten, erinnern Sie sich?«

Karen schaltete den Sortierer aus und begann den Inhalt der Pressemappen zu stapeln.

»Danke«, sagte sie, »aber ich muß wirklich nach Hause.«

Als sie alle Mappen fertig hatte, trug sie sie zu der langen Arbeitsfläche neben Mary Catherines Schreibtisch. Sie spürte, daß er sie keine Sekunde aus den Augen ließ. Erst als sie im Parkhaus in ihren Volvo stieg, hatte sie das Gefühl, den Blicken entkommen zu sein, mit denen er sie verfolgte. Sie schüttelte ungeduldig den Kopf über ihre eigene Dummheit und drehte den Zündschlüssel im Schloß. Nichts tat sich. Sie versuchte es noch einmal, wieder erfolglos. Der Wagen sprang nicht an.

»Das fehlt gerade noch«, stöhnte sie, entriegelte die Kühlerhaube und stieg aus, obwohl sie so gut wie nichts von Autos verstand und es ausgesprochen unwahrscheinlich war, daß sie das Problem erkennen würde.

»Ist etwas nicht in Ordnung?« sagte da Robert.

Sie war völlig überrascht, als er plötzlich vor ihr stand, und fragte sich, ob er ihr gefolgt war.

»Mein Wagen springt nicht an.«

»Lassen Sie mich mal schauen.«

Bevor sie ihn davon abhalten konnte, war er in den Volvo gestiegen und drehte den Zündschlüssel. Das Auto tat keinen Mucks. Er rüttelte und klopfte und zerrte an Drähten im Motorraum, doch nichts rührte sich.

»Es liegt nicht an der Batterie«, sagte er entschieden. »Könnte der Anlasser sein.«

»Was bedeutet das?«

»Wenn es der Anlasser ist, kriegen Sie ihn heute nicht mehr in Gang. Sie müssen ihn morgen abschleppen lassen.«

»Verdammt«, murmelte sie.

»Kann Ihr Mann Sie abholen?«

Karen warf einen Blick auf ihre Armbanduhr. »Er wird noch nicht zu Hause sein. Er ist bei einem Arbeitsessen.«

»Na, keine Sorge«, meinte er mit einem aufmunternden Lächeln. »Ich kann Sie heimfahren.«

»Oh, das ist nicht nötig«, versicherte sie ihm. »Ich werde ein Taxi nehmen.«

»Unsinn«, sagte Robert fest. »Das kommt nicht in Frage.

Nachdem Sie so viel Zeit für mich geopfert haben, ist das wohl das mindeste, was ich für Sie tun kann.«

Karen sah ihn einen Moment lang mit einem rätselhaften Gesichtsausdruck an.

»Also gut«, sagte sie schließlich, »wenn es Ihnen nicht zu viele Umstände macht.«

»Ganz und gar nicht«, erwiderte er lächelnd. »Vielleicht können wir ja unterwegs doch irgendwo anhalten und noch einen Drink nehmen. Ich möchte Sie so vieles fragen.«

Ihr fiel keine höfliche Möglichkeit ein, das Angebot abzulehnen. »Wie wär's mit der Bar gegenüber«, schlug sie vor. Sie wußte, daß dort um diese Uhrzeit noch viel Betrieb war.

»In Ordnung«, sagte er.

Sie tranken drei Scotch und aßen einen Berg Muscheln. Er wurde zwar ständig von Anhängern belagert, die die Chance nutzten, ihn ohne Bodyguards vorzufinden, doch er ermunterte Karen, über ihre Bücher und Erfahrungen zu sprechen, und warf dann und wann eine Frage ein. Karen beschrieb plötzlich die Eigenarten von New York, Atlanta, Houston und Tucson, obwohl sie bislang gar nicht bemerkt hatte, daß sie ihr aufgefallen waren.

Um halb elf kehrten sie zum Parkhaus zurück. Sie versuchten noch einmal, den Volvo zu starten, doch ohne Erfolg. Danach gingen sie zu Roberts schwarzem Mercedes, der ein paar Plätze weiter stand.

Er öffnete ihr die Tür auf der Beifahrerseite, achtete darauf, daß ihr Kleid nicht eingeklemmt wurde, schloß dann die Tür und begab sich zur Fahrerseite.

Trotz der drei Scotch, die normalerweise beruhigend auf sie wirkten, begann Karens Herz zu hämmern, als sie das Parkhaus verließen und ihr klar wurde, daß sie seit damals zum erstenmal wieder wirklich allein mit ihm war. Ein Teil von ihr konnte es kaum glauben, obwohl sie wußte, daß das Schicksal es so gewollt hatte. Daß sie hier sitzen konnte, ohne sich in ein wimmerndes Häufchen Elend zu verwandeln, bewies ihr, wie weit sie gekommen war.

Sie sprachen nicht viel. Um diese Uhrzeit war kaum mehr Verkehr, und er fuhr zügig die California Street entlang, überholte alle Autos auf ihrer Spur und nahm dann den Presidio Transverse durch den Golden Gate Park. Das war der direkteste Weg nach St. Francis Wood, seit der Embarcadero Freeway vor zweieinhalb Jahren durch das Erdbeben zerstört worden war.

Vielleicht lag es an seinem Fahrstil oder am Scotch oder daran, daß ihr bewußt wurde, in welcher Lage sie sich befand – jedenfalls begann ihr Magen zu rebellieren.

»Bitte«, keuchte sie, »halten Sie an. Mir ist nicht gut.«

»Was ist los?« fragte er.

»Es tut mir leid«, sagte sie, »aber ich glaube, mir wird übel.«

8

Der Himmel wurde langsam hell, als Arthur Gertz das Haus verließ, die Vordertreppe hinunterging, sich in Marsch setzte und seine Joggingroute über den Lincoln Way in den Golden Gate Park einschlug.
Die Straßenlaternen glimmerten noch gelblich im Morgendunst, und am dunklen Nachthimmel zeigten sich die ersten grauen Schleier. Gertz sah auf die Digitalanzeige seiner Sportuhr. Es war kurz vor fünf.
Arthur konnte sich wirklich Besseres vorstellen, als jeden Morgen eine Stunde früher aufzustehen und durch die Gegend zu rennen wie irgend so ein Fitneßspinner. Er hatte nur Essies ständiges Genörgel satt gehabt.
»Du bist sechsundfünfzig, Arthur«, lag ihm seine Frau seit einem Jahr in den Ohren. »Du bist zu dick und hast keine Kondition mehr. Männer, die zu dick sind und keine Kondition haben, sterben mit sechsundfünfzig am Herzschlag.«
Zu seinem siebenundfünfzigsten Geburtstag schenkte sie ihm einen Jogginganzug.
»Was soll ich denn damit?« fragte er.
»Deinen achtundfünfzigsten Geburtstag noch erleben.«
Aber er würde wahrscheinlich vorzeitig sterben, weil er jeden Morgen vor fünf aufstehen mußte, und aus keinem anderen Grund, murrte Arthur vor sich hin, während er die Wege entlangjoggte.

Arthur war geprüfter Buchhalter und arbeitete für eine dieser großen Firmen, die so oft mit anderen fusioniert wurden, daß er manchmal den aktuellen Firmennamen nicht mehr wußte. Sein Leben setzte sich aus ordentlich umrissenen Bereichen zusammen – die Arbeit, die Familie, die Briefmarkensammlung, das Bridgespiel am Dienstagabend, die Robert-Ludlum-Romane. Joggen paßte in keinen dieser Bereiche, und Arthur hatte nicht viel übrig für Veränderungen.

Aber Essie ließ nicht locker. Es gab kein Fleisch und keine Milchprodukte mehr zu Hause, und sie drängte ihn, endlich Sport zu treiben. Damit sie Ruhe gab, knapste er von seinem Lebensbereich »Schlafen« eine Stunde ab und arbeitete sich eine Route aus, für die er jeden Morgen exakt zweiundfünfzig Minuten brauchte. Von dieser Route wich er keinen Meter ab.

An diesem Mittwochmorgen jedoch beabsichtigte er die Tour um sieben Minuten zu verkürzen. Er hatte beim Bridge am Abend zuvor einen dummen Fehler gemacht, der ihn den Rubber gekostet hatte. Darüber hatte er sich so aufgeregt, daß er hinterher zwanzig Minuten länger zum Einschlafen gebraucht hatte, was dazu geführt hatte, daß er zwanzig Minuten zu spät aufgewacht war.

Er hatte eine Minute gutgemacht, indem er die Joggingschuhe mit dem Klettverschluß genommen hatte. Ferner rechnete er sich aus, daß er vier Minuten einsparen konnte, wenn er sich nicht die Haare wusch, drei Minuten, wenn er beim Zähneputzen keine Zahnseide benutzte, und fünf Minuten, wenn er seine zweite Portion Haferflocken ausließ und die Todesanzeigen in der Morgenzeitung überschlug. Blieben sieben Minuten, und deshalb lief Arthur Gertz an diesem Tag eine andere Strecke als sonst.

Anstatt seiner üblichen Route über den Martin Luther King

Jr. Drive, um das Arboretum und am alten Kezar-Stadion vorbei entschied er sich für den kürzeren Weg zum Stow Lake und um den Strawberry Hill herum.
Er wußte später nicht mehr, was ihn dazu bewogen hatte, dort hinzusehen und dann noch einen genaueren Blick auf die Stelle zu werfen. Er war nur froh, daß es so gekommen war.
Sie lag halb versteckt in einem Gebüsch. Fetzen ihrer Kleidung waren im Umkreis verstreut. Trotz des Zwielichts konnte er erkennen, daß ihr Gesicht Schnitte und Prellungen aufwies, daß ihre Lippe aufgeplatzt war und blutete, daß ein Auge blau und geschwollen war. Er bemerkte die Blutergüsse überall auf ihrem Körper.
Sie war schlank, aber nicht mehr jung. Er fragte sich, wie sie hierherkam, wie man sie an diesen Ort gelockt hatte. Arthur ahnte, was ihr zugestoßen war. Er war sicher, daß sie tot war. Sie lag so bewegungslos da und war so bleich, daß er vor Schreck einen Satz tat, als sie sich rührte. Sie zuckte nur ein wenig, dann hörte er ein leises Stöhnen.
»O mein Gott!« murmelte er. »O mein Gott, sie lebt.«
Er blickte sich um, hoffend, daß sich noch jemand außer ihm um diese Tageszeit im Park aufhielt, aber er war allein mit ihr. Er näherte sich ihr und kniete sich neben ihr auf den Boden.
»Ganz ruhig«, sagte er. »Sie sind verletzt, Sie müssen ganz still liegen. Ich habe Sie gefunden, ich kümmere mich um Sie, es kommt alles wieder in Ordnung.«
Die Augenlider bewegten sich, und ein, zwei Sekunden lang nahmen ihn graublaue Augen wahr, dann schlossen sie sich wieder.
Arthur dachte fieberhaft nach. Er wußte nicht, wie schwer ihre Verletzungen waren, aber ihm war klar, daß er sie nicht bewegen durfte. Er konnte es in vier Minuten zum Lincoln

Way schaffen, wenn er sich beeilte. Dort mußte es zumindest ein Telefon geben. Er stand auf, zog die Jacke seines Jogginganzugs aus und deckte die Frau damit zu. Das war nicht gerade viel, aber immer noch besser, als sie einfach so liegenzulassen.
»Ich bin gleich wieder da«, erklärte er ihr, obwohl er nicht sicher war, daß sie ihn hören konnte. »Ich hole Hilfe und komme dann sofort zurück. Bewegen Sie sich nicht. Bleiben Sie ganz brav da liegen, bis ich wieder da bin.«
Er warf einen letzten Blick auf sie, dann rannte er los.

»Ich heiße Azi Redfern«, sagte die kleine rothaarige Indianerin zu der Frau, die bewegungslos auf dem Tisch in dem winzigen, mit Vorhängen abgegrenzten Raum lag. »Ich komme vom Beratungszentrum für Vergewaltigungsopfer, und ich möchte Ihnen gerne helfen.«
Knapp eine Viertelstunde nachdem sie den Anruf im Beratungszentrum erhalten hatten, fanden sich Azi und eine Krankenschwester in der Notaufnahme des San Francisco General Hospital ein.
»Ist sie bei Bewußtsein?« fragte Azi den diensthabenden Arzt.
»Benommen, aber bei Bewußtsein«, antwortete er.
»Ist es ernst?«
»Zahlreiche Abschürfungen und Platzwunden, aber keinerlei Hinweise auf innere Verletzungen. Ihre Nase ist gebrochen und ihre Lippe aufgeplatzt, und sie hat ein blaues Auge. Der Rest scheint oberflächlicher Natur zu sein, aber sie ist brutal zusammengeschlagen worden.«
Die Beraterin nickte der Schwester zu. »Also los.«
Der Arzt zog den Vorhang beiseite. Die beiden Frauen betraten den Raum, er folgte ihnen.
»Der Arzt wird Sie zuerst behandeln«, sagte Azi mit sanfter,

beruhigender Stimme zu dem Opfer. »Er hat mir versichert, daß Sie nur leicht verletzt und nicht in Lebensgefahr sind. Versuchen Sie sich zu entspannen, so gut es geht. Können Sie mich hören?«

Die Frau blinzelte einmal und schloß die Augen wieder.

Als der Arzt die Behandlung durchgeführt hatte, berührte Azi die Frau an der Schulter.

»Die Schwester muß Sie jetzt untersuchen«, erklärte sie ihr, »um soviel Beweismaterial wie möglich sicherzustellen.« Die Lider der Frau flatterten, und Azi nahm rasch ihre Hand. Sie lächelte beruhigend. »Das ist reine Routinesache.«

Als Azi Redfern dreizehn Jahre alt war, schickte ihr Vater sie aus dem Reservat zu einem Onkel in Santa Fe, wo sie auf eine gute Schule gehen sollte. Drei Wochen später wurde sie von dem Onkel vergewaltigt. Das geschah jede Woche, bis sie siebzehn war und ein Stipendium von der University of New Mexico in Albuquerque bekam.

Sie schämte sich so sehr, daß sie außerstande war, mit ihrem Vater oder jemand anderem darüber zu reden. Dann lernte sie an der Universität eine Psychologin kennen, die es ihr ermöglichte, ihren Schmerz und ihre Wut zu verarbeiten. Nach dem Studium wurde sie Beraterin. Sie wußte, daß ihre eigenen Erfahrungen ihr dabei nützlich sein konnten, anderen Opfern, die sexuell mißbraucht worden waren, zu helfen.

Eine halbe Stunde später hatte die Schwester mindestens zwölf Plastiktüten mit Proben von Scheidenflüssigkeit, Samenrückständen, Schamhaaren, Hautfetzen unter den Fingernägeln, der zerrissenen Unterwäsche, den Resten des blauen Seidenkleids, zerfetzten Nylonstrümpfen, Grashalmen und Blut gefüllt. Eine Polizeibeamtin hatte die Untersuchung beaufsichtigt. Ein Polizeifotograf hatte über zwan-

zig Aufnahmen aus jedem Blickwinkel von der mißhandelten Frau gemacht. Azi hielt noch immer ihre Hand.
»Warum tun Sie das alles?« brachte die Frau trotz ihrer genähten Lippe hervor, als sie sah, wie die Schwester jede Plastiktüte mit einem beschrifteten Aufkleber versah und sie in einen großen Umschlag steckte, den sie versiegelte und der Polizistin überreichte.
»Das ist die Beweiskette«, erklärte Kelly Takuda, eine der beiden Polizistinnen, die auf Arthur Gertz' Anruf hin zum Tatort gefahren waren. »Zuerst stellen wir das Beweismaterial sicher, dann versiegeln wir es, damit es nicht manipuliert werden kann, und später wird es im Polizeilabor untersucht. Mit den Ergebnissen können wir den Mann, der Sie angegriffen hat, fast so sicher überführen, als hätten wir ihn dabei beobachtet.«
»Oh!«
Die Polizei hatte keine Handtasche und keinerlei Papiere gefunden.
»Können Sie uns Ihren Namen sagen?« fragte Officer Takuda.
»Karen«, antwortete die Frau. »Karen Doniger.«
»Möchten Sie, daß wir jemanden für Sie anrufen?«
»... meinen Mann.«
Karen nannte Kelly Takuda die Telefonnummer. Sie schrieb sie auf und reichte sie ihrer Partnerin, die vor dem Vorhang stand.
»Können Sie uns berichten, was passiert ist?« fragte sie dann.
Karen atmete zittrig ein. »Mir war übel. Vielleicht hatte ich zuviel getrunken, oder es waren die Muscheln, jedenfalls war mir übel. Ich hab ihn gebeten, anzuhalten.« Tränen liefen ihr über die Wangen und brannten auf ihren wunden Lippen. »Er bog in eine Seitenstraße ab, und ich bin ausge-

stiegen und ein bißchen herumgelaufen und habe tief Luft geholt. Und dann plötzlich ... packte er mich und ... er ... war zu stark, ich konnte mich nicht losreißen.«
Sie bebte jetzt am ganzen Körper, würgte an den Tränen und den Worten, und Azi zog die Decke hoch, half ihr beim Aufsetzen und legte ihr den Arm um die Schulter.
»Schon gut«, murmelte sie. »Alles wird gut.«
»Kennen Sie den Täter, Mrs. Doniger?« fragte Officer Takuda. »Können Sie ihn identifizieren?«
Karens Schädel dröhnte. Sie versuchte die Polizistin zu erkennen, aber sie sah nur die Uniform und wandte sich mit einem schwachen Stöhnen ab. Kelly sah Azi an, doch die Beraterin schüttelte den Kopf.
»Ich denke, das genügt für heute«, meinte Officer Takuda freundlich. »Vielleicht können Sie eine detaillierte Aussage machen, wenn es Ihnen wieder bessergeht.«

Der Anruf kam um sieben Uhr. Ted war inzwischen so in Panik, daß es geradezu eine Erleichterung für ihn war zu hören, daß Karen nur verletzt war. Er hatte die halbe Nacht mit der Polizei gesprochen und jedes Krankenhaus der Stadt angerufen und hatte immer mehr gefürchtet, daß sie tot sein könnte. Er kam gerade in die Notaufnahme, als die beiden Polizistinnen gingen.
»Sie hat einen leichten Schock, Mr. Doniger«, sagte Kelly Takuda. »Und sie ist ein bißchen mitgenommen. Aber im wesentlichen ist sie okay, und der Arzt meint, sie kann nach Hause, wann immer sie möchte.«
»Was ist passiert?« fragte er.
»Das sollte sie Ihnen vielleicht selbst erzählen«, antwortete die Polizistin diplomatisch. Sie war schon vor langer Zeit zu dem Schluß gekommen, daß es Dinge gab, die Mann und Frau unter sich klären sollten, zumindest zu Anfang.

In diesem Moment wußte Ted natürlich Bescheid, und der Schreck fuhr ihm in die Glieder. Es gab nur einen Tatbestand, bei dem sich die Polizei ausweichend verhielt.
Karen kauerte immer noch unter der Decke, als Ted die Kabine betrat. Eine rothaarige Frau hielt ihre Hände und redete leise auf sie ein. Ted verstand nicht, was sie sagte. Er kam näher, streichelte Karen übers Haar und lächelte zu ihr hinunter. Vor Erleichterung darüber, daß sie noch am Leben war und es ihr gutging, da sie sogar sitzen konnte, traten ihm die Tränen in die Augen.
»Ich hab mir solche Sorgen gemacht«, sagte er.
»Es tut mir leid«, flüsterte sie.
»Es muß dir doch nicht leid tun. Das wichtigste ist, daß du wohlauf bist.« Aber er sah, wie sie seinem Blick auswich, und wußte, daß sie alles andere als wohlauf war.
Die rothaarige Frau nahm die Kleider in Empfang, die Ted mitgebracht hatte, und half Karen beim Anziehen.
»Ich bin Beraterin in Notlagen«, sagte Azi, nachdem sie sich vorgestellt hatte. »Und ich bin hier, seit Ihre Frau eingeliefert wurde.«
Er sah die schlimmen Blutergüsse an Karens Schenkeln und wußte auch ohne weitere Erklärungen, bei welcher Art von Notlage Azi Redfern tätig wurde. Er war außer sich, und er wollte schreien und jemandem die Faust ins Gesicht schmettern, wie es offenbar jemand mit Karen getan hatte. Statt dessen jedoch murmelte er: »Vielen Dank.«
Mit etwas Hilfe schaffte Karen es, aufzustehen, aber ihre Beine wollten sie nicht tragen.
»Ich hole einen Rollstuhl«, bot Azi an.
»Das ist nicht nötig«, sagte Ted. Er hob seine Frau auf die Arme, als wäre sie eine Feder, und trug sie aus dem Krankenhaus.

Um zwei Uhr klingelte es an der Haustür.
»Mein Name ist Lamar Pope«, sagte der riesige Mann, der davor stand, in schleppendem Südstaatendialekt. Er trug ein Westernhemd, Jeans, eine Lederjacke mit Fransen und edle gesteppte Cowboystiefel. Er reichte Ted seine Visitenkarte, die ihn als Sergeant von der Abteilung für Sexualverbrechen bei der Kriminalpolizei auswies.
»Kommen Sie rein, Sergeant«, sagte Ted zögernd. »Meine Frau ruht sich aus. Ich weiß nicht, ob sie schon in der Lage ist, mit jemandem zu sprechen.«
»Ich bleibe nur so lange wie nötig, Mr. Doniger«, versicherte ihm Lamar. »Aber wir möchten möglichst rasch über den Tatbestand Bescheid wissen, verstehen Sie.«
Karen lag auf einem der hellgrünen Sofas im Wohnzimmer, in flauschige Decken gewickelt. Azi hatte ihr gerade eine Tasse frischen Tee gebracht.
»Wenn es möglich wäre, Ma'am, hätte ich gerne eine Aussage von Ihnen«, erklärte Lamar, nachdem er sich vorgestellt hatte, »damit wir in der Lage sind, mit den Ermittlungen zu beginnen. Sie können dann morgen, oder wann immer Sie sich in der Lage dazu fühlen, ins Präsidium kommen und sie offiziell zu Protokoll geben.«
Karen sah ängstlich zu ihm auf. Azi bemerkte es und setzte sich neben sie. »Es gibt auch Beamtinnen in der Abteilung. Wenn Ihnen das lieber ist, können wir eine verlangen. Aber Lamar ist der Beste von allen. Er ist nicht nur ein exzellenter Detective, er ist auch einer der anständigsten Männer, die ich kenne.« Sie blickte zu ihm auf, und er nickte kurz. »Vor zwanzig Jahren wurde seine Tochter von einem Kerl vergewaltigt und ermordet, der davonkam, weil die Anklage schlampig gearbeitet hatte. Seit damals ist Lamar in der Abteilung Sexualverbrechen tätig.«
Der stattliche Polizist mit dem vollen weißen Haar und dem

bizarren Cowboyoutfit erinnerte sie nicht im entferntesten an Michael Haller.
»Ich glaube, es ist mir recht so«, sagte sie.
Lamar setzte sich auf den Stuhl ihr gegenüber und förderte aus diversen Taschen einen Block, einen Stift und einen Mikrokassettenrecorder zutage.
»Damit ich nichts vergesse«, meinte er mit einer Kopfbewegung zu dem Recorder. »Und das hier«, er hielt Block und Stift hoch, »brauche ich, um meine Hände zu beschäftigen. Ich versuche mit dem Rauchen aufzuhören.«
»Möchten Sie etwas trinken, Sergeant Pope?« fragte Ted.
»Nun, Sir, wenn das Tee ist, was Ihre Frau trinkt, hätte ich nichts gegen eine Tasse einzuwenden.«
Azi ging in die Küche, um den Tee zu holen, und Ted zog sich in sein Arbeitszimmer zurück und ließ Karen und Lamar allein.
»Es tut mir sehr leid wegen Ihrer Tochter«, murmelte Karen.
»Ich weiß Ihr Mitgefühl zu schätzen«, erwiderte er. »Wirklich.« Er drückte auf den kleinen roten Knopf an seinem Recorder. »Jetzt wäre es schön, wenn Sie mir in Ihren eigenen Worten und so schnell oder langsam, wie Sie möchten, berichten könnten, was geschehen ist.«
Karen brauchte fast eine Stunde, um alles zu schildern, angefangen von dem Augenblick, als Robert in dem Parkhaus in der City neben sie getreten war, bis zu dem Moment, als er sie im Golden Gate Park liegenließ. Lamar machte sich ständig Notizen und unterbrach Karen hin und wieder, um etwas abzuklären oder weitere Details zu erfragen.
Der riesige, sanfte Mann ging dabei ausnahmslos freundlich, behutsam und ermutigend mit Karen um.
»Sie machen das prima, Ma'am«, erklärte Lamar, als Karen

ins Stocken geriet. »Und wir haben es gleich hinter uns. Also, Sie sagen, nachdem er Sie zum Geschlechtsverkehr gezwungen hatte, stieg der Mann in seinen Wagen, fuhr weg und ließ Sie einfach dort liegen?«
»Ich glaube, so war es«, antwortete Karen. »Ich meine, es muß wohl so gewesen sein, weil ich immer noch da lag, als der Jogger vorbeikam. Aber ich kann mich nicht mehr richtig erinnern, was dann geschah – hinterher, wissen Sie.«
»Was für einen Wagen fuhr er?«
»Einen Mercedes. Schwarz.«
»Was hatte er an?«
Karen dachte einen Augenblick nach. »Ich glaube, einen grauen gestreiften Anzug, ein weißes Hemd und eine grau-rot-braun gemusterte Krawatte und schwarze Slipper mit kleinen Troddeln.«
»Gut.« Lamar lächelte sie ermutigend an. »Sie sagen, Sie sind ihm im Parkhaus begegnet, und er hat Sie zu einem Drink eingeladen und dann angeboten, Sie nach Hause zu fahren.«
»Er bot mir zuerst an, mich nach Hause zu fahren, und dann gingen wir etwas trinken«, berichtigte Karen.
»Hat er Ihnen irgendwann im Laufe des Abends seinen Namen gesagt oder seine Adresse oder seinen Arbeitsplatz erwähnt?«
Karen blickte den Polizisten lange und intensiv an. Er wirkte so väterlich mit seinem weißen Haar und seinem von Sorgen gezeichneten Gesicht. Doch sie ließ sich von den mitfühlenden blauen Augen nicht täuschen; er verfügte über einen scharfen Verstand. Sie fragte sich, ob er auch gerecht war.
»Er mußte mir seinen Namen nicht sagen«, antwortete sie schließlich. »Ich kannte ihn. Deshalb habe ich auch zugestimmt, als er anbot, mich nach Hause zu fahren. Ich arbeite seit fast drei Monaten für sein Wahlkampfbüro. Er heißt ... Robert Drayton Willmont.«

Lamars linke Hand schoß vor und schlug auf die Stoptaste an dem Kassettenrecorder. Starr vor Schreck saß er da und fragte sich, wo zum Teufel er da reingeraten war und warum er das Pech hatte, gerade an diesem Tag der diensthabende Beamte zu sein.
Es war zwecklos, sie zu fragen, ob sie den Mann zweifelsfrei identifizieren konnte. Ganz offensichtlich konnte sie das. Es war zwecklos, sie zu fragen, ob sie politische Motive für ihre Beschuldigung hatte. Falls es so war, würde sie das bestimmt nicht zugeben. Und es hatte keinen Sinn, ihr weitere Fragen zu stellen, solange er das soeben Gehörte nicht verdaut hatte.
»Ich denke, das genügt fürs erste«, sagte er schließlich. »Ich bitte Sie, mit niemandem über all das zu sprechen, bis wir die Ermittlungen abgeschlossen und das weitere Vorgehen geplant haben. Angesichts der speziellen Umstände in diesem Fall halte ich es für hilfreich, wenn die Medien so spät wie möglich davon erfahren.«
»Ich habe nicht die Absicht, mich an die Medien zu wenden«, erklärte Karen mit Nachdruck. »Und ich wollte auch sonst mit niemandem darüber sprechen.«
Lamar verstaute den Recorder in der einen Jackentasche, Block und Stift in der anderen und erhob sich.
»Danke für Ihre Zeit, Ma'am«, sagte er. »Bemühen Sie Ihren Mann nicht, ich finde allein hinaus.«
»Auf Wiedersehen, Sergeant.«
Karen sah ihm nach, wie er wegging. Vor dreißig Jahren war es ein junger Mann aus guter Familie gewesen, der in Harvard Jura studierte und einen makellosen Ruf hatte. Jetzt war es ein Senator, der für das höchste Amt im Lande kandidierte. Sie fragte sich, ob es wohl Gerechtigkeit auf der Welt gab.

Es war Abend. Ted hatte Amy zum Ubernachten zu DeeDee geschickt, weil Karen nicht wollte, daß ihre Stieftochter sie in diesem Zustand sah. Dann rief er Natalie an.

»Sie gibt nicht zu, daß sie Schmerzen hat«, sagte er, nachdem er kurz die Lage geschildert hatte. »Ich muß ein Medikament von der Apotheke holen, das der Arzt ihr verschrieben hat, aber ich möchte sie nicht allein lassen. Kannst du bei ihr bleiben, bis ich wieder da bin?«

»Natürlich.«

»Es dauert nicht lange.«

Natalie wußte, wie man Schmerzen bekämpft. Sie brachte ein großes Glas Brandy mit ins Schlafzimmer.

»Trink das«, befahl sie.

Karen schluckte die scharfe Flüssigkeit hinunter, aber sie nützte nicht viel.

»Hat Ted es dir erzählt?« flüsterte sie mit ihren geschwollenen Lippen.

Natalie nickte. »Ich kann es nicht fassen. Ich habe das Gefühl, daß ich an alldem schuld bin. Ich habe dich nicht davon abgehalten, dich seinem Wahlkampfteam anzuschließen. Das hätte ich tun sollen. Im Grunde meines Herzens wollte ich glauben, daß er sich geändert hat. Ich bin einfach nicht auf den Gedanken gekommen, daß so etwas zweimal passieren könnte.«

»Ich auch nicht«, sagte Karen. »Deshalb bin ich auch zu ihm ins Auto gestiegen. Ich dachte, er ist jetzt ein bedeutender Mann, älter und bestimmt klüger. Außerdem haben wir 1992, und er hat so viel zu verlieren, es wäre verrückt, wenn er irgendwas anzetteln würde. Warum sollte ich mich also fürchten?«

»Was willst du tun?«

»Ich tue gar nichts. Die Polizei muß sich entscheiden, wie sie vorgehen will.«

»Das ist ein heißes Eisen«, murmelte Natalie. »Niemand wird es anfassen wollen.«
»Du, Ted und der Kripobeamte, ihr seid die einzigen, die wissen, wer es war. Wenn die Polizei nicht gegen ihn ermittelt, will ich nicht, daß etwas davon nach draußen dringt.«
Natalie stöhnte. »Es tut mir so leid«, sagte sie noch einmal.
»Mach dir bitte keine Vorwürfe«, erwiderte Karen. »Du bist nicht schuld daran. Ich bin ein erwachsener Mensch und allein verantwortlich für das, was ich tue.«

Ted hielt sie die ganze Nacht in den Armen, wiegte und streichelte sie. Mit Natalies Hilfe war es ihm gelungen, ihr außer dem Brandy noch etwas heiße Suppe einzuflößen, aber ihr schien nicht warm zu werden.
»Ich habe ihnen nichts davon gesagt.«
»Wovon?«
»Von ... dem anderen Mal. Sie würden mich für so dumm halten, weil mir das noch mal passiert ist.«
»Aber sollten sie das nicht wissen?«
Karen zuckte mit den Schultern. »Es ist lange her, und es stand meine gegen seine Aussage. Außerdem gehört es der Vergangenheit an, es würde nur alles durcheinanderbringen.«
Ted dachte an die Nacht vor fünf Monaten, als sie ihm von ihrem ersten Zusammentreffen mit Robert Willmont erzählt hatte. Er dachte daran, wie er sie in den Armen gehalten und ihr versprochen hatte, daß er sie in Zukunft immer vor allem beschützen würde.
Es machte ihn ganz krank, daß er sein Versprechen nicht hatte halten können. Er verstand nicht, wie man sich an einer Frau vergreifen, sich nicht daran erinnern und es dann noch einmal tun konnte. Er war nicht begeistert gewesen, als Karen in den Willmont-Wahlkampf einstieg,

aber er hatte sich auch nicht vehement dagegengestellt, weil sie geglaubt hatte, daß es für die Vergangenheitsbewältigung wichtig sei. Doch im nachhinein wünschte er sich, er wäre eingeschritten.

»Rettet Amerika!« wurde im ganzen Land zum gängigen Slogan, mit dem täglich Tausende für das mitreißende Konzept gewonnen wurden – und der Mann, der dahinterstand, erwies sich als brutaler Vergewaltiger.

Ted Doniger war ein sanfter, fürsorglicher Mann, eine echte Waage, der daran glaubte, daß jeder Mensch genügend Gutes in sich trug, um das Böse auszugleichen. Wie sein Vater zu sagen pflegte: Bei einigen mußte man nur etwas genauer hinschauen. Doch so genau Ted nun hinsah – bei Robert Willmont vermochte er nicht genügend Gutes zu entdecken.

Er starrte in die Dunkelheit, und ein unbekannter Zorn stieg in ihm auf, ein Zorn, der so glühend war, daß er mitten in der Nacht mit der Waffe losgezogen wäre, wenn er eine besessen hätte.

9

Wenn es sich vermeiden ließ, fuhr Lamar Pope nicht mit dem Aufzug. Er ging regelmäßig zu Fuß in den vierten Stock des Justizgebäudes hinauf, des massigen grauen Klotzes, der einen ganzen Block der Bryant Street einnahm und zwischen den tristen Lagerhäusern, Fabrikgebäuden und Autowerkstätten so merkwürdig fehl am Platz wirkte. Er tat dies weniger, um fit zu bleiben, als vielmehr aus einer inneren Unruhe heraus.

Und so war es auch an diesem Tag. Lamar stieg, immer zwei Stufen auf einmal nchmend, die Treppe hinauf und stapfte den Flur hinunter zum Zimmer 436, in dem die Abteilung für Sexualverbrechen untergebracht war. Er marschierte direkt in den hinteren Teil des durch schulterhohe Zwischenwände gegliederten Raums, wühlte eine Weile in der obersten Schublade seines Schreibtischs, begab sich dann ins vollgestopfte Büro des Lieutenants und ließ sich schwer auf einen Stuhl fallen.

Es war Freitag, halb neun, und er hockte seit achtundvierzig Stunden auf der Mitteilung herum, die einschlagen würde wie eine Bombe.

»Sie werden es nicht glauben«, sagte er.

Lieutenant Mike Perrone war seit dreiundzwanzig Jahren bei der Polizei und leitete seit fünf Jahren die Abteilung. Ihn konnte kaum etwas erstaunen. Jeden Tag, bevor er zur

Arbeit fuhr, sagte er zu seiner Frau, er wisse nicht, wie lange er es noch bei den Sexualverbrechen aushalten würde. Zu viele der Opfer suchten ihn nachts in seinen Träumen heim.

»Raus mit der Sprache.«

»Gut.« Lamar nickte. »Ich hab da eine Frau, die behauptet, von Robert Willmont vergewaltigt worden zu sein.«

»Dem *Senator* Robert Willmont?«

»Ja, genau.«

Perrone, ein mittelgroßer Mann mit breitem Brustkasten und einem dünnen Schnurrbart, warf den Kopf zurück und brach in schallendes Gelächter aus.

»Ganz recht«, gluckste er. »Ich glaub es nicht.«

Lamar zuckte mit den Schultern. »Das Problem ist bloß«, sagte er und kaute auf dem Filter einer Zigarette herum, die er nicht anzündete, »daß es nicht so unwahrscheinlich ist.«

Das Grinsen auf dem Gesicht des Lieutenants ließ nach. »Von dem Strahlemann? Dem tugendhaften Fürsprecher des Volkes? Dem Apostel von ›Rettet Amerika!‹?«

»Genau.«

»Verdammt! Wann? Wo?«

»Dienstag nacht. Golden Gate Park.«

»Wo ist der Bericht? Ich hab bis jetzt nichts davon gehört.«

»Ich hab nichts nach draußen dringen lassen«, erklärte Lamar. »Angesichts der Umstände hab ich mir gedacht, das wär das Schlaueste, bis wir wissen, wo's langgeht.«

Perrone nickte. »Okay, was haben Sie?«

»Ihre Aussage«, berichtete Lamar. »Ihre körperliche Verfassung. Das ganze Zeug, das die Leute vom Beratungszentrum für Vergewaltigungsopfer gesammelt haben, unter anderem Hautfetzen unter den Fingernägeln. Sie hat gesagt, sie habe ihn ziemlich gekratzt. Einen Fußabdruck am Tatort. Und ihre eindeutige Identifizierung.«

»O Mann, das riecht aber nach Falle«, murmelte der Lieutenant. »Wie lange ist's noch bis zu den Vorwahlen – zwei Monate? Scheiße! Das ist aber ein praktischer Zufall.«

»Daran hab ich auch gedacht«, stimmte Lamar ihm zu. »Deshalb hab ich so lange dichtgehalten. Aber ich muß jetzt auspacken. Ich hab die letzten zweiundvierzig Stunden damit zugebracht, sie zu überprüfen. Ich bin auf keinerlei politische Ungereimtheiten gestoßen. Es sieht im Gegenteil eher so aus, als hätte sie wirklich an Willmonts Programm geglaubt.«

»O Gott«, sagte Perrone heiser. »Sie halten es doch nicht etwa für möglich, oder?«

»Gefühl im Bauch?« fragte Lamar.

»Ja.«

»Möglich ist alles.«

»Wie wollen Sie's angehen?«

»Ich meine, wir haben genug, um mal ein bißchen mit ihm zu plaudern.«

»Sorgen Sie aber dafür, daß wir Rückendeckung haben, und zwar reichlich«, sagte Perrone. »Was haben Sie mit dem Beweismaterial gemacht?«

»Ich habe es anders beschriftet. Keiner außer mir kann es finden. Den Abdruck von der Fußspur habe ich unter ›unbekannt‹ einsortiert. Den Bericht von der Streife, die zuerst am Tatort war, das Gutachten des Arztes und die Fotos, die im Krankenhaus gemacht wurden, hab ich unter einem falschen Namen verschwinden lassen. Ich habe seinen Namen auf dem Band gelöscht. Sie können sich wirklich darauf verlassen, daß nichts nach draußen dringt, bis wir loslegen.«

»Na gut«, seufzte der Lieutenant. »Geben Sie mir den Bericht. Wenn ich Ihrer Meinung bin, werden wir ihn vorladen.«

»Er wird nicht kommen«, erwiderte der Polizist.
»Das weiß ich, verdammt«, fuhr Perrone ihn an. »Aber wir müssen verflucht noch mal den Dienstweg einhalten.«

»Ich sage Ihnen doch, Hal, das ist absurd«, schrie Robert Willmont am Telefon seinen Anwalt an. »Die Frau lügt wie gedruckt. Das Ganze ist ein Schwindel, merken Sie das denn nicht?«
»Dann müssen Sie sich ja keine Sorgen machen«, entgegnete Hal Sutton ruhig. »Außerdem wollen sie nur mal mit Ihnen reden.«
»Von wegen. Ich werde mich da nicht zum Verhör hinschleppen lassen wie ein Verbrecher.«
»Ich bin sicher, wir können uns irgendwie mit denen einigen«, sagte der Sohn des ehemaligen Seniorpartners von Sutton, Wells, Willmont und Spaulding. »Ich nehme das in die Hand. Aber Sie sollten mir zuerst genau sagen, was dahintersteckt.«
»Sie ist freiwillige Mitarbeiterin im Wahlkampfbüro«, erklärte der Senator. »Ihr Wagen sprang nicht an, und ich habe ihr angeboten, sie nach Hause zu fahren. Wir gingen in eine Bar gegenüber vom Parkhaus, haben ein paar Gläser getrunken und uns unterhalten. Als wir dann zu ihr fuhren, wurde ihr übel oder so, und sie hat mich gebeten, anzuhalten. Sie stieg aus und verschwand. Nach einer Weile stieg ich ebenfalls aus, um nachzusehen, ob alles mit ihr in Ordnung ist, und plötzlich schmeißt sie sich an mich ran. Ich meine, die war schlimmer als diese irren Groupies mit ihren Rockstars. Sie kratzte und biß und hielt mich fest. Ich kam einfach nicht weg.«
»War sie denn so stark?« fragte Sutton.
»Na ja, gut«, gab Robert zu, »ich habe mich vielleicht nicht sehr bemüht, mich loszureißen. Sie können sich das bestimmt vorstellen – ein bißchen Alkohol, der Wahlkampf-

streß, eine Frau, die sich einem an den Hals wirft. Meine Abwehr war nicht besonders kräftig – okay, sie war eben der Schnupfen, den ich mir eingefangen habe. Ich bin schließlich auch nur ein Mensch, und Randy hat mir seit Dezember ein Mönchsleben verordnet. Aber wenn sie glaubt, sie kommt damit durch, daß sie mir jetzt eine Vergewaltigung anhängt, hat sie sich geschnitten.«

»Keine Sorge«, beruhigte ihn Sutton. »Vergewaltigung durch Bekannte ist eine ziemlich dehnbare Anklage und am schwersten zu beweisen. Wenn es nicht stimmt, wird sie nicht damit durchkommen, glauben Sie mir.«

»Aber es darf nicht mal einen Prozeß geben, sonst bin ich erledigt«, stellte Robert klar. »Ich habe mich nicht bis hierher vorgearbeitet, damit irgendeine Irre mir alles versaut.«

»Tja, Sie könnten sich in einem geringeren Anklagepunkt für schuldig bekennen.«

»Zum Beispiel?«

»Nur Körperverletzung.«

»Das ist auch ein Verbrechen, und Verbrecher wählt man nicht zum Präsidenten.«

»Immer noch besser als Vergewaltigung.«

»Und wenn ich einfach alles abstreite?« schlug Robert vor. »Wenn ich sage, ich sei nie an diesem Ort gewesen und habe ein Alibi?«

»Ich würde es nicht zulassen, daß Sie einen Meineid leisten – oder jemand anders, den Sie vielleicht da mit hineinziehen wollen«, entgegnete der seriöse Sozius von Sutton, Wells, Willmont und Spaulding scharf. Er war nicht direkt mit Robert befreundet, aber sie kannten sich seit fünfundzwanzig Jahren. »Außerdem haben sie vermutlich mindestens einen DNA-Beweis, der Sie so sicher überführt wie ein Augenzeuge, der alles aus einem halben Meter Entfernung beobachtet hat.«

»Ich bin lange genug im Geschäft, ich weiß, daß Beweise auch einfach ... verschwinden können«, sagte Robert beiläufig. »Man braucht nur genügend Geld und die richtigen Verbindungen dafür, und ich habe beides.«
»Sie haben Ihr Image auf Ehrlichkeit aufgebaut«, rief ihm sein Anwalt in Erinnerung. »Ich würde Ihnen raten, dabei zu bleiben.«
»War nur so ein Gedanke«, seufzte Robert und fragte sich, was er von Ehrlichkeit hatte, wenn er währenddessen auf den Abgrund zutrieb. »Und was nun?«
»Ich werde mich der Sache annehmen«, sagte Sutton, »und mich dann wieder bei Ihnen melden.«

Am Nachmittag desselben Tages stapfte Lamar um kurz nach halb vier die Eingangstreppe zum Haus in der Jackson Street hinauf und klingelte. Drinnen ertönte dezent ein melodiöser Gong, und kurz darauf öffnete ihm ein älterer Mann in schwarzer Livree die Tür und geleitete ihn wortlos in ein Zimmer links neben der Eingangshalle.
Drei Männer erwarteten ihn in einer opulent ausgestatteten Bibliothek, wie sie Lamar bisher nur in Erzählungen begegnet war. Robert Willmont erkannte er natürlich auf Anhieb. Der zweite Mann mochte etwa zehn Jahre älter sein als der Senator. Er war kleiner, wirkte aber ebenso vornehm und hatte dichtes silbergraues Haar. Der dritte Mann war jünger und schmaler, hatte rotes Haar, das sich merklich lichtete, und trug eine Brille.
»Ich bin Hal Sutton, Sergeant Pope, Senator Willmonts Anwalt.« Der Mann mit dem silbergrauen Haar trat vor, reichte ihm jedoch nicht die Hand. »Das ist der Assistent des Senators, James Randall Neuburg. Den Senator kennen Sie ja.«
»Gentlemen«, sagte Lamar.

»Ich bin Ihnen dankbar, daß wir dieses Treffen hier abhalten können statt im Justizgebäude«, fuhr der Anwalt fort. »In dieser Sache ist unbedingt Diskretion vonnöten, aus bestimmt auch für Sie verständlichen Gründen.«

»Ich kann Ihnen versichern, daß ich den Senator lieber unter anderen Umständen kennengelernt hätte«, erwiderte Lamar freundlich. Er hatte nicht viel für höfliches Geplauder übrig. »Ich würde vorschlagen, daß wir uns gleich dem Grund unseres Hierseins zuwenden und diese Angelegenheit so rasch und schmerzlos wie möglich hinter uns bringen.«

»Selbstverständlich, Sergeant.«

Sie ließen sich auf gegenüberstehenden Couchen nieder. Lamar holte seinen Kassettenrecorder heraus. »Haben Sie etwas dagegen, Sir?« fragte er mit dem nötigen respektvollen Unterton. »Meine Gedächtnisstütze.«

»Ganz und gar nicht«, antwortete der Senator, nachdem er einen raschen Blick mit seinem Anwalt gewechselt hatte.

»Danke.«

»Sie wissen, daß ich von Rechts wegen nicht gezwungen wäre, jetzt eine Aussage zu machen«, bemerkte Robert.

»O ja, das weiß ich, Sir.«

»Ich tue das nur, damit die ganze Sache bereinigt wird, bevor sie wirklichen Schaden anrichten kann.«

»Das ist sehr freundlich von Ihnen.«

»Gut, wo soll ich anfangen?«

Nach knapp zwanzig Minuten hatte der Senator seinen Bericht über die Ereignisse des Dienstagabends beendet.

»Ihnen ist sicher bekannt«, schloß der Senator, »daß es immer Leute gibt, die mir schaden wollen. In meiner Position ist man angreifbar. War es unter diesen Umständen dumm von mir, mich von einer Frau verführen zu lassen, die ich kaum kannte? Natürlich war es das. Aber ich

versichere Ihnen, daß diese Dummheit das einzige ist, was Sie mir vorwerfen können. Ich hoffe, daß die Sache damit erledigt ist.«
»Nun, Sir, das kann ich Ihnen nicht versprechen«, erwiderte Lamar. »Ich brauche wohl nicht zu betonen, daß Ihre Version der Geschichte sich nicht mit derjenigen der Dame deckt, das heißt, wir müssen noch ein paar Untersuchungen anstellen.«
»Sie werden doch wohl nicht ihr mehr Glauben schenken als mir, oder?« fragte Robert mit scharfem Unterton.
»Das liegt nicht bei mir, Senator«, antwortete Lamar. »Ich sammle nur die Informationen.«
»Bei wem dann?«
»Wenn meine Ermittlungen abgeschlossen sind, ist es Sache der Staatsanwaltschaft.«
Der Senator sah Lamar aufgebracht an. »Das darf doch nicht wahr sein«, ereiferte er sich. »Irgendeine dahergelaufene Verrückte verbreitet Lügen über mich, und weil es dabei um eine wichtige Respektsperson geht, die im Licht der Öffentlichkeit steht, stürzen Sie und Ihre Leute sich darauf wie die Geier.«
Im Hintergrund ließ Hal Sutton ein Räuspern hören.
»Ja, nun, was kann ich noch tun, Sergeant?« fuhr Robert in gemäßigterem Ton fort. »Womit kann ich Sie davon überzeugen, daß ich niemanden vergewaltigt habe?«
»Vielleicht wären Sie so freundlich, mir die Kleider zu zeigen, die Sie am Dienstag anhatten.«
»Meine Kleider? Was zum Teufel wollen Sie mit...?« begann Robert. »Natürlich, Sie suchen nach Beweisen für die eine oder andere Version der Geschichte. Nun, ich habe zwar keine Ahnung, was meine Kleider Ihnen sagen sollen, das Sie nicht schon von mir wüßten, aber Sie können sie haben.«
Er sprang auf, durchquerte das Zimmer und riß die Tür

auf. »Preston«, befahl er herrisch dem älteren Mann, der im Flur wartete, »bringen Sie die Sachen herunter, die ich am Dienstag anhatte. Anzug, Hemd, Krawatte, alles.«
»Schuhe«, half Lamar nach.
»Ja, und meine schwarzen Slipper.«
Die vier Männer, denen es unbehaglich zumute war, standen herum, bis der Butler mit den Kleidern zurückkam.
»Es tut mir leid, Sir, aber das Hemd wurde schon in die Reinigung gegeben«, sagte er, sich für seine Tüchtigkeit entschuldigend.
Robert zuckte mit den Schultern. »Dann muß das ausreichen.«
»In diesem Fall, Sir«, erklärte Lamar, »hoffe ich, daß Sie nichts dagegen haben, Ihr Hemd aufzuknöpfen.«
»Allerdings habe ich das!« schnauzte ihn der Senator an. »Was glauben Sie wohl, wen Sie ...«
Diesmal räusperte sich der Mann mit dem roten Haar.
»Natürlich, Sergeant«, sagte Robert mit steinerner Miene.
Er riß sich dic Krawatte auf und öffnete sein Hemd. Quer über seine Brust zogen sich vier leuchtend rote Kratzer.
»Ja, sie hat mich gekratzt, wenn Sie das wissen wollen«, gab er zu. »Aber ich versichere Ihnen, daß sie es aus ... Leidenschaft getan hat und nicht, um mich abzuwehren.«
»Danke«, sagte Lamar und nahm die Kleidung des Senators an sich. »Das wäre fürs erste alles.«

»Was meinen Sie?« fragte Robert sofort, nachdem sich die Tür hinter dem Polizisten geschlossen hatte.
»Ich meine, daß sie wahrscheinlich Anklage erheben werden«, sagte Sutton.
»Scheiße!«
»Wenn sie Kleider haben wollen und nach Kratzern suchen, sieht es ganz danach aus«, bestätigte Randy.

»Aber ich habe ihr nichts getan«, protestierte Robert.
»Sie können sich immer noch schuldig bekennen«, riet Sutton.
»Wenn er sich zu irgend etwas bekennt«, äußerte Randy, »ist seine Karriere in dem Augenblick zu Ende.«
»Mag sein, aber sie sperren ihn nicht ein.«
»Nein«, seufzte Robert. »Die einzige Chance zu meiner Rehabilitierung ist vor Gericht.« Er wandte sich seinem Berater zu. »Setzen Sie Dobbs darauf an. Blasen wir es groß auf. Eine Lektion in Bürgerrechten, mit der wir dem ganzen Land beweisen, daß das System funktioniert.«
»Und wenn es das nicht tut?« fragte Randy leise.
»Daran gibt es keinerlei Zweifel«, versicherte ihm der Senator. »Sie dürfen nicht vergessen, daß ich hier in meinem Staat, meiner Stadt, unter meinen Anhängern bin. Die Geschworenen hier werden mich nicht für etwas verurteilen, was ich nicht getan habe.«

Am Montag morgen um Viertel vor zehn marschierte Jay Agar, der stellvertretende Bezirksstaatsanwalt der Stadt San Francisco, entschlossen den Flur im dritten Stock des Justizgebäudes entlang und blieb vor einem Büro stehen, das kaum geräumiger war als ein mittelgroßer Kleiderschrank. Das Zimmer hatte ein Fenster mit Blick auf die Autobahn, an dem eine kaputte Jalousie hing und das fast eine ganze Zimmerseite einnahm. Von der beigen Wand blätterte die Farbe ab. Der ganze Raum war kaum größer als der schäbige Schreibtisch, der darin stand.
Agar klopfte, um die Frau auf sich aufmerksam zu machen, die an diesem Schreibtisch saß.
Teresa Maria Yacinta Escalante, zweifellos die beste Staatsanwältin, mit der Agar je die Freude gehabt hatte zu arbeiten, blickte von dem Aktenstapel vor ihr auf. Sie war eine

schwarzhaarige, schwarzäugige Schönheit mit schneeweißen Zähnen, die aufblitzten, wenn sie lächelte. Und sie lächelte jetzt.

»Ich habe Sie kommen hören«, gab sie zu. »Aber ich habe gehofft, Sie gehen weiter. Werfen Sie mal einen Blick auf diesen Schreibtisch. Ich kann in den nächsten zwei Monaten nichts anderes übernehmen.«

»Es tut mir leid, Tess«, seufzte Agar und ließ eine Akte auf ihren Tisch fallen. »Sie glauben gar nicht, wie leid es mir tut.«

Tess klappte die Akte auf. Sie wußte, daß es sich um etwas Großes handeln mußte, weil er sich nicht mal die Mühe gemacht hatte, sie wie üblich nach ihrem Wochenende zu fragen. Sie überflog rasch die Seiten, und ihre großen Augen wurden noch größer.

»Das ist ein Scherz, oder?« fragte sie. »So was wie ein Aprilscherz?«

»Kein Scherz.«

Tess runzelte die Stirn. »Sie meinen, da klagt jemand allen Ernstes Robert Willmont der Vergewaltigung an?«

»So wurde es mir mitgeteilt.«

»Den *Senator* Robert Willmont?«

Agar seufzte erneut. »Ich kenne keinen anderen.«

»Warum ich?« protestierte sie. »Sie schnappen sich doch sonst immer die Großen. Warum nicht den hier?«

»Der Stepaner-Fall«, rief Agar ihr in Erinnerung. »Ich kann dem Richter mitten in einem Prozeß wegen dreifachen Mordes schlecht sagen, es sei mir was dazwischengekommen.«

Er machte sich nicht die Mühe zu erwähnen, daß der Stepaner-Fall viel Beachtung fand und gut für seinen Ruf war, wohingegen man bei diesem hier nur verlieren konnte, wie er auch ausgehen mochte.

Tess lehnte sich mit gerunzelter Stirn zurück und klopfte mit ihrem Stift gegen ihre linke Handfläche.
»Da stimmt was nicht. Willmont muß doch wissen, daß er genau unter die Lupe genommen wird«, bemerkte sie. »Er hat die Nominierung fast im Kasten. Warum sollte er das alles aufs Spiel setzen? Fällt Ihnen nicht auf, daß das Timing hier etwas zu perfekt ist, daß es eine Falle sein könnte?«
»Na klar.« Agar zuckte mit den Schultern. »Aber es ist unwichtig, was ich denke«, sagte er. »Der Staatsanwalt fürchtet, daß zuviel dran ist, als daß man's übergehen könnte. Was Sie glauben, ist ganz allein Ihre Sache.«
»Warum ich?« wiederholte sie.
»Weil Sie ehrlich, unvoreingenommen und die Beste sind – und weil das alle wissen. Wenn ich jemand anderen nehmen würde, bekäme ich von beiden Seiten Druck.«
»Aber ich bin völlig eingedeckt.« Sie deutete auf die Papierberge auf ihrem Schreibtisch.
»Das weiß ich, und ich bin auch bereit, Sie soweit wie möglich von den anderen Fällen zu entlasten. Es versteht sich wohl von selbst, daß der hier vorgeht.«
»Wahrhaftig«, murmelte sie.
»Hören Sie, ist es vielleicht ein Trost, wenn ich Ihnen sage, daß Sie Lamar kriegen?«
»Versuchen Sie nicht, mir Honig um den Mund zu schmieren«, entgegnete Tess. »Ohne ihn würde ich das hier nicht anpacken, und das wissen Sie auch.«
Tess Escalante und Lamar Pope waren ein hervorragendes Team – die beste Staatsanwältin in San Francisco und der beste Ermittler für Sexualverbrechen im ganzen Land.
Der massige Extexaner arbeitete mit so viel Engagement, Intuition und Sensibilität, daß es jeden in Erstaunen versetzte außer Tess, und er blieb immer noch am Ball, wenn die anderen längst aufgegeben hatten. Tess wußte, daß sie

bei vielen Fällen in den letzten Jahren ohne ihn aufgeschmissen gewesen wäre. Doch sogar mit Lamar Pope an ihrer Seite hatte Teresa Maria Yacinta Escalante absolut keine Lust, sich mit einem Senator anzulegen, vor allem nicht mit diesem.

Sie war politisch nicht aktiver als die meisten anderen Staatsanwälte, deren Karriere von der Wiederwahl der Regierung, die sie beschäftigte, abhing, aber sie verschloß auch nicht die Augen vor dem, was in Amerika geschah. Ihr gefielen Robert Willmonts Aussagen, auch wenn die Mehrheit ihrer Kollegen ihn zu radikal fand.

Tess stammte von Wanderarbeitern ab, die es über die Grenze geschafft hatten, nur um dann ein armseliges Leben als Obstpflücker zu führen, und sie sah die Warnzeichen für den Niedergang Amerikas. Es überraschte und freute sie, daß sie offenbar nicht allein damit war, wie man aus der beeindruckenden Anzahl von Siegen bei den Vorwahlen schließen konnte, die der Senator aus Kalifornien errungen hatte.

An Robert Willmonts Privatleben hatte es bislang nicht das geringste auszusetzen gegeben, was entweder hieß, daß das Bild, das die PR-Leute dem Volk verkauften, korrekt oder daß er sehr diskret war. Tess dachte an Edmund Muskie und den gefälschten Brief, der ihn zu Fall gebracht hatte, Geraldine Ferraro und die Geschäftsgepflogenheiten ihres Mannes, Michael Dukakis und Willie Horton und die jüngste Aufregung um Bill Clinton und Gennifer Flowers, und es kam ihr sehr wahrscheinlich vor, daß hier wieder jemand in die Kiste mit den schmutzigen Tricks gegriffen hatte.

»Nun gut, verdrücken Sie sich, und lassen Sie mich arbeiten«, sagte sie und wedelte mit der Hand. »Aber dafür sind Sie mir was schuldig. Und Sie werden nicht billig davonkommen, das sag ich Ihnen.«

Sie ging die Akte noch einmal durch. Diesmal las sie den ersten Bericht der Polizei, Azi Redferns Feststellungen und die beiden Aussagen von Karen Doniger. Dann sah sie sich die Polizeifotos an. Zuletzt beschäftigte sie sich mit Robert Willmonts Äußerungen zu dem Vorfall. Als sie fertig war, stand Lamar Pope in der Tür. Der Türrahmen war kaum größer als er.

»Und wem geben Sie bei den Vorwahlen Ihre Stimme?« fragte sie.

»Niemandem«, antwortete er. »Ich bin seit jeher erklärter Nichtwähler.«

Tess lachte. Er war der einzige in der Truppe, der es sich erlauben konnte, mit Jeans und Fransenjacke zur Arbeit zu erscheinen. Der Cowboy mit Uniabschluß, dachte sie, als sie die Akte beiseite schob und ihn ansah.

»Wie haben Sie Willmont nur zu dieser Aussage gebracht?«

Lamar ließ sich auf dem Stuhl ihr gegenüber nieder. »Er hat es angeboten. Er sagte, er wolle, daß man die Wahrheit erfahre.«

»Und, was meinen Sie?«

»Ich bin mir noch nicht sicher«, gab der Ermittler zu. »So kurz vor den Vorwahlen kommt es mir komisch vor, daß der Mann sich so idiotisch benimmt.«

»So was Ähnliches hab ich auch zu Agar gesagt«, meinte Tess.

»Halten Sie es für inszeniert?«

Tess seufzte. »Ich weiß nicht, was ich davon halten soll – ich weiß nur, daß ich wünschte, ich wäre in Salinas geblieben.«

10

Mary Catherine saß an ihrem Schreibtisch. Es wurde langsam dunkel. Sie hatte sämtliche Mitarbeiter nach Hause geschickt und die Tür zum Wahlkampfbüro abgeschlossen, nachdem alles publik geworden war. Sie hatten Robert Willmont wegen Notzucht und Körperverletzung verhaftet, ihn ins Justizgebäude gebracht, wo man seine Fingerabdrücke abnahm, Fotos machte und seine Daten speicherte, und dann waren die Medienleute über das Büro hergefallen.
»Ich bin überzeugt, es handelt sich um einen schrecklichen Irrtum«, versicherte sie den Mitarbeitern, die mit aufgerissenen Augen wie betäubt vor dem Bildschirm standen, auf dem zu sehen war, wie ein Koloß in Cowboykluft ihren geliebten Senator ins Justizgebäude geleitete. »Wissen Sie, einer dieser Fälle, wo jemand für einen anderen gehalten wird. Bis morgen hat sich bestimmt alles aufgeklärt, und wir können alle weiterarbeiten.«
Aber im Herzen, den Knochen oder wo sie auch immer die Ahnungen hernahm, mit denen sie sich seit vierzig Jahren in der Politik durchsetzte, wußte sie, daß es sich anders verhielt.
Den Scharen von Reportern teilte sie mit, daß sie keinen offiziellen Kommentar abzugeben hatte, aber sie arbeite seit über zehn Jahren für den Senator, und sie glaube nicht, daß an den Vorwürfen etwas dran sei.

»Was können Sie uns über das mutmaßliche Opfer sagen?« schrien sie.
»Nichts«, antwortete Mary Catherine. Man hatte ihr aufgetragen, weder mit den Medien noch mit jemand anderem über Karen Doniger zu sprechen.
»Aber Sie kennen die Frau, oder?«
»Ich bin sicher, der Senator wird in ein, zwei Tagen ein Statement abgeben«, erklärte sie.
Dann geleitete sie alle höflich hinaus, verschloß die Tür und stellte die Telefone ab.
Mary Catherine hatte keine Ahnung, warum ihre beste Mitarbeiterin Alarm geschlagen hatte, aber sie konnte einfach nicht glauben, daß es wirklich ein Fall von Vergewaltigung und Körperverletzung war. Robert Drayton Willmont war viel zu begehrenswert, um eine Frau mit Gewalt zum Sex zwingen zu müssen.
Und dennoch ... Karen Doniger machte weder einen unausgeglichenen Eindruck, noch schien sie der Typ Mensch zu sein, der sich als politischer Druckfaktor benutzen ließ. Im Gegenteil, sie war klug, zuverlässig und allem Anschein nach völlig normal – eigentlich genau die Art von Frau, die Robert Willmonts Lüsternheit anregte. Nicht daß es noch eine Rolle spielt, dachte Mary Catherine. Ob er nun für schuldig oder nicht schuldig befunden wurde, seine politische Karriere war im Eimer. Die Moralapostel würden sich von ihm abwenden, weil sie dummes Herdenvieh waren, und selbst die intelligenteren Teile der Bevölkerung würden im Hinterkopf den alten Spruch haben, nach dem es auch Feuer gibt, wo Rauch ist. Die Büroleiterin, die in Washington, D.C., aufgewachsen war, wußte, daß er den Ruch dieser Anklage nie mehr loswerden würde.
Sie hatten sich am Samstag in der Jackson Street getroffen – Robert, Randy und Mary Catherine – und einen

Notplan erarbeitet, falls es wirklich zum Schlimmsten kommen sollte.
»Ich kann es einfach nicht fassen«, hatte Robert getobt. »Die Frau vergewaltigt mich quasi, und *ich* werde am Ende dafür verhaftet. Vielleicht sollte *ich* Anklage gegen *sie* erheben.«
»Wir haben keine Zeit für Wutausbrüche«, warf Randy ruhig ein. »Wir müssen jetzt entscheiden, wie wir uns in dieser Situation verhalten wollen. Sie haben laut Terminplan an diesem Wochenende drei Auftritte. Wollen Sie Ihre Version der Geschichte schon in der Öffentlichkeit bekanntgeben? Wollen Sie ihr politische Motive unterstellen?«
Robert wandte sich an Mary Catherine. »Was wissen wir über sie?« knurrte er.
»Wir wissen, daß sie attraktiv, fähig und zuverlässig ist«, antwortete die Büroleiterin. »Sie ist verheiratet, hat drei Stieftöchter und ist eine bekannte Lyrikerin.«
»Was macht ihr Mann?«
»Er ist Architekt«, informierte ihn Mary Catherine. »Übrigens ist er der verantwortliche Architekt für das China-Basin-Projekt.«
Robert kniff nachdenklich die Augen zusammen. »Können wir da irgendwie Druck ausüben?«
»Ich glaube, dafür ist es zu spät«, meinte Randy.
»Warum streite ich die ganze Sache nicht einfach ab und sage allen, sie sollen sich zum Teufel scheren?«
»Ihr Anwalt hat doch schon klargestellt, daß so ein Auftritt nicht anzuraten ist«, rief ihm Randy in Erinnerung.
»Warum nicht?« entgegnete der Senator. »Bei Clarence Thomas hat es doch auch funktioniert.«
»Clarence Thomas ist von seinen Kumpanen gerichtet worden«, bemerkte Mary Catherine mit zynischem Unterton. »So gut sind Sie nicht dran. Über Sie richten die Wähler.«

Robert ließ sich erschöpft zurückfallen. »Ich habe mich natürlich mit all meinen Spitzenberatern in Verbindung gesetzt, und von denen hat mir jeder empfohlen, es eiskalt abzuleugnen. Aber Sie beide sind immer noch meine besten politischen Spürnasen. Was meinen Sie?«

»Erstens«, antwortete Randy, »Sie schweigen sich darüber aus und machen ganz normal weiter. Sie wollen doch die Büchse der Pandora nicht öffnen, bevor Sie müssen.« Er hatte zwei Stunden mit Mariah telefoniert und Strategien und Möglichkeiten durchgesprochen.

»Das halte ich auch für richtig«, sagte Robert.

»Zweitens beauftragen wir die beste Privatdetektei im Lande, alles, aber auch alles, über Karen Doniger herauszufinden.«

»Mary Catherine, übernehmen Sie das«, ordnete Robert an.

»Schon erledigt«, sagte sie. Sie wußte, an welche Firma sie sich wenden mußte.

»Drittens, falls es notwendig sein sollte, geben Sie zu, daß Sie einen ganz dummen Fehler gemacht haben, und schieben es auf Streß, Überanstrengung, sogar zeitweilige Aussetzer, wenn Sie wollen. Die Wähler verzeihen gerne reuigen Sündern, wenn sie aufrichtig wirken. Sie sollten also wirklich ehrlich klingen.«

»Ich *bin* ehrlich.«

»Viertens lassen Sie durchblicken, daß es sich hier um eine politische Falle handelt; da Sie ja deutlich gemacht hatten, daß Sie nicht nur nominiert werden, sondern auch die Wahl gewinnen wollen, hat jemand mit allen Mitteln gearbeitet, um Sie daran zu hindern. Aber machen Sie klar, daß es nicht aus den eigenen Reihen kommt. Sie sollten lieber andeuten, daß jeder dahinterstecken könnte, auch die Autoindustrie, die National Rifle Association und einige

andere Staaten, die von amerikanischen Geldern abhängig sind.«
»Das gefällt mir«, sagte Robert. »Ausgesprochen gut sogar.«
»Fünftens, falls es zum Prozeß kommt, setzen Sie alles dran, um einen frühen Termin zu erhalten. Wenn wir die Sache beschleunigen und einen schnellen Freispruch kriegen, ist vielleicht noch was zu retten.«
»Zweifeln Sie etwa daran?« schnauzte Robert ihn an. »Natürlich werde ich freigesprochen. Ich bin unschuldig, verdammt noch mal.«
»Sechstens, solange diese Sache läuft, sind Elizabeth und Sie unzertrennlich.«
Der Senator verlagerte unbehaglich sein Gewicht. »Um ehrlich zu sein, ich weiß nicht, wie sie darauf reagieren wird. Wir hatten ... in letzter Zeit nicht sehr viel miteinander zu tun.«
»Tja, dann sollten wir sie besser holen und das feststellen«, verkündete Randy. »Denn ohne sie können wir gleich einpacken.«

Elizabeth Willmont hatte den Nachmittag mit Adam am Strand verbracht, wo sie sich darüber freute, wie geschickt ihr Sohn mit seinem neuen Surfbrett umging. Sie strahlte, als sie zurückkam und Robert und seine beiden Berater vorfand, die sie unruhig erwarteten.
»Ihr wolltet mit mir sprechen«, sagte sie, als sie in die Bibliothek schwebte.
»Wir brauchen Ihre Hilfe«, teilte Randy ihr einfach mit, bevor Robert sich äußern konnte.
Elizabeth lächelte. Sie mochte Randy Neuburg. Er hatte sogar mit vierzig noch einen jungenhaften Charme, der ihn offen, natürlich und anziehend wirken ließ.
»Hat es etwas mit diesen ganzen Sitzungen hinter verschlos-

senen Türen zu tun, die seit Tagen hier stattfinden?« erkundigte sie sich.
Völlig überrascht wandte sich Randy Robert zu. »Weiß sie es denn nicht?« fragte er. »Haben Sie ihr nichts erzählt?«
»Was denn?« wollte Elizabeth wissen.
»Ich fand, es hatte wenig Sinn«, antwortete der Senator verlegen. »Ich dachte, solange es sich vermeiden läßt.«
»Es läßt sich nicht vermeiden«, versetzte Randy. Er durchquerte das Zimmer und nahm Mary Catherines Arm. »Laß uns ein bißchen spazierengehen«, sagte er. »Wir hocken schon den ganzen Tag hier herum, wir sollten uns die Beine vertreten. In einer halben Stunde kommen wir zurück.«
Als sie wieder da waren, strahlte Elizabeth nicht mehr. Ihre Augen waren schmal und ihr Mund fest geschlossen. Auf dem Tisch stand ein Glas Wasser, und daneben lagen ihre Pillen.
»Falls Sie glaubten, das würde mich überraschen«, sagte sie kühl, »haben Sie sich geirrt. Es war nur eine Frage der Zeit, bis er über seine Ausschweifungen stolpern würde. Ich habe allerdings immer angenommen, daß es auf etwas wie Tripper oder Aids hinauslaufen würde, weshalb ich mich auch seit Jahren weigere, mit ihm zu schlafen. Aber keine Sorge, ich bin seine Frau, und ich werde zu ihm stehen. Ich werde sogar vor Gericht die Unwahrheit sagen, falls das notwendig sein sollte.«
Dann stand sie so würdevoll, wie es ihr möglich war, auf und ging hinaus.
Was für eine Frau, dachte Randy bewundernd. Sie wußte schon lange über den Senator Bescheid und hatte darüber geschwiegen. In Zeiten, in denen es üblich war, sich wegen geringerer Anlässe scheiden zu lassen, hatte Elizabeth das große Ziel vor Augen behalten. Sie war stärker, als er angenommen hatte, trotz ihrer Unbeständigkeit, die von

den Pillen herrührte, und er war jetzt zuversichtlich, daß sie mitziehen würde, auch wenn alles drunter und drüber ging.

Ihr scheint wirklich sehr viel mehr daran zu liegen, First Lady zu werden, als alle glauben, dachte Mary Catherine, und ihr Respekt vor Elizabeth wuchs. Sie wußte, daß sie selbst den guten Senator schon längst nicht nur aus dem Schlafzimmer vertrieben hätte, wäre sie mit ihm verheiratet gewesen – bei ihr hätte es geheißen: Weißes Haus oder nicht.

Robert räusperte sich. »Ich möchte natürlich nicht, daß sie sich öffentlich dazu äußert«, sagte er. »Nur wenn es zum Schlimmsten kommt.«

Und dazu kam es am Montag, den 13. April um zwei Uhr nachmittags, als Lamar Pope den Senator zu Hause aufsuchte, ihm den Haftbefehl zeigte und ihn zum Justizgebäude begleitete.

Mary Catherine seufzte tief. Sie wußte, daß sie anderes zu tun hatte, als im Dunkeln hier im Büro herumzusitzen. Ihre Sachen packen vielleicht oder einen Flug zurück nach D.C. buchen. Doch sie rührte sich nicht von der Stelle. Sie saß da, weil sie sechzig Jahre alt war und nicht mehr von vorne anfangen konnte.

Sie würde keine eifrigen Idealisten mehr belehren, durch den politischen Sumpf geleiten, kultivieren und formen. Nein, die Zeit war gekommen, ihre sorgsam vermehrten Rücklagen zu nehmen und in den Ruhestand zu gehen.

Kurz nach acht hörte sie, wie sich die Aufzugtür öffnete und wieder zuging und wie jemand die Tür aufschloß. Auf dieses Geräusch hatte sie gewartet.

Randy kam herein und schaltete das Licht ein. »Ich dachte mir, daß du hier bist«, sagte er müde. »Aber warum sitzt du im Dunkeln?«

»Es kam mir angemessen vor«, antwortete Catherine. »Wo ist er?«
»Zu Hause. Hal hat sich um alles gekümmert. Die Anzeige, die Anklageerhebung. Ich hab sie zur Jackson Street begleitet und bin dann gegangen. Die Voruntersuchung ist für den 23. angesetzt.«
»Das ist ziemlich früh, nicht?«
»Wir hätten sie lieber morgen gehabt, wenn das möglich gewesen wäre.«
Mary Catherine nickte. »Wie geht es ihm?«
»Er kann's nicht fassen, ist völlig durcheinander, außer sich«, berichtete Randy. »So würde es mir auch gehen, wenn mir mein ganzes Leben um die Ohren fliegen würde.«
»Weiß er Bescheid?«
Randy zuckte mit den Schultern. »Irgendwo schon, glaube ich. Aber er würde es nie zugeben. Er ist überzeugt, daß er diese Sache aus der Welt schaffen kann und daß die Wähler hinter ihm stehen.«
»Die haben schon verrücktere Sachen gemacht, meine ich.«
»Schon möglich.«
»Die Medien sind völlig außer Rand und Band«, sagte Mary Catherine erschöpft. »Er muß irgendein Statement abgeben.«
»Morgen ist eine Pressekonferenz«, teilte ihr Randy mit. »Er will den Leuten seinen Standpunkt vermitteln, solange die Frau noch anonym bleibt.«
»Was sagt Hal dazu?«
»Er sagt, das kann nicht schaden. Setz sie um drei an«, riet Randy, »damit wir in die überregionalen Nachrichten kommen.«
Sogar mitten in der Katastrophe behielt ihr letzter Schütz-

ling den Uberblick – der engagierte Berater, der politische Macher, der den Traum fast verwirklicht hätte. Mary Catherine sah den Mann an, den sie so viele Jahre gefördert und trainiert hatte.

»Wie geht's dir?« fragte sie sanft.

»Ich bin wie vor den Kopf geschlagen. Wütend. Frustriert.« Er seufzte. »Wir hatten's fast geschafft.«

»Was wirst du tun?«

Er dachte einen Augenblick nach. »Ich glaube, ich arbeite wieder als Anwalt. Werde heiraten. Endlich leben.«

»Klingt gut.«

»Trotzdem, verdammt, es ist nicht fair«, zürnte er. »Daß einfach jemand ankommen und einem das Leben zerstören kann, einfach so.« Er schnippte mit den Fingern.

Mary Catherine erhob sich mühsam und nahm ihre Handtasche. »Komm«, sagte sie, »gehen wir uns betrinken.«

11

In Tess Escalantes Büro im dritten Stock brannte seit Wochen auch nachts das Licht. Dann war es soweit. Es blieben ihr nur noch zwölf Stunden bis zur Voruntersuchung, bei der sie ihre Beweise vortragen und fordern würde, daß Robert Willmont der Notzucht und Körperverletzung angeklagt werde. Obwohl sie normalerweise wochenlang Zeit hatte, um die Fakten zusammenzutragen, hatte sie das Gefühl, bereit zu sein.

Anfänglich war sie sauer auf Jay Agar gewesen, weil er ihr den Schwarzen Peter zugeschoben hatte, doch jetzt mußte sie zugeben, daß ihr Interesse geweckt war. Ungeachtet ihrer Position als Anklägerin war die Staatsanwältin darauf eingestellt gewesen, daß ihr das mutmaßliche Opfer zuwider sein und dessen Geschichte ihr unglaubwürdig vorkommen würde, und zwar einfach deshalb, weil der Mann, den Karen Doniger der Vergewaltigung bezichtigte, jener Mann war, den viele, auch Tess, als letzte Hoffnung für das gefährdete Land betrachteten.

Das gesamte Team sah sich die Pressekonferenz, die der Senator am Tag nach seiner Verhaftung gab, im Fernsehen an, und sie trug nur dazu bei, Tess in ihrer Meinung zu bestärken.

»Viele von Ihnen wissen vielleicht noch nicht«, sagte er mit direktem Blick in die Kamera und Hand in Hand mit seiner

Frau, »daß ich gestern der Vergewaltigung angeklagt wurde.«
Sein Gesicht war von Streß und Erschöpfung gezeichnet.
»Habe ich mit der betreffenden Frau Geschlechtsverkehr gehabt?« fuhr er fort. Er erwähnte ihren Namen nicht, wie man es ihm gesagt hatte. »Ja. Ich werde Sie nicht anlügen. Ich habe mein Ehegelübde gebrochen, und ich kann dafür nichts zu meiner Rechtfertigung vorbringen, zumindest nichts, was ich Ihnen zumuten möchte. Aber habe ich sie vergewaltigt? *Nein, das habe ich nicht getan.* Unser Zusammensein war von beiden gewollt und kurz, und wir trennten uns in freundschaftlichem Einverständnis, wie ich meinte.«
Wie zur stummen Bestätigung trat Elizabeth Willmont etwas näher an ihren Mann heran.
»Wie verteidigt man sich, wenn eine Frau einen der Vergewaltigung bezichtigt?« fragte er. »Wie kann man sie als Lügnerin bezeichnen, ohne wie ein Schuft dazustehen? Wie kann man jemanden davon überzeugen, daß man sich vielleicht dumm, nicht jedoch kriminell verhalten hat? Wie vermittelt man, daß der Zeitpunkt zu passend ist – daß jemand es offenbar darauf angelegt hat, einen bloßzustellen und in Verruf zu bringen, weil man eine bestimmte Weltanschauung vertritt?«
Die Anwälte, mit denen Tess zusammensaß, konnten nicht umhin, anerkennend zu murmeln.
»Manche meinen, mit meiner Kandidatur sei es jetzt vorbei«, fuhr er fort. »Sicherlich, wenn mich die Geschworenen dieses abscheulichen Verbrechens für schuldig erklären, ist das Recht auf ihrer Seite. Aber ich glaube an das System. Ich glaube, daß Amerika immer noch ein Land ist, in dem die Wahrheit hochgeschätzt wird und die Unschuldigen freigesprochen werden. Und wenn es so ist, dann wird man mich freisprechen.«

Hinter dem Senator stand sein Team, und einige strafften sich bei diesen Worten und hielten sich aufrechter.

»Ich könnte meinen Anwalt jetzt dazu anhalten, diese Sache über Jahre hinauszuziehen«, verkündete der Kandidat, und seine Stimme wurde lauter. »Doch ich habe ihn statt dessen beauftragt, sie voranzutreiben, alle Hebel in Bewegung zu setzen, damit es so rasch wie möglich zum Prozeß kommt und ich von diesem Makel befreit werde und mich wieder meinem Lebenswerk zuwenden kann.«

Er hielt volle fünf Sekunden inne und blickte ohne zu blinzeln in die Kamera.

»Es gibt Menschen, die glauben, daß Bewerber für hohe Ämter Helden, Heilige oder gar Götter sein sollten«, fuhr er wieder in gemäßigterem Tonfall fort. »Doch tatsächlich sind wir einfach bloß Menschen – verletzlich, fehlbar, bemüht, unser Bestes zu geben, mit den Mitteln, über die wir verfügen. Und so bin auch ich, heute und schon seit jeher, einfach ein Mann, der glaubt, daß er diesem Land dabei behilflich sein kann, eine schwere Krise durchzustehen. Ich weiß nicht, wie ich Sie dazu bewegen kann, so lange kein Urteil über mich zu fällen, bis diese schreckliche Sache bereinigt und meine Unschuld bewiesen ist. Mir bleibt nur zu hoffen, daß Sie soviel Geduld für mich aufbringen.«

Tess starrte noch lange auf den Bildschirm, nachdem er schon dunkel war.

»Er hätte Schauspieler werden sollen«, sagte einer der Staatsanwälte grinsend.

»Bloß nicht«, meinte ein anderer. »Das hätte uns gerade noch gefehlt, noch ein Schauspieler im Weißen Haus.«

»Aber er hat Stil, das muß man ihm schon lassen«, erklärte ein dritter.

»Und du, Tess?« fragte jemand. »Was meinst du?«

»Ich halte ihn für sehr schlau«, antwortete sie.

Er hatte sich in jeder Hinsicht richtig verhalten, ob er nun schuldig oder unschuldig war. Er hatte der Öffentlichkeit seinen Fall freiwillig und mit Würde vorgelegt, und Tess Escalante hätte ihm nur allzugern geglaubt.

Aber bei dem einzigen Treffen mit Karen Doniger, das bislang stattgefunden hatte, war ihr bereits klargeworden, daß diese Frau niemandem als politisches Instrument diente, daß sie keine Geistesgestörte war, die etwas erfunden hatte, und auch keine Spinnerin, die darauf aus war, ins Fernsehen zu kommen. Ganz im Gegenteil.

»Es wäre mir lieber, ich müßte nicht hiersein«, erklärte die Frau, nachdem man sich vorgestellt hatte. Sie sprach noch undeutlich wegen ihrer genähten Lippe.

»Und warum sind Sie es dann?« fragte Tess unverblümt.

»Weil Azi mich davon überzeugt hat, daß ich zumindest mal mit Ihnen reden müßte«, antwortete sie und nickte zu der Beraterin neben ihr hinüber.

»Das stimmt«, bestätigte die Indianerin. »Ich habe ihr gesagt, daß es völlig unwichtig ist, ob der Mann, der sie vergewaltigt hat, einflußreich und berühmt ist, da das vor dem Gesetz keine Rolle spielt.«

»Das ist richtig«, erwiderte die Staatsanwältin.

»Stimmt es«, fragte die Frau, »daß ich die Aussage vor Gericht verweigern kann?«

»Ja«, antwortete Tess, »das stimmt. Wenn Sie von diesem Recht Gebrauch machen, wird die Anklage gegen den Senator fallengelassen, und die Sache gilt als abgeschlossen. Doch wenn er das Verbrechen begangen hat, dessen Sie ihn anklagen, kann er das dann jederzeit wiederholen.«

»Ich weiß«, flüsterte die Frau, und ein gehetzter Ausdruck trat in ihre Augen.

»Ich möchte Ihnen nichts vormachen«, sagte die Staatsanwältin. »Ein Vergewaltigungsprozeß ist für das Opfer häufig so grausam und erniedrigend wie das zuvor Erlittene. Fürchten Sie sich davor, dem Druck nicht standzuhalten?«

»Ich weiß nicht«, lautete die Antwort. »Wenn ich glauben könnte, daß er verurteilt wird, könnte ich mir vielleicht sagen, daß das jeden Einsatz wert ist. Aber um ehrlich zu sein, Miss Escalante, glaube ich nicht daran, und ich möchte nicht umsonst etwas durchmachen, was meine Familie und mein Leben in jedem Fall belasten, wenn nicht zerstören wird.«

»Aber das, was wir gegen ihn in der Hand haben, ist sehr viel, Mrs. Doniger«, versicherte Tess der Frau. »Warum meinen Sie, daß es nicht zum Schuldspruch kommen wird?«

Das Opfer sah der Staatsanwältin direkt in die Augen.

»Weil man Männer wie ihn niemals für ihre Taten zur Verantwortung zieht«, erklärte die Frau. »Sie nehmen sich einfach, was sie wollen. Wenn sie nicht mit Geld davonkommen, dann schaffen sie es mit Lügen. Es gibt immer noch ziemlich viele Leute auf der Welt, die es für unmöglich halten, daß eine Frau vergewaltigt werden kann, daß sie festgehalten, getreten, geschlagen und zum Geschlechtsverkehr gezwungen werden kann. Sogar wenn alle Beweise der Welt gegen ihn sprechen, steht am Ende doch nur mein Wort gegen seines, und er ist ein Politiker, der gewählt wurde und sehr viel für dieses Land tun kann. Wer aber bin ich?«

Tess betrachtete die Frau nachdenklich. Eine ihrer herausragendsten Fähigkeiten als Staatsanwältin war ihre Objektivität. Unabhängig von ihrer Überzeugung war sie imstande, jedes Beweisstück, jede Aussage, jede Regung und jedes Detail mit neutralem Blick einzuschätzen.

»Er hat es wirklich getan, nicht wahr?« hauchte sie und spürte, wie ihr ganz flau im Magen wurde.

»Ja, Miss Escalante«, sagte die Frau. »Er hat es getan.«
»Dann hat Azi recht. Es spielt keine Rolle, wie einflußreich er ist. Vor dem Gesetz sind alle gleich, und er kann sehr wohl zur Verantwortung gezogen werden.«
»Das glauben vielleicht Sie«, erwiderte das mutmaßliche Opfer. »Aber ich habe genug von dem Willie-Smith-Prozeß gesehen, um anderer Ansicht zu sein.«
»Verstehe.« Tess nickte. »Und Sie fürchten, daß ich mich so ungeschickt anstellen werde wie Moira Lasch?«
»Sogar die Experten waren sich einig, daß die Verteidigung diesen Prozeß nicht gewonnen, sondern daß ihn die Anklage verloren hat«, sagte die Frau. »Ich habe nichts gegen Sie persönlich, Miss Escalante. Ich kenne Sie nicht einmal. Aber ich habe Kinder, die mir sehr am Herzen liegen, und einen Mann, dessen Arbeit von öffentlicher Zuwendung abhängig ist, und ich habe sogar selbst ein paar Erfolge aufzuweisen. Ich kann es mir nicht leisten, am Ende so dazustehen wie Patricia Bowman. Ich halte mich auch nicht für so stark wie sie. Und selbst wenn Sie hundertprozentig an mich glauben sollten, vertreten Sie vor Gericht nicht mich, sondern das Volk. Und dem ist es egal, wenn Sie verlieren. Aber ich bin für den Rest meines Lebens als Lügnerin, Ehebrecherin oder Schlimmeres gebrandmarkt.«
Die Staatsanwältin seufzte. »Nun gut«, sagte sie, »ich gebe zu, daß das System nicht vollkommen ist, doch es funktioniert.«
»Daran zweifle ich nicht«, erwiderte das mutmaßliche Opfer. »Ich zweifle nur daran, daß der Gerechtigkeit immer Genüge getan wird.«
»Bei den meisten Leuten schon.«
»Mag sein. Aber Robert Willmont ist nicht irgendwer.«
»Mike Tyson ist auch schuldig gesprochen worden.«

»Ja«, gab die Frau zu. »Doch ich halte es für möglich, daß man ihn vor allem deshalb verurteilt hat, weil er schwarz ist, nicht weil er schuldig war.«

»Ich bin gut in meinem Beruf, Mrs. Doniger«, sagte Tess. »Sehr gut. Ich mache meine Hausaufgaben, und mir unterlaufen selten Fehler. Ich gehe nur dann vor Gericht, wenn ich überzeugt bin, daß ich gewinnen kann. Es stimmt, daß es sich nie sicher vorhersagen läßt, wie sich die Geschworenen entscheiden, aber ich habe eine Verurteilungsrate von dreiundsiebzig Prozent, und das kann sich sehen lassen.«

Das mutmaßliche Opfer blickte die Beraterin an.

»Ich kenne Tess seit fünf Jahren«, erklärte Azi. »Und obwohl Sie nicht direkt von ihr vertreten werden, kann ich Ihnen versichern, daß Sie bei ihr in den besten Händen sind.«

»Und was viel wichtiger ist, Mrs. Doniger«, fügte die Staatsanwältin hinzu, »Wenn Sie nicht aussagen, wenn wir die Anklage fallenlassen und er frei herumläuft, sieht es so aus, als wäre es in Ordnung, sich so zu verhalten. Sind Sie wirklich dieser Meinung?«

Der Frau traten Tränen in die blaugrauen Augen, während sie ihre Hände betrachtete, sich bewußt machte, daß diese Bemerkung zutraf, und sich mit ihrer Entscheidung quälte. Nach einer halben Ewigkeit blickte sie zu Tess auf.

»Ich heiße Karen.«

Aufgrund des Tempos, das die Verteidigung vorlegte, mußte Tess alle anderen Fälle zurückstellen. Jetzt, am Abend vor der Voruntersuchung, ging sie alles noch einmal durch, klopfte ihre Arbeit auf Fehler, Schwachstellen, Widersprüche ab, die einer Anklageerhebung im Weg stehen konnten.

»Hab mir gedacht, daß du hier bist«, hörte sie Lamars Stimme. »Beim Überstundenscheffeln.«

»Nur zur Sicherheit«, beruhigte sie ihn. »Wir haben mehr als genug, um ihn dranzukriegen. Wie sieht's bei dir aus?«
Lamar ließ sich auf den Stuhl ihr gegenüber plumpsen. »Weißt du, jedesmal, wenn ich in einen neuen Fall einsteige, kommt er mir vor wie ein riesiges Puzzle. Aber ich bin sicher, daß ich das Bild deutlich vor mir sehen werde, wenn ich erst alle Stücke zusammengesetzt habe. Das hält mich auf Trab. Doch in diesem Puzzle fehlt ein Stück.«
»Wie meinst du das?«
Der große Mann kratzte sich am rechten Ohr. »Ich weiß eben nicht genau, es ist bloß so ein Gefühl im Bauch, daß ich irgendwas übersehe.«
Tess wußte, daß auf die Instinkte des Ermittlers Verlaß war. »Was könnte es sein?« bohrte sie nach.
»Die ganze Geschichte kommt mir einfach unschlüssig vor«, antwortete er seufzend, »weil ich Karen Doniger glaube. Ich würde meinen Ruf dafür aufs Spiel setzen, daß sie die Wahrheit sagt, daß sie das alles genau so erlebt hat, wie sie es zu Protokoll gegeben hat.«
»Ja und?«
»Und ich habe das Gefühl, daß Willmont auch die Wahrheit sagt.«
»Tja, sie können schlecht beide die Wahrheit sagen.«
»Das ist das Problem«, meinte Lamar, »oder?«
»Weißt du, es gibt Männer, die das Wörtchen ›nein‹ einfach nicht kapieren, oder, präziser ausgedrückt, die nicht glauben können, daß es ihnen gilt. Sie halten sich aus irgendwelchen Gründen für gefeit gegen Zurückweisung, und deshalb sind sie nicht in der Lage, damit umzugehen. Robert Willmont ist möglicherweise einer von der Sorte.«
»Mag sein«, erwiderte Lamar, aber er war nicht überzeugt. »Bei dem Zeitdruck, den uns Hal Sutton macht, konntest du nicht so präzise arbeiten wie sonst. Wir werden uns

morgen die Anklageschrift holen, und dann werde ich dafür sorgen, daß du ausreichend Zeit bekommst, um dein fehlendes Puzzlestück aufzuspüren.«

»Du magst Karen Doniger, stimmt's?« fragte er.

Tess nickte. »Ja«, antwortete sie. »Ich mag sie. Sehr sogar. Sie wirkt schrecklich verletzlich und dabei aber mächtig tapfer. Sie trägt eine Menge Schmerz in sich, und man kann fast sehen, wie sie innerlich darum ringt, damit fertig zu werden.«

»Ja, das hab ich auch an ihr wahrgenommen«, stimmte Lamar zu.

»Außerdem ist sie sehr zurückhaltend, und ich weiß, daß es für sie genauso entsetzlich ist, jetzt zur öffentlichen Person gemacht zu werden, wie das Erlebnis selbst.«

»Das finde ich am scheußlichsten an der ganzen Sache.«

Tess lächelte. »Ich glaube, du magst sie auch ganz gern.«

»Sie ist eine wirkliche Lady«, erklärte Lamar. »Und es ist nun mal so, daß man bei meiner Arbeit nicht allzu vielen Ladys begegnet. Es ist nur ...«

»Ich weiß«, führte Tess den Satz zu Ende. »Dieses Stück fehlt einfach.«

Teil VIII
1992

Gerechtigkeit gibt es nicht –
nicht im Gerichtssaal
und nicht in der Welt.

CLARENCE DARROW

1

Richter Oliver Wendell Washington litt unter akuter Gastritis. Er litt genaugenommen seit dem Tag darunter, an dem er erfahren hatte, daß er beim Prozeß *Das Volk gegen Robert Drayton Willmont* den Vorsitz haben würde.

»Warum ich?« fragte er stöhnend seine Frau, als er zum zweitenmal an diesem Morgen zur Toilette rannte.

»Weil du Richter bist, würde ich sagen«, rief ihm Thelma Washington durch die Badezimmertür in Erinnerung. »Und weil jemand dich offenbar in diesem Fall für den Richtigen hielt.«

»Ich wünschte, ich wäre Hausmeister«, jammerte der ehemalige Professor der Rechtswissenschaft von der Stanford University.

»Ach Unsinn«, erwiderte seine Frau kichernd, »du bist völlig zufrieden damit, Richter zu sein.«

»Nein, meine *Frau Mama* ist völlig zufrieden damit«, stellte er richtig. »Das war ihr Traum. Sie wußte schon bei meiner Geburt, daß ich Richter werden sollte. Deshalb hat sie mich Oliver Wendell genannt – damit ich das nie vergesse.«

»Und deine Mama kann stolz auf dich sein.«

»Du verstehst das nicht«, brummte er. »Im November muß ich mich zur Wiederwahl stellen. Wenn ich bei diesem Prozeß auch nur einen Fehler mache, einer Seite zu sehr nachgebe, ist Mamas Traum hinüber, und sie wird wahrscheinlich vorzeitig ins Grab sinken.«

»Vorzeitig?« spottete Thelma. »Sie ist doch mindestens achtundachtzig.«

»Vielleicht lege ich mich ein, zwei Minuten hin.«

»Dann kommst du zu spät ins Gericht«, erklärte Thelma, »und *das* wäre nun wirklich ein Fehler.«

»Wenn ich mich jetzt krank melde, bevor sie mit der Auswahl der Geschworenen anfangen, finden sie noch Ersatz für mich.«

Thelma schüttelte den Kopf. »Ich würde sagen, daß du schon ganz käsig aussiehst vor Feigheit – wenn deine Haut nicht so schwarz wäre.«

»Aber es stimmt doch«, entgegnete er trotzig. »Schau mich doch an. Ich komme ja nicht mal drei Meter vom Klo weg.«

»Oliver Wendell«, ermahnte ihn seine Frau mit einer Stimme, die keinen Widerspruch duldete, »hör jetzt mit dem Gejammer auf, und geh deiner Arbeit nach. Du bist ein gerechter, unparteiischer Richter, und alle in der Stadt wissen das. Deshalb hat man diesen Fall dir übertragen. Und du wirst gut sein. Aber ich lege dir für alle Fälle die Magenpillen zu deinem Mittagessen dazu.«

Abteilung 21 des Höheren Gerichts, Bereich Strafrecht, wurde von den Leuten, die im Justizgebäude arbeiteten, immer als der »Glassaal« bezeichnet. Er lag am Ende des Flurs im dritten Stock, war nicht größer als die anderen Gerichtssäle und ebenso neutral in der Ausstrahlung. Wie die anderen hatte auch er einen Gang in der Mitte, unbequeme Klappstühle für die Zuschauer, war mit gelbem Holz getäfelt und mit Kunstlederstühlen aus den fünfziger Jahren ausgestattet, und neben dem Sternenbanner stand der kalifornische Bär. Gleich den anderen Sälen war er fensterlos. Sein einziges markantes Merkmal, das ihm auch den Spitznamen eingebracht hatte, war die bedrohlich wirkende kugelsichere Wand, die aus zwei dicken Scheiben gehärtetem Glas mit feinem Stacheldraht bestand und die Zuschauer von den Prozeßteilnehmern trennte.

»Ist das nicht ein bißchen zu dramatisch?« meinte Lamar, als Tess ihm mitteilte, wo er sich einzufinden hatte.

»Ich schätze, keiner möchte das Risiko eingehen, daß sich irgendein Irrer mit einer Wasserpistole reinschmuggelt«, antwortete sie achselzuckend.

Doch jetzt, als sich die Staatsanwältin durch die Menschenmengen vor der Abteilung 21 drängte, konnte sie Lamar nirgendwo entdecken. Heute war Donnerstag, der 4. Juni. Vor zwei Tagen hatte Robert Willmont bei der Vorwahl in Kalifornien mit zweiundachtzig Prozent der Wählerstimmen ein überwältigendes Ergebnis erzielt. Wenn nun nichts mehr dazwischenkam, hatte er die Nominierung geschafft.

»He, Tess«, schrie ein Reporter, »für wie groß halten Sie Ihre Chancen, den nächsten Präsidenten der Vereinigten Staaten zu verurteilen?«

»Für genauso groß wie bei jedem anderen Bürger«, antwortete sie mit einem professionellen Lächeln.

»Wie können Sie diesem fähigen Mann so etwas Schreckliches antun?« rief eine Frau in einem ausgebleichten Schürzenkleid.

Diese Frage ignorierte die Staatsanwältin. Sie zeigte den bewaffneten Sicherheitsleuten am Eingang ihren Dienstausweis und betrat rasch den Glassaal.

Es war zwanzig vor neun. Die linke Seite des Zuschauerraums war schon von Medienleuten und anderen Interessierten besetzt. In einer knappen halben Stunde würden auf der rechten Seite die potentiellen Geschworenen Platz nehmen, und man würde damit anfangen, zwölf von ihnen sowie zwei Ersatzgeschworene auszusuchen.

Tess trug ein Kostüm, das sie immer als das »Geschworenenoutfit« bezeichnete – ein klassisch geschnittenes graues Gabardinekostüm mit einer taillierten Jacke und einem schmalen Rock, der gerade kurz genug war, um die Aufmerksamkeit der Männer zu erregen, jedoch nicht so kurz, daß er die Frauen irritierte, und das genug Geld gekostet hatte, um sie vertrauenswürdig wirken zu lassen, das aber nicht so teuer gewesen war, daß sie einen extravaganten Eindruck machte. Die Kleidung sollte ihr selbstbewußtes, professionelles Auftreten unterstreichen.

Sie legte ihren Aktenkoffer auf den Tisch rechts neben dem Mittelgang, der der Geschworenenbank am nächsten war – wobei die Bank in Wirklichkeit aus zwei Stuhlreihen bestand, von denen eine etwas höher angesetzt war als die andere –, packte die diversen Akten und Mappen aus, die sie brauchen würde, und legte sie ordentlich vor sich hin.

Der letzte Monat war, gelinde gesagt, arbeitsreich gewesen. Nach der Voruntersuchung war die Staatsanwältin mit sechs Anträgen vor Gericht gezogen, wobei der Richter jeweils einen Antrag auf Ausschließung nicht zugelassen, dann einen Antrag auf Beschleunigung des Verfahrens angenommen, einen Antrag auf Ausschließung abgewiesen, einen Antrag auf Bekanntgabe angenommen und schließlich die Zulassung des Fernsehens während des Prozesses abgelehnt hatte, womit den Zuschauern etwas entging, was sicher der Renner des Sommers geworden wäre.

Insgesamt hatte Tess das Gefühl, gut weggekommen zu sein. Sie ließ sich nieder und schlug einen der Aktenordner auf. Er enthielt die Namen von zweihundert registrierten Wählern, die man als potentielle Geschworene für dieses

Vierteljahr ausgesucht hatte und die für diesen Prozeß zur Verfügung stehen würden. Mit dieser Liste war ihr überarbeitetes Team zwei Wochen beschäftigt gewesen. Herauszufinden, wer diese Leute waren, was sie arbeiteten, wie sie lebten und was sie dachten, war für das spätere Urteil so wichtig wie die Argumentation der Anklage.

Wenn man die Geschworenen auszuwählen begann, hielt die Staatsanwältin Ausschau nach der richtigen Kombination von Männern und Frauen, die am besten in der Lage waren, die Aussagen zu beurteilen und die Beweise einzuschätzen, und jede noch so kleine Information über diese Menschen machte ihr diesen Vorgang leichter. Ein oder zwei stramme Konservative würden nicht schaden, und ein Bibeltreuer, ein paar radikale Feministinnen und ein älterer Mitbürger konnten hilfreich sein, aber vor allem war sie bemüht, zwölf aufgeschlossene Leute zu finden.

Auf drei Dinge legte Tess besonders Wert, wenn sie einen potentiellen Geschworenen befragte – daß jemand dem Blick standhielt, klare Antworten gab und gut zuhören konnte. Karen hatte recht, es gab tatsächlich Leute, die glaubten, daß man eine Frau nicht vergewaltigen könne, und Tess achtete strikt darauf, daß ihr jemand von dieser Sorte nicht unterkam.

Außer ihrem Urteil vertraute sie am meisten auf das von Lamar. Der massige Cowboy hing vermeintlich träge mit auf dem Bauch verschränkten Armen auf dem Stuhl neben ihr, und seine Stiefel ragten unter dem Tisch hervor. Er schien zu dösen, doch jedesmal, wenn sie zu ihrem Platz zurückkehrte, lag ein Stück Papier da, auf dem entweder »ja« oder »nein« stand.

Tess schaute auf ihre Armbanduhr und warf dann einen Blick über die Schulter. Normalerweise war Lamar vor ihr da – es sah ihm nicht ähnlich, zu spät zu kommen. In den fünf Jahren, die sie zusammenarbeiteten, war es ihr zur Gewohnheit geworden, sich auf ihn zu verlassen. Er war für sie wie eine Art Netz, das sie auffing, wenn sie stürzte. Ein beunruhigter Ausdruck trat auf ihr Gesicht.

Genau in diesem Moment kam Hal Sutton herein, und mit ihm eine umwerfende Brünette in einem Chanel-Kostüm, ein attraktiver Schwarzer, der Tess an einen der Schauspieler aus *L.A. Law* erinnerte, und ein untersetzter Mann mit glänzendem Schädel und nagelneuen Budapestern, die bei jedem Schritt knarrten. Die Starbesetzung, dachte Tess, und der sorgenvolle Gesichtsausdruck machte einem ironischen Lächeln Platz.

Hal Sutton war nicht nur ein hervorragender Strafverteidiger, sondern auch ein gewandter, gutaussehender, exzellent gekleideter Mann, der sich körperlich so fit hielt, daß kaum jemand glaubte, daß er schon bald das Pensionsalter erreichte. Bei den Staatsanwälten hieß er nur »der Silberfuchs«. Männliche Geschworene pflegten ihn zu beneiden, weibliche träumten von ihm. Robert Willmont hätte keinen Besseren finden können.

Sutton nickte Tess freundlich zu, als er und die anderen sich am Tisch der Verteidigung links des Gangs niederließen. Tess saß allein da und fühlte sich ein bißchen wie David angesichts Goliaths. Sie drehte sich noch einmal um und hielt nach dem Riesen Ausschau, der eigentlich an ihrer Seite hätte sitzen sollen.

Wenige Minuten später kam die erste Gruppe potentieller Geschworener herein, um die vierzig Personen. Tess hörte, wie sie sich setzten, aber sie wandte sich nicht um. Das war eine alte abergläubische Gewohnheit von ihr – sie wollte sie nicht als Gruppe wahrnehmen, sondern jeden einzeln beurteilen.

Punkt neun Uhr trat Robert Willmont auf. Er trug einen

tadellos sitzenden dunklen Anzug, ein blütenweißes Hemd und eine dezent gemusterte Krawatte. In seiner Begleitung befanden sich seine Frau, die ein graubraunes, maßgeschneidertes Kostüm anhatte, seine in lavendelblaue Spitze gewandete Mutter, ein schmaler Mann mit schütterem rotem Haar, Sommersprossen und Brille und eine nicht mehr junge Frau mit grauem Haar in einem für die Jahreszeit viel zu warmen schwarzen Kleid.

Der Senator geleitete seine betagte Mutter zur ersten Stuhlreihe, wo sie direkt hinter der kugelsicheren Scheibe sitzen konnte, und küßte seine Frau auf die Wange, bevor er sich bei Hal Sutton am Tisch der Verteidigung niederließ. Die Geschworenen beobachteten alles. Tess lächelte in sich hinein. Die Show hatte begonnen.

Zehn Minuten nach neun trat der Gerichtsdiener vor die versammelte Menge und begann mit seiner Rede.

»Alle mögen sich erheben«, sagte er mit lauter Stimme.

Stühlerücken und Rascheln war zu vernehmen.

»Abteilung 21 des Höheren Gerichts der Stadt San Francisco hat die Sitzung eröffnet. Der Fall 458-026, *das Volk des Staates Kalifornien gegen Robert Drayton Willmont.* Den Vorsitz hat Richter Oliver Wendell Washington.«

Bei diesen Worten ging die Tür links der Bank auf, und der Mann, der ehemals in Los Angeles für die Anklage gearbeitet hatte, in San Francisco Anwalt gewesen und in Stanford Recht gelehrt hatte, erschien.

Der Richter war schon von Natur aus alles andere als klein, und in seinem Talar wirkte er noch gewaltiger. In den klugen braunen Augen lag ein Ausdruck, den man als eine Mischung aus Ergebenheit und Unbehagen deuten konnte, und sein sonst glänzendes schwarzes Gesicht wirkte leicht grau.

»Entschuldigen Sie meine Verspätung«, murmelte Wa-

shington, nachdem er sich geräuspert hatte. »Ist das Volk bereit, Miss Escalante?«
»Das Volk ist bereit, Euer Ehren«, sagte Tess.
»Ist die Verteidigung bereit, Mr. Sutton?«
»Ja, Euer Ehren.«
Washington nickte dem Gerichtsdiener zu. »Sie können den ersten Namen aufrufen.«
Der Gerichtsdiener drehte mehrmals einen kleinen schwarzen Zylinder, bevor er hineingriff und einen Zettel herauszog.
»Agnes McFaddan.«
Eine kleine Frau um die Siebzig erhob sich mühsam und kam zur Geschworenenbank. Tess fand ihren Namen auf der Liste – ledig, Bibliothekarin, Mitglied der Demokratischen Partei.
Die Staatsanwältin stand auf, atmete tief durch, um die Schmetterlinge aus ihrem Bauch zu vertreiben, die sich dort regelmäßig zu Beginn eines Prozesses einfanden, und ging auf die Frau zu.
»Guten Morgen, Miss McFaddan«, sagte sie mit einem freundlichen Lächeln. »Wie ist es für Sie, heute hierzusein?«
Die Frau dachte einen Moment nach. »Fast genauso wie die anderen Male.«
»Und wie war es da?«
»Ich war froh, meine Pflicht zu tun, aber traurig, weil ich mit daran beteiligt war, über einen anderen Menschen zu richten.«
»Wie oft waren Sie schon Geschworene?«
»Viermal.«
»Erinnern Sie sich an diese Fälle?«
»Selbstverständlich. Das vergißt man nicht so leicht.«
»Berichten Sie uns davon«, forderte Tess die Frau auf.

»Also, im ersten ging es um einen jungen Mann, der einen Schnapsladen ausgeraubt haben sollte. Es gab drei Augenzeugen – wir mußten ihn schuldig sprechen. Im zweiten hatte ein Mann betrunken einen kleinen Jungen überfahren, der daraufhin starb. Auch hier mußte unser Urteil ›schuldig‹ lauten. Im dritten Fall war ein Mann angeklagt, der angeblich geplant hatte, seine Frau umzubringen, aber die Anklage konnte uns nicht davon überzeugen, daß er dergleichen getan hatte. Und im vierten Fall mußten wir über eine Frau richten, die auf ihren Exmann geschossen hatte, als er in ihr Haus einbrach. Wir sprachen sie frei.«

»Was meinen Sie, worum es in diesem Prozeß geht?«

»Ich weiß, worum es geht«, erklärte Agnes McFaddan. »Die Zeitungen und das Fernsehen berichten schließlich schon seit Wochen über die Sache. CNN bringt jeden Abend eine halbe Stunde darüber, so wichtig ist es. Es geht um Vergewaltigung.«

»Wie stehen Sie zu Vergewaltigung, Miss McFaddan?«

»Ich halte es für ein Verbrechen«, antwortete die potentielle Geschworene. »Für mich ist es ein so schweres Verbrechen wie Mord und Entführung.«

»Und was halten Sie von dem Angeklagten?«

Ein breites Lächeln trat auf Agnes McFaddans Gesicht. »Ich denke, er ist ein fähiger Mann und ein guter Senator. Er wird bestimmt ein guter Präsident.«

»Ich glaube, es befinden sich heute nicht viele Leute hier, die anderer Meinung sind«, sagte Tess. »Doch es stellt sich nun die Frage, ob Sie sich in der Lage sähen, Ihre Hochachtung für ihn als Politiker hintanzustellen, und ihn der Vergewaltigung für schuldig befinden würden, wenn die Beweislage eindeutig wäre?«

Die alte Frau dachte wieder einen Moment nach. Dann sah sie die Staatsanwältin direkt an. »Es würde mich traurig

machen«, meinte sie und seufzte, »aber ich müßte es dann wohl tun, nicht wahr?«
»Danke, Miss McFaddan«, sagte Tess und ließ einen Moment ihre weißen Zähne aufblitzen. »Ich habe keine weiteren Fragen.«
Sie wandte sich um und ging zu ihrem Platz zurück, und zu ihrer großen Freude sah sie Lamar auf dem Stuhl neben ihrem lümmeln. Auf ihrem Tisch lag ein Zettel, auf dem »ja« stand.

Der glatzköpfige untersetzte Mann mit den knarrenden Budapestern hieß Andrew Cardigan. Er gehörte zum aufstrebenden Berufsstand der Analysten, deren Rat von Angeklagten, die sich ihre Dienste leisten konnten, sehr ernst genommen wurde.
Er saß links von Robert Willmont, hatte seine eigene Liste mit Daten vor sich liegen und reichte dem Senator laufend Zettel mit Anmerkungen, die dieser an Hal Sutton und seine Assistenten weitergab. Zusätzlich befanden sich zwei von Cardigans Mitarbeitern im Zuschauerraum des Gerichtssaals, lauschten auf die Reaktionen der anderen potentiellen Geschworenen und blieben über einen kleinen Sender und einen Empfänger, den sie im Ohr trugen, in ständigem Kontakt mit Cardigan.
»Seit wann leben Sie in San Francisco, Mrs. DeMaio?« fragte Hal Sutton eine dreiundzwanzigjährige Frau, die gerade geheiratet hatte.
»Schon immer«, antwortete sie. »Ich bin nur umgezogen, als ich geheiratet habe. Da bin ich vom Haus meines Vaters im Sunset District in unsere Wohnung in Potero Hill gezogen.«
»Haben Sie schon viel über diesen Fall gehört?«
Sie zuckte mit den Schultern. »Nur was sie in den Nachrichten gebracht haben.«

»Hat Sie das dahingehend beeinflußt, daß Sie zu einem Urteil über meinen Klienten gelangt sind?«

»Nein.«

Andrew Cardigan schob Suttons schwarzem Assistenten hastig einen Zettel zu. Der warf einen Blick darauf und räusperte sich dann hörbar. Sutton wandte sich um, nahm den Zettel entgegen, las ihn und starrte Cardigan einen Moment an, dann wandte er sich wieder der jungen Frau zu.

»Ich möchte das noch einmal umformulieren. Sind Sie aufgrund irgendwelcher Einflüsse zu einem Urteil über meinen Klienten gelangt?«

»Hören Sie«, gab sie zur Antwort, »vor zwei Jahren ist meine kleine Schwester auf dem Heimweg von der Schule vergewaltigt worden. Er war mächtig nett zu ihr, hat gesagt, sie erinnere ihn an sein eigenes Mädchen, und dann hat er sie in die Sigmund Stern Grove gezerrt und vergewaltigt. Sie war elf, Herrgott. Ich bin der Meinung, wenn eine Frau sagt, der Kerl habe sie vergewaltigt, dann war's auch so.«

»Sind Sie am Dienstag bei der Vorwahl wählen gegangen, Mr. Hiltz?« fragte Tess einen schlaksigen Automechaniker um die Dreißig.

»Klar«, antwortete der Mann.

»Würden Sie uns sagen, wen Sie gewählt haben?«

»Na klar. Ich hab den Senator hier gewählt, und da bin ich stolz drauf.«

»Warum?«

»Weil er nicht so 'n Gauner ist wie die anderen, die einem heute große Versprechungen machen, damit sie gewählt werden, und es morgen schon vergessen haben. Der ist vielleicht reich, aber er tut auch was für unsereins.«

»Und wie denken Sie über das Verbrechen, dessen der Senator angeklagt ist?«

»Verbrechen? Was für ein Verbrechen?« fragte Hiltz. »Ist doch kein Verbrechen, wenn man 'ner Braut gibt, was sie haben will.«

»Sind Sie Feministin, Miss Chu?« fragte Sutton eine hübsche junge Zahnarzthelferin.
»Wenn Sie von mir wissen möchten, ob ich Mann und Frau für gleichgestellt halte – ja, das tue ich. Obwohl meine Familie aus einem Land kommt, in dem man das noch nicht begriffen hat, hat mein Vater meine Mutter immer geachtet.«
»Halten Sie Ehebruch für ein Verbrechen?«
Elaine Chu dachte einen Moment nach. »Ich halte es für ein Vergehen gegen die Moral, ja, aber ich weiß nicht, ob es vor dem Gesetz ein Verbrechen sein sollte.«
»Würden Sie einen Mann eher der Vergewaltigung schuldig sprechen, wenn Sie wüßten, daß er Ehebruch begangen hat?«
»Ich würde einen Mann nur dann der Vergewaltigung schuldig sprechen«, antwortete die Zahnarzthelferin, »wenn ich davon überzeugt wäre, daß er jemanden vergewaltigt hat.«

»Glauben Sie, daß eine Frau das Recht hat, zu einem Mann nein zu sagen, Mr. Barstow?« fragte Tess einen zweiundvierzigjährigen Computer-Software-Verkäufer, der eine gepunktete Krawatte trug.
»Ja und nein«, antwortete er. »Wenn sie es gleich zu Anfang sagt, dann ja, absolut, das hat ein Mann zu respektieren. Aber wenn sie ihn an der Nase rumführt, ihn scharfmacht und so und ihm dann plötzlich die kalte Schulter zeigt, weiß ich nicht, ob das richtig ist.«
»Könnten Sie sich die Aussagen, die hier gemacht werden, unvoreingenommen anhören?«

»Das glaube ich schon.«
»Und glauben Sie auch, ein unparteiisches Urteil abgeben zu können, wenn Sie die Aussagen und die Beweislage kennen?«
»Ja«, antwortete Brian Barstow.

»Ich dachte erst, du kommst nicht mehr«, sagte Tess zu ihrem Ermittler, als sie kurz nach zwölf im Flower Market Café Hamburger verzehrten.
»Kann sein, daß ich was entdeckt habe.«
Tess hörte auf zu kauen. »Was Brauchbares?«
»Weiß ich noch nicht«, antwortete er. »Ich muß noch eine Weile dranbleiben.«
»Ich kann das auch allein durchziehen, wenn du die Zeit brauchst«, bot sie ihm an.
Er zuckte mit den Schultern. »Ich hab noch einen Termin, aber erst später. Ich bleib da.«

»Wie sehen wir aus?« fragte Robert sein Team am Abend.
»Hervorragend«, antwortete Cardigan. »Die Leute lieben Sie. Ich kann überhaupt nicht verstehen, warum die Anklage nicht Verlegung des Verhandlungsorts beantragt hat.«
»Tess Escalante ist schlau«, erwiderte Sutton. »Sie will allen den Eindruck vermitteln, so viel in der Hinterhand zu haben, daß sie uns auch hier schlagen kann, wo der Senator Heimvorteil hat.«
»Und ist es so?« fragte Robert.
»Machen wir uns nichts vor«, sagte Sutton. »Wenn wir nicht noch irgendwo ein Motiv finden, wird es verdammt überzeugend wirken, was sie zu bieten hat.«
Robert wandte sich Mary Catherine zu.
Die Büroleiterin seufzte. »Tut mir leid. Die Detektei, die ich beauftragt habe, ist erstklassig, nur ehemalige FBI-Leute.

Die haben über hundert Mitarbeiter losgeschickt, aber sie haben bis jetzt nichts gefunden.«
»Warum sagen Sie ihnen nicht, daß sie kein Geld kriegen, wenn sie nichts vorweisen können?« schnauzte Robert sie frustriert an.
»Was wissen wir eigentlich über die Frau?« erkundigte sich Randy.
Mary Catherine klappte eine dünne Aktenmappe auf. »Sie ist fünfzig Jahre alt. Geboren und aufgewachsen ist sie in Great Neck auf Long Island in New York. Ihr Vater ist Zahnarzt im Ruhestand, die Mutter Hausfrau. Die Eltern sind vor sieben Jahren nach Florida gezogen. Sie hat eine Schwester, die in Boston lebt, mit einem Anwalt verheiratet ist und zwei Kinder hat.«
»Ist da was zu finden?« fragte Robert.
»Nein. Er ist Vermögensverwalter, keine spezielle politische Ausrichtung.«
»Weiter.«
»Diese Frau war auf der Uni, hat keinen Abschluß gemacht. Ende der Sechziger, Anfang der Siebziger gehörte sie am Rande zur Jugendbewegung, war mit einer Gruppe von Typen zusammen, die den Kriegsdienst verweigerten und sozial engagiert waren, machte eine Reihe nicht nennenswerter Jobs, leitete eine Zeitlang in Manhattan eine erfolgreiche Galerie und heiratete 1981 einen Architekten, einen Witwer mit drei Kindern. Mit einer Reihe von Fotobänden über Amerika wurde sie landesweit bekannt.«
»Was ist mit ihrer Partnerin?«
Mary Catherine schüttelte den Kopf. »Die Fotografin ist ihre Schwägerin. Da ist nichts zu holen.«
»Warum hat sie ihr Studium abgebrochen?« fragte Randy.
»Schauen wir mal.« Die Büroleiterin sah die Akte durch. »Ich erinnere mich, daß da was mit einem Unfall war. Ja,

hier. Im vorletzten Studienjahr hatte sie irgendeinen Unfall und wurde ziemlich schwer verletzt. Die Akte im Krankenhaus ist verschwunden, verlorengegangen oder so, hieß es, aber die Leute, die damals schon da waren, erinnerten sich offenbar daran, daß es sich um einen Autounfall gehandelt hatte. Sie lag mehrere Monate im Krankenhaus und blieb dann offenbar ein paar Jahre daheim, um sich zu erholen. Danach hat sie wahrscheinlich beschlossen, die Uni abzubrechen.«

»Keine politischen Verbindungen?«

»Nichts.«

»Keine Verbindung zum organisierten Verbrechen?«

»Nichts.«

»Wie sieht ihre Geschichte mit Männern aus?«

»Wir sind nur auf einen ehemaligen Freund aus Unizeiten gestoßen, der dem Detektiv gesagt hat, er soll sich zum Teufel scheren, und natürlich auf ihren Mann. Sonst haben sie keinen gefunden, der auch nur von sich behaupten könnte, sie geküßt zu haben.«

»Was haben wir also in der Hand?« fragte Robert.

»Schneewittchen«, sagte Randy. »Aber nur, wenn man an Märchen glaubt.«

»Bleibt dran«, befahl Robert.

Die Auswahl der Geschworenen dauerte fast zwei Wochen. Schließlich einigten sich Anklage und Verteidigung auf fünf Männer und sieben Frauen, die über das Schicksal von Robert Drayton Willmont entscheiden würden; unter ihnen Agnes McFaddan, Elaine Chu und Brian Barstow, und zwei weibliche Ersatzgeschworene. Auf beiden Seiten gratulierte man sich. Auf beiden Seiten verhieß man sich Erfolg.

2

Wie kommen Sie zurecht?« fragte Tess am Tag vor Prozeßbeginn, wenige Stunden nachdem die Geschworenen den Eid abgelegt hatten. Die Staatsanwältin hatte feststellen müssen, daß auf dem Rasen vor dem Haus der Donigers in St. Francis Wood Scharen von Reportern lagerten, als sie dort eintraf.

»Ich arbeite soviel wie möglich an dem neuen Buch«, antwortete Karen und schloß rasch die Tür hinter Tess, als es unverschämte Fragen zu hageln begann. »Das lenkt mich ab. Ich gehe kaum raus, und ich sehe nicht fern.«

In knapp einem Monat fand der Parteitag statt, und Mariah Dobbs nutzte jede Gelegenheit, um Robert Willmont als einen zu Unrecht angeprangerten Erlöser darzustellen – wenngleich zugegebenermaßen einen Erlöser mit einem etwas fleckigen Heiligenschein.

Jeden Tag nach der Verhandlung blieb der Senator auf der Treppe vor dem Justizgebäude stehen und verkündete der Menge der Reporter, wie schrecklich leid es ihm tue, daß er sein Ehegelübde gebrochen und es damit zugelassen habe, daß eine namenlose Gaunerin seine vorübergehende Schwäche ausnutzte. Seine Frau, sein Sohn und seine Mutter standen immer neben ihm.

»Mein Junge ist unschuldig, er hat nichts mit dieser böswilligen Verleumdung zu tun«, beteuerte Amanda Drayton

Willmont, wenn jemand sie darauf ansprach. Sie war jetzt vierundachtzig und gelähmt, aber ihre Stimme war noch immer kräftig und klar. »Wenn Sie mich fragen, stecken dahinter Leute, die um ihre fette Brieftasche fürchten, wenn mein Bobby Präsident wird.«

»Ich weiß, daß mein Mann enorm unter Druck steht«, sagte Elizabeth Willmont in einer landesweit am Vormittag ausgestrahlten Talk-Show. Sie trug Pink und sah bezaubernd aus. »Ich weiß, wie schwer es sein kann, der Versuchung zu widerstehen, wenn man so erschöpft ist. Ich habe ihm diesen Fehltritt vergeben, und ich hoffe, Amerika kann das auch.«

Sogar die Medien, die gemeinhin nicht dafür bekannt sind, daß sie sich länger als unbedingt notwendig neutral verhalten, schlugen sich auf die Seite des Senators, stimmten in das empörte Geschrei der Mehrheit der Bevölkerung mit ein und erklärten das Ganze zu einem abgefeimten Betrug. Sie schienen jeden Abend einen anderen prominenten Kommentator auf Lager zu haben, der den Kandidaten pries und das mutmaßliche Opfer schmähte.

»Es ist wahrscheinlich das beste, wenn Sie nicht fernsehen«, stimmte Tess ihr zu.

Karen griff zur Morgenzeitung. »Leider«, meinte sie seufzend, »habe ich das Lesen noch nicht aufgegeben.«

Die riesige Schlagzeile lautete: »Freiwillige Helferin von Senator vergewaltigt? Prozeß beginnt morgen.« In dem Artikel darunter stand fast alles über Karen außer ihrem Gewicht und ihrer BH-Größe.

»Das tut mir leid«, sagte Tess entschuldigend, »und auch der Pöbel da vor dem Haus. Aber ich kann Ihnen versichern, daß aus unserem Büro keiner geplaudert hat.«

»Das weiß ich«, erwiderte Karen. Sie dachte an die Personalakten im Wahlbüro. »Irgendwann mußte es nach außen

dringen. Im Grunde wundert es mich, daß es so lange gedauert hat.«
Die verblüfften, skeptischen, aufmunternden Telefonanrufe kamen schon vor sieben Uhr kalifornischer Zeit.
Laura rief aus Boston an. »Heute morgen war es in den Nachrichten«, bestätigte sie. »Dein Name und alles. Ich konnte es nicht fassen. Es ist so furchtbar, daß sie so über meine Schwester reden. Kann ich irgendwas für dich tun?«

»Wir verfolgen die Geschichte natürlich seit Wochen«, verkündete Jill Hartman aus ihrem Sommerhaus auf Shelter Island, »und wir waren alle sicher, daß es ein politischer Trick war. Wir wären nie darauf gekommen, daß es um dich geht.«

»Das ist absolut unverständlich«, erklärte Arlene Minniken Slarsky, die Psychologin aus Scarsdale und ehemalige Mitbewohnerin von Karen, die früher in Florida gelebt hatte. »Seien wir doch mal ehrlich, rein oberflächlich betrachtet, ist Robert Willmont der totale Traumkerl, der nur mit den Fingern zu schnippen braucht, und er kann jede Frau haben. Man fragt sich schon, warum so jemand eine Vergewaltigung nötig haben soll.«

»Ein Privatdetektiv wollte hier rumschnüffeln«, teilte Peter Bauer ihr mit. Er war enorm erfolgreich gewesen mit der Firma seines Vaters und hatte jetzt in der Computerelektronik die Nase ganz vorn. Seine Frau und er hatten fünf Kinder und vier Enkel. »Ich hab ihn rausgeschmissen.«
»Danke für deinen Anruf«, sagte Karen. »Das freut mich sehr.«
»Ich habe drei Töchter«, fügte er verlegen hinzu, »und jede von ihnen hat mir auf ihre Art vermittelt, wie übel ich mich

damals verhalten habe. Ich weiß, daß ich das nie wiedergutmachen kann, aber wenn ich dir irgendwie helfen kann, sag bitte Bescheid.«

»Warum mußten sie deinen Namen nennen?« rief Gwen empört, als die Zwillinge ein Schläfchen machten. »Sie hatten kein Recht, das so hinauszuposaunen.«
»Ich glaube, das sehen die anders«, seufzte ihre Stiefmutter.

»Ich komme heute abend«, kündigte Jessica an, die sich während einer Kaffeepause aus dem Krankenhaus in Denver meldete, wo sie einen Sommerjob als Medizinalassistentin in der hämatologischen Abteilung hatte. »Ich hab schon alles arrangiert, keine Widerrede.«

»Bist du sicher, daß ich nicht zu euch kommen soll?« fragte Nancy. »Ich kann zumindest ans Telefon und an die Tür gehen und dir die Presse vom Hals halten.«

»Wir denken an dich, Liebes«, versicherte ihr Ione.
»Halt die Ohren steif, Mädchen«, befahl Demelza.

Dann kam der Anruf aus Palm Beach.
»Bist du jetzt zufrieden?« wollte Beverly Kern wissen. »Dein Vater hatte einen Herzinfarkt.«
Leo hatte in den letzten fünf Jahren zwei kleinere Infarkte gehabt. Die Ärzte hatten ihn zu einem Bypass geraten, doch der achtundsiebzigjährige Zahnarzt im Ruhestand hatte ihrem Urteil mißtraut. Statt dessen versuchte er seine Frau dazu zu bringen, daß sie cholesterinfrei kochte.
»Wie geht's ihm?« fragte Karen.
»Nun, er wird wohl durchkommen«, antwortete ihre Mutter, »aber das ist bestimmt nicht dein Verdienst.«

»Sag ihm, ich halte ihm die Daumen.«
»Warum tust du nur so etwas?« stöhnte Beverly. »In deinem Alter solltest du wirklich schlauer sein, um Gottes willen. Du warst doch immer ein liebes Mädchen. Wie kannst du uns nur so etwas Furchtbares antun?«
»Ich tue euch nichts an, Mutter«, erwiderte Karen. »Ich tue nur das, was ich für mich tun muß.«
»Aber was werden die Leute sagen?«
»Ist das wirklich das Wichtigste – was die Nachbarn denken?«
»Das kümmert dich vielleicht nicht, doch wir leben hier in einer sehr kleinen Gemeinde«, sagte Beverly. »Sobald ich rausgehe, treffe ich jemanden, den ich kenne. Das Telefon klingelt ununterbrochen.«
»Wegen mir?«
»Na ja, sie erkundigen sich natürlich nach deinem Vater, aber ich weiß, daß sie nicht deshalb anrufen.«
»Richte Daddy alles Liebe von mir aus.«
»Mehr hast du nicht zu sagen? Obwohl du seine Familie kaputtmachst?«
»Und richte ihm auch aus, daß ich ihn bald anrufe.«
Die Leitung war tot.
»Sie war nur durcheinander«, versuchte Ted sie zu beruhigen. »Wahrscheinlich macht sie sich Sorgen um deinen Vater.«
»Nimm sie nicht in Schutz«, sagte Karen und legte auf. »Sie war schon immer so.«

»Alle waren ganz toll«, murmelte Karen jetzt. Sie goß Tess eine Tasse Tee ein. »Na ja, fast alle.«
Die beiden Frauen saßen im Frühstücksraum auf der Rückseite des Hauses, wo ihnen keiner der aufdringlichen Reporter nachspionieren konnte.
»Passen Sie auf, daß Sie sich nicht davon deprimieren

lassen«, riet die erfahrene Staatsanwältin. »Wir haben noch viel vor uns.«

»Wie sind die Geschworenen?«

»Das Übliche, würde ich sagen. Eine Asiatin, zwei Schwarze, zwei Latinos, zwei Juden, jemand von den Wiedergeborenen Christen, eine katholische Irin, zwei WASPs und ein Atheist. Vier Republikaner, acht Demokraten und genau halbe-halbe Arbeiter und Akademiker. Ich glaube, bei dieser Mischung gerät nichts einseitig.«

»Also«, sagte Karen mit einem tiefen Seufzer, »dann ist es wohl morgen soweit.«

»Keine Angst«, entgegnete die Staatsanwältin, »es sieht sehr gut für uns aus.«

»Ich hoffe nur, daß ich Sie nicht hängenlasse.«

Tess mußte grinsen. Sie waren zwar sehr unterschiedlich, aber sie waren einander im Laufe der Zeit nahegekommen. Es amüsierte die Staatsanwältin, daß Karen zu Beginn ihrer Beziehung befürchtet hatte, die Justiz würde sie im Stich lassen, und sich jetzt darüber Sorgen machte, ob sie auch gut genug für die Justiz war.

»Wenn Sie das Ganze so vortragen, wie Sie es bei mir und Lamar getan haben, läuft alles bestens«, versicherte Tess ihr.

Karen seufzte, und sie sah versonnen zum Fenster hinaus. Ted hatte sich den Nachmittag freigenommen und arbeitete mit Amy in dem kleinen Garten, der von einer Mauer umgeben war und durch ein verschlossenes Tor vor den neugierigen Presseleuten Schutz gewährte.

»Waren Sie mal verheiratet, Tess?«

»Einmal«, antwortete die Staatsanwältin, »für etwa achtundvierzig Stunden.«

»*Zwei Tage?*«

Tess zuckte mit den Schultern. »Ist lange her.«

»Wie lange?«

Die Anwältin seufzte. »Wir haben uns an der Uni kennengelernt. Einer dieser Fälle von Faszination auf den ersten Blick. Sie wissen schon, die Glocken läuten, und man schwebt auf Wolken. Er hieß Eddie – Edward Parker Hilliard. Ich hatte ein Stipendium, und er wurde von seinen Eltern unterstützt. Drei Jahre lang hatten wir beide keine Augen für jemand anders, und am Tag nach dem Examen sind wir durchgebrannt. Das war natürlich idiotisch, aber auch so romantisch. Wir träumten von einer kleinen Wohnung, und wir wollten zusammen unser Jura-Aufbaustudium machen. Dann kamen wir zurück und haben unseren Eltern die frohe Botschaft verkündet.«

Karen hörte gespannt zu. Tess hatte selten über ihre Vergangenheit gesprochen, nur ab und zu das harte Leben ihrer Eltern erwähnt.

»Meine Eltern waren begeistert«, fuhr sie fort. »Sie mochten Eddie sehr gern. Aber bei den Hilliards sah das anders aus. Sie waren empört. Ihr Sohn sollte nicht das Erbgut verderben. Sie versuchten mich mit Geld loszuwerden, aber da ließ ich mich nicht drauf ein. Dann versuchten sie meinen Vater mit mehr Geld zu bestechen, als er in seinem gesamten Leben verdienen würde. Er hat sich wacker gehalten und ihnen gesagt, sie sollen sich zum Teufel scheren. Schließlich drohten sie, ihre Beziehungen spielen und mein Stipendium annullieren zu lassen, und zuletzt schworen sie, sie würden Eddie enterben und dafür sorgen, daß auch er sein Studium nicht fortsetzen könne.«

Sie lachte ein bißchen, aber es klang nicht fröhlich. »Ich war damals schon ziemlich wild. Ich sagte, wir würden ihr schmutziges Geld nicht brauchen, wir würden uns lieben und auch allein durchkommen. Aber Eddie fand es offenbar doch verlockender, ein reicher Anwalt als ein armer

Ehemann zu sein. Am nächsten Tag unternahmen seine Eltern jedenfalls die ersten Schritte, um die Ehe für ungültig erklären zu lassen, und ich habe ihn nie wiedergesehen. Ende der Geschichte.«

»Und seither?«

Tess warf den Kopf zurück. »Hab ich wohl zuviel zu tun, um Ausschau zu halten.«

»Ich war fast vierzig, als ich geheiratet habe«, erzählte Karen. »Ich mochte meinen Mann, aber ich war nicht verliebt in ihn. Er war einfach da, als mir klar wurde, daß das wohl die letzte Chance war. Es ging uns lange Zeit nicht gut, wir hatten ganz unterschiedliche Erwartungen, aber jetzt kann ich es mir ohne ihn nicht mehr vorstellen.«

Tess beugte sich vor und drückte Karens Hand.

»Es wird alles gutgehen«, versprach sie.

An diesem Abend um acht Uhr klingelte es an der Tür des Hauses der Donigers. Karen war in der Küche und spülte mit Amy und Jessica das Geschirr vom Abendessen ab. Sie hörte, wie Ted öffnete, dann Gemurmel, schließlich fiel die Tür wieder zu. Karen trocknete sich die Hände ab, ging hinaus und stieß mit Ted zusammen.

»Da sind ein paar Leute, die kurz mit dir sprechen wollen«, sagte er. Er konnte sich ein Grinsen nicht verkneifen. »Du hast bestimmt nichts dagegen.«

Seit die Medienleute sie verfolgten, hatte Ted sie abgeschirmt und nur Tess, Lamar und die Shaffers ins Haus gelassen. Neugierig lief Karen an ihm vorbei und spähte in den Flur.

»Hallo, Kleines«, rief Mitch Rankin. Er war jetzt neunundfünfzig, aber immer noch ein Bär von einem Mann. »Wenn wir gewußt hätten, wie angesagt dieses Haus hier ist, wären wir schon früher aufgetaucht.«

»Sei nicht sauer, Liebes«, bat Ione, die mit ihren achtundfünfzig Jahren wie ein grauhaariger Peter Pan wirkte. »Wir mußten einfach kommen.«

»Wir dachten, ein paar freundliche Gesichter könnten dir hier im feindlichen Westen nicht schaden«, fügte Demelza hinzu. Sie war jetzt neunundsechzig, ihr einst dichtes schwarzes Haar war dünn und weiß, und sie sagte immer scherzhaft, daß erst der Darmkrebs es geschafft habe, sie schlank und rank zu machen.

»In Wirklichkeit«, erklärte Jenna, die sich bei John eingehängt hatte, »brauchten wir einfach Urlaub.« Jenna hatte noch immer ihr karottenrotes Haar und ihren Babyspeck, obwohl sie weit über vierzig war, und John, in dessen Gesicht nun fünfzig Jahre Leben ihre Spuren hinterlassen hatten, glich mehr denn je Sherlock Holmes.

»Es ist doch wahrhaftig seltsam, daß ich noch nie auf die Idee gekommen bin, nach Kalifornien zu fahren«, sagte Felicity, die sich trotz ihrer dreiundfünfzig immer noch kerzengerade hielt, ganz die Tänzerin.

»Wir haben unsere Zelte im Campton Place aufgeschlagen und beabsichtigen, die ganze Zeit hierzubleiben«, schloß Mitch. Das Campton Place war eines der besten Hotels der Stadt. »Und es gibt keine Widerrede.«

Ted trat hinter Karen und legte ihr den Arm um die Schulter. »Ich glaube, es ist ihnen Ernst damit«, flüsterte er.

Die Stützen ihrer unruhigen Vergangenheit, dachte Karen, die unerschütterliche Sullivan-Street-Clique, die stets dagewesen war, um sie zu verteidigen, zu beschützen und zu fördern, stand immer noch ausnahmslos hinter ihr. Tränen traten ihr in die Augen.

»Ich freue mich ja so, daß ihr da seid!« rief sie.

»Wir haben schon alles durchgeplant«, teilte Ione ihr mit,

als sie sich auf den gegenüberstehenden hellgrünen Sofas im Wohnzimmer niederließen. »Wir gehen jeden Tag zur Verhandlung und versuchen alles zu behalten, was passiert. Wenn wir dann sämtliche Details zusammentragen, müßten wir ein ziemlich vollständiges Bild kriegen.«

»Nicht objektiv natürlich«, warf Demelza ein, »aber vollständig.«

»Und danach kommt ihr alle hierher zum Mittagessen«, verkündete Karen und sah Ted an, der zustimmend nickte. »Das macht nicht viel Arbeit, und ich habe was zu tun.«

»Amy und ich helfen dir«, meldete sich Jessica zu Wort. »Wir dürfen sowieso nicht mit zur Verhandlung.«

»Allerdings«, bestätigte Karen. »Ich will nicht, daß die Medien noch mehr über euch herfallen als ohnehin schon.«

Um Viertel nach neun klingelte es wieder.

»Protest ist zwecklos«, sagte Nancy Yanow, als sie sich an der Horde taktloser Reporter vorbeigedrängt und ihnen die Tür vor der Nase zugemacht hatte. »Ich komme einen Monat früher – du wirst nicht mal merken, daß ich da bin. Ich werde auf der Veranda schlafen oder auf dem Sofa oder irgendwo, wo man sich flachlegen kann, und ich bleibe. Wenn du meinst, ich würde da wieder rausgehen, irrst du dich gewaltig.«

Karen umarmte ihre Schwägerin und engste Freundin, die noch rundlicher geworden war.

»Wenn du deine Kamera dabeihast«, sagte sie, »ist die Zeit wenigstens nicht ganz vergeudet.«

»Na klar habe ich die mit«, erwiderte Nancy grinsend, und ihre asymmetrischen Augen funkelten. »Du glaubst doch wohl nicht, daß ich nur wegen dir eine so weite Reise mache, oder?«

Ted verschwand in der Küche und kehrte mit einem Tablett voller Gläser und zwei Flaschen Champagner zurück.

»Die wollte ich eigentlich nach der Urteilsverkündung aufmachen«, sagte er, »aber ich finde, wir sollten sie jetzt trinken.« Er entkorkte die Flaschen und schenkte ein. Als alle ein Glas in der Hand hielten, hob er sein eigenes. »Auf die Gerechtigkeit!«
»Auf die Gerechtigkeit!« riefen alle. »Auf daß der Dreckskerl verurteilt wird.«
»Ja, wahrhaftig«, murmelte Karen und trank einen kleinen Schluck. »Auf die Gerechtigkeit.«

Mitternacht war vorüber. Der Verteidigung gingen die Ideen aus. Das Team hatte zahllose Stunden und Hunderttausende von Dollar aufgewandt, um eine Antwort zu finden, doch sie waren erfolglos geblieben, und jetzt war die Zeit um.
Der Senator saß an seinem Schreibtisch, auf den nur das Licht der Schreibtischlampe fiel, und ließ mit einem Bleistift eine Büroklammer kreiseln. Randy hockte auf dem Stuhl gegenüber. Es war dunkel und still im Wahlkampfbüro.
»Hier ist eine Stimmung wie beim Begräbnis«, bemerkte Robert trocken.
»Oh, ich würde das Grab noch nicht schaufeln«, entgegnete Randy heiter.
»Das tue ich auch nicht.« Der Senator lachte. »Ich dachte nur, alle anderen täten es.«
»Keinesfalls«, sagte Mary Catherine von der Tür her. Sie hatte drei Gläser und eine Flasche Champagner in der Hand.
»Wofür gibt's denn den?« wollte Robert wissen.
»Wenn Sie mich vor zwei Monaten gefragt hätten«, antwortete sie, »hätte ich gesagt, daß nicht nur der Wahlkampf, sondern auch Ihre politische Karriere kaputt ist. Aber ich muß das falsche Drehbuch gelesen haben, denn Sie sind

immer noch da, fast das ganze Land hält zu Ihnen, und die Nominierung ist nicht mehr fern. Zwischen Ihnen und dem Weißen Haus steht nur noch der Freispruch.«

Wie unbeständig die Welt doch ist, dachte Robert. Vor nicht allzu langer Zeit hatte man einen Politiker noch für eine Jugendsünde in Bimini geschaßt, und was geschah jetzt? Man vergab ihm. Er hätte sich gerne eingeredet, daß es sich so verhielt, weil er der eindrucksvollere Mann war, doch er wußte, daß es hauptsächlich mit der verheerenden Lage des Landes zu tun hatte.

»Und wenn die Wähler Ihnen glauben«, fügte Mary Catherine hinzu, »dann tun es vielleicht auch die Geschworenen.«

»Da ist was dran«, bemerkte Randy. »Wir haben zwar keinen plausiblen Grund gefunden, warum die Frau die Vergewaltigungsgeschichte auftischt, aber es wird nach wie vor auf ihr Wort gegen das Ihre hinauslaufen.«

»Genau«, bestätigte Mary Catherine. »Und Sie können sicher sein, daß die Anklage sich verdammt schwertun wird, irgend jemandem klarzumachen, warum ein Mann wie Sie in so einer Situation Gewalt nötig haben sollte.«

»Dann trinken wir doch auf den Freispruch«, schlug Robert vor.

Mary Catherine schenkte ein, und die drei erhoben ihre Gläser und stießen an. Das Klirren hallte in den leeren Büroräumen wider.

»Auf den Freispruch«, sagten sie.

Kurz vor dem Morgengrauen hatte Lamar Pope seine besten Gedanken. Er schlief sowieso selten mehr als vier Stunden pro Nacht, und auch dann tauchte in seinen unruhigen Träumen immer wieder Darcy auf, sein kluges, wunderschönes kleines Mädchen.

Er hatte nie aufgehört, sich die Schuld an ihrem Tod zu geben, denn damals war er mit Leib und Seele Polizist gewesen. Er dachte nur an seinen Beruf und brauchte nichts anderes. Vater zu sein war zweitrangig. Sogar nachdem seine Frau gestorben war und er mit dem zwölfjährigen Mädchen, das er kaum kannte, allein war, änderte sich daran nichts. Er hatte sich immer vorgenommen, mehr Zeit mit ihr zu verbringen, sie besser kennenzulernen, aber irgendwie verrannen die Wochen, Monate und Jahre, und er schob es ständig auf. Bis es zu spät war.

Dann, als sie nicht mehr da war, lernte er sie über andere Menschen kennen, die sich die Zeit genommen hatten, sich mit ihr zu beschäftigen und ihr einen Platz in ihrem Leben einzuräumen.

»Sie hat Sie so geliebt und war so stolz auf Sie«, erzählten sie ihm. »Und sie hat immer gewußt, daß Sie für sie da waren und für sie gesorgt haben.«

Doch so war es nicht gewesen. Statt dessen war er in der Nacht, in der sie vergewaltigt und zu Tode geprügelt wurde, hinter irgendeinem miesen kleinen Lockvogel her.

In den Wochen nach dem Begräbnis trank er bis zur Besinnungslosigkeit, denn so, wie sie ihm vorher zuwenig bedeutet hatte, wurde sie nun, da sie tot war, sein ein und alles. Als er endlich wieder nüchtern wurde, war die Kreatur, die sich an ihr vergangen hatte, freigelassen.

»Der Dreckskerl hat ein hieb- und stichfestes Alibi«, erklärte ihm der Beamte von der Mordkommission, der den Fall bearbeitete. »Wir wissen natürlich, daß es gelogen ist, aber wir schaffen es nicht, es zu widerlegen.«

Lamar nickte. »Kann ich mal einen Blick in die Akten werfen?«

»Aber klar«, sagte der Detective. »Wenn einer mein Kind so kaltgemacht hätte, würde ich auch Bescheid wissen wollen.«

Der Akte entnahm er, daß der Kerl ein Söhnchen aus reicher Familie war, ein Footballspieler, der auf die Uni ging und dessen Mannschaft an dem Abend, als Darcy ermordet wurde, ein wichtiges Spiel verloren hatte. Das Alibi stammte von einigen seiner Mitspieler, die schworen, daß er die ganze Nacht mit ihnen zusammengewesen sei.

Lamar legte die Akten beiseite. Dann begann er sich umzuhören. Er hatte bald herausgefunden, daß der Kerl in den letzten zwei Jahren in drei ähnliche Vorfälle verwickelt war; in El Paso, Lubbock und Abilene. Es war dabei niemals zum Mord gekommen, aber er war jedesmal verhaftet und dann wieder freigelassen worden, entweder weil die Anklage aus ominösen Gründen fallengelassen wurde oder weil seine Freunde ihm ein hieb- und stichfestes Alibi verschafften.

Lamar hielt die Augen offen und wartete. Er hatte es nicht eilig, er wußte, daß seine Zeit kommen würde. Es dauerte sieben Monate, aber dann machte der Kerl seinen letzten Fehler.

An einem Frühlingsabend während seiner Examenszeit fuhr der Footballspieler mit einem Schulmädchen in der Nähe von Amarillo in die Wüste – einem weiteren Schulmädchen, das zu betrunken oder zu naiv war, um zu merken, was er im Sinn hatte.

Lamar hörte sie schreien, als er hinter der roten Corvette zum Halten kam. Er brauchte keine drei Sekunden, um mit dem Revolver in der Hand aus dem Auto zu springen. Er zielte auf den Kopf des Kerls und zögerte nicht. Er drückte einfach ab.

Das Mädchen war zu verängstigt und zu dankbar, um sich zu fragen, wo Lamar plötzlich herkam. Sie klammerte sich nur an ihn und schluchzte. Er hüllte sie in eine Decke und brachte sie nach Hause. Dann fuhr er aufs Revier und meldete den Tod des Kerls.

Nachdem das Mädchen berichtet hatte, was geschehen war, war Lamar entlastet. Niemand schien sich zu wundern, daß er mitten in der Nacht in der Wüste auftauchte. Man war nur froh, daß es so gewesen war. Er wurde sogar eine Art Lokalheld.

Amarillo war vierzig Jahre lang gut zu Lamar gewesen. Er hätte bleiben können, aber er ging fort. Zu viele Erinnerungen an ein zu schlimmes Versagen machten ihm das Leben dort zur Hölle. Er heiratete nie wieder. Er wußte, daß er einer Frau nichts zu geben hatte. Und weil ihm klar war, daß er dazu bestimmt war, Polizist zu sein, wollte er zumindest eine andere Art von Polizist werden.

In den zwanzig Jahren seit Darcys Tod hatte Lamar sich damit befaßt, Puzzles zusammenzusetzen, spezielle Puzzles, die nur mit einer bestimmten Art von Verbrechen zu tun hatten, und es gab keinen, der besser darin war als er.

Jetzt, als sich der kleine Zeiger seiner Armbanduhr auf sechs zubewegte, sah er ein letztes Mal seine Notizen durch, Seite für Seite, entdeckte hier noch einen Hinweis, stieß dort auf ein wichtiges Detail. Er war in den letzten Wochen dreimal quer durchs Land gefahren, hatte Nachforschungen angestellt, Dinge ans Licht gezerrt – hatte das getan, was er am besten beherrschte. Am Ende lief es auf zwei Blatt Papier hinaus. Das eine war einem Bericht eines mittlerweile verstorbenen New Yorker Polizeibeamten namens Michael Haller entnommen, auf dem anderen hatte er selbst sich Notizen gemacht, während er sich mit einem Dr. Stanley Waschkowski aus New Hampshire unterhielt, der seine Fragen nur äußerst widerstrebend beantwortete. Lamar legte die beiden Seiten nebeneinander vor sich auf den Küchentisch und blickte von einer zur anderen.

»Das gibt's doch nicht«, murmelte er.

Er wußte, daß die Verteidigung nie darauf kommen würde.

Sie stellten schließlich Nachforschungen über Karen Doniger an, nicht über Robert Willmont. Lamar war der einzige, der sich mit beiden befaßte. Er wußte auch, daß er mit seiner Entdeckung nichts anfangen konnte. Und er war so ehrlich, sich einzugestehen, daß er sie auch dann nicht einsetzen würde, wenn er es könnte. Es genügte ihm zu wissen, daß er recht hatte. Und er hatte tatsächlich recht. Er wußte es einfach – weil er das leise Klicken spürte, das sich immer einstellte, wenn ein Puzzlestück sich in das Bild einfügte.

3

Auf dem Flur im dritten Stock des Justizgebäudes drängten sich die Menschen. Medienleute aus dem ganzen Land und Hunderte von Neugierigen, die verärgert waren über den begrenzten Raum im Glassaal, machten sich gegenseitig den Platz streitig.

Richter Washington hatte sich erweichen lassen und der Installation einer internen Fernsehanlage zugestimmt, mit der die Medienvertreter das Prozeßgeschehen aus einem angrenzenden Gerichtssaal verfolgen konnten. Die Neugierigen gingen leer aus.

Tess Escalante und ihre Assistentin Anne Jenks, eine unauffällige, magere Frau mit einem fotografischen Gedächtnis, arbeiteten sich durch die Menge vor.

»Ich wußte ja, daß es ein Affentheater werden würde«, schrie die Staatsanwältin ihrer Assistentin über den Lärm hinweg zu, »aber ich hätte nicht gedacht, daß es so schlimm wird.«

Lamar erwartete sie im Gerichtssaal.

»Ich hab was Interessantes für dich«, verkündete er.

»Leider ist es nur zu deiner Information. Du darfst es nicht benutzen.«

»Her damit.«

Er reichte ihr ein Blatt Papier, auf dem er vor knapp einer Stunde seine Kenntnisse zusammengefaßt hatte.

»Scheint ganz so, als ob unser Senator nicht der Heilige ist, den die Welt in ihm sehen soll, wenn's nach ihm und seinen PR-Leuten ginge.«

»Wo zum Teufel hast du das aufgestöbert?« sagte sie bewundernd, während sie die Seite überflog.

»Frag nicht.«

Tess lächelte flüchtig. Das war seine Standardantwort. Sie starrte auf seine gekritzelten Notizen. Sie war die einzige Staatsanwältin in der Abteilung, die seine Handschrift entziffern konnte.

»Sein Vater hat die an der Uni mit Geld zum Schweigen gebracht?«

»Ja«, bestätigte Lamar. »Sie hat eingewilligt, mit mir zu reden, aber nur unter vier Augen. Sie ist verheiratet und hat Familie, und sie will nicht, daß es bekannt wird.«

»Und die hier?«

»Ich hatte so eine Ahnung.« In Wirklichkeit hatte er die Akten jedes nachweislichen oder mutmaßlichen Sexualdelikts der letzten dreißig Jahre in San Francisco eingesehen. »Ich konnte zwei ihrer ehemaligen Nachbarn ausfindig machen. Sie sagten, er sei jede Woche drei oder vier Abende dagewesen. Sie erzählte überall rum, daß ihr Bobby sie heiraten werde. Die Nachbarn meinten, sie wären ja zur Polizei gegangen, als sie umkam, aber man habe ihnen erklärt, es sei Selbstmord gewesen. Außerdem hätten sie nie angenommen, daß so ein netter junger Mann irgend etwas mit ihrem Tod zu tun habe.«

»Was war mit dieser Reporterin, die im Knast saß?«

»Sie behauptet, daß man sie reingelegt habe, weil sie die beiden heimlich zusammen fotografiert hatte. Dafür hab ich nur ihr Wort, aber was ich überprüft habe, haut hin – in der Woche, bevor sie verhaftet wurde, ist tatsächlich jemand in ihre Wohnung eingebrochen, doch es sind keine Wertsa-

chen verschwunden. Ich hab in D.C. mit der Polizei gesprochen, und sie haben mir bestätigt, daß sie wegen der Drogen- und Prostitutionssache auf einen anonymen Hinweis hin festgenommen wurde.«
»Der alte anonyme Tip.«
»Genau. Sie behauptet, daß jemand sie angerufen und sich mit ihr für ein Interview in diesem Hotelzimmer verabredet habe, aber sie wußte nicht, wer es war. Das, und dann ein bekannter Dealer, der auch einen anonymen Anruf bekommen hatte, und zwei Kilo Crack, die die Polizei unter den Sofakissen fand. Das reichte.«
Die Staatsanwältin kicherte. »Die würde bestimmt gerne plaudern.«
»Allerdings, aber das würde uns nichts nützen. Sie sagt, er sei ziemlich wild auf Sex, doch von Vergewaltigung ist nicht die Rede gewesen, also ist es irrelevant. Für die Beziehung, die sie zu ihm hatte, haben wir nur ihre Aussage, und sie ist vorbestraft. Er könnte alles ableugnen und völlig ungeschoren davonkommen. Mal ganz abgesehen davon, daß Sutton Zeter und Mordio schreien würde, bevor sie überhaupt den Mund aufmacht.«
Tess kannte ihren Ermittler gut. »Und was hast du noch auf Lager«, fragte sie, »das hier nicht draufsteht?«
»Tja, da war wohl eine Vergewaltigung während seiner Zeit auf der Law School«, gab Lamar lässig zur Antwort und dachte an die beiden Notizzettel, die er sich so spät nachts genau angesehen hatte. »Aber unser Knabe hat jede Schuld abgestritten, und es wurde nie Anzeige erstattet.«
»Auch mit Geld zum Schweigen gebracht?«
»Wer weiß?«
»Und was meinst du, womit wir es hier zu tun haben – mit einem unbeteiligten Zuschauer oder mit einem widerlichen Dreckskerl?«

Lamar sah sich in dem fast voll besetzten Gerichtssaal um. »Gerüchten zufolge hat er seit zehn Jahren immer wieder was mit einer bestimmten Fernsehreporterin. Links, zweite Reihe, am Rand.«

Tess warf einen Blick auf die attraktive braunäugige Blondine mit dem einprägsamen Gesicht und seufzte. »Die steht uns bestimmt nicht zur Seite.«

»Du mußt einfach darauf vertrauen, daß du es schaffst«, sagte Lamar, »und darauf, daß die Geschworenen den richtigen Riecher haben.«

»Das tue ich immer«, erwiderte Tess und steckte das Blatt in ihre Aktentasche. »Aber ich hätte auch nichts gegen einen kleinen Vorsprung. Seine Stadt, seine Wähler, sein ganzes verdammtes Land steht auf seiner Seite, und das ist nicht gerade von Vorteil für uns.«

»Tut mir leid, daß ich dir nicht mehr bieten konnte«, sagte Lamar.

»Macht nichts.« Sie warf ihr glänzendes schwarzes Haar zurück und zwinkerte kurz. »Ich bin am besten, wenn es aussichtslos zu sein scheint. Aber ich bin eben noch besser, wenn ich ein As im Ärmel habe.«

Wie die Gäste einer makabren Hochzeitsfeier defilierten die Familienangehörigen und Freunde von Robert Willmont zur linken Seite des Zuschauerraums, der inoffiziell »Verteidigungsseite« genannt wurde, während Karen Donigers Verbündete sich auf der rechten Seite niederließen.

Janice Evans saß in der zweiten Reihe, direkt hinter Elizabeth Willmont und Amanda Drayton Willmont. Durch die kugelsichere Scheibe sahen sie Robert, umgeben von seinem beachtlichen Gefolge von Anwälten und Beratern.

Janice Evans' Reportage über den Wahlkampf, die vom Sender mit Spannung erwartet und dann hastig umgearbeitet wurde, um auf dem aktuellen Stand zu sein, war vor einem Monat ausgestrahlt worden.

»Ziehen Sie los, und hängen Sie gleich noch eine dran«, hatte der Produzent gesagt. »Sie hatten höhere Einschaltquoten als die scheiß Super-Bowl. Wie der Prozeß auch ausgeht, wir werden auf dem Sendeplatz bessere Zahlen kriegen als je zuvor.«

»Er wird Ihre fürsorgliche Unterstützung bestimmt zu schätzen wissen«, bemerkte Janice trocken.

Der Produzent zuckte gleichgültig mit den Schultern. »Solange er verkäuflich ist, unterstütze ich ihn ja.«

»Sie wissen doch, daß es sich hier eindeutig um einen Fall politischer Sabotage handelt«, sagte die Reporterin mit Nachdruck. »Gefälschte Briefe sind out – die Waffe der Neunziger ist Sex.«

»Wenn Sie recht haben«, erwiderte der Produzent, »können Sie demnächst jeden Preis verlangen.«

Zwei Tage später saß Janice im Flugzeug nach San Francisco.

Als sie jetzt die Gesichter der Geschworenen und Ersatzgeschworenen betrachtete, während sie den Gerichtssaal betraten und ihre Plätze einnahmen, fragte sie sich, ob sie ihn womöglich schuldig sprechen, tatsächlich den lachhaften Lügen einer frustrierten, verschmähten Fünfzigjährigen Glauben schenken würden. Sie sahen so aufgeblasen aus, beeindruckt von ihrer eigenen Wichtigkeit. Was sie wohl dachten, ob sie überhaupt etwas dachten? Sie wäre gern fünf Minuten mit ihnen allein gewesen, um ihnen zu zeigen, wo es langging.

Merken Sie denn nicht, was hier los ist? würde sie dann schreien. Sehen Sie denn nicht, daß hier böse Mächte am Werk sind, die ihn um jeden Preis vom Weißen Haus fernhalten wollen? Schauen Sie ihn doch an! Glauben Sie

wirklich, daß dieser Mann es nötig hat, verbrauchte alte Frauen zu vergewaltigen, obwohl frische junge Schlange stehen, um sich von ihm ficken zu lassen?
Sie lächelte in sich hinein. Vielleicht war der letzte Teil nicht so passend, vor allem angesichts der Tatsache, daß Smoeller und Dobbs sich so bemüht hatten, ihn als treuen Ehemann und fürsorglichen Familienvater darzustellen. Es war schon merkwürdig, sinnierte Janice, daß diejenigen, die im Bilde waren, wußten, daß er es vermutlich mit jeder halbwegs passabel aussehenden Frau unter vierzig getrieben hatte, die ihm über den Weg gelaufen war.
Die Anklägerin beispielsweise. Das war eine, die er unter anderen Umständen nicht ausgelassen hätte. Auf ihre dunkle Latinoart sah sie klasse aus, und sie war exzellent gekleidet. Das schmale burgunderrote Kostüm mit den passenden Pumps strahlte Kompetenz und Selbstbewußtsein aus, und die dünne Goldkette, die sie dazu trug, fügte genau den richtigen Hauch Weiblichkeit hinzu.
Von »Powerdressing«, wie man das jetzt nannte, verstand die Journalistin aus New York eine ganze Menge, und bedrückt mußte sie sich eingestehen, daß eine Frau, die stark genug war, sich so zu kleiden, auch stark genug war, um Robert Willmont zu zerstören.
Auf der anderen Seite des Gangs studierte Felicity Gravois die Gesichter der Geschworenen nicht minder intensiv als Janice Evans.
»Sie sehen ziemlich normal aus«, sagte sie zu Demelza.
»Das tun die meisten Leute«, erwiderte die Mitbesitzerin von Demion Five.
»Aber werden sie auch klug genug sein, die Wahrheit zu erkennen, wenn sie sie hören, und sich nicht täuschen lassen, weil jemand reich und berühmt ist?«
»Wollen wir's hoffen.«

»Glaubst du wirklich, daß es in dieser Stadt Geschworene gibt, die ihn verurteilen würden?« fragte Mitch Rankin seine Frau.
»Schau dir die Anklägerin an«, antwortete Ione. »Die in dem umwerfenden weinroten Kostüm. Ich würde sagen, die weiß, was sie tut.«
»Mag sein«, gab Mitch zögernd zu. »Aber der Verteidiger sieht auch nicht wie ein Versager aus.«
Ione kam nicht dazu, etwas zu erwidern, weil in diesem Moment der Gerichtsdiener vortrat, um die Vorrede zu halten, die Anwesenden sich erhoben und Richter Oliver Wendell Washington in seinem wehenden schwarzen Talar den Saal betrat und seinen Platz auf dem Richterstuhl einnahm.
Es war eine Minute nach neun an diesem Donnerstag, dem 18. Juni. Der Prozeß *Das Volk von Kalifornien gegen Robert Drayton Willmont* hatte begonnen.

»Ich möchte die Zuschauer darauf hinweisen, daß ich keine Unmutsäußerungen oder Bekundungen irgendeiner Art dulden werde«, verkündete Richter Washington hinter der kugelsicheren Scheibe. »Sie sind Gäste des Gerichts und können als solche auch vom Gericht des Raumes verwiesen werden. Ferner weise ich die Anwesenden darauf hin, daß es den Gästen des Gerichts – vor allem den Vertretern der Medien – nicht gestattet ist, während der Verhandlung zu fotografieren, zu filmen oder Tonbandaufzeichnungen zu machen.«
Im Zuschauerraum entstand Unruhe, als alle um sich blickten und sich dann setzten. Richter Washington faltete die Hände und nickte der Anklage zu.
Tess schob ihren Stuhl zurück und stand auf. »Guten Morgen, Ladys und Gentlemen«, begrüßte sie die Geschwore-

nen. »Mein Name ist Teresa Maria Yacinta Escalante, und ich vertrete hier das Volk von Kalifornien.«

Ihre Stimme war klar und melodiös und überall im Saal gut zu hören.

»Deshalb wird dieser Fall *Das Volk gegen Robert Drayton Willmont* genannt. Wenn ein Verbrechen geschieht, obliegt es den Vertretern des Volkes, jedes Beweisstück sicherzustellen, jede noch so winzige Einzelheit zu untersuchen und jede verfügbare Information zu analysieren, um festzustellen, wer dieses Verbrechen begangen hat. Erst wenn wir all dies nach besten Kräften getan haben, kommen wir hierher, vor Gericht, um Sie, eine Gruppe von Menschen, die wir ausgewählt haben, darüber entscheiden zu lassen, wie gut wir unsere Aufgabe erfüllt haben.«

Sie trat hinter dem Tisch hervor.

»Es ist noch gar nicht lange her, da wurde in den Gerichten unseres Landes ein Verbrechen wie Vergewaltigung nicht als solches anerkannt. Man glaubte allen Ernstes, daß ein Mann, der sich einer Frau bemächtigte, entweder ein angestammtes Recht dazu hatte oder von ihr dazu aufgefordert wurde. Gott sei Dank verhält sich das heute anders. Gott sei Dank sind unsere Gerichte heute bereit, diejenigen, die vergewaltigen, anzuklagen, und Gott sei Dank gibt es Geschworene, die mutig genug sind, sie zu verurteilen. Denn Vergewaltigung gehört zu den abscheulichsten Verbrechen der Menschheit, und Vergewaltigung durch Bekannte ist eines der abscheulichsten überhaupt.«

Die Staatsanwältin ging langsam auf die Geschworenenbank zu.

»Wenn eine Frau, Ladys und Gentlemen, von einem Fremden in eine dunkle Gasse gezerrt und überwältigt wird, ist das ein Vorkommnis, das wir einordnen können. Wir können sagen, daß der Mann ein Verrückter und die Frau auf jeden Fall unschuldig war, wodurch das Verbrechen klar umrissen ist und die Begleitumstände von jedem von uns akzeptiert werden. Doch wenn eine Frau von jemandem attackiert wird, den sie kennt, vielleicht sogar bewundert, dem sie aber auf jeden Fall vertraut, ist das etwas anderes. Sie begibt sich nichtsahnend in die Obhut einer solchen Person, und ihr Vertrauen wird auf verheerende und gewalttätige Art mißbraucht.«

Tess warf einen beiläufigen Blick zum Tisch der Verteidigung.

»Das Gericht unterscheidet nicht immer zwischen diesen beiden Formen von Verbrechen. Doch es gibt mehrere Varianten von Vergewaltigung, und jede muß gesondert betrachtet und beurteilt werden. Sie sind hier gefordert, diese Unterscheidung zu machen. Das Volk vertritt die Ansicht, daß eine Frau nicht ihre Einwilligung zum Geschlechtsverkehr gibt, nur weil sie mit einem Mann, den sie kennt, in eine Bar geht, mit ihm spricht und trinkt und sich sogar von ihm nach Hause fahren läßt.«

Sie sah jedem auf der Geschworenenbank direkt in die Augen.

»In letzter Zeit haben einige vielbeachtete Prozesse stattgefunden, in denen auch dieses Verbrechen im Mittelpunkt stand, und die Geschworenen erwogen die Fakten und gaben ihr Urteil ab. Das wird nun auch von Ihnen erwartet. Es existieren keine Augenzeugen in diesem Prozeß, wie es unter solchen Umständen häufig der Fall ist, weshalb die Anklage vor allem auf zwei Dinge baut: Glaubwürdigkeit und Beweise. Welche Geschichte werden Sie glauben, und welche Beweise werden für Sie den Ausschlag geben? Ich meine, die Glaubwürdigkeit des Opfers ist nicht zu übersehen. Und aus den Beweisen läßt sich zweifelsfrei entnehmen, daß Robert Drayton Willmont Karen Doniger am

Abend des 17. April vergewaltigt und zusammengeschlagen hat und sie wie Unrat mitten im Golden Gate Park liegenließ. Dabei ist nicht von Belang, aus was für einer Familie er stammt oder für welches noch so hohe Amt er kandidiert. Von Belang ist nur, daß er es getan hat. *Er hat es getan.* Und wenn wir, die Vertreter des Volkes, dessen nicht absolut sicher wären, dann wären wir heute nicht hier.«

Tess nickte kurz, dann kehrte sie zum Tisch der Anklage zurück und setzte sich.

»Großartig«, murmelte Mitch auf der rechten Seite des Zuschauerraums.

»Scheiße«, murrte Janice Evans auf der linken.

Richter Washington wies auf die Verteidigung, und Hal Sutton erhob sich.

»Mein Name ist Hal Sutton«, begann der Silberfuchs. »Aber das ist unwichtig. Wichtig ist die Tatsache, daß ich der Anwalt bin, der Senator Robert Drayton Willmont vertritt. Das ist das einzig Wichtige hier.«

Er warf einen Blick zu Tess hinüber.

»Die Staatsanwältin sagt, es spiele keine Rolle, wer mein Mandant sei oder für welches hohe Amt er kandidiere«, fuhr er fort. »Ich bin der Meinung, daß es in diesem Prozeß um nichts anderes geht. Um eine der ältesten Geschichten der Menschheit. Kaum erhebt sich ein Mann und sagt: ›Kommt mit mir, ich kenne den Weg‹, erscheinen jene, die zu feige oder zu neidisch sind, um ihm zu folgen, und ihn deshalb zerstören wollen. Vor zweitausend Jahren starb ein solcher Mann am Kreuz.«

»Na wunderbar«, murmelte Demelza vor sich hin. »Hier soll offenbar Jesus Christus Willmont der Prozeß gemacht werden.«

»Ladys und Gentlemen«, sprach Sutton weiter, »bei dem

Verfahren hier müssen Sie eines vor allem beachten und verstehen: Wäre Robert Drayton Willmont nicht der, der er ist, würde er nicht für das höchste Amt im Lande kandidieren, wäre er nicht der Vergewaltigung angeklagt, gäbe es keinen Prozeß, würde man diesen ehrlichen, aufrechten, arbeitsamen Mann, der in den letzten vierzehn Jahren seinem Land gedient hat, nicht so böswillig verleumden.«
Er legte Robert die Hand auf die Schulter.
»Ja, mein Mandant gibt zu, daß er mit Karen Doniger sexuell verkehrt hat. Er ist nun einmal nicht Gott, nur einer Seiner unvollkommenen Söhne. Doch er wurde von *ihr* dazu ermutigt, von *ihr* dazu verführt, und *sie* war es, die *ihn* benutzte, der durch Streß, Erschöpfung und Alkohol weniger widerstandsfähig war. So verhielt es sich, nicht umgekehrt. Und dann, große Überraschung, verkündet Mrs. Doniger plötzlich, sie sei vergewaltigt worden. Wie sehen Sie das? Was sagt uns das über die Feigen und die Neider?«
Er hielt einen Moment inne, um seinen Worten zusätzliche Wirkung zu verleihen.
»Senator Robert Drayton Willmont ist ein liebender Sohn, ein liebender Gatte und ein liebender Vater«, fuhr er dann fort. »Als Beweis dafür hat sich heute seine Familie hier im Gerichtssaal versammelt. Und er ist auch ein ergebener Diener seines Landes. Seine Wahl und Wiederwahl in den Kongreß und den Senat und seine überwältigenden Wahlsiege in den Vorwahlen dieses Jahres mögen dies belegen. Kommt es Ihnen plausibel vor, daß ein solcher Mann kurz vor seinem größten Erfolg alles für eine flüchtige Begegnung riskieren würde?«
Er drückte Roberts Schulter leicht, und der Angeklagte stand auf.
»Sehen Sie ihn sich gut an, Ladys und Gentlemen. Sohn

einer der Gründerfamilien von San Francisco, ein Lichtstrahl der Hoffnung in der Krise, die unser Land durchmacht, ein wohlhabender, intelligenter charismatischer Mann, ein Mann von Format, der sich dafür entschieden hat, sein Leben diesem Lande zu widmen. Ist dies ein Mann, der es nötig hat, eine Frau zu vergewaltigen?«

Er ließ seinen Mandanten fünfzehn volle Sekunden lang bewegungslos ausharren, bevor er ihm gestattete, sich wieder zu setzen.

»Aus den Beweisen, auf die sich die Staatsanwältin bezieht«, sagte Sutton abschließend, »läßt sich in der Tat ersehen, daß Senator Willmont und Karen Doniger eine sexuelle Begegnung hatten. Sie hatten in einer Bar in der City ein paar Drinks genommen und waren dann im Wagen des Senators gemeinsam zum Golden Gate Park gefahren, wo sie ausstiegen und es zum Geschlechtsverkehr kam. Mein Mandant hat das nie abgestritten und bekennt sich auch jetzt dazu. Doch zwischen einem beidseitig erwünschten Geschlechtsakt und einer Vergewaltigung gibt es wenig Gemeinsamkeiten. Was immer Ihnen die Anklage auch vermitteln wird, mein Mandant ist nicht schuldig.«

»Ganz genau«, murmelte Janice Evans im linken Teil des Zuschauerraums.

Auf der anderen Seite wurde John Micheloni unruhig. »Der ist verflucht gut«, flüsterte er Jenna zu.

4

Tess trank einen Schluck kalten Kaffee, streckte ihren schmerzenden Rücken und beschwor im Geiste zum x-tenmal die Verwaltung, daß sie ihr endlich den ergonomischen Bürostuhl beschaffte, den sie seit einem Jahr forderte, bevor sie krumm und bucklig wurde.
Ansonsten, das mußte sie zugeben, konnte sie sich nicht beklagen. Die ersten beiden Tage im Willmont-Prozeß waren gut verlaufen.
Arthur Gertz war der erste Zeuge der Anklage, und seine Aussage war genauso wirkungsvoll, wie Tess es erwartet hatte. Die präzise, dabei aber emotionsgeladene Schilderung seiner frühmorgendlichen Joggingrunde und seiner schrecklichen Entdeckung am Stow Lake schufen eine bedrohliche Stimmung, von der sich die Geschworenen stark mitreißen ließen. Hal Suttons kurzes Kreuzverhör hatte daran nichts ändern können.
Dann hatte die nüchterne Aussage von Officer Kelly Takuda den Geschworenen zwei Tatsachen ganz deutlich vor Augen geführt: daß Karen Doniger halb bewußtlos im Golden Gate Park aufgefunden worden und daß alles darauf hinwies, daß sie Opfer brutaler Mißhandlungen geworden war.
»Officer Takuda«, hatte Sutton nachgehakt, als Tess ihre direkte Befragung beendet hatte, »gab es am Tatort oder

am Zustand der Frau selbst irgendwelche Hinweise darauf, wer die sexuellen Handlungen eingeleitet hatte?«

»Nein, Sir«, antwortete die Zeugin. »Auf den Anfang konnte man nicht rückschließen. Nur das Ergebnis war offensichtlich.«

»Wäre es dann nicht möglich«, verfolgte Sutton weiter seine Argumentation, »daß Sie am Morgen des 8. April am Stow Lake nicht die Folgen eines tätlichen Angriffs vorfanden, wie Sie es vorhin darstellten, sondern die Folgen eines von beiden Beteiligten gewünschten Geschlechtsakts, der, sagen wir, besonders leidenschaftlich geriet?«

Die Polizistin überdachte die Frage einen Moment. »Ich nehme an, es wäre möglich, doch es ist unwahrscheinlich.«

»Aber möglich wäre es?« insistierte Sutton.

»Ich glaube schon.«

»Danke, Officer Takuda«, sagte Sutton und ging zu seinem Platz zurück. »Keine weiteren Fragen.«

»Officer Takuda, in wie vielen Fällen haben Sie in den letzten sechs Monaten ermittelt, die im Zusammenhang mit Sexualdelikten standen?« fragte Tess danach.

»In etwa vierzig.«

»Und im Vorjahr?«

»Ich würde sagen, etwa hundert, hundertzehn.«

»Hatten Sie dann anhand Ihrer Erfahrung mit circa hundertfünfzig ähnlichen Fällen in den letzten achtzehn Monaten am Morgen des 8. April, als Sie am Stow Lake die halb bewußtlose Frau auffanden, den Eindruck, daß sie an einem beidseitig erwünschten Geschlechtsakt beteiligt gewesen war?«

»Nein«, antwortete die Polizistin. »Ich hatte damals den Eindruck, daß sie vergewaltigt und mißhandelt worden war, und daran hat sich nichts geändert.«

»Eine Frage noch, Officer Takuda«, sagte Tess abschließend. »Halten Sie es für möglich – nicht für wahrscheinlich, wohlgemerkt, sondern für möglich –, daß uns morgen der Himmel auf den Kopf fällt?«

»Einspruch!« rief Hal Sutton.

»Miss Escalante«, ermahnte sie Richter Washington, »Sie wissen doch Bescheid.«

»Ich ziehe die Frage zurück, Euer Ehren«, fügte sich Tess mit einem reuigen Lächeln.

Der zweite Prozeßtag ging mit der Aussage der Krankenschwester vom Beratungszentrum für vergewaltigte Frauen zu Ende, die detailliert berichtete, wie sie das Beweismaterial sichergestellt und welche Maßnahmen sie getroffen hatte, damit es unverändert zur Analyse gelangte. Sie war eine verläßliche Zeugin für die Anklage, die bestätigte, daß ihre Untersuchungsergebnisse ohne Ausnahme auf gewalttätig erzwungenen Geschlechtsverkehr hinwiesen. Sutton hatte ihre Position nicht ins Wanken bringen können.

Jetzt war Freitagabend, der dritte Prozeßtag stand bevor. Normalerweise tagte das Gericht nicht am Wochenende, doch der Zeitdruck seitens der Verteidigung hatte Richter Washington bewogen, die Termine umzustellen. Offiziell erklärte er, daß man die Sitzung am Samstag angesetzt hatte, damit man bis zum 4. Juli, dem Nationalfeiertag, zur Urteilsverkündung kommen und die Dienste der Geschworenen nicht mehr in Anspruch nehmen müsse.

Tess war das sehr recht. Sie wollte morgens den Polizeilaboranten in den Zeugenstand rufen, und dessen Aussage und das nachfolgende Kreuzverhör würden bestimmt den ganzen Tag in Anspruch nehmen. Tess hatte vor, jedes Beweisstück einzeln mit ihm durchzusprechen, jedes Kleidungsstück von Karen, jeden Gras- und Schmutzfleck, jede Blut- und Spermaspur. Dann wollte sie ihn die Ergebnisse der Untersuchung von Robert Willmonts Kleidung vortragen lassen. Er sollte sich zu dem Riß im Jackett, der geplatzten Naht in der Hose und sämtlichen Flecken und anderen Spuren äußern, die er dort gefunden hatte. Schließlich sollte er den sehr speziellen und schrecklich langweiligen, aber absolut unerläßlichen DNA-Beweis erläutern.

Lief alles gut, dann waren die Geschworenen mit zwei massiven Tatbeständen ausgestattet, wenn sie sich danach bis Montag morgen zur Beratung ins Sheraton Hotel zurückzogen: Erstens hatte die DNA-Analyse ergeben, daß sich sowohl in Karen Donigers Mund als auch in ihrer Vagina Sperma von Robert Willmont befunden hatte, und zweitens wiesen sowohl der Zustand ihrer Kleidung als auch die Tatsache, daß ihre Scheidenflüssigkeit mit Blut vermischt gewesen war, darauf hin, daß Gewalt angewendet wurde.

Die Staatsanwältin streckte sich wieder und stand auf. Durchs Fenster sah sie den nicht abreißenden Strom von Scheinwerfern auf der Autobahn, die Wochenendurlauber, die die Stadt verließen. Alle haben sie andere Ziele im Sinn, dachte sie, und dabei fand das größte Spektakel des Jahrzehnts hier statt, im Glassaal des Justizgebäudes.

Was für sie als unerfreuliche Pflichtübung begonnen hatte, war ein Kreuzzug geworden. Aus der Distanz betrachtet, schien Robert Willmont eine großartige Persönlichkeit zu sein, doch wenn man ihn aus der Nähe sah, ging viel von seiner Ausstrahlung verloren. Irgend etwas an der Mischung aus demütiger Reue und empörtem Zorn, die er bei jeder Gelegenheit zur Schau stellte, war Tess zuwider und überzeugte sie noch mehr davon, daß er tatsächlich schuldig war.

»Wir haben so viel in der Hand, wie ich es seit Jahren nicht erlebt habe«, versicherte sie Karen weiterhin. »Und Sie können mir glauben, daß ich schon mit weitaus weniger Material Schuldsprüche erreicht habe.«

»Ich vertraue auf Ihr Urteil«, sagte Karen.
»Wie?« Sie lachte. »Haben Sie plötzlich Vertrauen zum Rechtssystem gefaßt?«
»Ich habe nie daran gezweifelt, daß es funktioniert«, stellte Karen richtig. »Ich habe nur gesagt, daß häufig trotzdem der Gerechtigkeit nicht Genüge getan wird.«
Womit sie leider recht hatte, so ungern sich Tess das auch eingestand. Daran mußte sie jetzt denken, als sie ihre letzten Vorbereitungen für den morgigen Tag traf, ihre Schreibtischlampe ausknipste, das Büro abschloß, den Flur im dritten Stock hinunterging und in den Aufzug stieg. Sie hatte tatsächlich viel in der Hand, aber sie wußte auch, wie unberechenbar die Geschworenen waren. Sie hatte nie verstanden, was in den Köpfen dieser Leute vorging, sie hatte nur gelernt, mit ihnen zu arbeiten.

»Du klingst müde«, sagte Mariah Dobbs am Sonntagabend, als sie aus New York anrief.
»Das bin ich wohl auch«, gab Randy zu, der sich in seinem Studioapartment im Marina District aufhielt. »Und einsam.«
»Du verstehst aber, warum ich nicht bei dir sein kann, oder?«
»Klar«, seufzte er. »Du hast noch andere Klienten, die dich brauchen.«
»Genau«, bestätigte sie, obwohl ihr hauptsächlich daran gelegen war, sich und ihre Firma aus dem schädlichen Wirkungskreis von Robert Willmont fernzuhalten. »Ich kann sowieso nichts mehr für ihn tun. Es liegt jetzt bei den Geschworenen. Aber wenn sie ihn freisprechen, kannst du dich darauf verlassen, daß ich sofort zur Stelle bin und eine Medienlawine lostrete, die ihn bis November direkt vor die Tore von Pennsylvania Avenue 1600 katapultiert.«

»Vor zwei Monaten hätte ich ihm nicht den Hauch einer Chance gegeben«, gestand Randy ein.
»Ich auch nicht«, sagte Mariah, dachte aber bei sich, daß sie es trotz seiner Erfolge bei den Vorwahlen auch jetzt noch nicht tat.
»Es war seine Ehrlichkeitsmasche, die ihn gerettet hat. Wenn er nicht diese Mea-culpa-Nummer abgezogen und sich vom Wohlwollen des Volkes abhängig gemacht hätte, wäre seine politische Karriere im Eimer gewesen.«
»Die Wähler lieben ihn und wollen an ihn glauben«, erwiderte Mariah. »Sie halten ihn vorläufig für unschuldig – bis die Geschworenen zur Tat schreiten.«
»Ich sitze da im Gerichtssaal und beobachte sie«, sagte Randy, »und versuche mir vorzustellen, was sich in ihren Köpfen abspielt. Ich dachte immer, Millionen von Menschen würden darüber entscheiden, ob wir ins Weiße Haus einziehen oder nicht, aber jetzt sind es nur noch zwölf – fünf Männer und sieben Frauen –, die Sieg oder Untergang beschließen.«
Mariah kicherte. »Interessante Auswahl – Weißes Haus oder Zuchthaus. Das ist der Lauf des Schicksals, das Auf und Ab, das Yin und Yang.«
»Nicht doch«, stöhnte Randy.
»Wie läuft's denn nun wirklich?« erkundigte sich Mariah.
»Nicht besonders«, gab er zu. »Gestern war der Sachverständige vom Polizeilabor den ganzen Tag im Zeugenstand. Der DNA-Kram war hochtechnisch und todlangweilig. Ich hab gesehen, wie die Geschworenen zum Teil gähnten, und ich selbst bin auch fast eingeschlafen. Aber ich muß zugeben, daß diese Beweise ziemlich massiv sind.«
»Was meint der Senator dazu?«
»Er sagt, er habe keine Ahnung, wie das passiert sein soll.«
»Wenn er im Zeugenstand ist, sollte ihm dazu ein bißchen

mehr einfallen«, erklärte die PR-Frau. »Was meint der Anwalt?«

»Hal läßt nicht viel raus«, sagte Randy. »Fragt man ihn, antwortet er, wir sollen warten, bis wir dran seien, aber wenn ich es richtig beurteile, ist er ziemlich beunruhigt.«

»Und der Kandidat?«

Der Berater schwieg einen Moment. »Um ehrlich zu sein, ich habe den Eindruck, der macht sich über gar nichts Sorgen. Er glaubt einfach, daß alles so laufen wird, wie er es will.«

5

Der Chirurg, der Karen in der Notaufnahme des San Francisco General Hospital behandelt hatte, trat am Montagmorgen als erster in den Zeugenstand. Er beschrieb und analysierte detailliert jeden einzelnen Bluterguß und jede Abschürfung und schilderte, wie er die Lippe genäht und die gebrochene Nase gerichtet hatte.

»Euer Ehren«, sagte Tess, »ich möchte an dieser Stelle den Antrag auf Zulassung der Beweisstücke sechsundsechzig bis zweiundsiebzig stellen und sie den Geschworenen vorlegen.«

»Ich muß meinen Einspruch wiederholen, Euer Ehren«, rief Hal Sutton aus. »Die Anklägerin hat den körperlichen Zustand des mutmaßlichen Opfers bereits eingehend erläutert. Die Fotografien können nichts Neues mehr beitragen.«

»Im Gegenteil, Euer Ehren«, widersprach Tess. »Die Beschreibung einer gebrochenen Nase, einer aufgeplatzten Lippe oder eines geprellten Schenkels wirkt ganz anders als der Anblick desselben.«

»Die Anklägerin weiß genau, Euer Ehren, daß diese Fotos eine einseitige Wirkung haben.«

»Mr. Sutton hat ganz recht, Euer Ehren«, sagte Tess, »doch das betrifft nur den Blickwinkel seines Mandanten. Ich hingegen möchte, daß die Geschworenen sich diese Fotos unter objektiven Gesichtspunkten ansehen.«

»Einspruch!« rief Sutton aufgebracht.

»Das genügt, Miss Escalante«, sagte Richter Washington. »Die Fotos werden zugelassen. Einspruch abgewiesen.«

Tess reichte den Geschworenen die Fotos einzeln, ließ allen genügend Zeit, sie sich genau anzusehen. Sie bemerkte zufrieden, daß die meisten beim ersten Blick darauf zusammenzuckten.

Als alle die grausigen Bilder betrachtet hatten, wandte sie sich wieder an den Arzt und fragte: »Die von Ihnen beschriebenen Blutergüsse, die Verletzungen, die aus diesen Fotos ersichtlich wurden – sind das Verletzungen, die man bei einem beidseitig erwünschten Geschlechtsakt erwarten würde?«

»Nein, Miss Escalante.«

»Wie würden Sie sie dann einordnen?« hakte sie nach.

»Ich würde sie eindeutig als Folgen von Gewaltanwendung einordnen.«

»Ich danke Ihnen.«

»Sagen Sie«, nahm sich nun Hal Sutton den Arzt vor, »läßt es sich irgendwie feststellen, ob der Angeklagte diese Verletzungen verursacht hat?«

»Nein.«

»Wäre es denn nicht möglich, daß die Verletzungen an Lippe und Nase durch Kollision mit einem Baum im Dunkeln oder durch einen Sturz zustande kamen?«

»Darauf gab es keinerlei Hinweise.«

»Könnten die Verletzungen so zustande gekommen sein?«

»Es wäre möglich.«

»Danke«, sagte Sutton. »Keine weiteren Fragen.«

»Worauf will er damit hinaus?« flüsterte Anne Jenks Tess zu.

»Auf die wenigen Möglichkeiten, die ihm bleiben«, antwortete Tess.

Nach der Mittagspause trat Lamar Pope in den Zeugenstand. Er hatte den Rest des Montags und den größten Teil des Dienstags damit zugebracht, sich die Verhöre mit dem mutmaßlichen Opfer und dem Angeklagten genauestens in Erinnerung zu rufen, und dabei häufig auf seine Notizen zurückgegriffen.

Ihn befragte Tess unter anderem zu dem Fußabdruck am Tatort, der zum Slipper des Senators paßte, und den Kratzern auf der Brust des Senators, zu denen die Hautfetzen unter Karen Donigers Fingernägeln die Ergänzung lieferten. Dann befaßte sie sich mit Karens verschwundener Handtasche.

»Konnten Sie im Zuge Ihrer Ermittlungen am Nachmittag des 10. April auch das Auto des Angeklagten durchsuchen, Sergeant?« fragte die Staatsanwältin.

»Jawohl.«

»Was haben Sie dort gefunden?«

»Ich habe eine dunkelblaue Handtasche gefunden, die den Ausweis von Karen Doniger enthielt und andere Gegenstände, die ihr gehörten.«

»Hat der Angeklagte erklärt, warum sich die Tasche in seinem Auto befand und Karen Doniger sie nicht bei sich hatte?«

»Nein. Er schien überrascht zu sein, daß sie dort war. Sie war offenbar zwischen die Sitze gerutscht, wo er sie übersehen hatte.«

»Danke«, sagte Tess. »Keine weiteren Fragen.«

»Hat Senator Willmont Sie bei den Ermittlungen unterstützt, Sergeant Pope?« wollte Sutton anschließend wissen.

»Ja, das hat er.«

»Hat er alle Fragen, die Sie ihm gestellt haben, so ausführlich wie möglich beantwortet?«

»Ja, das hat er.«

»Hat er die Antwort auf irgendeine Frage verweigert?«

»Nein.«

»Hat er geleugnet, mit Karen Doniger an dem betreffenden Abend zusammengewesen zu sein?«

»Nein.«
»Hat er geleugnet, mit ihr Geschlechtsverkehr gehabt zu haben?«
»Nein.«
»Dann wenden wir uns doch noch einen Moment diesen Kratzern zu, Sergeant«, schlug Sutton vor. »Hatte Senator Willmont irgendeine Erklärung dafür, wie er sie sich zugezogen hatte, außer der, die Sie eben bereits vorgetragen haben?«
»Ja«, antwortete Lamar und warf einen Blick auf seine Notizen. »Er sagte, sie seien durch Leidenschaft entstanden, nicht durch Abwehr.«
»Nun zu der Handtasche.«
»Mr. Sutton«, schaltete sich Richter Washington ein, bei dem ein neuer Gastritisanfall im Anzug war. »Es ist schon später Nachmittag. Ich persönlich kann kaum mehr sitzen, und ich nehme an, daß es den Geschworenen ähnlich geht. Da Sie, wie es aussieht, beabsichtigen, ein längeres Kreuzverhör durchzuführen, darf ich Sie bitten, das auf morgen vormittag zu verlegen?«
»Selbstverständlich, Euer Ehren.«

»Wir kommen auf keinen grünen Zweig, wie?« fragte Robert auf dem Rückweg zur Jackson Street.
»Beweise sind nur Beweise.« Sutton zuckte mit den Schultern. »Es kommt ganz darauf an, wie man sie interpretiert. Und Sie wissen so gut wie ich, daß das immer erst am Ende passiert.«
»Aber diese Fotos«, stöhnte Robert. »Ich habe gesehen, wie entsetzt die Geschworenen waren, als sie sie in der Hand hatten. Da muß man ja annehmen, daß ich ein Monster bin. Glauben Sie, daß die retuschiert worden sind, damit sie noch schlimmer ausschaute?«
»Nein, das glaube ich nicht.«
»Also, ich kann mich nicht erinnern, daß sie so übel aus-

schaute. Ich hab sie vielleicht ein bißchen fest angepackt – zum Teufel, sie hat mich dazu aufgefordert. Aber ich kann mich nicht erinnern, daß sie so aussah.«
»Die Fotos waren nicht eben günstig für uns«, gab Sutton zu.
»Wissen Sie, zuerst habe ich nicht gedacht, daß jemand mit halbwegs gesundem Menschenverstand ihr die Geschichte abnehmen würde«, gestand Robert. »Ich meine, wer würde denn schon glauben, daß ein Senator, der für die Präsidentschaft kandidiert, loszieht und eine Frau vergewaltigt? Aber ich habe heute die Geschworenen beobachtet. Einige sahen aus, als wollten sie mich lynchen.«
»Nur die Ruhe bewahren«, meint Sutton gelassen. »Wir waren noch nicht dran.«
Das sagte er immer. Bislang hatten seine Worte beruhigend auf Robert gewirkt, doch jetzt gingen sie ihm auf die Nerven. Sutton war zwar schon lange sein Anwalt, aber ihm konnte es im Grunde genommen egal sein, ob er den Prozeß gewann oder verlor – er würde seine Millionen einstreichen, weiter seinen Beruf ausüben und bestimmt eine Möglichkeit finden, die Scharte, die sein Ruf abbekommen hatte, wieder auszuwetzen.
Der Senator seufzte, weil er wußte, daß es zu spät war, um daran zu zweifeln, ob er sich für den richtigen Anwalt entschieden hatte.

»Dr. Linderman«, fragte Tess am Mittwochnachmittag nach dem Kreuzverhör mit Lamar und Azi Redferns Aussagen, die von der Verteidigung quasi unangefochten hingenommen wurden, »was machen Sie beruflich?«
»Seit drei Jahren«, antwortete Philip Linderman, der renommierte Psychiater aus Berkeley, »bin ich an einem Forschungsprojekt beteiligt, das sich ausschließlich mit der Psychologie der Vergewaltigung befaßt.«

»Würden Sie den Geschworenen dieses Projekt erläutern?«
»Im ersten Teil versuchten wir mittels Gesprächen, Therapiesitzungen und Tests, die speziell für dieses Projekt entwickelt wurden, anhand einer willkürlich zusammengestellten Gruppe von vierhundertfünfzig verurteilten Sexualstraftätern ein psychologisches Profil zu erarbeiten, das künftig die Identifikation von potentiellen Vergewaltigern erleichtern kann.«
»Wäre es dann zutreffend, Sie aufgrund Ihrer Arbeit an diesem Projekt als anerkannten Experten auf diesem Gebiet zu bezeichnen?«
»Ja, das wäre wohl zutreffend. Ich kann auf sechs Veröffentlichungen im In- und Ausland zu diesem Thema verweisen und schreibe ferner häufig für das *American Journal of Psychiatry.*«
»Euer Ehren«, meldete sich Sutton zu Wort, »die Verteidigung hätte gerne mehr über Dr. Lindermans Referenzen gehört.«
»Dann sagen Sie uns doch bitte, Dr. Linderman«, fuhr Tess fort, »ob Sie tatsächlich ein endgültiges psychologisches Porträt eines Vergewaltigers erstellen konnten?«
»Ja und nein«, antwortete er.
»Führen Sie das bitte aus«, forderte Tess ihn auf.
»Nun, es stellte sich heraus, daß es uns nicht gelingen konnte, ein grundsätzliches Profil zu erarbeiten, weil es mehrere Typen gibt.«
»Mehrere Typen, Dr. Linderman?«
»Ja, Miss Escalante. Ein Profil bezieht sich auf die Person, an die die meisten Leute denken, wenn sie das Wort ›Vergewaltiger‹ hören – auf einen Fremden, der eine Frau in eine dunkle Gasse zerrt. Dann gibt es den ›häuslichen Vergewaltiger‹ – den Ehemann, Liebhaber, Vater, Stiefvater, älteren Bruder. Ein drittes Profil gilt für den Mann, den man seit einiger Zeit als den ›bekannten Vergewaltiger‹

bezeichnet – den Mann, der mit dem Opfer bekannt ist, schon eine Beziehung irgendeiner Art mit ihm hat, sei es als Freund, Nachbar oder Kollege.«

»Sie kamen also in Ihrem Projekt zu dem Ergebnis, daß es mehrere eindeutige Typen von Vergewaltigern gibt, die nachweisbar unterschiedliche Arten von Vergewaltigung begehen?«

»Genau«, bestätigte Linderman. »Obwohl bei jeder Form immer Gewalt angewendet wird und die Folgen sich ähneln, kann man die einzelnen Typen so wenig miteinander gleichsetzen wie Äpfel und Birnen.«

»Würden Sie bitte den Geschworenen beschreiben, worin sich die Profile, die sie vom ›fremden Vergewaltiger‹ und dem ›bekannten Vergewaltiger‹ entwickelt haben, unterscheiden?«

»Selbstverständlich«, antwortete der Psychiater. »Wir haben herausgefunden, daß der ›fremde Vergewaltiger‹ die Anonymität sucht und seine Handlungen durch tief verwurzelte Wut, ein schwaches Selbstwertgefühl und Unfähigkeit im Umgang mit seinen Gefühlen motiviert sind. Er haßt Frauen, manchmal auch die ganze Welt, immer jedoch haßt er sich selbst, obwohl er häufig das Gegenteil von sich annimmt. Er will Macht über das Opfer haben, will es beherrschen und erniedrigen, so wie er selbst sich beherrscht und erniedrigt fühlt, und das tut er mit dem einzigen Werkzeug, das ihm hierfür zur Verfügung steht – Sex. Für ihn hat Vergewaltigung nichts mit Sex zu tun, sondern mit Gewalt und Demütigung. Es geht ihm darum, seine Wut an jemandem auszulassen, der nicht genug Kraft hat, sich zu widersetzen. Damit agiert er etwas aus, was er selbst in einer Beziehung irgendeiner Art erlebt, in der er der Unterlegene ist. Er läßt also seine Wut auf jemanden, den er kennt, an jemandem aus, den er nicht kennt und den er deshalb problemlos angreifen kann. Daraus bezieht er ein vorübergehendes Machtgefühl. Doch dieses Gefühl hält nicht lange vor, und deshalb muß er wie ein Drogensüchtiger bald wieder vergewaltigen.«

»Hat dieser Typ bestimmte Verhaltensmuster?«

»Sehr häufig. Zum Beispiel können seine Opfer sich alle sehr ähnlich sehen, wenn er sich Frauen aussucht, die Ähnlichkeit mit dem tatsächlichen Objekt seiner Aggression haben – seiner Mutter, der Chefin, einer Freundin, die ihn zurückgewiesen hat. Selbst wenn sie sich nicht ähnlich sehen, gibt es immer irgendein Merkmal, das ihnen allen gemein ist – blondes Haar, Kleidungsstil, der Beruf. Oft versucht er sie mit den gleichen Tricks zu ködern, fährt mit einem bestimmten Bus, kauft in einem bestimmten Geschäft ein. Er neigt dazu, sie immer auf die gleiche Art zu behandeln, sie zu den gleichen Dingen zu zwingen, mit der gleichen Waffe zu bedrohen oder sie auf die gleiche Weise zu fesseln. Er sagt häufig die gleichen Dinge, benutzt ähnliche oder die gleichen Wörter. In manchen Fällen trägt er auch immer dasselbe, wenn er loszieht, um zu vergewaltigen. Er fühlt sich geschützt durch diese Kleidung, betrachtet sie als eine Art Rüstung.«

»Sympathischer Knabe«, murmelte Mitch im rechten Teil des Zuschauerraums.

»Aber nicht unser Typ«, erwiderte Ione.

Jenseits des Mittelgangs wandte sich Janice Evans Randy zu, der jetzt neben ihr saß. »Worauf will die Anklägerin damit hinaus?« flüsterte sie. »Das trifft doch hier alles gar nicht zu.«

»Sie weiß bestimmt, was sie tut«, antwortete Randy düster.

»Würden Sie uns jetzt den ›bekannten Vergewaltiger‹ darstellen, Dr. Linderman«, bat Tess ihn.

Hal Sutton erhob sich. »Euer Ehren, das ist ja alles sehr erhellend, aber ich sehe keinerlei Relevanz für diesen Fall hier.«

»Miss Escalante?« sagte Washington fragend.
»Wir halten es in diesem Fall für zwingend notwendig, Euer Ehren«, erklärte die Staatsanwältin, »daß die Geschworenen die unterschiedlichen Formen von Vergewaltigung und Typen von Vergewaltigern erkennen können. Die Verteidigung führt als Argument die Frage an: Warum sollte jemand wie Senator Willmont es nötig haben zu vergewaltigen?, als ob ihm alle Frauen zu Füßen liegen müßten, nur weil er reich und attraktiv und politisch einflußreich ist. Ich meine, daß ich das Recht habe, diese Theorie zu zerpflücken.«
»Obwohl Sie dieses Argument besser in der Widerlegung hätten ausführen sollen, werde ich es zulassen«, sagte Washington. »Einspruch abgelehnt.«
»Ich bitte Sie noch einmal, Dr. Linderman«, fuhr Tess unbeirrt fort, »den Geschworenen das letzte Profil, das Sie erarbeitet haben, vorzustellen.«
»Der ›bekannte Vergewaltiger‹ verhält sich vollkommen anders«, begann der Psychiater. »Im Gegensatz zum ›fremden Vergewaltiger‹ wird er nicht notwendigerweise von mangelndem Selbstwertgefühl zu seinen Taten getrieben. Er hat nichts gegen Frauen, obwohl er sie selten achtet, und er kann sogar ausgesprochen charmant und zuvorkommend sein. Er flirtet mit ihnen und macht ihnen den Hof und redet sich ein, daß jede Frau, die er sich aussucht, es als Ehre betrachten sollte, ihm zu Willen zu sein. Es ist durchaus Absicht, daß die Frauen, die er vergewaltigt, ihn kennen, weil sie beeindruckt sein sollen – von seinem Namen, seinem Aussehen, seiner Herkunft, seinem Beruf, seinem Zuhause, seinem Einkommen und vor allem seinen sexuellen Fähigkeiten. Er hat zwei Wahnvorstellungen: daß alle Frauen ihn unwiderstehlich finden und daß er das Recht hat, sich alles zu nehmen, was er haben will. Für ihn ist das

alles nur ein Machtspiel. Wir nennen es das ›Ich-Tarzan-du-Jane‹-Syndrom. Er läßt nicht locker, bis sie nachgibt. Aber wenn er an eine Frau gerät, die nicht nachgibt, gehört es für ihn auch zum Spiel, sie sich mit Gewalt zu nehmen. Man hat ihm beigebracht, daß alle Frauen genommen werden wollen – falls nötig, mit Gewalt.«

»Na, *der* kommt mir schon bekannter vor«, murmelte Demelza.

»Darauf wollte sie hinaus«, brummte Randy.

»Dr. Linderman«, fuhr Tess fort, »gibt es generelle Parameter bei diesem Profil?«

»Ein paar«, antwortete der Psychiater. »Wir haben bei unseren Forschungen festgestellt, daß ›der bekannte Vergewaltiger‹ wesentlich zielbewußter und im Beruf erfolgreicher ist als der ›fremde Vergewaltiger‹. Wie der zuletzt genannte kommt auch der ›bekannte‹ Vergewaltiger aus einer nicht intakten Familie, aber im Gegensatz zum ›fremden Vergewaltiger‹, der häufig selbst Opfer von sexuellem Mißbrauch oder Mißhandlung in der Familie wurde, ist der ›bekannte Vergewaltiger‹ oftmals über die Maßen verwöhnt oder aber vernachlässigt worden. Bei einigen Fällen, die wir untersucht haben, haben wir festgestellt, daß der ›bekannte Vergewaltiger‹ es schon sehr früh gelernt hatte, Frauen zu manipulieren.«

»Lassen sich bei diesem Typ von Vergewaltiger bestimmte Verhaltensmuster feststellen?«

»Eher eine Art Antimuster. Der ›fremde Vergewaltiger‹ plant seine Tat, meist sogar sehr sorgfältig, der ›bekannte Vergewaltiger‹ macht hingegen so gut wie keine Pläne. Er reagiert mehr spontan. Er geht vielleicht auf eine Party oder in eine Bar, um eine Sexpartnerin zu suchen, aber er nimmt sich nicht vor, sie zu vergewaltigen. In der Macho-Terminologie geht er auf die Jagd, verfolgt und erobert.«

»Erobert?« warf Tess ein. »Wie im Krieg?«
»Sexuelle Unterwerfung wurde früher im Krieg als legitime Demonstration des Sieges betrachtet. Es gibt ein berühmtes Gemälde, auf dem diese Haltung dargestellt ist, *Der Raub der Sabinerinnen.*«
»Demonstration des Sieges im Krieg«, wiederholte Tess.
»Euer Ehren«, protestierte der Silberfuchs, »soll mein Mandant jetzt das ganze Land geschändet haben?«
»Stattgegeben, Mr. Sutton«, sagte Washington. »Miss Escalante, können wir uns bitte auf das laufende Thema beschränken?«
»Selbstverständlich, Euer Ehren«, gab Tess nach. »Dr. Linderman«, fuhr sie fort, wobei sie dem Zeugen den Rücken zukehrte, »der typische ›bekannte Vergewaltiger‹ ist also ein Macho, verwöhnt, hält sich für unwiderstehlich und zieht los, um Eroberungen zu machen?«
»Damit ist er ziemlich gut beschrieben. Er streift natürlich nicht nur umher. Wenn er an einer Frau aus der Nachbarschaft oder dem Kollegenkreis interessiert ist, wartet er manchmal auch die richtige Gelegenheit ab. Aber für ihn hat sein Vorhaben nichts mit Vergewaltigung zu tun, weil er ja der Meinung ist, daß jede Frau über seine Avancen begeistert ist. Erst wenn sie kein Interesse an ihm zeigt, wenn seine Annäherungsversuche erfolglos bleiben, erwacht die tiefverwurzelte Wut in ihm, und er wird gewalttätig.«
»Volltreffer!« raunte Jenna.
»Scheiße!« seufzte Randy.
»Um den ›bekannten Vergewaltiger‹ zu erkennen«, faßte der Psychiater zusammen, »muß man wissen, daß er die Frau, die er am Ende vergewaltigt, tatsächlich attraktiv findet. Er kann nur nicht akzeptieren, daß sie sich nicht zu ihm hingezogen fühlt. Alle Frauen, von seiner Mutter angefangen, haben immer getan, was er wollte. Deshalb er-

wartet er es auch von dieser betreffenden Frau. Wenn sie sich widersetzt, sagt er sich, daß sie sich nur ziert, um ihn zu reizen. Es läuft darauf hinaus, daß er nicht vorhat, sie zu vergewaltigen – er ist lediglich außerstande, Zurückweisung zu akzeptieren.«

»Dr. Linderman«, fragte Tess abschließend, »können Sie als anerkannter Experte irgend etwas anführen, mit dem sich das Verhalten des ›bekannten Vergewaltigers‹ entschuldigen läßt?«

»Keinesfalls. Wenn eine Frau nein sagt und ein Mann sie dann zwingt, ihm zu Willen zu sein, spielt es keine Rolle, ob er ihr vielleicht nicht geglaubt hat oder was er sich selbst oder anderen einzureden versucht. Er hat sich des Tatbestands der Vergewaltigung schuldig gemacht, Miss Escalante.«

»Danke, Dr. Linderman«, sagte Tess. »Keine weiteren Fragen.«

»Habe ich Sie recht verstanden, Sir?« hakte Hal Sutton nach. »Erklärten Sie gerade, ein Mann sei des Tatbestands der Vergewaltigung schuldig, auch wenn er glaubt, an einem beidseitig erwünschten Geschlechtsakt beteiligt zu sein?«

»Wenn sich die Frau widersetzt, ja.«

»Ich nehme an, daß es sich hier um eine medizinische Einschätzung handelt, nicht um eine juristische, oder sind Sie auch Anwalt?«

»Nein, Mr. Sutton. Ich bin Psychiater.«

»Nun, so möchte ich Sie als Psychiater fragen, Dr. Linderman, wie Sie dann all die Frauen einschätzen, die sich einem Mann nicht widersetzen, weil sie es wollen, sondern weil sie glauben, es gehöre sich so? Frauen, die einem Mann sexuell die Oberhand überlassen müssen, weil sie sich sonst aufgrund einer althergebrachten Sexualmoral als verwerflich zu betrachten hätten?«

»Vor dreißig oder vierzig Jahren haben sich manche Frauen

vielleicht noch so verhalten«, räumte der Psychiater ein. »Ich glaube kaum, daß es heute noch viele Frauen mit dieser Einstellung gibt.«

»Aber nehmen wir einmal an, wir reden von einer Frau, die damals aufgewachsen ist, in den fünfziger Jahren zum Beispiel, einer Frau, die die Regeln ihrer Erziehung noch verinnerlicht hat?«

»Einspruch«, rief Tess. »Das ist reine Spekulation. Wie soll Dr. Linderman sich über Frauen äußern können, die in den fünfziger Jahren aufgewachsen sind?«

»Er ist doch hier als Experte in Vergewaltigungsfällen anerkannt worden, nicht wahr?« argumentierte Sutton. »Wollte die Anklage sein Wissen auf ein bestimmtes Jahrzehnt beschränken?«

»Dennoch verlangen Sie von ihm, Gedanken zu lesen«, beharrte Tess.

»Wohl kaum«, erwiderte der Silberfuchs aalglatt. »Ich bitte ihn nur, mich an seinem reichen Erfahrungsschatz teilhaben zu lassen.«

»Einspruch abgewiesen«, sagte Washington. »Beantworten Sie bitte die Frage, Dr. Linderman.«

»Ich halte es für möglich, daß solche Verhaltensmuster vereinzelt auch noch in der Gegenwart zu finden sind«, antwortete der Psychiater widerstrebend.

»Danke. Sagen Sie uns doch nun bitte, ob Sie im Rahmen Ihres Forschungsprojekts auch mit mutmaßlichen Vergewaltigungsopfern gearbeitet haben?«

»Der zweite Teil dieses Projekts beschäftigt sich tatsächlich mit den Opfern, und wir arbeiten gegenwärtig mit einer Gruppe von Frauen, deren Peiniger teils freigesprochen, teils verurteilt wurden.«

»Sprechen wir doch einmal über die Frauen aus Ihrer Gruppe, bei denen bestimmte Verletzungen festgestellt wurden,

die laut Aussage der Frauen angeblich bei einer Vergewaltigung durch Bekannte entstanden sind – Verletzungen, die Ähnlichkeit mit den in diesem Fall hier vor Gericht angeführten aufweisen.«
»Was möchten Sie wissen?«
»Heißt eine dieser Frauen Marion Healy?«
»Einspruch, Euer Ehren«, warf Tess ein. »Relevanz. Was hat eine bestimmte Person aus Dr. Lindermans Projekt mit der Sache zu tun?«
»Ich versichere dem Gericht, daß ich die Verbindung deutlich machen werde«, erwiderte Sutton sanft.
»Ich lasse die Frage zu«, erklärte der Richter.
Tess flüsterte Anne Jenks etwas ins Ohr, doch die Assistentin machte bereits ein hochkonzentriertes Gesicht.
»Ich wiederhole meine Frage, Dr. Linderman«, sagte Sutton. »Ist unter den von Ihnen im Zuge Ihres Projekts untersuchten Personen eine Frau namens Marion Healy?«
»Ich glaube, ja.«
»Und was haben Sie im Laufe Ihrer Gespräche mit dieser Frau über die Umstände der mutmaßlichen Vergewaltigung erfahren?«
»Wie haben Sie Zugang zu meinen Akten bekommen?« fuhr Linderman auf.
»Ich habe keinen Zugang zu Ihren Akten bekommen«, antwortete Sutton knapp. »Der Fall ist öffentlich bekannt. Meine Mitarbeiter können sich aus anderen Quellen über Miss Healy informiert haben. Noch mal, Dr. Linderman: Was haben Sie erfahren?«
»Sie gab zu, daß sie den Mann aufgefordert hatte, beim Sex grob mit ihr zu sein, weil sie das gern hatte, und daß sie sich erst dazu entschloß, ihn wegen Vergewaltigung anzuzeigen, als sie merkte, wie schlimm sie verletzt war, und er sich weigerte, ihre Arztrechnungen zu zahlen.«

»Dennoch wurde ein Unschuldiger zu einer Haftstrafe verurteilt, nicht wahr, Dr. Linderman?« fragte Sutton.
»Euer Ehren!« protestierte Tess.
»Mr. Sutton!« bellte Washington.
»Das Gericht möge urteilen«, wandte Sutton ein. »Dieser Zeuge wurde aufgrund seiner Qualifikation als Experte in den Zeugenstand gerufen, um uns seine fundierten Kenntnisse zu vermitteln. Ich bin der Ansicht, daß ich das Recht habe, den Geschworenen beide Seiten dieser einen Geschichte zu vermitteln. Die Anklage hat den Anfang gemacht, indem sie das Forschungsprojekt einbrachte und die Qualifikation ihres Zeugen damit begründete.«
Der Richter seufzte. »Ich fürchte, dem ist nichts entgegenzusetzen, Miss Escalante.«
Tess schüttelte angewidert den Kopf.
Anne Jenks griff zu einem Stift und schrieb etwas auf.
»Ich möchte das noch einmal wiederholen, Dr. Linderman«, fuhr Sutton fort. »Marion Healy, deren Verletzungen vor Gericht als vergleichbar den Verletzungen des mutmaßlichen Opfers in diesem Fall beschrieben wurden, gab später zu, daß sie an einem beidseitig erwünschten Geschlechtsakt beteiligt gewesen war, bei dem es ziemlich grob zuging, was sogar auf ihren Wunsch hin geschah. Ist das richtig?«
»Ja, Mr. Sutton.«
»Danke, Dr. Linderman. Keine weiteren Fragen.«
»Gott sei Dank hat er es geschafft, das anzubringen«, murmelte Mary Catherine neben Randy.
»Ich finde, der Richter hätte das nicht zulassen dürfen«, murrte Felicity.
Anne Jenks schob Tess den vollgeschriebenen Zettel hin. Sie warf einen Blick darauf und sprang auf.
»Dr. Linderman, Sie hatten vorher erwähnt, daß Sie in

Ihrem Forschungsprojekt die Aussagen von vierhundertfünfzig Männern ausgewertet haben. Wie viele Frauen waren daran beteiligt?« fragte sie.
Der Psychiater zog ein Notizbuch aus seiner Jackentasche und blätterte darin.
»Siebenhundertundzehn«, antwortete er, als er die richtige Seite gefunden hatte.
»Und wie viele dieser siebenhundertundzehn Frauen waren mutmaßliche Opfer einer Vergewaltigung durch Bekannte?«
Linderman warf noch einmal einen Blick auf seine Notizen. »Dreihundertzweiundvierzig.«
»Und von diesen dreihundertzweiundvierzig Frauen wurden wie viele dabei von den Tätern verletzt?«
»Achtundvierzig.«
»Gut, und wie viele von diesen achtundvierzig Frauen gaben später zu, daß sie die Straftat vorgetäuscht hatten?«
»Eine.«
»War das Marion Healy?«
»Ja«, bestätigte Linderman. »Ich würde dazu auch gerne etwas sagen, wenn das geht.«
»Selbstverständlich«, ermutigte ihn Tess.
»Marion Healy ist eine psychisch gestörte Frau, die vielleicht vergewaltigt wurde, vielleicht aber auch nicht. Doch der Mann, der wegen dieser Aussage verurteilt und dann später aus der Haft entlassen wurde, als sie ihre Geschichte änderte, sitzt derzeit in einem Gefängnis in Nevada eine fünfundzwanzigjährige Haftstrafe wegen Vergewaltigung und schwerster Körperverletzung ab.«
»Danke, Dr. Linderman. Keine weiteren Fragen mehr.«
»Das reicht auch«, stöhnte Janice Evans.
»Großartig«, frohlockte Mitch.

6

Am nächsten Morgen um zehn nach neun erhob sich Tess hinter ihrem Tisch und sagte mit klarer Stimme: »Euer Ehren, ich hatte ursprünglich einige Charakterzeugen vorladen wollen, doch wir respektieren den Wunsch der Verteidigung, den Prozeß rasch abzuschließen, und rufen deshalb nur noch eine weitere Zeugin auf. Karen Doniger, bitte.«

Plötzlich waren alle hellwach, und auf den Gesichtern zeichnete sich entspannte Aufmerksamkeit ab. Die Leute starrten auf die Flügeltür, durch die man den Gerichtssaal betrat. Darauf hatten sie alle gewartet. Seit Wochen hörten sie jetzt ihren Namen, doch viele der Anwesenden, die Geschworenen eingeschlossen, würden das mutmaßliche Opfer jetzt zum erstenmal sehen.

Einige der Revolverblätter hatten ein Foto von ihr auf der Titelseite gebracht, das sie vom Umschlag von *Bilderbogen* abgenommen hatten und das sogar plötzlich in ein paar seriösen Fernsehsendern auftauchte, aber Robert Willmonts Anklägerin hatte keine Pressekonferenzen gegeben, sich nicht öffentlich geäußert und Interviews abgelehnt. *Hard Copy, Inside Story* und *A Current Affair* mußten mit ihren Hunderttausenddollarschecks unverrichteter Dinge wieder abziehen.

Die Tür ging auf, und Karen betrat zwischen zwei wachsamen Polizisten den Gerichtssaal. Sie verharrte etwa fünf Sekunden auf der Schwelle, dann straffte sie die Schultern, ging den Gang entlang, ohne nach links oder rechts zu blicken, und marschierte entschlossen durch die Öffnung in der Trennscheibe zum Zeugenstand zwischen Richtertisch und Geschworenenbank.

Sie trug ein dunkelrotes Seidenkostüm, dazu eine elfenbeinfarbene viktorianische Bluse mit einem Spitzenkragen. Ihren Hals zierte eine Opalkamee, die Natalie ihr als Glücksbringer geschenkt, und ihr Handgelenk ein neues Goldarmband aus Felicitys Kollektion, das sie von Ted bekommen hatte.

Jessica hatte sich um die Frisur ihrer Stiefmutter gekümmert, ihr das Haar aus dem Gesicht gebürstet, während Amy ständig frischen Tee kochte. Nancy hatte Karens Kostüm gebügelt. Und Natalie hatte eine geschlagene Stunde damit zugebracht, ihr die passenden Strümpfe und Pumps herauszusuchen.

»Nicht zu hoch«, hatte Nancy gesagt. »Sie muß konservativ wirken.«

»Und nicht zu leuchtend«, hatte Natalie ihr zugestimmt. »Sie darf nicht extravagant aussehen.«

Alle hatten an ihrem Make-up mitgewirkt und sich für etwas mehr Rouge, etwas weniger Wimperntusche und einen blaßrosa Lippenstift sowie hellen Lidschatten entschieden. Währenddessen hatte Karen vor dem großen Spiegel gestanden und sich gefragt, wer die Frau war, die ihr da entgegenblickte. Die Schwellungen an Nase und Mund waren zurückgegangen, und die scheußlichen Blutergüsse waren verschwunden, aber ihre Wangenknochen wirkten zu eckig, in ihren Augen lag ein beunruhigender Ausdruck, und ihr Kinn kam ihr fremd vor.

Als sie am Vortag in den Garten gegangen war, um frische

Luft zu schnappen, hatte sie festgestellt, daß einer der aufdringlichen Reporter über die Mauer geklettert war.
»Und wie fühlt man sich, wenn man den berühmtesten Mann von Amerika stürzt?« hatte er geschrien.
Glücklicherweise war Nancy dagewesen, die ihn mit einem Besen weggefegt hatte wie ein Stück Dreck, aber Karen begann sich wohl zum tausendstenmal zu fragen, ob es richtig war, was sie tat.
»... die rechte Hand«, sagte der Gerichtsdiener. »Schwören Sie, daß Sie vor diesem Gericht die Wahrheit sprechen werden, die reine Wahrheit, und nichts als die Wahrheit, so wahr Ihnen Gott helfe?«
»Ich schwöre«, erklärte Karen mit fester, klarer Stimme.
»Sagen Sie Ihren Namen.«
»Karen Doniger.«
»Sagen Sie Ihre Adresse.«
Sie nannte Hausnummer und Straße des Hauses in St. Francis Wood.
»Setzen Sie sich bitte.«
Der Stuhl überraschte sie. Er war fast zu bequem für so einen formellen Anlaß. Kaum saß sie, stand Tess auch schon auf und kam zu ihr herüber.
»Guten Morgen, Mrs. Doniger«, sagte die altgediente Staatsanwältin so herzlich, wie es in einem Gerichtssaal möglich war, und lächelte sie aufmunternd an.
»Guten Morgen«, murmelte Karen, setzte sich aufrecht hin und faltete die Hände im Schoß.
»Fangen wir ganz von vorne an. Teilen Sie dem Gericht bitte mit, wie es dazu kam, daß Sie im Wahlkampf des Angeklagten tätig wurden.«
»Ich bin in den letzten zehn Jahren viel im Land herumgekommen«, begann Karen und zwang sich, die Geschworenen häufig anzusehen, wie Tess es ihr aufgetragen hatte.

»An Politik war ich nie besonders interessiert. Ich meine, ich wähle, aber keine bestimmte Partei, nur einen bestimmten Kandidaten oder eine bestimmte Kandidatin, wenn mir das Programm des Betreffenden gefällt.«

»So machen es ja viele«, murmelte Tess.

»Man hat mir beigebracht, daß die Vereinigten Staaten das wunderbarste Land der Welt sind, aber an einigen der Orte, an denen ich gelebt habe, konnte man nicht übersehen, daß irgend etwas mit dem American Dream schiefgelaufen war.«

»Dieser Meinung sind ebenfalls viele Menschen«, bestärkte die Staatsanwältin Karen. »Fahren Sie bitte fort.«

»Es machte mir sehr zu schaffen, aber ich wußte nicht, was ich dagegen tun konnte. Als wir nach San Francisco zogen, merkte ich, daß Senator Willmont nicht nur den Zustand des Landes erkannte, sondern auch glaubte, daß er in der Lage war, ihm aus der Misere herauszuhelfen. Als er seine Kandidatur bekanntgab, dachte ich: Hier kann ich etwas tun. Ich kann für jemanden arbeiten, der die Probleme begreift und sie vielleicht sogar zu bewältigen vermag.«

»Dann wurden Sie freie Mitarbeiterin im Wahlkampfteam von Robert Willmont?«

»Ja, ich habe zweimal wöchentlich nachmittags dort gearbeitet.«

»Worin bestand Ihre Tätigkeit?«

»Zu Anfang machte ich Briefsendungen fertig, kopierte und nahm Anrufe entgegen, diese einfachen Arbeiten für freiwillige Helfer. Aber eines Tages mußte auf die Schnelle eine Pressekonferenz vorbereitet werden, und niemand stand dafür zur Verfügung, also habe ich mich mit dem Material hingesetzt und einen Text verfaßt. Danach bat man mich öfter, Presseverlautbarungen zu schreiben und Promotouren vorzubereiten. Einmal habe ich sogar ein

Promotionspapier über Hunger gemacht. Das war es übrigens auch, womit ich beschäftigt war, als ... als ... nun, an jenem Abend.«

»Sagen Sie uns doch bitte, was Sie beruflich machen und warum das Wahlkampfteam Sie so häufig zum Verfassen von Texten einsetzte.«

»Nun, ich weiß nicht, ob das so eine große Rolle spielte, aber ich habe mit einer anderen Frau zusammen eine Reihe von Bildbänden über Amerika veröffentlicht. Meine Partnerin macht die Fotos, und ich schreibe Gedichte dazu. Einige Leute aus dem Wahlkampfteam hatten die Bücher gesehen und gingen wohl deshalb davon aus, daß ich schreiben könne.«

»Ihr letztes Buch, *Bilderbogen*, hat hervorragende Kritiken bekommen, nicht wahr?«

»Ja, das stimmt«, bestätigte Karen. »Es war unser gewagtestes Projekt.«

Nancy, die im Zuschauerraum in der dritten Reihe saß, lächelte, und Ted neben ihr drückte ihr die Hand. Demelza blickte über die Schulter und zwinkerte.

Tess war mittlerweile wieder näher an den Tisch der Anklage herangetreten. Jetzt blieb sie stehen und wandte sich um.

»Wie oft waren Sie verheiratet, Mrs. Doniger?«

»Nur dieses eine Mal.«

»Und wie lange sind Sie schon verheiratet?«

»Im November werden es elf Jahre.«

»Hatten Sie während dieser Zeit jemals eine Affäre mit einem anderen Mann?«

Obwohl Tess sie auf die Frage vorbereitet hatte, spürte Karen, wie sie errötete. »Ich war neununddreißig, als ich geheiratet habe, Miss Escalante«, sagte sie würdevoll. »Und es mag unwahrscheinlich klingen, aber ich hatte weder vor noch nach meiner Heirat jemals eine Affäre mit einem anderen Mann.«

»Eine neununddreißigjährige Jungfrau?« murmelte Janice Evans. »Das klingt nach einer starken Geschichte.«

Randy neben ihr wurde unruhig.

»Wenden wir uns jetzt dem Abend des 7. April zu«, fuhr Tess fort. »Warum hielten Sie sich an diesem betreffenden Abend noch so spät im Wahlkampfbüro auf?«

»Ich arbeitete an dem Positionspapier, das ich vorhin erwähnte. Der Senator hatte beschlossen, Hunger in Amerika zum Wahlkampfthema zu machen, und er brauchte Material für eine Pressekonferenz am nächsten Tag. Meine Tochter war bei einer Schulfreundin, und mein Mann hatte auswärts ein Arbeitsessen, und so konnte ich das Papier in Ruhe zu Ende schreiben. Ich hatte vor, ein paar Minuten später aufzubrechen, als der Senator erschien.«

»War sonst noch jemand da?«

»Nein. Seine Büroleiterin war vorher noch da, aber sie war auch gegangen. Ich war allein im Büro, als er kam.«

»Berichten Sie uns bitte, was dann geschah.«

Karen schilderte genauestens den Ablauf der Ereignisse bis zu dem Zeitpunkt, als sie mit dem Senator in die Bar auf der anderen Straßenseite ging.

»Wie lange hielten Sie sich in der Bar auf?«

»Etwa zwei Stunden, glaube ich. Jedenfalls so lange, daß wir beide drei Scotch trinken und eine Schüssel Muscheln teilen konnten.«

»Worüber haben Sie sich unterhalten?«

»Hauptsächlich über meine Bücher, wenn wir dazu kamen.«

»Wie meinen Sie das?«

»Na ja, es war ziemlich voll in der Bar, und ständig sprach ihn jemand an. Aber es schien ihn nicht weiter zu stören, und so dachte ich mir, daß es wahrscheinlich überall so war.«

»Wenn Sie dazu kamen, sich zu unterhalten, worüber außer Ihren Büchern haben Sie dann noch geredet?«

»Er berichtete eine Weile vom Wahlkampf und wie gut es laufe und daß es ihm nicht leichtfalle, so oft unterwegs zu sein. Er sagte, er sei häufig einsam und froh, wenn der Wahlkampf bald zu Ende gehe.«

»Sonst noch etwas?«

»Ich erinnere mich an nichts Bestimmtes.«

»Was geschah, als Sie die Bar verließen?«

»Wir gingen zum Parkhaus zurück, stiegen in seinen Wagen und fuhren los. Er wollte mich ja nach Hause bringen, und das geht am schnellsten, wenn man den Weg durch den Park nimmt. Wir waren gerade im Park, als mir übel wurde.«

»Ihnen wurde übel?«

»Ja. Ich weiß nicht, ob es am Scotch lag oder an den Muscheln, auf jeden Fall wurde mir plötzlich übel, und ich bat ihn, anzuhalten.«

»Tat er das?«

»Er sagte, er könne nicht sofort auf der Kreuzung stehenbleiben, aber bei der nächstbesten Gelegenheit. Ich dachte, er meinte außerhalb des Parks, aber an der Ampel, eine Querstraße, bevor der Park zu Ende ist, bog er plötzlich links auf den Martin Luther King Drive ab. Ich erklärte, ich müsse jetzt aussteigen und frische Luft schnappen, aber er meinte, wenn mir übel sei, sollte ich für mich sein können. Deshalb bog er in die kleine Straße zum Stow Lake ein und hielt dort.«

Karen macht eine Pause. Ihr Herz raste, und das Atmen fiel ihr schwer.

»Möchten Sie, daß wir kurz unterbrechen, bevor wir zu diesem Teil kommen?« fragte Tess.

»Nein, es geht schon«, antwortete Karen und holte tief Luft. »Alles in Ordnung.«

»Bestimmt?«

»Ja«, sagte Karen entschieden. »Ich möchte lieber weitermachen. Ich will das hinter mich bringen, bevor ich den Mut verliere.«

»Gut«, erwiderte Tess. »Berichten Sie uns, was geschah, nachdem er angehalten hatte.«

»Ich stieg aus und lief ein bißchen herum, atmete tief durch, um meinen Magen zu beruhigen, und dann tauchte er plötzlich hinter mir auf. Ich bin furchtbar erschrocken. Ich hatte nicht mal gemerkt, daß er ausgestiegen war.«

»Sagte er etwas?«

»Er fragte, ob ich mich übergeben müsse. Ich antwortete, wenn ich ein paar Minuten an der Luft sein und herumlaufen könne, gehe es schon, zumindest bis ich zu Hause sei.«

»Haben Sie das getan?«

»Ja. Dann kehrte ich zum Wagen zurück. Er lehnte an der Motorhaube. Ich sagte, daß ich mich besser fühle und wir weiterfahren könnten. Ich machte die Tür auf, aber er meinte, er habe es nicht eilig und ich solle sicherheitshalber lieber noch ein bißchen warten. Er erwähnte, daß sein Auto ganz neu sei. Ich schätze, er wollte kein Risiko eingehen. Deshalb lief ich noch ein paarmal um den Wagen herum, und dann stand er plötzlich ganz dicht bei mir. Er fragte mich, ob mir kalt sei, zog sein Jackett aus und wollte es mir umlegen, aber ich entgegnete, mir sei nicht kalt, und ging ein bißchen auf Abstand. Aber er sagte, ich würde ja zittern und ich müsse mich warm halten, damit ich nicht krank werde, und er stand direkt neben mir, und als ich wegwollte ... packte er mich plötzlich.«

Nancy spürte, wie Ted neben ihr erstarrte. Sie schob ihren Arm durch seinen und hielt ihn fest.

Auf der anderen Seite des Gangs atmete Elizabeth Willmont tief durch und stellte sich vor, wie sie mit Adam am Strand war.

»Berichten Sie bitte, was dann geschah«, forderte Tess sie sanft auf.

Karen blinzelte, um die Tränen zurückzuhalten. »Ich versuchte ihn wegzustoßen, aber er war zu stark, und dann küßte er mich. Er sagte, das habe er schon den ganzen Abend tun wollen, und er wisse, daß es bei mir nicht anders sei. Ich erwiderte, daß das nicht stimme, ich glücklich verheiratet und ... auf dieser Ebene nicht interessiert an ihm sei. Ich versuchte mich loszureißen, aber er lachte nur und hielt mich noch fester. Er sagte, er wisse, wann eine Frau scharf sei, und ich habe den ganzen Abend mit ihm geflirtet und es darauf angelegt.«

»Darauf angelegt?«

Karen nickte. »Ich entgegnete, er sei verrückt, aber das hätte ich wohl nicht tun sollen, denn daraufhin drehte er regelrecht durch. Er schlug mich so fest ins Gesicht, daß ich gegen den Wagen fiel. Als ich mich aufrappeln wollte, schrie er, daß ich verrückt nach ihm sein werde, wenn er mit mir fertig sei, und dann ... zerrte er mich von der Straße weg und schleuderte mich zu Boden.«

Tess wartete ruhig, während ihre Zeugin in ihrer Handtasche nach einem Taschentuch suchte und sich damit die Augen abtupfte.

»Wir können hier eine Weile unterbrechen, wenn Sie möchten«, bot sie an, aber Karen schüttelte den Kopf.

»Gut, dann berichten Sie uns, was als nächstes passierte.«

Karen beschrieb stockend die schrecklichen Einzelheiten – wie der Angeklagte ihr das Kleid aufgerissen und ihr den Schlüpfer heruntergezerrt habe und in sie eingedrungen sei. Die Zuschauer wurden unruhig. Dann erzählte sie, wie er über ihren Widerstand nur gelacht habe, wie es ihr gelungen sei, ihn zu kratzen, und wie er sie daraufhin wieder geschlagen und ihre Arme am Boden festgehalten habe.

Zwei Reihen hinter dem Angeklagten konnte Randy sein Entsetzen ebenso schlecht verhehlen wie die anderen. Er versuchte die Worte zu überhören, die den kalifornischen Senator verdammten. Diese Frau, deren Arbeit er geschätzt und deren Einsatz er bewundert hatte, die er jedoch jetzt für ihren Verrat verabscheute, hatte eindeutig eine verheerende Wirkung auf die Geschworenen, auf alle im Gerichtssaal. Sogar der Richter sah angewidert aus, und die sonst so bissige Janice Evans saß stumm neben ihm.

Randy war insgeheim sehr romantisch. Erst mit vierzig hatte er sich richtig verliebt. Man hatte ihm beigebracht, Frauen zu achten, und er wußte, daß aus seiner Seele Gewalttätigkeiten, wie Karen Doniger sie beschrieb, ausgeschlossen blieben. Ihm war wohl klar, daß die Welt kein idyllischer Ort war, aber er hatte sich ein paar Illusionen über die Menschen bewahrt, denen er sich anschloß.

Randy wußte, daß Robert Willmont rücksichtslos und unter Umständen auch regelrecht unangenehm sein konnte, doch das war nichts im Vergleich mit der viehischen Grausamkeit, die diese Frau ihm nun unterstellte. Er fragte sich, welche bösen Mächte ihr klammheimlich ihre Botschaft eingegeben hatten.

Er hatte sich selbst bereit erklärt, auszusagen.

»Ich kenne den Senator seit fünfzehn Jahren. Keiner war ihm so nahe wie ich. Lassen Sie mich den Geschworenen versichern, daß er so etwas nie tun würde«, hatte er Hal Sutton gebeten.

»Waren Sie während dieser fünfzehn Jahre jeden Tag und jede Minute bei ihm?« fragte Sutton.

»Na ja, *jede* Minute natürlich nicht«, mußte Randy zugeben.
»Dann können Sie ihm nicht helfen«, sagte Sutton freundlich, aber unnachgiebig. »Wenn wir Charakterzeugen brauchen, holen wir uns ein oder zwei seiner Kollegen aus dem Senat oder ein paar seiner Förderer aus dem Obersten Bundesgericht oder den Bürgermeister, den Gouverneur oder ein paar von seinen einflußreichen Förderern hier aus Kalifornien. Seien Sie nicht gekränkt, Sie verstehen das bestimmt.«
Randy verstand es. Aber das nützte ihm jetzt auch nichts, als er nervös dasaß und sich gegen die seriöse ältere Frau zu wappnen bemühte, die offenbar vorhatte, seinen Freund und Mentor zu zerstören.
»Ich habe versucht, ihn abzuwehren«, fuhr Karen fort, und Tränen liefen ihr die Wangen hinunter, »aber er war einfach zu stark. Ich weinte und würgte und rang nach Luft, und er sagte immer wieder, daß er wisse, wie sehr ich es wolle, und daß er schon so lange auf diese Gelegenheit gewartet habe. Aber ich hatte ihn ja erst einige Tage zuvor kennengelernt. Und dann, als er ... nun, als er ... Sie wissen schon ... zum Schluß kam, stieß er so ein merkwürdiges Lachen aus und sagte: ›Es war nur eine Frage der Zeit, bis ich kriegen würde, was ich wollte, Mariah.‹«
Randy Neuburg fuhr hoch.
»Er hat Sie Mariah genannt?« hakte Tess nach. »Nicht Susie oder Sally oder gar Elizabeth, sondern Mariah?«
»Ja.« Karen nickte. »Ich bin ganz sicher, daß er Mariah sagte.«
Janice Evans wandte sich zum Berater des Senators und gluckste. »War Bobby in Gedanken etwa bei dem menschlichen Eisberg?«
Doch Randy fand das nicht komisch. Er umklammerte die

Stuhllehnen, bis seine Knöchel weiß wurden. Zwei Reihen vor ihm, durch die kugelsichere Scheibe von ihm getrennt, saß Robert Willmont und verzog keine Miene.

»Kennen Sie irgend jemanden namens Mariah, Mrs. Doniger?«

»Ich glaube, der Senator hat eine Beraterin, die so heißt, aber ich kenne sie nicht.«

»Eine Beraterin ... aha.« Tess nickte. »Gut. Fahren wir an der Stelle fort, als er Sie Mariah nannte.«

»Er sagte immer wieder, daß es mir bestimmt noch keiner so gut gemacht habe«, berichtete Karen mit erstickter Stimme. »Und dann ... sagte er, er wisse ganz genau, was ich als nächstes wolle.«

»Wußten Sie, was er meinte?« fragte Tess.

»Zuerst nicht«, brachte die Zeugin mühsam hervor. »Aber dann schon.«

Mit Hilfe der Staatsanwältin schilderte Karen bebend, wie der Senator sie zum Oralverkehr gezwungen hatte.

»Er erklärte, so möge er es am liebsten. Und ... und daß es mir bestimmt genauso gefallen werde wie ihm.«

Auf der rechten Seite des Gangs stöhnte Ted Doniger.

Auf der linken Seite konnte Elizabeth Willmont nur mit Mühe ein entsetztes Keuchen unterdrücken.

»Was geschah dann?« fragte Tess.

»Ich mußte würgen«, antwortete Karen. »Ich habe ihn wohl gebissen oder so, weil er sich zurückzog. Daraufhin sagte er, er werde mir schon beibringen, solche Spielchen seinzulassen, und schlug mich mit der Faust ins Gesicht. Dann erinnere ich mich erst wieder, als ein Mann im Jogginganzug seine Jacke über mich breitete.«

»Danke.« Tess nickte ihr zu und flüsterte: »Gut gemacht.«

Die Staatsanwältin ging zum Tisch der Anklage und stützte sich mit dem Rücken zu Karen einen Moment darauf.

Plötzlich aber richtete sie sich wieder auf und wirbelte herum.

»Haben Sie im Laufe des Abends dem Angeklagten irgendwie zu erkennen gegeben, daß Sie sexuell an ihm interessiert seien, Mrs. Doniger? Im Parkhaus, in der Bar oder im Auto?«

»Nein, absolut nicht«, antwortete Karen. »Sehen Sie, ich hatte tatsächlich kein sexuelles Interesse an ihm, weshalb hätte ich ihm das dann signalisieren sollen?«

»Sie wollten keinen Geschlechtsverkehr mit ihm?«

»Nein, Miss Escalante, ich wollte keinen Geschlechtsverkehr mit ihm.« Die Worte kamen schnell und überzeugend.

»Sie haben nichts getan, was er in dieser Richtung hätte auslegen können?«

»Nein, ich habe nichts Derartiges getan. Es sei denn, die Tatsache, daß ich mit ihm in die Bar ging und dann zuließ, daß er mich nach Hause fuhr, gab ihm die Berechtigung, mir das anzutun, was er mir angetan hat.« Karen blickte zum Richter hinauf und dann zu den Geschworenen hinüber und schaute schließlich wieder Tess an. »Kann man das so sehen?«

Die erfahrene Staatsanwältin betrachtete ihre Zeugin einen Moment. Die Frage war nicht abgesprochen, aber sie war hervorragend.

»Nein«, antwortete sie. »Das finde ich nicht.« Dann blickte auch sie einen Moment die Geschworenen, die Zuschauer und den Angeklagten an. »Und ich hoffe, daß niemand hier im Gerichtssaal dieser Meinung ist.«

»Du hast dich prima gehalten«, meinte Ione beim Abendessen im Campton Place. »Du hast jede Frage so gut wie möglich beantwortet, und jedem, zumindest den Zuschauern, war klar, daß du die Wahrheit sagst.«

Als Richter Washington die Mittagspause bekanntgab, hatten zwei Polizisten Karen und ihren Anhang durch eine Hintertür hinausbegleitet, wo sie in eine Limousine stiegen, die Ted bestellt hatte. Sie hatten sich für das Restaurant im Campton Place entschieden, weil es dort ruhig und kultiviert zuging und man so gut essen konnte wie nirgendwo sonst in der Stadt. Aber Karen stocherte nur in ihrem Essen herum.

»Die Wahrheit ist sehr dehnbar«, murmelte sie. »Jeder kann sie so zurechtbiegen, wie er es braucht.«

»Ich habe die Geschworenen beobachtet«, sagte Demelza. »Sie waren genauso schockiert und entsetzt wie alle anderen.«

»Ich hab den Angeklagten beobachtet«, erklärte Jenna. »Er saß die ganze Zeit mit steinernem Gesicht da.«

»Wie denken Sie über Karen Donigers Aussage, Senator?« rief ein Reporter, als Robert und seine Gefolgschaft die Treppe vor dem Justizgebäude hinunterstiegen.

»Sie war sehr gefühlsbetont«, antwortete der Senator ruhig. Er hielt die Hand seiner Frau. »Sehr theatralisch, sehr gut einstudiert, sehr unzutreffend.«

»Haben Sie eine Ahnung, warum sie versucht, Sie zu verleumden?« erkundigte sich ein Anhänger des Kandidaten.

»Mir hat sie das jedenfalls nicht verraten, falls Sie das wissen wollten«, sagte Robert. »Aber ich finde es sehr traurig, wenn eine Frau so unglücklich, frustriert und verzweifelt ist, daß sie eine derart unglaubliche und bösartige Lüge in die Welt setzen muß.«

»Sie klang sehr überzeugend.«

»Für mich nicht.«

»Meinen Sie, daß die Geschworenen ihr glauben?«

Robert ließ sein strahlendes Lächeln aufblitzen. »Ich halte die Geschworenen für klüger, Sie nicht?«
»Wird Ihr Anwalt es schaffen, sie zu entlarven?«
»Bei den Summen, die ich ihm zahle«, antwortete der Senator und lachte, »hoffe ich das doch sehr.«
Aber eine Viertelstunde später im Konferenzraum von Sutton und Wells in der Front Street hörte sich das ganz anders an.
»Sie hat mich fertiggemacht, verdammt«, brüllte Robert, »und ich mußte dasitzen und mir das anhören.«
Sutton und seine Mitarbeiter hatten ein kurzes Treffen abgehalten, um noch einmal alles für das Kreuzverhör nachmittags durchzusprechen. Robert bestand darauf, an all diesen Sitzungen teilzunehmen.
»Ich will Ihnen nichts vormachen«, gab Sutton zu. »Sie war eine sehr eindrucksvolle Zeugin der Anklage.«
»Eindrucksvoll? Das war eine oscarreife Leistung. Halten Sie es für möglich, sie zu diskreditieren?«
Sutton zuckte mit den Schultern. »Ich werde tun, was ich kann. Es gibt ein paar vage Stellen in ihrer Geschichte, die wir bloßlegen können.«
»Warum hat die Anklage sich so kurz gefaßt?«
»Ich halte das für ein schlaues Manöver, um uns aus unserer eigenen Hast einen Strick zu drehen«, antwortete Sutton. »Damit wollte die Escalante den Geschworenen signalisieren, daß sie so viel in der Hand hat, daß sie keine Charakterzeugen mehr braucht.«
»Und stimmt das?« fragte Robert unumwunden.
»Ich würde sagen, wir müssen uns noch keine Sorgen machen«, beruhigte Sutton ihn. »Sie dürfen nicht vergessen, daß diverse gewichtige Dinge für uns sprechen. Wir können auf Ihren Ruf bauen, der bis zu diesem kleinen … Ausrutscher makellos war, und auf den Namen Drayton,

der in dieser Stadt großes Gewicht hat. Und wir können darauf verweisen, daß bei Ihnen absolut keine Motivation vorhanden war, durch eine solche Handlung Ihre Karriere aufs Spiel zu setzen. Am Ende werden weder Beweise noch Experten im Zeugenstand den Ausschlag geben, sondern die Glaubwürdigkeit, und ich denke, man kann mit Fug und Recht behaupten, daß Ihre Glaubwürdigkeit in dieser Stadt unangetastet ist.«

»Mrs. Doniger«, begann der Silberfuchs die Sitzung am Nachmittag, »Sie sagten, daß Sie sich an dem betreffenden Abend noch spät im Wahlkampfbüro aufhielten, um ein Projekt fertigzustellen, das der Senator am nächsten Tag brauchte. Ist das richtig?«

»Ja«, antwortete Karen nach einer Pause von drei Sekunden. Tess hatte sie angewiesen, so lange zu warten, für den Fall, daß sie Einspruch erheben wollte.

»Dachten Sie, daß der Senator an diesem Abend noch in das Büro kommen würde?«

»Nein, eigentlich nicht.«

»Haben Sie sich vielleicht bei dem Projekt mehr Zeit gelassen, weil Sie hofften, daß er noch kommen würde?«

»Nein.«

»Von wem stammte die Idee, daß Ihre Tochter den Abend bei einer Freundin verbringen wollte?«

»Von ihr.«

»Und die Idee, daß Ihr Mann nach seiner Sitzung auswärts essen sollte?«

»Die kam, glaube ich, von mir, aber nur weil ...«

»Man könnte also sagen«, unterbrach Sutton sie ungerührt, »daß Sie bereits am Morgen dieses Tages darauf vorbereitet waren, sich länger im Wahlkampfbüro aufzuhalten, noch ehe Sie von dem Positionspapier wußten?«

»Nein.«
»Er verdreht alles«, beklagte sich Jenna. »Er stellt es so hin, als hätte sie es geplant, sich vergewaltigen zu lassen.«
»Das ist sein Beruf«, wandte Mitch ein.
»Allmählich verdient der Mann sein Honorar«, murmelte Mary Catherine.
»Sie sagten vorhin aus«, fuhr Sutton fort, »daß Sie sich berufen fühlten, am Wahlkampf des Senators teilzunehmen, weil er vielleicht der einzige ist, der die gegenwärtigen Probleme Amerikas lösen könnte. Ist das richtig?«
»So in etwa.«
»Gab es noch andere Gründe?«
»Ich weiß nicht, was Sie meinen.«
»Nun, ich will die Frage anders formulieren. Fanden Sie den Senator attraktiv?«
»Ich denke doch, daß er attraktiv ist.«
»Fanden Sie ihn charmant?«
»Ja, er kam mir charmant vor.«
»Wollten Sie gerne wissen, wie der Senator persönlich war, einfach als Mensch, nicht als Politiker?«
»Bis zu einem gewissen Grad, ja.«
»Sie fanden ihn also anziehend?«
»Auf der beruflichen Ebene vielleicht. Privat nicht.«
»Haben Sie sich jemals vorgestellt, wie er zum Beispiel nackt aussehen könnte?«
»Nein.«
»Oder wie es sein könnte, mit ihm sexuell zu verkehren?«
»Nein.«
»Ihrer Aussage nach war der Senator also attraktiv und charmant, Sie interessierten sich für seine Persönlichkeit, er war Ihnen wichtig genug, daß Sie der Arbeit für seinen Wahlkampf jede Woche zwei Tage opferten – aber Sie spürten keinerlei erotische Attraktion?«

»Nein.«
»Der Mann ist ein Genie«, bemerkte Janice Evans.
»Warum schreitet die Anklage nicht ein?« schimpfte Felicity.
»Mit welcher Handhabe?« sagte Demelza seufzend. »Er hat das Recht, sie als unglaubwürdig hinzustellen.«
»Wenden wir uns jetzt dem Parkhaus zu«, sagte der Silberfuchs. »Sie haben behauptet, Ihr Wagen sei nicht angesprungen. Ist das richtig?«
»Ja.«
»Sie sagten, Sie schauten gerade unter die Motorhaube, als der Senator vorbeikam?«
»Ja.«
»Sie erklärten, Sie haben gedacht, daß er Ihnen gefolgt sein könnte?«
»Ja.«
»Haben Sie gehofft, daß er Ihnen folgen würde?«
»Nein.«
»Wo stand sein Wagen?«
»Ein paar Plätze weiter.«
»Dann wäre es möglich, daß er auf dem Weg zu seinem eigenen Auto war, als er sah, daß Sie Schwierigkeiten hatten, und anbot, Ihnen zu helfen?«
»Das wäre möglich.«
»Als Ihr Wagen nicht ansprang und der Senator Ihnen anbot, Sie nach Hause zu fahren, wieso haben Sie da eingewilligt?«
»Weil er darauf bestand und ich nicht unhöflich sein wollte.«
»Aber Sie hätten sein Angebot auch ablehnen und sich ein Taxi nehmen können, wenn Sie keinen Wert auf seine Gesellschaft legten?«
»Wie ich schon sagte, ich wollte nicht unhöflich sein.«

»Wessen Idee war es, in die Bar auf der anderen Straßenseite zu gehen?«
»In einer Bar etwas zu trinken war seine Idee. In die gegenüber zu gehen, schlug ich vor.«
»Gehen Sie häufig mit Männern in eine Bar und trinken im Laufe einer zweistündigen Unterhaltung drei Scotch?«
»Nein.«
»Aber in diesem Fall war es so?«
»Ja.«
»Und am nächsten Tag, als Sie meinen Mandanten der Vergewaltigung anklagten, als Ihr Mann Ihren Wagen abschleppen ließ – was wurde da an Ihrem Auto festgestellt?«
»Es hatte sich ein Kabel gelöst.«
»Die Batterie war nicht defekt?«
»Nein.«
»Der Anlasser war nicht kaputt?«
»Nein.«
»Nur ein loses Kabel, das jeder mit einem Griff herausziehen kann – jeder, sagen wir mal, der eine Ausrede dafür brauchte, daß er noch im Parkhaus war, als der Senator zu seinem Wagen ging?«
»Ich verstehe nichts von Autos, Mr. Sutton«, antwortete Karen. »Ich habe keine Ahnung, wieso das Kabel lose war.«
»Gut, beschäftigen wir uns einmal mit Ihrer bemerkenswerten Aussage, daß Sie vor Ihrer Heirat keine einzige Affäre mit einem Mann hatten. Das hatten Sie doch erklärt, nicht wahr?«
»Ja.«
»Ist das nicht sehr ungewöhnlich für die siebziger Jahre, Mrs. Doniger? Sie praktizierten Safer Sex, lange bevor bekannt wurde, daß das eine lebenserhaltende Maßnahme ist?«
Im Zuschauerraum wurde gekichert.

»Einspruch, Euer Ehren«, sagte Tess angewidert. »Mr. Suttons Humoranwandlungen verunglimpfen das Verfahren.«
»Ganz meine Meinung«, rief der Richter ärgerlich, schlug mit dem Hammer heftig auf den Tisch und blickte den Verteidiger wütend an.
»Ich ziehe die Frage zurück«, fügte sich der Silberfuchs.
»Wo wohnten Sie von 1969 bis 1977, Mrs. Doniger?« fragte er statt dessen.
»In der West Twelfth Street in New York City«, antwortete die Zeugin.
»Kannten Sie sich damals in einem Viertel von New York namens Greenwich Village aus?«
»Sehr gut sogar. Ich habe dort gearbeitet und war mit einigen Leuten, die da wohnten, sehr eng befreundet.«
»Wohnten diese Freunde zufälligerweise in der Sullivan Street?«
»Ja.«
»Würden Sie bitte dem Gericht die Lebensform dieser Freunde darstellen?«
Karen blickte den Anwalt einen Moment lang an. »Wie viele Leute damals«, sagte sie schließlich, »und zum größten Teil aus ökonomischen Gründen lebten sie in einer Gemeinschaft, die man wohl als Kommune bezeichnen würde.«
»Eine Kommune, das heißt mehrere Leute beiderlei Geschlechts in einer Wohnung?«
»Einspruch, Euer Ehren«, rief Tess. »Relevanz.«
»Euer Ehren«, setzte sich Sutton zur Wehr, »heute morgen hat Mrs. Doniger ausgesagt, daß sie vor ihrer Ehe keinerlei sexuelle Beziehungen gehabt habe. Ich verfolge nur diesen Aspekt der Ermittlungen.«
»Einspruch abgewiesen«, sagte Washington.
»Noch einmal, Mrs. Doniger: In dieser Kommune wohnten Männer und Frauen zusammen?«

»Ja.«
»Wie viele Männer und wie viele Frauen?«
»Das war unterschiedlich«, antwortete Karen. »Die Vermieterin war eine Frau, die Freunde bei sich aufnahm, wenn sie gerade keine Unterkunft in der Stadt hatten. Sie konnten bleiben, so lange sie wollten.«
»Würden Sie diese Freunde, die zeitweilig dort wohnten, als einer antibürgerlichen Bewegung angehörend bezeichnen, die man damals allgemein ›Hippies‹ nannte?«
»Ja.«
»Hatten diese Hippies, die dort zeitweilig wohnten, Geschlechtsverkehr miteinander?«
»Manchmal.«
»War das Schlafzimmer in dieser Wohnung nicht vollständig mit Matratzen ausgelegt?«
»Die Wohnung war klein. Man konnte nicht so viele getrennte Betten aufstellen, wie man gebraucht hätte.«
Rechts des Gangs bewegte sich Ione unruhig. »Woher weiß der das alles?« zischte sie.
»Bestimmt von ihrer ehemaligen Mitbewohnerin«, murrte Demelza.
»Oder dem Vermieter«, grollte Mitch.
Auf der anderen Seite beugte Janice Evans sich gespannt vor. »Vielleicht ist sie doch nicht so eine Unschuld vom Lande«, murmelte sie.
»Es war üblich, daß sich nachts zwei oder drei oder gar vier Paare zugleich auf diesen Matratzen ... äh ... aufhielten?« setzte Sutton der Zeugin zu.
»Ja.«
»Und in den Jahren 1969 bis 1977 waren Sie häufig gesehener Gast in der Sullivan Street, nicht wahr?«
»Ja«, bestätigte Karen. »Wie ich schon sagte, ich war eng befreundet mit den Leuten, die dort wohnten.«

»Und wie oft blieben Sie über Nacht da?«
»Manchmal einmal, manchmal auch zweimal die Woche.«
»Sie übernachteten ein- bis zweimal pro Woche in einer Wohnung, in der sich unverheiratete Paare für alle sichtbar sexuell betätigten?«
»Ja.«
»Und Sie wollen dieses Gericht tatsächlich glauben machen, daß Sie vor Ihrer Heirat keinerlei sexuelle Beziehungen hatten?«
Karen sah zu Tess hinüber. Die Staatsanwältin unterdrückte ein Lächeln, doch das entging dem Silberfuchs.
»Mir waren diese Menschen unter anderem deshalb so lieb, Mr. Sutton«, antwortete Karen ruhig, »und ich verbrachte deshalb soviel Zeit mit ihnen, weil sie mich nie zu etwas gedrängt haben, wozu ich keine Lust hatte.«
»Und Sie wollen die Geschworenen glauben machen, daß Sie ständig auf einem Matratzenlager genächtigt haben, ohne sich an irgendwelchen Aktivitäten zu beteiligen?«
»Die Geschworenen müssen es mir nicht glauben«, sagte Karen. »Die meisten Leute aus der Sullivan Street sitzen hier im Zuschauerraum. Warum fragen Sie nicht sie?«
Als hätten sie es geprobt, erhoben sich stumm fünf Zuschauer auf der rechten Seite des Gangs. Die Geschworenen verrenkten sich die Hälse, um die gutsituiert wirkenden Leute in den besten Jahren in Augenschein zu nehmen.
»Das wird bestimmt nicht nötig sein«, murmelte Sutton rasch. »Die Geschworenen haben sich gewiß schon ein Bild gemacht. Wenden wir uns nun doch dem betreffenden Abend zu, dem Abend des 7. April.«
Den Rest der Nachmittagssitzung setzte der Silberfuchs sein Kreuzverhör fort, versuchte Schwachstellen auszunutzen, Widersprüche aufzuzeigen, Ungereimtheiten deutlich zu machen.

»Nachdem Sie also«, kam er nach einem langen Tag zum Schluß, »den Senator attraktiv und charmant fanden, dafür gesorgt haben, an diesem Abend länger im Wahlkampfbüro sein zu können, sich so lange im Parkhaus aufhielten, bis der Senator vorbeikam, vorschlugen, in die Bar gegenüber zu gehen, drei Scotch tranken, sich eine Ausrede dafür ausdachten, daß der Senator in einem entlegenen Teil des Golden Gate Park halten mußte, erwarten Sie immer noch, daß die Geschworenen glauben, er habe Sie vergewaltigt?«

»Ja, Mr. Sutton«, antwortete Karen. »Weil es so war.«

»Keine weiteren Fragen mehr«, sagte der Verteidiger mit einer wegwerfenden Handbewegung.

Tess Escalante stand auf und wandte sich an den Richter. »Die Anklage beantragt Vertagung, Euer Ehren«, erklärte sie.

»Haben wir sie geknackt?« fragte der Angeklagte nach der Sitzung.

»Schwer zu sagen«, antwortete Sutton, einsilbig wie immer.

Robert seufzte. »Vielleicht war es nicht der richtige Ansatz, sie als gealtertes sexgieriges Groupie hinzustellen.«

»Da wir keine Ahnung haben, was für ein Motiv sie hat, blieb uns keine große Wahl«, wandte der Anwalt ein.

»Ja, natürlich«, sagte der Senator. »Ich frage mich eben nur, ob es was genützt hat.«

»Man weiß nie, was die Geschworenen tun werden«, rief ihm Sutton in Erinnerung. »Aber unterschätzen Sie sie nicht. Wir haben die richtige Saat ausgestreut, und wenn es in letzter Sekunde nicht noch unerwartete Wendungen gibt, wird sie bei einigen auch aufgehen, da bin ich sicher.«

»Was für unerwartete Wendungen?«

»Irgend jemanden, der ihre Geschichte irgendwie erhärten kann.«
Robert lachte kurz. »Ich glaube, darüber müssen Sie sich keine Gedanken machen. Außerdem wüßten wir längst davon, wenn die Anklage einen Augenzeugen aufgetrieben hätte.«
»Dann steht ihr Wort gegen das Ihre«, erwiderte Sutton, »und die Geschworenen hören Sie zuletzt.«

»Du bist phantastisch«, sagte Ted an diesem Abend zu Karen. »So ruhig und gefaßt. Es hatte beinahe den Anschein, als hättest du gewußt, daß der Verteidiger nach der Sullivan Street fragen würde.«
»Ich wußte es nicht«, entgegnete Karen, »aber Tess.«
»Er hat sich völlig vergaloppiert, indem er den Geschworenen nahelegen wollte, daß du das alles inszeniert hast. Aber ich glaube, als Verteidiger würde ich es auch so angehen – die Geschworenen verwirren, indem man ihnen andere Möglichkeiten vorsetzt.«

Tess träumte von einem wundervollen Frühlingstag, der durch das unablässige Summen einer Hummel gestört wurde, die über ihrem Kopf kreiste. In Wirklichkeit klingelte jemand an ihrer Haustür in Russian Hill Sturm.
Tess schlug die Augen auf und sah auf den Radiowecker auf ihrem Nachttisch. Der bleichen grünen Leuchtanzeige zufolge war es kurz vor drei. Sie stieg aus ihrem Baldachinbett, stolperte zur Tür und schlüpfte auf dem Weg in ihren flauschigen Chenillebademantel.
»Wer ist da?« fragte sie gähnend in die Sprechanlage.
»Lamar.«
Tess drückte auf den Türknopf und schloß die Wohnungstür auf. »Ich hoffe, du hast was verdammt Wichtiges«, rief

sie, als seine massige Gestalt im Flur erschien. »Weißt du, wieviel Uhr es ist?«
»Koch uns einen Kaffee«, schlug der Polizist vor.
Tess' Wohnung amüsierte ihn stets aufs neue. Sie war voller Spitzen und Rüschen und »Froufrous«, wie seine Mutter immer zu sagen pflegte, obwohl Tess selbst so klassisch und geradlinig aufgemacht war. Hier fanden sich viktorianische Sofas und Gründerzeittischchen und gerüschte Chiffonvorhänge, Plüschtiere, Vasen voller Blumen und ein Perserteppich. Sie war in dieser Hinsicht genau das Gegenteil des Polizisten, der in seinem auffälligen Western-Outfit herumspazierte, aber eine spartanisch eingerichtete Wohnung hatte.
»Kaffee?« wiederholte sie.
Er nickte. »Du mußt wach sein für das, was ich dir zu erzählen habe.«
Es kam selten vor, daß Lamar Pope mitten in der Nacht bei ihr hereinschneite. Tess tappte in die Küche. Fünf Minuten später saßen sie in ihrem Wohnzimmer, jeder mit einem Becher dampfenden Kaffees in den Händen.
»Was? Bei so einem Überfall willst du auch noch Filterkaffee?« brummte Tess, als Lamar beim ersten Schluck das Gesicht verzog. »So, und jetzt erzähl, warum ich hier zu nachtschlafender Zeit mir dir rumsitze, anstatt mich auszuschlafen, damit ich morgen frisch und munter im Gericht antreten kann.«
»Ich bin da an was dran«, sagte Lamar, stellte seinen Becher ab und förderte aus seiner Jackentasche seinen Notizblock zutage. »Ich hab mit einer Frau namens Margaret Smith aus Provo in Utah gesprochen.«
»Und?«
»Margaret Smith war offenbar mal Sekretärin von Robert Willmont.« Er hatte den Werdegang jeder Angestellten des

Angeklagten überprüft, die er seit seiner Zeit bei Sutton und Wells gehabt hatte.

»Sie behauptet, daß er sie 1984, anderthalb Jahre nachdem er Senator geworden war, vergewaltigt und ihr dann gedroht habe, daß er, wenn sie jemals ein Wort darüber verliere, es nicht nur abstreiten – und was galt schon ihr Wort gegen seines? –, sondern auch dafür sorgen werde, daß sie nirgendwo in Washington mehr Arbeit finde.«

»Ich träum doch wohl noch!«

Plötzlich war Tess hellwach.

»Warte, es kommt noch besser«, verkündete Lamar. »Sie sagt, dann habe er sich hingesetzt und einen Scheck über zweihundertfünfzigtausend Dollar ausgeschrieben, einfach so, und erklärt, sie könne ihn nur einlösen, wenn sie verschwinde.«

»Zweihundertfünfzigtausend?« keuchte Tess.

»So ist es.«

»Also ist sie verschwunden.«

»Du hast es erraten. Aber zuerst ist sie ins Krankenhaus gegangen. Der Arzt mußte einen Bericht schreiben, woraufhin sich natürlich die Polizei einschaltete. Sie sagte aus, sie sei vergewaltigt worden, habe aber den Täter nicht erkennen können. Mit einer Viertelmillion in Aussicht und wenig Chancen auf einen fairen Prozeß hat sie sich natürlich für die Kohle entschieden.«

Tess zuckte mit den Schultern. »Wunderbar, aber nur ihre Aussage gegen seine.«

»Nicht ganz«, berichtigte Lamar sie mit einem zufriedenen Lächeln. »Sie hat offenbar eine Kopie von dem Krankenhausbericht bekommen – hat behauptet, sie brauche das für ihren eigenen Arzt, und bevor sie den Scheck vom Senator einlöste, hat sie ihn kurz mal auf einen guten alten Kopierer gepackt.«

»Hat sie die Kopie noch?«

»Jawohl. Hat sie schön aufgehoben, für alle Fälle.«

Tess' Augen weiteten sich. »Sagt sie aus?«

Lamar nickte. Er unterließ es, darauf hinzuweisen, wie lange es gedauert hatte, sie zu überreden. »Sie hat den Prozeß verfolgt und will mithelfen, den Kerl dranzukriegen. Sie ist seit fünf Jahren verheiratet und hat es erst vor kurzem geschafft, ihrem Mann davon zu erzählen. Aber der scheint in Ordnung zu sein, er steht hundertprozentig zu ihr.«

»Hast du alles überprüft?« fragte Tess hoffnungsvoll.

Lamar nickte. »Klar. Ich hab mit dem Krankenhaus in D.C. gesprochen, wo sie damals war. Frag nicht wie, aber ich hab den Polizisten aufgespürt, mit dem sie damals geredet hat. Ich hab ein paar Leute angerufen, von denen ich wußte, daß sie zu der Zeit im Kapitol saßen. Und ich hab vorhin noch eine ehemalige Kongreßabgeordnete aus Connecticut aus dem Bett geholt. Ich wollte erst zu dir kommen, wenn alles abgesichert ist. Meiner Ansicht nach ist es das jetzt.«

»Wann kann sie hiersein?«

»Sie kann morgen früh ins Flugzeug steigen.«

Ein durchtriebenes Funkeln trat in die schwarzen Augen der Staatsanwältin, als sie ihre nächsten Schritte erwog. Lamar sah förmlich vor sich, wie ihr kluges Hirn arbeitete.

»Nein. Sag ihr, sie soll packen, aber erst Dienstag abend fliegen. Dann soll sie am Mittwochmorgen – nach neun, aber vor zwölf – in meinem Büro anrufen und mir eine Nachricht hinterlassen, die beinhaltet, daß sie Informationen für mich habe, die den Fall betreffen.«

»Dieses Funkeln kenn ich«, bemerkte Lamar. »Es bedeutet, daß das moralisch nicht sauber ist, was du im Sinn hast.«

»Nur ein klein bißchen unsauber«, behauptete Tess. »Sutton wird mit seinen Zeugen vermutlich den ganzen Mittwoch in Anspruch nehmen, und wenn er so schlau ist, wie ich glaube, spielt er sein As zuletzt aus. Er zählt darauf, daß der Senator mit seinem Charisma die Geschworenen auf seine Seite zieht, und darauf stelle ich mich ein. Ich werde den Fall nicht neu aufrollen – ich hebe mir Mrs. Smith für die Widerlegung auf.«

Lamar nickte. »Gefällt mir.«

Ein zufriedenes Lächeln trat auf Tess' Gesicht. »Ich werde also alles tun, was ich kann, damit sich der gute Senator selbst die Schlinge um den Hals legt.«

7

Wie Tess es vorausgesehen hatte, fuhr die Verteidigung eine eindrucksvolle Anzahl von technischen und psychologischen Sachverständigen und Charakterzeugen auf, deren Aussagen den gesamten Dienstag in Anspruch nahmen, unter anderem einen Pathologen aus Harvard, einen Psychiater aus Oxford, den Bürgermeister von San Francisco, zwei weibliche Mitglieder des Repräsentantenhauses, zwei namhafte Senatoren, einen Richter vom Obersten Bundesgericht und sogar eine Berühmtheit aus dem Showbusineß, die eigens zu diesem Anlaß aus Hollywood eingeflogen wurde.

Die beiden weiblichen Kongreßabgeordneten, die aussagten, mit dem Angeklagten in unterschiedlichen Funktionen zusammengearbeitet zu haben, beschrieben den Senator als engagierten Politiker, der sie und ihres Wissens nach auch jede andere Frau stets ausgesprochen respektvoll behandelt habe. Der Pathologe aus Harvard versicherte den Geschworenen, daß die zahlreichen Beweise, die die Staatsanwaltschaft vorgelegt habe, keineswegs so eindeutig zu interpretieren seien, wie die Anklage das glaube. Der Psychiater aus Oxford erklärte, daß er nach einem zwanzigminütigen Gespräch mit dem Angeklagten denselben als ausgeglichen, aufmerksam und konzentriert einschätze und keinerlei latente Gewaltbereitschaft bei ihm habe feststellen können.

Tess zog ihre Kreuzverhöre nur der Form halber durch.
Am Mittwochmorgen wurde schließlich Robert Drayton Willmont in den Zeugenstand gerufen.
»In diesem Gericht, in diesem Bundesstaat, wahrscheinlich sogar im ganzen Land weiß jeder, wer Sie sind, Senator Willmont«, begann Hal Sutton. »Aber ich hielte es für richtig, wenn Sie den Geschworenen auch etwas über den privaten Robert Drayton Willmont erzählen würden.«
»Selbstverständlich, gerne«, erwiderte Robert.
Und so vergingen die ersten Stunden der gespannt erwarteten Zeugenaussage des Angeklagten mit lockerem Geplauder über seine Herkunft, seine Familie, seine Arbeit, seine persönlichen Werte. Er verschwendete wenig Zeit darauf, die Geschworenen davon zu überzeugen, daß er ein treusorgender Sohn, stolzer Vater und liebender Gatte war.
»Seit mein Vater tot ist, bin ich die Stütze und der Halt meiner Mutter«, sagte er. »Ich ziehe ihr immer noch abends die Bettdecke zurecht, sooft es mir möglich ist.«
Im Zuschauerraum nickte Amanda Drayton Willmont zustimmend.
»Adam, mein Sohn, kommt im September in die achte Klasse«, verkündete Robert stolz. »Er ist schon fast so groß wie ich – und doppelt so schlau.«
Elizabeth Willmont, die neben ihrer Schwiegermutter saß, fragte sich, wann er es wohl geschafft hatte, das festzustellen.
»Im Oktober haben meine Frau und ich Silberhochzeit. Ich verdanke ihr fünfundzwanzig wunderbare Jahre und das beste Zuhause, das sich ein Mann nur wünschen kann – und ich fürchte, ich habe ihr zum Ausgleich das Weiße Haus versprochen.«
Einige Zuschauer reagierten erheitert. Elizabeth brachte nur ein schwaches Lächeln zustande.

»Meine Familie war immer das Wichtigste für mich«, führte Robert aus. »Vor allem Elizabeth. Wissen Sie, es stimmt, wenn man sagt, daß hinter jedem erfolgreichen Mann eine kluge Frau steht. Ich habe enormes Glück gehabt. Elizabeth und ich sind uns sehr nahe. Wir verstehen und achten uns. Wir besprechen jede wichtige Entscheidung und jeden größeren Schritt, der ansteht, vorher gemeinsam. Sie ist die Quelle meiner Kraft, meine Inspiration. Wenn sie nicht hinter mir stünde, an mich glauben und mich unterstützen würde, würde ich vermutlich immer noch in der Anwaltskanzlei meines Vaters arbeiten.«
Amanda tätschelte mit ihrer steifen Hand den Arm der Schwiegertochter, die sie immer abgelehnt hatte.
Dann lobte Robert seine Lehrer in der High-School, betonte, wie glücklich er sich schätzen konnte, daß er die beiden besten Universitäten im Lande besuchen durfte, ließ sich beredt über seine fünfzehnjährige Tätigkeit im Dienste der Regierung aus und äußerte sich dann ausführlich zu seinem Entschluß, für die Präsidentschaft zu kandidieren.
»Ich glaube an Amerika«, erklärte er. »Ich glaube an ein Amerika, in dem alle gemeinsam anpacken, damit die Kinder von morgen nicht unter der Gier von heute zu leiden haben. Ein Amerika, in dem die Mittelschicht es auch zu Wohlstand bringen kann, statt immer nur an der Last der Reichen und Verwöhnten zu tragen. Obwohl ich aus einer reichen Familie stamme – nein, *weil* ich aus einer reichen Familie stamme – und nicht begriff, wie es zu vielen unserer heutigen Probleme kam, sah ich Möglichkeiten zu ihrer Lösung. Und ich wußte, daß ich diese Lösungen nur als Präsident der Vereinigten Staaten verwirklichen könnte.«
»Der hält hier doch wirklich eine verdammte Wahlrede«, grollte Mitch. »Vergeßt, daß ich eine Frau vergewaltigt habe, Leute, ich sorge dafür, daß ihr wieder zu Kohle kommt.«

Als der Silberfuchs endlich die ersehnte Antwort auf eine letzte Frage bekam, gab Richter Washington die Mittagspause bekannt.
»Schlau«, sagte Tess zu Anne Jenks. »Sutton sieht zu, daß er mit der direkten Befragung nicht fertig wird, bis wir auf morgen vertagen, damit die Geschworenen die Worte des Angeklagten unangezweifelt mit nach Hause nehmen.«
»Warum haben Sie gegen das ganze Eigenlob, das er da vom Stapel gelassen hat, keinen Einspruch erhoben?« fragte die Assistentin.
Tess lächelte vernehmlich. »Weil ich dem Senator freie Hand dabei lassen möchte, sich die Schlinge um den Hals zu legen.«
»Sie glauben, das tut er?«
»Er hat es schon getan«, antwortete die Staatsanwältin fröhlich. »Ach, übrigens«, fügte sie beiläufig hinzu, »setzen Sie bitte Richter Washingtons Protokollführer nach der Verhandlung heute davon in Kenntnis, daß wir einen Widerlegungszeugen einbringen möchten.«
»Wenn Sie wollen, kann ich das jetzt gleich machen«, bot die Assistentin an.
»Nein«, sagte Tess fest. »Am Ende des heutigen Verhandlungstags.«

Die Nachmittagssitzung begann pünktlich um halb zwei.
»Würden Sie dem Gericht bitte in Ihren eigenen Worten berichten, was sich am Abend des 7. April wirklich zugetragen hat, Senator?« setzte Sutton die Befragung ohne weitere Vorrede fort.
Robert wandte sich den Geschworenen zu. Ein Ausdruck aufrichtigen Bedauerns lag auf seinem Gesicht, und während er sprach, bedachte er jeden der Geschworenen, die über sein Schicksal entscheiden würden, immer wieder mit

einem intensiven Blick aus seinen aquamarinblauen Augen.
»Ich kehrte Anfang April nach San Francisco zurück, um einige Reden zu halten, Aufrufe für Wahlkampfspenden zu verbreiten und in Ihrer Nähe zu sein und mir anzuhören, was Sie zu sagen haben«, begann er. »Nach drei sehr anstrengenden Wahlkampfmonaten war ich körperlich, mental und emotional ziemlich ausgelaugt. In dieser Stadt bin ich geboren und aufgewachsen, sie war immer kraftspendend für mich, und hierher werde ich immer zurückkehren.«
Er holte tief Luft und atmete langsam aus.
»Am 7. April fragte mich eine Frau aus San José, warum in diesem Land so viele Lebensmittel vernichtet werden, obwohl es hier Menschen gibt, die jeden Abend hungrig zu Bett gehen. Ich muß zu meiner Schande gestehen, daß mir keine gute Antwort einfiel. Aber ich beschloß in diesem Moment, daß unsere Agrarpolitik sich ändern müsse. Wir reden viel vom schlechten Zustand der Wirtschaft und des Gesundheitswesens und der Ausbildung, aber wenn sich das Gespräch einem Kind zuwendet, das nachts weint, weil es Hunger hat, oder einem alten Mann, der auf einer Parkbank schläft, weil er keine Unterkunft hat, haben wir alle plötzlich nichts mehr zu sagen.«
Die Geschworenen fühlten sich etwas unbehaglich unter dem eindringlichen Blick der aquamarinblauen Augen.
»Mir wurde klar, daß diese Themen nicht mehr unter den Teppich gekehrt werden durften, und ich wies mein Team an, ein Papier vorzubereiten, das ich als Basis für weitreichende Veränderungen einsetzen konnte.«
»Man sollte ihm sagen, daß er die Vorwahlen in Kalifornien schon gewonnen hat«, murrte Mitch.
»Schauen Sie sich das an«, flüsterte Janice Evans Randy zu. »Jetzt hat er die Geschworenen im Griff.«

»Ich kam an diesem Tag abends um acht aus San José zurück und machte den, wie sich herausstellte, folgenschweren Fehler, meinen Sicherheitsleuten freizugeben. Sie hatten hart gearbeitet, und ich fand, sie hatten sich einen ruhigen Abend verdient. Danach beschloß ich, ins Wahlkampfbüro zu gehen und mir das Pressematerial anzusehen, das mein Team vorbereitet hatte.«

Er sagte sich, daß er nicht zu erwähnen brauchte, daß seine Mutter sich schon auf ihr Zimmer zurückgezogen hatte und das große Haus in der Jackson Street verlassen und deprimierend auf ihn wirkte.

»Mrs. Doniger war im Büro, und sie hatte offenbar sehr viel Zeit und Mühe aufgewendet, das Material zusammenzustellen. Ich beschloß spontan, sie auf einen Drink einzuladen, um mich für ihren Einsatz erkenntlich zu zeigen. Als sie ablehnte, akzeptierte ich das. Ich nahm eine der Mappen zur Hand, die sie vorbereitet hatte, überprüfte, ob das Material korrekt und vollständig war, packte sie in meinen Aktenkoffer und verließ das Büro.«

»Hatten Sie gemerkt, daß Mrs. Doniger schon weg war?« erkundigte sich Sutton.

»Ja«, antwortete Robert. »Sie hatte sich verabschiedet und mich gebeten, die Tür abzuschließen, wenn ich ging.«

»Begaben Sie sich direkt zum Parkhaus?«

»Ja.«

»Was wollten Sie dort tun?«

»In meinen Wagen steigen und nach Hause fahren.«

»Was sahen Sie, als Sie in das Parkhaus kamen?«

»Ich sah Mrs. Doniger, die Schwierigkeiten mit ihrem Auto hatte.«

Roberts Darstellung der nächsten Minuten unterschied sich nicht wesentlich von Karens Aussage.

»Was geschah dann?«

»Wir gingen in eine Bar auf der anderen Straßenseite, um etwas zu trinken.«

»Sie hatten es offenbar nicht eilig, nach Hause zu kommen?«

»Nein.«

»Und was für einen Eindruck hatten Sie von ihr in der Bar?«

»Sie war sehr lebhaft und schien beeindruckt zu sein, daß so viele Leute an meinen Tisch kamen, um mir Glück zu wünschen. Sie lachte viel, und ich erinnere mich, daß sie mehrfach mein Bein streifte.«

»Ging das so weiter, nachdem Sie die Bar verlassen hatten?«

»Nein. Als wir im Auto saßen, war sie recht schweigsam. Sie war ziemlich weit zur Tür gerückt. Als wir in den Park kamen, sagte sie plötzlich, ihr sei übel und ich solle anhalten. Ich war auf der linken Spur und konnte nicht mitten auf der Straße stehenbleiben. Ich antwortete, ich würde halten, sowie wir aus dem Park kämen. Aber sie sagte, so lange könne sie nicht mehr warten.«

»Sie sagte, sie könne nicht warten, bis Sie den Park verlassen hätten?«

Robert nickte. »Ich dachte, sie müsse sich jeden Moment übergeben, und deshalb ergriff ich die einzige Möglichkeit, die ich hatte, und bog nach links auf den King Drive ab. Ich wollte gerade anhalten, als sie sagte, wenn sie sich übergeben müsse, sei sie lieber allein, ob ich nicht noch ein bißchen weiterfahren könne. Als ich zu der Straße kam, die zum Stow Lake führt, meinte sie, ich solle die nehmen. Nach einigen hundert Metern bat sie mich anzuhalten.«

»*Sie* war es, die zum Stow Lake fahren wollte?«

»Ja«, antwortete Robert und sah mit aufrichtigem Blick zu den Geschworenen hinüber. »Dann stieg sie aus und verschwand. Ich wartete ungefähr fünf Minuten. Als sie nicht zurückkam, war ich natürlich etwas beunruhigt. Ich stieg aus und machte mich auf die Suche nach ihr. Ich fand sie bei einem Gebüsch, und da sie zitterte, zog ich mein Jackett aus und legte es ihr um die Schultern. Aber sie lachte, sagte, die frische Luft habe ihr gutgetan, und es sei so ein schöner Abend, ob wir nicht noch einen Spaziergang um den See machen könnten.«

»Einen Spaziergang um den See?«

»Das sagte sie, ja. Ich erwiderte, das höre sich ja sehr schön an, aber ich müsse wirklich nach Hause, und ich ging zum Auto zurück. Aber als ich dort war, stürzte sie sich plötzlich wie eine Wilde aus dem Dunkeln auf mich – sie schaffte es sogar, mich regelrecht an den Kühler zu drücken. Und sie erzählte mir, daß sie von diesem Moment träume, seit sie mir zum erstenmal begegnet sei, und daß sie es nicht mehr aushalten könne, mich ständig nur zu sehen. Sie müsse mich einfach haben, und es brauche ja niemand zu erfahren, es bleibe unter uns, denn wir würden ja beide nicht wollen, daß ihr Mann und meine Frau davon erfahren.«

»Wollen Sie dem Gericht damit sagen, daß Mrs. Doniger es war, die sich *Ihnen* genähert hat?« fragte Sutton gedehnt und mit Nachdruck. »Daß sie es war, die es *Ihnen* nahegelegt hat, mit ihr intim zu werden?«

»Genähert? Sie ist über mich hergefallen«, erklärte Robert. »Ich schwöre bei Gott – und diesem Gericht –, daß die gesamte Initiative von ihr ausging.«

»Aber Sie haben sich nicht zur Wehr gesetzt?«

Der Senator seufzte schwer. »Ich wünschte, ich hätte es getan. Doch nachdem ich meinen ersten Schreck überwunden hatte, bin ich weich geworden. Ich trinke normalerweise nicht viel, und ich hatte an diesem Abend drei Highballs intus, war erschöpft und hatte tagelang fast keinen Schlaf bekommen. Ich schäme mich, aber ich muß gestehen, daß

ich keinen Widerstand geleistet habe. Sie zog mich ins Gebüsch – sie war wie ein wildes Tier, riß an ihren Kleidern, zerrte an meinen. Und sie schrie immerfort: ›Schlag mich, schlag mich‹ und ›Mach es mir hart, das mag ich‹ und solche Sachen. Dann zerkratzte sie mir die Brust, um das zu unterstreichen. Und die ganze Zeit stöhnte und ächzte sie und sagte Sätze wie: ›Du bist unwiderstehlich.‹ – ›Du bist unglaublich.‹ – ›Du bist phantastisch.‹ – ›So gut hat es mir noch keiner gemacht.‹«
»Wie kann ein Mensch nur so viel Müll reden«, zischte Ione.
»Jeder, der Karen kennt, weiß, wie lächerlich das ist«, stieß Jenna aus.
»Natürlich«, bemerkte Demelza. »Aber die Geschworenen kennen sie eben nicht.«
Janice Evans beugte sich zu Randy. »Ich kann bestätigen, daß der Senator unwiderstehlich ist.«
»Was geschah dann, Senator?« fragte Sutton weiter.
»Ich ... nun ja ... meine Reaktion war zuerst nicht sehr stark wegen der Müdigkeit und dem Scotch und so weiter, aber sie sagte, sie wisse schon, wie sie mich in Fahrt bringen könne, und dann ging sie zum Oralsex über.«
An dieser Stelle hielt Sutton seinen Mandanten dazu an, sich detailliert zu äußern. Die Geschworenen wurden unruhig; die Frauen versuchten nicht allzu peinlich berührt, die Männer, nicht allzu interessiert zu blicken.
»Nach einer Weile«, fuhr Robert mit angemessen reuevollem Blick fort, »blieben ihre Aktivitäten nicht ohne Wirkung, und ich bekam eine Erektion. Kaum war das geschehen, sagte sie so etwas wie: ›Klasse, laß uns loslegen.‹ Aber sie war keineswegs so bereit dafür, wie sie mir vermittelt hatte.«
»Wie meinen Sie das?« hakte der Silberfuchs nach.

Der Zeuge lieferte eine detailgetreue Darstellung. Die Geschworenen sahen weiterhin unangenehm berührt aus, desgleichen der Senator.

»Ich versuchte ihr zu sagen, daß es nicht gehe, aber sie umklammerte mich mit den Beinen und zwang mich so dazu, weiterzumachen. Schließlich gelang es mir, in sie einzudringen, und kaum war das geschehen, war auch schon alles vorbei.«

»Sie kamen zum Höhepunkt?«

»Ja.«

»Sie auch?«

»Vielleicht, ich weiß es nicht. Ich glaube, eher nicht.«

»War sie ärgerlich über Ihre schnelle Reaktion?«

»Sie machte nicht den Eindruck. Ich entschuldigte mich – ziemlich wortreich, habe ich in Erinnerung –, aber sie lächelte nur und erklärte, es sei genau so gewesen, wie sie es sich vorgestellt habe.«

»Und dann?«

»Ich stand auf, zog mich an und sagte, ich müsse jetzt gehen, doch sie machte keine Anstalten. Sie meinte, sie bliebe vielleicht noch eine Weile da und spaziere um den See. Ich wies sie darauf hin, daß es schon spät sei, aber sie erwiderte, sie wolle ihrem Mann jetzt noch nicht begegnen. Ich erklärte ihr, daß ich aber wirklich nach Hause müsse. Sie sagte, ich solle ruhig gehen, sie nehme sich dann ein Taxi. Ich habe mich wirklich bemüht, sie umzustimmen. Ich habe sogar versucht, sie ins Auto zu ziehen, aber sie riß sich los. Ich meine, ich wollte sie einfach nicht mitten in der Nacht allein im Park zurücklassen, aber sie hörte nicht auf mich. Sie rannte einfach fort. Ich habe dann noch versucht, sie zu finden, aber sie war entweder schon weg oder versteckte sich. Irgendwann stieg ich dann ins Auto und fuhr los.«

»Ein wahrer Gentleman«, sagte Felicity beißend.

»Bei *mir* hat er sich nie entschuldigt, wenn er zu schnell kam«, murrte Janice vor sich hin.

»Senator Willmont«, fuhr Sutton fort, »Sie haben die Beweisstücke sechsundsechzig bis zweiundsiebzig gesehen, die Fotos, die von Mrs. Doniger gemacht wurden, als man sie am Morgen des 8. April ins Krankenhaus einlieferte. Ich frage Sie jetzt unter Eid: Haben Sie die Verletzungen, die auf diesen Fotos zu erkennen sind, verursacht?«

»Nein, das habe ich nicht getan«, erklärte Robert mit Nachdruck. »Sie forderte mich dazu auf, sie hart anzupacken, sie sagte, das gefalle ihr, aber für die anderen Dinge bin ich nicht verantwortlich.«

»Als Sie ins Auto stiegen und wegfuhren, war sie unversehrt?«

»Ihre Kleidung war teilweise zerrissen, was sie allerdings zumeist selbst verursacht hatte, und sie hatte vielleicht ein paar blaue Flecken an Armen und Beinen, aber das war alles.«

»Wie erklären Sie sich dann den Zustand, in dem sie auf den Fotos ist?«

»Ich habe keine Ahnung. Da sieht sie wirklich schlimm aus. Aber ich schwöre, daß sie nicht so ausschaute, als ich wegfuhr.« Hier wandte Robert sich frontal den Geschworenen zu. »Ich habe einen Fehler gemacht, das gebe ich zu. Leider war es ein folgenschwerer Fehler, den ich für den Rest meines Lebens bereuen werde. Aber ich bin kein Sadist, ich bin kein Wahnsinniger, ich bin kein Perverser – warum sollte ich so etwas tun?«

»Senator Willmont, haben Sie Karen Doniger vergewaltigt?«

»Nein, das habe ich nicht getan«, antwortete Robert und sah dabei die Geschworenen an. »Ich habe mich auf einen beidseitig erwünschten Geschlechtsverkehr mit ihr eingelassen, den sie initiiert, nein, durchgesetzt hatte.«

»Haben Sie Karen Doniger im Verlauf dieses intimen Zusammenseins geprügelt, ins Gesicht geschlagen und ihr Fausthiebe versetzt und sie dann halb bewußtlos im Golden Gate Park liegenlassen?«

»Nein, ich habe sie nicht geprügelt, sie nicht ins Gesicht geschlagen und ihr keine Fausthiebe versetzt, und sie war bei vollem Bewußtsein, als sie darauf bestand, sie im Golden Gate Park zurückzulassen.«

»Haben Sie irgendeine Erklärung dafür, warum Karen Doniger behauptet, daß Sie ihr die eben erwähnten Dinge angetan haben?«

»Nein«, antwortete Robert. »Sie kam mir sehr nett und ausgeglichen vor. Vielleicht hatte sie Angst, ihrem Mann die Wahrheit zu sagen. Vielleicht wurde sie von irgendeiner politischen Gruppierung manipuliert. Ich weiß es nicht. Aber ich weiß, daß sie vor diesem Gericht die Unwahrheit gesagt hat. Ich kandidiere für das Amt des Präsidenten der Vereinigten Staaten, um Himmels willen. Warum sollte ich vorsätzlich meine Chance, die Wahl zu gewinnen, riskieren, indem ich eine freiwillige Mitarbeiterin aus meinem eigenen Team vergewaltige und zusammenschlage? Das ergibt doch keinen Sinn.«

»Danke, Senator«, sagte Hal Sutton. »Ich habe keine weiteren Fragen mehr.«

»Fertig?« rief Janice Evans.

Sie stand auf der Treppe vor dem Justizgebäude, strich ihren Rock glatt, knöpfte ihre Jacke zu und fuhr sich dann rasch mit der Hand durch das vom Wind zerzauste Haar.

»Fertig!« rief der Kameramann mit der Minicam.

»Fertig!« ließ sich der Tonmann vernehmen.

»Okay, abfahren.«

Der Kameramann drückte auf den Knopf.

»Ich stehe hier vor dem Justizgebäude in San Francisco«, sagte Janice mit ihrer routinierten Fernsehstimme, »wo nicht nur über das Schicksal von Robert Drayton Willmont entschieden wird, sondern vielleicht auch über das Schicksal Amerikas. Vor nur wenigen Monaten war der außergewöhnliche Senator ein aufstrebender politischer Star, der die Absicht hatte, im ersten Wahlgang nominiert zu werden. Jetzt hängt seine politische Karriere nicht mehr von den Wählern ab, sondern von nur fünf Männern und sieben Frauen, die sich in Kürze für eine Seite entscheiden müssen in der vielleicht berühmtesten Kontroverse zwischen einem Mann und einer Frau, die unsere Zeit hervorgebracht hat.«
Sie ging langsam die Treppe hinunter auf die Kamera zu.
»Doch für welche Seite werden sie sich entscheiden? Das ist die Frage, die im ganzen Land die Menschen dazu veranlaßt, nicht mehr vom Fernseher zu weichen und sich heftige Redeschlachten zu liefern. Richter Oliver Wendell Washington hat in seinem Gerichtssaal keine Kameras zugelassen, und die Welt wird nur über Zeugen dieses Dramas informiert, was geschieht. Ich war im Zuschauerraum, habe durch die bedrohlich wirkende kugelsichere Scheibe geblickt, die Zuschauer und Prozeßteilnehmer trennt, und habe versucht, Fakten und Fiktion auseinanderzuhalten. Das ist ein gewaltiges Unterfangen, und von Tag zu Tag kann ich mir schwerer vorstellen, wie die Geschworenen dies bewältigen wollen.«
Janice blieb am Fuße der Treppe stehen.
»Okay, das reicht von hier«, rief sie ihrem Team zu. »Fahren wir rüber zur Jackson Street.«

»So einen Haufen Dreck hab ich mein Lebtag noch nicht gehört«, erklärte Mitch, als sie sich zusammen ins Taxi gequetscht hatten und zum Campton Place fuhren. »Noch nicht mal zu der Zeit, als die Politiker noch versucht haben, uns den Vietnamkrieg schmackhaft zu machen.«

»Und die Geschworenen haben alles brav geschluckt«, sagte Felicity.

»Weil sie ihm tief in ihrem Inneren glauben wollen«, meinte Demelza. »Sie suchen nach einem Grund, ihn freisprechen zu können.«

»Es ist wirklich traurig, aber es ist so«, stellte Ione mit einem schweren Seufzer fest, »um in diesem Land gewählt zu werden, muß man nicht regieren können, sondern vor allem lügen.«

Der Senator saß in der altehrwürdigen Bibliothek der Willmonts, die der Lieblingsraum seines Vaters gewesen war, auf einer edlen Ledercouch neben seiner Frau. Die grellen Scheinwerfer der Fernsehleute ließen jedes Fältchen, jede Unreinheit sichtbar werden.

»Einem Saal voller Zuschauer kann man vielleicht etwas vormachen«, sagte er trocken, »aber vor einer Kamera kann man nicht lügen, oder?«

»Hatten Sie vor zu lügen?« fragte Janice, die auf der Couch gegenüber saß.

»Nein«, antwortete er schlicht. »Ich frage mich nur, warum so viele Menschen glauben, daß sie mit Lügen davonkommen können.«

Die Fernsehjournalistin kreuzte die Beine, leckte sich über die Lippen und nickte den sechs Männern vom Team zu.

»Als wir das letztemal miteinander sprachen, Senator«, sagte sie mit ihrer Profistimme, »planten Sie, die Mehrheit der Wähler in diesem Lande über Ihre Zukunft entscheiden zu lassen. Wie ist Ihnen jetzt zumute, da es nur mehr eine Handvoll Wähler sind, die diese Entscheidung treffen werden?«

»Ich finde es traurig«, antwortete Robert. »Traurig für meine Familie und traurig für Amerika, daß eine solch unglaubliche Anklage überhaupt das Stadium der Verhandlung erreicht hat. Aber ich bin auch zuversichtlich – zuversichtlich, daß die Geschworenen sich nicht von einem so offenkundigen Versuch, mich zu verleumden, täuschen lassen.«

»Glauben Sie, daß man Sie in allen Anklagepunkten freisprechen wird?«

»Ich glaube an das System. Ich glaube, daß das Gesetz die Unschuldigen schützt. Ich glaube, daß die Geschworenen mich entlasten werden.«

»Obwohl Ihre Geschichte, daß Sie von einer fünfzigjährigen Frau, die halb so groß ist wie Sie, quasi überwältigt wurden, schon ziemlich weit hergeholt klingt?«

»Aber das spricht doch für sich, oder?« erwiderte Robert ernsthaft. »Die Wahrheit ist viel zu unwahrscheinlich, als daß ich sie mir hätte ausdenken müssen. Wenn ich mich mit Lügen aus dieser Lage hätte befreien wollen, hätte ich mir etwas Plausibleres ausgedacht, das versichere ich Ihnen.«

»Falls Sie freigesprochen werden«, meinte Janice, »werden Sie vermutlich als Präsidentschaftskandidat nominiert werden. Glauben Sie, daß Sie die Wahl im November gewinnen werden?«

Robert dachte einen Moment lang nach. »Ja, das glaube ich«, sagte er dann mit einer Selbstsicherheit, die typisch für Männer ist, die keinerlei Zurückweisung dulden können.

»Obwohl Sie sich zum Ehebruch bekannt haben?«

»Ich glaube, daß sich die Wähler zum Teil gerade deshalb für mich entscheiden werden, weil ich es nicht geleugnet und nicht versucht habe, ihnen Lügen vorzusetzen. Ich habe mich sofort zu meinem Fehler bekannt, so gewaltig er auch war. Es gibt sehr wenige vollkommene Menschen auf der Welt, Miss Evans, und ich bin offenbar keiner von ihnen. Ein paar Perfektionisten werden sich vielleicht von mir abwenden, aber ich hoffe, daß die Mehrheit es zu schätzen weiß, daß ich offen und ehrlich zu meinen Makeln stehe.«

»Werden Sie Karen Doniger wegen Rufmordes verklagen, falls Sie freigesprochen werden?«

»Warum? Für mich ist nur das Urteil wichtig. Ich habe keinerlei Interesse daran, diese Frau oder ihre Familie zu demütigen. Ich hoffe nur, daß sie das Geld, das ich in so einem Prozeß von ihnen erhalten hätte, dazu benutzen, ihr die psychiatrische Hilfe zukommen zu lassen, die sie so dringend benötigt.«

8

Senator Willmont«, begann Tess am Donnerstagmorgen, am dreizehnten Verhandlungstag, »wenn Sie nichts dagegen haben, möchte ich mich noch einmal mit bestimmten Teilen Ihrer gestrigen Aussage befassen.«

»Bitte, gerne, Miss Escalante«, erwiderte der Senator mit einem freundlichen, selbstsicheren Lächeln.

»Fangen wir doch mit dem Loblied auf Ihre Ehe an.«

Robert setzte sein jungenhaftes Grinsen auf. »Darüber könnte ich wahrscheinlich endlos reden.«

»Endlos wird sicher nicht nötig sein«, entgegnete Tess. »Mich interessiert nur die Basis Ihrer Beziehung zu Ihrer Frau. Sie sagten gestern aus, daß Sie beide jede Entscheidung und jeden größeren Schritt vorher gemeinsam durchsprechen. Ist das richtig?«

»Ja, das habe ich gesagt. Ja, das ist richtig.«

»Haben Sie auch, als Sie mit Karen Doniger Geschlechtsverkehr hatten, vorher mit Ihrer Frau darüber gesprochen?«

»Nein, natürlich nicht«, antwortete Robert. »Wie ich schon berichtete, geschah das aus dem Moment heraus.«

»Heißt das, Sie hätten es mit ihr besprochen, wenn es nicht aus dem Moment heraus geschehen wäre?«

Der Senator seufzte. »Hätte ich innegehalten und mir bewußt gemacht, was ich in jener Nacht tat, dann hätte ich es nicht getan, Miss Escalante. Es hätte also auch nichts zu besprechen gegeben.«

»Heißt das, daß Sie mit Ihrer Frau bei weniger spontanen Vorfällen dieser Art über den Ehebruch reden?«

»Einspruch, Euer Ehren!« rief Sutton. »Was spielt das für eine Rolle, worüber der Senator mit seiner Frau redet und worüber nicht?«

»Euer Ehren«, wandte Tess ein, »der Angeklagte hat erklärt, daß er alles mit seiner Frau bespricht, bevor es geschieht. Ich versuche nur herauszufinden, ob er damit die Wahrheit gesagt hat.«

»Ihr Mandant hat das selbst ausgelöst, Herr Verteidiger.« Richter Washington seufzte. »Einspruch abgewiesen. Aber Sie bewegen sich auf dünnem Eis, Miss Escalante. Nehmen Sie sich in acht.«

»Ja, Sir«, versprach Tess und wandte sich wieder dem Zeugen zu. »Noch einmal, Sir, haben Sie jemals mit Ihrer Frau über einen geplanten Ehebruch gesprochen?«

»Ich habe mich natürlich auf die politische Ebene bezogen, als ich diese Aussage machte.«

»Dann treffen Sie die Entscheidung, Ehebruch zu begehen, also allein, ohne vorher mit Ihrer Frau darüber zu reden?«

»Ich meine, das anders formuliert zu haben.«

»Verzeihung«, sagte Tess höflich, »wie hatten Sie es denn formuliert?«

»Ich sagte, es habe sich um einen einmaligen Vorfall gehandelt«, entgegnete Robert.

»Meinen Sie mit ›einmalig‹, daß es Ihr einziger Ehebruch war oder daß es Ihr einziger Ehebruch war, den Sie nicht zuvor mit Ihrer Frau besprechen konnten?«

»Sie verdrehen mir die Worte im Mund«, beschwerte sich der Angeklagte.

»Das lag nicht in meiner Absicht, Senator«, murmelte Tess.

»Ich will die Frage anders stellen. Haben Sie jemals mit Ihrer Frau über Untreue gesprochen?«

»Es gab nie Anlaß dazu«, erklärte Robert Willmont.

»Was heißt das, Senator? Wollen Sie damit aussagen, daß Sie Ihrer Frau abgesehen von der Begegnung mit Karen Doniger nie untreu waren?«

»Ich sage, daß ich einen Fehler gemacht habe, Miss Escalante. Einen Fehler, den ich den Rest meines Lebens bereuen werde. Ich habe meine Frau verletzt, meine Familie in eine peinliche Lage gebracht und eine Menge aufrechter Menschen enttäuscht, die an mich geglaubt haben. Ich kann gar nicht in Worte fassen, wie leid mir das tut.«

»Was tut Ihnen leid, Senator?« fragte die Staatsanwältin. »Daß Sie Karen Doniger vergewaltigt haben – oder daß Sie dabei geschnappt worden sind?«

»Einspruch!«

»Miss Escalante«, sagte der Richter mahnend.

»Ich ziehe die Frage zurück, Euer Ehren«, gab Tess nach. »Waren Sie Ihrer Frau vor dem Abend des 7. April jemals untreu, Senator Willmont?«

»Einspruch!« rief Sutton erbost. »Die Anklage setzt dem Angeklagten zu sehr zu.«

»Euer Ehren«, wandte Tess ein, »dieser Mann hat sich selbst als Inbegriff der ehelichen Treue dargestellt, und wir versuchen lediglich zu überprüfen, inwieweit das zutrifft. Die Verteidigung hat sich sehr darum bemüht, Karen Doniger als irre Hippiebraut zu skizzieren, die aus keinem erfindlichen Grund wie ein Raubtier über den Angeklagten hergefallen ist. Sollte mir da nicht dasselbe Recht zustehen, zu behaupten, daß Robert Willmont ein Mann mit maßlosen sexuellen Bedürfnissen ist, der es gewohnt ist, daß man ihm zu willen ist, und dies auch mit Gewalt erzwingt, falls es einmal nicht so ist?«

»Das Argument ist nicht von der Hand zu weisen, Herr Verteidiger«, sagte Washington. »Außerdem hätten Sie vor Prozeßbeginn einen Antrag auf Ausschluß früherer Verhaltensweisen stellen können. Das haben Sie aber nicht getan.«

»Weil es nicht nötig war, Euer Ehren«, erwiderte der Silberfuchs. »Jedermann weiß, daß der Senator über jeden Verdacht erhaben ist.«

»Dann braucht Ihr Mandant sich auch keine Sorgen zu machen, nicht wahr?« erklärte der Richter. »Einspruch abgewiesen.«

»Waren Sie Ihrer Frau, Senator«, wiederholte Tess, »vor dem 7. April jemals untreu?«

Randy Neuburg und Mary Catherine O'Malley wechselten besorgte Blicke, Janice Evans wurde etwas kleiner, und Elizabeth Willmont saß da wie erstarrt und fürchtete, daß ihre sorgfältig aufrechterhaltene Maske Risse bekommen könnte.

Auf der anderen Seite des Gangs stockte den Freunden aus der Sullivan Street der Atem, und überall beugten sich Leute gespannt vor, damit ihnen nichts entging.

»Ich habe eine wunderschöne, hingebungsvolle Frau«, antwortete Robert. »Ich hatte vor dem 7. April keinen Grund, ihr untreu zu werden.«

Ein leises Zischen wurde im Gerichtssaal hörbar, als viele die Luft ausstießen.

»Das war elegant«, murmelte Randy.

»Der Mann ist der geborene Politiker«, bestätigte Mary Catherine.

»Er hat die Frage nicht beantwortet«, empörte sich Felicity.

»Hast du's gemerkt«, sagte Demelza.

»Das ist wohl kaum eine direkte Antwort, Senator«, meinte Tess. »Aber das müssen wir wahrscheinlich der Tatsache zuschreiben, daß Sie sich so lange in Washington aufgehalten haben.«

»Euer Ehren!« beschwerte sich Sutton.

Die Staatsanwältin zuckte mit den Schultern. »Verzeihung.«

»Sie sollten die Geduld des Gerichts nicht überstrapazieren, Miss Escalante«, verwarnte sie der Richter.

»Ich werde mich bemühen, es nicht zu tun«, gelobte Tess und hielt kurz inne. »Wer ist Mariah?« fragte sie den Angeklagten dann plötzlich.

Randy hielt die Luft an.

Robert verkrampfte sich kaum merklich. »Falls Sie Mariah Dobbs meinen«, sagte er vorsichtig, »sie ist Medienberaterin.«

»Hatten Sie eine Affäre mit ihr, oder hätten Sie gerne eine gehabt?«

»Gewiß nicht.«

»Ah ja – sie ist bloß eine Person, deren Namen Sie einfach grundlos rufen, wenn Sie den Höhepunkt der Lust erreichen?«

»Euer Ehren!« schaltete sich der erboste Sutton ein.

»Ja, Mr. Sutton«, stimmte Washington ihm zu. »Fahren Sie bitte fort, Miss Escalante.«

»Ja, Sir«, fügte sich Tess. Sie entfernte sich zwei Schritte vom Angeklagten. »Abgesehen vom 7. April, Senator Willmont«, fragte sie dann mit klarer Stimme, »wie viele Frauen haben Sie vergewaltigt?«

»Einspruch!« rief der Verteidiger.

»Lassen Sie nur«, sagte Robert, bevor der Richter sich äußern konnte. »Es macht mir nichts aus, die Frage zu beantworten. Ich habe *weder* am 7. April *noch* zu irgendeinem anderen Zeitpunkt eine Frau vergewaltigt, Miss Escalante.«

»Niemals, Senator?« hakte Tess nach. »Sie meinen, daß Sie

in Ihrem ganzen Leben niemals eine Frau mit Gewalt zum Geschlechtsverkehr gezwungen haben? Sie waren Ihnen alle aus freien Stücken zu willen?«

»Davon gehe ich doch aus«, antwortete der Zeuge. »Ich habe vor meiner Ehe nicht eben keusch gelebt. Wie die meisten jungen Männer stach mich häufig der Hafer, aber ich kann Ihnen versichern, daß die betreffenden reizenden jungen Ladys, deren Namen niemals preisgegeben werden, alle sehr willig waren.«

»Sie waren alle freiwillig zum Geschlechtsverkehr bereit, wie Sie es auch von Karen Doniger behaupten?«

»Ja«, bestätigte Robert. »Das waren sie – genau wie Mrs. Doniger.«

»Ich fasse noch einmal zusammen, Senator: Sie waren Ihrer Frau vor dem 7. April niemals untreu, und soweit Sie das beurteilen konnten, haben Sie nie eine Frau vergewaltigt. So lautet Ihre Aussage?«

»Ja.«

Tess lächelte zufrieden.

Im Zuschauerraum runzelte Randy beunruhigt die Stirn.

Während des restlichen Kreuzverhörs befaßte sich die Staatsanwältin noch mit Einzelheiten, den Abend des 7. April betreffend, aber sie stellte hauptsächlich Routinefragen. Sie hatte alles, was sie brauchte. Der Rest war nur Kosmetik.

»Wie lange blieben Sie noch im Wahlkampfbüro, nachdem Karen Doniger gegangen war?«

»Etwa eine Viertelstunde.«

»Und Sie sagten, daß Sie in dieser Zeit das Pressematerial lasen, das Karen Doniger zusammengestellt hatte?«

»Ja.«

»Wie umfangreich war diese Mappe?«

»Sie enthielt an die zwanzig Seiten.«

»Wären Sie überrascht, wenn Sie erfahren würden, daß die Mappe in Wirklichkeit vierzig Seiten enthielt?«

»Es könnten auch vierzig Seiten gewesen sein.«

»Lesen Sie mit Hochgeschwindigkeit, Senator?«

»Nein, aber ich kann sehr schnell querlesen, wenn ich auf bestimmte Dinge achte.«

»Sie sagen also aus, daß Sie, nachdem Karen Doniger gegangen war, noch etwa eine Viertelstunde im Büro waren und lasen?«

»Ja.«

»Hatten Sie es besonders eilig, dort wegzukommen?«

»Ich war müde, doch ich hatte es nicht besonders eilig.«

»Aber nicht zu müde, um Mrs. Doniger auf einen Drink einzuladen?«

»Das war eine spontane Idee.«

»Ja, das erwähnten Sie bereits. Obwohl Sie es nicht eilig hatten, überflogen Sie also vierzig Seiten Material, das Sie selbst als sehr wichtig erachteten, und schafften es dann immer noch rechtzeitig, im Parkhaus zu sein, um Mrs. Doniger mit ihrem Auto zu helfen?«

»Ich konnte ja nicht wissen, daß sie noch dort sein würde.«

»Was würden Sie sagen, wenn ich Ihnen nun mitteile, daß sich Karen Doniger an diesem Abend im Besucherbuch in der Eingangshalle des Bürogebäudes um acht Uhr fünfundzwanzig austrug und von Ihnen verzeichnet ist, daß Sie das Gebäude um acht Uhr neunundzwanzig verließen?«

»Ich würde sagen, daß ich nicht genau wußte, wieviel Uhr es war. Ich trage mich sowieso nicht in das Besucherbuch ein.«

Tess nahm ein dickes Buch von ihrem Tisch und brachte es dem Richter.

»Euer Ehren, ich möchte jetzt die Zulassung des Beweisstücks dreiundsiebzig beantragen, das Besucherbuch aus

dem Bürogebäude, in dem das Wahlkampfteam von Robert Willmont sein Büro hat.«
Sutton sprang auf und kam herüber, um das Beweisstück zu überprüfen.
»Kein Einspruch«, seufzte er. Es handelte sich eindeutig um das Besucherbuch. Er hatte sich selbst häufig dort ein- und ausgetragen.
»Zugelassen«, sagte Washington.
»Es stimmt, daß Sie sich an diesem Abend nicht ins Besucherbuch eingetragen haben, Senator«, fuhr Tess fort. »Der Pförtner hatte es sich angewöhnt, das für Sie zu tun, und er kann jederzeit als Widerlegungszeuge aufgerufen werden.«
Der Angeklagte und sein Verteidiger wechselten einen Blick.
»Im Interesse der Beschleunigung des Verfahrens, Euer Ehren, verzichtet die Verteidigung«, verkündete der Silberfuchs.
»Würden Sie dann bitte so freundlich sein«, fuhr Tess fort, »für die Geschworenen den ersten Sie betreffenden Eintrag am Abend des 7. April zu verlesen?«
»Da steht, daß ich achtzehn Minuten nach acht kam.«
»Und der zweite Eintrag?«
»Daß ich das Gebäude um acht Uhr neunundzwanzig verlassen habe.«
»Dem Besucherbuch zufolge konnten Sie also, nachdem Karen Doniger gegangen war, wohl kaum eine Viertelstunde lesend im Büro zugebracht haben, selbst wenn Sie Zeit einsparten, indem Sie den schnelleren Aufzug zum zwölften Stock nahmen, nicht wahr?«
»Nein, das stimmt«, räumte Robert ein.
»Sie sind in Wirklichkeit sofort nach ihr gegangen, nicht wahr? Vermutlich gleich, als der Aufzug wieder oben war.«
»Ich habe nicht darauf geachtet. Ich bin ihr jedenfalls nicht gefolgt, falls Sie darauf hinauswollen.«

»Nein, keinesfalls«, murmelte Tess, nahm das Besucherbuch wieder an sich und legte es auf den Tisch mit den Beweisstücken.
»Wie groß sind Sie, Senator?«
»Eins neunundachtzig.«
»Wie schwer sind Sie?«
»Etwa fünfundneunzig Kilo.«
»Würden Sie von sich sagen, daß Sie fit sind?«
»Ziemlich. So fit man eben sein kann, wenn man an sechs von sieben Tagen auf Wahlkampfreise ist.«
»Und trotzdem behaupten Sie, daß eine Frau, die eins siebzig groß ist und fünfzig Kilo wiegt, Sie an den Kühler Ihres Wagens drängte und dort festhielt?«
»Ja.«
»Und Sie behaupten, daß diese relativ kleine, aber unglaublich starke Frau Sie ins Gebüsch gezogen und dort verlangt hat, daß Sie sexuelle Handlungen an ihr vornehmen und sie währenddessen mißhandeln?«
»Ja.«
»Und Sie taten ihr den Gefallen?«
»Ich bin nicht stolz darauf, aber ja, ich hatte Geschlechtsverkehr mit ihr.«
»Und Sie haben sie verletzt?«
»Sie bat mich, sie hart anzupacken. Es kann sein, daß ich sie dabei leicht verletzt habe.«
»Leicht? Sie betrachten ein blaues Auge, eine gebrochene Nase und eine geplatzte Lippe, die mit sieben Stichen genäht werden mußte, als leichte Verletzungen?«
»Ich kann mich nicht erinnern, ihr diese Verletzungen zugefügt zu haben.«
»Und Sie sagen ferner, daß sie Sie gekratzt habe, und zwar aus Leidenschaft, nicht, um Sie abzuwehren?«
»Ja.«

»Tat es weh?«
»Ich glaube schon.«
»Und darauf haben Sie nicht reagiert? Sie haben nicht aufgeschrien oder protestiert, Sie haben sie nicht ins Gesicht geschlagen oder ihre Arme auf den Boden gedrückt, damit sie das nicht noch einmal machte?«
»Nein.«
»Sie fuhren einfach fort, das zu tun, was Sie gerade taten?«
»Ja.«
»Und nach diesem beidseitig erwünschten Geschlechtsakt stiegen Sie einfach in Ihr Auto und ließen sie mitten in der Nacht mit zerfetzten Kleidern, blutender Nase und Lippe und ohne Transportmittel im Golden Gate Park zurück?«
»Ich habe kein Blut gesehen«, protestierte Robert. »Und ich hätte sie ja nach Hause gefahren. Ich wollte sie nicht dort zurücklassen. Sie bestand darauf.«
»Sie brauchte einen Arzt, war fast nackt, ihre Handtasche befand sich in Ihrem Wagen, so daß sie kein Geld für ein Taxi hatte und nicht einmal telefonieren konnte, und dennoch wollen Sie diesen Geschworenen glaubhaft machen, daß sie darauf bestand, im Park zu bleiben?«
»Ich weiß, daß sich das verrückt anhört, aber es war so.«

Zehn Minuten nach zwei beendete Tess das Kreuzverhör mit dem Angeklagten, kehrte zu ihrem Platz zurück und nickte Lamar Pope zu, der im hinteren Teil des Gerichtssaals stand.
»Senator Willmont«, fragte Hal Sutton, »haben Sie am Abend des 7. April Karen Doniger vergewaltigt?«
»Nein, das habe ich nicht getan«, erklärte Robert.
»Die Verteidigung hat keine weiteren Fragen mehr«, sagte der Silberfuchs.
»Miss Escalante?« fragte Richter Washington.

Tess stand auf. »Das Volk möchte einen Widerlegungszeugen einbringen, Euer Ehren. Wir rufen Margaret Smith in den Zeugenstand, Margaret Holden Smith.«
In der zweiten Reihe blickten sich Randy und Mary Catherine überrascht an. Am Tisch der Verteidigung erbleichte Robert Willmont.
»Sie müssen sie aufhalten«, zischte er Sutton an. »Um jeden Preis. Halten Sie sie auf.«
»Äh ... dürfen wir vortreten, Euer Ehren?« rief Sutton und erhob sich hastig.
Washington nickte, legte die Hand auf sein Mikrofon und machte den beiden Anwälten ein Zeichen, nach vorne zu kommen.
»Worum geht es, Mr. Sutton?«
»Die Verteidigung wurde über diese Zeugin nicht unterrichtet. Ihr Name steht nicht auf den Listen, die wir erhalten haben. Wir erheben Einspruch dagegen, daß ihre Aussage zugelassen wird.«
Tess verkniff sich ein Lächeln. »Ich bitte um Verzeihung, daß ich Sie so spät unterrichte, Euer Ehren, aber Mrs. Smith trat erst gestern mit meinem Büro in Verbindung, nachdem die Sitzung bereits begonnen hatte. Als ich ihre Nachricht bekam, ließ ich Ihren Protokollführer durch meine Assistentin, so rasch es ging, in Kenntnis davon setzen, daß wir möglicherweise einen Widerlegungszeugen einbringen wollen. Aber ich konnte erst gestern am späten Abend selbst mit Mrs. Smith sprechen und mich davon überzeugen, daß ihre Informationen für diesen Fall relevant sind.«
»Die Frau Staatsanwältin hat recht, Herr Verteidiger«, erklärte Washington. »Wir wurden unterrichtet. Der Vorgang war vorschriftsmäßig.«
»Dann möchte ich zumindest Verlängerung beantragen«,

brachte der Silberfuchs vor, der sich auf unsicherem Boden bewegte, »bis die Verteidigung die Möglichkeit hatte, die Zeugin unter Eid aussagen und dann Ermittlungen in eigener Sache durchführen zu lassen.«

»Und wieviel Zeit veranschlagen Sie dafür, Herr Verteidiger?« fragte der Richter.

»Das dürfte mindestens zwei bis drei Wochen dauern«, schätzte Sutton.

»Ich dachte mir, daß Sie das sagen würden«, seufzte Washington. »Miss Escalante?«

»Heute ist der 2. Juli, Euer Ehren. Auch mit zwei Wochen Verlängerung wäre der Parteitag schon vorüber, und ich meine mich zu erinnern, daß ich kaum zwei Monate zur Vorbereitung dieses Prozesses hatte, weil die Verteidigung darauf drängte, noch vor dem 13. Juli einen Urteilsspruch zu erreichen.«

»Das ist ein Argument, Herr Verteidiger«, gab der Richter zu bedenken.

»Kann ich mich einen Moment mit meinem Mandanten beraten, Euer Ehren?« bat der Verteidiger.

Washington nickte.

Tess achtete darauf, keinerlei Gefühlsregung zu zeigen.

»Was zum Teufel ist hier los?« fragte der Anwalt dicht am Ohr seines Mandanten. »Ich tappe hier im dunkeln. Wie weit soll ich gehen?«

»So weit wie nötig«, antwortete Robert.

»Wir werden die Aussage der Zeugin nicht verhindern können. Die Escalante hat den Dienstweg eingehalten. Das Äußerste, was ich erreichen kann, ist Verlängerung, doch dann schaffen wir den Urteilsspruch nicht mehr vor dem Parteitag. Was kann Ihnen diese Margaret Smith antun?«

Robert sah seinen Anwalt einen Moment an. »Sie kann mich erledigen«, antwortete er.

»Mein Mandant wünscht eine Verlängerung, Euer Ehren«, sagte Sutton, als er zum Richtertisch zurückkehrte.
»Unter Ausschluß«, setzte Washington die Geschworenen in Kenntnis und rauschte aus dem Gerichtssaal. »Also, worum geht es hier überhaupt?« verlangte er zu wissen, kaum daß sich die Tür hinter ihnen geschlossen hatte.
»Dem Senator ist klar, daß die Verhandlung damit nicht vor dem Parteitag abgeschlossen wäre«, erklärte Sutton, »aber er ist der Meinung, daß er andernfalls nicht zu seinem Recht komme.«
»Was liegt denn vor, Miss Escalante?« fragte der Richter.
»Der Senator sagte unter Eid aus, daß er vor dem 7. April seiner Frau niemals untreu gewesen sei und in seinem ganzen Leben niemals jemanden vergewaltigt habe«, antwortete Tess. »Mrs. Smith kann beide Aussagen widerlegen.«
»Reine Spekulation«, fuhr Sutton sie an.
»Ganz und gar nicht«, entgegnete ihm die Staatsanwältin. Sie wandte sich dem Richter zu. »Sie kennen mich, Euer Ehren. Wenn ich etwas vortrage, ist es abgesichert.«
Der Richter nickte langsam.
»Außerdem«, fügte Tess hinzu, »hätte die Verteidigung genug Zeit gehabt, ihr Kreuzverhör zu erarbeiten, wenn mir die angemessene Vorbereitungszeit zur Verfügung gestanden hätte.«
Washington seufzte. »Sowohl die Staatsanwaltschaft als auch mein Büro haben alles in ihrer Macht Stehende getan, um diese Verhandlung voranzutreiben, Herr Verteidiger«, teilte er Sutton mit, »damit Sie zu dem schnellen Urteilsspruch kommen, um den Sie nicht nur gebeten, sondern den Sie verlangt haben. Deshalb bin ich nicht besonders geneigt, Ihnen nun eine ausgedehnte Verlängerung zu gewähren. Aber ich werde Ihnen die Möglichkeit geben,

Ihr Kreuzverhör über das lange Wochenende vorzubereiten, wenn Sie das wünschen – nachdem Miss Escalante ihre Zeugin vernommen hat. Ich beabsichtige jedoch, diesen Fall bis Mitte nächster Woche abzuschließen und den Geschworenen vorzulegen. Habe ich mich deutlich ausgedrückt?«

»Ja, Euer Ehren«, antworteten beide Anwälte.

»Dann wollen wir fortfahren.«

»Sie dürfen sie nicht aussagen lassen«, zischte Robert, als Sutton in den Gerichtssaal zurückkam und seinen Platz wieder einnahm.

»Ich kann nichts gegen sie unternehmen«, zischte der Silberfuchs zurück. »Aber wir haben die Erlaubnis erhalten, die Widerlegung übers Wochenende vorzubereiten.«

Maggie Holden Smith, die noch liebreizender aussah, als Randy und Mary Catherine sie in Erinnerung hatten, ging zum Zeugenstand und legte den Eid ab.

»Mrs. Smith«, begann Tess, »würden Sie bitte dem Gericht mitteilen, woher Sie den Angeklagten kennen?«

»Ich habe von Januar bis Juni 1984 in Senator Willmonts Büro in Washington, D.C., gearbeitet«, sagte die Widerlegungszeugin mit ihrer von Natur aus rauchigen Stimme.

»Haben Sie gerne dort gearbeitet?«

»Meistens schon. Die Tätigkeit war spannend, alles mußte sehr schnell ablaufen, und es gingen ständig wichtige Leute ein und aus, die ich bislang nur aus der Zeitung oder aus dem Fernsehen kannte.«

»War das wichtig für Sie?«

»Ich hatte an der Brigham Young University Politologie studiert, und nach meinem Abschluß träumte ich davon, in Washington zu arbeiten. Ich war zweiundzwanzig und hatte den Kopf voller Ideale, und dieser Job war mein erster Kontakt mit der Welt der Macht und Politik.«

»Sie sagten, Sie mochten Ihre Arbeit meistens gerne. Wann gefiel sie Ihnen nicht?«
»Wenn der Senator da war.«
»Warum nicht?«
»Weil er immer wieder an meinem Platz auftauchte und Dinge sagte, die mir auf die Nerven gingen.«
»Was für Dinge sagte er zum Beispiel?«
»Oh, zum Beispiel, wie sehr ich ihn ablenke, oder daß er sich wünsche, Single zu sein, wenn er mich sehe, oder daß man ihn für seine Gedanken verhaften könne, wenn ich durchs Zimmer gehe. Solche Sachen.«
»Haben Sie diese Bemerkungen ernst genommen?«
»Ich dachte, er meint es wahrscheinlich witzig, aber es war mir trotzdem sehr unangenehm.«
»Haben Sie mit Senator Willmont darüber gesprochen? Haben Sie ihm gesagt, daß er das lassen soll?«
»Um Himmels willen, nein. Ich war noch sehr jung, ganz auf mich allein gestellt in der großen Stadt, und ich brauchte den Job dringend. Ich hatte Angst, daß man mich feuern würde, wenn ich etwas dazu sagen würde. Aber nach einer Weile brachte ich genug Mut auf, es seiner Büroleiterin mitzuteilen. Sie erklärte, er sei nun mal so, und riet mir, zu versuchen, mich nicht daran zu stören. Doch sie muß gemerkt haben, wieviel es mir ausmachte, denn sie versprach mir, mit ihm darüber zu reden. Ich nehme an, daß sie es auch getan hat, denn danach hatte ich eine Weile Ruhe.«
Im Zuschauerraum nickte Mary Catherine langsam. Sie erinnerte sich, daß die hübsche junge Frau fast in Tränen ausgebrochen war und daß der Senator es mit einem Achselzucken und einem Lachen abgetan hatte, als Mary Catherine ihm Vorhaltungen machte.
»Was geschah dann?«
»Etwa einen Monat später ging es wieder los, aber noch

schlimmer. Obwohl ich nicht seine persönliche Sekretärin war, wies er mich an, ihm Kaffee oder Akten oder irgend etwas zu bringen, und wenn ich dann sein Büro betrat, starrte er mich von oben bis unten an. Er sagte, ich gefalle ihm in Kleidern mit tiefem Ausschnitt besser, weil mein Busen da mehr zur Geltung kommt, und daß er wünschte, daß Miniröcke noch in Mode wären, damit er mehr von meinen Beinen sehen könne.«

»Waren Sie nicht in der Lage, einfach darüber zu lachen, wenn der Senator solche Bemerkungen machte?«

»Ich komme aus einer sehr konservativen, sehr religiösen Familie, Miss Escalante, in der Bemerkungen über solche Dinge als unanständig gelten. Ich bekam dadurch das Gefühl, nicht als Mensch wahrgenommen zu werden, und das war sehr erniedrigend für mich.«

»Was haben Sie dann getan?«

»Ich habe mich nach einer anderen Arbeitsstelle umgesehen.«

»Haben Sie eine gefunden?«

»Ich hatte einen Termin für ein letztes Vorstellungsgespräch mit einer Kongreßabgeordneten aus Connecticut am dritten Mittwoch im Juni. Sie mochte mich sehr, und ich hätte die Stelle bestimmt bekommen.«

»Euer Ehren, ich sehe keine Relevanz in einer Erörterung von Mrs. Smiths ehemaliger Berufssituation«, warf der Silberfuchs ein.

»Wenn das Gericht mir gestattet, fortzufahren«, erwiderte Tess, »kann ich versichern, daß es die Aussage dieser Zeugin außerordentlich relevant finden wird.«

»Einspruch abgewiesen«, entschied Richter Washington. »Aber kommen Sie bitte zur Sache, Miss Escalante.«

»Was geschah an dem Tag vor dem letzten Vorstellungsgespräch mit der Kongreßabgeordneten aus Connecticut?«

»Die Sekretärin des Senators war krank«, berichtete Maggie, »und der Senator bat mich, länger zu bleiben und einen Text zu tippen, den er geschrieben hatte. Ich wollte eigentlich nicht, aber er versprach mir, daß es nur ein, zwei Stunden dauern würde, und ich wußte nicht, wie ich mich weigern sollte, ohne ganz blöd dazustehen. Außerdem konnte ich das Geld für die Überstunden gut brauchen, und so willigte ich ein. Aber er veränderte ständig noch etwas, und ich mußte es immer wieder neu tippen, und als ich fertig wurde, war es fast zehn. Er sagte, er würde mich zum Dank zum Abendessen einladen, aber ich entgegnete, es sei zu spät. Dann bot er mir an, mich nach Hause zu fahren, weil das ja wohl das mindeste sei, was er tun könne.«
In der zweiten Reihe rechts des Gangs warfen sich die Freunde aus der Sullivan Street immer aufgeregtere Blicke zu, und Ted setzte sich aufrechter hin.
Auf der anderen Seite des Gangs spürte Randy, wie sich der eisige Klumpen, der sich in seinem Magen gebildet hatte, verhärtete. Mary Catherine neben ihm saß da wie eine Statue.
»Haben Sie das Angebot angenommen?« fragte Tess.
»Na ja, es war wirklich spät«, antwortete Maggie, »ich war müde, und die Busse fuhren um die Uhrzeit nicht mehr so regelmäßig. Außerdem hatte er sich den ganzen Abend über sehr anständig benommen, und ich wollte nicht, daß er mich für unhöflich hielt. Also nahm ich sein Angebot an.«
Sie erbebte und klammerte sich an die Stuhllehnen.
»Möchten Sie ein Glas Wasser?« fragte Tess sanft.
Die Zeugin schüttelte den Kopf. »Es geht schon«, sagte sie mit zittriger Stimme. »Es fällt mir nur schwer, darüber zu sprechen, obwohl es so lange her ist.«
»Lassen Sie sich Zeit.«

Maggie holte tief Luft und atmete langsam aus. »Ich wohnte in Alexandria. Es dauert eine Dreiviertelstunde, bis man dort ist, und als wir angekommen waren, fragte er, ob er kurz auf die Toilette gehen könne, weil er es bis Rock Creek Park, wo er wohne, noch ziemlich weit habe. Es sah schrecklich bei mir aus. Meine Mitbewohnerin war gerade in Urlaub gefahren, und die Hälfte ihrer Kleider lag auf dem Boden herum. Ich wollte ihn wirklich nicht hereinbitten. Aber wie soll man einem Senator sagen, daß er nicht reinkommen und die Toilette benutzen kann, weil die Mitbewohnerin den Inhalt ihres Schranks über alle Räume verteilt hat? Also ließ ich ihn herein und blieb dann an der Wohnungstür stehen, um ihn zu verabschieden. Aber als er aus der Toilette kam, zog er sein Sakko aus, nahm seine Krawatte ab und sagte: ›Mach die Tür ruhig zu, ich habe noch nicht vor zu gehen.‹« Die ehemalige Sekretärin holte wieder tief Luft. »Und dann vergewaltigte er mich.«
Überall in dem vollbesetzten Gerichtssaal waren Laute des Erschreckens und Entsetzens zu vernehmen.
»Euer Ehren, ich erhebe Einspruch gegen diese völlig unbewiesene Aussage!« schrie der Silberfuchs.
»Setzen Sie sich, Herr Verteidiger!« bellte Oliver Wendell Washington. »Sie werden Gelegenheit zum Kreuzverhör bekommen.«
»Senator Robert Willmont hat Sie vergewaltigt?« fragte Tess die Zeugin.
»Ja«, bestätigte Maggie. »Er sagte, ich wolle doch seit Monaten nichts anderes, ich habe ihn scharf gemacht, ihn mit meinen aufreizenden Kleidern und meiner falschen Keuschheit verrückt gemacht, und jetzt sei das Spiel vorbei. Er stürzte sich auf mich, und als ich mich zu wehren versuchte – versuchte zu schreien –, schlug er mich ins Gesicht und versetzte mir Fausthiebe. Als er fertig war, sagte

er mir, es sei besser, wenn ich künftig nicht mehr in seinem Büro arbeite. Ich erwiderte, daß ich nicht die Absicht habe, zurückzukommen, sondern statt dessen zur Polizei gehen werde.«

»Was sagte er dazu?«

»Er lachte und meinte, ich könne tun, was ich wolle, er leugne alles ab, und wem die Polizei dann wohl glauben würde, einem geachteten Senator oder einer unbekannten Sexmaus, die glaube, sich hochschlafen zu können? Danach wandte er sich zum Gehen, aber an der Tür blieb er noch mal stehen und kam zurück. Er erklärte, wenn er sich's recht überlege, wolle er nicht, daß ich ihm böse sei, und er setzte sich auf mein Sofa und schrieb einen Scheck über zweihundertfünfzigtausend Dollar aus.«

»Der Angeklagte hat Ihnen einen Scheck über eine Viertelmillion Dollar ausgeschrieben?«

»Einspruch!« rief Sutton. »Die Zeugin bezieht sich auf Beweise, die nicht zur Ansicht vorliegen.«

»Stattgegeben.«

Tess ging zum Tisch der Anklage und nahm ein Stück Papier in die Hand. »Euer Ehren, ich möchte nun den Antrag auf Zulassung des Beweisstücks Nummer vierundsiebzig stellen, einer Kopie eines Wechsels, Schecknummer 8038, eingezogen vom Konto 331 020 665 am 20. Juni 1984 in Höhe von zweihundertfünfzigtausend Dollar, ausgeschrieben für Margaret Holden, unterzeichnet vom Angeklagten.«

»Einspruch!« rief Sutton. »Befangenheit, Euer Ehren. Es gibt keinen Beweis dafür, daß ein solcher Scheck je existiert hat. Diese Kopie könnte eine Fälschung sein oder eine manipulierte Version eines Schecks aus einem völlig anderen Zusammenhang.«

»Das ist nicht zutreffend«, erwiderte Tess. »Wir wären sehr

zufrieden, wenn uns der Senator das Original zur Verfügung stellen würde.«
Der Angeklagte und sein Anwalt wechselten hastig einige Worte.
Der Silberfuchs seufzte. »Es tut mir leid, Euer Ehren. Der Senator bewahrt seine Akten wie die meisten ehrlichen, fleißigen Menschen nur die sieben Jahre auf, die das Gesetz verlangt. Durchschläge von Schecks, die er 1984 ausgeschrieben hat, sind längst nicht mehr vorhanden.«
»Dann ersuche ich das Gericht, diese Fotokopie anstelle des Originals zuzulassen«, konterte Tess.
»Kommen Sie nach vorne«, polterte Washington und hielt sein Mikrofon zu. »Ich nehme an, Sie können mit Präzedenzfällen aufwarten, Miss Escalante?«
»Ja, Euer Ehren.«
»In Ordnung, unter Ausschluß.«
Der Richter unterbrach die Sitzung mit einem Hammerschlag. Die gut gerüstete Anne Jenks schloß sich Tess und dem Trupp der Verteidigung an, als sie den Gerichtssaal verließen. Als sie zehn Minuten später wieder auftauchten, lag ein Lächeln auf Tess' Zügen, und Hal Sutton bemühte sich, seinen Zorn zu verbergen.
»Ich weise den Einspruch ab«, erklärte Richter Washington entschieden, weil sein Magen rebellierte. »Unter dem Vorbehalt, daß keine gegensätzliche Aussage gemacht oder der Originalscheck vorgelegt wird, wird die Fotokopie als Beweisstück zugelassen.«
»Ausnahme!« fauchte Sutton.
»Zu Protokoll genommen«, fauchte Washington zurück. »Sie können fortfahren, Miss Escalante.«
»Woher stammt die Kopie, Mrs. Smith?« fragte Tess daraufhin.
»Ich habe sie gemacht«, antwortete die Zeugin. »Als der

Senator mir den Scheck gab, sagte er, ich könne ihn nur einlösen, wenn ich sofort aus Washington verschwinden und niemandem ein Wort über das Vorgefallene sagen würde. Außerdem drohte er mir, daß er, wenn ich das nicht tue, dafür sorge, daß ich nirgendwo in Washington mehr Arbeit finde, und auch meine Familie ruiniere. Ihm würden dazu die Macht und auch die Mittel zur Verfügung stehen.«

»Was taten Sie?«

»Ich schäme mich dafür, aber ich nahm den Scheck. Ich war völlig verängstigt. Er war schließlich ein mächtiger, einflußreicher Mann, und ich dachte, daß er es wahrscheinlich wirklich so meinte. Wer würde mir denn glauben, nachdem ich mich von ihm nach Hause fahren ließ und ihm dann auch noch Zutritt zu meiner Wohnung gewährte? Er hätte bloß behaupten müssen, daß ich auch Sex mit ihm gewollt hätte. Wie sollte ich beweisen, daß es nicht so war? Aber ich wollte etwas in der Hand haben für den Fall, daß er es sich anders überlegte und doch versuchte, meiner Familie zu schaden. Deshalb ging ich sofort, nachdem er weg war, in einen Laden, der die ganze Nacht geöffnet hatte und über einen Kopierer verfügte, und machte die Kopie. Dann fuhr ich ins Krankenhaus.«

»Euer Ehren, ich beantrage jetzt die Zulassung des Beweisstücks fünfundsiebzig, eine Kopie vom Bericht des Krankenhauses über Margaret Holdens Aufenthalt dort am Abend des 20. Juni 1984.«

Sutton sah sich das Dokument pro forma an und zuckte mit den Schultern. »Kein Einspruch.«

»Wenn Sie an diesem Abend Verletzungen erlitten, Mrs. Smith, welcher Art waren sie?«

»Ich hatte ein blaues Auge, einen gebrochenen Backenknochen, diverse Blutergüsse und zwei gebrochene Rippen.«

Im Zuschauerraum begann Mary Catherine still zu weinen.
»Euer Ehren, dem Krankenhausbericht, der soeben als Beweisstück zugelassen wurde, ist tatsächlich zu entnehmen, daß Margaret Holden diese Verletzungen erlitten hatte und daß dieselben am Abend des 20. Juni 1984 im Krankenhaus behandelt wurden.« Tess wandte sich wieder der Zeugin zu. »Haben Sie mit der Polizei gesprochen?«
»Ja. Im Krankenhaus erklärten sie mir, daß man die Polizei benachrichtigen würde. Aber ich war so verängstigt, daß ich dem Polizisten sagte, ich habe den Mann, der mich vergewaltigte, nicht genau erkennen können.«
»Und dann verließen Sie Washington?«
»Ja. Gleich am nächsten Tag. Ich ging zurück nach Utah, wo ich herkomme. Ich habe mich vor meiner Abreise bei niemandem mehr gemeldet, ja ich habe nicht mal meinen Schreibtisch ausgeräumt, weil ich mich so geschämt habe. Ich sah furchtbar aus. Ich wußte nicht, wie ich das hätte erklären sollen.«
»Sie haben acht Jahre lang geschwiegen. Warum sagen Sie jetzt aus?« fragte Tess.
»Weil ich mich wegen meines Schweigens schuldig fühle, glaube ich«, antwortete Margaret Holden Smith. »Und weil er mir nichts mehr anhaben kann. Als Sergeant Pope mich aufspürte, hatte ich die Geschichte die ganze Zeit in den Nachrichten verfolgt, und ich mußte immer wieder denken, daß Karen Doniger, wenn ich damals stärker gewesen und nicht feige davongerannt wäre, all dies vielleicht erspart geblieben wäre.«
»Einspruch!« rief Sutton.
»Stattgegeben. Beschränken Sie Ihre Antworten bitte auf die Fakten, Mrs. Smith«, verlangte Washington.
»Keine weiteren Fragen, Euer Ehren«, sagte Tess.
Der Zeugin liefen Tränen über die Wangen. »Es war nicht

recht, Miss Escalante – ich hatte es mir immer so sehr gewünscht, in Washington für die Regierung zu arbeiten. Ich war gut in meinem Beruf. Ich lernte schnell und hätte es zu etwas bringen können. Es war nicht recht, daß er mir das alles wegnehmen durfte.«

»Nein«, bestätigte Tess, »das war es nicht.«

»Warum zum Teufel haben Sie mir nichts davon gesagt?« fuhr Sutton abends seinen Mandanten an.

»Ich hielt es nicht für so wichtig«, antwortete Robert.

»Nicht so wichtig?«

»Ihr Wort stand gegen meines – wie sollte ich ahnen, daß sie sich eine Kopie von dem Scheck machen würde?«

»Stimmt es, was sie sagt? Daß Sie sie vergewaltigt haben?«

»Natürlich nicht. Warum sollte ich es nötig haben, jemanden zu vergewaltigen? Ich war vielleicht ein bißchen grob mit ihr, aber das war alles. Sie hatte mich monatelang angemacht, mit ihren engen Kleidern und ihrer scheinheiligen Keuschheit. Sie wollte, daß ich sie an diesem Abend nach Hause fuhr. Es waren für mich eindeutige Zeichen. Ich habe ihr nur gegeben, was sie wollte. Den Scheck habe ich deshalb ausgeschrieben, weil ich in meiner ersten Amtszeit im Senat war und keinen Ärger haben mochte.«

»Sie hätten mir gegenüber ehrlich sein müssen, Robert«, erklärte sein Anwalt und massierte sich die Schläfen, »dann hätte ich das hier vielleicht verhindern können. Ich hätte zumindest das Verhalten der Vergangenheit ausschließen lassen können.«

»Das war nicht möglich«, rief ihm der Senator in Erinnerung. »Das brauchten wir doch, um die Doniger zu diskreditieren, wissen Sie nicht mehr?«

»Nur daß es nicht funktioniert hat, nicht wahr?« entgegnete Sutton. »Statt dessen hat die Escalante uns eine Falle gestellt, und wir sind wie zwei Anfänger voll reingegangen.«

»Diese Schlange«, murmelte Robert. »Was machen wir jetzt?«

»Wir können Irrelevanz angeben, versuchen, sie zu diskreditieren, wir können diese Margaret Smith als beliebteste Hure vom Capitol Hill darstellen, wir können versuchen, sie ausschließen zu lassen, aber ich weiß nicht recht. Ich befürchte stark, daß die Anklage Meineid erreicht hat.«

»Gut, vielleicht habe ich einen Fehler gemacht«, gab Robert zu. »Vielleicht hätte ich Ihnen von Maggie erzählen und mich im Zeugenstand nicht so unbekümmert geben sollen, als die Escalante mich wegen Untreue festnageln wollte. Aber was damals passiert ist, hat nichts mit diesem Fall zu tun. Ich habe Karen Doniger nicht vergewaltigt, Hal. Glauben Sie mir, sie hat mich um alles gebeten.«

»Das mag schon sein«, sagte der Silberfuchs, »doch ich bin nicht mehr sicher, ob wir die Geschworenen noch davon überzeugen können.«

Den größten Teil des Montags war Sutton mit dem Versuch beschäftigt, wiedergutzumachen, was durch Margaret Holden Smiths Auftritt angerichtet worden war. Er wollte Verfahrensmängel geltend machen. Richter Washington wies ihn ab. Er beantragte, die gesamte Aussage der Zeugin aus dem Protokoll streichen zu lassen. Auch dies lehnte Washington ab. Er bemühte sich, ihre Geschichte als unglaubwürdig darzustellen. Er ritt auf der Tatsache herum, daß sie der Polizei die Identität des Mannes vorenthalten habe. Er brachte vor, daß der Senator guten Grund gehabt habe, ihre Handlungen als aufreizend auszulegen. Er ging sogar so weit, anzudeuten, daß sie den Senator an dem betreffenden Abend womöglich gebeten habe, sie nach Hause zu fahren, und daß sie ihn in ihre Wohnung eingeladen habe, weil sie sich davon einen Karriereschritt versprach. Dann versuchte er es so darzustellen, als hätte sie das Ganze geplant, um es als Erpressung aufzuziehen. Schließlich schleppte er einen Graphologen an, der aussagte, daß die Kopie des Schecks durchaus eine Fälschung sein konnte. Den Geschworenen ließ sich nicht ansehen, ob seine Bemühungen Eindruck auf sie machten, aber die Medien, die den Senator seit April über die Maßen unterstützt hatten, bekamen plötzlich das große Zittern.

9

Am Dienstag wurden die Plädoyers gehalten.

Sutton trug beredt und emphatisch vor, daß sein Mandant unschuldiges Opfer eines politischen Sabotageakts geworden sei. Es schien ihn nicht zu kümmern, daß er außerstande gewesen war, diese Theorie durch Beweise und Zeugenaussagen zu erhärten. Er nutzte statt dessen die sozioökonomische Lage von San Francisco, um Sympathien für den Senator zu gewinnen.

»Der Mann, der etwas ändern könnte«, erklärte er, »der Mann mit der Vision, die dieses Land retten könnte – dieser Mann darf nicht überleben. Warum nicht? Weil er die einzige wirkliche Bedrohung für die Superreichen ist, die Amerika dank zwölf Jahren unter einer unfähigen Regierung nun genau in dem Zustand haben, in dem sie es haben wollen – die Armen werden immer ärmer und die Reichen immer reicher. Ein Mann steht ihnen im Weg – Robert Drayton Willmont. Ein reicher Mann, der sich weigert, ihr egoistisches Scheffeln von Geld mitzumachen. Und wie kann man sich einer solchen Bedrohung besser entledigen, als ihn durch eine Frau der Vergewaltigung bezichtigen zu lassen?«

Im Zuschauerraum nickte Amanda Drayton Willmont.

Mitch grinste. »Eine waschechte Verschwörung.«

»Wenn man heute jemanden der Vergewaltigung bezichtigt, Ladys und Gentlemen«, verkündete Sutton, »horcht die ganze Welt auf. Die Bilder, die dadurch wachgerufen werden, sind grell und abscheulich. Eine Frau bringt einen Mann in eine verfängliche Lage und behauptet dann, er habe sich ihrer bemächtigt. Wie soll er sich dagegen zur Wehr setzen, ohne noch mehr wie ein Schurke dazustehen, als wenn er die Tat wirklich begangen hätte?«

»Er ist so oder so einer«, murmelte Jenna.

Elizabeth Willmont saß neben ihrer Schwiegermutter. Sie hatte in der Mittagspause eine Handvoll Pillen geschluckt, und jetzt war sie wieder zwölf Jahre alt und genoß einen strahlenden Sommer in Denver.

»Es gibt Menschen unter uns, die einfach nicht zulassen konnten, daß dieser Mann Präsident der Vereinigten Staaten wird«, sagte Sutton und sah dabei jeden der Geschworenen einzeln an. »Diese Leute schrecken vor nichts zurück, um ihre Besitztümer zu schützen, und das tun sie auf unser aller Kosten. Und sie haben tatsächlich eine Möglichkeit gefunden, ihn zu zerstören, oder? Sie fanden ein gealtertes Sex-Groupie, das sich einverstanden erklärte, ihn der Vergewaltigung zu bezichtigen.«

Der Verteidiger schritt auf und ab.

»Könnte alles so abgelaufen sein, wie Karen Doniger es schilderte?« dachte er laut. »Das wäre möglich. Sie mußte sich schließlich eine glaubhafte Geschichte ausdenken, sonst hätte es keinen Prozeß gegeben. Aber könnte nicht auch alles so gewesen sein, wie der Angeklagte berichtete? Ist es nicht vorstellbar, daß er unschuldiges Opfer eines perfiden Plans wurde? O ja, das wäre allerdings möglich.« Sutton nickte wissend.

»Und deshalb machten sie hier nicht halt. Nein, sie konnten es nicht riskieren, daß man ihren Betrug aufdeckte. Nicht, wenn der Senator trotz ihrer schmutzigen Tricks dort draußen während der Vorwahlen einen Sieg nach dem anderen errang und die Nominierung in greifbare Nähe gerückt war. Sie merkten, daß sie ihr mieses Ziel mit einer Frau allein nicht erreichen konnten. Was taten sie also? Sie zogen los und suchten sich eine zweite Frau – eine verärgerte ehemalige Angestellte, die einen Groll gegen ihren einstigen Arbeitgeber hegte, die mit einem kopierten Stück Papier wedelte, das, wie es eben genau paßte, acht Jahre alt war und wahrscheinlich vor dem Gesetz soviel Bestand hatte wie der Fälscher, der es geschrieben hatte, und sie überredeten sie ebenfalls dazu, ihn der Vergewaltigung zu bezichtigen.«

Der Silberfuchs schüttelte bekümmert den Kopf, als wäre das alles nicht auszuhalten.

»Kann Robert Drayton Willmont *zwei* Schachzüge überleben, die darauf angelegt sind, ihn zu zerstören? Ist unser Land dazu verurteilt, weitere vier Jahre im Banne einer verheerenden Regierung zuzubringen? Werden wir tatenlos zusehen müssen, wie Amerika von den Gierigen ausgenommen wird, bis es zusammenbricht? Wenn Sie diesen Mann wegen eines Verbrechens verurteilen, das er nicht begangen hat, wird genau das geschehen. Diese Leute werden gewinnen, und Amerika wird verlieren.«

Sutton sah erneut jeden der Geschworenen direkt an. »Ladys und Gentlemen«, sagte er feierlich, »die Entscheidung darüber liegt bei Ihnen.«

»Amen«, hauchte die Mutter des Angeklagten.

Demelza machte ein böses Gesicht.

Mit einem tiefen Seufzer, der alles Leid der Welt zu beklagen schien, kehrte der Silberfuchs zu seinem Platz zurück, und Tess Escalante erhob sich zu ihrem Plädoyer.

»Finstere Banden? Heimtückische Komplotte? Angst machende Taktiken?« rief sie höhnisch. »Ich glaube, der Herr

Verteidiger hätte Autor von Kriminalromanen werden sollen. Ein guter Kriminalroman lebt von der Fähigkeit des Autors, den Leser irrezuführen. Und genau das hat man gerade mit uns versucht.«

»Amen«, sagte Demelza.

Die Mutter des Angeklagten machte ein böses Gesicht.

»Wenn man der Verteidigung zuhört«, fuhr Tess fort, »gewinnt man den Eindruck, daß Robert Willmont ein Heiliger ist, welcher uns gesandt wurde, um die Welt zu erretten, der nur leider durch Zufall zur falschen Zeit am falschen Ort war. Der durch Zufall Karen Doniger zum Drink einlud. Der durch Zufall vier Minuten nach ihr im Parkhaus auftauchte. Der sie durch Zufall dazu drängte, sich von ihm nach Hause fahren zu lassen. Der durch Zufall dabei in eine abgelegene Ecke des Golden Gate Parks geriet. Der durch Zufall mit ihr Geschlechtsverkehr hatte und sie dabei so verprügelte, daß sie eine gebrochene Nase, eine aufgeplatzte Lippe und ein blaues Auge davontrug.«

Die Staatsanwältin schüttelte angewidert den Kopf.

»Für die Verteidigung spielt es offenbar ebenfalls keine Rolle, daß sie nicht in der Lage war, auch nur einen Beweis dafür vorzulegen, daß Karen Donigers Verhalten politisch motiviert war. Trotzdem möchte die Verteidigung, daß man ihr Glauben schenkt. Nun, Ladys und Gentlemen, wollen wir Fakten und Fiktion wieder voneinander trennen. Wir wollen klarsehen. Robert Drayton Willmont ist ein Vergewaltiger – und einer von der schlimmsten Sorte. Von der Sorte, die erst für Vertrauen sorgt und es dann mißbraucht. Von der Sorte, die wehrlose Frauen nicht nur mit Gewalt zum Geschlechtsverkehr zwingt, sondern sie dabei auch noch verprügelt.«

Tess schauderte sichtlich.

»Nachdem Karen Doniger ihre Aussage gemacht hatte, lagen die Tatsachen in diesem Fall offen zutage. Daß der Herr

Verteidiger versuchte, sie zu verzerren, war dabei nicht von Belang. Doch selbst wenn hier und da noch ein Rest von Zweifel vorhanden war, mit Margaret Holden Smith mußte er endgültig verschwinden. Denn wenn der Angeklagte diese beiden Frauen nicht vergewaltigt hat – die sich nie begegnet sind und nie miteinander gesprochen haben –, wie soll es ihnen dann gelungen sein, einen fast identischen Tathergang zu beschreiben? Die Antwort ist schrecklich einfach. Robert Willmont hat sie beide vergewaltigt, in der von ihnen geschilderten Weise, und das ist die traurige Wahrheit. Er ist ein Vergewaltiger, Ladys und Gentlemen. Die große Hoffnung Amerikas ist ein Vergewaltiger. So brillant er auf politischer Ebene sein mag, so verkommen ist er als Mensch. Und das ist das einzige heimtückische Komplott, das in der ganzen Geschichte vorkommt.«

Amanda Drayton Willmont klammerte sich an ihre Handtasche, um ihren Zorn nicht zu zeigen.

Felicity klammerte sich an ihre Handtasche, um nicht zu applaudieren.

»Aber warum hatte er es nötig, Frauen zu vergewaltigen, dieser Senator und Präsidentschaftskandidat, der doch scheinbar alles besitzt? Das Matinee-Idol, dem die Frauen reihenweise zu Füßen liegen? Diese Frage hat mir zu schaffen gemacht, diese Tatsache konnte ich mir nicht erklären, bis ich die Aussage von Dr. Linderman hörte. Wenn es je einen Mann gegeben hat, auf den das psychologische Profil des ›bekannten Vergewaltigers‹ zutrifft, des Mannes, der verführen will und am Ende vergewaltigt, dann ist es Robert Willmont, ein Mann, der es gewohnt ist, sich zu nehmen, was er will – auch wenn es ihm nicht angeboten wird.«

Jetzt schritt Tess auf und ab.

»Es geht hier nicht um politische Intrigen, Ladys und Gentlemen, nicht um Geheimbünde, die darauf aus sind,

sich Amerika unter den Nagel zu reißen. Es geht um einen Mann, der fünfundneunzig Kilo wiegt und der mitten im Golden Gate Park eine Frau überwältigt, die etwa halb so schwer ist wie er – die offensichtlichen und grausigen Folgen ihres Widerstandes haben Sie mit eigenen Augen gesehen.«
Jetzt blickte Tess jeden der Geschworenen einzeln an.
»Robert Drayton Willmont hat Karen Doniger vergewaltigt, ungeachtet seiner Herkunft, ungeachtet seiner Position und ungeachtet des Risikos. Warum war er so dumm, alles aufs Spiel zu setzen? Das ist möglicherweise die am leichtesten zu beantwortende Frage: *Weil er glaubte, ungeschoren davonzukommen.* Weil er glaubte, daß sein Aussehen, sein Charme, seine Macht und sein Geld ihn vor Dingen bewahren würden, für die normale Menschen wie wir tagtäglich verantwortlich gemacht werden. Sehen Sie ihn sich an. Bestechungszahlungen, Meineid, Verleugnung, Nötigung – mit solchen Methoden arbeitet man in seiner Welt. Wo er nicht mit Lügen davonkommt, setzt er Geld ein.«
Tess hatte das Gefühl, daß Karen nichts dagegen hätte, wenn sie einen Satz von ihr zitierte. Sie hob den linken Arm und wies mit dem Zeigefinger auf den Angeklagten.
»Dort sitzt ein Mann, der glaubt, daß er über das Gesetz erhaben ist«, erklärte sie. »Ladys und Gentlemen, lassen Sie ihn wissen, daß es nicht so ist.«

Oliver Wendell Washington nahm sich fast eine Stunde Zeit, um die Geschworenen auf ihre Aufgabe vorzubereiten, und er achtete dabei sorgfältig darauf, immer neutral zu bleiben. Er war als äußerst korrekter Richter bekannt, und als sich die fünf Männer und sieben Frauen zurückzogen, um über das Urteil zu beraten, wußten sie genau, was in ihrer Macht stand und was nicht. Das war um halb fünf nachmittags.
Robert Willmont fuhr nach Hause und schloß sich in der

Bibliothek ein. Randy Neuburg begleitete ihn nicht. Mary Catherine O'Malley begab sich in ihr Apartment am Telegraph Hill und fing an zu packen. Hal Sutton ging in sein Büro, setzte sich an seinen Schreibtisch und starrte ins Leere, auf den Anruf wartend, den er in Kürze bekommen würde.
Tess teilte Anne Jenks mit, daß man sie bei den Donigers in St. Francis Wood erreichen könne.
»Ich will im Gerichtssaal sein, wenn das Urteil gesprochen wird«, kündigte Karen an. »Ich habe ein Recht darauf.«
Die Staatsanwältin nickte. »Sicher«, sagte sie. »Aber wenn es nun nicht so ausfällt, wie wir es uns wünschen?«
»Damit werde ich fertig«, antwortete Karen. »Doch ich will dasein. Ich muß.«
»Ich werde sie begleiten«, erklärte Ted. »Wir werden alle dasein.«
Sämtliche Freunde und Verwandte hatten sich bei den Donigers eingefunden und bereiteten sich auf die Nachtwache vor, von der sie nicht wußten, wie lange sie dauern würde. Felicity und Ione kochten, Amy und Jessica deckten den Tisch, Demelza saß still im Arbeitszimmer, in der Waschküche bügelte Jenna das schlichte beige Kleid, das Karen tragen wollte, Mitch marschierte nervös im Wohnzimmer auf und ab, John mixte Drinks, und Nancy war draußen und sprach mit den Reportern, die immer noch vor dem Haus herumlungerten.
»Die haben mächtig den Ton geändert«, bemerkte sie grinsend, als sie hereinkam. »Sie waren richtig höflich.«
»Wie lange dauert so was normalerweise?« fragte Jenna, als sie sich am Tisch niederließen.
»Ich habe es bis heute nicht geschafft, vorherzusehen, was die Geschworenen tun werden«, sagte Tess, als der Salat herumgereicht wurde. »Es könnte einen Tag dauern oder eine Woche.«

»Wenn er verurteilt wird, muß er dann ins Gefängnis?« fragte Amy.

»Ja.«

»Für wie lange?«

»Vielleicht für den Rest seines Lebens.«

»Was ist so kompliziert an dem Urteil?« wollte Felicity wissen.

»Die Geschworenen haben es mit zwei Anklagepunkten zu tun«, erklärte die Staatsanwältin, »der Anklage der Notzucht wegen der Vergewaltigung und der Körperverletzung wegen der Mißhandlungen. Alle zwölf Geschworenen müssen sich in jedem Punkt einig sein.«

»Sie meinen, sie könnten ihn der Körperverletzung schuldig sprechen, aber nicht der Notzucht?«

»Ja. Sie könnten zu dem Schluß kommen, daß Karen für die Vergewaltigung mitverantwortlich war, nicht aber für die Mißhandlungen.«

»Sie meinen, bloß weil sie ein paar Drinks mit ihm genommen hat und einwilligte, sich nach Hause fahren zu lassen?«

Tess seufzte. »Sosehr man sich auch bemüht, in die Leute hineinzusehen, die man als Geschworene auswählt, sowenig weiß man wirklich, wie sie reagieren werden. Man muß die Gruppendynamik und den Gruppenzwang mit in Betracht ziehen.«

»Ich war mal Geschworener«, sagte John. »Kein großer Fall, nicht so wie hier, und ich erinnere mich noch, wie zwei Geschworene gegensätzliche Standpunkte einnahmen und versuchten, alle anderen auf ihre Seite zu bringen.«

»Wie ging es aus?« wollte Amy wissen.

»Sie waren gezwungen, sämtliche Geschworenen auszutauschen.«

»Kann das hier auch passieren?« fragte Jessica Tess.

»Alles kann passieren«, mußte die Staatsanwältin zugeben.

»Aber so wird es nicht ausgehen«, sagte Ione, die mit einer riesigen Lasagne hereinkam. »Sie werden vielleicht eine Weile brauchen, doch ich habe sie beobachtet – sie werden das Richtige tun.«
Das Telefon klingelte zehn Minuten nach sieben.

Karen saß neben Ted in der dritten Reihe auf der rechten Seite des Zuschauerraums und umklammerte seine Hand. Aus dem Augenwinkel sah sie Elizabeth Willmont auf der anderen Seite. Wie das Urteil auch ausfallen würde, diese Frau tat ihr leid. Hinter der Trennscheibe saß der Angeklagte ganz ruhig und wartete.
Der Gerichtssaal quoll über vor Menschen. Freunde, Verwandte und Journalisten drängten sich auf engstem Raum. Die interne Fernsehanlage hatte während der Verhandlung ihren Zweck erfüllt, aber zum Urteilsspruch wollten sie alle vor Ort sein.
Tess starrte die Geschworenen an, versuchte den einen oder anderen Blick und eine unwillkürliche Bewegung zu deuten. Die fünf Männer und sieben Frauen saßen da und schauten zum Richter.
»Sind die Geschworenen zu einem Urteil gekommen?« fragte Washington mit erhobener Stimme.
»Ja, Euer Ehren«, antwortete Brian Barstow, der Computer-Software-Verkäufer und gewählte Obmann.
»Wie lautet das Urteil?«
Im Gerichtssaal trat plötzlich Stille ein, als alle gespannt warteten.
»Im Anklagepunkt der Körperverletzung«, las der Obmann von dem Zettel ab, den er in der Hand hielt, »befinden wir den Angeklagten ... schuldig im Sinne der Anklage.«
Überall im Zuschauerraum hörte man ein aufgeregtes Zischeln. Karen hielt Teds Hand noch fester.

»Im Anklagepunkt der Notzucht«, fuhr Barstow fort, »befinden wir den Angeklagten ... schuldig im Sinne der Anklage.«
»So lautet Ihr einhelliges Urteil?«
»So lautet unser einhelliges Urteil.«
Im Gerichtssaal brach ein Riesentumult aus. Die Reporter versuchten sich hinauszudrängen, jeder wollte seine Story als erster durchgeben oder vor die Kameras bringen. Etliche Willmont-Anhänger schrien empört auf, während die kleine Gruppe von Doniger-Freunden jubelte. Robert saß wie gelähmt da, und auf seinem Gesicht zeichneten sich Fassungslosigkeit und Wut ab. Er nahm nicht seine Anwälte wahr, die ihm versicherten, daß man in die Berufung gehen werde, nicht seine Frau, die still aufstand und den Gerichtssaal verließ, und auch nicht seine Mutter, die nicht zu verstehen vermochte, wie das geschehen konnte. Er nahm keinen wahr, nicht einmal die beiden Polizisten, die hinter ihm Stellung bezogen.
Hal Sutton war aufgesprungen und verlangte, daß das Urteil für ungültig erklärt werde, doch das war nur Formsache. Richter Washington schlug vergebens mit dem Hammer auf den Richtertisch und mußte über das Getöse hinwegschreien. Er dankte den Geschworenen, entließ sie und setzte den Termin für die Bestimmung des Strafmaßes für den 14. September um zwei Uhr nachmittags fest.
Es war vorbei.
Karen fühlte sich so schwach, daß sie glaubte, nicht stehen zu können. In ihren kühnsten Träumen hatte sie nicht zu hoffen gewagt, daß es diesen Moment je geben würde, und doch war er nun gekommen – nach dreißig Jahren Qual war er gekommen. Deshalb blieb sie sitzen und kostete ihn aus, schloß die Augen und ließ ihn über sich hinwegströmen wie einen sanften Regenguß. Und Ted legte den Arm um sie und verharrte schweigend neben ihr.

Sie sah nicht, wie Robert aufsprang, dabei seinen Stuhl umwarf, an den verblüfften Polizisten vorbeistürzte und den Gang hinunterstürmte. Sie bemerkte ihn erst, als er vor ihr stand und mit seinen aquamarinblauen Augen haßerfüllt auf sie niederblickte.

»Warum, verdammt?« schrie er sie an. »Warum?«

Karen dachte an eine kalte Winternacht, eine Nacht, in der sie hilflos war – und sie verschmolz mit einer milden Frühlingsnacht, in der sie stark war. Dazwischen lag ein Leben. Sie sah das Gebüsch am Stow Lake, das sie ausgesucht hatte, weil es dem Gebüsch im Central Park am ähnlichsten war. Sie sah ihr Gesicht, so zerschlagen und blutig, wie sie es nötig fand. Sie sah eine Seele, die gebrochen gewesen war und nun wieder heilte.

Es hatte viele Momente in den letzten Monaten gegeben, in denen sie unsicher wurde und befürchtete, daß sie es nicht schaffen würde. Doch zu guter Letzt war sie stark genug, es durchzuhalten, und die Ironie des Ganzen war ihr voll bewußt. Vor dreißig Jahren hatte sie die Wahrheit gesagt, und man hatte ihr nicht geglaubt. Jetzt hatte *er* die Wahrheit gesagt, und man hatte ihm nicht geglaubt. Sie wußte nicht mehr, wie sie auf die Idee gekommen war, ihn mit dem Verbrechen von damals zu bestrafen, doch das spielte auch keine Rolle mehr. Wichtig war nur, daß sie es geschafft hatte.

Auge um Auge, stand in der Bibel geschrieben. So sei es. Er hatte ihr einst das genommen, was sie sich am meisten wünschte, und nun hatte sie ihm dasselbe angetan, und sie empfand kein Bedauern.

Sie blickte zu ihm auf. Ihre blaugrauen Augen waren ruhig, ihr Gewissen rein.

»22. Dezember 1962«, sagte sie leise.